有爱的青春陪伴者

玻璃方糖

Rolie Fangtang

-上册-

柚贝~ 著

江苏凤凰文艺出版社
JIANGSU PHOENIX LITERATURE AND ART PUBLISHING

图书在版编目（CIP）数据

玻璃方糖：全2册 / 柚贝著. -- 南京 : 江苏凤凰文艺出版社, 2025. 1. -- ISBN 978-7-5594-8171-9
Ⅰ. I247.5
中国国家版本馆CIP数据核字第202449RR14号

玻璃方糖：全2册
柚贝 著

责任编辑	王昕宁
特约编辑	李　娜
出版发行	江苏凤凰文艺出版社
	南京市中央路165号，邮编：210009
网　　址	http://www.jswenyi.com
印　　刷	长沙鸿发印务实业有限公司
开　　本	880mm×1230mm 1/32
印　　张	18
字　　数	486千字
版　　次	2025年1月第1版
印　　次	2025年1月第1次印刷
书　　号	ISBN 978-7-5594-8171-9
定　　价	65.80元（全2册）

江苏凤凰文艺版图书凡印刷、装订错误，可向出版社调换，联系电话025-83280257

上册目录

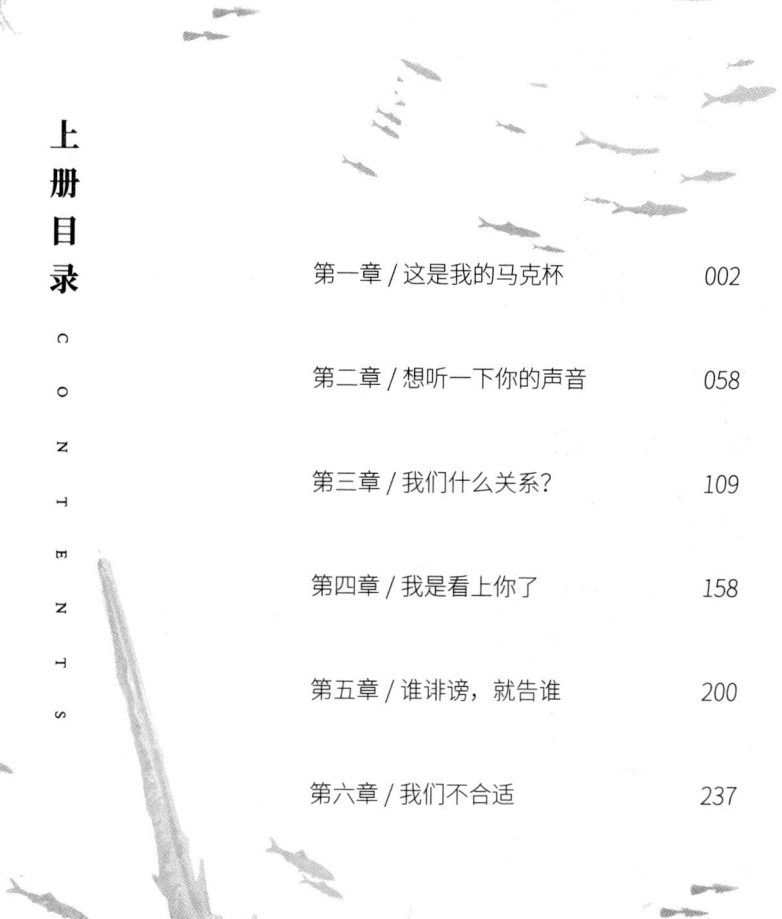

CONTENTS

第一章 / 这是我的马克杯　　002

第二章 / 想听一下你的声音　　058

第三章 / 我们什么关系？　　109

第四章 / 我是看上你了　　158

第五章 / 谁诽谤，就告谁　　200

第六章 / 我们不合适　　237

下册目录

CONTENTS

第七章 / 欢迎回来，璃璃　　　　　　284

第八章 / 相亲对象　　　　　　　　　315

第九章 / 你是在追我吗？　　　　　　346

第十章 / 因为我爱你　　　　　　　　382

第十一章 / 明媚灿烂的春天　　　　　411

番外一 / 以男女朋友身份交往　　　　446

番外二 / 很重要的秘密　　　　　　　482

番外三 / 这辈子有你真好　　　　　　540

番外四 / 以后有的是时间　　　　　　559

我不能保证未来的发展，
只是在事情发生以后，再回忆过去，
觉得一切有迹可循，可能那就是预感，
也是宿命感。

第一章 /
这是我的马克杯

○她最近印象深刻的词语很多，从前不曾在意的，此刻像木刻般雕在她心里——宿命感，躲不掉。

01

店门口人头攒动的时候，天色已然黢黑，街边路灯的灯光将人影拉得老长，嬉笑玩闹声透过温热的风传远。

唐璃端着装菜的托盘从门里出来，唐诗英还站在桌前给顾客点菜。这会儿人流量多，店里人手不够，她脚下来来回回，逐渐加快速度，忙得热火朝天。

有人喊了一声："小美女！"

唐璃停下脚步，扭头的动作带起脑后马尾飞舞。她的视线扫过身后一众望向她的人，还没等她回应，对方便开口道："你就是那个唐璃啊？考到帝都去了？"

"名牌学校的大学生啊！"

"有出息嘞！你姑姑养你不容易喔！可算熬出头了！"

"璃璃——"唐诗英掀起店门口垂立的廉价塑料珠帘，探出半个身子，她个儿高人又瘦，看起来十分精干，冲着唐璃点头，"过来，有活。"

人影憧憧中，唐璃格外打眼。十八岁的女孩五官精致，额前碎发遮不住明媚的脸，长发悉数扎于脑后，细颈长而直，身着简单的白色T恤和黑色裤子，也掩盖不了她的漂亮。

旁人都知道，她是唐诗英的侄女，自小跟在唐诗英身边，今年刚从市重点高中毕业。

唐诗英还有个儿子，叫李默川。

"去给这家人送餐。"唐诗英拿起圆珠笔在纸上写下一串地址，随后扯着嗓子喊房间里面坐着看电视的李默川，"李默川，出来，跟你姐去送餐。"

"我自己去。"唐璃说。

"天太晚了，让李默川和你一起。"唐诗英看了眼行动缓慢的李默川，眉头一皱，"快！"

李默川一抖，加快速度走向唐璃。

跨上电动车，唐璃把餐食挂在车前挂钩上，李默川坐上后车座，两只胖手扶着她腰侧，小声说："走吧。"

唐璃回头看了他一眼。

"姐。"李默川扯着她的T恤，脆生生地问，"你什么时候开学？"

唐璃执着车把，晚风吹起来，吹散一身热浪，吹得她很舒服。

她说："下周。"

李默川没动静，唐璃便问他："怎么了？"

"帝都很远吗？"李默川说，"我听别人说，要坐一夜火车才到帝都。"

唐璃感知到小孩子的语气里有一股艳羡，她平静地"嗯"了一声，告诉他，确实很远。

003

李默川戳戳她的腰侧:"姐姐,你好像真的很厉害。"他一字一句地说,"小时候妈妈总让我向你学习,现在所有认识的人都让我向你学习。"

唐璃抿了抿唇,笑了声:"你不高兴?"

"不是。"李默川乖乖地说,"我还小。"

"等你长大就知道了,只有强大了,才能做自己真正想做的事情,所以我们能做的,就是不断进步。"

唐璃母亲远走,父亲去世,她跟着姑姑唐诗英长大,说是姑姑的女儿也不为过。后来唐诗英结婚,她跟着唐诗英过来。姑父李银海生性良善,勤恳能干,两人经营一家烧烤店,日子过得还算可以。

送餐小区前的一条道路灯光昏暗,唐璃车骑得慢慢的,人也安安静静的,李默川一直紧紧靠在她身后。

大约五分钟,前路亮了起来。老旧小区门口的超市,是外卖送达地址。

唐璃收了钱,装进口袋,载着李默川,原路返回。

烧烤店一般经营到凌晨两三点,李默川年龄小,十一点之前必须睡觉,唐璃一般忙到十点半左右便会载他回家。如果不是人手紧缺,唐诗英不愿她在烧烤店忙碌。

唐诗英常说,那不是她该去的地方。唐诗英希望她好好学习,将来留在帝都,找份好工作,嫁个好人家。唐诗英似乎对她的未来充满期待,但不知为何,唐璃对此反应很平淡。

店面越来越近,空气里弥漫着浓郁香料的味道。

李默川打了个呵欠,低声说:"我困了。"

唐璃安抚道:"再等等。"

夜深人静处,烧烤店门口灯光璀璨。这段时间人流量最大,也是最忙的时候,暑假期间,唐璃并不想太早回家,因为她能帮唐诗英分担分担。

唐诗英在前台记账，抬头时正好看到唐璃带着打呵欠的李默川掀开门帘。

唐诗英冲着两人招招手，说："怎么又回来了？直接回家去，店里人不多了。"

李默川依旧打着呵欠，似乎知道自己人小话不中用，懒散地坐在一旁的椅子上，脸上的困顿越发明显。

唐璃收拾了一下，眼看李默川就要坐不住了，对唐诗英说："那我走了。"

唐诗英"哦"了声，问道："哪天开学？"

"下周一。"

"那周末就要走了。"唐诗英忽然深吸一口气，将圆珠笔的顶端抵在额角，"哎哟，东西还没买呢！明天、后天……走之前得给你安排了。"

唐诗英认真地思索，唐璃说："我买了一部分，剩下的去学校买。"

她人瘦瘦高高的，声调清脆有力，唐诗英略略不振的思绪被她牵起来，心绪安定下来。

"走了。"唐璃对李默川说。

李家在烧烤店后面最新规划的小区里，周边环境设施不够方便繁华，所以小区的入住率不高。但他们一家四口从出租自建房搬来这里，住宿环境已经算有不错的改善，唐璃和李默川都有了自己的房间。

洗完澡时临近十二点，唐璃低着头擦脸，手机放在床上，振动了几下。

秦钲先斩后奏：票买了啊。周五晚上。

秦钲：我下铺，你中铺，不行到时候给你换一换。

唐璃顾不上滴水的头发，直截了当地回了两个字：不行。

手机再度响起，秦钲这次直接打来了电话："怎么就不行了啊？

我和你换都不行?"秦钲不耐烦道,"就十二个小时,忍一忍就过去了,中铺也很难抢的。"

"你昨天不是说周六?"

"周六没票了。"秦钲沉默三秒,懒得与她计较,"不乐意就给你退了,话多。"

"……真没票?"

秦钲:"截图发你了,自己看。"

唐璃挂断电话,这才看到秦钲发来的截图。小城去往帝都的火车只有两班,硬座还有几张,硬卧那里果然显然为"无"。

唐璃叹了口气,她本想在家多待一天,多帮一天的忙。

秦钲又发来消息:怎么样?我可没骗你。

唐璃:嗯。

秦钲是唐璃的发小,两人小学六年同窗,初中分道扬镳,高中又被分到邻班,高考考进同一所大学。朋友圈看到他晒录取通知书时,唐璃也很诧异。

临近睡前,秦钲又给唐璃发消息,问她有没有什么感觉。

唐璃问他什么感觉。

秦钲:紧张,激动,兴奋,期待。

唐璃觉得自己可能反应比较慢,或者思绪远没有秦钲的跳脱,所以没有什么感觉。

周五晚上,唐璃拖着行李箱前往火车站。夜深人不静,候车室里人满为患,多是年轻稚嫩的面孔,拖着行李箱待车的学生。唐璃和他们一样,唯独身边缺少家长。

得坐一整夜的火车,没有点儿存粮是不够的。她正抬头,秦钲拎着一大包零食凑到她面前。

唐璃打量他半响,问道:"你的东西呢?"

秦钲掏出一盒薯片给她,又指指手里的包:"都在这里了。大包小包多麻烦,带好资金到学校买。你呢?这东西也不多啊。"

唐璃和秦钲想法相同,但没他那么潇洒,拿着一片薯片塞嘴里:"拿多了不方便。"

"英雄所见略同。"秦钲笑了声,"不过你拿多了也没关系,肯定有好心学长乐意来帮你。"

"嗯?"唐璃扭过头,看着秦钲,"你不拿行李,是要装学长帮女生吗?"

背后是人间喧闹,她像一块璞玉,安静、皎洁,气质淡如月。

"这都被你看穿了。"

八月末的火车站,躁动而狂热,唐璃没有多想,笑着同秦钲讲:"你以后交女朋友,会介绍给我认识吗?"

秦钲信誓旦旦:"当然。"

唐璃没说话,勾着唇角。十八九岁的少年,憧憬没有边框。

"绝对让你自惭形秽。"秦钲罕见地叫她的小名,"璃璃,反倒是你,一副高冷、生人不易近的长相,有男生追你,你一定要擦亮眼。"

"我喜欢长得比我好看的。"唐璃说。

那瞬间,唐璃想反驳他,她不是那么容易被追到的人,也不会轻易地进入一段恋爱关系。

但她很擅长隐藏自己的情绪,唇瓣浅浅抿着,只弯了弯。

去往帝都的火车班次开始播报。窗外热浪滚滚,车厢内冷气不断,秦钲到底没让她睡下铺,扶她上了更安全的中铺。外面很快黯淡下来。唐璃平躺在狭窄的床铺上,窗外的光照在她的脸颊上。

几分钟后,下铺传来浅淡的鼻息音。

唐璃回复完唐诗英的信息,心底那丝提早一天走的懊恼霎时全无。她预料到明天会很累,却破天荒地睡不着。

只是,此时的她不会知道,提前一天抵达帝都,会让她遇见谁。

出了火车站，秦钲带唐璃上了校车。

下午两点半，他们抵达 R 大校门口。比起秦钲的精神抖擞，唐璃看起来明显疲惫。她昨晚几乎一夜没睡，好不容易挨到早晨睡着，车厢又混乱起来。

唐璃掀开校车的蓝色窗帘，看到庄严气派的"大学"二字，只一瞬间，她便清醒了。

学校门口的行人络绎不绝，和火车站出站口如出一辙，但略有不同。秦钲一到学校就激动得叫了起来，他是个车迷，帝都的消费水平远高于小城，唐璃顺着他的视线看到了那辆车牌号为"221"的豪车，线条流畅，设计更是小城的汽车远不能比的。

步行的新生统一从侧小门进入，身边或多或少有陪同的家长以及学长学姐。

唐璃拖着行李箱，秦钲却没有跟上。她扭头看他一眼，用尽最后一丝礼貌，说："秦钲，我走了。"

"走你的。"

秦钲对着校车玻璃整理发型，抬着手，两只眼睛看看身后，看看玻璃，唯独不再看唐璃。他人长得显眼，可实在不够仗义。

唐璃不再管他，拖着箱子，满目憧憬地走进大学。太阳毒辣，晒得她双颊红透，如同熟透了的水蜜桃，下火车前整理好的马尾乱了几缕贴在两侧，她抬手掖到耳后，静静等待报到。

学姐从军训报到处给唐璃拿来一身军训服。一切进展顺利，侧影中浮动着熟悉的身形，唐璃忍不住朝那里望了一眼，又看到了秦钲。几位美女学姐围绕在他的身侧，他就站在那里，眼神看着最出挑的一位。那位长发飘飘的女生没有与他交谈，指尖滑动着手机屏幕，看起来似乎很忙，没空搭理人的样子。

这一幕令唐璃舒心半晌。她不是吃醋，只是纯粹鄙夷秦钲"见异思迁"的行为。

前往女生宿舍的路上,她又看到了那辆"221",隐隐感觉到自己和来自帝都的校友之间的差距。她淡淡地移开目光,轻轻掖了掖鬓角滑落的黑发。

唐璃深吸一口气,搬着箱子往楼梯上走。

就在她费尽全力向上走时,有人在身后帮了她一把。唐璃扭头一看,好心的学长冲她憨厚一笑:"几楼?"

"三楼。"

"你松手。"

唐璃咧嘴一笑,热得通红的脸蛋透着一丝单纯,立刻松手致谢,心情明媚许多:"谢谢学长!"

对方离开后,唐璃才不紧不慢地推起行李箱找宿舍房间。308室闭着门,手指搭在门把手时,唐璃听见里面传来的声音——有人在吵闹,却没有回应。

唐璃抬头看了一眼,确定没走错房间。身后嘈乱,来人络绎不绝。唐璃只得敲了敲门,然后用力推开。宿舍里只有一个人,站在阳台下,转过身来的瞬间,房间陷入安静。

"你好。"唐璃说。

"你好……"小姑娘看上去年龄很小,声音比之前低沉了许多。

"我叫唐璃,住三号床。"唐璃认真地自我介绍。

"哦。"那女孩的声音越来越轻。

宿舍是四人间,上床下桌,查询录取信息时,校园网里有室友信息。唐璃将行李箱上的背包放在中间的长桌上,看到对方带来的几个行李箱统一堆积在对面四号床下面。

"你是程立秋?"唐璃一字一句地问。

"是。"程立秋终于敷衍地笑了笑。

唐璃站在桌前放东西,这才意识到,或许对面的小姑娘并不乐意与她交谈。

手指触碰到背包里硬材质的马克杯,她随手将它放置在桌上。这是她考上大学,李默川买来送她的礼物。唐璃现在要把包腾空,去装接下来需要购置的用品。

"你怎么还不回来?"程立秋恍若无人般朝电话那头的人质问,"宿舍来人了。"

唐璃手指顿了一下,听筒里传来一道声音。

很奇怪,程立秋不爱与人交流,却不掩饰自己的情绪。唐璃想,她一定是被家里宠坏的小姑娘,没什么心眼儿的那种。

不算讨喜的性格,唐璃却并不厌恶。

"你和室友聊。"一股京腔京调,干净成熟的嗓音,却透着明显的敷衍。

程立秋更加生气了:"大哥!"

电话那头的男人忽地笑了声:"我说你跟你室友聊聊。"

程立秋抿着唇朝身后看了看,对上唐璃同样尴尬的目光,霎时扭过头,朝阳台那边多走了几步:"你快点儿回来。"

唐璃耸耸肩,而后赶紧收拾背包里的东西。

男人无奈:"让我走的是你,让我回来的是你,你——"

程立秋挂断电话。

唐璃低垂着头快速将东西放好,洗漱用品和杯子被放在桌上,明黄色的柜面,有岁月蹉跎的痕迹,亦有传承的意义。

"我出去买东西。"唐璃转身,"你有什么要带的吗?"

程立秋手指抠着墙面:"没有,谢谢。"态度完全没了方才的嚣张跋扈。

唐璃轻轻点头示意,把背包背到身后走出宿舍。

她买了许多生活用品,包括床垫。学校里卖东西的位置很是显眼,但唐璃机智地找了位身强力壮的学长问路,而后顺理成章地被学长带去采购,砍价、搬运一条服务线。路上,学长还向她科普了许多有关

R大的事情及专业课程。

回来时,走廊里的光比之前暗了几个度,来来往往的人却没有减少,脚步声隐没在声声嘈乱中。唐璃不甚用力地推开宿舍的门,意外地看见了不属于这个房间的男人。

或者说,是她生活了十八年,见到过的最好看的男人。

修长的身影立于窗边,撑在桌面的手指骨修长,白色衬衣袖口挽起几折,露出的腕表闪着精致昂贵的银色光芒。兴许是无聊,他的另一只手,百无聊赖地摆弄着她放在桌上的马克杯。

空气中飘荡着女孩子掺杂啜泣的抱怨,男人察觉到浅淡的动静,懒散抬眸,橙色的阳光洒在他的黑色发丝上。

唐璃看着他,手指抓着袋子,无意识地收紧。

无意识收紧的,还有她的呼吸和心跳。

她不知所措,只得将目光投在他身上,只因他在数秒前,将她的尴尬收入眼中。唐璃抿了抿唇,白皙光洁的脸颊透着淡淡的红晕,长睫微颤,默不作声。

"立秋,"他淡漠出声,面上没什么表情,目光却定在唐璃的脸上,"有人来了。"

他那语气不带丝毫情感,唐璃能听出,他是之前与程立秋通话的男人,程立秋的哥哥。

程立秋霎时噤声,转过身的瞬间,唐璃看到她双眸微红,像是受了天大的委屈。她忽然好奇这家人发生了什么,能让一个十几岁的姑娘流露出这样的情绪。

男人的目光还停留在她身上。

被人盯得够久了,唐璃微垂下眼,目光从阳台处移到他手指尖。她低声道:"这是我的马克杯。"

下一瞬,男人指骨分明的长指放下杯子,慢条斯理道:"抱歉。"

"没关系。"唐璃忽然脸热。好在她一路风尘仆仆,那股热浪从之前到现在一直存在着,没人能看出异样。

她把东西拖到床边。男人自觉地腾出位置,走向距离程立秋更近的阳台。

小姑娘通红着眼睛叫他:"大哥!"

不知怎的,唐璃觉得眼前这个男人很年轻,可程立秋的称呼让她感受到兄妹二人巨大的年龄差。她不由得诧异,但只是默不作声地整理床铺。

寂静的空气掺杂着窗外忽远忽近的嘈乱声,还有窸窸窣窣不敢故意的小声。男人依旧是那副平淡的表情,似乎是习惯,抑或妥协:"好了,带你吃饭。"

"我不饿。"程立秋一副小女孩模样,扭过头去,不再看他。

唐璃静静地坐到床边,手里拿着新床单。

窗外的夕阳变了颜色,暖光从阳台铺到地面。男人的影子在她脚下,他说:"我在楼下等你。"

"说了不饿。"小姑娘冷哼一声。

静了一会儿,他低声说:"三分钟不下楼,我就直接走了。"

唐璃不知道,在男人停顿的那几秒钟,他的视线扫过了她安静的侧脸。

门开门关,程立秋立在阳台一动未动。从唐璃的角度看,那背影颇为倔强,像极了李默川向唐诗英讨要零花钱不成时的落寞与不甘。

而那个男人,唐璃始终无法形容。

对于初见惊艳的人,总是会产生前所未有的感觉。譬如说,她其实并没有对他的长相过于深刻,可就是四目相对时的感觉,她大概能记许久。

程立秋在三分钟后推门离去。唐璃默默松了口气,目光落在搁置在桌面的马克杯上。

平平无奇的杯子,怎么会被他看到,也许他是真的无聊。

02

秦钲打来电话时，唐璃已经将东西收拾整齐，背着背包准备去学校食堂吃饭，顺便观赏一番。电话挂断几分钟，门外便响起敲门声。唐璃知道，是秦钲带着晚饭来找她了。

秦钲好像又变成了舒心可爱的发小，拎着两份热乎乎的盖饭和奶茶，笑容比花儿都灿烂。

他一进门就惊呼："你们这宿舍比我们宿舍大啊。"

唐璃不给面子地回他："跟漂亮学姐的比呢？"

秦钲"扑哧"笑出声来："什么跟什么事儿？"说完这话，他突然盯着面前程立秋的一堆行李箱发呆，默不作声。

注意到秦钲的眼神，唐璃提醒："室友的东西有点儿多，别乱碰。"

"这是你室友的行李箱？"秦钲走过去弓着身子看了几眼，"真的假的？"

唐璃："当然真的。"

"不是。"秦钲说，"我说这箱子正品赝品？一个好几万。"

唐璃没说话，把盖饭放在宿舍中间的桌子上打开。

"我从进校门，哦不，下火车时就感觉到了人与人之间的差距。"从那辆"221"到现在好几个价值五位数的行李箱，秦钲快要语无伦次。

窗外的光渐渐淡了，近乎于蓝灰的颜色盖过天边晚霞。

唐璃闷着头吃饭，塞了满嘴再看他一眼，她的眼神不带有任何评价的色彩。

秦钲坐下，揭开另一盒盖饭，说："你怎么不说话？"他回头扫视一眼，又问，"你都买好了？"

唐璃点头："有位好心的学长帮我搬到了宿舍门口，他问我是不是自己一个人，我说不是，有一个从小一起长大的朋友，去帮别的女同学了。"

秦钲笑出声，唐璃又说："你怎么不和你的学姐一起吃饭？"

这次换秦钲不说话了，面色隐约带着腼腆。

"高冷御姐。"唐璃笑着摇头，"难。"

秦钲猛地扭头，双手捧着盒饭："你见到许学姐了？"

唐璃想起报到时秦钲周遭围着的数位美女学姐，虽各有千秋，但有一位格外出挑。少年在灯光下炫耀："她叫许沉吟，我加到微信了。"

唐璃从他手中拿过手机，赫然显示着许沉吟的账号。她的头像是她自己的半身照，一袭长发，白色 T 恤，阳光明媚的笑容。唐璃拍拍他的肩："我喜欢。"

秦钲收起手机："可不仅仅你喜欢。"他说，"我今天一见到她，就觉得不一样。"

唐璃脑中闪过一张脸，顿了顿，问他："有什么不一样？"

"说不出来。"秦钲说，"如果你有过一见钟情，就知道什么感觉。"

唐璃不满秦钲的装模作样，轻轻扯起嘴角："可惜我没有，也不想有。"

秦钲三下五除二吃完了饭盒里的饭，又帮唐璃一起收拾了残余，扔到门后的垃圾桶，这才想起来问："你室友呢？"

"有两个没来，来的那个去吃饭了。"

"什么时候回来？"

"不知道。"唐璃说，"有可能不回来了。"

程立秋是 308 室来得最早的人，但东西全部堆积在床下桌边，一动未动，大抵是一整天都在生闷气。唐璃虽然不知道她为什么心情失落，但总有种她今晚不会再出现的预感。

秦钲交代说："今晚你一个人的话，记得关好门窗。人多手杂，注意安全。"

唐璃："知道了。"

但唐璃的预感失败了。就在她洗漱完毕准备锁门休息时，程立秋站在了她的身后。那一秒,唐璃吓了一跳,捂着胸口煞白着脸对小姑娘打招呼:"你回来了?"

其实程立秋看上去并没有那样娇气,甚至从外表看来,她也没有秦钲说的那样有钱,简直普通得不能再普通。

她和她的大哥,长相也并无相似之处。

唐璃看着小姑娘打开箱子简单收拾床铺,爬上床后再没出声,她无法再推进两人关系,只得锁好门,带着一身疲惫入睡。

直到她半夜被吵醒,迷蒙之中看见坐在床上哭泣的程立秋。

唐璃半眷着眼,一动不动地看了很久,身体的劳累与精神的困顿令她反应慢了许多,而后才迟钝地起身,叫了一声:"怎么了?"

程立秋捂着脸,并不看她。

唐璃下了床,从桌上拿起下午新买的杯子,接了一杯温水递到程立秋床下:"喝点水吗?这是我新买的杯子。"

程立秋哭得嘴都肿了,伸出一只白皙水嫩的手。将杯子递到嘴边时,她却又扭过头:"有味儿。"

唐璃说:"什么味儿?"

"新杯子的味儿。"她把杯子原封不动地退回来。

唐璃蒙了蒙:"你的杯子在哪儿?"

程立秋不说话,唐璃叹了口气,转身放下新杯子。

"书包里,侧边。"程立秋小声说。

唐璃拿出她的杯子,重新倒了一杯温水。她喝完水,说了有关她情绪失落的原因的第一句话:"我妈要结婚了。"

这次换唐璃不说话了,阳台开了半扇窗,有风吹来,空气微凉。

"我越想越难过,"程立秋哭着说,"她要去法国了,我走不出来。"

唐璃想,程立秋为什么那么爱哭?

在这个夜晚,唐璃知晓了她未满十六岁考入大学,也知晓了她讨厌母亲要嫁的法国人。但唐璃对自己的事一字未提,她觉得自己比程立秋的经历要惨上许多，但她不确定这种自小父死母弃的身世能给自己置换到何种评价。最后她选择缄默不言，只是听着、哄着。

昏暗的窗台下，台灯映出的光芒虚虚盈盈，空气里是凉凉的风和低如蚊蚋的抽泣。程立秋茫然无措地说："你帮我，给我大哥打个电话吧。"

唐璃沉默，长睫慢眨，一层异样的感觉席卷肌肤，自下而上："白天在宿舍的那位？"

程立秋："嗯。你就说我半夜发高烧……"

唐璃问："他会信吗？"

程立秋吸吸鼻子："他会来的。"作为妹妹，她对他再了解不过。

唐璃："他会接吗？"

程立秋不确定地说："你试试吧……"

夜里一点，唐璃捧着自己的手机，拨通了归属地为帝都的陌生电话号码。程立秋探过头来看她，唐璃默不作声地按下免提键。

电话响了很久才被接通，久到就连唐璃自己都感到罪恶——"扰人清梦，天打雷劈"。

"谁？"他低低地冒出一声，透着些许不爽与迷惑。

唐璃顿了顿，睫毛被荧光映得格外浓密且长："我是唐璃，程立秋的室友。"她低声说，"程立秋发高烧，你能不能来接她？"

电话那头传来一声冗长而浅的呼吸声，通话时长按秒计算，她却感觉度秒如年。

"哪个唐璃？"他说，"不认识。"

他挂了电话。

程立秋崩溃："你快！快再给他打一个！"

唐璃抬眸，表情里有说不出来的尴尬："万一——"

"不会的。"程立秋瘪着嘴巴，"他知道你是谁，下午吃饭的时候我们还聊你了，你再打一个。"

"聊——我？"唐璃静默地看着昏暗环境中双眼通红的小女孩，思索着，轻声说，"那我再打最后一个。"

程立秋用力点头。

这次的电话很快接通，甚至没等唐璃反应过来，对面便传来与之前大为不同的嗓音："四十分钟到。"

唐璃愣怔数秒，然后说了声"好"。

她的声音很乖，乖到让对方轻声一笑。那笑声气音一般，让唐璃像被酥麻了半边脸。

他再开口便有了几分玩笑的意思："你问她，非得把她哥折腾半死？"

唐璃心中闷着一团乱麻，头顶那道目光细碎着万丈光芒，她却恍若无人般转了话语："哥哥，"她礼貌而小心翼翼地开口，"你叫什么名字？"

夜风凉丝丝的，从脸颊拂至心口。

"程绍堂。"程立秋迫不及待地点击挂断键，眼睛亮亮地告诉唐璃，"他叫程绍堂！"

电话挂断，唐璃赶忙解释道："我没别的意思，就是待会儿送你出去，我不知道怎么称呼你哥哥。"

"你叫他什么都行！"程立秋提高音量，如同雀跃的小麻雀，是肉眼可见的与之前不同的开心。

"嘘。"唐璃做了个小声的动作，看着程立秋，说，"你今年真的只有十五岁吗？"

程立秋摇摇头："我下个月就十六了。"

她掀开薄毯起身下床，坚固崭新的上铺床被她的迫不及待晃得"当啷"作响。唐璃扶着床："你哥说，他四十分钟后才到。"

"我知道啊。"程立秋精神抖擞，猛地灌了一大杯水，坐在椅子上，"你陪我聊天吧。"

唐璃本来想拒绝的。

连她自己都觉得奇怪,她竟然那么善良?善良到牺牲自己的睡眠时间来陪一个乳臭未干的小丫头谈心。

唐璃只比程立秋大两岁,可在见到她的第一眼,就已经完全把她当作妹妹。像是在家里,只要她能看到,她就会主动包揽李默川的饮食起居,自觉承担长姐的职责。

唐璃拉开身后的椅子,坐到程立秋对面。小姑娘正看着她,一眨不眨。

"你是哪里人?"程立秋问她。

"江苏。"唐璃反问道,"你呢?"

"本地人。"程立秋说,"看起来不像吗?"

"你不太像,你哥很像。"唐璃打了个呵欠,纤细的小臂搭在靠背处,倚上去看着程立秋。

程立秋并不能敏锐地察觉到旁人的变化,自然也看不出唐璃的困倦。通俗意义来讲,她更加注重自己的情绪变化及心情。

"我哥怎么还没来?"程立秋淡淡问了一句,态度已没有之前的傲慢急躁,嘴里小声嘟囔着,"希望我哥直接带我去他家,别把我扔回大院。"

唐璃抿了抿唇,声色温柔如水:"有什么区别吗?"

程立秋不淡定:"我舅的小老婆是个画家,不食人间烟火,我舅又宠她宠得厉害,我真是……唉。"

唐璃眨了眨眼睛,象征性沉默,而后试探性询问:"你说的小老婆是?"

程立秋立刻改口说:"啊,是我舅的现任。"

唐璃静静地看着她。程立秋的倾诉欲很旺盛,说起来几乎毫无遮掩,唐璃认为这种行为有一部分原因是她年龄小,另一部分则是性格如此。

"我舅的前妻,我见都没见过。现在这个跟了他十几年,没有领证。"程立秋鬼鬼祟祟地说。

唐璃:"你怎么知道?"

"我妈告诉我的。"

"你妈妈也不喜欢你舅舅的老婆?"

程立秋霎时讶异,那种吃惊从眼神中迸发而出:"你竟然知道啊?"

唐璃说自己猜的。

夜越来越沉寂,不久前还有人在窗外照手电,如今是一点儿动静都没了。其实唐璃可以不问的,她向来不是多事者,除非有关她想的事情,否则她从来不多说一句。可程立秋说了那样多的家事,就算她多问一句,也无可厚非,不能说明任何事情。

"你哥是你舅舅的儿子。"唐璃眼眸里透着慵懒的困顿。她皮肤白皙光洁,面容不显小也不显大,乍一眼看上去就是一位年轻的漂亮姑娘。

很漂亮,至少程立秋是这么认为的,因为漂亮,所以不排斥亲近她。

程立秋点头:"嗯,可是他们关系并不好。有时候我真觉得,我才是我舅的亲女儿,我大哥是他仇人的儿子。"

唐璃摇头,表示怎么会呢。

小姑娘说起来尽兴,停止得也很突然。等到程绍堂的电话打进来,她又将情绪集中在这通电话中,毫不留情地怼过去:"你把车开到宿舍门口来,要不然我怎么出去啊?"

电话那头的人依旧一副不紧不慢的模样,声调、态度都很淡然。

程立秋蹙着双眉,说:"天太黑了,我害怕。你不能进来,我试着让我室友送我出去。"

唐璃望了望窗外,有骇人的风声,隐藏一切的黑夜,给人无尽的遐想。

019

她抿了抿唇。

"那你来宿舍门口接我吧,大哥。"程立秋换了口径,"我就让我室友送我到楼下,可以吗?"

挂断电话,程立秋转身收拾背包,她对唐璃说:"我待会儿走了,你送送我吧。"

唐璃苦笑:"你又不是不回来了。"说完这句话,唐璃有种莫名其妙的预感,于是反问了一句,"真不回来了?"

但程立秋只是说:"不知道啊。"

唐璃记得录取通知书被送到唐诗英手中的时候,一家人的欢呼雀跃,还有她不曾与旁人说道的憧憬期待。这种喜悦和程立秋的毫不在意形成鲜明对比。唐璃深刻地意识到人与人的不一样,她无法预料眼前的这个小姑娘下一秒会做出什么决定,无论什么决定,外人都无法理解。

这种随意的性格并不类似,譬如说程绍堂,他就很内敛、成熟。

唐璃有些迷茫了,她并不是会轻易定义别人的人。她把这种变化原因归于身份的改变和经历未知后的成长。

陪程立秋下楼的时候,唐璃并没有感觉到她的惧怕。

楼梯在脚下沉没,空旷寂寥的声响似有回音,漆黑的夜色淹没来去的路,白日热闹的阔路长廊吹过凉凉的风。

唐璃攥着手机站在宿舍大门口,听程立秋毫不怜悯地敲开楼管的门,以极尽可怜与落魄的神色与之交谈。她在接收到小姑娘的示意后立刻上前助力,将"无中生有"四个大字发挥得淋漓尽致。

说不清道不明,上一秒两人狼狈为奸、一唱一和,下一秒看见玻璃门外的高挑身影后,她们的心"怦怦"跳起来。

程绍堂打着最低亮度的手电筒,薄弱的光照清了他的脸颊。

他戴着一顶纯黑色鸭舌帽,额前黑发掀起,露出一双锋利的眉眼,或许是因为情绪不佳,那眼眸始终盯在这处,神色深沉。

程立秋目的达到，自觉理亏，捏着背包宽厚结实的带子，上下摩挲，小声道："大哥，我不想回大院。"

无人回应。

晚上有点儿冷，她被凉风吹过的身体忍不住打了个寒战。

唐璃攥紧了手，看程立秋跟程绍堂离开。

她太困了，站在玻璃门前，像被一根绳子吊着一样摇摇欲坠，身后是楼梯，她重复来时的路。

躺下之前，她走到阳台处，微微向外探了探身子，楼下空无一人，似乎没有人来过。

唐璃看了眼手机，两点十五分。

几乎在合上眼的同时，她便意识模糊了。原本以为没了室友陪伴，自己会有些孤单，但事实上她睡得很踏实，一夜无梦。

第二天清晨，唐璃迎来了新室友——宋紫玉。

"就你自己啊？"

宿舍外人影更多，宋紫玉站在一号床铺下，她的母亲在床上认真仔细地铺床单，父亲拿着军训服进来。这是一个健康和煦的家庭，宋紫玉说话的状态活泼向上、热情洋溢。

唐璃看着她说："另一位室友昨晚发高烧。"

"水土不服啊？"宋紫玉问。

唐璃："不清楚。"

"帝都的天气有些干燥。"宋紫玉妈妈说，"紫玉，你以后还要多喝水，多运动。"宋母说话带一股浅浅的方言味儿，声音小、音色柔，很好听。

满室阳光，铺满地板，唐璃坐在椅子上，静静地看着手机屏幕中间的短信：谢谢。

简简单单，只两个字，一串陌生的帝都电话号码，没有备注。

但唐璃知道是他,是程绍堂。

唐璃不知道的是,说谢谢不是那人的本意。

他的本意是叫她以后不要再圣母心泛滥,多管闲事,有些人一旦黏上就像狗皮膏药。这种深夜对他人不管不顾、不达目的不罢休的类似事件,日后必定会再次发生。

但后来不知怎的,发送到唐璃眼前的,只有这两个字。

或许是觉得,两人还没那么熟罢了。

03

军训的最后几天下了雨,天气骤然变凉,大雨持续了一个多小时,紧接着是中雨,似乎没有停下的迹象。

唐璃躺在床上休息,她的睡眠质量高于大多数人,伴着雨音更为酣甜。

她是被饿醒的。

宋紫玉坐在床下,抬头看她:"你终于醒了。我想去餐厅买饭,你去不去?"

唐璃:"去,我也饿了。"

"你有伞吗?"宋紫玉说,"我的伞超级大,我们打一把。"

唐璃:"可以。"

雨小了不少,从阳台往下看,道路潮湿,树木枝叶沾染了水珠,青翠欲滴。

出来宿舍大门,两人自觉靠得很近。宋紫玉忽然问道:"你见过我们宿舍的另一个女生是吗?"

"嗯。"唐璃点点头。

"长什么样啊?"宋紫玉很是好奇,"我没来之前就好奇室友的长相、性格,结果一位室友骨折病假,另一位室友也无故缺席,嗯……真戏剧性。"

宿舍还有一位未报到的室友，名叫司梦。据辅导员称，司梦暑期回老家探亲，骑摩托车摔断肋骨，在医院躺了半个月，至今生活无法自理。而年纪最小的室友程立秋，因为无法适应宿舍环境，装病卖惨骗家长，报到当晚离开学校，军训结束都没回来。

正如宋紫玉所说，一切过于戏剧化。

唐璃不好形容程立秋的外貌，只对宋紫玉说"等你见了就知道了"。

宋紫玉表示："我怕到时候事情发展得更加戏剧化。"

距离开学日差不多十天，餐厅门口的道路积满水洼，路上的人不多不少，天空是一望无际的深灰色。唐璃撑着那把巨大的伞，宋紫玉挽着她的小臂，低头看着脚下。恍惚中看到前方有车驶来，宋紫玉转了个身，贴在唐璃身侧推着她靠里边走："有车来了。"

黑色伞沿遮盖了视线，等到唐璃轻轻将伞掀开一个角度，这才发现她是见过那辆车的——车牌尾号"221"，一辆张扬高调的保时捷。

距离越来越近时，唐璃一眼就望见挡风镜后男人清秀年轻的脸。

如果让唐璃形容程绍堂的长相，她大概会用"洋气"这个词语。后来，她把这个想法告诉他，他却只是笑，笑她夸人还别人不一样。

那车缓慢地停到宋紫玉背后的位置。

唐璃的目光追随着驾驶座，转移到车窗。

车窗下移，程绍堂侧过脸："唐璃？"

唐璃眨了眨眼睛，表情没有诧异，更像没反应过来。

程绍堂说，程立秋今天生日会，特地邀请她去参加。说着，他递来一部崭新干净的手机，手机屏幕上是已接通的电话。

唐璃的视线却被他的手吸引了去，手背上青紫色血管蜿蜒向上，异常明显。见她不接，程绍堂递手机的手朝前送了送，雨在下一刹那滴落在屏幕中央。

唐璃接过手机，迅速看了他一眼，收回视线。

"喂？"

"唐璃,你坐我哥的车来找我。"

程立秋说话不给人留半分余地,唐璃立刻就语塞了。她想起十天前同人聊天,她还问过小姑娘的年龄,程立秋说下个月年满十六,如今看来就是今天了。

宋紫玉站在一旁默不作声,视线停留在唐璃的身上。

唐璃看了看宋紫玉,对电话里的程立秋说:"我和另一位室友约好了,一起吃饭。"

"另一位室友?"程立秋想都没想,"你们一起来啊,这顿饭我请了。"

宋紫玉听见了,受宠若惊地"啊"了一声。

唐璃护住听筒,看了眼程绍堂,又看宋紫玉,用口型问她:"你想不想去?"

宋紫玉满脸震惊:"我不知道啊。"

程绍堂坐在驾驶位,看人的时候微微扬着眸。左右为难、不上不下,是他看一眼唐璃的表情所得出的总结。他慢条斯理地伸出手去,食指勾起,唐璃忙不迭将手机递回他手上。

"上不上车?"他问。

唐璃顿了一下,说:"不去了吧,我们就不打扰了。"

宋紫玉表示同意。

程绍堂说:"你要是不去,我才是真受打扰了。"

唐璃听到这话,自然不免脑补。她大概能理解程绍堂的意思,程立秋性格古怪,年纪尚小,情绪上头后对他人几乎不管不顾,而程绍堂作为她的大哥,肯定没少受她的折腾。

雨渐渐停了,人多了起来。

程绍堂看着她,眉眼不似那晚深沉:"上车吧。"他说,"她对这些东西向来用心,你去一趟,不亏。"

如果是旁人这样说,唐璃会感到此人狂妄自大,笑话她没见过世面。但是,程绍堂让她感觉出一副在邀请的姿态。她不知道是不是自己多虑了,总之,这人给她留下的印象极好。

唐璃转头看向宋紫玉,而后宋紫玉对着她轻点了一下头。

潮湿阴凉的街道,被雨水冲刷干净的空气,统统隐匿于烟草和檀木气息混合的车厢。宋紫玉率先坐进后排,唐璃也躬身入座时,忽然他示意了一下副驾驶位,说:"就坐这儿,后面挤。"

那嗓音荡在车厢里似有回音,熟悉又陌生的感觉。

唐璃怔住了。宋紫玉还在后排调整位置,相比之下,她的窘迫和不安不亚于唐璃,只不过她是因为想到了另一件事。

唐璃看到宋紫玉发来的消息,顿觉两难。

宋紫玉:空手去参加会不会不合适?

唐璃:会。

宋紫玉:那怎么办?

唐璃:我也不知道。

唐璃放下手机,宋紫玉看着她的背影,两人默契地绷紧神经,坐立难安。直到车子途经对面一排商铺与饭店,唐璃突然出声叫停:"等一下。"

程绍堂的手搭在方向盘上:"嗯?"

唐璃转过身与宋紫玉对视一眼,而后才看他:"我想和我室友下车买个东西,您能稍等一下吗?"

程绍堂稍稍挑了一下眉,也没问买什么。

雨忽大忽小,他车开得慢,到了空旷地方停车解锁,唐璃和宋紫玉一前一后下了车。

"完了,我没带钱。"宋紫玉说,"我连手机都落他车里了。"

唐璃走在前面,说:"我带了,用我的。"

宋紫玉回头看了一眼停在路边的车,扭头又问:"这个室友家里蛮有钱,我们是不是要买贵一点的礼物?"

唐璃平静道:"要多贵?"

"五百?"宋紫玉说,"我一个月生活费两千,只能五百了。"

唐璃没有回话。

两人走进一家低奢手工饰品店,饰品都不便宜,一个小小的手机挂件就要一两百块。

宋紫玉没见过程立秋,唐璃对她的印象停留在她应当衣食无忧。在导购员的介绍下,宋紫玉选了一款独角兽台灯,比她预计的花费少了一百二。而唐璃选了一个小而精致的桌面摆台,华而不实,价格昂贵。她预感程立秋会喜欢,尽管那喜欢,也许会非常短暂。

结账时,唐璃算了一下,发现自己手机里的余额不够,她还问秦钲借了一部分。因为她从来没向秦钲借过钱,还是特地给他发了条语音才收到转账,将东西打包带走。

两人加快速度,可真正到了车上,仍意识到她们让人等久了。

唐璃笑了笑,眉眼弯弯:"不好意思,哥哥,让您等久了。"

程绍堂百无聊赖地别过眼,见她脸颊微红、笑容羞赧,心说这小姑娘倒是比他家那个乖,同样是学生,差距立竿见影。

程绍堂收回视线,声音里不带任何情绪:"你今年多大?"

唐璃意外地睁大了眼睛。

男人的黑发细碎地垂落额前,他鼻梁高挺,红唇饱满,黑色卫衣挂在身上,隐约能看出肩宽臂长,指骨分明的手指搭在方向盘上,几乎在问完那句话的同时,他便启动了车子。

唐璃很快反应过来,抿了抿唇,沉默须臾,道:"十八岁。"

"嗯。"而后他勾起唇角,"从小就乖,还是对我害怕?"

这话自然是玩笑话,可无论是坐在副驾的唐璃还是坐在后面的宋紫玉,都吓了一跳。不相熟,自然是感觉别扭,万不到惧怕的地步。

唐璃心中蹦出的那句"不会,你长得又不吓人"到底是没说出口,她不想给人留下以貌取人的印象,也不想在室友面前出洋相。

最主要的还是,他们并不相熟,这车上载着的所有人都不相熟。

她愣了一秒,笑呵呵道:"大概是从小就这样吧。"

程绍堂又侧眸看了她一眼。唐璃留给他的只有侧脸,只是那股羞赧劲儿没消。阴雨天气,小姑娘白得如同通透的玉,光滑的黑发扎于脑后,莫名带点儿酷酷的感觉。

程绍堂扭过头,唇角向上了一瞬。

车停在酒厅门口,唐璃和宋紫玉下车后,车子便开走了。

"好大的酒店。"宋紫玉环视一周。被好奇心驱使,她拿手机搜索了一下酒店位置,发出感叹,"天啊,好奢靡!人均五位数!我腿都有点儿软了,早知道穿得正式一点了。"

"嗯,没关系,没人会注意到我们的。"唐璃诚恳地说。

"也是。"

"对了。"宋紫玉压低声音,凑近唐璃,"她哥哥长得好帅,开的车也贵。"

唐璃被她推着小步走向酒店大门,问过服务生后,被带到电梯处,直上十八楼。

其实不光宋紫玉忐忑,唐璃也略略感到不安。或许很多经历追溯起来,第一次总是尽显局促,她心里明白,一旦开启这种经历,后续的"新鲜事"便会源源不断。

等两人从电梯出来,程立秋已经在眼前,她接到程绍堂的电话,亲自来接她们。

程立秋的十六岁生日宴庞大而华丽。或许是不喜欢长辈参与,她邀请来的大多数是中学同学、小学发小。不同于那晚,程立秋表现得礼貌温和,她对唐璃和宋紫玉说:"非常感谢你们来参加我的生日宴会,玩得开心哦!"

她很忙，整场宴会在她的指挥下井井有条。

身边几乎都是同龄人，唐璃不再感觉不适和焦虑，拿着盘子在自助餐区域挑挑拣拣，她饭量不大，但挨了太久，必须先垫一下。宋紫玉端着一碗奶油蘑菇汤，悻悻地说这里的菜和别的地方不一样，太好吃了。

宋紫玉性格不错，喋喋不休，对宴会厅靠角落的位置毫不在意。

唐璃的余光中，出现那道熟悉的身影。

周遭的灯光似乎慢了，声音也淡了，酒杯交错发出"当啷"声响。

他立在角落，和唐璃第一次见他时一样的姿势，只不过手中的马克杯换成了盛满香槟的高脚杯。程绍堂周遭围满了人，有一袭红色格外亮眼。

唐璃默不作声地抬眸，很快转移视线，思绪开始慢慢不受控制。

"唐璃？"宋紫玉触碰了一下她的手臂。

"嗯。"

"新室友叫什么名字来着？"宋紫玉说，"我又忘了。"

唐璃："程立秋。"

"她又换了身衣服。"宋紫玉满眼艳羡，"造型也换了，像小公主，好漂亮。"

唐璃看了一眼穿白色公主裙、尽显优雅高贵的程立秋，说："她本来就是小公主。"

宋紫玉说："真的。"

唐璃意味深长地说："公主都有小脾气。"

宋紫玉没懂她的意思。

唐璃拿着精致的刀叉坐在长桌前，像一只兔子般沉默地进食。她余光里是无可挑剔的红，过了一会儿，她假装无事般抬眼，视线尽头的两人离得更近了些。灯光璀璨，那个角落灯影错致。程绍堂看着那个女人，她侃侃而谈，他的眼神和灯光一样忽明忽暗。

唐璃猜测不到他的想法，也不知道为什么自己要去猜一个仅有几面之缘的男人。她转过身问宋紫玉："你有过一种预感吗？明明只是萍水相逢，但总感觉日后还会见面。"

宋紫玉一愣："你说谁啊？"

唐璃没有说话。

宋紫玉想了想，回道："我认为有。"

空气中有淡淡甜甜的香气，这是唐璃从未闻过的一种味道，有点儿像奶油，又有点儿说不上来。

"我和我男朋友就是。"宋紫玉说，"那年学校组织春游，我被安排到邻班车上，和他坐到一起，相谈甚欢，聊到激动处还不小心拍了一下他的大腿，那时候我看见他的眼睛，就知道我俩肯定会再见面。"

唐璃抬眸："你有男朋友？"

宋紫玉眨巴眨巴眼："怎么了？很诧异？"

唐璃笑了笑："有点儿。"

"我男朋友长得不帅，胜在有趣的灵魂。当然——"宋紫玉毫不夸张地讲，"我漂亮。"

唐璃点头。

"在一起之后，我才知道很多偶然的相遇其实是他刻意为之。"宋紫玉说，"他太坚持了，我对他也有好感，一来二去就在一起了。你说的那个预感，我认真想了想，在我们初次见面的时候是有划过我脑海的，但是一闪而过，我不能保证未来的发展，只是在事情发生以后，再回忆过去，觉得一切有迹可循。可能那就是预感，也是宿命感。"

宿命感，唐璃的大脑似乎被一缕浅淡的电流通过。

她不知道宋紫玉的感情经历，但能感觉到一种美好纯朴。而且对方的形容太贴切了，似乎直击到唐璃的内心，她忍不住问："你们会结婚吗？"

"会。"宋紫玉很坚定。

程立秋没有忽略"孤立无援"的二人,她如同欢呼雀跃的小鸟一般飞奔而来。

她笑得甜美,问:"我哥接你们来的?"

两人默契地点点头,不约而同地想起搁置在桌下的礼物。

不等她们开口,程立秋又说:"他本来还不想去呢,到底不还是去了。"说罢又问,"没为难你们吧?没给你甩脸色吧?"

唐璃说:"没有。"

程立秋总在说程绍堂的不好,可唐璃觉得对方很好,正是因为太好,兄妹两个的感情也很好,所以才懒得同小姑娘计较。

程立秋朝身后看了一眼,正好看向程绍堂和那位红裙女子的方向。

她"哎呀"一声,唐璃看了她一眼,心脏忽然跳得很快。程立秋着急得连招呼都没打,惊呼一声"尔雅姐",小跑过去,几乎是扑到那女人身上。

唐璃听不清他们的谈话,但是能感受到他们的欢乐,几个人举手投足间,那种从容不迫、游刃有余的感觉令人羡慕。

但是那又能怎么样呢?唐璃收回视线,没有人规定人一定要活成什么样子、成长为什么性格。她对宋紫玉说:"我们吃完,把礼物送给程立秋,然后就回去吧。"

"好啊。"宋紫玉吃着一小片松茸饼,"反正都不认识,还不如回宿舍休息。"

不过,她们始终没有找到合适的时机。

生日宴会还没结束,唐璃见程绍堂出了厅,便不动声色地跟了出去。她准备将礼物交给程绍堂,让他帮忙转交给程立秋。

程绍堂从卫生间出来,看到她,莫名笑了声。

唐璃不是非要表现得那么胆怯,只是她不清楚对面人的身份,不知道和他交流是否需要避讳什么。她镇定下来,向他表明来意。

程绍堂轻声说:"我还想呢,总不能是送我的。"

唐璃抿了抿唇,也跟着笑了声,只道:"谢谢哥哥了。"

她跟程立秋一样唤他"哥哥",并不违和。他看她的眼神无疑就是看一位小他好几岁的小姑娘,他的建议也十分中肯:"不再等等了?重头戏都压轴出场。"

唐璃说:"不了。"

程绍堂静静地看着她。

唐璃高高瘦瘦,穿着一条最简单不过的白色连衣裙。这衣裙宽松,搭在她身上松松垮垮的,偶尔荡起小幅度褶皱。而她只扎着简单马尾,素白的一张脸,额前碎发点点。

说完这句话,她就走了。

唐璃进了电梯,瘦弱的肩膀忽地塌下来。等到电梯数字变为"1",她缓慢抬脚走出去。宋紫玉在楼下等她,刚才打电话说,雨越下越大,出租车很难打到。

她没带伞,走到大门口,寒冷的空气一瞬间席卷了全身,唐璃轻轻按下裙子。

雨确实更大了,宋紫玉撑着伞在路边打车,宽阔马路,雨声连绵,行车急忙。唐璃打开打车软件,软件显示她的打车排名为三十三。

她搓搓脸,打了个寒战,准备一鼓作气冲出去。

"唐璃。"

唐璃一怔,男人指间甩着崭新的车钥匙,大步流星地走到她身后。

看见她的表情,程绍堂勾唇笑了一下,低声道:"忘记告诉你了,这里不好打车。"他的目光不曾离开她的脸,继续说道,"怎么了?真被我吓到了?"

听见这句话,唐璃立刻想起先前在车里,他问过她的问题。

她摇头:"没。"

"等下。"他抬着下巴,转眸从门口一侧的伞架上抽出一把伞,"我把车开过来。"

人走了,风还在,挺拔的背影消失在风雨里。好长一会儿,唐璃才反应过来,脸红了一片,心里是忽冷忽热的忐忑。

她到底在想什么?怎么会连一米之外的伞都看不见了。

04

回到学校后,唐璃给程绍堂发送了短信。和他上次发来的一样,只有简短的"谢谢"二字。

来回数个小时,天色尽黑,雨又小了。她撑着酒店的伞从学校门口走到宿舍,宋紫玉撑着伞走在她后面。夜里视线不明朗,两人走一步停一步,既要注意水坑,又要避开瓷砖里积藏的脏垢。

宋紫玉叫了她一声:"唐璃。"

唐璃:"嗯?"

"你觉不觉得程立秋的哥哥很帅?"

唐璃抿了抿唇:"你说过一遍了。"

"你不觉得吗?"宋紫玉一本正经道,"不过立秋和她哥哥长得不是很像。"

"是表兄妹。"唐璃说。

宋紫玉了然于胸道:"怪不得。"

过了会儿,她又问:"你怎么什么都知道?"

唐璃说:"之前你没来的时候,程立秋和我说的。"

"哦,所以你和程立秋的哥哥见过很多次了?"宋紫玉忽然发出一声八卦的笑音。

"没有很多次。"三次而已。

"唐璃,说实话,我觉得她哥哥对你有好感。"宋紫玉抬头看向那道身影,女生骨架不大,骨肉匀亭,身材很好。

前面的人忽然停住脚步,扭过头来冲着她:"逗我玩呢?"

宋紫玉说:"那会儿他把车开进学校,停到我们面前和你说话的时候,看你的眼神就很专注。这一路上,她哥哥一句话都没和我说过,但他对你不仅态度好,还开了好几次玩笑,我甚至怀疑他是知道你打不到车才说顺路送你。"

唐璃听她振振有词,却不敢苟同半分:"他回公司了。"

军训结束后,程立秋回来了,她看见宿舍空缺的床位,难以置信地惊呼:"竟然有人比我来得都晚。"

宋紫玉说:"伤筋动骨一百天,这学期见不见得到都是未解之谜。"

而唐璃,因为送给程立秋昂贵的生日礼物,已经开始在学校附近寻找兼职赚钱。

她考虑了很多方面,在学校周边转了一圈,和各位老板都交过手后,秦钲的电话突然打过来,让她不要着急,他那边有更好的。

唐璃到店的时候,已经过了吃饭的时间点,她顺着服务员的引导来到秦钲面前。

秦钲对面坐着一位长发及腰的高冷美人,唐璃一眼望过去,那张在开学当日就惊艳到她的脸庞距离她更加近了。而秦钲和许美人的坐姿和距离也很待考究,怎么看都像是在谈恋爱。

唐璃抬起一根手指指了指秦钲,又指了指许沉吟,而后难以置信地叫了一声:"钲钲——"

许沉吟放下抵在耳尖下的纤手,侧过眸子看了她一眼——一个漂亮却没有攻击性的小妹妹。她眼神里有一闪而过的揣摩,只是很快便化成了温柔。

"璃璃。"秦钲腾开身旁位置,拍拍桌面,坐在许沉吟对面,他整个人都变得沉着起来,"坐。"

"合适?"她看了一眼许沉吟,又看向秦钲。

秦钲轻叹一声："你话真多，不愿意和我坐在一起就直说，我去对面可以了吧？"

唐璃怎么不懂他的小心思，笑着点头："赶紧的。"

没有多余的寒暄，唐璃坐下后，许沉吟把菜单递到她面前，问她喜欢吃什么，别客气。

"你最近很缺钱？"趁唐璃情绪还不错，秦钲问。

唐璃头也不抬地看着菜单："缺啊，有什么兼职可以给我介绍。"

秦钲蹙眉："你怎么会？"

唐璃迅速点了两道菜，转过头去看秦钲，如实相告："前几天室友过生日，送了她礼物，当时不还找你借钱了吗？"

秦钲显然是想到了什么："就你那个特别有钱的室友？"

许沉吟闻言看了秦钲一眼，秦钲解释道："璃璃有个巨有钱的本地室友。"

"本地室友。"许沉吟闲聊说，"那不应该没有钱。"

唐璃不想继续探讨这个话题，要笑不笑地看着对面两人："你和学姐？什么情况？"

"没什么情况，你真八卦呀。"

秦钲很少表现得如此这般，但唐璃能懂得，人与人相处的模式不同。以对待朋友之姿去对待喜欢的人，那必然不可取。

秦钲离座之际，桌上只剩两个女孩，视线不可避免地撞上。

许沉吟掏出手机，对唐璃说："我给你推个号码，是一家咖啡店的店长，他那里的时薪应该比你今天问过的都要高，只不过不在学校附近，你可以选择周末兼职。"

她比唐璃大不了多少，可她在这里多待了一年，认识的人自然比唐璃多得多。

店里灯光雀跃，照得人慵懒又柔和。许沉吟性格很温柔，对唐璃说话也很自然。短短一顿饭的时间，唐璃就被她吸引，想要和她成为朋友。

"还有一种方法。之前我室友在天桥和广场摆摊儿卖饰品,算是另外一种形式的创业,那东西成本很低,只在下午到晚上出摊,利润很大。"

唐璃很感兴趣,认同道:"这个还挺好的。时间自由,不受人摆布,利润百分之百。"

许沉吟打了个响指:"没错。"她笑着,"我还以为你会觉得不太好,之前我和我室友一起做过,后来因为时间问题,就没有继续。"

许沉吟:"你如果想做,我给推荐几个人流量多的地方……"

唐璃认真听许沉吟的建议,直到秦钲走到桌边,他瘦高的身材在店里很显眼:"聊什么呢?走吧,单买好了。"

三个人并排走在路上,路灯把人影拉得老长。

空气安静下来,秦钲对唐璃说:"要不你先回去吧?"

唐璃愣了一下:"你们不回去了吗?"

秦钲咳嗽一声,踢踢脚下的石子:"叫你回就回,话这么多。"说完这话,他还看了许沉吟一眼。

唐璃终于会意,扯起唇角:"哦。看在你请我吃饭的份上,拜拜。"

秦钲:"回去好好休息。"

许沉吟招手:"再见,唐璃。"

回去的路上,唐璃不可避免地乱想秦钲和许沉吟发展到哪一步了,但很快她就收回思绪,觉得自己想太多。

手机屏幕闪烁,咖啡店店长发来消息。

很多大学生都在做咖啡店兼职,店长言简意赅,要求唐璃周末去面试。她没有怯场,与对方仔细沟通。正如许沉吟所说,店长发来的时薪报酬比学校附近高得多。

道路一侧,川流不息,唐璃看着闪烁的城市灯火,轻轻舒出一口气。

回到宿舍时,另外两位已经躺在床上刷手机,唐璃还需要完成一份军事理论报告，于是拉开凳子伏案写字。

"哎呀！"程立秋忽然阴阳怪气地说，"竟然不请我，我诅咒这顿饭色香味俱缺！"

宋紫玉吓一跳似的看着她："说谁呢？"

"我哥，还有尔雅姐和天若哥！"程立秋愤愤不平地划拉着手机屏幕，"他们一起吃饭，竟然不带我！"

唐璃目光微动，咬了咬唇，似乎在冷静地看着手下的白纸黑字。

微微叹息，无人察觉，笔尖又继续活动。

宋紫玉想起生日宴会上见到的那一幕，说："那个尔雅姐是你哥的女朋友？"

"他单身狗一只。"程立秋冷哧。

"不会吧！"宋紫玉惊呼，"你哥仪表堂堂，年少有为的样子。"

程立秋怔了一下，反应过来宋紫玉的夸奖后，变得得意扬扬："也就还行吧。"

宋紫玉说："哎，你哥哥几岁了？"

唐璃手在动，脑海中却浮现"二十六"这个数字，她在程立秋的生日宴会，听别人谈论到的。

"二十六岁。"程立秋一惊一乍，"我哥不会和尔雅姐在一起了吧？不对不对，虽然舅舅一直想撮合他们两个，可我哥是最叛逆最叛逆的。应该不会！但是——"

"但是什么？"宋紫玉表现出极大的好奇心。

唐璃眉头紧锁，似乎被什么问题难住了，绕得她无法凝聚精力，嘴巴微微张着，小声默读纸上被她一笔一画写过的字。

"但是……我也只是猜测而已。"程立秋悻悻地说，"上次问他有没有女朋友，他没有正面回答呢。"

"你哥那么帅，正值当年，有也不告诉你。"

"也是。"

唐璃抿唇，不知为何，胸口感觉闷。

初秋的夜风，透过窗户吹过，她坐在桌前，保持着和之前一样的姿势。

忽然，手机一振，她没有多想，拿起来看。

好友请求中，清晰地写着"程绍堂"。

"吱啦！"一声刺耳的响动，椅子后撤，唐璃猛然站起，"咣当"一声，她捂着头顶，痛得两眼冒金星。

"唐璃？"宋紫玉和程立秋同时探过头，异口同声道，"你怎么了？"

宋紫玉说："是不是我们打扰到你了？"

"没。"唐璃转头看她，又说了一遍，"没有。"

灯光透过浅淡颜色的垂帘透出来，她的脸颊上有淡淡的粉，一股莫名的莽撞而不自知的受宠若惊涌上来，她站在那儿，看起来单纯又柔软。

西餐厅里，程绍堂沉默得让人不知所措。

不过是冯天若刚刚说错了话，让他和温尔雅将就一下，程绍堂就冷脸不作声了。这人很少发脾气，最坏也就是现在。最后还是温尔雅先开口，问他："我入职'蓝禾'了，你知道吗？"

他指尖有一支未点燃的烟："对家。"说完这两个字，他顿了下，"你们老板是我朋友。"

周弥生，程绍堂的同窗。

温尔雅听到这句话，说："这个我知道。对了，程叔叔要我与你多联系。"

温尔雅看不惯他这冷漠的模样，索性捅开。

她才二十四岁，远不到谈婚论嫁的年龄，家族有意撮合，对方又是程绍堂，她是真想看看他怎么应对。可对方显然淡定得比她更不在意这件事，这让她有点儿不舒服。所以，温尔雅不认输般戳一戳他的心窝子："你是有别人了，还是单纯不想？"

听见她问，程绍堂也不怕得罪，低眸笑了一声："就不能是不来电？"

温尔雅差点没做好表情控制，程绍堂这么多年就没和任何人来过电。

冯天若别有意味道："家族联姻，可比我说的凑合过厉害。你也别只在我和温尔雅面前劲儿大。"

说罢，他刚好接了个电话，宝贝长宝贝短地叫着，挂断电话便忙着要走了。

"着急忙慌。"程绍堂这样评价他。

温尔雅象征性沉默。

"这个月第二个。"程绍堂又说。

温尔雅算了算，沉默数秒："这个月才刚刚过半。"

"所以啊……"他说完这三个字之后，便不说了。

温尔雅倒是想与他多聊几句，可这男人实在不赏面。他的手指拱起，敲敲那支烟，装腔作势的样子做得很足。但其实程绍堂很少抽烟，带烟只是他百无聊赖的习惯。

两人走出西餐厅，前往地下车库。

温尔雅问："上次立秋生日，怎么走得这么快？"

"嗯。"空气安静到落针可闻，程绍堂忽然想起一个人。

"那天下了好大的雨。帝都这段时间也不知道怎么了，总是下雨。"

程绍堂说："大概是有什么事儿要发生吧。"

"什么事儿？"温尔雅抬眼，却转了话题，"你最近工作忙不忙？"

"不忙。"

"那我们下次再约吧。"温尔雅冷不丁地，又极其自然地说出这句。

她立在红色超跑旁边，地下车库的灯光映衬着她明艳动人的脸。

程绍堂到底没表现出更多表情，笑了声，颔首，头也不回地走向车停的地方。

唐璃是在晚上临近十点收到程绍堂的好友申请。学校熄灯早，十几秒后，整间宿舍陷入黑暗，只剩她桌上那一盏薄弱的灯支撑着。

宋紫玉和程立秋见她没什么大碍，相继转身继续玩游戏刷手机。

话题在黑暗中戛然而止。

但是，只有唐璃知道，一切才刚刚开始。

她点击通过好友申请后，对方一直没有发出消息。唐璃不可避免地想，他或许在忙。她手指顿了顿，想试探，又想等待。

唐璃有些如坐针毡，两千字的军事理论报告对她而言并没有很难，可她的思绪像是一团被打散了的烟雾，弥漫开来，无法凝聚。

直到一声振动。

她眼睫慢眨，望去。手机屏幕的光比灯光暗淡几度，但屏幕中间的消息提示存在感极强。唐璃深深吸了一口气，手指搭在屏幕中间，点击解锁。

他只发来两个字：唐璃。

是她的名字。

唐璃不明所以，但这一丝疑惑更多是被惊讶，或是别的情绪掩盖了。她不知道该问谁，想了想，敲敲打打，给许沉吟发出了消息，问她睡没睡。但随即唐璃又有些后悔这么晚打扰别人，她们才刚认识，就求问如此私密的问题，是不是不好。

许沉吟却很快回复：没有，怎么了？

她问唐璃是不是需要帮助，工作学习，还是情感。

那一瞬间，唐璃有了种，怪不得钲钲会这么喜欢学姐的感觉。她回复道：情感。学姐千万不要告诉钲钲。

许沉吟：OK！

唐璃退出聊天页面，将程绍堂的备注几乎没有犹豫地改为一个橙子的表情,截图发给许沉吟,问:我不知道怎么回复。

许沉吟问她:是学长吗?

唐璃:算吧。

许沉吟:那你回一句学长好,等待下文。

唐璃沉默了一会儿。在与程绍堂为数不多的对话中,她没叫过他名字,叫过一次"哥哥",但是跟着程立秋的身份。于是她壮着胆子,回复了一句"学长好"。

另一边,程绍堂看到这条消息,心里的感觉有些奇妙:你们学校有和我重名的?

唐璃保持着端坐在桌前的姿势,抿着唇:没有。

程绍堂:嗯。

唐璃又开始犯难。

另一边,许沉吟在问她。唐璃把程绍堂的身份模糊了,解释了一番大致情况后,许沉吟说:既然刚加上不久,就不要表现得太热络了,早点儿休息,等他明天找你。

唐璃轻轻点头,心里虽有疑惑,但还是和许沉吟道了晚安。

退出对话框,她就看到程绍堂发来的消息:还没睡?

唐璃:正准备睡。

程绍堂:那明天说。

唐璃茫然地睁了睁眼睛。

耳边传来一道微弱的声音,宋紫玉习惯早睡,许是唐璃的光有打扰到她,便小声询问:"唐璃,还没写完吗?"

唐璃:"马上。"

她按掉手机,拿起放在桌面的笔,加快速度,将剩余内容写完。

05

"明天说"三个字像一种约定,又好似一把枷锁。

那一天,唐璃总是心不在焉,先是把报告落在宿舍里,而后又被教室的后门挤到了手,留下一条紫青的痕迹,看着都吓人。

她去学校医院开了点儿药,拿到宿舍,发现自己一个人并不方便,正巧宋紫玉回来,拉开椅子坐到她对面。宋紫玉问:"你怎么了?水逆期?"

唐璃忍着疼,哀着一张小脸:"不知道。"

"看着都疼。"宋紫玉将药涂到她手上,忽然笑着打趣,"你好像那个望穿秋水的女娇娥。"

唐璃瘪了瘪嘴唇,出乎意料地平静:"才没有。"

"好啦。"宋紫玉帮她贴上创可贴,摸摸她柔软的头发,"好好休息。"

那天晚上,唐璃没有收到程绍堂的任何消息,却收到了许沉吟询问进展的消息,她只说没有。

许沉吟问她:你是不是对他有好感?

唐璃想了想,十分真诚地回复:我不知道。

旁观者清,许沉吟并没有拆穿她:没关系,早晚会知道。今天早点休息,明天有惊喜。

唐璃默认把这话当作许沉吟在哄她,回想这一天,似乎过于浑浑噩噩,好在她周末约了去咖啡店面试,生活有了新的重点才能更好地转移注意力。

如果面试成功,她准备邀请秦钲和许沉吟吃一顿大餐。

她很喜欢许沉吟。

入秋之后,降温降得快,宿舍窗户只开了一丝小缝用来通风。

唐璃一觉睡到天明,程立秋哼着 Oops(流行歌曲,由英国女子组合 Little Mix 与美国男歌手 Charlie Puth 共同演唱),穿梭在房间里。她自从参加学校的吉他社后,业余时间都在学校乐队里泡着。

唐璃揉了揉眼睛,问她心情怎么那么好。

"乐队今天在广场有演出。"程立秋说,"我下午要去帮忙。"

宋紫玉开始跟程立秋聊演出,唐璃的手指摸到手机,她坐起身看时间,却突然看到一条消息——程绍堂昨晚找过她,他问她,睡了没有。

距离收到消息,已经过去了几个小时。

唐璃心里闪过一丝异样的感受,她稍作停顿,回复他说昨晚睡了。

他们的时间总是不相交,抑或他们不够相熟,木讷和陌生充斥着整个屏幕。唐璃无法揣测对面男人的心思,就像是她的心思,别人不问,她也不会说。

这个周末,唐璃顺利入职咖啡店。

店长名叫陈凡,是一个二十五六岁的男生。

这家店的氛围恬静优雅,唐璃第一天上班的工作内容,主要是做些简单的美式和学习其他样式的咖啡。她年轻漂亮,态度不卑不亢,上手快,动作也麻利,入职第二天,陈凡便问她十一假期回不回家。

唐璃没有假期回家的打算,她想把时间集中起来打工,给自己多赚些生活费。陈凡说:"那好,十一假期来店里,三倍工资,早班、晚班任你选。"

咖啡店柜台,有香甜可口的小蛋糕,唐璃的脸庞映在干净透明的玻璃上,眼眸瞬间亮了,她说:"我想早班。"

据她观察,咖啡店门外的巨大广场,夜晚人流量大,且多为时尚爱美的年轻人,她可以将这里作为自己的第一个摆摊点。假期会有很多情侣来这里约会,她可以低价卖花,不需要烦琐的包装,精致小巧就好。

这虽然庸俗,但很浪漫。

宿舍里,宋紫玉在看一部严肃正经的历史纪录片,四下无人时,气氛正正好。

程立秋带着一腔怒火回来,看到屏幕里乱糟糟的画面,愤愤不平地说:"我们乐队今天下午,演出的画面比你看的电影还乱。"

宋紫玉摘下耳机,程立秋说:"才开场十分钟,就有人来赶人了。"

"你们之前拿到演出审批了吗?明天再去问问具体情况?"宋紫玉试图安抚她的情绪。

"学长他们说是办好手续了。"程立秋越想越气,拿出手机,"不行,我得给我哥打个电话。"

宋紫玉瞄了程立秋一眼,担心程立秋打电话想闹事儿,她像模像样地听了一会儿,却发现电话对面的人好像没把小姑娘的情绪当回事,她放下心,戴上耳机,继续看纪录片。

程立秋声情并茂地吐槽完今天的遭遇,收到的只有程绍堂敷衍的一句:"然后呢。"

"然后?"她刚平复的怒火再次燃起,"然后我们就回来了啊!"

"你室友都在?"

程立秋一怔:"在,就一个在。"

程绍堂没回话。程立秋继续:"有一个骨折了,开学快一个月了都没来过。还有唐璃,你见过的,好像去咖啡店打工了……"

"打工?"他的声音很轻,一种不太理解的腔调。

"对啊,勤工俭学。"

"嗯。"他再次开口,像是对这种做法表现出极大的兴趣,"每天都去?"

程立秋:"不知道。"

"你都知道什么?"

"我真不知道,我社团生活很忙的。"程立秋辩解,"马上就要开专业课了,哥,你给我买台笔记本电脑呗。"

"没钱。"

程立秋语气不屑:"你还公司创始人呢。"

程绍堂没说话,轻轻笑了声,语气极轻。

"好吧,就这样。"程立秋准备挂电话,"快给我转点儿生活费,跟你聊天一点意思都没有。"

"没有。"他说。

程立秋"呵呵"两声,挂断电话。

唐璃收到程绍堂的消息时,她刚回宿舍不久,洗完澡,正躺到床上思考接下来的计划。她尽量让自己不去想他,平平淡淡的几天发生了很多事,两人之间的联系好像断了很久。

程绍堂:上次找你,是想说伞。

唐璃一愣,有点儿羞愧,想都没想便回复:不好意思,我忘记了。

她发完,又说:你可以给我个地址,我快递给你,或者送过去都可以。

程绍堂:嗯。

唐璃:或者我给程立秋,让她带给你。

唐璃没有告诉程绍堂,早在之前她就把伞还给了程立秋,但程立秋没把那把伞当回事,扔在阳台上很多天了。

程绍堂:嗯。

他还挺喜欢发这个字的,但这次不是结尾。程绍堂问:她在学校表现怎么样?

唐璃知道他说的是程立秋,也知道了他加她联系方式的目的,回复道:挺好的,很认真,不过最近我有些忙。

言外之意,她并不能很清楚。

程绍堂:忙什么?

唐璃有点儿不好意思:……勤工俭学。

程绍堂:在什么地方?

唐璃:离学校还挺远的。

程绍堂:在哪儿?

唐璃很诧异，侧卧着，双手捧着手机，却感到十分棘手。她反应几秒，选择寻找帮手。

许沉吟说：他或许是想去找你。

唐璃手指顿在屏幕上方，愣了两秒才发过去消息：我不知道。

许沉吟：你怎么什么都不知道？你看起来不像那么傻的姑娘。

许沉吟：果然，恋爱降智。

唐璃深呼吸一口气，不搭理她这句，只叫了声"学姐"，问她怎么回。

许沉吟：你想见到他吗？想就告诉他。

唐璃把广场地址说给程绍堂，他说：去过几次。

这一天，唐璃实在太累，她捧着手机思绪万千，不知道该怎么回复，最后她眼皮慢慢耷拉下来，逐渐睡了过去。

满室寂静。那个晚上，程绍堂出现在唐璃的梦中。她梦了许多，醒来之后能记起的，就是在那间熟悉的咖啡店，她站在收银台，他立于对面。

那瞬间镜头转得飞快，就好像电影里的场景，而梦里最不可少的，就是宿命感。

国庆节前夕，许沉吟抽时间陪唐璃去往花卉市场采购，秦钲也在。

下午的市场人不算多，入目是五彩斑斓的花。许沉吟建议唐璃采购成本更低的干花小试牛刀，譬如满天星，配置彩灯后包成小束，保存时间更久，利润也更高。

唐璃对许沉吟的喜欢已经不单单表现在语言中了，更在肢体上。他们此行虽为采购，但更像是一次逛街，有"免费劳动力"秦钲，有许沉吟聊天出主意，唐璃几乎挽着她不放。秦钲表示强烈不满："抱花也就算了，我女朋友的手都不给我牵。"

热恋期，吃醋很容易。

许沉吟温和地笑着，唐璃不予理睬，又挑了几枝浅色玫瑰与向日葵后才决定收手。

她的生活费处于透支状态,秦钲这次出力又出钱,唐璃说:"谢谢钲钲啊,等我过几天发工资就还你。"

狭窄的花路挤不下三人行,秦钲最终还是去了后面,他怀揣着一大捧满天星,中间隔着牛皮纸,不甚在意道:"没多少,你先不着急。"

许沉吟也拉过唐璃:"真的不着急。"她轻声问,"最近怎么样?"

唐璃以为她问学习或是兼职:"店长人很好,店里人有点儿多,但是不累。"

许沉吟笑出声来:"谁问你这个,我问你'橙子'。"

唐璃给程绍堂的备注是一只橙子,她眼睫慢眨,呼吸顿了下,说:"没怎么啊。"

许沉吟是有困惑的:"你上次说他问你工作地点,你们平时在学校见不到吗?如果能见到,他为什么会想去那里找你呢?"

唐璃却问:"你真觉得他是想去找我吗?"

许沉吟:"我真觉得。"

唐璃没告诉她,程绍堂和她们身份不同,她上回知晓了他加联系方式的原因,所以对此话题总显得不够坦荡。

许沉吟说:"他应该很优秀。"

唐璃想了想,缓慢地说:"应该吧。"

"看来你对他不够了解。"许沉吟又说,"但是两个人在一起,需要神秘和勇气,了解太透,反而不好升温感情。"

她回头看了一眼秦钲,转过头凑到唐璃耳边,低声说:"有机会带我见见他,我好奇得很。"

06

第二天一早,唐璃拎着装满花束的巨大纸袋,坐公交车去了店里。

阴天凉爽,假日空闲,店里的工作量比平时大得多,唐璃几乎没有休息。等到下午工作结束,她简单吃了顿饭,从后面休息间拿出完好无损的花,观察了一会儿广场,觉得时间差不多了,便提着花在广场中央扎营驻寨。

与此同时,不远处,坐在餐厅窗边的程绍堂察觉到什么,视线被吸引过去。

程绍堂稍微抬眸,就看见那一道高挑纤细的身影。她穿着单薄衬衫配黑色长裙,在广场的空地上站了数十秒,左右张望着,抬手掖了掖披肩的长发。

程绍堂挑了挑眉,看见她不紧不慢的模样,忽然有些想笑。

"你在看什么?"温尔雅放下手里的奶昔。

"没什么。"他没收回视线。

温尔雅顺着他的视线望过去,看不出什么,只觉得这天大概是快要下雨了。

她说:"我们老板要带我出差。"

程绍堂沉默了好半晌,才浅浅地转过眸,说:"看来你老板很重视你。"

温尔雅没有否认,她问他:"周弥生这人怎么样?"

程绍堂不动声色地朝窗外看,说:"你在他手下做事,问我他人怎么样?"

温尔雅笑了笑说:"我应该没你了解他。"

程绍堂和周弥生是同窗,两人在行业里又长期处于竞争位置,既然是对手,必定了解,毕竟知己知彼,百战不殆。

"他这人有些古怪,从前一副老成做派,多疑,不轻易相信人,但同时他又拉得下面子,不简单。"程绍堂不紧不慢地说。

温尔雅瘪了瘪嘴:"他这人不好相处啊?"

"不见得,得看对谁。"程绍堂冲她摇摇头,"对你这种美女,应该不会那么苛刻。"

窗外渐渐暗了，夜色笼上天边。餐厅的灯光照在男人的脸上，温尔雅看着他，顿觉脸颊微微发烫："真的？"

"骗你做什么？"他惬意地倚到身后的靠背，留给她的只有侧脸。

温尔雅在公司里能感受到周弥生有意无意的关注，但她总有种不适感，这种不适感令她想要倾诉，而倾诉对象，她希望是程绍堂。

她问他："你怎么今天约我来这儿？"

"想来就来。"他挑挑眉，有些吊儿郎当，"不是你要约我？"

"程叔叔一直让我多联系你。"温尔雅颇为不满地搅着奶昔，透明玻璃杯里只剩冰碴汤水。

程绍堂察觉出她的不高兴，笑说："不想联系就不联系，我又不会主动打扰你。"

温尔雅的笑容垮了一下："你以为我想。"

"别，还是朋友，给点儿面子。"

"你为什么一直看着窗外？"温尔雅再次顺着他的视线往外看，广场中灯光璀璨，人变得更多了，"有你认识的人吗？还是有什么好玩的？"

程绍堂忽然想起，温尔雅应该是见过唐璃的，在立秋的生日宴会上。

他的指尖透过玻璃指上那片单薄的身影："看她。"

天色尚未暗透，却能察觉到它异于往日的阴沉。年轻情侣站在小姑娘旁边买花。温尔雅观察许久，发现人虽然不多，但基本上她的每一单都能成交。她以为这是程绍堂观察生活、观察交易的场景，却没想到听见他说："你觉得她面熟吗？"

温尔雅扭过头来看他，但他的注意力还在那姑娘身上，她说："根本看不清。"

程绍堂："再多看看。"

温尔雅转过身去又看，眉头微微皱着："不认识。"

程绍堂这才看了她一眼,似乎是倍感无趣地抿了抿唇,又叹息。

温尔雅:"你这是什么表情?"

"我什么表情?"

"你看人家小姑娘做什么?"她好奇地问。

"漂亮。"他说。

无聊。温尔雅只能这样评价眼前的男人,他刚刚还在说她是美女,转头就能夸别人漂亮。

"说实话,你今天为什么约我来这儿?"

"见一个人。"他说完就转过身来,抬起手腕看时间。往常他有这个动作,代表着他准备进行下一项工作。

温尔雅的手指顺着包包边缘划过:"那你见到了吗?"

程绍堂拿过纸巾沾了沾手背处的一滴水:"说不清。"

唐璃把自己的好生意归功于战略。

她的主要销售对象是情侣。她一般挑看起来年纪轻、恋爱时间不久的情侣,但凡她嘴甜一些,先夸奖女朋友漂亮,又说男女般配,再推出包装好的花束,只要对方露出幸福羞涩的笑意,这单基本成功百分之八十。

而且她定价很低,十元一束。都是她和许沉吟连夜包扎好的,满天星搭配浅色玫瑰。

一束挣不了多少钱,但能挣,她就很满足。

许沉吟打来电话时,她也不隐瞒喜悦。

"不知道会不会下雨,你穿得多不多,有没有带伞?"许沉吟有点儿担心。

"还好,咖啡店就在不远的地方,我可以回去借。"唐璃一边说着,脸颊处似乎被什么打过,她抬手摸了摸,指尖湿润,雨说下就下了。

耳边传来许沉吟的声音:"花还剩多少?"

唐璃："没多少了。"

"好。"许沉吟说，"如果雨下太大，就不要卖了，卖不了太多的。"

唐璃想说没关系，转念又道："好，挣了钱请你和钲钲吃大餐。"

或许在许沉吟那里，这顿"大餐"没有那么重要，但是唐璃很积极，她不打算卖很久的花，只是短暂周转一下，许沉吟和秦钲帮了她很多。

唐璃入职咖啡店的那天给唐诗英打过电话，说自己兼职费不低，以后可以少给她打生活费。

唐诗英为她高兴，又再三劝告她认真学习。

唐璃说她不会耽误学业，她说她以后想留在帝都。

想法一旦说出口，便如同种子突破土壤，然而，长成参天大树还是枯木，影响因素过多。

广场的地板渐渐被雨润成深色，灯光中细雨如丝。唐璃穿着单薄的衬衫，薄肩之上一点一点晕开深沉的水色。路人行色匆匆，不再为她的热情推销而停留驻足。

许沉吟猜得没错，雨越来越大，顾客越来越少。

城市的厚重气息浮尘而上，凉气盖过热息，唐璃捂着鼻腔，冷不丁打了个喷嚏。

气温变冷了，手里的花还有几束。

就这么把花抱回去，唐璃总有些不甘心，她想再等等，可这一等就等到了衬衫半湿，牙齿发颤。

年轻人身上有种不顾死活的执拗，唐璃也不例外。她可以选择去店里借把伞，继续回来卖花，也可以选择现在收工。但生意讲究机遇，谁也不能保证在她转身离开的时候有没有顾客想要买花。

她盯着某处出了神，冻到牙齿发颤时，修长的手指映入她眼帘。在凉风密雨中，他撑着伞，低眸看她："雨下大了。"

唐璃有些愣住了，半晌没能说出话。

"拿着。"程绍堂看着她素白干净的脸颊，轻轻笑了声。

唐璃需要稍微昂着脸看他,她觉得现在的自己很是狼狈:"不要了……谢谢。"

真的怕他?程绍堂的目光从她的脸上转移到她怀里的花中,黄色牛皮纸沾染了点点水珠,玫瑰花瓣却因为这雨色变得更加绚烂。他稍一抬眉:"怎么了?"

"之前已经……"唐璃说,"欠过一次了。"

在她的心里,她是真想表现得大方自信一些,至少别像现在这样浑身上下带着股可怜样儿,声色里都泛着酸。

可越是在意,这种感觉就越明显。

他的手伸过来,从为数不多的花束中轻轻地抽走唯一的一枝向日葵,然后像模像样地把伞竖起来,插到原本向日葵的位置。

那股轻柔的力量蹭过她单薄的衬衣,暖意直抵唐璃的胸腔。

"早点儿回。"还是清冷的京腔京调,浸着冰凉的雨意穿过耳膜。

男男女女相互依偎,撑伞而过。

唐璃拿出那把伞,在人影憧憧中抬眸望去,看见他肩宽腿长的背影,以及不远处一位撑着伞等他的女人。唐璃之所以能猜到那人在等他,是因为在程立秋的生日宴会中,她见过她。

和当时一样,即使隔着那么远的距离,唐璃也能感受到她的明艳动人。

她从男人手中,接过了那枝向日葵。

07

"是挺漂亮的。"温尔雅观察着手里的向日葵,"和人一样。"

程绍堂点头:"你认出来了?"

"认出什么了?"温尔雅撑着伞,抬抬手腕递出去,一点儿多余的表情都没有,"那姑娘看着年纪不大。"

程绍堂乐不可支:"是比你小。"

雨天路滑，温尔雅走得慢。男人却步伐快，没几步，她便扯了下他胳膊："慢点儿成不？就你这样，怎么追女生？"

程绍堂放缓了脚步："我追谁了？"

"那个女孩子。"温尔雅问他，"你们认识？"

"见过。"

"那就是不熟。"温尔雅抿了抿唇，"你不怕人说你老不正经的，递把伞还拿人一枝花。"

"也没你说得那么……"程绍堂自嘲般地一笑，"我也不老吧。"

温尔雅："你比人家小姑娘大几岁？她看起来不到二十岁，一脸稚气。"

程绍堂默了一秒，轻咳一声："怎么了？"他似乎有点儿不服气，笑说，"那我不也就比她大个几岁，所有社会上的人情世故、工作经验都可以手把手带她，你怎么知道人家姑娘不乐意？"

男人就这样不紧不慢地回击了她。

温尔雅略显吃惊，弱弱地说："你认真的啊？"

程绍堂却像是没听见她的话："小姑娘虽然年轻，但也不一定像你说的那样，她并不幼稚，反而情绪稳定、成熟大方。"

温尔雅愣住了，她脑海中浮现的，是那会儿烟雨朦胧，男人撑伞而立，小姑娘捧着花站在他面前，高高瘦瘦的身影。

莫名地般配。

温尔雅眨了眨眼睛："我没开车。"

"送你。"

车子从地下停车场开上来，细雨瞬间铺满了挡风玻璃，雨刮器来回切换。只开出去一个路口，车便被堵在了道路中间。前方有一个等待时间很长的十字路口，恰逢国庆长假，车灯闪烁，在黑夜里连成长龙。

在右手边的公交站牌下，温尔雅再次看到了唐璃的身影。

她还不知晓唐璃的名字，冲着程绍堂"欸"了一声："你看那儿。"

程绍堂侧眸，沉默不语。

天色阴暗，周遭人摩肩接踵，唐璃冷得缩起肩膀，花还在她怀里，伞被收起了，拎在她手中。

温尔雅说："是个学生吧，下这么大雨挤公交车。"

程绍堂没回复她，拿过手机，手指敲敲点点几下，低头看着。

前方车辆没有继续前行的迹象。

温尔雅猜测他想要载小姑娘一程，开口说："直接打电话多快。"说完，她若无其事地捋了捋长发，气定神闲地向靠背处一仰，缓慢侧过脸，看着车窗外。

她觉得，她可懂程绍堂了。不管旁人对他评价如何，在她心里，程绍堂不错。至少目前为止，程绍堂从小到大都没和她生过气。

果然，下一刻他手指轻点，拨通某个电话号码，戴上一只蓝牙耳机。

一辆公交车停在眼前。温尔雅托腮继续看着车窗外，当公交车从专行车道中驶过，她稍稍一怔，低声说道："走了。"

身侧传来一声低沉的嗓音，细细品来还有种哀怨的味道。

"给我挂了。"他轻叹一声，放下了手机。

收到程绍堂递来的伞，唐璃在一瞬间没有了继续站在那里的想法，几乎是没有犹豫地转身离开。她给许沉吟打了个电话，说自己准备回来了。许沉吟刚好和秦钲在学校附近，让她过去一起吃饭。

他们在一家烤鱼店，唐璃到的时候菜已经上满了。

之前没感觉到饿的她忽然胃里发紧，放下手里的花，坐到许沉吟旁边，哀怨道："饿死我了。"

"没卖完啊？"秦钲看着她，拿过杯子倒满温水，推过去。

唐璃点点头："下雨了。"

"伞从店里借的？"许沉吟问她。

唐璃没说话，拿过杯子来喝水。

"女孩子就该美美的。"秦钲看着她略显狼狈的模样,无奈地说,"你这么拼做什么?"

"节假日三倍工资,不做白不做。"唐璃问许沉吟,"你吃了吗?"

许沉吟:"还没。"

唐璃夹了一大块鱼肉到许沉吟的碗里,眉眼弯弯:"多吃些。"

秦钲:"是你女朋友还是我女朋友?这么殷勤。"

唐璃不咸不淡地看了他一眼,安安静静地夹走一块鱼头认真吃起来。她是真的饿了,热气腾腾的饭香盖过了所有身体上的寒冷。她想先填饱肚子,再去考虑别的事情。

秦钲问她,明天还卖不卖花。唐璃想都没想就说:"卖啊,我宿舍还有,不卖就赔本了,不划算。"

说完,她想起今天下午遇见程绍堂的场景,精神忽然有些紧张。不过这种紧张感很快就消失了,她想,他们应该不会再遇到了。

"我今天晚上,"唐璃顿了顿,小声对许沉吟说,"见到他了。"

许沉吟想了一会儿才反应过来:"他专门去找你?"

秦钲甩来一个不友善的眼神:"背着我聊什么呢?"随后他又变得笑嘻嘻的,"说出来,大家一起听听,一起给你出谋划策。"

唐璃心说,她根本就不需要别人再帮她出谋划策了。

她摇摇头,回答许沉吟:"应该是巧合吧,他和另外一个朋友。"

烤鱼店里人不算少,墙面上挂满了各式各样洋气夸张的象形 Logo(标识),装了 LED 灯,照得亮堂堂的。唐璃的脸小小的、白白的,整个人被灯照得发光。

许沉吟给她夹了点儿菜:"男的女的?"

唐璃:"女的。"

怪不得。许沉吟看了一眼秦钲。

秦钲有些纳闷,但没再打断了。

唐璃说:"我还挺怕明天再遇见他的,太尴尬了。"

许沉吟"啊"了一声："这有什么尴尬？一次是偶然，两次就是预谋了。"

"我觉得不会。"唐璃说，"对了，这把伞就是他给我的，我不想要，他拿走了我一枝花，估计是想送给他朋友吧。"

"他还送你伞了啊。"许沉吟好像根本没听见她后面说的那句。

唐璃停下筷子，表情很淡，直视着前方一大份烤鱼："也是要还的吧……"

"那说明你们以后还会见面。"

唐璃不否认许沉吟的说法。可是，能见面的原因太多了，两把伞，还有程立秋，但都与她本身无关。

"你们到底在聊什么呢？"秦钲歪了歪脑袋，有些难以置信，"不是，璃璃，你给我说清楚，你有男朋友了？"

唐璃看向许沉吟，许沉吟替她回答："没有啊，你先别急着问。"

人永远无法预料下一秒会发生的事情，如果知道，唐璃一定不会悲伤地感慨她和他好像不是一个世界的人，现在的唐璃只觉得，她至少得过很多年，才能坦然自若地面对人与人之间背景的差异。

许沉吟帮她掖了掖碎发，温柔地说："未来的事情，真说不清的。"

正在这时，桌上的手机响了。

"嗡嗡"的振动声，吸引了桌上所有人的目光。

唐璃顺着声音看向手机屏幕，一串来自帝都的没有备注的手机号码骤然令她心脏"怦怦"跳动。

她想起那个在上公交车前被她挂断的电话，说不清楚的情绪压也压不住。她当时用拥挤不堪和无法分神说服自己，甚至忘记在饭桌上与许沉吟分享这通未被接通的电话。

她拿着手机慌张地走出门去，一路上撞到了人也来不及说抱歉，直到接起电话，听到男人那句温和得要命的问候，忽然之间心安。

"回去了吗？"

"嗯。"她无所适从地挠了挠脸。

"我本来想开车载你一程。"程绍堂说，"你没接电话。"

原来是这样。可他怎么知道她要走，难道他回去看她了？唐璃用力眨了眨眼睛，赶紧驱除这不着边际的想法："我正在赶公交车，人特别多，所以……"

"所以挂我电话？"他问出口，因为这个说不上大和小的原因，声色带有一丝无奈。

唐璃只能低低地"嗯"了一声。

"吃饭了吗？"

"正在吃。"唐璃语速一顿，又补充说，"和我朋友，在学校附近。"

程绍堂听着，好似来了兴趣："你们学校附近都有什么好吃的？"

唐璃抿着嘴唇，语塞了。她才来学校一个月，没怎么逛过学校，也没有时间。然后她说："其实我不太熟悉。"

程绍堂也没说什么，听筒里传来窸窸窣窣的声音，过了一会儿唐璃才听清，好像是水流，随即他的嗓音也变得空旷："那片我常去。"

唐璃知道他说的是今天的偶遇："你毕竟是帝都人。"说完，她不自觉地笑了笑。

她不知道是不是自己多想，她能从这通电话里感觉到男人有意无意的拉扯，如果是这样，是否也印证了许沉吟和宋紫玉告诉她的那些话。

程绍堂对她，确实是有好感的。

"今天和你一起的，是你的朋友吗？"唐璃不知道，她是哪里来的勇气，堂而皇之地问出这句话。但她知道，如果程绍堂的意思是她想的那样，这句话问出口，他能懂她的心思。

他那样聪明，即使她根本不了解他。

程绍堂："是啊。"然后他想了一下，说，"发小。"

唐璃："蛮漂亮的。"

他又笑："没你漂亮。"

唐璃怔住了。如果是别人说这话，她一定会觉得此人轻浮，不可深交。但是程绍堂说，她只会感到不可思议，然后不可避免地多想。

一个月的时间说长不长，说短不短，她和程绍堂的几次见面也体现不出任何特殊的交情，一切都像雾里看花，临阵退缩也显得合乎情理。但是，她也可以抵押赌注，走下去。

"你明天还工作吗？"他问。

"你说哪个？"

他略略吃惊："不止一个？"

唐璃："嗯。"

"卖花这个呢？"

"明天继续。"唐璃搓了搓小臂，屋檐下有雨滴落，青色地板砖青苔斑驳。

"嗯。"

他们甚至没有道别，就挂断了电话。

其实唐璃也觉得，没必要道别。

空气逐渐安静，唐璃脑海中想起许沉吟曾说过的话。

那时，唐璃得知许沉吟的初恋是一个比她大很多的男生，那段感情无疾而终，男生在分手后也很快有了新的伴侣，唐璃问她："你后悔吗？"

"谈不上。"许沉吟深吸了一口气，轻声说，"再来一次，还是躲不掉。"

唐璃觉得，涉及爱情，她最近印象深刻的词语很多，从前不曾在意的，此刻像木刻般雕在她心里。

宿命感，躲不掉。

第二章 /
想听一下你的声音

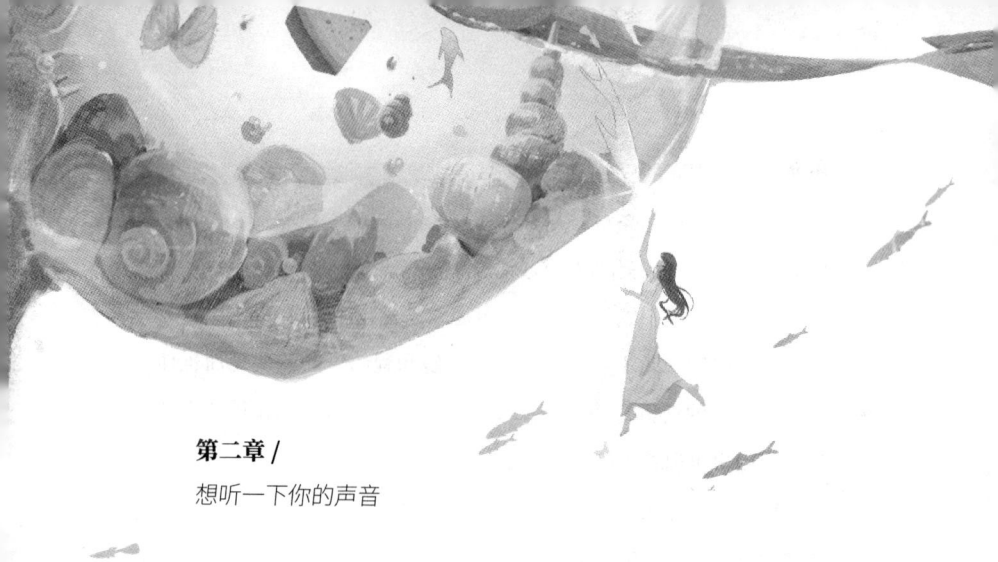

○她的每一丝紧张与喜悦，都与眼前的这个男人有关，那是一种比阳光更明亮的感觉。

01

唐璃进咖啡店大门时，看了一眼身后的广场。人没有夜晚那么多，有人撑伞而过，风不平雨不静，一点痕迹都没有留下。

她今天把宿舍里的所有花束都带了过来。

店里顾客依旧很多。中午吃饭时，陈凡问她："你今天又带了这么多花？"

唐璃点头。她告诉陈凡，昨天下午她的生意很好，雨下大之后，变得十分惨淡。

"你地方没挑好。"陈凡说了几个地名，"这几个地方的人流量比这儿大，月度季度评比，这些店的营业额比我们店高很多。就是有点儿远。"

唐璃："我都没去过。"

"没去过正常。"陈凡笑着说，"你才来帝都几天啊，好多地方，我都没去过。"

唐璃悻悻说:"我突然觉得,我现在的售卖方式还是太传统了。如果能像网红一样开直播带货,走大销量就好了。"

"有想法啊。"陈凡夸赞她。

帝都是个包容性极强的城市,陈凡给她举了几个例子,聊了聊自媒体,说:"努力重要,机遇和选择也同样重要。要想成功,身后还是得有贵人乐意捧你。"

唐璃嘀咕:"我还是先把今天晚上的花卖完吧。"

陈凡收拾好残余,忽然想起什么,问道:"你是什么专业?"

唐璃:"计算机。"

他的表情有点儿诧异:"好吧,感觉不怎么像,我还以为你是艺术生。"

唐璃的分数不用家里人操心填报志愿,但唐诗英和李银海对她学业一事甚为用心,听别人说专业选好,日后工作也好。而众人眼里好找工作的专业无非那几个。唐璃当时上网搜了学校的专业,果断将计算机安排在志愿最前。陈凡竟然说她不像,她装好垃圾扔到垃圾桶,心里暗想:刻板印象。

凡事熟能生巧,兼职数日,唐璃已经能在工作岗位得心应手。时间过得特别快,快下班时,陈凡提醒她,询问要不要帮她一起卖花。

外面已经不下雨了,唐璃说不用。

"那好吧。"陈凡打趣道,"祝你事业蒸蒸日上。"

"谢谢凡哥。"唐璃这样回他。

等交接员工到岗,唐璃换下衣物,从后面拿出花束,继续昨天的流程。

她寻了一个位置坐定,把商品一一摆出。眼前人来人往,她没过多久就看到了不远处朝着她的方向走过来的程绍堂。四周林立的建筑,渐渐消失的夕阳,残留的最后一抹光铺在他脚下。

她怔怔地看着他,有一点儿呆滞,但没忘记笑。

程绍堂站定在她面前,目光扫过她面前的摊位,说:"今天好像不多。"

唐璃睁着双眼,没问自己最想问的问题,只是回答说:"我怕卖不掉。"

他笑了笑,问:"每天都来?"

"嗯。"其实明天还没确定,唐璃在心里想。

她昂着头,程绍堂居高临下,唇角的笑令人分辨不出有意无意。直到他毫无架子地走到她身旁,和她一样俯下身去。四目相对,唐璃指了指摊位旁边的伞:"我带伞来了,你今天可以带回去,谢谢你。"

"不客气。"程绍堂顺着她手指向下扫了一眼,笑着说,"我来又不是为这个。"

唐璃下意识便问:"那你是——"

她每次都是一副受到惊吓的模样,但又很直接。他也不拆穿,直截了当地说:"来找你啊。"

唐璃不知道他的想法,但听到他说这句话,有点儿开心。

过了一会儿,程绍堂说:"你这花多少钱一束?"

唐璃说:"十块钱。"

"十块钱。"程绍堂看她一眼,"太便宜了。"

唐璃眉眼恹恹道:"就这样还卖不掉。"

她想起什么,还没说,就听见程绍堂的声音:"我陪你卖。"

唐璃刚刚下班,说一点儿不累也不真切,有人能来帮她,她心里自然感激又不好意思。而且这人还是他。只是,这种路边摆摊的行为怎么看都和他不符,唐璃问:"你不用上班吗?"

"放假了。"程绍堂蹲在她身边,双手交叉支在膝盖处,就那样看着她。他穿了一身休闲套装,戴着一顶黑色鸭舌帽。

唐璃破天荒地,竟能从他眼眸里探出一丝乖巧。她问他:"你工作不忙吗？"

程绍堂就这么笑着说："你好像也很关心我啊。"

这话那样直白，但唐璃稍顿片刻，硬是压下脸红语塞的状态，回应他说："那你呢？"

他抬手蹭了一下眼睑下处，划过帽檐映下的淡淡阴影，说："我怎么了？"

华灯初上，人影越来越多。地面不是阴冷的潮湿，有人大步向前，停在唐璃面前："美女，这花怎么卖？"

"十五块。"

程绍堂扭头看她。

顾客砍价："那边有人才买十块呢。"

唐璃面不改色："你真心想要，我也卖你啊。"

"那我要这一束。"

人走了，程绍堂还在看她，眼神从吃惊到最后变得十分玩味，令人难以揣测。唐璃弱弱地问："看我干什么呀？"

"这么快就涨价了？"他笑。

"不是你说便宜吗？"唐璃咕哝，"有的人就爱砍价，我报价低，他还是要砍价，我索性就报高一点儿。不砍价，我就赚了；砍价的话，我就少赚一点儿。"

程绍堂蹙眉，静了好一会儿，随后给她竖起大拇指："小看你了。"

唐璃因他皱眉而忐忑的心情平静下来，说："可卖出去的还是太少了。"

"人太少了。"他说。

"我店长说这边的地理位置不太好。"唐璃把陈凡说的那几个地方说给程绍堂听，"那些地方的消费水平好像更高一些。"

程绍堂显然是熟悉的："还好吧。"

唐璃坐在折叠小板凳上轻轻呼出一口气，把目光从他脸上转移到前面，安安静静地挠了挠脸。她的低马尾搭在肩后，有点儿凌乱，可她额头饱满，鼻梁高挺，年轻又执拗，浑身上下带着一股特有的美。

程绍堂拍拍手掌站了起来，唐璃的视线又回到他的脸上。

他的目光早已没有初见时的漠然，他说："走吧。"

唐璃一怔："去哪儿？"

他挑了挑眉："你都说了地方，还能不带你去？"

唐璃又一次上了那辆"221"，只是这一次她兴奋地扣紧安全带，然后笑着问他："万一去了还卖不掉怎么办？"

对上那道炽热纯洁的目光，程绍堂想都没想，便说："我帮你卖，卖不掉算我的。"

唐璃"啊"了一声："内部消化啊？"

程绍堂被她的样子逗笑了。他觉得唐璃异于常人的一点还有——她很在意自己的能力大小。

帝都市区，灯光璀璨，车子一路行驶，高桥远道驶于轮下。唐璃扭头看着窗外气派巍峨的建筑，一股磅礴志气涌上心头。程绍堂故意把车子绕远了开，可唐璃不阻止，她从没在夜间的帝都中穿梭，那种感官中的震撼是她前十八年不曾有过的。

他把车停在地下商场，带着她步行去目的地，路上便有游客问她手里的花多少钱。唐璃把花束里藏着的彩灯开关打开："带彩灯的二十块，不带彩灯的十五块。"

游客直接要了两束，痛快地转账。

唐璃知道，在这儿的人是来自全国各地乃至世界各地的游客，他们不在乎几分几厘的差别，只要玩得尽兴。

程绍堂手里拎着小姑娘的全部身家，他夸赞道："你可以啊。"

唐璃点点头："我忽然又觉得，东西带少了。"

可是说过这句话后，唐璃就怔住了。她有点儿后悔，因为程绍堂手里拎着的东西,远不及他今晚的油费,是托了他的清闲,自己才能如此。

她小声说:"待会儿都卖完了,我请你吃夜宵吧。"

程绍堂也是放开了心情,笑着说:"你卖完再说吧。"

唐璃有些窘迫,很安静地眨了眨眼睛,然后从他手中接过所有东西,闷着头向前走。

路灯的光拉长了两人的身影。晚风吹拂起小姑娘的裙摆,程绍堂好整以暇地看她,橙红色的光罩在她发顶,柔软的长发沾染了异色,有种别样的好看。

她忽然停下脚步,转过身来,仰头一笑:"你等着吧,我绝对会很快。"

程绍堂被唐璃这股冲劲儿弄得傻眼了半秒,随即反应过来,她的倔强与沉默原来是因为他的一句话。

这地方和咖啡店那边不同,人流量以中老年及小孩为主。卖花时她还能同人闲聊,天南海北地聊。程绍堂就坐在一边的高台阶上,看着她拎着个篮子跑来跑去,脸上永远带着笑,他也跟着笑。

半个多小时后,唐璃拎着那篮子来找他,紧挨着他坐下,猛一吸气,说:"想吃什么,我请客。"

程绍堂"嗯"了一声,抬起手指拨开篮子上的布,低声说:"都完了?"

"都完了。"唐璃一本正经地说,"今天是天时地利人和,花比昨天带得少,钱比昨天挣得多。"

程绍堂声色淡淡的,眉毛轻挑:"你才开业两天?"

"嗯。"唐璃很大方,"我没准备卖多久。挣钱是次要,主要是体验一下不一样的感受。"

"什么感受?"他问。

灯火辉煌,她扭过头去,看着他:"你今天什么感受?"

程绍堂轻描淡写地说:"还行。"说罢,他还朝着她抬了抬下巴,表情恣意洒脱。

唐璃不知道程绍堂平时的生活是什么样子,但她知道,肯定和自己的经历有天壤之别。她忽然问道:"你怎么不带程立秋啊?她没回家吗?"

"你想我带她?"程绍堂说,"我们又不住在一起,而且以她的性格,她不会愿意跟你一样摆摊赚钱,她是个——"男人无奈嗤笑,始终没说出下半句话。

"她挺好的呀。"唐璃以为他会想知道程立秋的情况,"她在学校加了社团,经常跟乐队去校外演出。"

"你这儿有东西。"程绍堂看见她头顶处的光斑,随着她说话的语气晃动,拂在她发丝之上,而后落在她脸颊上。

唐璃不好意思地摸了摸脸:"有什么?"

"没什么。"程绍堂说,"你聊她干什么?"

唐璃从他的声音里感觉到一丝丝嫌弃。不过,当她想起入学那天,凌晨时分他驱车前往学校接程立秋,她还是能体会到他对妹妹的感情的。

程绍堂带着她沿街步行,和很多陌生人擦肩而过。那种感觉与在小城时不同,从前不管是清晨还是晚夕,唐璃都是一个人。

"你以前做过兼职吗?"程绍堂问她。

"以前年龄不够。"唐璃实事求是地说,"放假后会帮家里。"

"帮家里?"他的声音听起来很诧异。

唐璃只是"嗯"了一声,没继续这个话题。她说:"你想吃点儿什么呢?如果你不说的话,我就自己看着买了。"

程绍堂带着她绕过几条街道。唐璃从电视里见过这地方,是帝都的标志性建筑,有种超乎想象的繁华与绚烂。他问她:"知道这是哪儿吗?"

唐璃：" '大裤衩'。"

这回答逗笑了他，程绍堂再次给她竖了个大拇指。

唐璃耸了耸肩，跟在他身侧继续走。这边的车不算多，灯光在一瞬间暗下来，似乎刚才走过的，都是虚妄，她回头看了一眼，一切都在。

不远处开来一辆车，程绍堂让她注意脚下，说罢拉了她一把。

唐璃感觉，她和程绍堂，又近了一点儿。

大约走了十几分钟，程绍堂给她指了指。唐璃站下去，昂着头看，头顶的巨幕照亮了夜色，似星空般梦幻。程绍堂走到她身旁，说："其实来这地方人流量也大。"

"你真不愧是帝都人。"唐璃忽然喜悦道，"你知道的地方太多了。"

程绍堂若无其事地双手插兜，鸭舌帽下一张云淡风轻的脸："你在这儿多待几年，一样。"

"我想永远留在帝都。"

"那你可得加油。"

唐璃不说话了。她之前觉得他深沉不可测，现在又觉得他其实有点儿幽默。她真诚地说："谢谢你。"

"客气了。"他声色很淡，但不敷衍，像对待熟人一样。

走到一家甜品店门口，唐璃准备点单，说："我请你吃冰激凌。"

"这边东西不便宜，一个冰激凌顶你几束花。"

彩色的光映照在两人肩上，唐璃微微眯了眯眼，她的视线落在他被光照耀的脖颈处，喉结突出。

她说："没关系，我对待朋友很大方的。"

程绍堂"哦"了声："只是朋友。"

唐璃反问："不然呢？"

她看着他，发现他表情玩味，因为帽檐遮掉太多光线，他的眼睛隐藏在黯淡中，虽然能让人感到他心情不错，可并不能揣测到他真正的意思。

"你喜欢什么味道?"

他安安静静地站着,低垂着眸,视线落在她脸上,反问:"你喜欢什么味道?"

"嗯?"唐璃微微眯了眯眼睛。

"你喜欢什么味道。"他低声说,"我就喜欢什么味道。"

唐璃的心脏忽然跳得很快,她猝不及防地从程绍堂的话语里品出一丝纵容意味。可能因为她是程立秋的室友,又或者她在他眼中,属于应该被照顾的模样。

她认为这并不是错觉。

"我喜欢香草。"

"我也是。"

唐璃轻抿了唇,勉强压下一抹笑意,心里有"细小的白砂糖"在飞舞。她轻声细语地问:"你明天还有时间吗?"

程绍堂好整以暇地看着她:"你问这个做什么?"

冰激凌被递到唐璃手中,唐璃扫过码,价格的确比她几束花还要昂贵。她把冰激凌塞他手中:"问一下。"

程绍堂快速且不客套地舔了一下,而后轻哼一声。

唐璃问他:"是不是很凉?"

"你尝尝。"他把冰激凌递到她面前。

唐璃说:"我就买了一个。"

"那怎么办?"程绍堂一本正经地问,"你不吃了?"

"不吃了。"唐璃摇摇头。

"真的很好吃。"

他的眼神不像是在骗人,唐璃的唾液本能地开始分泌。

"再买一个?"他玩闹似的怂恿她。

"不要了。"唐璃压低声音告诉他,"一个四十五块。"

程绍堂一手拿着冰激凌，另一只手插在兜里。他的手很大，冰激凌显得格外小巧，诱人。他微微挑眉："很好吃，不吃有点儿可惜。"

唐璃觉得他一定是想诱惑自己去做什么的，但她很无奈，又很想做。

她脸颊微红，微微倾身，抿了抿唇，突然鼓足勇气，小心翼翼地开口："你嫌弃我吗？"

程绍堂垂眸："你指哪方面？"

对话朝不可思议的方向发展去，唐璃直起身来，摇了摇头："没什么，走吧。"

程绍堂并没有动："过来。"

唐璃眨巴眨巴眼睛："怎么了？"

他把冰激凌转了个方向："这边我没动。"

唐璃眼睛瞬间亮了："你不嫌弃我？"

程绍堂摇头，笑着说："没有人会浪费一晚时间，在自己讨厌的人身上。"

唐璃微微一怔，她的大脑有过一瞬间的酥麻，像是被打通了某根经络，她忽然之间懂了。

"吃吧。"他低声说。

02

屏幕的灯光变成了星空蓝色，落在身上似梦幻泡影。

唐璃伸出手指，在冰激凌甜筒处停顿一秒，而后更向前去。

他的手指抵了一下她的，不知道出于什么原因，小姑娘局促不安没敢看他。如果她抬眸，就能发现他温柔又具有试探性的目光。程绍堂光明正大地看着她的脸，她笑起来眼睛依旧很亮，他能看到她眼睫下长长的阴影，映在梦幻灯光下的精致面孔。

"没骗你。"他说，"就当我请你的。"

唐璃抿了一口，丝丝缕缕的冰凉甜腻在口腔中融化。

"要我还吗？"她敢看他了，微微抬眸。

程绍堂忍不住笑，他说："当然。"

她抬着眸，发现他的表情更加让人揣摩不透了，但那双眼睛，肆无忌惮地看着她。她轻轻地问："明天你还来找我吗？"

程绍堂扯了扯嘴角，看着她："你希望我来不来？"

唐璃抿了抿唇："你说呢？你还来不来？"她不敢太大声，但她知道，他一定听得见。

程绍堂轻哼一声。

那是一声志在必得的笑，但唐璃不在乎："我不知道。"

十月的夜风微凉，夹杂着城市繁华的喧闹与人烟，轻柔拂向她的脸。唐璃微红着脸："我希望你能来。"不等他问，她转过身与他并立，"我宿舍里的花不多，如果你愿意帮我，明天就能卖完了。"

程绍堂"嗯"了一声，唐璃开始往前走，他就跟在她身侧。

"我昨天的销量没有今天好。"她说，"多亏了你。"

"那倒是。"他根本不谦虚。

唐璃还想自圆其说，多补充些措辞。他忽然停下脚步，问："真的没有别的原因？"

唐璃停下脚步，扭过头去，他的表情很是坦荡。唐璃想知道，他为什么连续两天出现在她打工的咖啡店门口。如果她刚刚不直白地开口，那她明天是不是也能等到他。

但是一切都晚了，她已经问出口了。

她身上始终带有一股十八岁的单纯，至少现在是，无论她有多聪明。

"没有了。"她说。

程绍堂目光沉稳，没有回话。

唐璃看了眼手机，说："现在不早了。"

程绍堂问道:"宿舍几点关门?"

"已经关门了。"她说。

程绍堂看着她:"那你想去哪儿?"

人来人往,他们却四目相对。某个时刻,人会有一种感觉——当他出现时,众生皆陪衬。

唐璃说:"回宿舍。"

"不是说关门了?"

"我朋友帮我开门。"唐璃开玩笑,"不然还能去你家啊?"

程绍堂顿了一下,随即晃了晃手里的钥匙:"走吧,不早了。"

这一路静谧至极,路灯照耀着树叶枝丫,开门下车的时候,唐璃听到了遥远的风声。

唐璃向他道了谢,转身看见披着外套的许沉吟从楼上步行而来,与她招了招手后转向宿管阿姨的房间。

深夜里,崭新干净的车身轮廓竟也显眼。唐璃还未抬脚,程绍堂降下了车窗。

她顿了下,看着他,嘱咐道:"注意安全。"

"嗯。"程绍堂说,"还有什么要说的吗?"

"什么?"唐璃没听清,也有些没懂他的意思。

"没什么。"他说,"早点儿休息。"

唐璃点头:"好。"

到宿舍的时候,已经十一点多了。

因为没提前打招呼回来或是不回来,许沉吟之前在唐璃的床上睡着了,她略显昏沉地扯过被子盖在身上,问:"怎么回来这么晚?"

唐璃小声解释:"今天碰巧遇到他了,他帮我一起卖花,送我回来的。"

听到这句,许沉吟思索良久:"是凑巧,还是早有预谋了?"

唐璃:"嗯?"

"你别装傻。"许沉吟说,"他不是在追你吧?"

"当然不是。"

"否认这么快。"许沉吟扭头看她,"你已经答应他了?"

"没有。"唐璃的手紧了紧,"我就是约了他明天见。"

"你不用心虚,掩盖不住的。刚有情况的时候,你对我知无不言,言无不尽,现在情况不同,你倒是不好意思了。"

唐璃弱弱地回道:"我哪有……不是怕影响你休息吗?"

再说,她之前也没有言无不尽……

"快点招来。"许沉吟勒令,"说完我睡。"

唐璃莫名有点儿脸红。她把程绍堂开车载她去很远的地方卖花,还有冰激凌的事情说给许沉吟听。

许沉吟说:"我虽然没见过他,但听你说,感觉他很体贴。"

唐璃没反驳。她认真想了想,单单从外表看,程绍堂并不像是一位体贴的人。

等到她洗漱好,许沉吟都没再问问题。唐璃以为她睡了,试探性地叫了她名字,没想到她竟然回应了:"怎么了呢?"

"下车之前,他问我一句话。"

许沉吟饶有兴趣:"什么话?"

唐璃说:"他问我还有没有什么想说的。"

她累了一天,当时完全没明白他的意思,现在能想到的也只有谢谢,说过太多次,似乎有点儿没意思。

许沉吟却又笑:"我猜他想听的是'晚安',可惜你没有反馈。"

唐璃沉默了。

程绍堂想听的话,唐璃无法得知,但被许沉吟点醒后,她细心地给人发去了一条消息。

消息很短,他也回复得很快,只有两个字:晚安。

新一天到店,陈凡照常与她打招呼,看见她带来的花束,十分诧异。唐璃只是说,这是最后一天卖花了。按照她的计划,处理完手上的所有花束后就不打算再继续了。摆摊这份工作,她有过体验了,深知时间、地点和运气都在这笔生意中占据重要位置。

挣了几百块,足够她请许沉吟和秦钲吃饭。

接下来她只需要做好咖啡店的兼职,然后着重于学业。

中午的时候,唐璃收到程绍堂的消息,具体内容是他要出差,今天没办法陪她。

唐璃沉默地看着那个"陪"字,回复他说没关系。

陈凡似乎是昨天没聊尽兴,特别有兴趣地拉她聊天,甚至给唐璃一种好为人师的感觉。

"你可以去做模特。"陈凡一本正经地说,"帝都这边渠道很广,各种自媒体账号都可以投稿,你可以试试啊。"

唐璃笑道:"我没想过……你觉得我可以?"

她只是想利用网络效应售卖货物,而随着花束的减少,这个想法也渐渐消弭。

"你可以试试啊。"陈凡看着她,姿态随意道,"我有个朋友,长得也很漂亮,没你个子高,大学的时候兼职做模特,现在工作了也兼职做模特,兼职工资甚至比她专职工作都要高。"

唐璃说:"我可以试一下。"又补充道,"浅尝辄止。"

03

做完整个国庆期间的兼职,唐璃都没再见到程绍堂。

不过,没见到不代表没联系,他会在看到她发布的动态后给她发消息。

唐诗英打电话来让她在朋友圈里活跃些,即使不能随时联系,也能了解到她的近况。唐璃暂且将此当作频繁发布动态的原因。

长假后,室友都回来了,除了宋紫玉和程立秋,还有未曾谋面的司梦。

她和唐璃想象中的不太一样,是个假小子。司梦格外兴奋,自我介绍完毕,拜托大家多多照料,笑着赞扬室友们净是美女。

宋紫玉和唐璃被她的气势震慑到,唯有程立秋拍拍胸脯表示有两位姐姐在,让司梦尽管放心。

而程立秋的保证显然是有时限的,很快她和司梦就因为各种事情产生各种矛盾。

唐璃在临近十一月的时候认识了顾彰和季书宁,她对顾彰印象很深,因为他的名字,也因为他给人的感觉,急切又慌张。

这事儿和陈凡建议她做模特有异曲同工之妙。

顾彰和季书宁是电影学院导演系的大四毕业生,明年四月份将进行毕业作品展览,而他们前来搭讪的原因是想邀请唐璃做他们微电影的女主角。

唐璃推辞说:"我只是个学生。"

顾彰:"我们也是学生。"

唐璃没说话,顾彰点了一杯热美式坐在吧台处。正巧旁边有人点单,她转身去忙自己的,等她端来咖啡,顾彰还坐在原位置等她答复。

她走到后面,叫了陈凡:"凡哥,你帮我一下。"

陈凡了解到前因后果,气势不善地走了过去。

唐璃假装无事地站在原地。她以为顾彰会知难而退,结果过了一会儿,陈凡扔来一个钱包让她打开看:"里面有他身份证和学生证。"

没有任何花纹设计的棕色钱包,上面唯有一串字母,唐璃猜测那应该是钱包的品牌。她看了眼顾彰,打开钱包,映入眼帘的就是顾彰的身份证,卡槽里插着一排银行卡。

顾彰提醒她:"边上那个绿色的是校园卡。"

彼时唐璃已经看到他包里的现金,红彤彤一片,晃得她越发感到逾越。她手指快速接过那张绿色的卡,确认上面的信息。店里莹莹灯光照在她顺滑的头发上,像一层淡淡的金色粉末。

她把钱包归还给顾彰。

顾彰认真道:"我可以付你酬金。"

唐璃没说话,看向陈凡。

"你能出多少?"陈凡问他。

"你来定。"顾彰回答得爽快,但话锋一转,"我很喜欢你的形象和性格,但如果后期拍摄不合适,也就是说你和我们电影的适配度不够高的话,我们和平解散。"

陈凡蹙眉:"事儿这么多?"

唐璃抿抿唇,面无表情地说:"我不拍,你找别人吧。"

"这……你这不行……"季书宁走过来时刚好听见唐璃这句话,"我们微电影获奖的话,你是会有一定曝光度的。如果你以后想走这条路,可以提高你的知名度,说不定有更多导演来找你,到时候你的酬劳就不是我们支付给你的那么少了。"

唐璃听得出他们两个联合起来在给她画大饼,她摇摇头:"不感兴趣。"

季书宁幽幽叹了口气,指着顾彰:"他真的很厉害啊,你可以在网上搜到他的。"

陈凡闻言,笑了一声。

唐璃不懂他说的厉害是指什么,像是学校学生会的干部,还是家境殷实,抑或她最欣赏的那种专业能力超众的人,她始终木着一张脸:"嗯。"

季书宁说:"你考虑一下吧,我们顾导——"他看了看顾彰,"非常认可你的形象、气质,他只是不太会……说话,只要你愿意配合我们试戏,条件任由你开。"

唐璃静了静:"任由我开?"

"任由你开。"顾彰说。

唐璃看着顾彰无比认真的脸色,轻声说了一句:"算了,我真没兴趣。"

她将此当作小插曲,却没想到第二天顾彰又来了。他看着她,问:"有什么推荐的吗?"

唐璃手指划动平板电脑,唇瓣翕动:"最近新出了桂花口味。"

"要一杯。"

"好的,顾客,请您稍等。"唐璃动作干净利落,做好后手指将杯子推过去,很快回到岗位。

顾彰喝的时候呛了一口:"还挺甜的。"

唐璃点头,她多放了一泵糖浆。

"我能问一下,你叫什么名字?"顾彰声色平静,"你看过了我的身份证。"

唐璃说:"不能。"她对顾彰没有好脸色,不知道为什么,她就是觉得他很冒犯。

"附近有不少学校,你是哪个学校的?"唐璃不说话,顾彰把两条手臂垫在吧台上,观察她,"外国语?财经?还是R大?"

唐璃不置可否:"你影响到我工作了。"

"抱歉。"顾彰摸了摸后脑勺,"我不太会和女生搭讪。"

唐璃瞪大眼睛:"你在搭讪?"

"嗯,确切来讲,有事相求。"

唐璃还没来得及回击他,玻璃门被推开,一道高挑的身影出现在门口。

唐璃下意识地向那处望去,像是直觉般命中了答案。长身鹤立的男人在台阶之上,光从背后照过来。他没说一句话,表情很淡,存在感极强。

唐璃悄然后退两步,手指抓了抓身前的工作服。

店里人不多，气氛安静，阳光明媚，程绍堂稍稍垂眸，对上她的视线。

顾彰意识到唐璃的不对劲，顺着她的视线望过去，目光坦然，安安静静地看着程绍堂。男人有一张极具故事感的脸，如果说唐璃的脸是美丽，灵动大于沉静，那么他的气质则是端正又迷人。

他大步流星地走到前台，点了一杯冰美式。

唐璃忽然有种异于往常的慌乱，顾彰看见她原本白皙的耳朵染上嫣红，那种自然而然的羞涩，比演员呈现在大屏幕中的任何演技都要真切。

顾彰的目光定在唐璃的背影上，直到他清晰地感知到有一道不算友善的目光自下而上扫过他的脸。他缓慢地转过眼，在这一刻仿佛明白了什么。

唐璃悄无声息地把冰美式放到台面上，一句话没说。

她和程绍堂有一段时日没见面了，隔着屏幕问候，时间总是对不上。

程绍堂坐在与顾彰相隔几米的吧台处，手指扶着咖啡杯。中午十一点，零星几位顾客走出店里。空气安静下来，唐璃对上他的目光，默默移身，她轻轻趴在吧台上，身体前倾，又保持距离，诧异道："你怎么来了？"

程绍堂问她："不忙？"

"不是很忙，马上中午了，一会儿去吃饭。"

"想吃什么？"程绍堂说。

唐璃笑了笑："你要请我？"

他看了眼腕间手表，嗓音深沉自然："可以吗？"

唐璃眼睛亮亮的，低头凑过来："这杯我请你。"

"那敢情好。"他抿了一口，冰凉苦涩的味道在口腔中蔓延。

唐璃快速地看了眼顾彰，她知道他一直在看他们，对程绍堂说：

"等我下班再找你。"

程绍堂："忙你的。"他有一搭没一搭地喝咖啡,没过多久便被几个电话推至门外,立在干净整洁的玻璃前交谈。

他很忙,唐璃一边工作一边看他。

顾彰还没走。

昨天分开后,唐璃其实搜索过他。和季书宁说的一样,顾彰是厉害的,虽年纪轻轻,但已经是小有名气的电影导演,几部作品的网络播放量很高,其中有一部甚至是唐璃曾经有耳闻的。

他擅长拍摄年轻男女之间朦胧的情感,清纯美好又充满遗憾,这是网上对顾彰的评价。

过了一会儿,顾彰突然叫她:"你再考虑考虑。"

唐璃不知道怎么回复他,只得淡然地点了点头:"可以。"

"那是你男朋友吗?"顾彰问道。

突如其来的一句,把唐璃淡定之下的窘迫挑起,她红着一张脸:"不是啊。"

顾彰了然,解释说道:"我以为你喜欢他。"

唐璃默默无言。

程绍堂推门而入,女孩和男孩隔着吧台相谈。

唐璃是一个自我调节能力很强的女孩,即使在他面前,也很少脸红。隔着一段距离,程绍堂很难不注意到她的神态,以及一双亮如泉水的眼睛。他面无表情地看着两人,在他的注视下,顾彰和唐璃交换了联系方式。

程绍堂不知道怎么形容此刻的心情,这件事发生在唐璃身上,在他眼前,他感到莫名荒唐。

没由来地,荒唐。

唐璃快速收起手机,强压下那股心思被人挑破后不知所措的表情同顾彰道别。她才刚转过身,便看见程绍堂大步流星走来的身影。

顾彰看了程绍堂一眼,想打招呼却没打出口,脸上也有了一丝尬意。

唐璃准备下班时,离开咖啡店不久的顾彰又给她发了消息,那会儿她握着手机的手搭在吧台上,面前坐着程绍堂。

程绍堂见此,调侃她说:"还挺忙的。"

唐璃怔了一下,她不确定自己的直觉对不对,有点儿不敢置信:"马上下班。"

程绍堂望着小姑娘瓷白干净的脸,卷翘的睫毛微微颤抖,"嗯"了声。

午间用餐时间仅一小时,唐璃决定带程绍堂去附近的餐厅。她去过那家店,味道不错,是她能消费得起的水平。这个时间段餐厅里人很多,唐璃询问程绍堂的意见。

程绍堂说:"等会儿吧。"

天气一下子凉了起来,银杏的叶子变得灿黄,枫叶渐红,是进入寒冬前令人流连忘返的过渡期,帝都不缺游客,窗外人来人往。

唐璃坐在桌前,拿起杯子抿了口水,她又看看程绍堂,将手放在桌下双膝处。

他看起来不是很开心,或许他本来就这样。

"他是你朋友?"

唐璃抬眸看他:"谁?"随即反应过来,"顾彰?"

"嗯。"

"不算是朋友,今天是我第二次见他。"

程绍堂说:"感觉挺熟。"

唐璃不知道他看到两人互换联系方式,摇着头说:"没有吧,不过他确实有事情要我帮忙。"

她眨了眨眼睛,心中闪过一道疑问,不等她明了,那人便开口问道:"什么事?"

唐璃把顾彰找她拍电影的事情说给他听。不知是顾彰在程绍堂这里的印象太差,还是拍电影这件事本身,程绍堂微微蹙眉:"拍什么电影?"

"爱情微电影。"唐璃说。

程绍堂了解过影视制作,他甚至参投过电影项目,可还是下意识地询问:"什么微电影?"

唐璃的嘴巴张张合合,一字一句道:"爱情。"她察觉到程绍堂的不悦,抬手为他倒了一杯水,"我昨天在网上搜索他的名字,他好像真的挺有名,得过不少奖。"

程绍堂不认识这人,更不清楚顾彰的名堂,但听到唐璃的话,他几乎没有思索:"所以你想答应他。"

唐璃说:"我不知道。"

阳光透过窗户落在地板上,装修美丽的餐厅,空气中飘荡着清香。光影落在他身后,显得整个人半明半昧,程绍堂看着她不动,说:"说说你的真实想法。"

唐璃抿抿唇,她倾向于拒绝顾彰,但不知道为什么,她并没有说。

程绍堂看着略显紧张的唐璃,面无表情的神色有了些许松动:"真不知道?"

唐璃问道:"如果是你,你会怎么做?"

"如果是我?"程绍堂看了一眼身后的屏幕,直截了当地告诉她,"我就拒绝。"而后径直起身去端餐食。

他身形优越,双腿修长,扣紧手机间的手指白皙无瑕。唐璃看着他的背影,又忍不住去想他刚才那句话是什么意思。

程绍堂取完餐坐下,从口袋里掏出一包纸巾打开,把纸巾和餐食都放在唐璃面前。

唐璃点点头,低声说"谢谢"。

程绍堂垂眸看她:"先吃饭,吃完再说。"

一餐无言,可不是尴尬的无言,而是默契的。

程绍堂吃饭细嚼慢咽,却一粒不剩。唐璃人长得瘦,饭量却还可以。两人同时搁下筷子,唐璃抽出纸巾来擦嘴巴,又将纸巾递给他,整个过程流畅得像是发生过无数遍。

程绍堂转眸注视着她,短暂的安静和明媚的阳光让他的表情看起来比之前缓和不少,甚至带有一丝慵懒的随意。

"吃完了。"唐璃笑起来,继续道,"你说吧。"

这次程绍堂叹了口气,仰身倚在座椅前,双臂交叉置于身前。他低声说:"如果他真像你说的那样厉害,这件事对你来讲不算坏事。"

唐璃安静道:"然后呢?"

他继续说:"不过,你是计算机专业,去做表演专业的工作,对你来讲也是挑战。不说精益求精,就拿顾彰的标准来讲,你不一定能做到他满意……而且你都还不清楚他的标准是什么。"

唐璃不置可否。

"拍摄地点在哪儿?拍摄周期多长?你的学习、工作怎么安排?是你去迁就他的时间地点,还是他们迁就你的时间地点?如果有酬劳,按照什么等级、什么方式支付?"程绍堂表情不变,他看着她纯真无邪的脸,内心其实倾向于她能解决这些问题,他也相信她能解决。只是在相信的基础上,他忍不住再次提醒。

沉默数秒,他说:"那些都是后话。"

"什么意思?"

"及时止损就什么也不会发生。一往无前的话,后患无穷。"

程绍堂很坦然地在为她分析事态发展,可他的语气神态总有意无意地掺杂私心,但唐璃不在意,她亦如此。

"你说完了?"

程绍堂:"嗯。"

那该她说了。

唐璃眨巴眨巴眼睛:"我认为这对我来说是一个挑战。像我来帝都之前,就被别人说要去大城市,见识大世界,可这大世界到底有什么,我并不清楚。"唐璃说,"其实,这就是勇敢与不勇敢的差别吧。"

程绍堂拱起食指,微微敲在桌面上:"你怎么定义勇敢?"

"做与不做。"唐璃没有犹豫。

"你想做?"

"但是我怕有危险。"唐璃托着腮,满脸愁容地说,"我一个女学生,才十八岁……"

"你指什么危险?"

唐璃表情认真:"我……能遇到的危险不是有很多吗?"

程绍堂看着她,抬手摸了摸高挺的鼻梁,掩着笑意。

唐璃第一次看见他这样的表情,有一点儿肆无忌惮,修长的手指抵住半张脸,透着光点的瞳孔是浅棕的颜色。他的姿态让唐璃分不清是有意还是无意,甚至连心里计划的事情也骤然慌乱了。

随后,程绍堂道:"我可以陪你。"

唐璃静静地望着他,心脏"怦怦"跳:"但是拍摄不可能一次性完成,时间和地点也充满了不确定性。"

程绍堂承诺:"我尽量每天陪你。"

唐璃张了张唇,她想说的,没说出口的,被他这一句覆盖了。

"可是你那么忙。"她浅浅道,"怎么保证每一天都陪我。"

"是啊。"程绍堂噙着笑,慢条斯理道,"尽量吧,还能怎么呢。"

"那行吧……"唐璃低垂下眸,轻轻抿着嘴唇。她不确定程绍堂是否窥探到什么,如果窥探到了,她索性就承认,但还好他不会揭穿。

从餐馆出来,阳光好像更烈了,照在人身上暖洋洋的。

程绍堂下午还有工作,不准备去咖啡店了。唐璃没有挽留,她心里虽然还有困惑,但她很高兴,高兴之余用力压制着心底的雀跃,好让自己看起来有种超出年纪的洒脱。她的每一丝紧张、每一丝喜悦，统统与眼前的这个男人有关，那是一种比阳光更明亮的感觉。

"周末一直兼职吗？能不能请个假什么的？"

"啊？"唐璃反应慢了半拍，"有事？"

树木光影错落，程绍堂看着她，扯了下唇角："没什么，天不错，想请你看枫叶。"

唐璃："看枫叶？"

"香山知道吗？"

"听说过。"唐璃一怔，这才反应过来。

"约好了。"他说，"手机联系，时间你定。"

"程绍堂。"忽然，唐璃叫了他的名字。

印象里，这是她第一次这样叫他，他下意识地挑眉："怎么？"

唐璃："你怎么对我这么好？"

这次换程绍堂一怔。

"我不是你妹妹。"唐璃一本正经地说，"我只是你妹妹的室友。"

周遭事物繁杂，人影憧憧，唯独他们安静，似乎时间也静止了。以至于唐璃在听到那句不算清切的回问后，看起来有些呆滞。

"你想当我妹妹？"他抬手，替她拨开额前略微凌乱的碎发。

他的指尖是凉的，触感强烈，唐璃的心脏似乎发紧，酥麻感透遍四肢。

"不想。"她淡淡地说。

程绍堂看着她，笑说："那不就得了。"

04

唐璃答应了顾彰的请求，约好了试戏。

程绍堂交代她的那些"可能出现的问题"，她暂且没和顾彰谈，因为目前的结果并不是百分之百。

临行前,她让宋紫玉给她加油打气,宋紫玉不明所以,但十分给面子:"小美人,虽然不知道你要去做什么,但我觉得你一定能行。"

唐璃抱着她的胳膊:"有你这句话,我能成功一大半。"

唐璃不想无功而返,也不想太为难自己。程绍堂说得对,她一个计算机专业的学生去干表演专业学生的活儿,生疏在所难免。

她按照顾彰发来的地址拐进一条看起来不算繁华的胡同。胡同两侧树影错落,阴影处有下象棋的老人,灰色地板延绵,生活气息格外浓厚。

她给顾彰发消息,不一会儿,季书宁从不远处的另一条纵向胡同口出来。

"远不远?"季书宁笑着问道。

"还好。"唐璃说,"有点儿难找。"

具体位置比唐璃想象的还要难找,季书宁带着她七拐八拐地抵达工作室。因为绕了太多巷子,唐璃中途甚至怀疑他们是骗子,直勾勾地盯着他,直到顾彰打来电话确认,她才勉强继续前进。

和外面的四合院风格不同,"镜像"工作室是一栋外表装修简洁的自建楼,搭配上工作室的招牌,颇有种微电影场景中的文艺氛围。

大概是艺术生特有的眼光和喜好,工作室内部的装修称得上可圈可点。

唐璃来之前做了点儿功课,上楼后,她一眼便认出了新电影的男主角——吴一啸。

顾彰的电影多以大学校园爱情为主,男女主角的扮相青春靓丽,不过眼前的人打扮得却异常成熟,甚至有一头金色长发。

季书宁调侃他:"你这头发准备什么时候染回来?"

"定女主了吗?定了我现在立马去染黑发。"吴一啸是电影学院的学生,和顾彰一样,今年读大四。

他的眼睛缓缓打量着唐璃,又看向季书宁。

季书宁抬高眉毛，说："唐璃。"

吴一啸懂了，从沙发扶手处拿了两个剧本递给她："要不要看看？边看我们边聊。"

吴一啸的态度有些例行公事。但反而是他的这种状态让唐璃更少地去思索其他，两人讨论角色和剧本。吴一啸忽然好奇地问："你有男朋友吗？"

"没有。"

吴一啸看她一眼："那你谈过恋爱吗？"

唐璃摇了摇头，也就在这一刻，吴一啸才从小姑娘脸上探出一丝稚嫩青涩，先前唐璃基本不怎么说话，表情严肃。

吴一啸笑了笑，说："没事儿，顾导很会拍。"

"他为什么不用电影学院的同学？"唐璃问。

"这东西好比找对象，别人觉得好不行，得导演觉得好，导演觉得好了，人家还得瞧得上你。"吴一啸翻着剧本给她看，问她，"懂了吧？"

唐璃说："懂。"

吴一啸礼貌性地给她竖了个大拇指，继续说道："这是个破镜重圆的故事，顾导交代我和你好好交流，你有什么想法没有？"

唐璃："我现在没有。"

"现在没有，不代表以后没有。"吴一啸说，"既然顾导主动找你，说明你在形象上已经符合他的标准了。"

顾彰今天确实忙，他赶到工作室的时候，唐璃和吴一啸已经从头至尾过了一遍剧本。

微电影总时长大概二十分钟，剧本薄薄一沓。

两个陌生人在二楼坐了一下午，唐璃想酝酿情绪，吴一啸就手把手地教她。见顾彰来，两人没来得及收起剧本，顾彰只问了问吴一啸，感觉怎么样。

083

吴一啸说："我哪能说准,边拍边试呗。"

唐璃知道他们两个话里有话,等到顾彰问她明天有没有空时,她下意识就拒绝了:"明天不行,明天我约了朋友爬山。"

"爬什么山?"吴一啸问她。

"香山。"唐璃冲他说完,转眸对顾彰笑了笑,"我回去把课表发给你,你安排时间,尽量不要影响到我的兼职。"

唐璃心里清楚,完全不影响是几乎没可能的。

顾彰却应下了,他说:"应该的。"

这个周末,程立秋去了程绍堂家。她上次来的时候,程绍堂把密码换了,她在门外软磨硬泡了半天,气也没地儿撒。

后来程绍堂见她在门口待着的可怜样,终是于心不忍,放她进门。

趁人不注意,她偷偷摸摸又把指纹录上了。

双人餐桌上放着一盘温凉的饺子,剩了不少,笔记本电脑在一旁开着,屏幕暂停在某部不知名电影的画面上。

程立秋没吃饭,凑过去闻了闻,味道不错。她将饺子放在微波炉里"叮"了会儿,又端出来放回原处。

她把这里当成自己家一样,顺便将电脑进度条调至开始的时间。

一部说不清楚剧情的电影,画面挺唯美,程立秋边吃边看。差不多二十五分钟,电影播放完毕,自行跳到下一部,同样的男女主,同样的不明所以,同样的唯美画面。

两个小时后,程绍堂回家,程立秋躺在沙发上,脚下方有几个甜品盒。他躬身捞起,随手放进垃圾桶,语调平平:"谁让你来的?"

"我给舅舅打电话,他说我可以来找你。"程立秋乖巧地说,"哥,你去干吗了?工作是不是很忙呀?"

程绍堂撇嘴:"少来这套,哪儿来的给我回哪儿去。"

"我就住一晚上,宿舍有我不喜欢的人,我不想回去。"程立秋说,

"一个假小子，说话声音大，性格又冲，我不喜欢她。"

程绍堂反问："你喜欢谁？"

程立秋惬意地躺在沙发上，慢悠悠地说："璃璃啊，宋紫玉啊，她们人都不错，很照顾我，有素质，有家教。"

程绍堂笑了声："照顾你就喜欢人家了？"

"喜欢不就是这么简单吗？我妈要是从小多照顾我一会儿，我肯定比现在爱她。"

"合着你是真不爱你妈。"

"不。"程立秋义正词严道，"我爱你，我的哥哥。"

兴许是拍马屁拍得受用，程绍堂的态度肉眼可见地好了许多，程立秋顺势而为，说："我今晚在书房睡。"

程绍堂的房子是两居室，一间做卧室，另一间做书房，书房里面除了满墙书柜，还有书桌和一张沙发床。这房子比起大院来面积很小，但住这里，清净、自在。

程绍堂收起餐桌上的餐盘，漫不经心道："收拾收拾，待会儿送你走。"

"我不。"程立秋站起来，装模作样地把垃圾收了，抽了张湿纸巾擦桌子，"宿舍没人，璃璃一大早就出去了，宋紫玉去约会了，她男朋友是京大的。"

"叫得还挺亲。"他顺势在洗碗池里洗好了盘子，放在盘架处控水。

程立秋没听清，继续说道："璃璃周六日都是一大早就出门，她有兼职嘛，有时候会带甜品回来给我们吃。"

程绍堂问："好吃吗？"

"我不吃。"程立秋讪讪道，"都是当天卖不出去的，我才不吃。"

程绍堂端着杯子的手一顿，唇瓣翕动："毛病。"他拿起笔记本电脑，手指在屏幕处游走，指甲被荧光照着，泛着健康干净的光泽。

"你动我电脑了？"他问。

"你就知道说我。"程立秋瓮声瓮气道,"它放在那儿,我就看了。"

程绍堂瞥了她一眼:"其他没动?"

程立秋摇摇头说:"没有。哥,你能不能对我好一点儿?"

很快,程绍堂检查完毕,将电脑关机,然后放回卧室。卧室的门是开着的,程立秋知道程绍堂一般会将电脑放在书房,此行为正是向她说明今晚她可留宿,虽然不见得他乐意。

小姑娘情绪收放自如,刚想自我调节恢复状态,程绍堂就从卧室出来了:"你该跟你那个室友学学。"

程立秋一愣:"你说哪个室友?"

程绍堂:"勤工俭学那个。"

程立秋"呃"了一声:"怎么了?"

他慢悠悠地开口道:"都是一样的学生,人家就能挤出时间勤工俭学,闲暇之余还能照料室友,优秀的人,你不该学?她比你也大不了几岁。"

程立秋想不到这话会从程绍堂口中说出,应当是开学当晚唐璃送她下楼,给他留下了好印象?她傻乎乎地看着他,默默道:"两岁。"随即反应过来,"哎哟"一声,"别说了,别说了。"

程绍堂看见她这样,不由得摇摇头。

他从冰箱里拿出一个鸡蛋和一份过夜米饭,问道:"今天怎么过来的?"

"打车……明天你送我呗。"

程绍堂看了她一眼,说:"可以。"

程立秋震惊了,双眼冒光地看着他:"真的啊?"

"明早六点。"

"这么早?"程立秋难以置信地瞪大双眼,"不行不行,我起不来。"

"定闹钟,起不来也得起。"

程立秋蹙眉:"大哥,你明天有事吗?"她保证道,"我不会在你家乱来的,六点也太早了,我不让你送好了。"

"明天我去爬山。"程绍堂语气淡淡,"顺路送你,别不识好歹。"

程绍堂是真的不希望她待在这里。他是自我领地意识很强的人,而且这里是他待着最舒服的地方。

程立秋:"……爬什么山?"

"香山。"

程立秋顿时起意:"方便带我一起?"

小姑娘心思怪,程绍堂却不给她半分薄面:"不方便。"

程立秋瘫回沙发上,仰天长啸:"大哥,我想爬香山啊。"

"别烦人。"程绍堂皱着眉头提醒她,"快点睡觉,明天早起。"

第二天,程立秋眉眼怏怏地坐上程绍堂的副驾驶。她困得睁不开眼,迷蒙中听到程绍堂在打电话,声色轻缓,似乎在提醒对方可以出门了还是怎么样。

等到她被叫醒,车子已经停在宿舍楼大门前。

程立秋呵欠连连,一路上楼推开宿舍门,与刚洗完脸的宋紫玉四目相对。

"怎么啦?"

"起这么早。"程立秋叹息,"我困得要命。"

宋紫玉说:"不早了,唐璃都走了。"

"又去勤工俭学了?"程立秋想起昨晚程绍堂说的话,赶紧晃晃脑袋。

宋紫玉拿着洗脸巾擦脸,说:"好像是去爬山了。"

爬山?程立秋安静了几秒钟,提高音量:"爬什么山?"

"好像是香山吧。"

程立秋眨巴眨巴眼睛:"璃璃也去爬香山?"

"还有谁啊?"宋紫玉不忘提醒她小声,把食指放在唇边。

程立秋:"我哥。"

"你没跟着?"

"我想跟来着。"程立秋瞬间泄气,也不敢大声说话了,"他说让我别烦他。"

05

清晨,阳光明媚,生机勃勃,校园里的学生三五成群游走于林荫大道。

唐璃昨晚回校后,收到了顾彰发来的电子版剧本和时间安排。彼时,距离她回校才不过几个小时,她想,对方应该是从她离开后不久就开始排时间了。

她睡得不算好,陈凡又发消息问她今天能不能来上班,她回绝了。

唐璃感觉,自己有点儿太忙了。

接到程绍堂电话时,她已经快走到学校门口,程绍堂问她:"困不困?"

莫名其妙地,也不是什么多暧昧的话,唐璃心里却像浸了蜂蜜一样甜。她说:"不困,今天天气很好。"

"嗯。"他声色温和,"我马上就到。"

唐璃挂断电话,步履平静地朝外走去。

她是个很聪明的姑娘,知道程绍堂的邀请对她来说代表什么。至少很久之前,许沉吟就曾告诉过她,这人对她是感兴趣的,而这话也从程绍堂本人的行为中得到过印证。

唐璃没想到他是从学校里开车出来的,她站在路边,看见他熟练地降下车窗邀她上车。

唐璃穿了一身浅色运动服,整个人修长纤细,鸭舌帽下细腻白皙的皮肤在阴影与阳光的交错下更加晃眼,像一块香甜可口的白色巧克力。

学校门口,人来人往。她拉开副驾驶的门,动作轻巧地坐了进去,轻轻发出一声气息:"你怎么去学校里面了?"

这不是她第一次坐他的车了,但好像每一次心情都不一样。他在她的目光中转眸,视线相交一秒,唐璃笑笑,长睫轻轻颤动。

程绍堂说道:"昨晚立秋在我那儿。"

唐璃点头。昨晚宿舍只有三个人,程立秋走之前没打招呼,但她有猜到结果,不意外。

"吃早饭了吗?"他问。

唐璃端着背包,一副好学生姿态,乖乖地说:"没,我带了两瓶水和一些零食,在山上饿了可以吃。"

程绍堂笑了一下,低声道:"想吃什么?"

唐璃眨眨眼:"一切从简?"

"嗯。"程绍堂扯着唇角,"那就一切从简。"

程绍堂开车载她去了护国寺分店,点了油条、驴打滚、豌豆黄、杏仁豆腐、炸糕、糖火烧,回过头问唐璃:"还想吃什么?"

唐璃犹豫了一下,摇摇头:"够了。"

程绍堂结了账,拿过餐盘跟着人流排队,唐璃背着包跟在他身侧。点的种类多,上了餐盘后铺开琳琅满目,程绍堂依旧不忘问她:"真的够?"

唐璃抬眸,正好对上他的目光,顿悟:"是不是你不够?"

程绍堂忽然笑了:"不是,我饭量小。"

唐璃改变不了试图揣测他的心思,她拿起筷子吃饭时,程绍堂为她递来纸巾。他的手依旧修长白皙,干净无瑕。

程绍堂点的所有东西都是双份,一顿早餐花了两百块,差不多是她几天的饭钱。唐璃想起她之前参加程立秋的生日会,自助餐厅模式的晚宴,其中不乏昂贵食材与饮品,让她和宋紫玉大饱口福。

她深以为,程绍堂就是这样生活的人,与她生活方式完全不同的人。

但当时的唐璃没想到,从那天过后,与程绍堂的每一次相遇,她都没再产生过这种隔阂,就好像他在迁就着她的生活方式。

程绍堂拿着筷子的手一顿,看着她:"想什么?"

"你平时工作忙吗?"唐璃的思绪切换得毫无违和感。

"还好。"程绍堂想起什么,笑说,"感觉没你忙。"

唐璃不否认,咬着一块炸糕:"我最近是挺忙的。顾彰把剧本发我了,第一次拍摄安排在下周五,然后周六日,连着拍三天,你有空吗?"

"不工作了?"

唐璃倏然抬眸,对上他询问的视线。窗外的阳光散漫地落在他脸上,长睫拓下一片阴影。她说:"休假。"

"休一个假,上另一个班。"他说,"累不累?"

"如果你陪我的话。"唐璃垂下眼眸,低声说,"不累。"

"唐璃。"

没预兆的一声,唐璃抬起头,怔怔地望着他。说不清楚什么心情,明明他的声音那么淡,可听到那两个字从他口中说出,总觉得不一样。

"我之前答应你了,尽量不会食言。"他说完,又顿感歉意,表情柔和地说,"如果与我的工作冲突——"

"没关系。"唐璃眨了眨眼睛,"我能理解。"

程绍堂笑了笑,说着没说完的话:"你多担待。"

香山公园人头攒动,车子停在外面,二人步行前往。山下树木茂密,枫叶染红枝头,各种各样的树叶枝丫交错其中,空气清新自然。

他们今天来爬山是个不错的选择,天气晴朗。

自从来到帝都,唐璃没有如此放松过。大一事情多,她又忙着兼职,去过的所有不在她规划内的地方,统统都有程绍堂的存在。

想到这里,她猛然看了程绍堂一眼。

090

她稍稍眯起眼睛，漫不经心又隐隐带着疑惑，视线的中心从男人的侧脸变成正脸。唐璃凑过去，认真地问："你有没有一种感觉？我们这样……像是约会。"

程绍堂转过脸，笑着不说话。

唐璃抿抿唇，觉得自己多少带些唐突。程绍堂的"好感"和"兴趣"在何种程度？她不知道，她也找不准两人之间的距离，但他之前一直没有拒绝过她的兴致，一直捧着她、迁就她。但是，朋友之间也能相约爬山、相约吃饭、相约卖花……朋友之间能相约的太多了。

她找补道："因为我以前想过，如果有了男朋友，要和他做很多事，爬山算其中一件。"

"你谈过吗？"

"什么？"唐璃抬头，身后是一望无际的蓝天和郁郁葱葱染了红的树叶，像画里的颜色。她明白过来，忍不住回问，"你呢？"

他摇摇头："没意思。"

"谈恋爱吗？哪样就没意思了？"唐璃蹙着眉。

唐璃从来没觉得谈恋爱是一件没意思的事情，在她目前的想法中，恋爱结婚是很顺其自然的事情，绝对不像程绍堂口中的没意思。

他对此是什么看法，唐璃无从得知，只是隐隐感觉到两人观念的冲突。

这种认知让她突然沉默，而后一眨不眨地看着他，等着他的回应。

嘈杂人声中，忽然有一个姑娘凶巴巴说了一句："我和你谈恋爱就是要结婚的，不结婚，我和你谈什么？简直浪费感情！"

男生回她："我没说不娶你，只是现在经济能力达不到——"

"你努力了吗？闭嘴吧你！"那姑娘甩下这两句话，大步流星朝上爬去。

他们就在唐璃不远的位置，先前爬山的速度一直很慢，直到莫名其妙发生争吵，步伐如同按下加速键。

唐璃看着前方渐行渐远的两道背影,表情是茫然的,思绪有些错乱。

爱情是人类永恒的话题,矛盾永远吸引目光。

阳光随着时间的推移,温度持续升高。因为这出小插曲,周遭气氛有所波动,几乎所有人都停下动作去看热闹,咋舌评论。

程绍堂收回视线,语气平静地说:"我从来没想过这件事。"

唐璃问他:"什么事啊?"

他用口型告诉她两个字——结婚。他唇角微弯,看起来不以为意。

唐璃眼睫慢慢颤着,沉默了半响,才缓缓开口道:"我也没想过。"

"你还年轻。"

唐璃不可置否,反应过来立刻说:"你也还年轻。"

程绍堂也不否认。

晨雾早早散去,阳光透过缝隙在青石台阶上落下斑斑点点,无数双脚踩上去又抬起。

唐璃走着走着,默默抬头,程绍堂就在她身前不足半米的位置。远处是游人的嬉笑玩闹,忽远忽近。他穿着一身黑衣,安静地朝前走,手里捏着一瓶矿泉水,是她从学校带来的。

这是第一次,唐璃感到自己很难理解他。

香山不算高,唐璃看着瘦,体力却很好,好到令程绍堂有些讶异。他可能是看程立秋懒散的样子惯了,先入为主地下了定义。

直到后面唐璃小跑上山,额间微微沁出薄汗,脸色红润,微微气喘。

"累了?"

唐璃捋了把头发,从背包里掏出矿泉水,拧开瓶盖抿了一口,说:"还好。"

"体力不错。"是评价,也是赞许。

唐璃看了一眼程绍堂,说:"贫苦孩子早当家,不能身体不好。"

她看着程绍堂,直到他转过脸来看她。

她抬脚继续向上，却不料一抬头，差点儿和一位下山的男士撞个满怀。唐璃没反应过来，后背处忽然贴上一只手扶着她，程绍堂的另一只手轻微用力，将她拉至一边，躲开陌生人的靠近。

　　然后，她不轻不重地撞到他的胸膛。

　　唐璃的身体一僵。

　　"不看路？"程绍堂目视前方，面色阴沉。

　　路途中，这种情况很常见，下山那人满头大汗，显然没将他的质问放在心上，双手合十一拍，迅速抬脚下山。

　　程绍堂的手在唐璃后背抚着，因为动作和语气，胸腔共鸣，唐璃倚在他怀里，热息犹如风浪席卷全身，心跳不止，脸红得比之前更甚。

　　"热？"

　　唐璃一愣，缓慢地从他身边离开，而后点了点头。

　　"走慢点儿。"程绍堂说，"道窄，你没发现人越来越多了？"

　　没发现……她只觉得，越来越不知所措了，而且她能感觉程绍堂是没法理解或是察觉到她目前的情绪的。唐璃刻意收回思绪，仿佛刚才的事情没发生过，继续向前走。

　　可就在她假装平静自然时，脚下又是轻轻一绊，她向程绍堂身体的方向贴去。

　　程绍堂也在第一时间伸出援手，随后，他的声音从耳侧传来："真累了？"

　　唐璃："没。"

　　她的心跳变得更快了，五脏六腑与四肢末梢逐渐滚烫，直到手被人拉起，温热的触感随之而来。

　　"我牵着你。"

　　倏然间，好像有风拂过脸颊。

　　唐璃的呼吸稍稍一顿，抬眸看向他。程绍堂可能是真的怕她发生危险，表情不似她那般无措，低眸对上她的视线。

"你的脸红了。"他说话别有用意。

唐璃已经是头脑发昏的状态了，有点儿迷糊："你说什么？"

程绍堂牵着她的手，顺着台阶往上走，目视前方："还喝水吗？"

唐璃说："不喝了。"

她的手指无意识地紧了紧，剐蹭过他手心里的皮肤。

他转头看她，唐璃没敢抬头。

其实那天香山上的人不算少，等唐璃爬到顶才知道，更多的人赶在他们之前上了山。

临近中午，眼下是一片红黄相间的山川，阳光炽烈，明媚到晃眼。唐璃站在一处空地拍照，无须任何滤镜，每张照片都美到了人心坎里。

程绍堂看了她半响，唇角浅浅勾着，不禁也拿出手机，拍了几张照片。

他其实不爱拍照，也不爱发朋友圈。在看见唐璃兴致勃勃地拍了一大堆照片，外带自拍一起发到朋友圈时，他心里不禁感叹她还是小姑娘。

然后他也鬼使神差地，发了一张风景照。

程绍堂的文案很简洁：登高望远。

配图和唐璃发的某张照片的角度很相似，漫山红叶，蓝天白云。他们都默契地在无人影的地方取景，所以下方很多评论都在问香山游人多不多。

多啊，但是他们游他们的，我们游我们的。

06

回学校后，程立秋第一时间向唐璃发出了心中疑问。

那会儿唐璃刚进宿舍，正准备回复给程绍堂说她到宿舍了。顾彰那边也发来消息，再三确认拍摄时间等问题。

程立秋很是热情:"回来了嗷!"知道唐璃今天去爬香山,她忍不住道,"你跟谁一起去的?今天真巧,我哥也去爬香山了,就在你发朋友圈不久,他也发了同样的照片。"

唐璃收拾着东西,过了一会儿,缓缓点了点头:"嗯,一个朋友。"

她不知道怎么说,羞赧比坦然多得多,而且她早已看到程立秋给程绍堂的评论,不满溢出屏幕。

程立秋干脆转过椅子来看她:"男朋友?"

"不是。"

程立秋咬了一大口汉堡,含混不清道:"那还能是谁?你每天都不在宿舍,肯定是有男朋友了。"

宋紫玉听不下去了,无奈一笑,替唐璃发言:"她是去兼职,你天天在想什么呢?"

程立秋说:"八卦乃天性。"随即她又有点儿激动,"就像我哥,每次我猜他是不是有女朋友了,结果都不是。这次去他家住了一天,还是单身汉的公寓。"

程立秋的心思从唐璃身上转移。唐璃安安静静没有说话,她浅浅地趴在靠背上,觉得自己有点撑不住了,然后从两位室友中间穿过,拿着毛巾,步履缓慢地去洗手间洗澡。

"你哥长得不赖啊。"宋紫玉有些好奇。

"但他从没谈过女朋友。我也不是吹的,他是真的洁身自好。不过,他都那么老了——"

"也没有吧。"

一道声音打断程立秋的话。唐璃立在洗手间门口,忽然间瞌睡醒了,内心闪过一丝惶恐,但很快她就反应过来,并没有发生任何让她露出破绽的事情。

程立秋和宋紫玉的目光一左一右如同两道火炬直直望向她。

"难道不是吗?"她轻声说。

二十六岁，也没有很老吧。

宋紫玉像是想起什么，缓缓点头："也是哦，你上次说……你哥才二十六岁吧。"

洗手间的门"啪嗒"一声，上了锁。

唐璃站在洗手间门后，惊魂未定地拍了拍胸口。

浴室花洒水洒了满地。宿舍里，程立秋吃完一个汉堡，正肆意吸着一杯可乐，对面桌上唐璃的手机响了。

程立秋探着脑袋："谁啊？"

宋紫玉也从床上低头看，她说："一个橙子。"

程立秋扶着椅子，伸手去够。

"你要接啊？"

"接嘛。"程立秋说，"等她出来不得半小时。"

宋紫玉没说话。

电话那头的人也不说话。

程立秋捏着手机，看看屏幕再看看宋紫玉，对着手机讲："谁啊？怎么不说话？璃璃去洗澡啦，你是谁？我待会儿让她给你回电话。"

也不知过了多久，那边毫无征兆地挂了电话。

程立秋说："这人怎么回事？挂电话的架势贼像我大哥！"

唐璃出来时，程立秋坐在椅子上晃着小腿，她嗲嗲地说："璃璃姐姐，刚才有人给你打电话。"

唐璃擦着头发，以为是顾彰，方才她没来得及回他的消息。然而拿起手机，她却在通话记录里看到她给程绍堂的备注。

"你接了？"唐璃心惊胆战。

"接了。"程立秋语气不满道，"不说话，挂得倒是很干脆！"

唐璃松了口气，点了下头，心里庆幸她今天早晨给程绍堂改了通讯簿备注。唐璃在微信中回复他：刚才去洗澡了，你妹接的电话。

程绍堂：嗯。

这是实话，但看起来像在骂人，她补充道：以后别给我打电话了。

程绍堂：你怕她接到？

唐璃：嗯。

但这话讲不通，因为她和程绍堂之间根本没什么，至少目前为止，他们只是吃过几顿饭，坐过几次车。

程绍堂：把她撵出去。

他这句玩笑话成功把唐璃逗笑了。她抿着嘴唇，从柜子里拿出吹风机：违反校规。

程绍堂：好吧，不让你左右为难。

唐璃其实觉得，程绍堂与她聊的多是一些废话，和他本人形象不符。她想象不到他用什么表情、什么语气来同她讲这些，就像程绍堂也猜不到她现在回复消息时的战战兢兢。

她想，她得坦荡些，至少表面坦荡。她问他：给我打电话是有什么事吗？

但是，程绍堂在她看不到的地方总能这般无理：没什么，就是想听一下你的声音。

唐璃愣了下，突兀地想到他们今天关于"恋爱结婚"话题的简短讨论，她觉得这人还……挺浑的，像是在用心追她，又像是一时兴致地试探。但饶是再迟钝，她也察觉到了这句话里的意思，并心甘情愿走进了这场旋涡。

她小腿处有丝微微的酸胀感。唐璃想起，下午的时候山顶气温骤降，程绍堂问她要不要下山，香山的缆车设备很精简，长长的缆绳吊着光秃秃的座，保护设施仅是一根栏杆。她当时有点儿犹豫，程绍堂凑在她耳旁："别怕，这么多人呢。"

她看着他的眼睛："我不怕，至少还有你呢。"

程绍堂于是就笑。他在她面前一向正经而大方，可那会儿他说：

"怎么，想跟我一起殉情？"

唐璃听了，至今想来都觉得心颤。

她吹干头发，脸颊通红，皮肤滚烫，然后捏着手机，动作轻巧地爬上床。

他问她是不是睡了。

她说：没有。

程绍堂：在做什么？

唐璃：在想怎么回复你。

她认真回答，每一句话都令人遐想。从某种程度上，唐璃觉得自己也在有意拉扯，不想戳破局面。她从前急于求成，不论是学习还是工作，可在这件事上，她没有把握。

唐璃说：下次不要给我打电话了。

她盯着屏幕看，觉得自己语气生硬，想着再回复一句"我主动打给你"来缓解场面，便看见了程绍堂风轻云淡的回复：好，下次我忍一下。

其实程绍堂的电话并不是无缘无故，也不是按捺不住，而是唐璃的拍摄剧本被遗落在车上，他下楼拿东西时刚好看见。程绍堂当时想，如果她要紧，他一脚油门开车给她送过去。但直到要睡觉，唐璃都没发现。

程绍堂提及，她才猛然想起，说：下次见面再给我吧。

程绍堂：不着急？

唐璃：有电子版。

然后她没有犹豫地，又发了一句"谢谢"。

程绍堂没再回复。

深夜，程绍堂倚在床上半耷拉着眼，一条胳膊抬起，手摁在太阳穴。他久违地接到了温尔雅的电话，不过对方深夜叨扰，问的问题无外乎一个男人:"周弥生这人,到底怎么样?"

程绍堂无奈地笑,声音里带着一股疲惫的沙哑:"他这人,你斗不过。"

温尔雅沉默许久,传达出不同于往日的落寞与惆怅:"他以前,有没有过特别的经历?"

"哎,你想问什么?"

"我不想问什么。"她似乎陷入两难境地,"他人品怎么样?"

程绍堂不假思索:"心狠手辣。"他问,"你得罪他了?"

温尔雅犹豫了片刻,告诉他:"比得罪还可怕。你最近有时间吗?我想见你。"

程绍堂明白她的意思,是有事发生,而且有关他的老同学——周弥生。

程绍堂挂断电话。

不过,这一约见,就约到了唐璃拍摄那天。

拍摄第一天定在周五,那天唐璃没课。她是在学校门口见到的顾彰、季书宁一众人。吴一啸住在较远的地方,来得比较晚。最近三天的取景地在R大,他们让唐璃收工后帮个小忙,找一下附近比较便宜的住宿酒店。

那天早晨,唐璃收到程绍堂的消息,问她是不是今天拍微电影。

她惊讶他记得那样清楚,又回复他说拍摄地点在学校,言外之意,是有些不好意思让他再来陪她。

很多事情就是说不清的,就像唐璃答应顾彰拍摄的初衷,是想要争取自己和程绍堂更多的相处时间,可真正开始后,她难免会投入精力。

"我今天带了一个专业老师来给你讲解,辅导你第一次演戏。"顾彰告诉她,"明天就不来了。"

唐璃扬着脸,眼眸闪烁:"我前几天把你的作品都看了一遍,女主的风格细看下有相似之处。"

"或许吧。"顾彰不反驳,又问她,"你觉得你和她们也相似?"

"这我就不知道了。"她笑。

剧组人虽然不多,但分工明确。众人找了间空闲的自习室拍摄校园时的回忆画面,这部分几乎没有对话,吴一啸很会调动气氛,唐璃笑得很真。

中午吃饭,唐璃带他们去食堂。

他们没来过 R 大,表示很新奇,点的餐都是五花八门。唐璃只能在这个窗口刷过卡,再和其他人去下一个窗口。等所有人点完,她才发现自己忘记点餐了。

秦钲和许沉吟出现在餐厅门口时,看见她独自一人在窗口等餐,走过来递给她一杯奶茶。

"怎么就你一人?"秦钲问她。

唐璃歪了歪头,说:"五点钟方向,那一桌、两桌,都是。"

许沉吟:"人挺多。拍摄怎么样了?"

唐璃眼巴巴地看着出餐口,没什么情绪回道:"就那样,好像也不算难。"

"哎哟。"秦钲笑出声,"一点儿都不谦虚。"

许沉吟看完了一圈人,和唐璃一起取完餐找地方坐下,问她:"有没有姓'橙'的?"

唐璃瞪大眼:"没来。"她说完就有点儿后悔了,不该说"没来",应该说"没有"。

许沉吟坐在对面慢慢喝着奶茶,笑里满是狡黠:"下午来?"

"不来。"

"谁来不来?"秦钲好奇。

唐璃不接茬,而是说:"你俩中午不午休?"

"不呢。"秦钲说,"我们准备去水镇玩,票都团好了,下午出发,明天下午回来。"

唐璃说："挺好的。"

"你的兼职呢？"

"明后天下午的班。"唐璃说，"顾导说除了工资，再给我加点赔偿。"

秦钲"啧啧"道："真够辛苦的。"

中午不休息，唐璃状态很在线。吴一啸打趣问她，是不是之前学过表演，一点儿也不怯场。

唐璃只是下功夫研究了剧本，剖析过电影演员的微表情。她心里清楚，她只能达到一个及格线，吴一啸对她夸赞是因为她是第一次拍摄，而她又不敢说顾彰的要求并不高。

吴一啸说："按现在这个进度，十几天就能拍完了。"

几乎是到下午戏份快结束的时候，唐璃看见了程绍堂。

那会儿顾彰正在给她讲戏，吴一啸站在一旁和她一起听，两人距离很近，穿着剧组提供的衣服，看起来挺像那么一回事。

R大的风景恬静优雅，渐暗的天气笼罩下来，光影错落。那条路上不止他一个身影，但从某种程度来讲，他就是和别人不一样。唐璃像是有预感，在抬头的瞬间看见了他，她静静地冲他笑了笑，心思飘了几米远。

直到顾彰和吴一啸讲完话，问她："可以吗？"

唐璃一怔："可以。"

顾彰："可以就继续。"

不远处，程绍堂表情淡淡的。

他之前没怎么明确过小姑娘和自己的年龄差距，但她是立秋的室友，无论如何他都得有点儿自知之明。远处逐渐黯淡的光，篮球场依次亮起的灯，学子步履矫健，这场景让人感到惬意、清新，只是距离自己多少是有点远。

101

温尔雅突然给他打来电话,问他在哪儿。

他说完,温尔雅便问:"你去找立秋了?"

程绍堂:"就只能找她?"

"不管你去找谁。"温尔雅有气无力地说,"我得去找你了。"

温尔雅在公司连轴转了一周,她本来上周就打算找程绍堂,一忙竟挨到今天。就在她走后不久,周弥生的电话打来,无非那几个问题——去哪儿了?在干什么?没事吗?来办公室找我。

温尔雅一狠心,挂了电话。

她用了不长的时间,来到程绍堂面前。

程绍堂略略吃惊地看一眼她的姿态,说:"这么着急?"

温尔雅咬了一下嘴唇,沉默半晌:"思来想去,只有你比较了解周弥生这个人。"

程绍堂斜眸睨她,抬起一根食指挠了挠脸颊,转眸看向和男主角散步的唐璃,唇瓣翕动:"说吧,你和周弥生怎么了?"

一心二用,温尔雅听得出他的心不在焉,她吸了一口气:"我想辞职。"

"那就辞呗。"

"他威胁我。"风吹乱了她的鬓角碎发,我见犹怜。

程绍堂蹙了蹙眉头:"你落什么把柄给他了?"他侧身,双臂交叉搭在身前,看清人的落寞样儿,压低声音,"发生什么事了?"

温尔雅摇了摇头,她的身影看上去落寞又可怜。

"他看上你了?"

温尔雅抬头看了程绍堂一眼,想说什么又羞于启齿,压抑着情绪反问他:"你觉得难以置信吗?"

"那倒没有。"程绍堂说,"他的性子,看上了什么,想方设法也要得到。"

周弥生家境不算好,但个人能力很突出,这些年里,程绍堂和他明里暗里交锋多次,有输有赢。程绍堂说:"你别吃亏了。"

温尔雅手指止不住地颤抖,眼眸发红发烫。她抿紧嘴唇,却感觉皮肤发麻发冷。

终于,程绍堂意识到她的不对劲,直视着她:"你还好吗?"

温尔雅摇摇头:"已经发生过的事情,我不想去评价了。"

程绍堂明白了。他沉默半晌,说:"那你还来找我求安慰?"

"你觉得我是来找你求安慰的?"温尔雅眼角含泪,一副受了委屈的难受模样,却仍嘴硬,"都是成年人,潇洒点儿又如何。"

程绍堂思索半晌,良久才道:"你有点儿过于潇洒了。"

"都怪你。"她说,"你早答应程伯父和我订婚,就不会发生这些事情了。"

天彻底黑了,风那样凉,背后的声音越发欢闹,是年轻学生喜欢的夜晚的味道。程绍堂笑了笑:"不能凡事都像你说的这样简单。"

"我来找你,"温尔雅盯着他,"不是给我自己添堵的。"

程绍堂的目光望向那道消瘦的身影,她身边的年轻男孩一个接着一个。他像是认真想过一样,半天才回应温尔雅:"你这样想,其实周弥生这人不赖。"

周弥生是有优点的,而且很突出,可好感怎么能说有就有?

温尔雅说到他名字都会发颤:"周弥生给我的压迫感太强了。他不像你,你比较温和。"

"百人百态而已。"

"你没有安慰到我。"温尔雅用指尖抹掉眼角滑落的泪珠。

程绍堂看她的状态,表情渐渐严肃。他终于意识到,某件事情的发生,于温尔雅而言并不像她口中那般风轻云淡。

唐璃拍好今天的最后一场戏,顾彰喊了"卡",几个人忙收拾东西。

她捋了捋长发,眼眸一瞥,落在不远处男人站立的地方,而在她没有察觉的时候,那里多了一道熟悉的身影。

唐璃的笑容凝固，和晚秋的风一般凉。

温尔雅是她见过的最有气质的美女，身材妙曼，举止优雅，举手投足间都是韵味。如若今天没见到温尔雅，唐璃都差点儿忘记，那日在广场卖花，是她在远处等程绍堂。

唐璃不知道，他们的关系好到什么程度。

吴一啸顺着她异常的眼神看到了程绍堂的存在："你男朋友？"

唐璃深吸一口气："当然不是。"

"那你看什么呢？"

"不觉得很养眼吗？"她恍若无事道，"看他们穿着打扮，不像是学校里的学生。"

"或许是研究生？养眼倒是真的，不亚于电影学院的人。"

唐璃是笑也笑不出来了。因为下一秒，温尔雅转身离开，程绍堂的眼神跟随在她身上，而后头也不回地跟了上去。

她望着两人一前一后的身影，莫名有些怒意。这好像是她最不喜欢的剧情——女主指着女二质问男主"你要她要我"，男主左右为难，无法决定，而后女主扬长而去。

现在，她站在那么远的地方，都不知道自己是女主还是女二，抑或根本不存在于男主为难的选项中。

07

唐璃带顾彰、季书宁一行人去了学校附近的宾馆，一口气要了三间房。

顾彰知道她劳累一天，一会儿还要回宿舍，只强调了明天拍摄里情绪最饱满的一段戏份。

唐璃很安静，态度谦卑，和第一次见他时表现出来的情绪完全不同。顾彰觉得惊喜，但没有说出来。他知道唐璃来自南方某个省份，高考中打败数万人千里迢迢来到帝都，自是有一股坚韧在身上的。

季书宁说她倔，顾彰却很欣赏她的性格。

从宾馆到宿舍有一段路，路灯的光从头顶投落在道路上，人影被拉得老长。

手机的振动霎时把唐璃拉回真实世界，她从包里掏出手机，是程绍堂的消息。

他说下午有事，所以先离开。

简洁的解释，没有任何不对。唐璃不想回复，她把手机放回包里，步伐更快了。

可她没有理由让这段联系僵掉，他们是朋友，不是什么别的关系。她可以短暂麻痹自己的不悦，可过去了，她还是想维持联系。

回到宿舍，她坦诚告诉程绍堂，她看到了，至于看到了什么，想必她不说，他也知道。

程绍堂问她：你怎么样？

唐璃：还不错。

他那样快就转移话题，发来的文字里半分不提别人。

唐璃安安静静地坐在椅子上，视线落在屏幕上。他说：早点休息。

她没再回复，甚至开始想，那些曾提过的程绍堂对她的好感，对她的照顾，或许只是因为她和程立秋是室友，或许只是因为她比程立秋看起来乖一点、听话一点，或许只是因为程绍堂把她当作妹妹。

程绍堂是真的很忙，但有一点，他就算忙，也会抽空每天给她发消息。

唐璃看到后，下意识用"繁忙"这个理由拒绝回复。

微电影拍摄进度过半，唐璃结束一天的戏份，赶到店里兼职，时间紧迫到来不及吃饭，只能订外卖送到店里，抽空吃掉。

陈凡见了她都有些心疼："你看起来面色不太好。"

她无法反驳。

好在兼职工资到账。唐璃节假日一直没休息，对她而言，那是一笔不小的工资。

她给唐诗英打了个电话。

唐诗英很想她,问她什么时候放假。

唐诗英对遥远的帝都和大学充满憧憬,问唐璃待得习不习惯、累不累,有没有认识什么新朋友。

唐璃一一作答。那会儿她刚回到宿舍,立冬时节,冷风在窗外环绕,她交代唐诗英注意身体,不要感冒。

她都已然忘记,如此明显的南北差异了。

人有的时候,就是会为别人代入自己的情绪,不论对错。

工资发下来不久,唐璃请秦钲和许沉吟吃大餐。说是大餐,那两人为她着想,也不过是选择在学校附近的铜锅涮肉。

火锅店的位置位于一家胡同深处,物美价廉,秦钲饶有兴趣地涮着一片毛肚,涮好了,夹给许沉吟。

唐璃喝了一口酸奶。

"你这么忙?没影响专业课吧?"秦钲问。

唐璃:"没。"最近专业课结课,她的绩点成绩 4.0。

"你比暑假在家还忙了。"秦钲说。

许沉吟好奇:"暑假在家有什么忙?"

唐璃吃了一块笋干,抬起头看她:"帮家里干活,不算特别忙。"

"你真是我见过最努力的姑娘了。"

唐璃笑:"不够吧,每个人努力方向不同。"她说,"我想做女企业家。"

这是唐璃第一次谈及自己的理想,因为处在说梦想不会被嘲笑的年纪,也因为对面坐着不会嘲笑她的朋友。

这就是唐璃,隐忍又不甘平庸。

秦钲愣了一下,继续涮肉蘸麻酱,笑说:"也行。"

许沉吟却问:"你当初怎么不报金融专业?"

唐璃说:"当初不懂。"

才短短几个月,经历带给她的变化已然渗透内心。

"要不要转专业?"许沉吟神色认真,"只要你每门课的成绩都达到4.0,就可以向系里提交申请。我和我们系主任关系还不错,要不要我帮你问问?"

唐璃:"真的?"

秦钲看向她:"真的,你学姐混得风生水起。"

许沉吟白了他一眼。

"不是。"唐璃说,"我有点儿没想好。"

"不着急,慢慢想,这才第一学期。"

那顿饭,他们三个人吃得热火朝天。灯光如昼,铜光闪烁,比任何时候都充满烟火气。

从大门出来,冷风扑了一脸,唐璃裹紧棉衣。小城的冬季不比帝都,不需要穿很厚的羽绒服。过不了多久,这里的室外温度会达到零下几度,她该给自己置办一件暖和的羽绒服了。

周六,唐璃踩着点去咖啡店上班。一整天的拍摄加打工令她筋疲力尽,好在两边都进行得足够顺利,迄今为止没出过差错,顾彰给出的报酬也相当可观。

拍摄的这部是顾彰的毕业作品,他会上线各大平台播放。

临近晚上十点,人不算多,唐璃百无聊赖地看着远处的门窗。

灯光辉煌,树影婆娑,有什么东西自上而下飘落,被风吹散了,看不清。

有人说,下雪了。

许沉吟担心她,问她什么时候回校。

她说快了,还有十分钟。

自从做晚班,唐璃每次下班都是打车回校,距离很近,几乎是起步价。天寒露重,她还能在车里小憩一会儿。

许沉吟又问:最近他没有联系你吗?

唐璃沉默数秒,回道:有联系。

那天拍摄,他问她拍摄地点。后来兼职,他问她是否在店里。

听程立秋说,他貌似出差去了香港地区,小姑娘闹着要他买礼物送她,也不知道他最后是应了还是没应。

几分钟后,唐璃换下工作服,围起白色毛绒围巾。

/ 第三章

我们什么关系?

○思绪飘这飘近,通通都是关于程绍堂的痕迹,她拿起手机,欲盖弥彰般告诉他——我想你了。

01

晚风吹得树叶扑簌飘落,踩在脚下发出萧瑟脆响。

唐璃的刘海被风吹得凌乱,白色围巾裹住她大半张脸,只剩一双晶亮眸子。

手机在兜里振动,她却冷到不愿拿起,低垂着头向广场边缘走去,上了那台阶,很快就能打到车。

忽然,头顶响起一道熟悉的声音,夹杂着寒风的清冷,清晰又坦荡。

唐璃踩在最后一层阶梯上,抬头,看见程绍堂站在不远处,手指夹着一支烟。他穿一身黑色过膝风衣,身后灯光炽烈,车水马龙。

程绍堂望着她的眼睛,扯了扯唇角,手指无意识地掸着烟灰:"天儿真冷。"

他问:"怎么不接电话?"

"我不知道是你。"唐璃昂着脖颈,刘海被风彻底吹开,光洁的额头饱满白皙,秀眉之下,瞳孔如同晶莹剔透的玻璃珠,隔着一层厚重的围脖,她的声音小而柔。

他心里一点别的想法都没了,只问她:"知道是我,还不接吗?"

唐璃在心里回答他,不想接。可对上他那张隐隐带笑的脸,她抿了抿唇,没回答。

他说:"好久不见。"

"也没有很久吧。"唐璃轻声道,"最近都……太忙了。"

程绍堂居高临下,恍惚间生出一种欺负弱小的感觉。这台阶足有二十厘米,她站在下面,脖颈和脸缩在围脖里,对上他的眼,似乎想回避,又回避不了。

"上来。"他说。

小姑娘慢慢腾腾地走上台阶,手还插在兜里。

一靠近,那股熟悉的感觉就又来了,唐璃慢慢别开眼。

"吃饭了没?"程绍堂没隐藏想让她陪吃饭的心思,"我下飞机就过来了,飞机餐那个味道,我不习惯。"

"我吃过了。"唐璃说完这句,就没再继续。

但程绍堂从她兜里拽出她白皙的手攥在手心。冰冷与温暖的触碰令唐璃没能下定决心甩开,他手心太暖了。

道路旁稀疏的枝丫,枯叶飘落,空气潮潮的,似是下雪的预兆。

她其实有很多话想说,明明说好了拍摄期间尽量陪同,如今拍摄过半,程绍堂却只来过一次。就那一次,离开时是和别的女人。

唐璃抿紧了嘴唇。

"你想吃什么?上次吃过的那家还开着门吗?"

唐璃还在思绪中,听到这句,微微一怔:"我吃过了。"她低垂着眸,"那家在下面,你要是想吃,得去下面。"

"那换一家,陪我吃点儿。"

110

正巧路过一家面馆,他抬头看了一眼。唐璃跟着停下,抬眸看着他。他个子高,肩宽腿长,黑色刘海拢起掀至脑后,灯光把他的长睫照成透明色,下颌角消瘦,线条流畅。

"就这个吧。"程绍堂转过脸来瞧她。

唐璃不饿,无论他说什么,她都没意见。但程绍堂还是习惯性问她一句,不是因为别的,就是觉得小姑娘今天心情不太好,和他一样有些累。

店里的装潢偏中式,这个时间,人寥寥无几。程绍堂点了一份牛肉面,肆无忌惮地在她面前吃完。说他肆无忌惮,是因为他的吃相毫不斯文。

唐璃低垂下头,拿出手机。许沉吟还在同她聊天,说自己准备睡了,问她快到了没。

唐璃说没有。

简单两个字,许沉吟没有多想,大晚上的,谁能想到她已经赶不上门禁回不去学校了。

吃过饭后,程绍堂坐在对面的椅子上,手臂搭在靠背,看着她。

"怎么看起来不太高兴?"

唐璃搁下手机:"太晚了。"

他笑了笑,问:"怎么了?"

"宿舍要关门了。"

程绍堂说:"让你室友再帮你一次。"

"哪能次次这样?"唐璃快速看了他一眼,也不知道自己为什么要闪躲,心里莫名其妙地慌乱着,却佯装淡定道,"在宿管阿姨那里混了脸熟,就不好了。"

空气里只剩安静的光亮,程绍堂懒洋洋地靠着椅背,是肉眼可见的疲乏。他明显感觉到小姑娘异于往常的矜持,不咸不淡的,看起来像是……在闹脾气。

他沉默着思索半晌，慢条斯理地说："走吧，陪我消化消化。"

唐璃乖巧地起身，跟在他身后。

程绍堂为她拉开门。唐璃一出门就被冷风扑了一脸，风里夹杂着湿润的点滴，还没反应过来，就听见他说："下雪了。"

唐璃张大了嘴，不自觉地昂起头，头顶硕大的牌匾遮掩着视线，雪粒飘飘洒洒。

程绍堂视线低垂，注视着她的眼睛。他眼神很有耐心，很温柔，很深邃。唐璃支吾着说："你看雪啊，看我……干什么？"

程绍堂笑了下，说："几天不见，怎么还生分了？"

唐璃下意识就想说"本来也没有那么熟悉"，但她眨巴眨巴眼睛，还是默默移开视线，走下台阶，雪粒落在她的肩上。

程绍堂走在她身侧偏后一点儿的位置，没有与她并排。

夜色深深，白雪有越下越大的趋势。有人说帝都孤独，唐璃深有感触，尤其是踏着清晨坐上公交车，乘着晚色到路旁打车的时候，偌大寒冷的城市，别有一番意境。

程绍堂不知从哪儿掏出一把伞撑在两人的头顶，他的视线落在唐璃身上，忽然问："你知不知道立秋最近在忙什么？她好像开始卖东西了。"

唐璃微微一惊，顿了一秒，转过身去看他，坦诚地说："是我一个朋友介绍她的，她卖得还不错。"

"你也卖了？没看见你发推广。"他疑惑道。

唐璃骗他："已经删掉了。"

那个项目是许沉吟介绍给唐璃的，她只做了几天就宣告失败，但程立秋凭借惊人的带货实力，可以说是日进斗金。

发推广时，唐璃屏蔽了程绍堂，没有理由的。

"不可能吧。"虽然是玩味语气，他却十分笃定，"我每天都看你朋友圈。"

唐璃没有半分心虚，反问道："这么关注我？"

程绍堂盯着她看，慢慢点着头笑："你以为？"

"我不会感动的。"唐璃的语气斩钉截铁。

倏忽间，一根项链搭在他长而均匀的手指上，摇摇晃晃地垂下来，像是花蕊托底的样式，中间镶嵌着一颗方方正正的钻石，棱角处有细窄的切割面，闪烁十分。

唐璃的目光骤然被吸引，程绍堂笑着站在她面前，问："好看吗？"

她不撒谎，抬眸看他："好看。"

他拿起她的手打开，把项链放在她手心："送你。"

唐璃看着他，微不可察地蹙了蹙眉头，内心抗拒之余，又像是被他抚平了这段日子的复杂思绪。她鬼使神差地问："是钻石吗？"

程绍堂笑了声，慢条斯理地说："是玻璃。"女生欲言又止的表情落在他眼里，就是有趣了，他问她，"嫌弃啊？"

"那倒没有。"唐璃说，"可能香港的玻璃和帝都的玻璃不一样。"

程绍堂："你怎么知道我去香港？"

唐璃"嗯"了一声："听立秋说过。"

千头万绪好像被一点点抚平，她把项链拢在手心里，天地间苍茫的白和城市路灯的灯光衬得它无比斑斓。

她看了一会儿，好奇地问："没有盒子吗？"

"在车里。"

"一会儿拿给我。"

程绍堂忍俊不禁："一会儿跟我走？"

唐璃说："走吧。"

他们沿着街走，项链缠绕在唐璃的手指间，被她掩盖在口袋之下。程绍堂走在她身边，挡下冷冷吹来的寒风，他问："拍摄怎么样？"

"还好。"唐璃回答他，"已经过半了。"

时长在二十五分钟左右的爱情微电影，顾导对影片的要求没有唐璃想象中那样高，拍摄得很顺利。明天周末，拍摄地点安排在工作室楼上，那里有一间装修成出租屋的房间，用来拍摄男女主角初入社会时生活的窘迫状态。

"明天我陪你。"他眼含笑意。

有些人就是这样，把事情风轻云淡地抹掉，然后若无其事地继续。

可唐璃不是。

唐璃低声说："那天我看见了。你和你朋友一起走了，然后再也没来过。"

"她啊，叫温尔雅。"程绍堂说，"是我发小，你可以问问立秋我和她的关系。"

"我和你什么关系啊，问立秋不会很奇怪吗？"

"那你问我。"

唐璃静默几秒，手里还攥着那根项链，她抬眸看他，认真地问："你和她是什么关系？"

程绍堂还未回答，霎时笑出声音来。

唐璃瞪大眼睛，瞳孔在雪天里格外亮："你笑什么？"

"没什么。"程绍堂轻轻咳了一声，手握成拳抵在唇下。他在想，唐璃这副模样怪有趣的，理直气也壮，眉宇间带着一股令人不易察觉的怒意。

"是从小一起长大的朋友，她遇到了棘手的事情，情绪不太好。"

唐璃不信服，问："工作棘手？"

"不是。"

唐璃面无表情，没有说话，好像真的在生气。

"有个我之前的同学追求她，现在是她上司。"

唐璃"嗯"了一声。程绍堂思忖片刻，简单说了温尔雅和周弥生的事情，然后他解释说："情况复杂在于她只是酒后失态，压根不喜欢人家，但对方可能是上了心了。她找我安慰也不过是因为那人曾经是我同窗。"

他忽然叫她："璃璃。"

唐璃肩膀一怔，耳朵红成粉嫩色。

"还生气吗？"程绍堂知道自己有点儿欺负人了，可对着这样倔强又真诚到莽撞的唐璃，他总不可避免地生出逗她的心思。

唐璃的心脏"扑通扑通"地跳，此刻明明身处于冰天雪地，滚烫的温度却传往她的四肢皮肤，她几乎是说不出话来。

程绍堂抬手，摸了摸她的脸，果不其然，火热滚烫。他又叫了一遍："璃璃，"他说，"去我家吗？"

听到这句话，凉风白雪如洪流一般涌入唐璃的鼻腔，掩盖了原本滚烫的气息，她即刻要命般咳嗽起来，脸色呛得更红，冷风灌肺，眼泪不自觉流了满脸。

程绍堂见她反应这么大，匆忙伸手扶着她，揽住她的后背轻轻拍动，安抚道："我闹着玩的。"

唐璃的手贴在心口，怒目瞪他："谁和你闹着玩，有你这么闹着玩的吗？"

程绍堂像是被她传染了似的，猛不丁也咳了几声："抱歉。"他说，"我想凭我们这关系，开个玩笑也不过分。"

唐璃眯着眼睛看他，表情说不上好坏，但跟刚才相比有弱势一点儿。她说："我们什么关系？"

"你想我们什么关系？"

唐璃不说话。

等了好一会儿，听不到回复。程绍堂也就不再与她玩笑，脸色认真道："宿舍关门了，你还有地方去吗？去我家住一晚？"

"你是这意思吗？"唐璃问他。

程绍堂反问："我还能什么意思？"

又来。

唐璃昂着脑袋瞪他,却在刹那间意识到什么,忽然就破功了。

她先前只顾着生气,忽略了自己和程绍堂一来一往间行为举止的转变……等她平静下来,更能体会到某件事情。

没有人会和妹妹开这种玩笑。

她心里有一丝不自信,又觉得合乎情理。

唐璃有点儿控制不住,很快别过脸抿着唇笑,心里又不合时宜地想起宋紫玉吐槽男友的各种词汇。

程绍堂的手还扶在她后背,那动作轻微收力就能将人揽进怀里。

可他不是那么没有分寸的人,何况就在刚刚,这姑娘在和他闹脾气。

不过一会儿,他就感觉到不对劲儿,歪着脑袋问她:"笑什么?"

唐璃摇摇头,目光停留在他纯黑色大衣的褶皱上,她能看到上面的绒光,迎面接住飘飘洒洒的雪。她无比清醒,只想要隐瞒自己的心思。

她扯扯他的外套,手感滑腻。

她凑近他,说:"走吧,带我回家吧。"

唐璃第一次坐程绍堂司机开的车,之前每一次来见她,他都自己开车。

他说今天太晚,下了飞机就赶来这儿,不能疲劳驾驶。

车身前行,窗外灯光闪过,程绍堂塞给她一个细长条形状的粉色绒盒,是项链的礼盒,她拿过来就闻到了一股淡淡的清香。

唐璃不知道,项链和绒盒都是程绍堂专门为她挑的。

在地下车库下车的时候,绒盒被唐璃塞进兜里。就这么一个小小的动作,引得男人侧眸,而后勾唇。

唐璃被他的表情弄得有些羞赧。送给她了,还不能藏起来了?她下意识变成傲娇鬼。

唐璃很少展现这般符合她年龄的鬼马神态,程绍堂并不反感,甚至很开心。

就在他牵起她的手的下一秒,有人在后面叫了程绍堂的名字。

一个年长的陌生男人站在身后,表情很是熟络,笑容和蔼可亲,又透着一股浅淡的试探:"绍堂,下个月八号回家吗?你爸让我来问问你。"说着,他看了眼唐璃,是从上到下的打量,时间很短,还没让人品出细节里的意味就很快转过,"带上你的小朋友。"

唐璃有点儿不好意思,被眼前这人称作小朋友。

程绍堂挺礼貌,不卑不亢地回答:"估计没时间,尽量。"

"尽量,尽量。"那男人笑说,"能回就回。最近还好吧?"

"嗯。"

"那没事儿我就回了。"男人说,"早点儿休息。"

程绍堂点了点头,他脸色不太好,比起之前,疲惫更显。

下个月八号,老爷子每年都要大办特办的,与他"爱人"情比金坚的爱情纪念日。而他,不过是糟糠之妻留下的独子。

待人走后,唐璃被他牵着走进电梯。唐璃低声询问道:"刚才那人是谁?"

他说:"家里的司机。"

唐璃点了点头,懂了。

她问他:"那位叔叔怎么说我是你的小朋友?"

程绍堂忽然笑了,逗她:"他说你了?"

唐璃被噎了一下,大大方方地说:"难道不是?"

他把她的手指拢在手心里揉搓,电梯门开,拉着她走了出去。

程绍堂的房子格局简单,装修一目了然,空气里弥漫着属于男人身上特有的气息。他松开她的手,脱了外套和鞋进卧室,再出来时已经换了身家居服。

他问她今晚睡主卧还是书房,唐璃乖巧地坐在沙发上,两手端正搭在双膝前,笑意盈盈地问他:"那你呢?"

有时候，出乎意料的话能缓解烦躁不安的情绪。程绍堂看着小姑娘天真无邪的样子，忍不住笑："怎么，你想跟我睡一起？"

唐璃的回答简直像是等着他问这句，她笑着说："可以啊，盖着被子聊天不是吗？"

程绍堂进厨房给她倒了一杯水，靠在她身边坐了下来，说："年纪轻轻……懂得不少。"他轻轻朝后躺去，手臂抬起搭到她身后的沙发靠背上，姿态慵懒地斜倚着沙发，侧过脸看她。

唐璃感觉到他的体温在瞬间笼了自己的身体，她在想，她要用什么姿势、什么表情，才能消除当下的紧张感。

可是，在那之前，某人挑破了她的情绪："紧张什么？"

唐璃顺势坐得离他稍远一点儿，佯装淡定地说："我哪有？"

因为紧张，所以声音稍稍显大。

程绍堂的肩膀因为大笑而抖动起来，他笑的时间越来越久，不免让人生气。这次唐璃直接伸手去捂他的嘴，手掌柔嫩的皮肤蹭在他脸颊上，他一把逮住她的手腕。

"真是霸道。"他敛了笑意，黯声说，"笑也不让笑。"

唐璃却很认真，动作轻柔地从他手里抽出手腕，他用的力气不算大，但那一圈肌肤紧得发痒。

她一双眼睛充满期待，压着声音和他商量："明天直接送我去拍摄好吗？需要早起。"

程绍堂瞧着她瞬间变脸的模样，没开口便又想笑，同样压着声儿问她："要多早呢？"

"七点钟到。"

程绍堂还学她："那下午呢？"

"下午四点拍摄结束。"唐璃蹙了蹙眉，"你能不能别——说话阴阳怪气的。"

沙发不大，坐着两人，他稍微一倾身，就距离她很近很近："这不是跟你学的吗?"

唐璃眨了眨眼睛,瞪着他的脸。

他撤回去,声色里带着显而易见的兴致:"还有什么事儿,一起交代了。"

"早上七点到下午四点去拍摄,你有时间……就陪我,没时间就算了。如果陪我的话,能不能把我送到咖啡店?我有个晚班,不送也……没关系。"不等他开口,唐璃忙补充道,"你之前说过的,尽量每天陪我……"

可是,就陪了一天。

程绍堂沉默了一秒:"我明天得去趟公司,中午有个饭局。"他说,"你看这样,早晨我送你,下午我接你,尽量陪你好不好?"

唐璃点了点头。

她还想说什么,程绍堂忽然从桌子上拿起马克杯递给她。唐璃的视线全被吸引了过去:"这个杯子,"她轻言细语,"和我的一样。"

"嗯。"

暖流顺着瓷壁传到手指间,唐璃看向坐在身边的男人,对方慢条斯理地歪了歪脑袋,慵懒又随意。

"还有什么想说的?"程绍堂问。

唐璃反应过来,不禁正襟危坐,问道:"你发小没事吧?"

他面无表情地说:"不太好。我不擅长解决这种问题,看她的决定吧。"

"那你……"唐璃忽然想起,和程绍堂爬山的那天,他说自己从没想过结婚。这话过于绝对,她当时不能理解,如今也感到茫然。她缓慢地说,"我以为你应该有过感情经历。"

凭他的长相、学识和身家,唐璃是真的以为他有过感情经历的。

但她问完就有点儿后悔了。

"没有。"

她的视线瞬间转移到他身上。一双眼眸闪烁而明亮，因为困意眸底带红，像一只柔软幼小的动物，表情无措。

程绍堂看她这样，忽然有些无所适从，他深吸一口气，无奈地道："你都没问过，别乱给我扣帽子。"

把他想成什么人了？

唐璃意识到自己说错了话，也没反驳。她捧着马克杯小口地抿了一下热水，假装无事发生，心里却莫名非常满足，隐约能看到眉宇间的愉悦，白皙的脸颊在灯光下更显清透。

帝都灯火通明的夜晚，风雪在窗外混作一团，两人坐在一起，程绍堂直直地望着她，就这么安静地看着，看她的神色从假装淡定到疑惑。然后他没忍住，上手捏了捏她的脸："不是明天要早起，还不睡？"

唐璃问他："我睡哪儿？"

两个强撑着疲惫的人窝在一方狭小的沙发里，他眸色温柔，说道："你想睡哪儿睡哪儿。"

唐璃顺着他的话接下去："那你呢？"

程绍堂没有再逗她，他已经知道，小姑娘比之前看上去要胆大，兴许只是熟悉了，姿态稍稍放松的缘故。他抬起手，慵懒地枕在脑后，抬起下巴看她："我睡你挑剩下的。"

程绍堂的长相很迷人，唐璃看着他，感到心脏细微的战栗。她看见他隆起的肌肉轮廓被家居服罩在下面，上一秒稍微有一丝形状，下一秒就随着他的动作消失。

"晚安。"她忍不住对他道，而后拿起马克杯径直走向书房。

"去哪儿？"

她顿住脚步，转身看着他，抬手指了指书房的门："这里。"

程绍堂："睡那间。"

他要她睡主卧。唐璃沉默一秒，点点头："好。"

程绍堂笑着说:"这么听话?"

"毕竟在你家。"她轻抿着嘴唇,将所有羞赧压下喉间,转身去往卧室,轻轻关上门。

门锁响动,程绍堂挑了挑眉。

他用了很短的时间冲了个澡,忽然想起家里没有适合唐璃穿着睡觉的衣服。以前程立秋来这儿找他,走时他总让她不要留下任何物件。程绍堂想回卧室一趟,手在门前还没敲下去,"啪嗒"一声,门锁松动,唐璃打开了门,露出一双小心翼翼的眼睛。

"嗯?"她诧异地张大嘴巴,而后把门缝打开了些。

程绍堂看清了她身上穿着的衣服,一身略微紧身,足以勾勒出身材的线衣。

脖颈之下的肌肤雪白,干净无瑕。

程绍堂略略顿了一下,压低声音说:"没事了。"

房间的隔音很好,可程绍堂在书房时,却听到了洗手间传来的淅淅沥沥的水声。这种感觉很奇妙,这个房子之前没出现过除程立秋之外的任何女孩子。

他想,以后也不要让立秋来好了。

窗外白雪皑皑,一夜过去,大雪会覆盖整个帝都。唐璃洗完澡,轻手轻脚地躺在床上,很快就睡着了。她闻到属于程绍堂身上的气味,不可避免地与他在梦里相遇。

她梦见她和程绍堂一同倚在那张灰色的沙发上,好像在聊天,又好像没有。

这梦很静,又很真。

第二天唐璃醒来,只觉得不可思议。

02

唐璃在七点之前被程绍堂的司机送到镜像工作室,前一夜的雪给原本干燥粗糙的城市换了身妆造。唐璃小心翼翼地下车,程绍堂的手扶了过来:"小心,路滑。"

"今天拍室内室外?"程绍堂问她。

"室内。"唐璃解释说,"在工作室二楼有一间专门用来拍摄的房间。"

工作室在很隐蔽的位置,第一次来的时候,唐璃差点儿就以为顾彰和季书宁联合起来骗她。不过,程绍堂却不以为意:"公司在初始阶段资金运转困难,只能缩减成本,房租是一项很大支出,何况是工作室。"他说,"帝都很多艺术类型的公司,会在艺术区、胡同巷选址,哪里偏僻定哪里,位置大,氛围重。"

"那你的公司呢?"

程绍堂面无表情,抬手指了指身后的光,太阳的方向:"下次带你去看?"

"好啊。"唐璃兴致勃勃,"一定啊,别诓人。"

程绍堂垂眸看她,轻笑了声:"说得我好像经常诓你。"

"难道不是吗?"唐璃看着他,眯了眯眼睛。

程绍堂大概能猜出她眼神里的意思,但具体无法形容,说不清道不明。

他把人送进工作室。几位同事早早就到了,季书宁在剧组负责拍摄和后期剪辑,看见唐璃身边的男人时,他推了推眼镜,扭头对吴一啸说:"那是唐璃的男朋友?"他脱口而出,"怎么比你都帅?"

程绍堂身材笔挺,面目硬朗,关键是唐璃同他站在一起,气质是和跟别人站在一起时完全不同。

吴一啸表情不悦地白了季书宁一眼,可他抬起头正好看见唐璃和程绍堂走近,发现唐璃的"男朋友"确实很有看头。男人身上穿着的那件大衣是Burberry(博柏利,英国奢侈品牌)新款,裹在大衣里面的西装看起来像高级手工定制,皮鞋也是。

工作室的大多数人也对这位不速之客充满好奇。

然而,不速之客像是意识不到众人的目光,从进门开始便不动声色地打量工作室的装修设计和布局。

唐璃看了一眼他,又转头对吴一啸问:"顾彰呢?"

"在二楼。今天他来得早,早早在拍摄房间等着了。"

季书宁冲着唐璃使了个眼色,笑着问道:"你男朋友啊?"

闻言,程绍堂收回视线,说:"怎么了?"

像是什么都没听到。

唐璃解释道:"不是的,我……哥哥。"

程绍堂瘪了瘪嘴,很轻微的一下,无人察觉。

"哦……"季书宁明了地点了点头,"那准备好了我们就上楼吧,马上要开拍了。"

唐璃说:"好。"

程绍堂捋了捋大衣,迈开步子。

唐璃拦住他:"哥哥……你不是还要去公司吗?"

程绍堂"嗯"了一声:"不着急。"他说,"来都来了,总得去看看环境,见见导演。"

唐璃怔住,程绍堂却已然跟着队伍走向前去,宽肩长腿,姿态张狂。

顾彰之前见过程绍堂,对方留给他的印象很深,但今天在工作中,他无暇顾及,只能将人抛之脑后。

唐璃的妆容自然简单,很快,众人就进入拍摄状态。

但不知是不是拍摄环境的变化,从广阔的校园到装修逼真的出租屋,空气密度小了,程绍堂又在这里,她格外紧张。在一次NG(No good,意为演员在拍摄过程中失误,不能达到最佳效果的镜头)后,唐璃开始了接二连三的卡壳。

顾彰:"唐璃,你今天怎么了?"

唐璃很尴尬:"我也不知道怎么了,我尽量调整。"

顾彰看见唐璃的眼睛总在向一个方向看,他顺着她的视线望过去,那人恰好转身离开。

程绍堂走了,他给唐璃发了消息,她很久之后才看到。

唐璃的工作状态比之前好了很多,她不知道,原来自己是这么容易受影响的人。

看不见程绍堂后,她就假装他没来过,可偶尔闲下来,她也会反思自己真是很难搞。他不来的时候,她想他怨他;他来陪她,她又在关键时刻掉链子。

许沉吟曾和她说,恋爱中的男女要保持联系,也要保持距离,不管到什么时候,都不能毫无保留地把自己的心意交出去,真的不行,不过可以装模作样。但她现在还没有办法在程绍堂面前装模作样,而且他们也不是恋爱中的男女。

下午的时候,程绍堂送给唐璃的项链被顾彰征用到电影拍摄中,用做男女主角久别重逢后,男主送女主的礼物。

工作人员准备了道具,是唐璃提议能不能用她带来的这一条,顾彰没有反对。

那条精致到无可挑剔的项链最终在影片中留下一个大特写,而后画面转开。

唐璃把项链小心翼翼地收好,放进礼品盒。

吴一啸问她:"从哪儿弄来的钻石啊?看起来像真的。"

"假的。"唐璃说,"是玻璃。"

吴一啸不信,有谁会对一串玻璃项链如此精心呵护。

唐璃说:"就是玻璃。"

吴一啸伸手想看,被唐璃挡了挡。他立刻感觉到不对劲儿:"别人送你的?"

"我哥送的。"

吴一啸忽然笑了笑,不怀好意道:"什么哥哥,是你男朋友吧?"

唐璃被他问得语塞，好半响才说："不是。"

吴一啸却说："眼光不错。"

程绍堂好像真的闲了下来，唐璃不仅在拍摄结束时看到了他的身影，还能在咖啡店兼职时拥有他的陪伴。

她惊喜地问他："你最近不忙吗？"

他说还好。

程绍堂坐在咖啡店靠窗的位置，面前摆放着笔记本电脑。唐璃觉得他那会儿的"白领"气质特别重，总是想看他。

陈凡碰了碰她小臂，问她："你朋友又来了啊？"

唐璃"啊"了声。

陈凡递给她一块巧克力，金色的包装，说是朋友送给他的。唐璃笑着说："谢谢店长。"

"不谢。"陈凡问，"那个微电影，拍摄得怎么样？"

唐璃："已经快要完工了。"

陈凡惊叹："比想象中快啊。"又问她，"你拍完这个还有没有别的项目了？"

唐璃摇摇头，意识到不对劲儿，问他："怎么啦？"

"之前和你说的那个模特朋友，还在找兼职模特，我觉得你挺合适的。"陈凡说，"我再不认识比你更清纯漂亮的女孩了。"

唐璃被他夸得有点儿脸热，没说同意不同意，只是问他："什么时候？"

"怎么也得你拍摄结束后。"

"我考虑考虑。"唐璃把巧克力装进工作服口袋，解释说，"我马上要进入考试周了。"

学期末，有几门课程需要小组配合制作、讲解 PPT（PowerPoint，指演示文稿），团队协作总是需要磨合的时间。

对唐璃而言，现阶段，所有事情都要为学业让路。

她和陈凡聊完，有人按了呼叫铃，是程绍堂。

窗边，忙了一个小时的"白领精英"坐在座位上休息，咖啡店的灯光照着他，棕色毛衣覆盖着宽阔的肩膀，露在外面的手和脸皮肤很白，姿态随意。

早晨把唐璃送到镜像工作室后，程绍堂去公司开了会，会议结束他又回家换了身衣服，匆匆往拍摄地点赶。这次他准时准点，为了避免被人瞩目，他换下了那身纯黑色西装和大衣，结果还是在众人探究的目光下将她接走。

不过，唐璃比早晨坦然了点儿，上来便夸赞他——今天真的超级准时。

程绍堂扯着唇角，顺势说他下午没事儿，还能在咖啡店里继续陪。

结果这一陪，就到了晚上。

寒冷的冬天，室内暖气洋洋，简洁亮丽的吊灯下，映着男人一张生动帅气的脸。程绍堂看着她的眼睛，抿了口咖啡："几点下班？"

唐璃："晚上十点。"

"不能早点儿？"他问。

唐璃眨了眨眼睛，摇头："当然。"

"你不累？"程绍堂稍稍诧异，将手垫在桌面上，长指屈起，轻轻敲动。

"还好。"唐璃轻轻地问，"你是不是累了？"

"没有。"他就是有点儿好奇，十八九岁的小姑娘，精力都这样旺盛，还是有什么原因促使她必须如此。

寒风吹动窗外的残枝败叶，昨夜积攒的雪早已融化，霓虹闪烁，碎光忽远忽近。小姑娘回到原位，端端正正地站着，或忙或闲，眸里的光不亚于夜色。

晚上十点一刻，唐璃换好衣服，准备下班。

室内暖气很足,她裹好羽绒外套,才冲窗边坐着的人招了招手。

"回学校?"程绍堂对她发出邀请,"我送你。"

"你时间充足吗?"唐璃瞪着一双晶亮的眼眸,声色很淡,"如果没有也没关系,我自己回去。"

程绍堂笑着看她:"这点时间还是有的。"

夜色无尽璀璨,路灯一闪而过。他把车停在学校门口,解开安全带,下了车。

他说:"我送你进去。"

唐璃略略局促,但没有拒绝。

程绍堂低下眉眼,借着路灯的光芒,打量着她的脸。她皮肤很白,长相精致,纤瘦却不弱小。每当他的视线扫过她时,她总能敏锐地察觉到,也能勉强压下那份悸动。

他喜欢她的这份悸动。

即使对他而言,他可以隐藏得更好。

他不是一个能主动邀请她进入下一段关系的人,但他愿意花费时间和精力在她的身上。

唐璃的耳根有点红了。

程绍堂把她送到宿舍门口,这一路几乎没有说话。脚踏上台阶的那一刻,她忽然扭过头:"你刚才……在想什么?"

程绍堂微微一怔,错愕让他看起来有点儿呆萌。

但也就是一瞬。

唐璃的心脏"怦怦"跳,她觉得可能是温度太低了。

程绍堂低声说:"我在想——希望你睡个好觉。"

"真的?"

程绍堂默然,唐璃看着他。

好一会儿,他才一字一句地说:"真的。"

不久，微电影拍摄结束，唐璃得到了一笔丰厚的尾款。杀青日，剧组在工作室胡同巷口的一家火锅店安排聚餐，那天程绍堂很忙，没时间顾她。吃完饭，时间临近晚上十点，顾彰和吴一啸披着羽绒服来巷口送她，帮她打车。

唐璃一身轻松，连日来的相处，早已不似之前话少。

吴一啸："有空再聚，还挺不舍的。"

唐璃笑了笑："可以去我工作的咖啡店找我，我请你喝咖啡。"她正巧对上顾彰的视线，补充道，"顾导就是在那儿把我拿下的。"

这句话有歧义，吴一啸"喔喔"叫了两声："他什么时候把你拿下了？我就说，他对你态度不一样。"

顾彰一改之前形象，手里夹着一支烟，在两人两米开外的地方站着。车灯一照，雾气缭绕，他说："车来了。"

唐璃微微眯了眯眼睛，对着吴一啸的羽绒服拍了一巴掌："走了。"

"有空再聚啊。"他说。

回程的路上，唐璃单手撑着脑袋，望着车窗外飞驰的璀璨灯火。她后知后觉地意识到，也许这就是他们的最后一次见面了，他们不是一个圈子里的人，不联系就很难再见到了。

上次这样在帝都中穿梭，已经是两个月以前了。

唐璃给程绍堂打了个电话。

帝都的冬天那么冷，她把指尖抵在玻璃上，划开一道道痕迹，写出第一个字的时候，对面接了电话。

唐璃的声音特别柔："你在干吗呢？"

电话那头的人同样安静："没干吗。你回去了？"

"在路上。"唐璃说，"剧组杀青了，一起吃了个饭。"

程绍堂："散伙饭？"

"算是吧。"他的形容无比贴切，唐璃说，"以后大概没交集了。"

程绍堂笑了声，问她怎么这样说。

唐璃一本正经道："我有我自己的事情。"

他顺着她的话问："什么事情？"

"最近要考试，"唐璃顿了一下，思索道，"假期兼职，下学期还考虑转专业。"说着说着，她忽然感慨，"我好忙啊……"

程绍堂还是笑："是挺忙的，快考试了？"

"已经结了两门课程。"

"寒假还要兼职，回家还是在帝都？"

"回家。"她看着窗外，淡淡地说，"但要先在帝都待一段时间。"

"住哪儿？"他轻飘飘地问。

就那么简单的一句话，唐璃竟然忍不住多想，过了好一会儿才说："住宿舍啊，不然能住哪儿……"

"嗯。"他没再说话。

挂断电话后，唐璃倚在靠背上小憩，道路还长，她也不着急。

程立秋在宿舍提及过很多次程绍堂，但唯独没讲过他的专业，只是说他目前的工作与风投相关。如果她没猜错，程绍堂的专业应该与金融、工商相关。

她思绪乱飞，一路走神，猛地发现自己忘记说想请他吃饭这事了。

唐璃低低叹了口气，却引来前座司机的注意。

"叹什么气？"司机跑了一天，兴许也是聊了一天，嗓音沙哑，"你看看这窗外，二环边多漂亮。"

后视镜里映着唐璃小巧玲珑的脸，飞驰的霓虹闪过她的眼睛，长睫扑簌。

"您每天都走这条路吗？"她问。

"差不多吧。"司机说，"你这单结束，我正好交班。你这是回学校？还没毕业吧？"

"没。"

"毕了业留帝都呗,这儿不错。"司机打趣道,"到时候在这儿结婚定居,嫁个本地老公。"

唐璃对这话是反感的,可脑海里有个轮廓,让她反驳不出口。她若无其事地捋了捋长发,掖在耳后,只是目光一瞥,落在那个被她指尖划过的"程"字。

03

十二月,帝都在冬雪的层层包裹中往新一年前进。

考试周临近,唐璃的生活也在微电影拍摄结束后回到正轨。

晚上,她一个人在宿舍自习,程立秋气呼呼地回到宿舍。小姑娘一进门就以一种格外无奈的语气吐槽:"又没有结婚证,还非要过纪念日。人员不到齐,还得再选日子重新办一次,我的天,什么人啊?"

唐璃手里转着笔,在笔记本上写写画画,语气淡淡地回应她:"谁啊?"她不是好奇,只是习惯性地问一句。

程立秋把包朝座椅上一甩,金属Logo摩擦在竹质椅背上,"刺啦"一声响。

"我舅舅的老婆。"怕她不懂,程立秋贴心地解释说,"我大哥的后妈!你总认识我大哥吧,开学那天送我来,接我走的那人。"

唐璃顿了顿,说:"认识。"

"我真服了我舅舅,纪念日是他们两个的节日,非要得到我大哥的祝福算怎么一回事?我大哥不来,非得逼人家来。"她愤愤不平,"我大哥为什么和我舅舅关系不好,还不就是因为她吗?我本来今天下午有个聚会呢,还让我回去一趟,我最讨厌回大院了!"

手中的笔停了,唐璃把手搭在书本上,秀气的双眸透出些许震惊,她转过身去面向程立秋。

"我真讨厌我舅舅的老婆。"程立秋一本正经地对她说,"这个女人,据说是在我舅妈之前就与我舅舅认识,我舅舅和舅妈结婚之后,他们还一直保持关系。她就知道缠着我舅舅,甚至不让我舅舅和我大哥、我妈,还有我亲近!"

小姑娘越说越气愤,从母亲到舅舅的老婆,她对这个家庭有着很深的怨念。唐璃始终记得,初次见程立秋时,小姑娘因为母亲要再婚,落寞悲伤的模样。

"那你大哥去了吗?"

"啊?"

程立秋抬眼。唐璃眉眼灼灼地看着她,半张脸隐匿在暗色中,看不清神色。

"去了。"程立秋说,"还和舅舅吵架了。"

唐璃恍惚间想起在地下停车场遇到的那位叔叔,那时她能感受到程绍堂的冷漠,但不知道为何。她转过身来,书本上密密麻麻的字在台灯的照射下显得索然无味,思绪飘远飘近,通通都是关于程绍堂的痕迹。

她拿起手机,沉默数秒,在对话框输入文字。

她原本想问"程绍堂,你还好吗",但她很快就意识到,她不应该知道今天发生了什么,这不是她该问出口的问题。唐璃看见对话框上方的提示,显示对方正在输入中。她赶在他的信息到达之前,欲盖弥彰地手比脑子快地告诉他:我想你了。

唐璃看着自己发出去的消息,羞愧难耐。正在此时,他的消息传了过来,他说他也是。

唐璃盯着手机,不知怎么回复。

其实,她经常想起程绍堂,只是从来没像今晚这样大胆过。而且,"想起"和"想"是不一样的,"想起"是一瞬间的事情,很快会忘掉,"想"是持续性的事情,没有开始亦没有结束。

唐璃的视线留在屏幕中,良久之后才回复他:我在复习。

他问她:能打电话?

唐璃回头看了眼程立秋，小姑娘正对着手机屏幕里的键盘，充满怒气地"噼里啪啦"一阵敲击。她起身，走到阳台，还没关门，程立秋的眼神便跟着飘了过来，不过程立秋只是看了眼。唐璃关了阳台门，声音隔绝。

青灰色的夜幕里，绵延不绝的宿舍灯光将校园道路照得通透，远处有风的呼啸，近处有学生的嬉闹。阳台的气温与室内有点儿差距，唐璃伸手关掉阳台的窗户，拨通了程绍堂的电话。

冷风灌了一袖口，她打了个寒战，再过一秒，温润的声音从耳机里传过来："什么时候考试？"

"周五。"

程绍堂说："那快了。"

"还有两天。"

十二月底，临近元旦，过后是连续的考试日，新一年的春节在一月末，唐璃很快就要放寒假了。她找着话题："立秋回来了。"

"所以你想我了？"

唐璃一只手插在兜里，另一只手按了按耳机，支吾道："什么？"

"我说，"程绍堂嗓音喑哑，细细听来有股淡淡的暧昧之意，"立秋回来了，所以你想我了？"

"你不是她哥哥吗？"

"你不是也叫我哥哥吗？"程绍堂闲闲地说。

唐璃抿了抿唇："我什么时候叫你哥哥了？"

"你忘了？"程绍堂饶有兴趣地与她细数，"开学那晚你打电话，还有送你去工作室，在你那些朋友面前，你叫我什么？一次一次，你都忘了？"

他今天似乎和平时不一样，开玩笑的意味格外明显。

唐璃真的不记得这些事情了，即便是他一一列举，她也半信半疑，反问道："你怎么记得这么清楚？"

程绍堂突然不说话了。

耳机里静得似乎能听到男人的呼息，良久，他低声道："你说呢？"

唐璃静默数秒："我不知道。"

程绍堂笑了声："真傻还是装傻啊？"

唐璃在心里揣测这句话，揣测她在程绍堂心里到底是傻的还是聪明的。但无论如何，在这件事情上，她决心装傻到底。她轻声说："谁知道你在想什么呢？"

"你什么都知道。"他说的话模棱两可。

唐璃忽然语塞，一本正经地问他："知道……什么？"

"知道我心情不好。"程绍堂很平静，也很无奈，"所以打电话哄我？"

在他面前，她像一张干净又青涩的白纸。唐璃红着脸颊，讶异令她根本讲不出话。

程绍堂说："寒假兼职的话，来我家里住吧。"

他说："你一个人在学校，家里人放心？"

唐璃望着对面楼上忽明忽闪的光，有一点儿心跳加速。周遭的寒冷气息并不能降低她的体温，她声色颤颤地说："是有些不放心的。"

唐璃没骗程绍堂，许是初出远门，且数月不归家，南北差异巨大，唐诗英对她的生活起居很是不放心，上个月秦钲父亲出差到帝都，捎来了唐诗英给她买的过冬的棉服。

那会儿唐璃已经用工资买了一件质量颇好的羽绒服，许沉吟陪她挑选的，无论是样式还是保暖方面，都很不错。

唐诗英买的衣服同样很好，唐璃很诧异，问她为什么要买这么贵的衣服。

唐诗英说是商场搞活动时买的，并不贵。

可这个季节，商场怎么会给羽绒服搞活动。

后来，唐璃告诉唐诗英，自己因为兼职要在帝都多待一段时间，唐诗英不放心。

也因为这个原因，唐璃说服自己，可以暂住在程绍堂那里，但不要多想。

考完最后一门，唐璃的这一学期就算结束了。

她宿舍里的四个人，关系并不算特别好，像四个小分队，每个人都有自己的饭搭子，以及每天要忙碌的事情。

宋紫玉专业课最好，平均成绩维持在系里前三。唐璃曾无意听到过她与男友的聊天，不得不说，学霸就是学霸，聊天对话从不脱离学习。

她以为宋紫玉男朋友也是计算机专业，但宋紫玉说不是，他只是为了解决自己无法解决的难题，自学编程。

唐璃震惊之余，有些羡慕。

宋紫玉却说，没什么好羡慕的，是人就有缺点。

不过一学期快结束了，他们都没能见到这位传说中的学霸。

晚间，食堂人满为患，座无虚席。三三两两的学生聚在一起谈天说地，也有人安安静静地看手机。灯光如昼，空气嘈乱又温热，目光所及是各色各样的人，唯一共同点，就是年轻、稚嫩、憨厚。

秦钲被老师拉去做苦工，唐璃约了许沉吟吃饭。

两人在同一窗口要了两份盖饭，排队排了很久。唐璃端着餐盘，小心翼翼地穿过过道，恰巧有人吃完，她叫着许沉吟一同坐了过去。

许沉吟手机一振，看过消息后，她对唐璃说："看来我假期也要留在帝都了。"

唐璃立刻问她："怎么了？"

"找了份实习工作。有认识的学长在，应该还可以，离学校有些远，通勤两个小时。"

"什么公司？"唐璃好奇道。

"科技公司。"许沉吟说，"先去打杂，适应一下公司制度。"

"那也不错。"

"我跟你住一起吧。"许沉吟看着她,"寒假宿舍里没人了,我放假比你早,等你放假了我再去你宿舍找你。"

唐璃没说话,因为她忽然想到一件事情。

许沉吟察觉到异常,歪了歪脑袋:"怎么了?"

唐璃不知道怎么说,静静地看着她,半晌之后,忽然开口道:"沉吟,你还记得我和你说的那个学长吗?"

"怎么了?"许沉吟勾着唇角看她,"有进展?"

"他让我寒假去他家里住。"

"啊?"许沉吟满脸写着难以置信,"他在帝都有房子?"

唐璃说:"有。但不是很大。"她回想了下,程绍堂的那个房子装修得很舒适,生活气息很浓,看得出来他常居住。

"他到底什么来头?"

唐璃神色微动,对上许沉吟的视线,手指轻轻抠着筷子:"我不是很清楚。"她想到了什么,低喃道,"他有家公司。"

"你知道叫什么吗?"

唐璃沉默。

"不知道。"许沉吟替唐璃回答了,她有些担忧地说,"你下次能不能把他约出来吃饭,带上我和钲钲?"

唐璃迟疑片刻,以她的年龄和履历,并不能想到更深层面,而许沉吟和秦钲再聪明,也只是学生。如果让唐璃去形容程绍堂,她也只能词穷地为他冠以"社会精英"的称呼。

"应该可以吧。"唐璃说,"我问问他,他人还……挺好的。"

"有多好?"

唐璃被许沉吟问住了,有关于程绍堂的一切如同电影画面般在她脑海中播放,一帧一帧。她喃声道:"总感觉他在迁就我。"但是没有证据。

135

许沉吟诧异:"怎么迁就?"

"他开车陪我卖花,可能卖花的钱都抵不上他的油费;请他吃冰激凌,我只买了一个,他让给我吃,也不会生气。"

"啊……"许沉吟问,"还有吗?"

"他觉得我去拍微电影可能会被骗,和我说了很多其中利害,然后说尽量陪我。"唐璃瘪了瘪嘴,"不过他太忙了,没来陪过我几次。"

许沉吟看着她一副沉浸在爱情里的小女生模样,笑了笑,说:"听着还行,不过暧昧期都挺不错的,我现在有些后悔,不该那么早答应秦钲。"或许是姐弟恋的缘故,她在和秦钲的交往中很多次感觉到无可奈何,但秦钲无疑是好的,他们的感情也是真的。

唐璃摇头:"后悔也晚了。"

04

磨人的考试周结束,陈凡给唐璃发来了新一周的排班。她去上了一天早班,回到宿舍却发现所有室友都走了,昨晚热闹非凡的房间随着人员的流失瞬间降下热度。

先前忙个不停,如今停下来坐在书桌前发呆,周遭寂静一片,唐璃竟感到淡淡的不真实感。

她拉起窗帘,整个房间彻底黑了下来。

唐璃脱掉鞋,爬上床。也许是早晨起得太早,又或者是房间里的氛围感太足,她很快沉睡了去。有一个问题一直萦绕在唐璃心头,程绍堂今天没有联系她。

他们先前说好的住在他家,她也不好再提起。

她睡得并不安稳,迷迷糊糊间似乎能感觉到程绍堂的存在,他也不说话,只是看着她。

场景从他家里转换到宿舍,唐璃甚至想,如果这次去他家,需要带好换洗衣服。陈凡暂时给她排了一周的班次,她至少会在程绍堂那里住一周。

会不会不方便？

她觉得头疼，四肢酸痛得无法动弹。她以前也经历过如此状态，知道是过于劳累而产生的神经假象，厚重的棉被成为枷锁，闷得她几乎无法呼吸。

她用力摇头，努力睁开双眸，眼前灰暗一片。

唐璃用了很长时间才反应过来，自己现在身处何地，茫然无措的感受笼罩心头。

而后，她忽然听到一道熟悉的声音，淡淡的，怕是会惊到她。

"璃璃，醒了？"

程绍堂开完会，总觉得有件事没做，他打开手机看了眼日历，很快想到前几天联系过唐璃，说是今天学校放假。

他打开与小姑娘的聊天对话框，对话停留在一周前。

退出聊天，下面一条就是温尔雅发来的。

温尔雅和周弥生确定了恋爱关系，程绍堂无暇顾及具体情况，可温尔雅却很爱与他倾诉。

据她所说，两人属于办公室恋情，不得公开，但对方蛮横霸道，人前一面人后一面，对她有些心狠手辣。程绍堂听到这话，以为是两人在玩什么情趣，始终乖乖做一个倾听者，从不发表意见。后来她再发来消息，他便很直白地告诉她，此举怕是会引来周弥生妒忌。

温尔雅没有回复。

眼看着时间临近下午五点，程绍堂没有犹豫，驱车前往咖啡店。不过，咖啡店的人告诉他，唐璃上的是早班，一个小时前就走了。

竟然没联系他？

他给唐璃打电话，无人接听。想着她不久后应该会回复，程绍堂在咖啡店坐了二十分钟，可他始终没有等到，最终决定去学校。

一路上车水马龙，他开得很平缓，到了学校再打开手机，唐璃依旧没给他回复。

程绍堂停好车，拿着手机走在路上，朝女生宿舍的方向走。整栋楼冷冷清清，还剩下零星几个人搬着行李出来，有家长带着孩子的，有自食其力的。

没有人拦他，程绍堂走到三楼，找到熟悉的门敲了两下，无人应答。

门没关紧。

于是，他歪了歪脑袋，推开门，眼前几乎一片漆黑。

唐璃刚醒来，声音不大，像是出生不久的小奶猫在哼唧。

程绍堂没出声，抬脚迈进，停在了程立秋床位对面的位置。他轻敲床沿，阴暗又迷蒙的空间里，他看见小姑娘微微蹙眉，睁着迷蒙的双眼。

"醒了？"他问她。

唐璃咕哝着："我不是在做梦吧？"

唐璃脑袋很蒙，她感觉这一觉睡了很久，可看了眼时间，竟然才一个小时。

她有点儿后悔将宿舍"闷"成如此灰暗的场景。唐璃看着程绍堂，抬手捂了捂脸，她的皮肤有点儿烫，应该不是感冒，只是睡得太死一时间无法恢复。她问："你怎么来宿舍找我？"

他"嗯"了声："不行吗？"

唐璃笑了笑，声色沙哑，带着小姑娘独有的稚嫩与纯净："可以呀，楼下宿管阿姨没拦你吗？"

"拦了。"他说，"看我长得帅，又放我进来了。"

唐璃被他这话逗得笑起来，整张脸埋在枕头里，肩膀发颤。

过了一会儿，她说："我睡得有点儿头疼，你晚上还有事情吗？"

"没了。"程绍堂看着她，"你不用顾及我。"

他不知道，她是怕影响他。唐诗英曾经旁敲侧击地教育她，找男朋友要找会照顾她的,最好是家庭条件好些,任由她去做想做的事情,变得越来越好。唐璃太清楚自己曾在小城里遭受到的白眼,以及姑姑、姑父在贫困时经历的苦难。成年人的世界,复杂而混浊,但她仍愿意,把自己最真诚、最干净的一面,留给程绍堂。

她清晰地知道,这叫作沉沦,越来越深。

唐璃的声音放得格外轻,和平时不一样,模样慵懒又缱绻。她故作大胆地伸出手去,戳了戳男人的脸:"是真的。"她说,"我以为在做梦。"

程绍堂扣住她的手指,吓了她一跳。

在她手心处捏了捏,程绍堂低声询问:"这么害怕?"

唐璃点了点头,告诉他说:"宿舍一个人都没了。"

程绍堂说:"我看见了。下次睡觉,记得把门关紧。"来找她之前,程立秋给他打过电话,说自己要去法国过年,叫他别想念她。

唐璃"嗯"了声,她当时可能是太累了,才忘记了。

她准备从床上下来,许沉吟刚好给她发消息。

许沉吟是前几天去公司实习的,一开始主管并未给她布置任务,于是她主动请缨,结果业务不熟练,手里的报告始终不通过。

主管没批评她,但在看过报告后叹了一口气。

许沉吟心态略略崩溃:主管是什么意思?为什么要叹气?为什么不在别人那里叹气?

许沉吟:我有那么差劲吗?

许沉吟:难过。

其实许沉吟在金融学院是很出名的学生,她行事雷厉风行,成绩很好,和学院各科老师的关系也很不错。唐璃更愿意相信是她的主管今天心情不好,叹气并不为她的报告。

许沉吟似乎燃起斗志,准备与报告死磕到底。

结果主管下班之前,通知她可以交接,顺带还夸奖她,干得不错。

许沉吟说：我就知道。

她又问：你今天去他家吗？

唐璃说不知道。

然后，许沉吟就没了音信，唐璃看了眼时间，知道她这会儿是要下班了。

唐璃在床上坐了会儿，将床帘拉起，嘱咐程绍堂："你帮我把窗帘拉开吧，稍等我一下，我换身衣服就走。"

程绍堂走到窗边，伸手拉开窗帘。夜已浓黑，窗外有风吹过，灯光都比平日里弱些。人是静的，房间也是静的。只有衣料摩擦的"窸窣"响动，和被人摁开"啪嗒"一声的开关音。

唐璃看不清东西，按开了床头夜灯。

程绍堂侧眸，看了一眼透光的床帘。

手机屏幕荧光闪烁，唐璃保持着跪坐的姿势，接通了电话："还没呢，你下班了吗？"

"钲钲去接你了吗？"她说，"他后天回家。"

她身体一动未动，那光影却像是能放大很多东西，脖颈间的项链映出的影子在床帘间摇摇晃晃。程绍堂站在窗下，视线盯在那处，姿态不紧不慢。

身后，暖气片隔着衣服贴着程绍堂，他喉结微滚，干燥的空气令他口渴。

唐璃的心思似乎都投入在那通电话里。

许沉吟一本正经地说："保护好自己。"

唐璃微微一怔，声如蚊蚋："什么？"

"你住去他家，你觉得我该提醒什么？"

挂断电话，唐璃觉得自己有些脸烫。她深吸一口气，抬手拂开床帘，看向程绍堂，想问他什么，又觉得自己是欲盖弥彰，于是只在夜灯的照耀中对着他笑了笑。

没过一会儿，唐璃穿好衣服，关了夜灯准备下床。

灯光熄灭，她的脚已经迈了出去。夜色浓黑，房间里也漆黑一片，她稍顿了顿："程绍堂。"

"嗯。"

"你帮我把大灯打开一下。"她请求道。

程绍堂仍站在那处，手指抵在背后，目光定在她身上。

唐璃说："我怕踩空。"

程绍堂准确无误地走到她床下，伸出手臂，说："我扶你。"

她的脚腕被人抓住，那只手温热而充满力量，唐璃还是因为没预料而缩了一下。

"怕什么？"程绍堂忽然朗声而笑，他的声音似乎就在耳边，"我又不占你便宜。"

因为这句话，唐璃联想到刚才与许沉吟的通话内容，失足踩错了位置。她说："等下。"最后两级护梯，她两手扶着栏杆，转过身体，面朝外，"我换个姿势。"

触感隔着衣服，撼动每一根神经。

"程绍堂。"

"嗯？"

黑暗寂静的夜晚，唐璃觉得自己如同过电一般，鬼迷心窍抑或难以自控。她把手臂放在程绍堂的肩膀上，气息沉下来，她能闻到他身上的味道。

他也能。

程绍堂微不可察地蹙了蹙眉，顺着她的姿势将人揽入怀里，两人的气息变得更加滚烫。

"璃璃。"

不知道从什么时候开始，他喜欢叫她"璃璃"。

"嗯？"

程绍堂笑着捏了捏她的腰，声色低沉暗哑："沉。"

唐璃反应了三秒钟，才意识到他在开玩笑。她撑着双手推开他胸膛，双眉紧拧："我哪里沉？嫌沉别抱我。"

她的腰很细，宿舍密闭而黑暗，他看不到她的表情，只能感受到她异于往日的大胆与热情。程绍堂唇角噙着笑，却微微用力锢住了她。

"错了错了。"唐璃求饶，"别闹。"

这时，宿舍外面好像有人，走廊里传来脚步声。往日里不足为奇的声音，如今细听来略显恐怖。

因为程绍堂的存在，唐璃的身体只紧绷了一秒又松开。

程绍堂却吓她："有鬼。"

唐璃抿了抿唇，虽然看不见他的表情，但知道他一定是笑着的。她轻轻喘息，小心翼翼地回应，声色温柔又腻歪："骗人。"

程绍堂听得笑了笑，黑暗中，他的气息拂在她耳边，他问："你紧张什么？"

唐璃："紧张什么？"

她从他肩上缓慢地将手抽出来，摁开了身后书桌旁的吊灯。那光线是柔和的淡黄色，把房间映出一小片特有的亮。

她脸颊发烫，心脏"扑通扑通"地跳。她挺直了腰身，顺带拿下他的手攥在手心里。

唐璃看着他的眼睛，程绍堂张开五指反捉住她的手，眼神深邃而直白。他用指腹轻轻揉搓，语气有些暧昧："东西收拾好了吗？"

"还没来得及。"唐璃顿了顿，说，"我以为你忘了，所以就回来了。"

程绍堂点点头，随意地朝身遭看了几眼，而后将目光落在她脸上："收拾收拾，等你。"放假期间，学校人少，气氛寂寥，刚才只是有人经过，她就绷起双肩，如果哪天回来的时间晚了，难免心惊胆战。

唐璃点点头，尽量让自己恢复平静，假装刚才什么都没发生过。

不久前，她还能在与他的交往中偶尔取得上风，如今却在力量与氛围的加持下彻底败阵。

车子快开到程绍堂家的时候,他接了个电话,大概是邀他赴一个饭局,他想都没想便拒绝了。

"你不去?"唐璃有些诧异。

她不得不多想,程绍堂的拒绝是和她有关系的,而且是很大的关系。

"不去了。"程绍堂说,"绕来绕去就是那回事儿,没意思。我带你去吃饭,你想吃什么?"

唐璃:"都可以。"

程绍堂还没回应她,电话铃声再次响起。

密闭的空间里,唐璃听得清清楚楚,是个男声,语气颇为无奈:"哥们儿,要不你还是来一趟?"

程绍堂问:"怎么了?"

"你忙什么呢?"冯天若在电话里喊,"怎么叫你还叫不来了呢?"

程绍堂挂了电话,没说去与不去。

唐璃没有表露出一丝情绪,她说让他去忙他的,自己可以回去。

程绍堂沉默数秒,说:"那你陪我吧。"

唐璃看着程绍堂将车开上高架,转了一条不是去他家的路。她忽然有些紧张、不知所措。他从未带她见过他的朋友,即使两人不久前在漆黑的宿舍里拥抱,可他们始终没有明确关系。

有时候,唐璃会想,延续现在的状态也没什么不可以。她知道他的家世背景和情感状况,至少一切都是透明的。可越是相处,她越是沉迷于名叫程绍堂的旋涡,越是紧张。

然而,到了地方,他没让她下车。

"你在车里等我,我很快回来。"

唐璃看着他,表情有些木愣。

"有事儿打我电话。"程绍堂说罢,将钥匙递来,"钥匙给你。"

唐璃看着程绍堂肩宽腿长的背影，有些百感交集，但最后也只是默默叹了口气。

05

程绍堂到了地方，冯天若咧嘴一笑，对着他招手："怎么才来？"

闻言，包厢角落里的温尔雅看过来，程绍堂也看到了她。

冯天若问道："什么情况啊？尔雅和周弥生什么情况？"

"周弥生？"程绍堂眉毛一挑，"他也在？"

"刚还在呢。"

程绍堂的视线在包厢里一扫，连着和几位认识的人打过招呼，也没看见周弥生的身影。

冯天若说："我瞧着尔雅怎么这么怕他呢？"

程绍堂说："我哪知道。"又问，"你叫我来，就说这个？"

"可不止，他刚当着这么多人的面想撬你的人，你和The One（唯一，此处用于公司名称）的合约不是都要签了吗？"

程绍堂说："已经签了。"

"签了就好。"冯天若撇嘴，"周弥生刚才说了可多你家壹源投资的坏话，但你公司的口碑挺好啊，他怎么这么讨厌你？"

程绍堂："他一直如此。"

"那他和尔雅什么关系？"

程绍堂看着他，略微无奈地转过头，对着温尔雅招了招手。

温尔雅面无表情，姿态从容地走来。

冯天若问："你刚坐那儿干吗呢？"

"工作时间。"温尔雅低声说，"哪这么自由？"

冯天若像是看出了什么猫腻，方才询问程绍堂的话也不再问，就看着她笑："周弥生呢？"

"不清楚。"听到这个名字，温尔雅表现出的神态都不同了，"快回来了吧。"

"他怎么到哪儿都带着你？"冯天若笑得不怀好意。

温尔雅名如其人，是温文尔雅的富家千金，性子被家里人培养得温软。听到这话，她知道冯天若还不清楚自己和周弥生的关系，放松了语气，笑着回他："你以为我愿意呢？我巴不得早点儿回去。"

冯天若"哈哈"大笑。

时间过去不少，程绍堂看了眼腕间手表："走了。"

冯天若"哎"了一声："就走了？我跟你一块儿。"

温尔雅眨眨眼，估摸着周弥生快回来了。那人知道程绍堂最近在筹备投资某钻石奢侈品牌，似乎也对此产生兴趣。她想提醒程绍堂一声，下意识地拉住他的小臂。

冯天若拿外套的手一顿，看好戏似的看着两人，不吭声。

程绍堂："怎么了？"

余光里看见周弥生推门而入的身影，温尔雅松开程绍堂的小臂，只道："路上注意安全。"

快到门口，与周弥生擦肩而过，程绍堂连眼皮都不曾抬一下。

出了门，冯天若就念叨着："你俩像有深仇大恨一样。"

"是吗？"程绍堂说。

"嗯。"冯天若说，"周弥生是不是不正常啊？他把你当什么假想敌，他从家世人品到长相，有一样能比得上你？你看尔雅被他吓的，快不正常了。"

程绍堂低声说："他们俩在一起了。"

如同平地一声雷。

冯天若一把抓住程绍堂的衣袖："真的假的？"他自言自语，"尔雅见他跟老鼠见了猫似的。怪不得啊，等哪天见了尔雅，还是要好好问她。"

不过，温尔雅现在受制于周弥生，想见她并不像从前容易。

冯天若拍了拍他的肩膀："去哪儿？"

"回家。"

"回什么家啊？"冯天若说，"这才几点，爷带你感受夜生活去。"

程绍堂睨了他一眼，不留情面地说："别染了爷的眼。"

程绍堂的步伐格外大，似乎有些急。等到了车前，冯天若更是被直接甩开胳膊。

冯天若皱着眉头向保时捷的方向一看，恰好副驾驶位的车窗开了一半，赫然露出半张精致楚楚动人的脸。他掰开程绍堂的肩膀，箭也似的冲过去。

唐璃被吓了一跳，惊慌失措地向后撤退，差一点儿就叫出声。

"闪开。"程绍堂看了他一眼。

冯天若置之不理，还恬不知耻地将车门拉开："小美女，给我让个地方，我去后边坐。"

程绍堂微微蹙着眉头，正要制止他，那边的唐璃因为被闷了太久已经乖乖下了车。

冯天若乐呵呵道："真是乖！"

"给我下来。"程绍堂终是忍不住。

冯天若挤进车里，迅速调整好位置，看着站在车旁的二人，可谓郎才女貌。他心情畅快，嚷嚷道："快上来啊。今天就坐你的车了，可别赶我。"

唐璃能猜到冯天若和程绍堂关系匪浅，方才身影交错时，她闻到一股淡淡的酒气。

程绍堂面无表情地看着他，无奈地对唐璃道："上车吧，先送他回家。"

说完，他替唐璃扶着门框，让她坐下去。

气氛没有因为冯天若的到来而变得尴尬，反而很活跃。他就坐在驾驶位和副驾驶中间的位置，脑袋往前探，问道："妹妹，你是哪儿的人?"

唐璃还没出声,程绍堂便替她回答:"江苏。"说罢,瞥了冯天若一眼,"把你的头收回去。"

"嗨呀!"冯天若不满道,"谁跟你说话呢,边儿去!"又扭头对唐璃说,"看着年龄不大啊,有二十没?"

唐璃还有不到两个月满十九:"没。"

冯天若欠欠地问:"告诉哥哥,你看上这货啥了啊?"

程绍堂没忍住,自动屏蔽这人的话,说:"去哪儿?"

"你们去哪儿啊?"冯天若说,"我跟着我妹妹不行吗?"

唐璃手指缩在安全带处。就在前不久,她还在为不能见到程绍堂的朋友而心情异样,现在,面对两人你来我往的对话,她忽然觉得有些招架不住。

冯天若看起来并没有什么坏心眼儿,开玩笑懂得适可而止。唐璃不轻易开口说话,因为程绍堂坐在一旁,眉眼匿在阴暗中,气氛沉沉。

"妹妹,你跟我玩,别跟这个老古董。哥哥我啊,经验足,温柔体贴……"

"刺——"

一脚刹车突如其来,车上安静了好一会儿,程绍堂低声警告:"冯天若。"

"我错了。"冯天若抬手拍了拍嘴巴,"喝了点儿酒,差点不清醒了。"

唐璃其实没听清他说的话,她转过头看向程绍堂,小声询问:"没事吧?"

"没。"

冯天若终于老老实实坐好,气势有所减弱,嘴巴却还没闲着:"头一次见绍堂开车载小姑娘,妹妹好福气。"

程绍堂微不可察地蹙了蹙眉:"你不说话,没人当你哑巴。"

147

"我不说话哪行啊？"冯天若扯着嘴角，"我说的难道不是实话？你之前都不近女色，谁不觉得你有问题？早把人带过来给大家看看多好，保证那些流言蜚语自动消失了。"

程绍堂将余光转向右侧，女孩坐在那儿一动不动，只是手指缠绕在一起。他回过视线，破天荒地同冯天若解释："不是有问题，是没遇到好的。"

唐璃眨了眨眼睛，帝都的五光十色尽数拢在视线中。

他这话——说给谁听？

"哎呀呀。"冯天若自然是懂了他的意思，笑着摇摇头，"也对，也对。"

车辆驶往陌生的地方，唐璃猜测，那是他朋友的家。距离颇远，大概一个小时后，程绍堂停了车，开车锁，毫不留情地撵人。

冯天若已经睡着了，醒后反应了几秒，才欠欠地问："到了？"

临了，冯天若还在开玩笑："不送我上去啊？"

程绍堂："快点。"

帝都的冬天寒冷干燥，风一吹，人头脑清明。

车子里唯有二人，程绍堂趁着看后视镜的空晌看唐璃，心绪渐渐平静下来。

已经晚上十点多，程绍堂问她："饿不饿？"

"还好。"唐璃说，"你呢？"

程绍堂浅淡地勾着唇："我有点儿。"

他们准备去吃饭。一路上安静，他总有意无意地观察她的神色，似乎自己也犹豫不决。

"怎么不说话？"终是问出这句，程绍堂才稍稍安心，他将车停在苏菜馆前，"生气了？"

唐璃抬眸："嗯？"

"里面那群人多少有些世俗。"程绍堂低声说，"冯天若这人更是不正经,所以才不让你见面,没想到他还跟来了。"

唐璃唇瓣翕动,想说的话一时没能说出口。一个多小时前,程绍堂还没回来时,陈凡给唐璃推送来一张名片,是位资深兼职模特。对方开门见山地询问她是否有时间接受面试,并且让她将素颜照及全身照发到某个邮箱。要不是冯天若打断了她和那人的谈话,她估计会下车找个隐蔽的角落拍照。

程绍堂察觉到她的想法,让她想说便说。

"那你呢?"唐璃问道。

程绍堂手搭在方向盘上,声色诧异:"我怎么?"

"正不正经?"唐璃目不转睛地看着他。

程绍堂抬手揉揉她的头发,说:"我正不正经,你还不知道?"

唐璃愣了一下,忽然想笑。她心里阴霾荡然无存,眼前浮现的是他一本正经的表情与等待求证的眼睛。于是,她克制着,说:"我知道的。"

阳光铺满大道,唐璃走在艺术区里,根据定位指示走进一栋灰色建筑大门。

这里建筑风格独特,过往人群鲜活靓丽,冬日里也不惧怕寒风的袭扰。唐璃和摄影师约好今天在这里拍摄,她前几天发过去的照片通过初试,得知这个消息,陈凡比她还激动。

随之而来的就是时间问题,咖啡店人手紧缺,处于假期,店里又找来一位学生兼职。

陈凡给唐璃提前了休班,让她早点去拍摄。

她跟陈凡开玩笑:"天底下没有和你一样的店长了。"

陈凡拍拍她的肩膀:"你可以的。"

唐璃很是感慨,人生路上会遇到很多人,大部分人都是擦肩而过,想让你过得好的人少之又少。但她很幸运,可以遇到这么好的人,不遗余力地帮助她、看好她。

然而,唐璃在拍摄中遇到了点儿不顺心的事情。

今天是拍摄某摄影品牌的系列照,摄影师给三位女孩拍摄单人照、双人照,以及大合影,服装造型几乎不变动。摄影师态度温和,知道唐璃是第一次拍摄,言语动作间都是鼓励。

另两个女孩子坐在沙发上玩手机,全程只和对方说话,与摄影师交谈时言笑晏晏,对上唐璃,表情瞬间垮下去,那份不喜就连半分隐藏的意思都没有。

摄影棚内暖气很足,唐璃将羽绒服虚虚地披在肩上,一言不发。

等另一位女孩拍摄时,摄影师直白地批评:"要甜美不要扑克脸,你学习学习今天刚来的那位模特。"

那女孩强颜欢笑,看都没看唐璃一眼,乖巧地回应:"好啊。"

她拍摄完毕,唐璃上去的时候,她便不留情面地给唐璃翻白眼。

唐璃第一次遭受如此直白的排斥,之前就算是同学、同事有观点和想法上的差异,也会保留体面。中午吃饭,那位女模特不小心打翻一杯水,水流差点溅湿唐璃放在桌上的手机,好在唐璃眼疾手快,迅速将手机拿起,而对方没有给她一句道歉。

唐璃拎着外卖到角落里吃饭,给许沉吟发消息。

她端坐在灰色沙发上,裙摆遮盖到膝盖,额前碎发垂落在鬓间,被她缓慢掖起。室外阳光明媚,摄影棚内暖气很足,但几乎密闭,她的穿着紧身保暖,姿态看起来随和又落寞。

唐璃看着许沉吟为她打抱不平的消息,没有回复。

她现在想的就是赶紧完成拍摄,提前下班。可惜不巧,下午她拍摄的都是三人合影,两位女孩表现不满的方式直白又简单。

"你到下面去,我们两个站着。"

三人需要表现出层次感,唐璃不反驳,只是她刚想动身,摄影师便指了指另外一位女孩:"你去。"

那女孩不情不愿地低下身,如此一来,唐璃稳稳占据C位(Center,中心位置)。

不仅如此,此番拍摄以节日为主题,妆造繁复。而唐璃的穿着是三人之中最为突出显眼的一套。

站着的另一位女孩说:"摄影师,你是不是偏心啊,怎么不让我们两个站中间?"

拍摄在即,摄影师懒得解释,冷漠地回问:"是你拍还是我拍?"

"嗯……"那位低下身的女孩低声说,"说不定人家有关系呢?"

摄影师表情严肃,两位女孩与唐璃或多或少有着肢体接触,这种肢体触碰让她感到不自在,却无法改变。

唐璃说:"我没有。"沉默了一会儿,她又说,"坏话当面说吗?我不是聋子。"

唐璃不想任人拿捏,也无法忍受被两个陌生人恶意揣测。但事后想想,她那句压低声音后才说的"我不是聋子"真实得没有气势。

这可能就是她初入职场后的第一课,但她年轻也会莽撞,所以,在拍摄结束后,当她再次听到两位女孩在背后议论她时,她毫不犹豫地冲了上去。

"年纪不大,心机挺深。"

"这个女生一看家庭条件就应该不怎么样,没家教——"

"你说谁没家教?"唐璃眸里的冷意寒到似乎能把人穿透。

两位姑娘也不知是有意还是无意,并不相信唐璃能把她俩怎么样,一丝戒备的心思都没有,她们扬扬得意地挑衅道:"关你什么事?你是从下班起就跟在我们身后吗?"

"没家教的是你们吧!"唐璃一字一句道,"没事找事。"

她虽然看起来不太好相处,但自认是到不了没有家教的地步。那会儿,唐璃的气愤值达到了近几年来的顶点,但她的生气没有让人感到震慑力。

听到她说这话，两个女孩甚至阴阳怪气地笑了声："有病。"

所以，当唐璃一脚踹上去，那位气焰嚣张的女孩倒地之后，在场所有人都惊讶得无法出声。

唐璃的身体素质非常好，在小升初阶段，她曾跟着姑父的好友学过一段时间散打，后来觉得有趣，在唐诗英的坚持下练了三年。

女孩倒在地上，出乎意料地没有恼羞成怒，她看唐璃的眼神变得恐惧。

唐璃不是不讲道理的人，甚至，她想到的问题很离谱，她在想——希望自己不会因为这任性一脚付出惨痛代价。

她在帝都孤身一人，空有年轻和志气。

两个女孩搀扶着起身，嘴里嘟嘟囔囔，却不敢再说脏话，话音里带了哭腔，语气软下去很多，埋怨唐璃不该动手打人。唐璃一言不发，双手插在兜里攥成拳头。

在她的注视下，两个女生搀扶着离开。

看见她们走，唐璃深深吐出一口气。她转头想看附近有没有监控，却正对上来接她的程绍堂，他站在距离她几米远的地方，注视着她。

对上她的目光，程绍堂勾唇笑了一声："之前没发现你——"他停顿了一下，"身手不错。"

他指尖挂着她熟悉的车钥匙，声音低沉，掺杂着冰刀一样的凉风。但唐璃没听出什么别的情绪，他就只是单纯的叙述，连诧异都独自消化掉了。

唐璃脸颊绯红，她抿了抿唇，面无表情地问："这地方有监控吧？"

他微抬手指，指了个方向。

唐璃大失所望："我应该控制一下。"

程绍堂笑："控制什么？"不等她回应，他便又道，"她们该踹。"

那点儿惴惴不安的恐惧瞬间烟消云散了，唐璃朝他的方向走了几步："你来接我？"

他问:"你的新项目?"

"就是个平面拍摄。"

程绍堂点头,夸赞得很"书面":"不错。"

唐璃眉头微皱着,眼神里带丧气,还是有些心不在焉。

"你不用害怕。"程绍堂低眸看着她,"你没做错什么。"

"你不怪我?"唐璃说,"我觉得这事儿很不可思议,我今天第一次见她们,不知道哪里得罪了她们,一直在找我麻烦。"

她憋了一整天的怨念,在见到程绍堂后,全盘托出。

"没有人怪你,你自己想不开。"

唐璃收到了一句让她分不清是劝诫还是安慰的话。她默默叹了口气,跟在他身后向艺术园区走去,天色渐暗,身边的人越走越慢,她陷在自己的情绪里,没有察觉。

程绍堂慢慢落在了后面,看着她的背影。帝都的寒风,吹得人从头到脚都乱,但很真实公平,把每个人都吹得狼狈。他回忆起唐璃那毫无征兆的一脚,心中讶异,但心疼很快压过那丝感受。因为这天晚上,他除了在她身上看到彪悍,还有一丝感性的忧愁和一如往常的倔强。

她不说话,程绍堂牵住她的手:"你在想,她会不会告你或者报复你?"

唐璃顿了几秒,点了点头。虽然有点儿扯,但她确实会怕,而且她自认为打人一事不好。

"不会,别怕。"

温热的触感从掌心传导过来,他穿了很厚的羽绒服,体温滚烫,站在身旁,她都能感觉到温暖。唐璃低着头问他:"你怎么知道?"

程绍堂忽然轻轻笑了一下,说自己刚才和那两个女生擦肩而过,听到她们的交谈。

唐璃好奇道:"她们说什么?"

"她们说——"程绍堂还是在笑,"惹到疯子了,赶紧跑。"

唐璃停住脚步,昂起头,一张瓷白小脸,表情难以置信:"说我是疯子?"

唐璃咬了咬唇,程绍堂问:"这年头最怕惹到的是什么人,你知道吗?"

唐璃愣了一下:"疯子?"

"没错。"程绍堂看着她,轻声说,"疯子和不怕死的人。"

而后一阵安静。

唐璃在思索这话的真伪,也在考虑他语气的褒贬。

"你震慑到她们了。"他抓着她的手,"别把自己想那么弱。"

唐璃轻声说:"我没有……"

程绍堂说:"再说了,这不还有我吗?明天你来拍摄,如果她们还敢找你碴儿,记得给我打电话。"

唐璃对明天会发生的事情一无所知,但不能否认的是,程绍堂的话让她有了一种有后盾的感觉。

帝都冬夜,凄楚寒凉。

程绍堂陪在她身边,说了很多很多。他也有被人找碴儿的时候,整个学生时代都被人盯着竞争,甚至到了职场,也不能摆脱掉。他说像唐璃刚才冲动的时刻,曾经在他和周弥生之间也发生过。

唐璃点点头,她有点儿听进去了,询问道:"他是不是嫉妒你?"

程绍堂挑了挑眉,说:"谁知道呢。"他看着唐璃,眼眸在黑夜里很深邃,"但我知道那两个人肯定是嫉妒你。"

他猜测,唐璃今天的拍摄表现出色。

眼前的这个小姑娘,决定去做的每一件事,都很出色。

唐璃说:"我不知道。但我不会在这里待太久,擦肩而过而已,何必对我如此苛刻。"

"以后这种事还有很多。"他说,"如果你想在一个行业里拔尖,如果你想在帝都立足。"

唐璃眼里有不为人知的雄心,她年纪轻轻,一不认命,二不服输。

"慢慢来吧。以后你会一直帮我吗?"

"嗯。"

唐璃终是一笑,那就好。

第二天拍摄,那两个女孩果然没有再找她的不快,虽然表情和动作隐隐表现出对她的排斥,但只要唐璃锋利的眼神透过去,两人便会恢复正常神色。

后来再拍摄,唐璃也没再和她们碰过面。

世界之大,萍水相逢,不足挂齿。

陈凡从朋友那里得知此事后,向唐璃求证:"你竟然打她们了?"

"嗯。"唐璃尴尬道,"小时候练了几年散打……"

陈凡满脸不可思议:"你还有这本事?看着长得乖乖的,原来这样彪悍。"

唐璃很委屈被陈凡形容彪悍,原来她踹人给人留下的印象是这样的。那目睹过程的程绍堂又会怎么想?她稍稍脸热,说:"其实有点儿后悔的。"

陈凡却拍拍她肩膀:"后悔什么啊?挺好的,如果我在现场,一定为你拍手叫好。"说完他又补充道,"不过在店里,咱们还是要隐藏一下实力,顾客就是上帝,多点儿温柔多点儿耐心,Peace and love(和平与爱)。"

唐璃点点头,比了个"OK"的手势。

在帝都待得越久,假期余额就越少。她住在程绍堂家里,与他保持亲近又有分寸感的距离,暧昧气息浓厚,但没有人愿意逾越。

那天晚上程绍堂还没回家,唐璃下了早班,突然有了着手煮汤饭的想法。

她去超市买了许多食材,刚刚摆放进冰箱里,唐诗英打来电话,问她是不是在忙。

唐璃从唐诗英的语气中听到了异常,心中警铃大响。

小城最近气温降低,烧烤店生意红火,眼看着年前能小挣一笔的时候,姑父忽然倒下了。先是连着几日食欲不振,后来支撑不住去小诊所输液,再后来,急救车直接开到了诊所门口。

烧烤店因此停业几天,李默川在家无人看管。

得知此事,唐璃买了当晚的火车票,收拾东西,奔赴火车站。

卧铺票、坐票都没了,只剩下站票,时间合适,明天早晨就能抵达小城。临走前,唐璃顺走了程绍堂家里一个小而精致的矮凳,也不知对方几时能发觉。

唐璃向陈凡请了假,好在下周排班未定,只需找到同事顶替她明日的早班。陈凡说他来安排。

一切都很慌乱,但似乎又平稳运行。

当唐璃费尽力气地赶到火车站时,距离发车时间还有两个多小时。

她坐在从程绍堂家顺来的矮凳上,几乎要被春运的人流淹没。从踏进这里的那一刻起,她自然而然地恢复成外乡人的角色,只剩下归心似箭。

看到程绍堂发来的信息,已经是几分钟后。

唐璃吸了吸不通畅的鼻腔,面无表情地打下文字:我家里有事,我先走了。

程绍堂过了很久才回复:你现在在哪儿?

唐璃:火车站,还有一个小时发车。

赶也赶不过来了,程绍堂问:这么着急?

唐璃:嗯。

唐璃叹了口气,她不想和对方提及家里的事情,因为一切过于糟糕。但她又有些愧疚,愧疚对他不辞而别,以及她已经开始想他。

大约没有哪次比得上这一年归乡时的百感交集。

与此同时，程绍堂推开家门，一眼就察觉到家里缺少的人和东西。

他向窗外望去。夜色浓郁，霓虹照耀，他收回视线，从玄关走向厨房，拉开冰箱，准备拿罐啤酒。

冰箱里新鲜的蔬菜和各式各样的饮品在一瞬间映入眼帘。

要是回来得早一些，他说不定能和她多吃一顿饭。

第四章 /

我是看上你了

○ 或许这就是他们之间的差距,她还想刨根问底的时候,他已经学会闭口不说。

01

小城的冬天,气温比帝都高,但是一样寒冷。

唐璃拖着行李箱出火车站,搭乘公交车前往市医院。她倚靠在公交车后排座位,唐诗英打来电话的时候,她已经睡着了。

"到哪儿了?"唐诗英问。

"快到了。"唐璃打了个呵欠,揉了揉困涩的眼睛,"有点儿困。"

唐诗英:"应该的,一晚没睡。你直接回家吧,厨房里有我给小川留的饭,你吃点儿。"

"我先去看姑父。"

"不用。"唐诗英说,"你姑父睡了。"

唐璃:"你别管了。"

她挂断了电话,心情不是很好。这种坏心情和她在帝都与拍摄同事发生矛盾时不同，和在学业中遇到挫折时也完全不同。这是一种未知的，带有无奈和心疼的坏心情。唐璃从小跟着唐诗英和李银海长大。她学习成绩好，李银海以此为荣，李家人对她也很亲近。

某种意义上讲，姑父的存在弥补了她父亲位置的缺失。

唐璃的父亲因为交通事故去世，虽然没有人完整地给她叙述具体情况，但她断断续续在外人嘴里听过。唐璃的母亲在生下她后不久便跟着一位富商离开，唐璃的父亲正是在追赶她母亲的路上发生的车祸，而年幼的唐璃只能被唐诗英抚养。

唐璃换了一个姿势，肘关节抵在玻璃上。

她是真的有些怕，从昨晚接到电话开始，她也有些后悔，没能早些回家。

赶到医院的时候，李银海正倚在病床上输液。唐璃把行李箱搁在门后面，走了过去。

临近，李银海才看到她："回来了？"

"回来了。"

李银海苦涩地笑了笑，唐璃莫名感到心酸，被他看得想哭。

李银海近几个月来有头晕目眩、食欲不振的毛病，先前以为是普通感冒，去小诊所输液，结果输液途中呕吐不止，到了医院进行全面检查，发现头部左枕骨位置有一颗直径15mm的肿瘤。

手术安排在三天后，一切都是未知。

唐璃知道他有很多话想说，但他没有力气，只是平静地看着她，许久之后，嘱咐她回家休息。

被医生叫走的唐诗英回来，同样嘱咐道："你先回家。李默川在他奶奶家，你去把他接回来，监督他做作业。"

"嗯。"唐璃说，"我晚上再来。"

"晚上也不用来。"

"再说吧。"唐璃扭头看了眼李银海，李银海对她点了点头。

唐诗英送她下楼，顺便透透气。

出了病房，唐璃问道："什么情况？"

"没什么情况。"唐诗英如实供述，"目前还不能确诊是良性还是恶性。肿瘤不算小，不能做微创，得开颅。"

"应该没什么大碍。"唐璃宽慰姑姑。

唐诗英："能有什么大碍？"

高度重复的问题和对话，姑侄俩并肩，周遭走过各式各样的病人和医护。唐诗英问："在大学里怎么样？怎么一直去兼职，累不累？"

唐璃说："想给您和姑父减轻负担，不累，不用担心我。"

"你花得不多，也从不问家里要，我和你姑父哪有负担？倒觉得对不起你，不太放心你。"

"没有。"

唐诗英转过头，看见唐璃脖颈间戴着的东西，扫了一眼，没放在心上。

问完生活，她又问学习。

"成绩应该还可以，有几门已经出成绩了，有几门还没有。"唐璃回答她，"我不耽误学习。"

"嗯，对你，我是放心的。"

出了医院，唐璃坐公交车回家。

她把家里大扫除了一遍，又把所有衣服从行李箱里规整出来。全部收拾好，她才去李默川奶奶家把他接回来。

临走时，老人家给她装了一袋新鲜的橘子。

许久未见，李默川看她的眼神有些生疏。唐璃捏捏他的脸，问："怎么又胖了？"

李默川不好意思地说："最近在奶奶家吃得好，奶奶总给我做肉吃。"又似大人般说，"怎么看着你像是瘦了？"

"我穿这么厚你都看得出？"

李默川："脸瘦了。"

唐璃笑了笑："店还开着吗？"

"关了。"李默川说，"关好几天了。"

唐璃用手机查了查余额，咖啡店兼职和拍摄微电影的所有酬金加起来有一万多，放在银行卡里。拍摄照片的几百块日结工资存在支付软件的余额中。她准备把这些钱取出来给姑父当医药费，等到明年开春，早些回帝都，挣下学期的生活费。

她才回小城半天，却像是待了好久。

而回来后，她给程绍堂发的第一句话便是"明年还能住在你那里吗"，一句话问得她脸颊火辣辣的。

程绍堂是在她从医院回来的晚上打来电话。

"你有什么想说的？"他打来的电话，却问她想说什么。

唐璃沉默了一会儿，说："有。"

"说吧。"

唐璃关上卧室门，李默川正在客厅看电视，她把那份嘈杂隔绝于外，低声说："想早点儿回去工作。你如果不喜欢我住在你那里，我也可以回宿舍住。"

"没有。"他说，"你走了我还不适应。"

不知道是玩笑还是真话，唐璃坐在床上，手指挠了挠脸，一时半会儿都没能回应。

夜深了，她竟然不困。

程绍堂慢条斯理道："昨晚怎么那么着急？"

唐璃在想，要不要和他说实话，沉吟数秒却等到李默川推门而入："姐姐，妈说给你打电话不接！"

唐璃把手机传声筒捂住，急忙对李默川摆手："先出去。"

李默川在门口站着，电话手表里传来唐诗英的声音："璃璃，早点儿休息，关好门窗。"

唐璃："好的，姑姑。"

李默川做了个鬼脸给唐璃，默默退出去，关好了门。

唐璃把手机凑到耳边："程绍堂？"

"嗯。"

"刚才是我表弟。"唐璃说，"家里就我们两个。"

程绍堂问："表弟多大？"

"十岁多了。"唐璃说，"上小学五年级。"

程绍堂"嗯"了声："刚才说到哪儿了？"

唐璃抿了抿唇，缓慢地躺到床上，压低声音："家里长辈生病了，所以我提前回来了，冰箱里有我买的菜，你记得都吃了。"

"太多了。"程绍堂说。

是有些多，原本买的两人份，她走之后，程绍堂大概率不会在家做饭。

"什么时候回来？"

唐璃也没确定好，想了想，说："我得和店长沟通好。"

"还要继续上班？"

"不然嘞？"她忽然不切实际地想起周星驰的电影里出现的那句台词，几乎脱口而出，她忍住了。

对面似乎在等着她问出什么，气氛变得安静，直到程绍堂嗓音低低地开口："真的。"

唐璃问："怎么了？"

"你走了，我不适应。"

这一晚，唐璃睡得酣甜，睁开眼睛是第二天早晨八点，她穿戴整齐后给李默川做早饭。

南方没有暖气设备，唐璃有点儿想念帝都的室内温度。吃完早饭，唐璃把李默川送到他奶奶家，然后去医院接替唐诗英，好让她能回家休息一会儿。

人刚到医院,秦钲拎着一大盒礼品出现在病房门口。

没过多久,两人出了病房,趁着短暂时间,聊了聊。

许沉吟还在那家科技公司实习,离开帝都,应该会是腊月二十八的事情。秦钲说:"她年初六就又回去了,在家待不了太久。"

唐璃问他:"那你什么时候回去?"

"我晚点儿吧。"秦钲不确定道,"我去了也没事,家里人不想我早走。"

秦钲和许沉吟拥有完全相反的性格。不过,唐璃也会想,互补的人可能更容易相互吸引,也容易走得长远。她的想法,不知是对是错,但她对这对情侣是衷心祝福的。

她很喜欢许沉吟,可能哪天秦钲和许沉吟吵架,她也毫不犹豫地站在许沉吟这边。

秦钲笑着问:"我听她说,你有男朋友了?"

"别胡说八道,小心我告诉你妈,你有女朋友!"唐璃色厉内荏。

秦钲又怎么会怕她这威胁,嫌弃地出声:"去说去说,你看我怕不怕。"他又说,"听说还是帝都人?"

秦钲:"怎么都不带我见见?我是不是你发小啊?"

唐璃咕哝道:"有什么好见的。"

之前,她确实答应让许沉吟和程绍堂见面。可重要的一点,她和程绍堂并没有确定关系,如果真要界定——不,她根本无法界定。

也因为这个,她格外扭捏。

腊月底,李银海的手术不大不小,小城水平有限,医生建议家属带他前往海市治疗。唐诗英当天晚上就做了决定,通知唐璃明日启程,春节大概率不会在家,让她带弟弟去奶奶家。

冬夜寒凉,行至小区门口时,唐璃感知到手机振动。

程绍堂发来一个定位，问她听说过没。

唐璃望着荧光闪烁的屏幕，回复他说，是她家附近的酒店。

程绍堂说：我在这儿。

唐璃难以置信：你在这儿？

程绍堂回：出差。

唐璃顷刻之间屏住呼吸，手机握在手里，垂眸看着屏幕上的一行字，没有说话。

李默川扭头看着她，询问道："姐，怎么不走了？"

"嗯……走。"唐璃被这一信息搞得晕头转向，她下意识便想，小城有什么好出差的，这里有很厉害的投资项目吗？还是说……

唐璃摇了摇头，觉得不可能。

风有点儿大，透不过厚重的外套，却吹得脸颊生疼。

今年的春节格外萧条。来来往往的车辆和霓虹让唐璃有些纠结，她稍顿了顿，决定带着李默川前往程绍堂所在的酒店。她不知道过了今晚，还有没有与他见面的机会。而姑父手术时间一旦推迟，她去往帝都的时间也要推迟。

步行至酒店门口，李默川还牵着她衣袖，不明所以地问："姐，来这里干什么？"

唐璃还在思索，要不要把李默川带上去。

心有灵犀般，程绍堂打来电话，问她："在哪儿？"

唐璃呼出一口气，轻声说："在你楼下。"

她在酒店楼下等了几分钟，程绍堂便出现在电梯拐角。这是小城数一数二的酒店，门面装潢精致昂贵，价格不比一线城市便宜多少，唐璃带着李默川一大一小出现在这里，外人一眼就能看出他们是孩子。但是程绍堂高挑的身影出现时，唐璃却为之一振。

他带着一种像是与生俱来的，不能令人亵渎、高不可攀的气质。

可今天，抛开"R大学生"这一光环，唐璃再次融入人群，泯然众人矣。这么想着,她忽然垂下了头。

"姐。"李默川问她,"这是谁啊?"

停到两人面前,程绍堂也听到了这句话,唐璃说:"你要喊哥哥。"

李默川昂头看着程绍堂,声音很怯:"哥哥。"

"你们准备去哪儿?"程绍堂居高临下,问的却是李默川。

唐璃抬了抬头,有点儿吃惊。

李默川回答:"我爸爸住院了,妈妈在医院照顾爸爸,我姐姐带我去奶奶家过年。"

程绍堂:"你爸爸得了什么病?"

李默川:"脑瘤——"

唐璃甩了甩他的胳膊,低头看他:"李默川。"

李默川诧异地看向她,不知道自己错在哪里,他一副小大人模样,无奈地叹气。

程绍堂说:"需不需要我去看望?"

"不用不用。"唐璃连忙说,"他们明天去海市。"

"转院?"

"嗯。"

"哪个医院?"

唐璃报了医院的名字,没意识到他问这话的意图,只是默默地攥着李默川的袖子,一边交谈一边安抚。

程绍堂却说:"我有个朋友,是那个医院的医生。"

唐璃挑挑眉:"嗯?"

她回过神,很快察觉到程绍堂话里有话,表情有些蠢蠢欲动。

"等下。"程绍堂掏出手机,在她眼前晃了晃,"我给他打个电话。"

02

第二天,唐璃跟随唐诗英和李银海一同坐上去往海市的包车。有熟人的帮助，唐诗英和李银海也很意外。他们对手术有所忌惮，尤其是李银海，表面不说，情绪却十分低落。

临近年关，包车费贵了一倍，唐璃没让唐诗英付钱，提前和司机说好这钱找她要。

昏暗的天色，炽亮的路灯，汽车行驶在平坦的高速路上。唐璃收到程绍堂的消息时，已经是两个小时后。

她只看了一秒，就若无其事地收起手机，接着揉了揉眼睛，抬起头。

后排座坐着的唐诗英已经醒了，她没什么表情地问唐璃："璃璃，你哪里的朋友？怎么会认识医院的医生？"

唐璃低声："是我室友的亲戚，帝都人。"

"哦。"唐诗英的语气很平静，"那他家里一定很有钱吧？"

窗外逐渐明亮，她们看不到对方的脸色。

唐璃点点头："应该是。"

这次，唐诗英没再出声。

程绍堂比唐璃来得早，他们赶到医院时，他已经给苏医生打好招呼。苏医生是医院消化内科的主任医师，他带着唐璃几人去往脑内科，同主治医生交流了很久。

不得不说，大城市的医疗环境和设施是小城没法比较的。

李银海在此之前已经做了各项检查，如今递给医生，医生一目了然，手术安排在两天后。

不仅如此，主治医生得体的谈吐和幽默的态度令李银海心情放松许多。回到病房，他破天荒地与唐璃聊起了天。

他已经许久没有说那么多话了。

"站在两位医生旁边的，是你朋友？"

李银海说的是程绍堂，唐璃愣了一秒，点了点头。

看到程绍堂的时候，唐璃一直保持着淡定的神色，没什么表情，连招呼也没打。对方也不在意，不紧不慢地跟在众人身后，留那位苏医生和主治医生侃侃而谈。

海市的医院让李银海更有亲切感，唐璃意识到了这点，心情阴转多云。

李银海靠在病床上："小伙子长得不错，一表人才。"

唐诗英在一旁，看着唐璃："是长得不错，看着比璃璃要大几岁。"

病房里骤然安静下来，唐璃低着头剥橘子。程绍堂比她大八岁，她从来没想过用"小伙子"去形容他，听到姑姑、姑父的话，她一时不知道该如何反应。

她起身，默默看了唐诗英一眼，转而看向李银海："姑父，您先好好休息，我出去一下。"

唐璃出去后，李银海又继续道："璃璃不愿意听我们说。"

唐诗英看他一眼："不愿意就不愿意，我就是突然想起这孩子她妈妈来了。她妈妈也在帝都，她们以后会不会联系啊……"

"保不齐。"李银海这样说。

唐诗英说："要是那个女人以后能帮助璃璃，璃璃认不认她，我都接受。"

"啧。"李银海也忽然忘记了病痛，一撇嘴，"该说不说，她妈妈心真狠，这么多年，一个电话都没打过。你哥当年为了追她出车祸，你不怨她啊？"

"怨啊，我一看见璃璃，就能想起那个女人。"

李银海没见过唐璃的亲生母亲，问道："长得像？"

"特别像。"唐诗英说，"但是性格不像。"

李银海摇了摇头，说："我觉得就算她来找，璃璃也不一定会认。你自己养大的姑娘，你不了解吗？而且璃璃一直是有出息的孩子，养了十几年的姑娘，回报很大。"

唐诗英站在病房窗前，看向窗外，没有回答。

她已经不知道用什么样的语气和态度去面对这件事情，比起情绪，唐璃的未来更加重要。

一切都过去太久了,她目前就是这样想的。

唐璃在回到宾馆时看见了程绍堂,他坐在廉价的沙发上,似乎等了很久,原本干净得没有一点儿瑕疵的大衣出现褶皱,手边搁置的水早已凉透。

唐璃拎着包,问:"你也住这儿?"

程绍堂的眉眼里带着倦意,他淡淡地看她一眼,摇头:"在等你。"冲她示意,"走走。"

他很安静,脖颈有点儿僵,便不动声色地歪了歪脑袋。

唐璃以为他这一句走走是陪他逛逛的意思,但她实在有些累,便道:"去楼上聊吧。"

"走。"程绍堂牵起她的手,直视她的眼睛,"你晚上准备住这儿?"

唐璃一愣:"我房费都交了。"

他叹息,说:"这儿不安全,跟我走吧。"

唐璃没有和程绍堂争执,只是思索了一下,就跟他走了。

她莫名其妙地想哭,程绍堂的掌心暖得要命。她想对他道谢,想和他说很多事情,但她很安静,安静地跟着他走。

程绍堂其实比唐璃还要累。他来江苏做个调查,恰好查到唐璃的故乡。原本的惊喜从得知她家人生病的那一刻起转为担忧。他比她更早来到海市,每一天都在等待。

不久前,他坐在木沙发上陷入沉睡。这种感觉很奇怪,他几乎不能在陌生环境中入睡,他想,他确实是累了,累到没有多余力气去思考,支撑意识。

程绍堂牵着唐璃,步行穿过一条街道。

海市的天色和帝都是不一样的,忽远忽近的霓虹似是聚集在城市中央,抬起头就可以看到穿空,周围的光也能把人衬得亮眼。

红灯时间太长。

程绍堂低下眸,问:"都休息了?"

唐璃对上他的眼睛,点了点头。

她看起来不开心,原因可想而知。

也许是想让气氛不那么沉寂,程绍堂挑了挑眉,伸出另一只手,捏住她的右脸颊,问她:"想我了没?"

一句话轻而易举地将唐璃从上一件事的思绪中抽离出来。

唐璃此刻有着异于往常的淡定,点了点头,连犹豫都没有,她说:"那天匆忙离开,我就总是想你。"

程绍堂感到诧异:"真的?"

唐璃点了点头,说:"想你会不会想我……你来小城,我还以为是来找我。"

程绍堂笑着说:"你就当是,也没毛病。"

"冰箱里的东西都吃了吗?"她问。

程绍堂颔首。

唐璃有种不惧一切的坦荡,即使在现在,她除了有些担忧,也没表现出任何落魄。她柔声细语:"你肯定累了吧?"

"嗯。"程绍堂知道,她也好不到哪里去。

"那我晚上帮你按按。"

"嗯?"程绍堂发出一声很浅的鼻音。

"我说我晚上帮你按一下。"唐璃重复。

"你确定?"程绍堂看着她,轻声询问。

"嗯。"

程绍堂唇角稍稍抿起,不太确定这话的意思。

"你在想什么?"唐璃问他。

红灯灭了,绿灯在黑夜中闪烁。

他依旧牵着她的手,看她在夜色中的眉眼,低声回问:"你在想什么?"

唐璃顿了一下,手指下意识挠了挠,那种轻触透过她圆润的指甲传在他手心的肌肤间,她一脸认真:"你在想什么,我就在想什么。"

程绍堂看着她,她的眼神纯洁到仿佛不掺一丁点儿杂质,有的只是疲惫和一闪而过故意压制的诧异。

唐璃忽然意识到自己说错了话,很快在安静中沉寂下来,但她认真的神色没有变,看他的眼睛很坚定,只是心慌。

天色黑透了,绿灯转变为红灯。程绍堂牵着她的手,转身过马路,他的步伐很大,唐璃小跑跟在后面。这种感觉说不上来,因为她还没有适应他动作的转变,明明上一秒还像没睡醒一样看着她,下一秒他就拽着她的手在夜晚狂奔。

耳旁伴着呼吸声。

唐璃喘了一口气,随即被人用力一拉,牢牢箍在怀里,但时间很短就松开,这动作不霸道,却充满暧昧。

"你到底在想什么?"程绍堂手指握成拳头在鼻尖蹭了一下,笑笑说,"我很好奇。"

唐璃出了点儿汗,站在斑马线尽头的台阶上,在灯光下呵出白气:"你明明就知道……"

程绍堂喉结轻滚,知道自己不该逗她,又忍不住摇头:"我知道什么?"

"你这人怎么……"唐璃无可奈何道,"又好又坏的。"

程绍堂笑得不行,疲惫顿时减少一半:"哪儿好哪儿坏?"

唐璃觉得她形容得简直再贴切不过——又好又坏的,但同时,程绍堂又是个很有分寸感的人,即便是刚才的拥抱,也只是一触即离。她完全确定他对她的好感,如他所讲,没有人会浪费整晚的时间在自己讨厌的人身上。更何况,他在她这里,浪费的时间不仅一晚。

唐璃浅浅呼息,斟酌半晌,还是决定不要正面回答他。

她已经完全被他带进去，他们之间的氛围开始模糊不清，暧昧不已。

"你现在这个样子。"唐璃看着他，一字一句道，"就挺无赖的。"

程绍堂抿了抿唇，轻轻吐出一口气，皮肤在路灯的照耀下白皙细腻，鼻尖透着红。他说："那不是还有好的吗？"

唐璃静静地看着他，"嗯"了一声。

她的倔强，在他眼里，有种被调戏过后的恼羞成怒。

于是他笑了声，放缓语气："我确实挺累的，在医院等了一早上。"他"啧"了声，慢条斯理道，"我还以为你会和我一起。"

唐璃蒙了蒙，解释："姑父身体不好，我怕姑姑一个人应对不了。"

再说，若真的和他一起，唐诗英还不知道要怎么想。

归根结底，在姑姑和姑父面前，她还是孩子。

"我很想你。"程绍堂的声音足够清晰。

唐璃愣住了。

因为想你，所以第一时间问你，有没有想我。

唐璃说："刚才是坏，现在是好。"

程绍堂点了点头，同意她的说法："言之有理。"

在帝都的时候，唐璃在程绍堂家住了六天，一人一间房，白天各忙各的，晚上互不打扰。

躺在床上，她偶尔也在想，程绍堂在干什么呢？

海市温馨暧昧的橙黄色灯光，比帝都还要柔和几分。

唐璃洗完澡躺在床上，身边一切都是安静的。

这是一间总统套房，她住在里面的房间，程绍堂住在外面的房间，相隔数米，隔音效果极好，窗外悠然的夜，窗内寂静的光。唐璃枕着自己的胳膊，如同那些熟悉的夜晚一样，脑海中描出一张脸，缓缓合上眼睛。

一扇门之隔。

　　浴袍松松垮垮地搭在肩上，腰间用一根软带相系，男人倚靠在床头，电话里传来熟悉的声音："所以就先不查了？"冯天若说，"其实我早就觉得，没必要。"

　　"你觉得没必要？"

　　"我觉得没必要。她跟程叔叔这么多年了，都没提过，你查了也没有用。"

　　程绍堂："现在也没时间了。"他得赶在春节之前回帝都，年后有新项目。

　　冯天若饶有兴趣地问："小美女的亲戚怎么样了？"

　　"后天手术。"

　　"你可以啊。"冯天若笑嘻嘻道，"英雄救美。"

　　他一直爱调侃程绍堂，自从上次见过唐璃后，冯天若结合程绍堂空白的感情经历，一直说程绍堂原来是在等女孩长大。

　　程绍堂斥他，别胡说。

　　"加油啊，慢慢追。"冯天若老神在在地说。

　　程绍堂挂断电话，脑海中闪过冯天若对唐璃的评价，不知道想起什么，他扬了扬唇角。

　　一夜无梦。

03

　　清晨的第一缕阳光透过纱幔落在脸上，唐璃睁开眼睛。她缓了几秒便起床，动作极轻地洗漱完毕，背上包前往医院。

　　她没有叫醒程绍堂，简单用过早饭，从酒店带了点儿餐食放在包里带给唐诗英。

　　唐诗英坐在病床前，评价道："璃璃买的早餐蛮好吃的。"

　　手术安排在明天一早，术前八小时禁食，唐璃给姑父递了食物过去，他倚在病床上，浅浅吃了几口。

其间，程绍堂认识的苏医生来看望过。出门时，苏医生和蔼可亲道："放平心态，主刀医生经验丰富，要相信他。"

他的话给姑姑、姑父吃下了定心丸。

手术前一晚，唐璃在姑姑的坚持下，没能在医院陪床。

她回到酒店，程绍堂不在，她觉得他可能是走了。

没有事先打招呼，可能是过于忙碌。

唐璃休息了一晚，醒来后又火速赶往医院。李银海已经做好万全准备，但讲的话仍像在交代后事。他紧紧抓住唐璃的手，说："璃璃，如果我真下不了这床，未来一定要好好对你小姑。"

唐诗英摆摆手表示不听："你好好休息，睡一觉什么都好了。"

李银海沉默地闭上眼睛，转过脸去。

手术时间很长，唐璃安安静静地坐在唐诗英身边。一个多小时后，她在走廊尽头看到了程绍堂的身影。他没有过来，只是站在那里。

唐璃沉默了几秒，起身朝他走去。

两人走到唐诗英看不见的地方。

"我以为你走了。"唐璃说。

"没。"他问，"你怎么样？"

"不知道。"唐璃若有所思地说，"不知道情况怎么样，不过苏医生说过了，主刀医生经验丰富，应该没什么问题。"

程绍堂点点头，又说一遍："我问你怎么样。"

"啊？"唐璃这才反应过来，默默地说，"我没事。"

程绍堂手插在兜里，低头看着她。

天气温暖，阳光明媚。唐璃站在窗台边，将手肘立在上边，托腮看向远处。她的侧脸很清秀，额角鼻梁到唇瓣几乎是一道完美的剪影，阳光落在她鼻尖侧影，表情略显落寞。

她只靠了一会儿，便若无其事地直立起身，轻轻拍打着衣袖。

看向程绍堂时，她唇角稍稍吊起，说："我从小跟着姑姑和姑父长大。"

程绍堂缄口不言，他该问些什么，但没有开口。

"我父母都去世了。"唐璃的声音很平静，"他们就像是我的父母。"

直到手术结束，程绍堂都没离开。

李银海的手术很成功。术后不久，他醒来，状态不错，说过话后便静静地躺在床上。很快，医生拿着病理报告走进病房，告知他们肿瘤性质为良性，也就是说，复发和转移的可能性极小。

尘埃落定，一家人终于松了口气。

八个小时后，唐诗英给李银海喂粥。

唐璃刚进门，唐诗英就说："这个年，我们就在医院过了。璃璃，你明天回家，直接去默川奶奶家，告诉他们你姑父都好，大家也能过个好年。"

唐璃想了想，说："打电话也能说的。"

唐诗英又问："你那个朋友了，是不是回帝都了？"

李银海轻声道："得回家过年吧？"

"嗯。"唐璃说，"得回去的。"

唐诗英继续给李银海喂了一口粥，转而看着侄女："璃璃，你讲实话，那人是不是你男朋友？"

唐璃没想到唐诗英如此干脆，但她没有慌乱，反而还笑着："没，姑姑你别乱猜。"

唐诗英又道："这几天忙着手术的事情，没来得及感谢他，连他叫什么都不知道呢。"

唐璃表现得很平静，斟酌着要不要把程绍堂的名字告诉他们。她正要开口，病房门口传来两声轻浅的敲门声。

唐璃转过脸，看见程绍堂宽肩腿长，站在不远处。很多时候，她远远看着他，都能想起初次见面的那天，竟然已经过去四个多月了。

冥冥之中的宿命感。

如今他站在唐诗英和李银海面前，彬彬有礼地自我介绍："叔叔、阿姨你们好，我是程绍堂。"

唐璃立在一旁，手指甲掐了掐手心，莫名其妙地感觉那声"叔叔、阿姨"有点儿把人叫老了。

程绍堂是来告别的，他只待了几分钟，赶在夜色更浓之前离开了。

他和唐璃说："本想再陪你一天的。"

粥盛在保温桶里，温度依旧。喂了几勺后，李银海摇了摇头，他的脸色有种大病初愈后的苍黄，精神状态不太好。

唐璃低着头收拾背包，唐诗英跟着她走出病房。脚步轻轻，她们不发出一丁点儿声音。走出几米远，唐璃放下背包，从包里拿出用信封装着的一万块钱。

唐诗英抬头："这是什么？"

"钱。"夜晚的医院并不静，唐璃很是小心翼翼，开口说，"给姑父当医药费。"

唐诗英蹙眉："你朋友给你的？"

"不是。"唐璃解释道，"我兼职挣的。"

听见唐诗英说的话，她有点儿不舒服，说："他为什么要给我钱？我又为什么要拿别人的钱？"

唐诗英点点头，为自己鲁莽的发言感到愧疚。她摆了摆手："自己收着，我们还没到这程度。"

唐璃不依她，自作主张地将钱塞到她手里，转身离开。

寒冬腊月，唐璃步行回到和程绍堂住过的总统套间。窗外高楼林立，霓虹闪烁，她站在那里，格外安静。她本来话也不多，只是无论是在学校还是在家中，她从不怯场，很清楚自己该说什么该做什么。

奔波了几天，她也并不觉得累，手指摩挲着脖颈间的项链，好像是做了一场梦。

她倚在窗前，亲吻那粒方形钻石。

他应该已经离开这座城市了。

唐璃回到李默川奶奶家，将手术成功的消息以及姑父的身体恢复情况告知老人家，一家人其乐融融。唐璃在奶奶家过年，和一群平均年龄不满十岁的孩子在一起，主观意识陷入幼稚阶段，笑得开怀，行为举止放松。

除夕夜里，宋紫玉在宿舍群里祝大家新年快乐。远在法国的程立秋大方地在群里甩了三个红包，抢完红包的宋紫玉问她在法国感觉好不好。

小姑娘一连甩了几张照片说是带给她和唐璃的礼物。

司梦和程立秋一直不太对付，唐璃无法得知具体原因，大概就是气场不合，从程立秋出现，司梦便神隐了去，红包也没抢。

唐璃抽空查了一下自己的期末成绩，和预期差不多。

朋友圈里满是除旧迎新的文案与配图。陈凡发了自拍，气质比唐璃见到他时要接地气许多，拍摄微电影的那些同事相互评论，热闹非凡。秦钲和许沉吟在秀恩爱，唐璃气势汹汹地评论：眼红的单身狗。

电视机里传来春晚小品的热闹声，她坐在沙发上，怀里揣着抱枕，手里捧着手机。

顾彰发来消息，祝她新年快乐。

唐璃不确定他是不是群发，回复同样的消息，然后若无其事地与他聊了半天。

顾彰说他父母去国外旅游，家里只剩他一个，苦兮兮地看剧本阅片，过得和往日毫无任何差别。

唐璃问他：我们的电影剪完了吗？

顾彰：差不多，过段时间给你看成品，首映在毕业展览，有时间吗?

顾彰:有时间可以来参观一下。

唐璃:给带路吗?

顾彰:带。

唐璃抱着手机笑了笑,"首映"两个字让她感觉到顾彰对这部微电影的重视。看到他发来的电影海报,她很是配合地发出点赞的表情包。

她的手指在屏幕中间摩挲数秒,郑重其事地点开与程绍堂的对话框,点击发送"新年快乐。"

明明只是很简单的祝福词,但因为发送对象不同,心情也变得不一样。

直到对方也发来同样的话,她才放下手机,专心去做其他事情。

唐璃回想这一年,上半年热血沸腾备战高考,下半年千里迢迢从南到北,一切都是最好的安排。

生活好像掀起了波澜,又好像波澜无惊。

唯有程绍堂,是她的意外。

04

年初六,唐璃准备回帝都,唐诗英得知她买好票后,依旧不死心地问道:"就不能再晚几天吗?票很难买吗?"

票不难买,但唐璃忽略了这个问题,只说是和店长打好招呼,回去就准备上班。

"宿舍有人吗?你回去有人陪你吗?你姑父才出院没几天,你怎么说走就走了?"

唐璃有点儿心疼,但她知道,姑父有奶奶照顾,烧烤店年后生意忙碌,有唐诗英和两位打杂的员工已经足够。她回帝都,是想去做自己的事情。

"你那个朋友，去火车站接你吗？"

唐璃咋舌："怎么会？人家还要忙自己的。"

这时的唐璃还不知道，程绍堂会去火车站接她。

还差几个小时抵达帝都，她忽然接到程绍堂的电话。他似乎是刚醒不久，声音沙哑惺忪，莫名性感，他问她在干吗。

唐璃绷紧了神色，耳郭一片酥麻。

随即远处响起播报音，一连串的慌乱过后，唐璃才出声回答，而对方已经知道她身在何处。他确定地说："回来了？"他不说别的，倒像是回家是唐璃的一趟旅途，帝都才是她的终点站。

唐璃坐在卧铺走廊旁边的座位上，火车停靠在某站点，硕大的城市名称映入眼帘。

程绍堂心情不错，笑着问："几点到？"不等唐璃回答，他便又说，"我去接你。"

唐璃一时间不能相信，因为她始终觉得，火车站这个地方过于冗杂，而她印象中的程绍堂，干净无瑕。她反应了会儿，想说不要，传声筒那边却传来窸窸窣窣的响动。唐璃抿紧了唇，她能从这片响动中探寻到对面人的喜悦，她祈祷这不是她的错觉。

两个小时后，唐璃在出站口看见了那道身影，长身鹤立，吸人眼球。

程绍堂看见她腼腆的表情，问她："见我来不高兴？"

唐璃眨了眨眼睛，小声反驳："没呀。"

怎么会。

程绍堂伸手接过她的行李箱，眼神自上而下扫过她："怎么不提前告诉我。"

唐璃实话实说："本来就没打算告诉你。"

她不知道他工作的忙碌程度，不想打扰。而且，该怎么说呢，她和他的关系，始终就这样暧昧不清了吗？他到底什么时候才开口？或者……她先说？

"惹到你了？"

"没……"

"那怎么这么凶？"

唐璃被噎得说不出话。

出了站口，外面的人一点儿不比里面的少，人头攒动得让人忘记时间。晨光熹微，将地板染成橙色，踩在过路人脚下映出影子。司机在不远处等他们，唐璃诧异："你不是自己开车来的？"

"不是。"程绍堂道，"不满意？"

唐璃："也没有。"

两人很快坐进车里，一左一右并排在后座，中间隔着一道扶手。车厢里有一股淡淡的香味，和程绍堂身上一样，唐璃这才发觉，原来他是喷香水的，只是淡得几乎让人无法察觉。

像是不适应似的，她笔直着身体，双手端正地置于双膝间，眉眼灼灼地看向车前方，乖巧得像是瓷娃娃。

程绍堂姿势随意，目光定在她纯白色毛衣领上方几厘米的耳垂，饱满而圆润，掺杂着几根黑色发丝，他问："饿了吗？"

唐璃摇了摇头，她下车前刚填饱肚子。

"那回家？"

唐璃说："好。"

程绍堂淡淡笑了笑。

唐璃听到这笑声，也没敢回眸看他，她都能想象出他的神情，还有他要笑不笑的态度。不出半秒，他又来找她搭话："怎么回来这么早，不在家多待几天？"

"店长给我排了班。"唐璃说，"我回来工作。"

程绍堂像是想起了什么，语气里暗含疑惑："缺钱？"

唐璃沉默了一会儿，点了点头。她并不想让他轻视或是同情自己，但她没撒谎："我把之前挣的钱留给家里了，我还年轻，吃点儿苦没关系。"

她这话说得义正词严,却引得程绍堂没由来地笑了。

这一笑,唐璃变了神色,佯装气愤地看他:"笑什么?"

气氛总是暧昧不清的,怒斥起来也像打情骂俏。程绍堂没忍住,抬手捏了捏她的脸,软软绵绵,看她唇瓣张张合合,他低声道:"我可舍不得让你吃苦。"

唐璃偶尔有种错觉,她耳边响起程立秋声情并茂地吐槽程绍堂的话语,她觉得他待自己比待程立秋好,好很多。甚至说,他对别人都冷漠,偏对她温柔,她其实不太好意思,有些羞耻。

然后,唐璃说:"其实我也不只是为了工作,才这么早回帝都。"

程绍堂看向她,不言语。

唐璃浅声道:"我快过生日了。"

想和你一起过。

过生日这件事,唐璃的想法只是简单和程绍堂吃个饭,当然,为了表示感谢,这顿饭必须得是她请。不过,身为发小的秦钲将消息传达给许沉吟,商量着提前来帝都,为了见她,也为给唐璃过生日。

许沉吟知道唐璃住在哪儿,猜测到她的生日可能有别的安排。某天工作空闲时,她给唐璃发消息,问唐璃具体打算。

唐璃那会儿正忙,没来得及回复。

陈凡年前招了一位新同事,和唐璃一样是学生兼职。这段时间两人实施倒班制,唐璃值早班,那个男生值晚班。男生过年没回家,从年前干到年后一个多月没休息。陈凡私下同唐璃讲他,感慨如今年轻人过分拼搏,重点是太过分了。

陈凡对唐璃说,年轻人想前途无量,一定不要有做一辈子打工人的打算。

唐璃不知道陈凡这结论从何而来,但听来很有道理。店里稍稍空闲,她看见许沉吟的消息,回复:我是有些想法,不确定他有没有时间。

许沉吟是和她同一天回帝都的,前几天唐璃还去找过她一次,共进晚餐,吐槽工作烦心事。

许沉吟:那你跟他过一次,开学后我和钲钲再给你补一次。

唐璃:不用啦,麻烦。

许沉吟知道她和程绍堂之间所有重要的事情,包括他假期去小城,又帮她姑父找医生,还有她住在他家。许沉吟说:即便我识人无数,也有点儿搞不清楚他的想法。不过,他要么是放长线钓大鱼,要么就是真君子。

许沉吟:这个男人,璃璃你吃不准。

唐璃笑着摇了摇头,她该怎么说呢,她觉得程绍堂没那么多心机。

不过,她若这样讲,势必会得到陷入爱情中的女人智商为负的回复。所以她不说,装作听不懂。不过唐璃有种奋不顾身的勇气,丝毫不加掩饰:如果我想逼他一下呢?想让他说真心话。

许沉吟过了好半晌才回复:买几瓶酒吧。

许沉吟无奈道:很管用,深有体会。

一周兼职结束,唐璃有两天时间可以休息。程绍堂经常性加班出差,出差地不远,时间也短。

那天晚上,程绍堂拿来一堆纸质报告放在桌子上,一沓一沓地看,边看边摇头。唐璃走去阳台时瞥了一眼,赫然看见"网红孵化"四个大字,心里头产生了点儿兴趣,思索半晌,问他:"看的什么?"

"一个年轻人给我的公司资料,明明可以发电子版,结果来的路上U盘丢了,把这些纸质报告塞给我。"程绍堂边说边笑。

"U盘丢了?"唐璃诧异。

"来看看。"程绍堂冲她挑眉。

唐璃顺势坐过去,从他放下的报告中拿出几页,认真翻看。

这份报告通俗易懂，是一个美妆品牌的投资申请书，品牌创始人是某直播App（Application，应用软件）上很有名的男主播。唐璃不熟悉那个App，也没有听说过主播的大名，但看品牌介绍，是蛮厉害的。唐璃手里拿着报告，没什么表情地看着程绍堂，不知道说什么。

过了一会儿，程绍堂说："明天我出差，参观他们的工厂，你想去吗？"

如此直白的问话，唐璃意想不到。她有两天休息时间，于是她干脆地问他："去多久？"

程绍堂："要待一晚。"

唐璃又问："我可以去？"

程绍堂点头。

"自费还是——"

程绍堂失笑："你觉得呢？"

唐璃感觉像做梦似的，连过生日的想法都抛诸脑后。她再次拿起那份申请书，将美妆名字和主播信息牢记于心，只是被邀请了一下，她却投入其中了。

程绍堂说："这个主播想顺势而上建立品牌，利用自身影响力搞营销。"他指着最后几页纸给唐璃看，"懂营销，但不够聪明，而且才二十一岁，态度轻狂，公司考虑短期投资，长期风险未定。"

不知为何，唐璃听懂了程绍堂的说法。

他相信此品牌问世回报率可观，但不相信男主播的经营策略可以经久不衰。

投资一个品牌项目要评估的方面太多，不定性因素影响力巨大。唐璃对此没有做出评价，只是默默将程绍堂的话记在心里。

洗漱过后，她着手开始准备出差的行李。帝都和出差的省份温度差异颇大，唐璃尽量让自己表现得不要过于紧张或是看上去兴奋，但整个晚上，她穿梭于房间，来来回回数次，还小心翼翼地询问："明天出差的人有谁?几点从家里出发……我带一个箱子,会不会太多?"

程绍堂说:"会。"

唐璃怔住。

程绍堂笑了笑:"带你自己就好了。"

唐璃默默将东西减少至一个背包。她又忧愁地想,下次发工资,她应该奖励自己一个不错的背包,好歹要装饰一下排面。

这种想法一旦升起,便斗志满满。

晚睡前,唐璃忽然意识到,她不清楚程绍堂此举的意图。她按捺不住,也不惧怕他发脾气,直接敲门而入,问出心中所想。

程绍堂将她散落的长发勾在指尖,灯光照着她白净的侧脸。他指腹稍稍往前一送,将那缕长发送回至耳后,他沉声说:"再说一遍。"

唐璃趴在不高不低的床前,姿势放松且随意:"你为什么要带我一起?"

程绍堂将手撤回,垫在自己脑后,眼皮半耷,长睫背光,眼睑之下拓下一片阴影。他问:"你不想去?"

唐璃:"我很想去。"她略略羞赧,但好在光线够沉,氛围安谧,于是她缓声道,"我觉得,这能让我学习到新东西。因为,你知道吗——"她顿了顿,才说,"我有一个愿望。"

"可能暂时对我来讲有些难度。"她低声细语,"我也想建立我自己的品牌,挣很多钱。那个男主播只比我大两岁,虽然他有很多不足之处,但于我而言,是榜样,我特别兴奋……"

唐璃眨眨眼睛,感觉自己说了很多。

程绍堂一脸安静地听着,不打断,也不影响。

她长长地舒出一口气,不知是太累了还是对他的反应无所适从,抬起一根手指去触碰他的脸颊,却在距离他几厘米处被他一把扼住,挣脱不开。

"这不是挺好的吗?"他沉声说。

"是啊。"唐璃瞪大眼睛,"所以你也是这样想的吗?"

程绍堂说:"对啊。"

他喜欢唐璃年轻纯粹的思想,小心翼翼又掩盖不住的野心,她的目光在夜色之中格外灿烂。经久之时,她定能闪闪发光。

他说:"等你回来再说,好好休息,未来还有很长的路要走。"

房间里弥漫着淡淡的香气,气息是温热的,语气是温柔的。唐璃看见他慢慢地闭上眼,知道他要休息了,于是屏了气息,慢慢地退出房间,关了门。

他这人总这样,连说话都吊人胃口。

可唐璃知道他的秉性,心里更觉期待。

05

凡事习惯则自然,唐璃初次坐专职司机开的车时感到的不适如今已然全部消化。她跟着程绍堂到达机场过了安检,和早早抵达的程绍堂的助理会合。

助理姓明,程绍堂叫他"小明"。

时间把控得刚刚好,小明刚汇报完工作事宜,登机口显示开始登机。唐璃还没反应过来,便看见程绍堂冲她抬手。

她第一次坐飞机,默默跟在他后面,连话都来不及讲。

上了飞机,唐璃乖巧地拿起飞机上的杂志阅读。程绍堂别过脸来,摘掉墨镜,眼睛一直盯着她侧脸。

唐璃:"我是第一次坐飞机。"

"那我很荣幸。"他面不改色。

说到这里,他忽然想到什么,唇瓣翕动:"我应该陪你经历过很多第一次了。"

唐璃合上杂志,看着他。

程绍堂冲她挑眉。

唐璃做了个鬼脸,转头看窗外。晨光下的机场像是预示着新的开始,她看了眼时间,唇角稍稍吊起。

出差的工作比唐璃想象的忙,一整天马不停蹄,参观工厂、商务用餐、交流会议。唐璃跟在程绍堂侧边听边看,逐渐让自己从容淡定。

负责人介绍说:"我们对质量的把控不说第一,在行业里的排名也出不了前三,合作方也相信我们,承接了很多品牌的产品制作的。"他一点儿都不怯场,看得出对自家工厂的自信,言语中满是骄傲。

程绍堂事无巨细,他在生活中看起来并不像是话那样多的人,身处位置不同,自然态度不同。对待工作,他一丝不苟。

唐璃第一次见他这般,乖巧地站在一边,将他和负责人的对话谨记于心。

她是迫切需要收益的人,这一点,程绍堂应当是早就知道了。

晚上,众人入住酒店。明助理递来一张房卡,唐璃虽然疑惑,但见程绍堂没说话,她便也安静地待着,以为会和海市一样是总统套房,结果打开房门时她惊呆了——里面有一张铺满玫瑰花瓣的双人床。

唐璃:"这是情侣套间?"

程绍堂无奈地摇头:"这个小明……"

唐璃把包放下,转身时脚步一顿。右手边的桌子上,放置着两罐啤酒,柔和的光照在桌面上,尽显精致和暧昧。

唐璃只看了两秒,转回脸,低声询问:"要洗澡吗?"

程绍堂一怔,而后唇角上勾,没回答。

唐璃说:"那我先去了。"

唐璃从背包里翻找出衣物,塞到身后,抬眸看了他一眼,知道他没在看自己,心底松了一口气,快步走向浴室。

磨砂玻璃横亘于墙面,玻璃上很快积起一片水痕。

程绍堂坐在沙发上,稍一伸手,推开背后的窗,凉风渗入,不过几秒后，他又关上了。

唐璃平时洗澡很快，这次却在里面待了将近一个小时，她将长发吹至半干，睡衣套在身上，中规中矩的打扮。一切准备好后，她用凉水给脸颊降了降温，但显然没有什么用，她脸颊红透，似有种微醺后的憨意。

打开浴室的门，唐璃抬头，正好对上程绍堂微微眯起的眼睛。

唐璃眨了眨眼睛："你喝酒了？"

他看上去有些许醉意，手里拿着一罐已经打开了的啤酒，眼皮半耷，说："洗完了？"

唐璃指着他手里的东西，问他："喝完酒再洗澡会不会有问题？"

她走近，靠近他的时候，带来一阵香气。程绍堂瞥了一眼，低声道："那先不洗。"

唐璃慢慢坐到他对面，蓬松的长发为她平添几丝优雅。她拿起另一罐啤酒，"刺啦"一声拉开拉环，探着脖颈微噘着唇吸掉边缘处将要溢出的泡沫。他像是在看一幅画，视线落在她脸颊上，问："今天感觉怎么样？"

唐璃痛快饮下大半罐啤酒，靠在柔软的沙发中，缓缓回问："你说哪方面呢？"

程绍堂说："工作方面。"

小姑娘喝了酒，眼神毫不收敛，昂着下巴看他。

"我觉得……像是打开了新世界。"她轻轻道，"对于有的人来说，钱是真的很好赚吧。那些化妆品成本不高，因为有了品牌包装，所以单价高，销量高，广告打得越来越响。"

程绍堂颔首："你可以试试。"

唐璃问："怎么试？"

"你意向的销售商品是什么？"

唐璃想，化妆品她并不擅长，女性方面，除了用的，就是穿的。

她说:"服装?"

"可以。"程绍堂赞同道,"从头开始,未来可以学习今天这种营销模式。"

唐璃说:"我需要做广告。"

程绍堂轻笑:"我给你投资。"

"真的假的?"唐璃捧着啤酒,双颊越发红润有光泽。

程绍堂"嗯"了一声:"我个人给你投资。"

他不介意让她学习经验。渐渐了解过后,程绍堂有预感唐璃不排斥他的帮助,有利于她成长的一切,她都在用力抓住。

唐璃"哈"的一声,呢喃细语:"真的呀?"

有他,总让她心安。

唐璃怀揣着期待与紧张,满怀真诚地望着他,不自觉地转移到他坐着的沙发上。

两具身体贴得极近。

程绍堂反应过来的时候,小姑娘似乎已经喝醉了。唐璃静静地看着他的眼睛,从他眼睛里看到深陷其中的自己,明晃晃的光影令她更靠前一步。直到他出声,她才被惊到,清晰的声音带着滚烫的温度灼烧着她的肌肤,当下,她好像更加坦率了:"你怎么对我这么好……"

程绍堂的视线扫过她红得耀眼的唇瓣,他双手搭在沙发两侧,低声道:"我对谁不好?"

"程立秋总是吐槽你。"她就这么趴在他身前,双手贴着胸膛,抬眸看他,像一只乖巧伶俐的小猫。

"吐槽我什么?"

唐璃把脸埋下去,闷声闷气地说:"她说你不近人情,还说你单身很多年……"

程绍堂无奈地蹙眉,笑了声:"下次见面收拾她。"

"你别。"唐璃抬起头,一双眼眸似含着水,晶晶亮亮地望着他,语调很轻,带有啤酒和牙膏掺杂的清爽与麦香,"她如果知道是我说的,怎么办呀?"

程绍堂感觉自己的心脏被人轻挠了一下,那种感觉说不上来,有种被拿捏的轻轻窒息,以至于他的气息在缓慢变重。他喉结轻滚:"你说怎么办?"

"我觉得她说得不对。"唐璃摇了摇头,整个人都贴着他,"你好到我特别……想亲近你。"

"嗯。"程绍堂盯着她的唇,沉声道,"可以亲。"

几乎是在下一秒,唐璃的下颌被他扼住。她微微一怔,睁大眼睛的同时,唇上覆盖一抹温热。

软得一塌糊涂,不给她任何反应时间。

程绍堂稍一用力,将附在身上的人抱了起来。

唐璃初次体验到这种感受,一股从未有过的酥麻好似电流穿透她的全身,从心脏到四肢末梢统统席卷了一遍。

他轻而易举地将人抱着,放在了床上。

唐璃整个人陷入玫瑰花瓣里,柔软的长发摊在被灯光照耀成暖黄色的床罩中。

不知道是不是喝了酒的缘故,男人背光的身影在她眼中迷蒙,伴随着重影,却更令她心动。

缺氧的感觉由远至近。

他俯身而来,唐璃感觉被笼罩起来,但她不胆怯,甚至想索取更多。

时间不知道过去多久,程绍堂却忽然动作停了一瞬,在她唇边浅啄了一下,手指搭在她瘦弱的肩膀上,眸色微红。

"你有点儿醉了。"说完,他不等唐璃反应,伸手扯了扯衣领,双手撑起将衣服褪下,甩在身后的沙发上,目光再也没停留在唐璃身上一秒。

程绍堂进了洗手间,门"咣当"一下关上。

唐璃躺在床上，慢慢抬手捂住双颊，呼吸久久不能平复。

是他主动的，也是他叫停的。

唐璃托着自己滚烫的脸颊，水流"哗啦啦"的声音传入耳中。她翻了个身，床头前挂着的壁画吸引了她的目光。但她脑海中全是那个人的模样，他们贴得太近，近到现在还是挥之不去。

他是什么意思？

气愤来得出乎意料，唐璃的表情逐渐委屈，明明他的忍耐是对她好，可是为什么，她会觉得难受呢？

程绍堂洗了很久。

他看着镜子里的自己，忽然觉得有点儿招架不住。

小姑娘的心思很明显，有种破釜沉舟、不计后果的勇敢。现在静下来，程绍堂依旧觉得自己的行为过分了，本来带她出差是想让她见识从前没有见过的事物，回帝都后她有什么想法他都可以帮她实现。

一切平稳运行时，两罐啤酒却将暧昧氛围推向顶端。她说，他让她忍不住亲近，她的心思昭然若揭，之后的一切都顺理成章。

如果继续下去……程绍堂按了按太阳穴，双眉微蹙。

程绍堂出来时，唐璃正坐在床上看电视。

以为她早已经休息，他有些吃惊，从桌上拿了一个杯子，倒了一杯水，小抿一口。

"你睡觉吗？"唐璃问。

"嗯？"程绍堂声音松散，点了点头，"我让小明再开一间房。"

唐璃："已经开了吗？"

"还没有。"他说。

房间的灯被唐璃关掉了一个，光线不似之前那般耀眼，电视里闪烁着浅淡的荧光，映在房间中一切能够承光的物体上。

他有点儿紧张……唐璃想，原来他也不是看上去那么淡定。她的

189

目光光明正大地落在他身上,电视里的画面彻底沦为摆设。程绍堂看似有条不紊,但几秒过后,他喉结轻滚,看了她一眼。

"看我做什么?"唐璃问他。

"还不睡?"

"你不也没睡?"唐璃轻轻吸了一口气,皮肤吹弹可破,只是披在肩头的长黑发显得她一点儿都不像十九岁。

程绍堂转回头,还没有动作,她突然说:"要不你就睡在这儿吧?"

"嗯?"

"明助理应该已经睡了,你别去打扰他了。"小姑娘抿了抿唇,拉长尾音,"好不好?"

程绍堂看着她的眼睛,似乎被什么东西抓住了:"好。"

"来床上躺吗?"

她又开始了。

唐璃像是之前的一切都没发生过。而程绍堂沉默不语,转身去了沙发旁:"我睡这儿。"

"就那么怕我?"

"不是怕。"他唇角轻扯。

唐璃问道:"那是什么呢?"

"你姑父的病好点了吗?"

"好多了。"唐璃回答完,才发现话题被他悄无声息地转移了。

她端坐在床上,没有看电视,视线始终落在程绍堂身上,看他半倚在沙发上,像一幅油画。她没有意识到他的反常,反而觉得他现在的状态更像是初初相遇时,两人若即若离的感觉。

"程绍堂。"

"嗯。"他依旧没看她。

唐璃小声说:"你觉得,我和程立秋,在你眼里有区别吗?"

"有啊。"

唐璃眼眸亮了一瞬,压制着情绪,语气平静地问:"什么区别?"

程绍堂沉默数秒,眼睛盯着电视画面,从侧面看,他的轮廓浮着一层浅浅的光影,睫毛很长,鼻梁高挺。

"你比她懂事多了。"他淡淡地回答,不知道在想什么。

唐璃:"就这个?"

"你想听什么?"

唐璃一直在看程绍堂,她揣测他不看她的理由,是不想还是不敢,说:"我想让你离我近点儿。"

程绍堂笑:"你就不怕——"

"我不怕。"唐璃一本正经地说,"看起来你比我要怕。"

空气又陷入了沉默,虚影的光和未说出口的话似乎在缠绕,收紧。程绍堂盯着电视看了几秒,默默闭上眼睛。再睁开,看向唐璃,她还在看他。

她说:"程绍堂,你过来。"

程绍堂没有回应,看上去兴致不高,不过过了一会儿后,他还是抱着枕头,缓慢踱步至床的另一边。掀开被子时,他还欲盖弥彰地说了句:"有枕头。"

唐璃两手交织在身前。

其实,目的达成之后,她不知道接下来应该做些什么,很多情绪来去自如,那时想做,便催促自己做了。但程绍堂似乎比她想象中的还要成熟内敛,不做没把握的事,不做让她有可能后悔的事情。唐璃对他通常隐瞒思绪,想做的事情一点一点引导着来,而在她每次得逞之前,他早已洞察一切。

"其实我有时候也想,如果程立秋知道我和你关系这么好,会作何感想。但我又搞不清楚,我和你到底是什么关系。"唐璃本以为自己永远不会同程绍堂说这样的话,她不想承认自己是一个想要更多的女生。

可现在也谈不上索取,她在泄愤。

她的眉眼里透着委屈,语气中满是埋怨,瓮声说:"你说说看,是谁先招惹的谁?"

程绍堂是有些懊恼的,毕竟小姑娘白天还因为他带她来出差而满是欢喜,如今并肩而坐,两人的语气和神态完全换了一番。

程绍堂一言不发,把她的问题反复留在脑中思索几遍,干脆利落地回答她:"我是看上你了。"

他从未在她面前抽过烟,但是此刻,他很想抽烟。就像他不曾在她面前如此直白地表达心意,要不是她故意激他,他很难说出这话。

唐璃却装傻:"程绍堂,你能不能说得再清楚一些?"

程绍堂闭了闭眼,手指按在眉眼之间的鼻梁,语气中带着几分妥协:"我说我看上你了,唐璃,你这么聪明,别说不懂我话里的意思。"

"我不懂。"

"别闹脾气。"

"我没有。"

"怎么没有?"他终于转过眸来对着她笑,"你和我闹的脾气,一点儿都不少。"

唐璃也看着他,咫尺间的距离,令她忍不住想亲近。她问:"我什么时候?"

程绍堂眼神里有洞察一切的敏锐,说:"给你留点儿面子。"

唐璃受不了他又好又坏的样子,好像他年长她八岁,就能做出应对她一切行为的反应,假装给她面子,抑或只是逗她。她气呼呼地说:"我一点儿都不比程立秋懂事。"

她说完这句,便躺到床上,翻身背对他,姿态高冷。

程绍堂坐在床上居高临下地看她,虽然那样想不地道,但他还是隐着笑意看着面前鼓起的"小山丘"——小姑娘脾气一点儿都不小,以后他有得受。

那一晚，程绍堂到底没在床上睡，似乎有过"亲密"接触后，他更加注意与她保持距离。

唐璃完完全全感受得到。

06

第二天一早，明助理开车载两人去往附近最大的古玩城，也是商品城。

明助理性格外向，但碍于程绍堂在场，话一直不多。

唐璃话也变得很少，兴致不高。她独自参观着琳琅满目的古玩，直到被授意的明助理前来拍拍她的肩膀："唐小姐，程总说，你喜欢的东西不用考虑价格，全部报销。"

唐璃咽下一句反问，乖巧地对着明助理点点头，选了几个样式精美的挂件，准备回校后送给室友和许沉吟。

明助理有意提高唐璃的兴致："唐小姐，听说你也想做自己的独立品牌，以前还拍过电影？"

唐璃没把他的话往深了想，直觉这些不是程绍堂告诉他的，而是在那人身边意会得知。唐璃回他："你怎么知道的？"

她朝程绍堂的方向看了一眼，那人正拿着她前不久买下的饰品同款观察。

明助理"嘿嘿"笑了两声，拿出手机搜索，告诉她："这是我女朋友的网店，销量还可以。"

唐璃凑过去看："价格很亲民啊。"

明助理："走中端路线，高端太大牌了，保证不了。"

唐璃的兴趣被勾了起来，掏出手机搜索收藏，自言自语道："我给你女朋友冲一下新季度KPI（Key Performance Indicators，关键业绩指标）。"

明助理:"谢谢唐小姐!"

"不客气,不客气。"唐璃问道,"你女朋友的店铺开多长时间了?"

明助理说:"两年了,一开始效益不太好,现在收入比我多多了。"

唐璃"哇"了一声:"好福气啊,明助理。"

唐璃和明助理并肩逛了一下午,他给唐璃讲他女朋友的网店创业史,打开某社交软件给唐璃观看,粉丝高达五位数。明助理说:"她平时就爱化妆、买衣服,挣得多花得也多。小姑娘都爱美,她的照片发出去就是给小姑娘看的,很多人觉得喜欢就来下单了。"

唐璃说:"好厉害。"

明助理不好意思:"这有什么厉害的。"

话是这样讲的,但他语气里满是对女友的赞叹与骄傲。

唐璃看着明助理,忽然之间有点儿羡慕。她垂下眸,甩了甩手里的饰品,再抬眸却与身后的程绍堂对上了视线。他的视线和往常一样平静,唐璃窥探不出一丝情绪。就像昨晚的每一个瞬间,她觉得自己怎么猜都是错。

索性不要猜。

他说喜欢,她能感受得到,他对她好,毋庸置疑。

但她还想要一个属于自己、属于他的身份,他到底是懂还是不懂。唐璃想,或许这就是她和他之间的差距,短短几岁的差距,她还想刨根问底的时候,他已经学会闭口不谈。

那天下午,飞机飞行在磅礴云海之上,唐璃坐在窗边,拿着手机小心翼翼地拍照录视频,循环一遍又一遍。

程绍堂坐在她左手边,忽然开口问道:"你不觉得你和小明走得太近了点儿吗?"

"是啊。"唐璃面无表情道,"不是因为和你吵架了吗?"

唐璃说完这话后不久,飞机进入下降模式,空姐温和的播报传遍整个机舱。她收起手机,将身体彻底靠至座椅后背,闭上眼睛。

耳边传来男人沉沉的笑声。

唐璃睁开眼睛,程绍堂沉默了几秒,说:"没有吵架。"

他在她身边坐了那么久,以为是不想说话,没想到她只是不想和他说话。程绍堂给自己台阶,找个话题和她聊,又问道:"和小明聊什么了?"

唐璃把和明助理聊天的内容告诉了他。要不是程绍堂,她无法认识那么多人,有过曾经没有的经历。

程绍堂说:"挺好的,让小明把他女朋友带出来跟你认识一下,以后直接和他女朋友联系。"

唐璃一怔,觉得他这话连带着语气都无比霸道。

"这有什么?"程绍堂说,"他们也不会有意见。"

唐璃咕哝道:"真霸道。"

"什么?"

唐璃:"没什么。"

时间一晃而过,很快到了唐璃生日。

许沉吟倒了三趟地铁,历时一小时四十分钟,揣着一束花投入唐璃的怀抱。

唐璃接过那束花,诧异地问:"你抱着它去挤地铁?"

许沉吟猛地点点头,嗔道:"还不快给姐姐来杯可口的冰咖啡啊。"

这一路有多艰辛,可想而知,唐璃反应过来:"外面太冷了,我还是给你来杯热的吧,暖心!"

许沉吟就坐在程绍堂常坐的吧台位置,问她最近怎么样。

程绍堂的事情,唐璃和许沉吟说得最多,连秦钲都不知晓,她把他女朋友混成了最好的姐妹,比他关系还"铁"。

唐璃想起在古玩城买的礼物,低声说:"就那样啊。我前段时间跟他出差,买了小礼品,在我包里放着,下班拿给你。"又问她,"你今天这么早下班,没关系吗?"

"那有什么关系?"许沉吟说,"马上结束了。"

许沉吟在科技公司实习,她在情绪阴晴不定的上司手下成长飞速,只不过,短短一个半月,就感觉自己身体僵硬,力不从心。许沉吟说:"要不然还是准备考研算了,能保研最好了。"

她今年大二,成绩在系里处于中上游水平,又在学生会任职,若有心保研,应该是有机会的。她问唐璃:"你有打算吗?"

唐璃摇了摇头,把摩卡递过去,压低声音:"我准备开个网店。"

许沉吟睁大眼睛:"卖什么?"

"服装。"唐璃说,"给我当模特吗?我们两组个CP。"

"真的假的?"

"如假包换。"唐璃说。

许沉吟托腮看着她,眼里满是惊喜:"是不是有人愿意给你提供启动资金?"

唐璃皱皱眉:"有人愿意提供,我还没想好答应不答应……"

"好傲娇。"

许沉吟喝着热摩卡,还没放下杯子,手机铃声就响了。秦钲打来电话说人到帝都,问她现在在哪儿,他准备来找她。

许沉吟报了唐璃工作的店面位置。

下班时,陈凡赠送给唐璃店里销量很不错的黑森林蛋糕,不大不小的六寸,三个人吃刚刚好。

许沉吟说:"我们晚上就在附近吃吗?"

"可以。四楼有一家还不错的自助餐,晚上有优惠,你现在饿吗?"

"还好。"许沉吟问她,"你的那位来吗?"

"你的那位"——唐璃被这称呼搞得有些不知所措。她撇了撇嘴:"不知道。"

"你邀请他嘛。"许沉吟实在是对程绍堂太好奇了。

可唐璃不想。

过了一会儿，唐璃接到唐诗英的电话，唐诗英和李银海一起祝她生日快乐。

直到秦钲拖着行李箱赶来咖啡店，恬静的室内更添悦色，小情侣坐在吧台前卿卿我我，唐璃向那两人挤眉弄眼。

说起来，距离开学没几天了，她今晚不想回去了。

程绍堂在公司待到晚上九点，交代明助理工作时，像是不经意间，问他："你女朋友生意怎么样？"

明助理惊了一跳，而后反应过来这话是为谁而问，笑说："挺好的。她喜欢这个，做得还不错。"

明助理提到女朋友时，状态和平时完全不一样。聊了十分钟，他还想喋喋不休，程绍堂倒开始撵人了。

给唐璃发的消息没有收到回复，他独自开车，路上接到冯天若的电话，说周弥生投资的项目正式启动，如今大街小巷都是周弥生投入的广告。

程绍堂无意间朝外一瞥，还真是，那个从他手里被抢过去的项目正铺天盖地地进行宣传。

程绍堂收回目光，客观地评价："还可以。"

"很可以啊，周弥生这人还真有点儿本事在身上。"冯天若忽然转声，"哥们儿，这局输了没大碍，下局掰回来。"

程绍堂哼笑了声："忙你的。"

他挂了电话，车再往前开过一段，才发现这是通往咖啡店的路。

程绍堂到地方的时候，唐璃和许沉吟、秦钲三人大包小包正准备出门。他站在门口，黑衣黑裤，面色从容，说："朋友来了啊。"

唐璃顿时怔住。

许沉吟和秦钲也跟着一块儿愣住，他们没见过程绍堂这类人，或者说是没接触过。那股子插科打诨的劲儿在清冷如玉的男人面前,如同自动熄灭的烛火,寒风中摇曳,使不上力气。

唐璃拎着蛋糕说:"我们,准备去吃饭。"

程绍堂沉默了几秒,不似往常。

其实唐璃有感觉到他的心情有那么一点儿不好,但那会儿过于尴尬,她还没调整好,便听他道:"那你们去吧,我走了。"

唐璃迷迷糊糊地"嗯"了一声。

还是许沉吟和秦钲对视了一眼,反应过来:"这位——帅哥?"他们不知道如何称呼程绍堂,"一起来吧,今天是璃璃的生日。"

程绍堂看了眼手机屏幕——2月21日。他抬眸,看向唐璃。

唐璃有一刹那的慌乱,想也没想便解释道:"我还没来得及告诉你。"

今日只剩不足两小时了,她说还没来得及告诉他。程绍堂不戳破她的谎言,只是莫名想笑。他扯着唇角,低声道:"那走吧。"

原本定下的四楼自助餐被程绍堂更换了,唐璃不发表意见,秦钲和许沉吟也没说什么。

只是在登上保时捷前,秦钲惊了。他万万想不到,开学当日令他惊叹的车就在眼前。他站在两位女生后面,扯了扯唐璃的手腕,问:"璃璃,这是你的谁啊?"

秦钲故意压低了声音,唐璃不知道站在驾驶位前的程绍堂有没有听到,但她无法回答这个问题。

许沉吟告诉秦钲:"就是你想的那样子。"然后率先上车。

程绍堂的表现令唐璃感到诧异,而许沉吟和秦钲都是爱捧人场的主儿,给话题就能接,抛话题也不尴尬。车子停到餐厅楼下时,气氛早已没有初见面时凝重。

只有唐璃,她的心虚,是周围人都能感受到的程度。

程绍堂转过身来叫她,她亦步亦趋地走过去。

许沉吟和秦钲看得难受，趁程绍堂去洗手间时问唐璃："怎么了？我觉得他还挺好的。"

秦钲说："你俩是不是闹别扭了？"

唐璃叹息："没有的。"

她就是，能感觉到程绍堂的心情没有那么好。

秦钲说："璃璃，你有空得好好和我聊聊。"

"聊什么？"许沉吟替唐璃解围，"恋爱嘛，很正常的。你是不是看人家一表人才，感觉比不上人家？"

"笑话。"秦钲不气，一本正经地给自己找补，"我年轻，未来可期。"

唐璃轻轻道："他也不老啊……"

秦钲解释："我没说他老，就是看上去比我们要成熟。"

说话间，服务员开始上餐。

这是一家人均消费极高的西餐厅，头顶琉璃灯光，精致小巧的餐食华丽奢侈，不管口味是否符合，秦钲与许沉吟的心情和之前唐璃请他们吃铜锅涮肉时完全不同。

缓缓流淌的音乐刹那间停止，不久后又婉转，像是有预感一般，唐璃转过视线。

程绍堂有她不了解的很多面，譬如现在，他坐在一盏清冷灯光下，为她弹奏钢琴曲。那是一首耳熟能详的曲目，但唐璃说不出名字，她看着他很久很久，久到身旁两人和她视线统一，一同惊叹不已。

帝都春寒料峭中，她确信自己爱上了这个人。

而这个人也说，他看上她了。

也许有人察觉到其中的不合适，但那又怎么样呢。他们会用最温和的眼光看着她，告诉她，爱吧，璃璃，别让自己后悔。

这一生太短，只够爱一个人。

第五章 /

谁诽谤，就告谁

○永远不要管别人如何评价你，你不是活在别人的嘴里。

01

唐璃和明助理的女朋友互加了联系方式。那女孩比唐璃大不了几岁，两人聊得还算尽兴。她承诺唐璃网店开启后在社交平台帮忙打广告，还给唐璃介绍了靠谱的工厂老板。

只是唐璃和老板聊过，后续发展不算顺利，货量过低，工厂不接订单。

网店开起来了，唐璃却只能销售现货，不能从工厂直接拿货，成本价高出许多。

唐璃觉得自己顶多算个网络中介。

许沉吟安慰她，这才哪儿到哪儿呢。

可她依旧很沮丧。

程绍堂回家，唐璃正缩在沙发上抱着电脑打字。从年后至今，她在程绍堂家里住了将近一个月，假期余额告罄，平日里他工作加班，她就在家里抱着电脑琢磨。

程绍堂走去厨房拿了一瓶水:"快开学了?"

"你知道啊?"唐璃把脚收了收,给他腾了位置出来,"我明天回去。"

程绍堂说:"立秋给我打过电话。"

唐璃愣了一下,低声询问:"她让你送她?"

半年前,就是在送程立秋去学校时,她遇见了程绍堂。

"不是送,是接。"把程立秋从机场接回来,程绍堂拒绝了。

"你拒绝她做什么?"

"怎么不行?"程绍堂面无表情地看她,勾了勾唇角,"我留在家里陪你不好吗?"

唐璃说:"我明天也要回校了。"

"我送你。"

"有时间?"

程绍堂颔首,没说话,盯着她看了很久。

唐璃被他盯得有些心慌意乱,干脆直接靠近了他,环抱他的脖颈,语气又软又腻:"对我这么好?"

唐璃觉得,程绍堂现在格外在意保持与她的亲密距离,每每她想要靠近,他看她的眼神里总是充满警惕,警惕中又满是压抑,整个人也会紧绷。习惯了他的状态,她对他的态度反而变得游刃有余起来。

只不过,她自己也会心跳加速。

她唇瓣翕动:"程绍堂,你是不是……有什么难言之隐?"

突然,腰身被温热的手指掌控,警惕的眼神转变为警告,她整个人被腾空抱起,程绍堂慢条斯理地打量着她的眉眼。

慢慢地,唐璃开始感觉呼吸不畅,她眨巴眨巴眼睛,却在下一秒,被他吻住了唇。

春风化雨般的吻,一触即停。

"我完完全全没有问题。"他的眼眸深邃不见底。

唐璃看着他的眼睛,脸颊红透,被他一阵一阵的热息吹拂。

程绍堂喉结轻滚,只能微微偏头,埋在她肩上。熟悉的香气透过鼻腔进入身体,他还保持着最初的理智。

他们很少这样接近,更多的时候,他们各行其是,互不打扰,但也习惯了彼此的存在。

听到她说即将开学时,他油然而生的第一个想法便是——那么快啊,时间怎么过得那么快?

唐璃能感觉到他的心跳,低头在他唇间落下一吻。

程绍堂发现,唐璃在他面前,为人不仅放肆,还挺会磨人。他语气颇为无奈,同时也像她一般蛮不讲理:"爱闹是吧?"

程绍堂逮住她的手腕,箍着她的身体,霸道蛮横地压过去。

唐璃一时没反应过来,支支吾吾的,唇间濡湿又发出逼仄挤压的声音。她迷蒙中在想,或许自己根本就不喜欢"亲密"这件事本身,而是因为是他,所以她愿意。

程绍堂今晚显然情绪更放松,他说:"再闹,我就来真的了。"

"你敢吗?"她向前凑一步,撇撇嘴,"反正我是不怕的。"

"你不知道其中利害。"他不紧不慢地问,"知道自己多大?"

"十九岁。"唐璃说,"你别把我当成程立秋好吗?"

实际上,唐璃只比程立秋大两岁,可谓同龄人。这也是程绍堂约束自己的理由,他说:"可你确实很年轻,年龄很小。"

唐璃坐在他身上,嘟囔道:"不想理你。"

狭小的沙发坐着两个人,程绍堂身后,光影恬淡。他没有放开手,两人保持着不远不近的距离,唐璃觉得今晚的他比往常要柔和得多,她忽然问:"你之前说过,不想结婚?"

程绍堂喉结轻滚:"有说过?"

唐璃点了点头:"说过的。"

在那次爬山中,她听到这话还感到吃惊,可是现在,她说:"我理解你。"

"你理解什么?"

"每个人都有每个人的想法,即使不结婚,也可以恋爱,趁年轻。"

程绍堂抱着她,闻着她身上的香气,问她:"那你呢?"

唐璃下意识想说自己还小,可想到他刚才说的话,她没什么表情地说:"我也不想结婚,我想赚好多好多钱。"

"好多好多,"男人的长睫在眼下拓落阴影,沉声问道,"是多少?"

这个问题该怎么答?唐璃静默很久,脑海中大展宏图,出口却只是一句:"多多益善。"

"需要我帮忙?"

"需要。"她眸色坚定。

程绍堂笑了笑,在她发顶揉了一把:"休息吧,明天送你回学校。"

程绍堂去洗澡,唐璃躺在沙发上等他,昏昏欲睡。直到熟悉的气息席卷而来,有力的臂膀将她抱起。唐璃咕哝几声,眯着眼睛看见他的脸,双手环得更紧一些。

她叫他"哥哥"。

程绍堂"嗯"了一声。

"我走了,你会想我吗?"小姑娘双眼迷离,呼吸拉长,脸颊一侧有压红的印记和几缕发丝,她强忍困意看着他,等待他回答。

"你会不会?"

唐璃说:"当然。"

"想我想得睡不着觉吧?"

"嗯,你什么都猜得到……"

程立秋回国这天,明助理前往机场迎接,并谨遵嘱咐将车开往老宅。

碍于和明助理并不熟悉,程立秋没发脾气,但在人看不到的地方翻了个白眼,问道:"我哥呢?"

明助理开着车,小心翼翼地回答道:"我也不是很清楚。"

他猜想,程总大概是和唐小姐在一起。自从上次程绍堂带唐璃一起出差,明助理回帝都后不仅薪酬大涨,就连和女朋友的关系都好了很多。他把这些归功于唐璃的出现,知晓她的情况,自然知道在程总家人面前不能胡言乱语。

可谁知程立秋说:"我哥交女朋友了吧?上次我找他,他说在给别人过生日,我一想就觉得不对劲儿,是不是女朋友?"

明助理尴尬地笑笑,没有回答。

程立秋:"不说也没关系,我大哥都承认了。"

她问他是不是女朋友的时候,程绍堂并没有否认。

但她以前经常和程绍堂开玩笑。

明助理不接招,她只好装模作样地套话:"长得漂亮吗?"不等明助理回复,程立秋便自顾自地说,"年纪挺大的吧,年轻人谁能看得上我大哥,死板、固执,还不体贴。"

许是最近和程绍堂交流多了,明助理那股忠心耿耿的义气被她三言两语调动了起来,他不假思索道:"很漂亮,很年轻,和程总很登对,程总对她蛮好的。"

程立秋看了他一眼:"真的?"

明助理"嘿嘿"一笑。

车子继续平稳向前,程立秋低着头瞪大眼睛,像是听到了什么不可告人的秘密。

没过多久,程立秋从大院门口下车,和明助理道别后,独自推着两个巨大的行李箱回家。

程绍堂的父亲名为程博通,还没到退休年龄,他的身材和程绍堂一样高瘦挺拔，平时一副西装革履的打扮。而那位不怎么亲近的"小舅妈"李淑晴今年四十多岁，看起来也就三十几岁的模样。

其实，程立秋并不喜欢回大院。和她大哥一样，她不觉得这地方是她的家。但是，比程绍堂要好的是，这里的确不是她的家，而且程博通对待她的态度比对程绍堂要好得多。

家里安安静静的，只有滚轮划过木质地板的声音。保姆阿姨走来，笑意盈盈地说："立秋回来了，我帮你把东西拿回房间。"

程立秋："家里没人吗？"

"有的。"阿姨说，"夫人和温小姐在楼上，你舅舅马上就回来。"

程立秋有些诧异温尔雅的到来。她把行李箱拉回房间，梳妆镜面映照着她的脸，沉默半晌，她还是觉得难受极了。

这种难受不是身体上的难受，而是内心的憋闷，是她从小到大一直以来对这个家庭的疏远，还有对母亲的怨念。关键是，她不敢发泄，只能将这一通酸水倒在与程绍堂的聊天对话框里，不出所料的是，没有得到回复。

程博通回来，程立秋才不紧不慢地出门，乖巧地叫了声"舅舅"，又冲温尔雅一笑。

李淑晴自始至终没看她一眼。

其实一开始，她们的关系并不似这般紧张，但年少无知的程立秋向母亲吐槽李淑晴的对话被她听到，从此，程立秋再也没得到李淑晴一个正眼。而这个家里，除了程博通，其余人一概得不到李淑晴的好脸色，如果是来了外人，她的眉梢永远吊起。

程立秋学习成绩不差，但在人情世故方面像个不会收敛情绪的孩子。程绍堂没从大院搬出去前，她还能有个惺惺相惜的人，如今真是坐立难安。

李淑晴送温尔雅出门时，温柔道："下次带你男朋友来见见。"

程立秋竖起耳朵，多余的话没敢问，但表情像是听到了什么不得了的事情。

温尔雅点了点头:"好。"

温尔雅出门后,程立秋跟了上去,她扯着对方的胳膊,毫不避讳道:"尔雅姐,你男朋友不会是我哥吧?"

温尔雅冲她笑了笑,说:"怎么会,李老师要给你哥介绍相亲对象呢。"

"啊……"也不算是脱口而出,程立秋缓慢地说,"我哥不是有女朋友了吗?"

温尔雅的脑海里出现一道清秀可人的身影,沉吟地问:"在一起了吗?"

"你知道?"

"也不是特别清楚。"温尔雅道,"只知道年龄不大。"

她没有再多说,只是在程立秋问她李淑晴有意给程绍堂介绍相亲对象时,透露出对方是某位艺术大师的女儿。

程立秋很是嫌弃:"她和人家关系好吧,所以才有这个想法。"

温尔雅说她也不知道。

送走温尔雅,程立秋悻悻地回了家,前脚迈进门口,后脚接收到来自程博通的热情欢迎。

"法国怎么样?"

"还可以。"

程博通摸摸她的头发:"没瘦,挺好。"

身后的李淑晴没朝她的方向看过一眼。

唐璃的网店涌进一批新订单,是明助理女朋友积极帮她做推广的效果。她听从对方的建议,开通社交账号,刷完了几个潮人博主的博文,观察她们的账号定位与风格。天黑之前,唐璃把年前兼职拍摄的成片PO(Post,发布)上去,并@摄影师。

摄影师给她转发了。

唐璃几个兼职轮着做,除了挣生活费就是在准备转专业的事情,和许沉吟在手机上聊天的时候,宿舍门被推开,是程立秋。程立秋看见她,显得格外激动。

程立秋双眼泛红,像是第一次见面那天一样。

唐璃抱抱她,拍拍她的肩膀:"怎么了?难道每一次开学都要泄愤一场吗?"

"我真的烦死那个女的了。"程立秋忍不住抱怨,越说哭得越狠,"我又没得罪她,她干吗总给我摆脸色!"

说完,她又补充:"就算背后说她不好,那也是好几年前的事情了,她怎么到现在还在报复我呢。我一个晚辈,她就不能不要阴阳怪气吗?"

"是你大哥的——"唐璃说不出口。

程立秋拿着纸巾擦眼泪,满脸烦闷地说:"没结婚,没领证,她算个屁啊!"

唐璃沉默地给她倒了一杯热水。

外面天气阴冷,室内暖气干燥。

程立秋将杯里的水一饮而尽,默默叹了口气:"我算是知道我大哥为什么这么多年都不回家了。虽然不想这么说,但没有我舅舅的纵容,她能那么放肆吗?"

唐璃坐在一边,抿了抿唇。所有有关程绍堂的家事,唐璃都是从眼前这个小姑娘这里得知的,她知道,如果她想和程绍堂走得更远,程立秋会和她扯上千丝万缕的联系。

在旁人那里,程立秋即使不快,想发的脾气也就发了,想说的话随口便说了。唯独在她口中那个女人那里,她一而再再而三地委屈了自己。程立秋许是气急了,说道:"她竟然还想给我大哥介绍相亲对象,她也不怕我大哥打她!"

唐璃愣了:"怎么回事?"

程立秋把李淑晴要给程绍堂介绍朋友女儿的事情告诉唐璃,报了对方的名字:"她爸是个挺有名的艺术家,估计和那女的关系不错,不知道她安什么心!"

"那你大哥,什么反应?"

"他估计不知道呢。"程立秋攥着拳头,语气趋于平静,"她和我哥本来就关系不好,就算是介绍,也得让我舅舅去和我哥商量。之前我舅舅想和温家做亲家,可尔雅姐姐已经有男朋友了。再说了,我哥也有女朋友了。"

唐璃心脏猛跳了一下:"是吗?"

"是的,前几天我找我哥,他就在给女朋友过生日。"小姑娘蹙着眉头,忽然指着唐璃,激动道,"就是你生日的前一天!你和我哥女朋友生日就差一天啊!"

国内外有时差这件事被她忘了,唐璃有点儿语塞,无法开口多言。

就在唐璃沉默不语,脑中思索万千时,程立秋瘪着嘴,表情很是严峻:"希望我哥的女朋友一定要家世显赫,能力超众,颜值、身材都是极品中的极品,只有那样,才能彻底让那个女的闭嘴,永无煽风点火之日!"

唐璃垂眸,咬紧了唇瓣。

天气热,窗户紧闭着,在室内待久了,闷得吐不出气。宋紫玉推开门,带进一股清风,这才稍微让唐璃感觉好了一点儿。

"回来了啊?小妹妹,法国之旅如何?"宋紫玉走近了,看见程立秋的表情,正色道,"怎么了?"

程立秋的心情已经好了许多,她摇摇头,正要说什么,忽然手机铃声响起。

程绍堂给她打来电话。

她接通电话,语气不算好:"怎么了?"

"回学校了？"他问，"在家里待不惯？"

"你说呢？"程立秋反问道，"你待得惯吗？"

程立秋继续质问："你自己都待不惯，还一个劲儿把我往那个家推，你知不知道我最讨厌她了！"

程绍堂沉声道："在宿舍别乱讲话。"

程立秋脸色变了变："知道了。"

唐璃坐回书桌前，抱着手机，踟躇不前，手机屏幕里是一位国内知名画家的简历。

唐璃从头翻到尾，越看心越沉。

02

买粉丝，搞营销，不出一个月，唐璃的社交账号做到了四位数粉丝量，店铺销量也比以往翻了倍。月收益虽比不上别人，但足够覆盖她的日常开销。

整个三月份，她和程绍堂很少联系，她知道他在做一个对他很重要的项目。

三月末尾，唐璃收到来自顾彰毕业展览的邀请函。那会儿她刚下课，没着急离座，认认真真将邀请函的内容从头看到尾，所有专业所有作品已经评出获奖作品。

宋紫玉侧着身看她，不经意瞄到手机上的内容："电影学院的毕业展览？"

"嗯。"唐璃把手机给她看，问她有没有兴趣一起去看。

"可以啊，下个月吗？展览时间那么久，肯定能抽出时间。"宋紫玉说，"是不是有你上学期拍的微电影？"

唐璃轻声说："就是一个毕业作品。"

开幕式那天，唐璃和宋紫玉一起去了。她们坐在观赏席位上，看见顾彰作为优秀毕业生发言以及一等奖获得者领奖。主持人清悦的声音中,介绍着他入大学以来获得的所有奖项。隔行如隔山,在专业人士看来很是厉害的简历,外行人琢磨不透。

宋紫玉一边鼓掌一边凑到唐璃耳旁:"他这么厉害啊?"

唐璃说,其实她和顾彰,不是很熟。言下之意,并不知道他的厉害之处。

但她是他邀请来的,亦是他作品中被人夸赞千遍万遍的女主。开幕式典礼结束后,顾彰联系唐璃,陪她参观整个展览,化身为专业导游。唐璃不是话多的人,反而宋紫玉和顾彰聊得更多,聊中外电影史,谈娱乐圈八卦。

唐璃站在播放电影的笔记本电脑之前,规规矩矩地端着手机录影。

顾彰注意到她的动作,提醒她说:"明天这个电影就在网络平台上线了。"

"嗯?"唐璃拿着手机,"在哪里?"

顾彰报了上线 App 的名称。

宋紫玉毫不吝啬地夸赞:"好棒啊,那我现在是不是正在和未来的大导演、女明星并肩前行?"

顾彰并不谦虚:"有可能。"

唐璃录了一小段视频,点击原图发给程绍堂。

可惜展厅人多,网速太慢,消息过去了,视频还在上传。

程绍堂回她:看什么?

唐璃发去一个定位,说自己正在参展。

程绍堂:嗯。

隔着屏幕,唐璃不知道他的语气,然后紧接着,他又发来一条:预告已经看了一百遍了。

网站在发布新电影前会提前播放预告。微电影拍摄有个小群,唐璃印象中,有人在小群中分享过预告,她仅仅看过一遍。

唐璃回了个可爱的表情包。

程绍堂说：有没有考虑引流？

唐璃没太懂他的意思，程绍堂提醒她：你的网店。

她咬了下唇，他的提示有着建设性意义。唐璃抬头看向顾彰："顾导，你以前的女主角大部分都是素人吗？"

顾彰沉默数秒，道："我其实也没拍过几部能看的电影，点击量比较高的两部，女主角一个是电影学院的大二学生，另外一个是素人。"

"她们之前有过拍摄经验吗？"唐璃问。

顾彰："没有。"

唐璃点了点头。

回校不久，唐璃在网上搜索顾彰前几部电影的女主角，发现她们的社交平台粉丝多的高达百万，少的也有几万。纠结再三，她还是小心翼翼地和程绍堂说了自己的想法，她要在微电影上映之后，趁热打铁给自己充流量。这个思路有点儿像网红成名，不过唐璃的目的不是接通告和广告，而是提高网店知名度，扩大销量。

她觉得自己，有种近乎狂妄的自信。

那会儿，唐璃根本没想过失败，她也根本没来得及想，因为就在她和程绍堂说完自己想法后的第二天，也就是微电影上映当日——热搜中赫然挂着电影的名字。

点进去看，是她和吴一啸的镜头 Cut（切断，指剪辑出来的视频片段）。

有一个人，为她一马当先了。

她压抑着某种难以言说的情绪给程绍堂发消息，问他是什么意思。

程绍堂只说是给她试试水。

唐璃沉默了很久，给人打去电话。他最近太忙了，连电话都很少打给她，而唐璃，在这方面也不算是很主动的人。

程绍堂笑着问她："怎么想起给我打电话？"

唐璃无奈地站在阳台上，望着蔚蓝天空，一字一句道："程总，你是不是从来都不做赔本生意？"

程绍堂说："从理性方面来讲，观察局势，及时止损。"

唐璃长发拂面，唇角翘起："那从感性方面？"

"千金难买美人笑。"

因为这句话，唐璃笑得前仰后合。

阳台与宿舍连接的门被唐璃关紧，司梦慢悠悠地下床，看了眼窗外的娇影，耸耸肩。

唐璃挂断了电话，心脏"扑通扑通"地跳，她是为程绍堂的举动心跳，也在为以后的一切紧张。

热搜小试牛刀后，投资加大了力度。

当宿舍第一声"唐璃，你火了"响起，#R大校花#这个词条出现在热搜中，点开之后，是唐璃的电影剧照。

"璃璃，你这绝对要火了！"宋紫玉一本正经地为她分析，"很快就会有经纪公司来签你了，然后会有接连不断的通告，R大女神非你莫属！"

司梦也在捧场："姐们儿，苟富贵，莫相忘啊。"

只有程立秋捧着手机看电影Cut，皱着眉头说："我怎么感觉这电影风格似曾相识？好像在哪里见过一样。"

唐璃不是没被人夸过漂亮，只是被围着夸赞，多少还是有些受宠若惊。她原来只是想通过营销提高店铺销量，如今看来，最难的是先要保证初心不变。

她依旧在咖啡店兼职，空闲时间销货看书，一心分几用，样样头头是道。

身旁的人总跟她开玩笑，说她以后要进娱乐圈，肯定大火，像他们这种计算机专业，以后指不定在哪儿做程序员。

其实按照R大的名声和质量,就算是做程序员,也是高级程序员。

这些有意无意的夸奖掺杂着酸腐气息,对唐璃来讲并不是半点儿影响都没有。

临近五月,电影学院的展览进程过半,微电影在网站上映了小半个月。她周末去咖啡店时第一次被人认出,隔着前台和一排排精致小巧的蛋糕咖啡被对方要求合影,照片随即被发到了网上。

这件事情像是扔进深海中的一粒小石子,连浪都卷不起,但唐璃很有感触,凡事都有开端。

这个开端,对她来讲是好的。

后来,顾彰毕业,凑齐了小剧组人员。吴一啸见着她,问道:"有经纪公司找你没?"

唐璃说没有。

吴一啸说不应该的,还问她考虑不考虑他的公司。

唐璃笑靥如花,问他这么想当她前辈吗?

觥筹交错,酒杯在灯光下碰触的一瞬间,唐璃有种骤然间长大的错觉。

然而,比经纪公司的邀约来得更早的是网络恶评。唐璃以为那是巧合,可后来反应过来,也许并不是。

那天下午,正是一天当中最闲的时候,唐璃坐在宿舍书桌前拿起手机,打开社交账号,一看评论才意识到,她的账号不仅多了粉丝,也多了许多恶评。

一月前的某个订单在退单退款后被买家截图发到官博里,人云亦云,几天的发酵和传播,评论到唐璃账号中时,她已经成为一个披着甜美外衣卖假货无下限的捞金商家。

评论里大部分人并没有搞清状况,道听途说之后,便来质问。

△你真的是卖假货的吗?

△可惜啊,长得这么漂亮,却是骗子!

△人不可貌相，海水不可斗量！割韭菜不能这么割吧？

…………

　　唐璃的粉丝量已经接近五位数，而且还在持续上涨。她呆滞地在宿舍坐了五分钟，忽然明白自己需要立即解决这次的问题。

　　那会儿她有些着急和无措，思忖再三，她直接打车去了程绍堂的家，上了车才想起给他打电话。程绍堂工作忙碌，近段时间两人联系不多。万一他不在家或是没时间，她要去哪里找他？

　　出租车渐行渐远，电话没人接，听筒里的声音似乎也越来越远。唐璃盯着屏幕，抿了抿唇按断通话。她现在什么都不愿意多想，坐在出租车后排，看着帝都灯红酒绿的夜晚，关掉了手机。

　　在她看不到的地方，恶评如潮水，一条一条涌进她的账号评论。

　　也不知过了多久，出租车停在程绍堂小区门口。

　　程绍堂回来的时候，已是深夜。他如今和周弥生可谓剑拔弩张，在圈子里形成两股力量对峙，两人在项目上明里暗里交锋，时间不知不觉中流逝。投入的力量有多大，夜深人静时便有多疲惫。

　　唐璃半卧在沙发上，听到动静，这才缓慢起身揉了揉眼睛。

　　她嘴角扯起，声音很柔，用一个说笑也不算笑的表情问他："回来了？"

　　程绍堂敏锐地察觉到小姑娘情绪不对，走到她跟前："怎么了？"

　　唐璃抿住唇，沉默良久才道："我是不是……一开始就不该答应顾彰的。"

　　五月天，她穿了一条纯白色连衣裙，半截玉藕般的小臂撑着无所适从的脑袋，一抬眸，她对上他的眼睛，似有晶光闪烁。

　　那一瞬间，程绍堂不可避免地想起，她曾坐在他的对面，也像现在这般看着他的眼睛，似懂非懂地听他讲——一往无前的话，后患无穷。

窗户透着风,一股一股吹着唐璃白色裙摆下的小腿,暖热和凉风交替。

唐璃没有吭声。她在这里等了几个小时,她来找程绍堂,不代表她什么都要说清楚,若他询问,她便开口,若他不问,她便如此,找一无人处自己消化。

程绍堂没有开灯,窗户透着朦胧的光,足以看清她的脸庞。

她在无意识中把这里当作乌托邦,主人出现的那一刻,她瞬间清醒,回归现实:"你怎么才回来……"

程绍堂顺着沙发上的空位置坐下去,唐璃的声音从他耳边擦过,他淡声说:"加班。"

唐璃看着他的侧脸。

程绍堂把话题转移到她身上,声音不大,但有力量:"发生什么事了?"

唐璃解释道:"我被人造谣了,评论里多了很多恶评。"

"手机拿来。"

他坐在一侧,身体的温度透过薄薄的衣服传到她的肌肤,唐璃莫名心安,问:"你要看评论吗?"

"嗯。"

"你别看了。"唐璃不想他看到那些肮脏、不堪的字眼。

程绍堂倚在沙发靠背上,看着她的脸。

半响过后,他从手边捞起自己的手机,微弱的光芒映衬着男人消瘦的脸颊。唐璃看见他熟练地点进她的社交账号,拇指滑动屏幕。

唐璃的店铺确实实出现了一些问题,之前合作的厂家上新的衣服被爆和某家店铺当季主打相似。明助理的女朋友得知此事后,第一时间通知了唐璃,随即唐璃安排售后,与厂家和买家多方沟通,将货收回,将损失最小化。

有顾客认为店铺衣服便宜且质量颇好,不愿退货,也有人在客服联系她之前便早早退货,商量赔偿问题。后续是因为赔偿没有达到她的满意程度,退货一个月后,在唐璃小有热度时,在网络上进行谩骂抹黑。

程绍堂只说了两个字:"告她。"

唐璃一愣:"告谁?"

程绍堂说:"谁诽谤,就告谁。"

唐璃坐在他身侧,窗外的光忽明忽暗,映在她瞳孔里。

"厂家退款给你了吗?"

唐璃的反应慢了半拍:"没……"

程绍堂扭过头,在昏暗中看向她的眼睛。他的眼神很认真,认真到让唐璃屏住呼吸,一言不发。然后他自顾自叹息,嘴角一勾:"我一直以为你很聪明。"

唐璃抬着脸,两只手虚虚搭在他的小臂处,唇瓣翕动,但没说话。

她已经懂了他的意思。

"多长时间了?"程绍堂说,"拖越久越难拿。"

退货一事已经发生一月有余,而这一个月她忙着工作学习,客服说过几次厂家的问题,她积极沟通后还是信了厂家的说辞。明助理女友的做法和唐璃的完全不同,她照样卖货。程绍堂点开明助理女友的社交平台主页,还能在评论中看到她的反击。

唐璃再聪明,到底是个十九岁的小姑娘。

程绍堂给明助理打了个电话,唐璃听见他说了几个网名,又将厂家名称和地址读了一遍。

她坐在沙发上观察着他。可能是光线太暗了,所以她未看清过他表情里透着一股浅淡的愈意。

唐璃起身,打开了灯。

男人眯起眼睛,几分钟后,挂断电话,才询问她:"困不困?"

唐璃按开手机看了看时间,冲着他摇了摇头。

他抬手按了按眉间，不说话也没动。

"程绍堂。"

"嗯？"

"你看起来有点儿累。"

程绍堂淡定回应："你怎么样了？"他边说着，边用手指去勾她散落耳边的长发，似乎有段日子没见了，事情得到解决后，空气也变得温情脉脉。

唐璃之前确实因为恶评恍惚，所以她诚恳道："我觉得，好多事情到你这里，就都不算事情了。"

程绍堂笑，把人勾得更近了些，对上她的眼睛，口音是淡淡的京腔："你的事儿就是我的事儿，别见外。"

"你最近在忙什么？"唐璃双手缠在他脖颈处，歪着脑袋看他。

程绍堂顺势揽着她，将人往怀里一按："和你一样，忙事业。"程绍堂情商高在于，他完完全全尊重唐璃，对于她的忙碌，从不贬低或有看轻之意。

墙面处影影绰绰，灯光映衬着眼眸雪亮。

"我太大意了。"唐璃低声道，"我以为只要按部就班、脚踏实地，就能越来越好，却没想到在这条路上除了收获掌声与喝彩，还有诋毁和谩骂。如果我能预料到这些，我应该能保持淡定。"

而不是像现在这般，手足无措。

程绍堂在她满脸懊悔中，有些心疼。很奇怪，他并不是大善人，倘若是程立秋经此一遭，他可能会落井下石，而立秋一定会在网络上与人对骂到底，绝不认输。唐璃呢，她也没有认输，她只是需要时间消化。

程绍堂平静地看着她，说："这个世界上不只有像我这般的好人。永远不要管别人如何评价你，你不是活在别人的嘴里。"

唐璃说："谢谢你。"

程绍堂轻笑,在她头顶揉了揉:"客气了。"

指针转向凌晨两点,唐璃在他疲惫的脸上看到一丝平静。程绍堂起身走向洗手间,高挑的身影穿梭于明暗之中。

空气安安静静,唐璃就在这种安静中,揣摩属于他的过往。

03

律师函发出去后不久,顾彰联系到她,询问她近期的情况。

她言语中透露着不想提及此事的意味。顾彰只道,电影进了某大赛提名,或许会得奖,问她有没有时间去大赛现场,和他一起。

唐璃架不住顾彰的邀请,答应下来。

网店生意兴隆,订单不降反增,她新招了两名兼职人员。那段时间,她将社交平台淡忘,恰逢期末,投身于学习,偶尔和程绍堂聊天,他几乎成为她完美的人生导师。

唐璃情绪中的变化,自己感觉不到,周围的人却没有忽略。

有一次秦钲和许沉吟来找她,秦钲见她一副乖乖女作派,调侃她:"就你男朋友的身价,养你没问题吧?"

唐璃还没回应,许沉吟一巴掌拍在他胳膊上:"你说什么呢?这么难听的话怎么说得出口?"

"我开玩笑啊。"秦钲揉着胳膊,忽然间像是犯了病,扭头问许沉吟,"你不会嫌我穷吧?我跟你讲啊,人不能太现实的,我才二十岁,未来可期的,莫欺少年穷——"

听得许沉吟更想打他了。

许沉吟挽着唐璃的胳膊向前,问道:"你放假回家吗?"

"可能先不回。"唐璃说,"之前拍的电影入围了什么奖项。"

"什么大赛?"秦钲问。

唐璃想了想,说:"我忘了。"

许沉吟:"你太棒了!"

唐璃笑笑。

"你最近没上网吗?"许沉吟说,"之前在你评论区造谣的网友今天发文给你道歉了,你没看到?所以没回复?"

唐璃"啊"了一声:"没有。"

她现在只想安稳度过本学年,大概看到了也不会回复。经此一遭,唐璃变了不少,但无论怎么变化,她都能接受。她还年轻,可以承受外界的声音,她把这称作成长的代价。

不过,印象最深的,还是程绍堂说给她听的话。

吃饭的时候,秦钲又打开了唐璃的微博,看着网友最新发送的动态,为她打抱不平,嗤笑一声:"之前骂得多狠,现在就有多怂。"他竖了竖大拇指,"不过,璃璃,你这招可真牛。那人就是看你年龄小没阅历,或者妒忌你长得好戏又演得不赖,但谁能想到你这么刚,反手把人告了。"

秦钲的脸上再次浮现八卦的神色,稍稍一顿,欲言又止:"我猜是你那位气质非凡的男朋友告的。"

唐璃感到唇角一僵,她觉得秦钲口中的"男朋友"三个字格外顺理成章。

"没错吧。"秦钲信誓旦旦。

许沉吟扭过头来看她,一眼明了:"真是他呀?"

唐璃搅着红豆芋圆,默默点了点头。

许沉吟道:"他人真好。"

唐璃没法反驳。

可是,他的好,不止她知道。

唐璃从未想过她和程绍堂的未来。直到假期结束那天,她目送室友一个接连一个离开,转而回眸,看见坐在桌边发呆的程立秋。程立秋刚打完几把游戏,连续的胜利令她对此毫无征服感,端正地坐着,她的目光落在渐渐黑下去的屏幕,倏然间开朗,说:"璃璃姐姐,你陪我去个地方吧？"

"去哪儿？"

"去找我哥。"

沉默在空气中蔓延，唐璃抿了抿唇："你找你哥做什么？"

"听说他今天相亲去了。"程立秋道，"这种趣事儿，我怎么能不在现场呢？"

她转过身来，发现唐璃并没有抬头，接着说："你陪我吧。我不想他骂我。"

唐璃静了很久，似乎在整理什么散掉的东西。但共情能力太弱的程立秋感知不到，她还在等着唐璃的回答。

"我去了，他就不骂你了吗？"

"不知道。"

唐璃深呼吸一口："那你——"

"但我觉得我哥对你印象不错，看在你的面子上，他或许会少骂我几句。"

唐璃抬起头，眸里写着不信："是吗？"

"去看看不就知道了吗？"小姑娘笑得天真无邪。

唐璃觉得自己有些发疯，她一路上话都很少，程立秋也破天荒地保持安静，引着她到了一处高档餐厅。

不过，这餐厅高档得没那么明显，论其奢华，尚不如她生日当天，程绍堂为她演奏音乐的那家西餐厅。唐璃朝远处扫了一眼，程绍堂坐在靠窗的位置，依旧是那副漫不经心的神色，坐在他对面的女人背对着这个方向，中间隔着数人，依旧能看得出背影曼妙。

她一动未动，目光停留在他身上。

她忽然感觉到有些累，心里有一根线在紧绷，却永远绷不断。

风花雪月，纸醉金迷，她微微叹息，指尖发凉。

到底是两个世界的人。

唐璃的目光落在程绍堂身上，平静而木然。

反倒是程立秋，兴奋不已："我就说他在这儿背着我相亲呢！"

下一秒，她就拉着唐璃，大大方方地朝窗边走去，隔着老远便喊："大哥！你怎么也在这儿？"

闻声，程绍堂脸色淡淡地问了句："你怎么来了？"而后他偏头看了眼程立秋身旁的唐璃。

没像从前那般呵斥，程立秋想着这趟是来对了。

相亲对象姿态从容地问："这是？"

"我是他妹妹。"程立秋笑着说，"这是我同学。姐姐好，你是？"

"曹心月。"相亲对象说。

"心月姐姐好。"程立秋甜甜出声。

在场的几个人除程立秋外都端着，唐璃更是一言不发。程绍堂忽然说："来都来了，一起吧。"

程立秋诧异，微微瞪大眼睛，但很快就得意扬扬起来："那我就不客气啦，这饭菜可不够吃。"

程绍堂将菜单一送："点。"

程绍堂和曹心月相对而坐，程立秋坐在两人中间的座位，她撒开唐璃的手："璃璃，你去对面坐。"

唐璃："好。"

她走到对面，拉开座椅，余光里看到他在看她。

"你来找我什么事？"程绍堂收回视线，问道。

"我当然不是来找你的了。"程立秋对着曹心月笑笑，一本正经道，"我们学校放假了，璃璃说要请我吃饭，刚好到这里来，刚好碰见你们。"

"吃饭。"程绍堂转眸看向唐璃，时间很短，就一下，"到这儿？"

唐璃依旧不看他，不自觉抿了一下唇。

"对啊。"程立秋说，"你不是也和美女姐姐在这里吃饭吗？"

221

曹心月笑了笑。

餐厅人多，却不嘈乱，窗外是帝都中央CBD（Central Business District，商务区），车流如水流，从高处俯瞰，高架桥层层叠叠。

唐璃看了一眼曹心月，她很漂亮，是那种明晃晃的美，成熟性感，标准的都市丽人。

程立秋热情地与之攀谈，将俏皮可爱拿捏得恰到好处，话里话外都在试探她与程绍堂的关系，神态中满是八卦。

唐璃低垂下眸，握着刀叉发呆。

只是片刻，包里手机振动，她拿出来看，却是程绍堂发来的消息。

她握着手机看了多久，那人便看了她多久。唐璃置之不理，然而下一秒，桌面下的腿被一只有力的手按住了。

唐璃身形一怔，随即皱着眉头，盯着他看。

程绍堂唇角勾起："怎么了？"他用下巴点点饭菜，"不合胃口？"

唐璃说："没有。"

程立秋和曹心月的视线也聚集过来。这个桌上的所有女人都在围绕着他转，唐璃的手悄然放在桌下，拿开他的手，推开座位起身："请问，洗手间在哪儿？"

曹心月指了指："在那边，要不要我带你？"

唐璃摇摇头："不用，谢谢。"

自来水顺着白色瓷砖旋转向下，唐璃捧起水拍了拍脸，等水自动关闭，深吸一口气，走出去。

程绍堂果然站在那里。

他没有问唐璃今天为什么会出现在这里，但对于现在这个局面，他显然比唐璃心情愉悦放松。他抬手碰了碰她的脸："没吃好？"

唐璃不回答。

程绍堂笑了一声："立秋带你来的？"

唐璃说："不然呢？"

她确实不会主动带人来这种地方消费,她连想都想不到。

"璃璃,"程绍堂弯下身直视着她的眼睛,"生气了?"

那双眼睛透露出来的猜测、迟疑、不解莫名刺痛了她,唐璃推开他,用力摇头:"没有。"

"那怎么不开心?"

"没有不开心。"唐璃笑着,假装淡然。她品尝出一种说不清道不明的滋味,直到很久以后她才懂得那种心情叫作心酸,就像在见到程绍堂很久以后,她才知道那一眼惊艳叫作怦然心动。

"你不开心。"程绍堂皱起双眉,笃定道,"遇到什么麻烦事了?"

唐璃说:"没有。"

程绍堂默默地看着她,似乎在透过她的淡然神色揣测她的心思。

"我得回学校了。"唐璃说,"我姑姑打电话来让我暑假早些回去,我买了明天的车票。学校还有些事情需要处理。"

"明天几点?"他问。

"上午。"

空气沉默,唐璃轻昂着头,面无表情。

程绍堂抬手又去摸她的脸,却被她扭头躲了过去。如果说之前那会儿他没弄清楚她的情绪,那么现在,她"生气了"的事实确定无疑。他垂眸看着眼前面如凝脂的小姑娘,忽然脱口而出:"吃醋了?"

兜里手机振动,是曹心月打来的电话,她临时有事,先行离开。

唐璃听见程绍堂同电话那头的人说话,多是些客套话,一点儿都不亲近。他打电话时一直盯着她看,似乎是没忍住又替她掖了掖鬓角碎发。

唐璃低垂下眸,听到他低声道:"我送我妹回去。"

04

程绍堂拉唐璃去地下停车场,走的是人行通道。那会儿唐璃没那

223

么生气了。她不见他打电话叫程立秋下来,反而听见他问:"累不累?"

唐璃轻轻地"嗯"了声,不知他什么意思。

"累了就歇会儿。"程绍堂说,"要不跳上来,我背你。"

唐璃顿了一下。

他忽然停下脚步,站在矮她几层的台阶上,转身平视她,笑得格外痞气。

唐璃问他:"你不给程立秋打电话?"

"管她呢。"他不负责任道。

唐璃屏住气息,头顶的光照得她脸颊白皙透亮:"她是你妹妹。"

程绍堂笑道:"那你是我什么?"

唐璃沉默不语。

他和吃饭时的状态完全不一样,放松下来,语气便显得吊儿郎当:"你怎么想的啊?明天就走,不问问我同意不同意?"

其实,唐璃根本就没打算提前回小城,更没买到明天的车票。她之前辞掉了咖啡店的兼职,但前几天陈凡联系她,说店里人手短缺,问她有没有时间来顶几天班。唐璃算着时间差不多,便应允下来。

所以,她骗程绍堂提前回家这件事是漏洞百出的,可她就是不想让程绍堂知道,自己留在帝都。

程绍堂稍等片刻,牵着她一口气走到地下停车场,坐上车时,有人给他来了电话。

"早先说周弥生这人狠,狠又怎么样,还是厉害不过你。"

唐璃听出电话那头的人是冯天若。

程绍堂开着车,哼笑了声。

冯天若又道:"你今儿和曹总聊得怎么样?你要是能拿到她公司的宣传团队、营销模式,肯定一炮而红。"

唐璃看向窗外的目光一停,搁置在腿上的手慢慢攥紧。

"十有八九。"程绍堂说。

"可以啊。下次引荐引荐我和曹总,给我也牵牵线搭搭桥。"

程绍堂嗤笑道:"你找对象呢,牵线搭桥。"

"也不是不行啊。"冯天若来劲了,吊儿郎当道,"曹总是个美女吧?"

程绍堂客观地评价:"可以。"

唐璃缓慢地转过眸,她不否认程绍堂的话,但想看一眼他现在的神色。只是下一秒,他们四目相对,气氛对于唐璃来讲莫名尴尬。

电话那头传来声音,冯天若报了个地名,问他要不要来。

程绍堂不动声色地收回目光:"等着。"

他挂了电话,便一言不发地开车驶向目的地。

唐璃没听清冯天若的话,问程绍堂带自己去哪儿。

程绍堂面不改色:"刚不是没吃好吗?"她之前说要回学校的话被他放任随风。许是知晓她明天要走,所以不想放过她一丝一毫的时间,他说,"带你吃顿好的,顺便再陪陪我。"

唐璃唇瓣翕动,一字一句道:"如果我不愿意呢?"

车窗外的景色衬得他轮廓硬朗又洒脱。程绍堂叹了声,说:"那我就求你——"

这话从程绍堂嘴里说出,其实并不多见,但放在此刻,又那么合理。

车子一路向北开,他神色暧昧得让人不知所措。唐璃总是能轻易地被他蛊惑到,然后一本正经地装作若无其事。她回忆着这一天的经历,内心明了这人与曹心月的关系后,霎时间也觉得没什么好纠结。想起刚才电话里冯天若说的话,她好奇道:"他没有女朋友吗?"

程绍堂手搭在方向盘上:"谁?"

唐璃:"冯天若。"

"他啊……"程绍堂笑了声,"八成是分了。"

冯天若上上个女朋友还是个大学生,上一个女朋友就变成公司里暧昧许久的同事,跨度之大,令人咋舌。程绍堂交代道:"你别老盯着他看,他可不算什么好人。"

唐璃看着他的侧脸,默不作声地转过眸。

他不是好人,你又算什么好人。

唐璃惊讶于自己内心对程绍堂认识的转变。尽管程立秋在她面前吐槽过他颇多次,可她还是要撞南墙似的,愣头青地认为他人好,似乎是被美貌蒙蔽了双眼。

如今她更是承认,她就是被美貌蒙蔽了双眼。

一路上,唐璃安安静静地望着窗外沉思,直到眼前出现一望无际的绿野。

看见唐璃,冯天若十分欢喜:"好久不见,又变漂亮啦!"

知道对方是打趣,虽有些不适应,但唐璃还是笑了笑,打招呼:"好久不见。"

冯天若:"小美女呀,你就没有什么好朋友好同学什么的,带过来一起玩啊?打过高尔夫吗?没打过今儿个我教你!"

"我同学?"唐璃说,"立秋是我同学。"

"立秋?"冯天若沉默三秒,看着程绍堂,"程立秋?他妹?"

唐璃点头。

冯天若想了想,露出鄙夷的表情,冲着人道:"你这人不地道。"

程绍堂掀起眼皮,不咸不淡地睇了冯天若一眼。而后,他看向唐璃,唇角轻扯:"想不想玩?"

来都来了。

唐璃眨了一下眼睛,没说话。

程绍堂抓起她的手腕走向更衣室。两人身高悬殊,程绍堂走在前头步伐颇大,唐璃被他扯着,虽然没表现出抗议,可旁人总能瞧出点儿不情愿来。冯天若就是那旁观者之一,明明是郎才女貌之景,却看得他直摇头。

226

唐璃没有带多的衣服,她见程绍堂同一个制服装扮的女性沟通一番,没一会儿那女人便引着她进了更衣室,随即送来一套衣服。

唐璃骨架纤细,腰细腿长,穿上舒适修身的高尔夫球服,美得让人赏心悦目。

一开始是程绍堂教她,双手从身后而来拢住她的手腕,唇瓣张张合合,声色晕开在耳郭。

遮阳伞遮盖住炎炎夏日的阳光,冯天若坐在两人身后休息,身旁坐着些朋友一起闲聊,偶尔抬头观赏程绍堂教学。

唐璃被人看得羞赧不已。

程绍堂也留意到了身后人的注视,但他就像没事儿人一样,声线压在她耳边:"看哪儿呢?别分心。"

唐璃抿了抿唇,挣脱腕间的力,忽地朝前一挥,那白色高尔夫球顺着球洞的方向飞舞在蔚蓝天空之下。

程绍堂下意识地挑了挑眉。

唐璃忽然出声问:"你把立秋一个人放在那里,她不会生气吗?"

"她生我气还少吗?"程绍堂反问。

那倒也是。唐璃心说。

程绍堂笑了一声:"你想让我把她接来,还是想让她知道我们之间什么关系?"

"那倒不必。"唐璃没想过这个问题。

她忽然感到一种无法名状的惘然。

日光正盛,绿草被照耀得绵长悠远。程绍堂还想说什么,却被她一句打断:"你去休息吧,我想自己玩会儿。"

程绍堂看着她,好半晌过去了,才低低地"嗯"了一声。

虽说不情不愿,可到底还是迈着步子走了。

伞下只剩冯天若,程绍堂走过去,微风扑面而来。冯天若打趣他有福气,又有些幸灾乐祸道:"凭我万花丛中过的经验来看,谈恋爱还可以,结婚这事儿,家里人不同意还是难办。我看你对她好像真有点儿不一般。"他说,"就是吧,年龄小了点儿。"

程绍堂的视线从远处那抹轻盈移过到他脸上,冷声道:"有多小?"

冯天若一听程绍堂这语气不对,忽地放开了音量:"别和我争,和我争没用。"

他这人在感情上不靠谱,做朋友义气是够了的。他懂得程绍堂的意思,又有点儿为人发愁,毕竟他家庭情况复杂,想完全由着自己性子,是很难办的。但想想,又觉得没必要,谁也不是三岁小孩,该做的不该做的,自己比谁都清楚。冯天若转移话题,问:"你今儿就只跟曹心月聊工作了?"

"不然呢?"程绍堂叫人端来一杯冷饮。

玻璃杯里,浅色液体冰冷如烟,白雾变水,顺着杯壁滑落。

"说真的。"冯天若说,"得空给我引见引见。"

"看我心情。"

阳光铺满绿地,风好像越来越黏腻,他目光所及是和杯中冷饮呈现两极的温度,小姑娘一棒接着一棒,身姿挺拔,动作越来越标准。她很聪明,学什么都快。

冯天若又道:"尔雅和周弥生要订婚了。"

程绍堂蹙眉:"订婚?"

"你不知道啊?"冯天若说,"就在这个月月底,请柬都快印好了,你竟然不知道?"

程绍堂说:"我怎么会知道?"

四目相对,满是诧异。

"不是,"冯天若换了个姿势坐,一本正经道,"尔雅和我说的时候,我也不信,不过我转念一想,周弥生那人,他不会是因为尔雅是程伯伯之前给你物色的对象,所以才对她下手吧?"冯天若看着表情乍变的程绍堂,忙解释道,"但是,不用你说,我自己也觉得这个想法有点儿离谱了。"

程绍堂说:"我只知道周弥生在追她。"

"他为什么追她?"冯天若问,"不会真是因为你吧?"

"别什么事儿都朝我身上甩。"

"得得得。"冯天若哼笑了声,"有你愁的日子。"

程绍堂问他什么意思。

冯天若看他一眼,又看向远方,眉眼吊着,看好戏的神色已然掩盖不住了。

从高尔夫球场回学校后,宿舍里空无一人。

程绍堂送她回来后就像是变了个人一样,发给她的消息就没断过。问她明日何时走,又恐吓她多待几日,他说过几日有时间带她去浙江,可以去参观批发工厂,又说他有新闻发布会,问她难道不想见见他工作时的样子。

唐璃窝在椅子上同他聊天,这大半天,什么事都没做。

晚上九点,程立秋拎着大包小包推开宿舍大门,气喘吁吁:"璃璃,你在宿舍呢!快来帮我搭把手!"

唐璃放下手机,惊呼:"你是买了多少?"

"我哥难得给我发钱!"程立秋得意扬扬,"可劲儿买!"

"你哥?"

"对啊。"程立秋甩着包装袋,"他今天把我扔餐厅了。要不是他给我发钱,我一定要到舅舅那里状告他的!"

唐璃帮她拎起地上的包,小声咕哝道:"是挺过分的。"

"璃璃姐姐啊。"程立秋忽然提高音量,"你今天去哪儿了?"

唐璃吓了一跳:"啊?"

"我在餐厅等你好久,我还说要和你一起去逛街呢!结果你和我大哥一起消失啦！要不是我知道，我还以为你们两个私奔了呢！"

"怎么会！"唐璃眸里闪过一瞬的慌乱。硕大安静的宿舍楼，楼道里空无一人，小姑娘的话像鼓点一样拍在她心上。

"你去哪儿了？"程立秋问。

"兼职去了。"

"辛苦哦。"程立秋真心实意道。

第二天，唐璃照例去咖啡店工作，中午吃饭时刷到程立秋的动态，小姑娘一张俏皮自拍，字里行间透露的俨然是即将飞去大洋彼岸的欢快：半年一度的"找妈妈"。

唐璃也快要回小城了。

但她依旧没有告知程绍堂，她现在还在帝都。

兼职到最后一天，她脱掉工作服装。陈凡挽留她："哎，新来的小店员，除了工作，他一句话也没和我讲过，还是你好。要不你别辞职了，继续在这儿工作吧，有时间就来，没时间就不来。"

唐璃说："谢谢你啊，店长，不过我以后可能都没时间了。"

陈凡很是惋惜，还问她为什么。

唐璃："我下学期要转专业了，估计会很忙。"

"那你以后还拍电影吗？"

唐璃一顿，那本就是一场意外，她说："不知道啊。"

唐璃很诧异会在下班前最后一刻看见程绍堂，他隔着几位顾客看她，神色既惊讶又无奈。他穿着一件纯白T恤，肩头落满阳光，抬起食指指她，歪头一笑，没说话，但意味明显。

"临时有事。"唐璃用口型告诉他。

程绍堂大步流星走来，问她："你到底什么时候回去？"

"明天。"

程绍堂只是看她。

"真是明天了。"唐璃努努嘴，点头道，"这次不骗你了。"

陈凡积极解围道："真是明天，票是我帮她抢的呢。"

程绍堂将视线转移到陈凡身上，对上他的眼睛，那一瞬间陈凡有些愣怔。

程绍堂牵着唐璃的手出了咖啡店，气温有点儿热，中央广场的地板被光照得有些刺眼，唐璃抬手虚挡着眼睛："好热。"

他说："那边有家卖冰激凌的，你回你店里坐会儿。"

唐璃："哦。"

光芒把她的眼眸反射成盈盈带水的模样，她站在那儿，显得格外安静乖巧。

只是，一抬眼，一个说陌生不算陌生，但也不算熟悉的人映入眼帘。唐璃没认出那人，印象里却觉得在哪儿见过。而他步伐的终点，似乎是她所站的位置。

直到他站定，开口说道："唐璃小姐，可否借光？"

唐璃猛然间忆起，上次见他，是在哪里。

05

窗外下着雨，酒店电视里闪着并不引人注目的光。

唐璃趴在沙发上，对着落雨珠的房檐看了很久，缓慢转动脖颈，轻轻叹息一声。

敷着面膜的许沉吟从洗手间走出来，问："璃璃，要不要敷面膜？"

"啊？"她的神情莫名呆滞。

"敷吗？我带了好多。"许沉吟径直走向放化妆包的桌子，从里面拿出一张面膜，"你坐着，我来帮你敷。"

"其实无所谓。"

唐璃目光追随着许沉吟的身影。

这次来乌市，她越过秦钲约了许沉吟，两人一拍即合做下决定，一个从小城出发，一个从中原迈进，相聚在陌生的城市。

这是唐璃第二次来这儿，上次是和程绍堂，还有明助理。

网店的工厂设在这里，她趁着假期前来调研，顺便和许沉吟一起出游放松心情。

抛下所有令人心烦意乱的事情。

许沉吟撕开面膜的包装，唐璃又说："我没敷过面膜。"

看着她吹弹可破的皮肤，许沉吟"啧啧"道："但我都打开了。"

唐璃说："那你就来吧。"

许沉吟的手细嫩修长，透着面膜的凉抚摸她的脸颊，一寸一寸将面膜纸抚平。唐璃昂着脑袋，双手搭在膝盖处，面对着许沉吟，姿态安静，瞳孔里是她的脸庞。

许沉吟给唐璃敷好面膜，温温柔柔地拍拍她的脸："真好看。"

"没你好看。"

许沉吟笑笑："就是感觉有心事。"

这次出行是唐璃提议的。许沉吟看着她，她神情专注，室内暖色灯光，室外阴雨连绵，明一半暗一半地映在她脸上。许沉吟笑笑，轻咳两声："其实，有什么问题你可以和我说说，比如你的'大橙子'呀，你以前还老和我请教，现在怎么越来越不爱说了？"

唐璃刚和程绍堂认识时，并不知晓该怎么和对方相处，请教过许沉吟很多问题，她都是温柔相待。如今聊他的次数越来越少，许沉吟敏锐地察觉到唐璃不是和她生分，而是内心在回避和人分享。

许沉吟说："反正这次我们没带钲钲，有什么事情，你慢慢说。"

唐璃蹙了蹙眉，眼神黯淡："说什么呢？"

他们从未相互告白，却好像在一起很久了。是从他们瞒着程立秋搞"地下恋情"说起，还是要说说离开帝都前最后一日被程家管家谈话呢？

程家管家姓陈，唐璃曾在程绍堂家的小区地下车库见过他一面。

那会儿唐璃纳闷,程绍堂与他父亲的关系,已经疏远到需要派人来联系了吗?只不过,那晚她跟随程绍堂回公寓后,似乎将在地下车库与陈管家的会面抛诸脑后。

她未曾想过,陈管家会单独来找她,向她传达程父的意见。现在细细品味,说意见都算抬举。

程绍堂买冰激凌用了十几分钟,那十几分钟是唐璃从小到大最五味杂陈的十几分钟。

陈管家言简意赅,没有客套与缓冲,那些话听来格外直白与冷酷。周遭空气黏稠热辣,唐璃却感觉从手指末端凉到脚底。陈管家说完,象征性地询问了句:"您还好吗?"

不知道是哪一个表情和动作泄露了她的手足无措,她的平静让陈管家沉默了一秒。

在传达完程博通的意思后,陈管家道:"唐小姐,您休息休息,我还有工作,先行离开。"

唐璃在原地反应了很久,才慢吞吞地走出那片阴凉地。程绍堂举着一个快要化掉的冰激凌问她:"去哪儿了呢?我都找不到你了。"

你找不到我了?有人不想让你找到我啊。

唐璃抿了抿唇,到底是一句话没说。

许沉吟很震惊:"他家的管家找到你,让你们分手?管家都能随便安排了?"

"不是,是他爸爸的意见吧。"唐璃趴在沙发上,眉眼低垂。

"他爸就能这么欺负人?"许沉吟道,"都什么年代了,还搞这一套?"

唐璃呆呆地望着窗外。很奇怪,陈管家吐字清晰,话语标准,可她想了又想,总是想不起那日他说过的具体内容。就好像有人用橡皮擦在她脑海里清理过一样,斑驳不清。

唐璃轻声说:"世俗之见,家境悬殊的男女往往没有好下场。"

"他家到底多厉害?"

唐璃静了静:"我不知道。"

许沉吟纳闷:"你们就不聊聊家庭吗?"

唐璃能了解到的程绍堂的家庭琐事,悉数来源于程立秋的吐槽。小姑娘看似张狂,但实际并不吹嘘,她只是诉说生活。

而他,会亲自打探。唐璃忽然想到春节期间姑父重病,他从帝都千里迢迢赶来海市,帮她联系医生安排手术——在此之前,他还去过小城。

两人的身份、能力,差距太过悬殊。

"怪不得你看起来不开心。"许沉吟说。

"有吗?"

"有的。"

几乎是在她落声的下一瞬,许沉吟便回答了她。

唐璃"嗯"了一声。

许沉吟将手搭在唐璃旁边的沙发上,望着她精致白皙的脸庞,问:"璃璃,你怎么想?"

唐璃垂下眼眸,反问:"想什么?"

"当然是想你和程绍堂。说实话,真要是顺其自然地谈下去,也不一定会走到最后,但是现在停下,你喜欢他,越是这样子就越不甘心的。"

唐璃抬眼:"你这样觉得。"

"当然了。"许沉吟一本正经道,"不过,谁稀罕谁啊。我们璃璃才十九岁,正值花样年华,程绍堂大你几岁来着?"

"八岁。"

"你看——"许沉吟说,"他都二十七了。"

唐璃又说:"其实还好。"

许沉吟说:"你比他更好。"

唐璃从许沉吟眼眸里看到了真诚。其实,她是个容易想多的人,只是脚底生了风,身后点了火,早早懂了事,甘愿为五斗米折腰,便永远都停不下来了。她可以把这些情绪咽下去,但因为许沉吟,她现在选择吐出来。

如果说她前十九年有什么事情觉得庆幸,那大概就是结识到许沉吟这个无敌大美女。

七月天,阴绵雨,空气潮湿微凉,石板路被浸成深灰色,道路尽头有家灯光阑珊的酒吧。

唐璃是第一次来这儿,许沉吟显然不是,她长相张扬,姿态从容,在五光十色的地方,几乎吸引所有人的目光。

许沉吟挎着她的手臂,道:"我就是看你心情不好,带你来放松一下。你不喜欢和别人说话就不说,千万不要喝别人递给你的酒。"

"嗯。"唐璃说,"其实我懂。"

她这一句,姿态俏皮得很,带有一丝无奈模样。

许沉吟"扑哧"一声笑出来:"好,你懂你懂。"

两人找到位置坐下,许沉吟看唐璃捧着柠檬水和别人聊天,渐渐放下心。秦钲发来消息问她在干吗,她说吃饭。

恰在此时,唐璃的手机在她手边响了一下,许沉吟准备递给唐璃,刚拿到手里,手机便振动起来,许沉吟一看,竟然是他。唐璃没给程绍堂备注,只有一个符号,但许沉吟知道。她纠结了很久,手机在手里振动很久,直至自动挂断。

不久后,程绍堂发来消息,问她在干什么。

许沉吟知道唐璃的手机密码,然后,她抬眼看向唐璃。

唐璃没注意到她的目光,和人聊得正开心。许沉吟心思一转,凑到唐璃耳边,轻声道:"你想不想让他也来?"

唐璃吃了一惊:"谁?"

许沉吟点开她的手机，将屏幕正对着她的眼睛。

唐璃眼眸微微一动，想拿手机，却被许沉吟灵巧一躲："我帮你。"

唐璃直到回酒店才看到许沉吟替她和程绍堂聊天的记录，看不到人，似乎语气也没什么不同。

程绍堂：在干吗？

唐璃：你猜啊。

程绍堂：嗯？

许沉吟没有回复。

过了几分钟，那边才回：在哪儿呢？

许沉吟替她发去一个定位，问他：你来吗？

之后，无论程绍堂发什么，唐璃这方都没回应了，因为许沉吟直接将她的电话关机了。

唐璃没想着程绍堂能来找她。

许沉吟却笃定，如果没有大事，程绍堂会来找她。

唐璃这才想起，如果她没记错的话，程绍堂最近有一场发布会。她在搜索栏输入他的名字，想在网上看发布会视频，而后，词条却如同潮水般涌入整张屏幕。

她从第一条向下翻，翻了整整一个小时。

最初的词条，只是显示他是某家公司的总裁。

到后面，是越来越多唐璃不曾知道的真假参半的信息。

譬如说，他和某位同行翘楚不和，明争暗夺。譬如说，他和某艺术家独女正在谈婚论嫁。譬如说，他的父亲是身居高位，背景了得……

那整整一个小时，唐璃好像忘记了自己打开搜索栏的目的。

/ 第六章

我们不合适

○他和我们看起来就不是一个世界的人,你们分手,我一点儿都不意外。

01

乌市连下了几天的雨,雨丝缠缠绵绵,唐璃和许沉吟抽出了一天时间去工厂参观。

从生产布料的车间到成品包装车间,一向淡定高冷的许沉吟惊呼声连连,为自己没见过的事物惊讶。

唐璃没有想到,她会在工厂大门处看到程绍堂,他手插着兜,歪着脑袋看她,表情说不上好,也说不上坏。

许沉吟看见了他,拍了拍唐璃的小臂,一本正经道:"你看,我说他会来。"

唐璃眨眨眼说不知道。一切都变得很微妙,且无法控制,但她忽然间感觉天气有一丝丝放晴。她用力按捺住那抹激动,不想被人看得太清,但她知道,无论如何她都欺骗不了他。

许沉吟推她:"去呀。"

原地站定了会儿,不等她有所动作,程绍堂率先走来。他一身休闲装扮,鸭舌帽下一双沉默凌厉的眼睛,脸色沉沉地问:"你是不是把我拉黑了?"

唐璃一愣,随即看了眼许沉吟,许沉吟摩挲着她手腕处柔嫩的肌肤,笑而不语。

唐璃转过头:"……可能是不小心碰到了。"

程绍堂蹙眉:"这么巧?"

唐璃"嗯"了一声:"就是这么巧。"

唐璃也不知道该说什么了,看着他一脸不爽地站在自己面前,又因为顾及许沉吟,无法多说的神色,她莫名有种自己有点儿过分了的感觉。

程绍堂盯着她:"昨晚去哪儿了?"

唐璃抿抿唇,诚实道:"那边有家酒吧,还不错。"

程绍堂笑了一声:"哪方面不错?"

语气有点儿不对,但唐璃还是硬着头皮道:"以前没去过,偶尔去一次,感觉……感觉还可以。"

"那敢情好。我有朋友在帝都开酒吧,让我去热场子,我之前没去——"程绍堂要笑不笑道,"你要是真这么喜欢,下次带你去。"

唐璃蒙住,看了一眼许沉吟,眼神带着些许哀怨。

"你看别人干什么?"程绍堂目不转睛地看着她,低声道,"难不成是别人强迫你去的?"

唐璃说:"你别这样,我朋友还在这儿呢。"

程绍堂:"成。"

唐璃把程绍堂带去酒店。

进到房间,程绍堂环顾四周,很一般的环境,但对于唐璃这次旅行来说,应当是很不错的住宿。

来到自己的地盘,唐璃莫名多了些底气:"程绍堂,你怎么能在我朋友面前——"

程绍堂的眼眸赫然对上她的,那距离快速拉近,呼吸交缠,她背后抵着墙,唇角生痛。

"昨晚玩到几点?"

"没——"

"学会骗人了?"

唐璃安静着,不敢再反驳,只是唇瓣濡湿而红。

"你不就是想让我来找你吗?"程绍堂说,"我来了,你得逞了。"

我没有。唐璃在心里反驳。

但她不说,只是盯着他看。

唐璃不知道,程绍堂这一路来得有多风尘仆仆。他直立起身子,她面前的那股压迫感消失殆尽。

程绍堂用指尖触碰了一下她的脸颊,转身躺到床上,动作豪放不羁,看起来有点儿疲惫。

唐璃缓慢踱步至大床侧边,背倚靠着墙面:"你什么时候来的?"

程绍堂闭着眼:"你不该问我这个。"

"那问什么?"唐璃低声说。

程绍堂睁开眼,冲着人笑,没了方才那股劲儿,整个人特别温和:"你该问我什么时候走。"

"哦。"唐璃说,"那你什么时候走?"

"三小时后。"

唐璃"哦"了一声,很快反应过来,瞪大眼睛看他,一脸茫然。

"我发现我错了。"他说。

唐璃蹙眉:"怎么了?"

她忽然特别害怕他说什么,来找她是错误的,或者遇见她是错误的。

"女生都一样。"程绍堂直勾勾地盯着她,下一秒又眯起眼睛,转过身去背对着她,"你比立秋好不到哪里去。"

"都一样会折腾人。"这是程绍堂睡去前,说的最后一句话。

三个小时的独处时间,他睡了两个半小时。醒来的时候,唐璃正在沙发上窝着。一连数日阴雨连绵,此刻雨过天晴,空气中萦绕着阳光的味道。

程绍堂用剩下的半小时去洗手间冲了个澡。唐璃敲门的时候,他正在对着镜子吹头发,温热雾气扑了她一脸。她问:"你几点走?"

"怎么了?"他唇角一吊,"舍不得?"

唐璃沉默不语。

黑色湿发垂在额前,唐璃听见他说:"有的是时间见呢。"

下午,许沉吟好奇地问唐璃发生了什么,她说他走了。

"什么?"许沉吟诧异,"走了?去哪里了?"

"帝都。"

许沉吟安静半晌,理解了她话里的意思:"他该不会就是来看你一眼吧。"

唐璃看向许沉吟,眸里满是失落:"是吗?"

可她并不想只是看他一眼。唐璃有很多想问他的——开发布会是什么感觉?为什么网上搜不到他的视频?他和他家里关系怎么样,是不是真像程立秋说的那样岌岌可危?还有便是……他都二十七岁了,真的没有一丝结婚的想法吗?如果有的话,是和谁呢?是她吗?

唐璃意识不到自己的想法危险,可许沉吟旁观者清,她说:"你太年轻了,这不是你该想的。"

唐璃很乖,顺应她道:"好了,我不多想了。"

那几天,秦铤被父母带回乡下探亲,无法过来,他发来的照片都是青青河边,悠悠蓝天,同时跟许沉吟吐槽,美则美矣,实属无聊。

乌市这里，唐璃和许沉吟计划着最后的行程。

最后一天早晨，许沉吟有点儿不舒服，躺在床上脸色苍白，声色无力："我身上一点劲儿都没有。"

唐璃问她："那你还去不去了？不想去，我也不去了。"

许沉吟沉默不语，依旧躺在床上，像是睡了。

唐璃试探性叫她的名字。

许沉吟深吸一口气，低低道："去。"

那天天气很好，好到热浪滚滚。唐璃扶着她走在路上，许沉吟忽然开口道："璃璃，我好像是要中暑了。"

唐璃让她稍作休息，她去买冰水降温，脚步刚迈出去，意外就发生了。

一切都发生得那样突然。

唐璃跪趴在许沉吟面前，用手臂支撑着她的脑袋，一遍遍呼唤她的名字，拨打120。

汗水浸透了许沉吟的长发，她一动不动，像极了睡着了的冰美人。

唐璃无比懊恼，后悔没在看到她苍白脸色的那一刻就果断去医院。

那二十分钟于她而言，漫长到无以复加。

医院里，许沉吟躺在病床上被医护人员推进抢救室。

唐璃眼角带泪，哭着听医生讲话，手指发颤。她用许沉吟的手机拨通了许父的电话，整理好情绪说明情况，挂断电话后，整个人如同抽筋剥皮般无力。

人之所以会成长，是因为经历过挫折。可有些意外避之不及，除了带来痛苦，毫无作用。

许沉吟在乌市医院住了两天。临走前，医生交代许父，回去之后要去大医院给女儿做个全身检查。唐璃看见许父，就好像看到了姑父，一样淳朴的脸，一样舒展不开的眉宇。

许父满面愁容地表示感谢。

而许沉吟留给唐璃的最后一句话是,别告诉钲钲。

分别之后,唐璃给许沉吟发去很多消息,可那一个月,许沉吟没回复过她一句话。

暑期的最后半个月,唐璃在唐诗英的烧烤店帮忙,余晖染遍柏油道路,斜阳逐渐推移,午夜生活开始的前端,客人还没有那么多。

秦钲很少会来店里找她,实际上,他们的交流多在手机聊天框,很少相约。唐璃给他上了一盘花生和一盘毛豆,他低垂着头说了声"谢谢",又说:"给我拿一瓶啤酒。"

唐璃一动未动。

"去啊。"秦钲抬起失落的头颅,一脸沮丧,"你们店里就是这样对待客人的吗?"

"不是。"

秦钲瞪大眼。

"你不是客人。"唐璃说,"这顿我请了,你不要喝酒。"

秦钲白了她一眼,随即踹了一脚板凳,自己从柜台上拿来一提啤酒,玻璃瓶的那种。

唐璃给另一桌客人下好单后来找他,短短几分钟,他已经喝完一瓶酒。唐璃有点儿着急地说:"你这样不行。"

"分手。她要分手——学妹联系我,是八百年前的事了,现在拿出来说?"秦钲拿起另一瓶酒往嘴里灌,面无表情地说,"你知道吗?璃璃,她给我感觉就是分手不需要理由,她想分就分,这段感情与我无关。"

"你别这样说。"唐璃说,"沉吟姐不是那样的人。"

"嗯。"秦钲笑了下,很快恢复成没表情的模样,看上去甚至有点儿阴沉,"我差点儿忘了,你俩好得像是穿一条裤子。"

唐璃没有反驳,她抬手阻止他:"你别喝了。"

"你别管我。"

啤酒溅湿衣服,白沫顺着唇角滑落,秦钲抬手抹了把,他看着她:"唐璃。我俩分手,你站谁?"

唐璃瘦弱的肩膀几乎要塌下去:"钲钲……"

"站她是吧?"秦钲站起来,看她的眼神有些狠,"你别忘了你是谁的发小!"

唐璃站在夜色中,看着秦钲落寞而清瘦的背影,愈来愈远。夜风是暖的,头脑是乱的,她闭上眼睛猛地叹息,心中有一种无计可施的感受。

许沉吟生病了,她依旧没有联系唐璃。

唐璃之所以知道,是因为接到了许父的电话。许父让她不要将许沉吟生病的事情告知其他人,学校那边,开学过后,许家人会去办理休学。唐璃不知道具体病症,只是从许父强装镇定的语气中揣测出许沉吟的情况很不好。

她回忆起那日乌市街头的慌乱惊恐,脸上始终萦绕着淡淡的忧虑。

李默川问她:"姐,你是失恋了吗?"

唐璃怔了几秒,说不是:"是我朋友失恋了。"

李默川"啊"了一声:"请问你朋友失恋了,和你有什么关系呢?"

小朋友很认真地看着她,她无法撒谎:"我只是觉得——"我可能再也见不到她了。

"觉得什么?"李默川询问道。

"没什么。"唐璃摇头,清理掉脑海中的荒唐想法,"没什么。"

手机忽然振动了一声,是秦钲发来的火车票截图,以及一句告知:我要提前回去,你回不回?

唐璃摁掉手机,跟唐诗英说学校有事,想提前回帝都。

"什么事啊?"唐诗英问,"很着急吗?"

"有点儿着急。"

唐诗英沉默了会儿,若有所思道:"璃璃,我每天忙生意,也不知道你每天在忙什么,你多给我说说。我虽然不太清楚,可也是想知道的,你上学期去拍了电影,怎么也不告诉我一声,还是秦钲上次来,说了一嘴,我才知道。"

"我说了。我不是告诉你,我去兼职了吗?"唐璃一本正经道,"报酬,我都给姑父付医药费了。"

唐诗英"哦"了一声:"你只说是兼职,又没说什么工作。"

唐璃知晓姑姑的意思:"下次会告诉您的。"

唐诗英又问:"在帝都有没有见过什么人?"

唐璃:"见的人挺多的。"

"我是说奇怪的人。"唐诗英不好形容,表情里带有试探。

"没有。"

"那你之前的男朋友呢——"

话音未落,门口传来客人的呼声:"老板!"

唐诗英视线一转,忙换了表情,一脸喜色:"在呢!"

同一时间,灯火通明的程家大院。

最近的天气算不上好,雨要下不下,空气湿热烦闷。

程绍堂前脚进了门,后脚换个鞋的工夫,程博通大步流星从书房走了出来。四目相对的时候,空气安静,像是什么都没发生。

直到李淑晴也从书房里走了出来,说:"咱们就买那套吧。靠海的房子,一年也住不了几次,看风景最重要。"许是怕人不同意,又补充说,"我喜欢那套。"

程博通笑着:"好,你说了算。"

程绍堂面无表情地走向二楼,李淑晴的眼神不由得跟着他挺拔高瘦的身影,程博通冷哼一声:"目中无人的玩意儿!"

李淑晴柔若无骨的手指抚在程博通肩上："别生气了，绍堂好不容易回来一趟，他可能工作太累。"

"就他累！"

脚步定在走廊里的程绍堂忽然笑了一声，他的唇角扯起弧度，浑身上下散发着不羁的散漫。

程绍堂想了一下，程博通以前是怎么对他母亲的——冷面相待，夜不归宿。对他还算和气，但一年到头见不了几次面。

他是真的觉得讽刺。

从楼上下来，他就准备走了。

昨天夜里他做梦忽然梦到小时候和母亲玩游戏，把玩具放在程家卧室的衣柜里。其实他只是看了一眼，就将东西全部放回原位。现在，他已经不会脆弱到情绪波动太大，他就只是——看一眼。

程绍堂下楼的时候，李淑晴察觉到了他的存在，她仍兴致勃勃地与程博通继续之前的话题。

程博通说："这就走了？"

程绍堂冷笑："不然？"话说着，脚步没停。

"温氏要嫁女儿了。"

"嗯。"

"你把你外头的莺莺燕燕断掉。"程博通说，"我这里有几个不错的姑娘——"

"管好你自己。"程绍堂打断他，头也没回地走了。

空气里带有一丝梅花的香，是李淑晴种的梅树。她种了满园的花，一年四季都有香味弥漫。而程博通，是个不懂花亦不爱花的人。

程绍堂坐进驾驶位，启动车子。

高架桥上，刹车灯连成一片。他烦躁地按下喇叭，忽然间想起一件事——R大是不是快开学了？

02

火车穿越黑夜黎明,快下车的时候,唐璃问秦钲有没有联系许沉吟,秦钲说联系不到。

是意料之中的答案,唐璃没有追问。

过了一会儿,秦钲冷着脸询问她有没有联系程绍堂。

唐璃也说没有。

沉默了片刻,秦钲嘲道:"怎么,你也快分了?"

知道他心情不好,唐璃并不生气,只是忆起这一年发生的所有事情,想起程家管家说的话,她淡淡道:"或许吧。"

"能猜到。"他说,"他和我们看起来就不是一个世界的人,你们分手,我一点儿都不意外。"

"钲钲。"唐璃说,"我开玩笑的。"

秦钲笑了笑,又看了眼唐璃。她坐在火车硬卧下层靠近窗户的位置,视线看向窗外飞驰而过的远方。她很平静,是那种一眼望到底,装不出来的平静。

秦钲被这种平静刺痛了双眼,他问:"你真正懂他吗?你清楚他的家庭、了解他的工作吗?"

唐璃眸色微动,不说话。

"你来帝都,为什么不告诉他?是不敢吗?"秦钲笃定地说,"我认识你十几年了,知道你文静内敛,也知道你敏感自卑。"

唐璃转过头看着他。

车厢里的冷气吹得人心底骤寒,秦钲冷哼一声:"你还真相信他会和你谈到结婚?"

"一定要结婚吗?"唐璃看着他不动,"如果我不想呢。"

秦钲疲惫的脸上有一丝异样的情绪闪过:"哦。不结婚也成,凭人家的身份,也不会亏待你。"

唐璃目不转睛,忽然拿起桌面上的苹果用力砸向秦钲。这一下始料未及,秦钲脸色突变,大声质问:"许沉吟有没有联系过你?你别骗我!"

"没有。"唐璃满眼怒意。

"成。"秦钲侧着头看她,完全不顾周遭人的目光,仍不降低音量,"都骗我!都不得好死!"

他说完这句话就起身走了,狭仄的车厢走廊上响起他跌撞的脚步声,唐璃看着他的背影,眼眶慢慢蓄满泪水。

那一天,唐璃直到最后都没动。车停靠到站,秦钲在门口等她,两人硬是不说一句话,一前一后地走着。

人头攒动,空气里满是嚣尘。唐璃拉着行李箱费力地走过阶梯,就在最后一阶崴到了脚。痛得牙齿发颤,她也不曾喊出一声,可终是在最后一刻,转身告诉秦钲,是她不想结婚,不是程绍堂不想。

这种嘴硬,此生一次。

她匆忙坐上出租车,报的是学校地址。

出租车司机嘴里嚼着口香糖,热情地询问道:"R大这么早就开学了?"

无人回应。司机师傅打了转向灯,后车镜里,唐璃整个人可以用"落魄潦倒"来形容。纵使帝都站摩肩接踵,人流络绎不绝,从里面走出来的每个人都像是在烟尘里滚一遭,可很少有人把自己滚哭了。

"姑娘,这是怎么了?受人欺负了?"

"没有。"唐璃的鼻音完全出卖了她。

"没事儿啊,姑娘。"司机师傅以过来人的口吻劝她,"谁还能没有点儿糟心事,你就找你的好同学、好朋友絮叨絮叨,不行跟大爷聊聊。你上我的车,咱这也是缘分,你说出来啊,说出来就好了!"

唐璃努力地想认可司机师傅的话,可她开不了口。

人和人是不一样,她就是最不愿向别人敞开心扉的那种。

这一路,唐璃换了三个终点。

看见学校大门时,她忽然改口,报了程绍堂的住址。

中途,她给程绍堂打了个电话,没说自己在帝都,只问他现在在干什么。

程绍堂说:"之前跟你说过的那个发小,你还记得吗?"

唐璃:"温尔雅?"

"她今天结婚。"

"和谁?"

"她上司。"

"哦。"很奇怪,她该有很多话要说的,可话卡在喉咙里,竟什么也说不出口了。

电话那边,有人和他说话。唐璃听见程绍堂低低笑了声,而后对她说:"你什么时候开学?"

不知是不是错觉,他说这句话的语气明显是放低了的,听着暧昧。但她今天实在是过于难过,没有多聊,反而问他:"你在哪儿呢?"

程绍堂想了想,道:"柏纳庄园。"

"好。"她说,"就这样吧。"

唐璃挂断了电话,同司机师傅第三次报上了目的地。

司机师傅一听:"姑娘,这地儿可不近啊。"

唐璃红着眼眶:"有多远?"

"得近两小时。"

帝都地大路远,两个小时早已横跨家乡那座小城,唐璃犹豫了几秒,司机趁红绿灯间隙抬眼看着后视镜:"去不去啊姑娘?"

"去。"

这一路,唐璃有许多可以反悔的时刻,可每一次红灯的间隙,每一次转弯过路口,每一次犹豫过后,她仍选择缄默不语。

她下了出租车,拖着行李箱狼狈不堪,与柏纳庄园的华丽形成鲜明对比。

一望无际的道路，行驶而过的只有车辆，各式各样看着就很昂贵的车，这是唐璃从没见过的世界。

当一辆车停靠在她身侧的时候，唐璃顿下脚步。

车窗缓慢降下，唐璃看见一张熟悉的脸，比以往见她时更为美艳，不可方物。

周弥生抬眸，问身旁的人："认识？"

美丽又落魄。温尔雅收回凝视唐璃的目光，霎时收回的动作与表情让她看起来难以接触，她说："不认识。"

车窗升起，车子渐行渐远，唐璃侧过头，视线追随着那辆车。

过往的一切向往与依赖都被打破。

她忽然想起秦钲说的那句话，到底不是一个世界的人。

唐璃后悔了，她不该来这里找程绍堂。

唐璃对这场婚礼的主人公一无所知，接触到的信息全部来源于程绍堂，她甚至不知道温尔雅的结婚对象叫什么名字。透过车窗一闪而过的那个男人，他自始至终没换过动作，只是坐在那里，周身笼罩着睥睨天下的气质，和温尔雅一样，高不可攀。

而且，人家压根儿就不认识她。

唐璃很快接到了程绍堂的电话，他的语气一如既往的轻松："你说你什么时候开学？"

唐璃低低地"嗯"了一声，似乎是想了想，道："还有一周。"

"要不要提前回来？嗯？"他的嗓音低沉，试探，带有蛊惑。

唐璃一手拿着手机，另一只手扶着行李箱，站在大理石石块铺成的路面上，阳光照耀着她的脸，嘴唇因长途跋涉而干燥。

"不想我吗？"

唐璃笑了声："还是不了。"

程绍堂沉默了下："不想我？"

"不是。"唐璃说,"不回来了。"

冯天若瞥了眼身旁打完电话、一身正装的男人,清冷高贵的气质不掩,他调侃道:"你那小女友?"

程绍堂:"怎么,你是闲得难受?"

冯天若笑笑,手指转动手机:"聊聊嘛。你看,尔雅也结婚了,她单纯,家教又好,和周弥生,两人倒也是互补。你就没想法?我可是见了曹心月,人漂亮,气场和你差不多,约莫着也是个烈性子,不好对付,就数你那小女友,话少安静,看着又乖。"

程绍堂眉眼一顿,缓慢开口:"你什么意思?"

"说你俩般配呢。"

程绍堂往沙发靠背一靠,两人四目相对半晌,冯天若以为他有什么想法:"你说话啊。"

"你说得对。"程绍堂回复冯天若,心里想的却是方才那通电话。他总感觉电话那头的唐璃心情不佳,只是,隔着听筒,听得不真切。

"我倒有个问题想问你。"冯天若不怀好意地看着他。

程绍堂挑眉:"说。"

冯天若的语气很是八卦:"你家里人知道不?"

"不知道。"

冯天若笃定道:"我就知道。"他的话不中听,却很现实,"你家里人要是知道唐璃的存在,不得想方设法让你们分手?"

程绍堂鼻腔里发出一声气音,很轻却也很冷。

"分不分手也该是唐璃说了算。"他懒散地靠在沙发上,眉眼舒展,长腿伸直,说出的话像是没有经过深思熟虑。

冯天若略略吃惊,笑着问道:"真想结婚?"

程绍堂索性闭上眼,这个问题和刚才那个问题没什么两样,他的回答也是一样的。

"不是吧程绍堂。"冯天若"啧啧"道,"人家才十九岁!"

"你也知道她十九岁。"程绍堂白了冯天若一眼,淡淡道,"所以别说那么坑人的话。"

他之前其实想过这个问题,但想再多,也总该回归现实——她年轻又努力,未来可期。

程立秋来的时候,程绍堂和冯天若两人一人靠着沙发一边。

小姑娘穿着一身粉色连衣裙,脚底踏着三厘米高跟,乍一看还真像大家闺秀。她无论到哪儿都像是一只活泼跳脱的小鸟,未见其人先闻其声:"大哥,你什么时候走?"

程绍堂看了眼腕表,警惕地看着她,问她什么事儿。

程立秋笑嘻嘻道:"一起,我跟你一起。"

程绍堂还没回话,冯天若忽然起身笑道:"要不跟我走吧?哥带你去玩。"

程立秋惊喜:"真的呀,天若哥!"

虽然冯天若看着程立秋长大,但程绍堂还真有点儿不相信他。程绍堂冲程立秋招招手,带着程立秋在停车场和冯天若"分道扬镳"。

程立秋动作麻利,上车系好安全带,笑得那叫一个春风得意:"哥,你下午忙不忙?"

"什么事儿?"

"你如果很忙的话,就去忙吧!"程立秋说,"把我放到你那个小房子里就行,我不嫌弃!"

程绍堂打开车门坐进副驾驶,蹙着眉头看了她一眼:"什么叫作你不嫌弃?"

程立秋语调更加上扬:"你那么多房子,比那好的多了去了,为什么不住?"

"为什么?"他问。

251

"因为温馨。"程立秋挑挑眉,"我说得对不对?"

程绍堂笑了笑,冷嗤:"什么玩意儿。"

程立秋没在意他的态度,像是想起什么,说:"哥,你最近交女朋友了?"

"嗯。"程绍堂面不改色。

程立秋默默点了点头:"找时间让我见见吧。"她认真地说,"我总得先给你把把关不是?"

"哦。"程绍堂难得被她逗笑,"那倒不必。"

男人手指搭在方向盘上,无论是脸庞还是身型都是优于常人的存在。程立秋觉得他气质清冷,甚至周身冷冷的,说话十分没劲。但现在,在提及女朋友时,程绍堂好像染上了生活的烟火气。

窗外街景闪过。车子很快开到公寓的地下停车场,程立秋偷偷瞄了一眼程绍堂,跟在人后面,假装无事。

公寓不算高档,但布置得很精致温馨。两人乘电梯上楼,程立秋左看右看,却发现程绍堂开门的动作忽然变得缓慢,她下意识跟着他的视线望过去,门只开了条缝隙,缝隙处透着地板反射过的光,其中有部分光被东西遮挡了。她眯了眯眼睛,看到那似乎是行李箱,有一丝眼熟,但她想不起来在哪里见过了。

只是刹那,程绍堂便把门关上了。

程立秋一怔,道:"大哥,你家里有人。"

程绍堂轻咳一声:"我送你回大院。"

"哥,你忍心吗?"程立秋哀怨地看他,忽然间眼神变亮,"是不是你女朋友来找你了?"

他不说话,拿出车钥匙再次走向电梯口。

只不过,程绍堂没有亲自送程立秋回去,他在进入电梯的下一秒改变想法,按下一层,为她打车,目送她离开。

唐璃在家里等他,他走得很着急。

电梯数字跳动。兜里手机振动，全是程立秋发来埋怨他的消息。

程绍堂推开房门，阳光铺满地板，唐璃蹲坐在沙发前的地板上，双手抱膝，转过眸看他。

"程立秋走了吗？"她问。

出乎意料的淡定，周遭一切都变得安静。

"走了。"程绍堂放下手里的东西，走到人身边，没什么架子地坐下，姿态平稳，语气亲昵，"不是下周才开学吗？想我了？"

唐璃看见他裤面因为动作而产生的褶皱，她别过脸，淡淡道："是啊，想你了。"

程绍堂把人揉进怀里，下巴覆在她头顶上，毫不在乎她这一路风尘仆仆的狼狈。唐璃推开他，低声道："别碰我，我身上脏。"

"那去洗洗？"程绍堂抓过她的手指搁在手心里揉捏。

唐璃垂眸看着地板，慢慢抽出自己的手，她瘦弱的胸腔里涌来一股酸涩。但她没有停顿，慢吞吞地说出自己心里已准备好的话。她说："要不然，我们分手吧。"

她甚至不敢抬头。

程绍堂喉间溢出疑惑的声音，抬手去摸她的脸。她轻轻躲开，阳光从后面照过来，脸颊处的细小绒毛清晰无比。

"我觉得吧，要是我们分手，就不用再躲着别人了。"她语调温柔，让人分不清真实还是虚伪，她转过眸，眸里平静无澜，"你说是不是……"

"是不是心情不好？"程绍堂温柔地替她掖好碎发。

唐璃撇了撇脸，神色变得冷漠："我没有开玩笑。"

她怎么敢开这种玩笑，用尽全身力气才勉强说出口的玩笑。

程绍堂始料未及。他没有感情经历，面对唐璃，他承认自己耍了点儿小心思，好让他们各方面的差距不那么明显。他之前想的是，两个人习惯了彼此的存在，感情也会变得自然，不管什么现实问题都是

253

可以解决的。

程绍堂沉默了半晌,没明白唐璃此时此刻究竟是什么意思。

"我饿了。"他说。

酒庄的餐食虽好,但他没吃多少,就当是他实事求是,不着痕迹地转移了话题。

程绍堂来不及说下一句,唐璃便紧接着道:"你想吃什么,我做给你。"他们之前住在一起,时间总是不相交,很少一起吃饭。

"什么都可以。"他说。

唐璃在光芒中看着他,程绍堂蹙眉:"璃璃,你是不是——"

"那我就随便做了。"她打断他的话,不顾他的目光。

唐璃很会做饭,以前在小城,姑姑、姑父忙于生计,家里只有她和李默川两个人,李默川嘴巴挑剔得紧,常常对唐璃做的饭挑三拣四,唐璃不生气,反而不断精进,练出了一手好厨艺。

她打开冰箱,从冷冻层找到肉末,用冷水化开,给程绍堂做了一碗炸酱面。

炸酱面端来的时候,程绍堂有些诧异,他看着她:"就一碗?"

唐璃:"就一碗。"

"你不饿?"

"我吃过了。"唐璃说,"你吃吧。"

程绍堂没回应,看着面前的面,过了一会儿,又看向她:"过来陪我。"

唐璃说:"不了。"

空气里满是炸酱的香气,程绍堂拿起筷子,搅拌着面。他的袖子被挽至肘部,长指筋骨脉络向上,清晰可见。平平无奇的动作,在唐璃眼里,他做起来就是比别人赏心悦目。他永远一副不紧不慢的样子,良好的家世背景赋予他藐视一切的权利。他给人这样一种感觉。

程绍堂问:"什么时候到的,不是说不来了吗?"

"刚到。"她说,"我得走了。"

唐璃拖着行李箱走在楼下的时候,心里想的是,如果他能下楼来追我——

这样侥幸的心理难免令人感到心酸,好似心潮被他牵引,让她忘记自己才是这出闹剧的始作俑者。

他应该很茫然吧,唐璃想。

但他什么都不害怕失去,永远如此。

03

回到宿舍,唐璃躺在床上,拿起手机给许沉吟发消息。

消息如同石沉大海。唐璃在发呆时常想起那日乌市的街道,心中黯淡,又祈祷一切都向好的方向发展。

那几天,程绍堂给她发消息,唐璃因为忙着转专业的事情,加之内心莫名的抗拒,回复得很敷衍。室友们回来后,宿舍恢复了热闹,程立秋和司梦依旧不对付,司梦这学期喜欢上音乐,宿舍经常充斥着各式各样的声音,程立秋为此没少和她拌嘴。

一天傍晚,宋紫玉自习回来,唐璃正坐在书桌前整理店铺信息,宋紫玉询问:"唐璃,我今天听班长说你要转专业?"

唐璃点头。

"这么速度啊。"宋紫玉说,"你怎么没告诉我?"

唐璃说:"之前不确定。"

不确定的事,最好不要广而告之。

宋紫玉哀叹一声:"这下可好了,系里的女生越来越少了。"

司梦摆弄着播放器,无所事事道:"唐璃,你这一转专业,就得调宿舍了吧?"

"那不是申请才能调的吗?"程立秋说,"是自动转的?"

唐璃一怔:"不知道。"

宿舍为此展开一番争论,最终争论无果。

恰在此时,程绍堂来了消息,问她去不去程立秋的生日宴。

唐璃收起手机,盯着天花板发呆,原来都过去这么久了啊。她愣着,低声叫程立秋的名字:"你今年想要什么生日礼物?"

程立秋"啊"了一声,眼神瞬间变亮:"哎呀,就是呢,都快到我的生日了呢!"接着她对宿舍所有人说,"都听着啊,下周末来参加我的生日宴,礼物就免了。"

宋紫玉说:"那怎么好意思啊?"

"那有什么不好意思?又不是我付钱,都来都来啊。"程立秋吆喝着,"不来就没机会了!我明年去美国留学!"

宿舍里飘荡着歌声,音量调得很低,不仔细听几乎无法察觉。唐璃停下动作,看着神采奕奕的小姑娘。

程立秋去美国留学,唐璃一点儿都不震惊。在她的印象中,小姑娘英语很好,信手拈来。

她想,世界是偏爱这个小姑娘的。

今后也许再难重逢,她会祝福她平安顺遂。

程立秋生日宴前夕,唐璃询问她,可不可以带朋友去。

程立秋一脸八卦相:"先说清楚,是朋友还是家属?"

唐璃说:"是朋友。"

是顾彰。

顾彰本科毕业,顺利升入本校研究生,许是为了之前的事情内疚,私下联系过她许多次。

唐璃没有时间,而那件事早已完美收官。被起诉者公开向受害者道歉,唐璃没有大发慈悲免去他们的金额赔偿,而是转手将赔款捐赠于公益活动,收获一片好评。

室友们讨论此事,多的是对唐璃杀伐果断做法的夸赞。

可唐璃知道，这夸赞是属于别人的，不是她的。

被偏爱者总是有恃无恐，唐璃思索自己是如何一步步变得高傲冷漠的。是仗着自己失无可失，还是因为那位管家莫名其妙向她的账户中转入了一笔巨款。唐璃收到信息后，即刻前往银行将钱原路退回。她不会傻到认为自己可以与程绍堂背后的程家抗衡，他们若想坑害她，是很简单的事情。

程立秋生日那天，唐璃约了顾彰一起。

艺术家生性洒脱，崇尚自由，气质清冷孤傲，很少经历如此铺张浪费的场面。

"你这室友不简单。"顾彰有被惊到。他参加过不少电影学院学生的生日会，精致隆重，但也没像今天这般，弄得像企业年会。

唐璃没说话。

顾彰转移话题："上次的颁奖典礼，你没来有些可惜。"

宴会场内灯光闪烁，琉璃灯盏笼罩视线。一束光从上至下，映在唐璃脸颊上，显得人格外清冷。她化了淡妆，面容精致，唇瓣嫣红。

"不可惜。"她笑着拍拍顾彰的肩膀，"我没那样觉得。"

葱白如玉的手搭在上面，光照耀到亮眼，貌似无意放下。

顾彰愣了一下，最终将自己的手覆上去，轻轻地将她的手拿下来。

唐璃能感受到一道强烈的目光直视着她所在的方向。这种似曾相识的感觉像极了去年今日，她在酒杯交错的光影中窥探某人的身影。

只是，她没他那样大胆。

众人之间，光影错动，玻璃杯壁触碰，"叮当"脆响。程绍堂立在角落中，姿态随意地倚靠着桌子，长腿弓着，身形优越。

他知道她看到了他。

唐璃回忆这一年光景，好似最轻松愉快的时光都是与他度过的。他看她的眼神总是温和的，他的语气时而痞气，时而调笑，他在她这里，永远沉着，永远温润。

唐璃产生了某种不可言喻的心思。

她在等待某一刻,有人打破沉着,撕开温润,忍无可忍的一刻。

在宴会厅中央坐着,唐璃出了神,干干净净的璧玉肌肤,明眸善睐,整个人美得像一幅画,在周围一众人中很出挑。

很快,有人打破了画面的平静:"程立秋,你大哥呢?"

长睫闪了一瞬,唐璃直接将视线投到回答者身上。

"在那边。"程立秋转头看宋紫玉,"你老问我哥干什么?对他感兴趣啊?"

程立秋说话的时候,桌上的人都在看她。

原来不只有她一个人对他好奇,唐璃想。他那样的人,任谁看过都难忘。

"问一下。"宋紫玉直白道,"一直觉得你哥长得很帅。"

顾彰靠在椅背上,手指搭在玻璃杯壁的边缘。顺着程立秋回答的方向望过去,几乎是很快速地再次看向唐璃,他低声问:"唐璃,什么情况?"

唐璃面无表情:"就是你看到的情况。"

顾彰顿时来了兴趣,因为不方便让别人听到,他凑近她耳边,询问道:"分手了吗?"

声音一闪而过,姿势中夹杂着一丝亲近。

唐璃压低声音说:"你觉得我们在一起过吗?"说罢,她觉得不对,呆了好半晌。

顾彰就这么看着她,眸里全是好奇。

唐璃反应过来,问:"你觉得我们般配吗?"知道她和程绍堂关系的人就那么几个,她迫切地想从别人口中得到自己想要的答案。

顾彰的表情别有意味。他从内到外充斥着艺术家的洒脱与内敛,矛盾又和谐。他没有俗人身上的圆滑世故,他真心实意,但真话往往不是人爱听的话。

顾彰笑着："你问哪方面？"不等唐璃回答，他说，"其实哪方面看着都不太般配。"

唐璃嘴角一僵。

顾彰话没说完。他看过很多爱情故事，那些故事如同绳索一般缠绕着紧紧地绑在他心中，即便经历很少，但他对爱情是有独特见解的。他想说，爱情中最不需要的就是傲慢与偏见。般不般配，抵不过一句我愿意。

但是来不及了，唐璃已经离开了。

顾彰剩下的话堵在嗓子眼儿里，但他没有起身去追，他以为两人是在交流课题，也没意识到自己的话对唐璃会有什么影响。

但是，唐璃的表现总归是有些不正常的。

他问宋紫玉，唐璃最近怎么样。

宋紫玉回答："她马上要转专业了，最近挺忙的，看起来脸色不太好。"

顾彰了然于胸："太累了吧。"

宋紫玉点点头："应该是。"

倒是程立秋，玩手机的手指顿了一下，眉头微蹙，心里忽然闪过一个念头。

宴会厅外面人来人往，唐璃想起程立秋去年生日之前，连着下了几天的雨。长廊一眼望不到头，风吹过，夹杂着湿气席卷全身。

今时是完全不同的光景，透过窗户向外望去，一片艳阳天。

唐璃的手臂搭在窗台的那一刻，萌发出想要逃离这个地方的想法。她一想到要和程绍堂同处一室，还要装作不认识，心里便产生一股无法描述的厌恶感。

余光中，她看到一个身影。

程绍堂的脚步没有停下,他在经过唐璃身侧时扼住她的手腕:"跟我来。"

冷漠的语气,唐璃甚至没来得及反应,便被他拉走,径直进入一间房。显然,程绍堂熟悉这里的布局构造,甚至还能越过房间的屏风找到落脚点。

阳光越进来,空气中飘着尘埃。

他的眉眼冷漠。

唐璃手腕生疼,他从来没对她用过这样大的力,她蹙眉:"疼……放开我。"

程绍堂面无表情地松开她的手腕,唐璃整个人被他抵在沙发一侧,四目相对中透着无言和尴尬。

她想象过与程绍堂争吵不休的画面,可即使情绪到顶,她依旧不敢。

是的,事实摆在眼前,她不敢,她不想得罪程绍堂这般身份的人,即使要分开,她也要好聚好散。

他的眼神没有往常的温情,他说:"你想怎样?"

是从未有过的语气。

"我已经说过了。"唐璃淡声。

"我现在就能把我们的关系告诉外面所有人。"

"别——"

程绍堂眉眼微动,表情里有种早已预判到的平静,他笑了一声:"你到底想怎样?"

"我说过了。"

"不,唐璃。你没说过。"他摇头,"你想要公开,又害怕别人知道,你自己都犹豫不决,你让我如何揣测?"

他的手撑在沙发上,几乎对她步步紧逼。

阳光从他身后照耀进来,可他的语气是冷的,整个人也是冷的。

唐璃觉得，自己被人看透了。程绍堂是能俯瞰她的人，他给予她被爱的权利，一手牵引她所有的方向。

她一字一句道："我要分手。"

"是因为外头那个姓顾的？"他的眼神里隐约能看到怒意。

唐璃顿了一秒，侧过脸去不看他的眼睛，说"不是"。

他的手指在她脸颊两侧留下印记，强迫她看向自己："我能接受你所有。"他狠狠道，"除了给我戴帽子。"

唐璃没见过他这般让人生出恐惧的模样。

但她不害怕，或许他本来就是这样的人，程绍堂对程立秋，几乎没有过好脸色的。她说："你不用接受我的所有，也不用降低身价迎合我。"

"什么？"

"你图我什么呢？"唐璃唇瓣翕动，"我有什么可图呢？"

唐璃陷入了一种怪异的局面，像旋涡，像死胡同。是以她十九年贫瘠人生的资历，永远也走不出的怪局。

程绍堂表情疑惑，撑在沙发处的手虚虚拢过她脸颊，怕她不愿意，所以只触碰了一下。

"你……是不是有人跟你说什么了？"

他什么都不知道，他其实很无辜。唐璃的喉咙像是被什么堵住了，她要怎么维护她脆弱的自尊心？要怎么证明是她不图他什么？她眼角划过一丝灼热，想起对她视而不见的温尔雅，想起能力出众的曹心月，想起秦钲，想起许沉吟，还有陈管家看似温和却句句扎心的话……

他说什么来着？

——"唐小姐，绍堂和他父亲关系更加恶劣的场面，想必您也不愿意看到吧？"

…………

"唐璃？"

唐璃倏地怔住。

"我想走。"她说,"你放我走,程绍堂。"

程绍堂沉默了几秒,说:"你想去哪儿,我送你。"

他察觉到唐璃的不对劲儿,亲眼看到她的目光从呆滞转为惊醒。他不知道唐璃想到了什么,但她肯定不愿再想,因为那表情里分明写满难挨。

"我自己走。"唐璃别过眼,"我想静一静。程绍堂,你也静一静吧。"

程绍堂最终还是放她走了。她才十九岁,稚嫩的面庞里却总透着惆怅,他想抹掉那丝惆怅。

他想做能抹掉那丝惆怅的人。

04

十一假期,唐璃买了车票,去找许沉吟。

没有告诉任何人。

高速列车顺着轨道疾速前进,电缆线在视线顶端浮沉。

列车停靠进站的时候,唐璃给许父打了个电话。距离上一次见面已经过去两个多月,许父差一点儿没听出唐璃的声音。直到她说明来意,许父的声音忽然哽咽。

他说,许沉吟的病很严重,已经到了无力回天的地步。

唐璃的心焦灼得无法控制,她恨不得插对翅膀,立刻飞到许沉吟身边。

唐璃坐在出租车里,心想,什么病才能到无力回天的地步呢?姑父得了脑瘤,最近一次的检查结果也很好的。许沉吟也能好,她那么漂亮,像花儿一样漂亮。

她给许沉吟发消息:我到郑州了,一会儿去看你,想吃什么,我带给你。

唐璃：要不然我给你带一束向日葵吧，我记得那会儿我们去花卉市场搞批发，你最喜欢的就是向日葵了。

唐璃：许沉吟，你等我，你一定要等我。

宽广的道路上，红灯映入视野，车堵了一片，完全动弹不得。车里播放着歌曲，气氛轻松无聊，就在此时，唐璃忽然在出租车后排放声大哭，泪水盖住了她所有的视线，她的声音异于往常："师傅……我想去花店，请送我去花店！"

我要买束向日葵，送给我最喜欢的姑娘！

那家花店就在医院对面，是一个很小的店铺，店里人满为患。

老板很淡定，顾客拿花扫码，不还价，不多言，然后走人。

唐璃对店家包好的花束不满意，询问还有没有别种样式。老板挥了挥手，表示没有。

医院门口人来人往，今日擦肩而过，许是今生都不会再见。

唐璃问老板："我能自己包吗？"

老板看了她一眼，指了指手底下一堆花，又把后面架子上搁置的包装纸拿出来，给她腾了个地儿："自己包就自己包，来这儿包，抓紧时间。"

唐璃弓着腰身摆弄花枝。

她有一段短暂的卖花经历，倡议者是许沉吟。许沉吟陪她去花卉市场看花、选花，回到宿舍包成花束。那段经历中，除了许沉吟，就是程绍堂，都是她难以忘记的人。

她很难过，也要保持最好的状态。

唐璃捧着花进了医院，根据许父给的地址径直通往肾内科所在的楼层。她在护士站看到许父疲惫又孤单的身影，跟他打招呼："叔叔，我是唐璃。"

许父冲她点点头，支支吾吾地说："闺女，吟吟她心情不太好，你和她多聊聊，开导开导她。"

"好的,叔叔您放心。"唐璃尽量笑着,"我是许沉吟最好的朋友。"

许沉吟靠着床头,看见唐璃时轻轻笑了笑。

她的笑容很累,出现在那张发黄没有血色的脸上,让人心疼。唐璃此行从早上到中午,赶路的状态不算好,但这种疲惫的表情比起许沉吟来说却算得上光鲜亮丽。

进门几分钟,她愣是没说出一句话。

病房里,有人探望,有人未语泪先流不是什么稀奇事,唐璃想控制,可她就是控制不了。

许沉吟笑着说:"你哭什么呀?"

"我太想你了。"唐璃吸了吸鼻子,把花放在病床旁的柜子上,又抹了把眼泪,"我亲手包扎的,好看吗?"

许沉吟的视线落在向日葵上数秒,一动未动,半响后忽然开口道:"去年我们还一起在宿舍里包花呢。"

许沉吟看着她说:"好啦,别哭啦。"

"那我调整一下。"

唐璃扭过头去深吸一口气,平复好久才又扭过身来,问道:"怎么回事?"

"生病了。"许沉吟说,"急性肾衰竭,浑身没劲儿,跟你说话都头晕。"

"怎么不告诉我?"

"怕你担心。"许沉吟说,"没有人能够理解疾病带来的痛苦,除非他真正经历过。"

她像一位美丽的诗人。

有些话你没法反驳,除非你真正经历过。

她们从中午聊到下午,聊到坐在一旁的许父忍不住打断,小心翼翼地询问许沉吟是不是需要休息。

许沉吟说:"下次见面不知道什么时候呢。"

不等她说完,唐璃立马说道:"我还会再来。"

许沉吟"啊"了一声:"那在我走之前,你可一定要再来一次。"

唐璃眼底再次泛起波光粼粼,她不掩饰自己的难过,也不反驳许沉吟的话。

许沉吟冲她清浅地笑了笑,许父在两人目光没有触及的地方缓缓离开病房。夕阳落在地板上,她佯装无事道:"秦钲怎么样?"

终于……唐璃想,她是该问钲钲的,所以得把提前准备好的答案说与她听。

无非那几句话,没什么特别意义,也不掺杂事实在里面。

因为事实,往往可悲。

开学几天后,唐璃在宿舍楼下再次见到秦钲。夜风习习,路灯把人影拉得老长,茂密树枝下光线清浅。

"对不起。"秦钲说。

唐璃没有回答。

"她到现在都没来学校,你知道她去哪儿了吗?"秦钲痛苦道,"她是为了躲我吗?还是有更好的机会和安排?我真的想不通……"

唐璃淡淡道:"我不知道,你以后别来问我了。"

秦钲吃了瘪,有种不愿相信的震惊:"璃璃?"

唐璃沉默了很久,似乎在思考。

空气也淡淡的,思考无果,她的决定和前几分钟相同。

后来,因为转了专业,她和秦钲成为同班同学。两人默契地不再同对方搭话。直到有天上大课,两人前后脚坐到教室后排,他拿起她的水杯。

秦钲上一节课是选修篮球,从他坐下,唐璃便感到一种年轻人身上特有的热气腾腾。

秦钲直接将水一饮而尽,喝完了放回来,问她还有没有。

唐璃:"你说什么?"

"水。"秦钲看着她,目光里不带任何色彩。

"没了。"

从那之后的两周,唐璃每次上完课都会买两瓶矿泉水,一瓶是自己的,一瓶给秦钲。

秦钲很是自觉,自觉地免去了说谢谢。

他们之间,哪需这句。

来郑州之前的一天,临下课,秦钲突然问唐璃:"她到底联系你了吗?"

唐璃说:"没有。"

她抬眸,看向秦钲。年轻男孩的脸庞清秀鲜活,是她熟悉的面孔,可某一瞬间又觉得陌生。

秦钲又问:"她是不是出国了?"

唐璃说:"我真不知道。"

秦钲看她的眼神一僵,僵持很久,似乎想要从她的表情中窥探出一丝异样。可她很是坦然,她不怕窥探。

秦钲扭回头,指尖转动着一支碳素笔。

唐璃低声道:"你们就这样了吗?"

空气安静了很久。

"就这样呗。"秦钲说,"我估计她去留学了,但我问他们班的同学和导师,他们都说不太清楚她的情况。反正就是躲我呗,不喜欢我了是真的。"

不,不是不喜欢,而是太喜欢了。

唐璃看向一旁,这里人潮拥挤,最不缺少的就是新面孔、新感受。

秦钲也是一样的感觉。

他说:"反正大家都年轻,就当是玩玩闹闹,谈恋爱很正常。"又冷嘲般笑了声,"分手也正常。"

"嗯。"唐璃低垂下眸,再没说一句。

唐璃陪许沉吟待了两天，订了第三天回小城的车票。

许沉吟得知后，也替她开心："就是该多陪陪家人的，别像我这样，临终才后悔。"她躺在病床上，脸色苍白，用略略低哑的声音说，"什么见多识广，腰缠万贯，世界上最爱我的人只有我的父母罢了。"

唐璃打趣道："那你比我幸福多了，我从出生起就没父母。"

"哪有人出生没父母的？"许沉吟笑着与她争论，"没父母怎么出生啊？"

"你爱信不信吧。"唐璃捋了捋不算平整的病床床单，看见上面滴落的一滴碘伏，"你这床单是不是该换了？"

许沉吟凑过来看："是该换了，我让我爸和护士说一声。"她又问，"你真的没父母啊？"

唐璃蹙眉看她："你不知道？"

许沉吟抿了抿唇，点点头："秦钲和我说过一次。"

"就是的。"唐璃心知秦钲不可能不告诉许沉吟，但他们都默契地不会聊起这个话题。

"我小时候也纳闷，为什么别人都有父母，偏偏我没有，长大就知道了。有些事情，你没办法改变，其中最改变不了的就是出身。"唐璃看看别处，似乎在回忆，"所以我得好好的，努力生活，改变我下一代的出身。"

许沉吟"哇"了一声："那你可要好好抱紧你男朋友的大腿哦。"

"不了吧。"唐璃耸耸肩，很是坦荡道，"我想靠自己。"

许沉吟一眼就看破了她的伪装，小心翼翼："分了？"

"正在进行中。"唐璃眨了眨眼睛，好似不怎么在乎。

许沉吟蹙眉："分了怪可惜的。"

"可惜也没办法。"唐璃说，"差距有点……大了。"

她的表情很淡，有种旁人不易察觉的装腔作势，来证明自己很好。

…………

列车行驶了多久，唐璃就看着窗外看了多久。一望无际的平原闪过视线，像是无限循环的画作。

快要下车的时候，唐璃接到程绍堂的视频电话。

程绍堂默了几秒，问她："你在哪儿？"

唐璃说："列车上。"

他们有段时间没联系了，说起来，算是唐璃单方面不联系他，他还是会照常打电话、发消息，唐璃看见了，有时会回复，有时不回。

程绍堂说过最狠的一句话就是——唐璃，你这样吊着我没意思。来见我。

唐璃想象得到他会用什么语气说出这句话，带有一丝狠劲儿，其余的全是不甘心。

程绍堂问她："回帝都吗？"

唐璃没说话，一丝心疼涌上来。她都吊着他了，可他的态度怎么比以前还要温柔了呢？眉眼温柔，态度体贴，似乎一切都没发生过，他也越来越喜欢她了。

他又放缓声音："璃璃，回来之后，我们好好聊聊。好吗？"

她说："我朋友生病了，我来看她。"

程绍堂："哪个朋友？"

唐璃矢口否绝："你不认识。"

许沉吟是见过程绍堂的，这两天和唐璃聊天时，说起程绍堂，她说："以我将死之人的身份来讲，我希望你去争取。"

可后来，看见唐璃脸上复杂的笑，她又心疼地轻抚唐璃的头，温柔地说："以你姐姐的身份来讲，我最希望的还是你不要受委屈。"

程绍堂问："很严重吗？"

唐璃："很严重。"

"需要帮助吗？"

唐璃缓缓摇头："这不合适。"

"有什么不合适？"他问道。

唐璃没有说话，列车外闪过的阳光照在她脸颊上，光斑婆娑，忽明忽暗。

程绍堂接着道："就算你真想与我分手，这也没什么不合适。"

唐璃抿紧了唇，手指扣在手机边框，心跳忽然加速。原来，听他讲分手是这种感觉，有种未来再无交集的惧然。

"璃璃。"他看着她，重复之前的话语，"等你回来。来见我。"

05

假期结束后第三天，程立秋接到程博通的电话，要她晚上回家。

她当天换了一身乖巧的装扮，坐上陈管家的车。上车时凑巧遇见上课回来的唐璃，忙抬手与人打招呼，唐璃却在看了她一眼后匆忙走进宿舍楼大门。

确实是匆忙的，程立秋没看错。

自从唐璃转专业后，她便与她们三人课程不同了，时间不同步，就连交谈都少了许多。

程立秋上了那车，百无聊赖地看向车窗外，语气淡淡地问陈管家："陈叔，我大哥今天来不来？"

陈管家："已经到了。"

"已经到了？"程立秋震惊道，"稀奇啊。"

陈管家笑笑，没再回应。

果不其然，饭桌之间，气氛暗涌流动。

程立秋事不关己地吃着银耳汤，听见李淑晴同程博通讲："曹画家和我说，有空想见见你。"

程博通说："好啊，你来约时间。"

程立秋偷偷看了一眼程绍堂,他正慢条斯理地吃着面前的一盘白灼秋葵。她收回视线继续用餐,竖起耳朵听舅舅与李淑晴的谈话。

是与那位曹心月有关的。

曹心月的父亲是当代闻名的艺术家,德高望重。曹心月年龄与程绍堂相仿,能力出众,巴黎留学归来后自己成立公关公司,包揽了许多大型项目的宣传。

程立秋拿筷子的手一停:"我见过她。"

程博通:"你见过她?"

"嗯嗯。"程立秋如实道,"那次我们一起吃过饭,和我大哥,还有我室友。"

程博通蹙眉:"你哪位室友?"

"她叫唐璃。"

一桌子人,各怀心思。如果程立秋再敏锐一点儿,就能发现所有人的目光都聚集在她身上。

程博通问:"她什么来头?"

程立秋没往深了想程博通这话的意思,只道:"她是江苏人。"

程博通想起什么,扭头看向李淑晴。

李淑晴道:"怎么,我们江苏人很奇怪吗?"

程立秋不甚在意地撇撇嘴。而坐在她左侧的程绍堂,自始至终都没说一句话。空气变安静了,只有碗筷相碰的声响。

程绍堂突然放下筷了,叫了程立秋一声。

程立秋抬起头,程绍堂正面无表情地看着她:"回哪儿?"

程立秋正襟危坐,受宠若惊地说:"学校?不然——你家?"

"走。"他撂下一句,"送你。"

程绍堂想,他可能真的是魔怔了,为了找一个机会去R大,装模作样地回了趟大院。

夜幕降临,马路两旁霓虹闪烁。程立秋问他:"大哥,那人总想方设法地给你介绍对象,你也是烦的吧?"

程绍堂说"管她做什么",又嘀咕道:"不安好心。"

程立秋扭着头笑嘻嘻地看他,知晓他心里头的想法与她是一样的,简直不要太爽。

就这么开车一路绕着,开进学校大门,路过几排葱郁树木,停到宿舍楼下。程绍堂等小姑娘兴高采烈下了车进宿舍楼,将车篷打开。他在车旁点了一支烟燃着,并未吸一口,等烟燃完了,他才不紧不慢地给唐璃打了个电话。

电话声响,响了几秒被挂断。

程绍堂没所谓地皱了皱眉头,继续打。

有些人"没心没肺",前面和他好得不得了,转头就不搭理他了。假期已经结束,程绍堂等她来找自己,但唐璃明显没有见他的意愿。

再耗下去都要过冬天。

帝都的冬天很冷,且来得没有预兆,令人措手不及。就像是她的情绪,他捉摸不透。

电话那头窸窣响动,没过一会儿,他透过窗台看见那道纤瘦身影。

唐璃很小声地问他怎么了。

程绍堂低声道:"下楼。"

唐璃蓦地怔住,视线里出现一道挺拔的、熟悉的黑色身影。

他们能看见彼此,隔着数道陌生人的背影,隔着夜色和灯光。

唐璃隐约猜到他或许是为了找她顺便送了程立秋。她心跳得厉害,紧张到声色颤动,告诉他快断电了,宿舍马上关门。

程绍堂冷哼了声,想也没想便道:"你下来,还是我上去?"声色沉沉。

身后有人走动,程立秋的声音透过玻璃穿过阳台。唐璃慢吞吞地移动脚尖,还没做好决定,又听见他那股子不受人控制、痞里痞气的音调:"你不是说——不想瞒着旁人吗?"

整栋楼的光影映在他瞳孔里，照不亮，依旧深邃无比。他看着她，询问她的意见："正好我也想试试。你说呢？"

唐璃攥着手机，甚至能听到自己心跳的声音。

程绍堂说："璃璃，怕的人是你，不是我。"

唐璃静默了一秒钟："好，你去操场等我。"

挂断电话，那道身影随之消失，只有灯光透过阳台，萧条又落寞。

程绍堂顺着宿舍门口这条路将车往前开，唐璃穿好衣服返回阳台处看，确定他人不在后才准备下楼。

临出门前，她犹豫了几秒，又回到书桌前。

唐璃用钥匙打开锁箱，捧起装着钻石项链的盒子。她想，不出意外的话，这就是她和程绍堂的最后一次见面了。

宋紫玉发现她的意图，问道："唐璃，你要出去？"

"嗯。"唐璃回应道，"出去一下。"

宋紫玉："宿舍快关门了。"

"我马上回来。"

唐璃看了眼时间，不自觉加快脚步，冲进夜色里。

这一路匆忙，唐璃小跑到操场门口。操场空旷无比，灯光炽亮，只剩下几名学生还在锻炼。

程绍堂坐在主席台旁的阶梯座位上，看着塑胶跑道外婆娑的树影，黑夜里犹如重彩的油画，深沉得令人向往。几个月前，她跑到家里等他，原因是被人恶意中伤，他借公司律师给她，结果律师函发出去不久，那人便在网络上真诚道歉。有些人就是这样，外强中干，经不起一点儿风吹草动。

但唐璃偏偏是个坚韧的，风吹雨打也一往直前。可越是这样，越让人猜不透她为何会这么轻易地放弃一段感情。

晚风有些凉，唐璃裹了裹外套，恍恍惚惚地走了过去。刚喊了一声程绍堂,他便恍若无事般拍了拍身旁的座位:"坐下聊会儿。"

唐璃攥着粉色礼盒说:"不了,我把这个还给你就走。"

"不聊聊吗?"程绍堂视线扫过她手中的东西,下一秒,又忍不住自嘲般笑笑。

唐璃愣怔数秒,坐到他身旁。

闻到一股淡淡的烟草味道,她问:"你抽烟了?"

"没。"

"那怎么会有味道?"

"我在等人。"他转过眸,看她。

唐璃也目不转睛地看着他,就算是做贼心虚,也要做只有自己知晓的贼。

程绍堂的心又开始悸动起来,像以往每一次见她一样。但她的面无表情,让他开始怀疑她是否和自己一样。

一片黑暗中,唐璃说:"你拿着吧,我用不到。"

程绍堂倚在座位靠背上,一脸不甚在意:"我就用到了?"

唐璃语塞。

程绍堂说:"拿着吧,本就是给你买的。"

唐璃有一丝尴尬,她不擅长与人推拉。但与程绍堂相处那么久,他的行事方式,她尚知一二。她说:"程绍堂,谢谢你。没什么事儿的话,我就先回去了。"

唐璃起身,微风拂乱了她耳旁的碎发,她正要抬手去整理,却听到身后那声不容置喙的质问:"你不会后悔吗?"

他伸手抓住她的手腕,又生怕会伤害到她,可总忍不住用力一点,再用力一点。

"我能给你的,不止眼前这些。"

他的声音回荡在耳边,唐璃止不住心颤,无法甩开桎梏,也无法开口回绝。

程绍堂站起身，居高临下："你不是想留在帝都吗？还想继续开网店、拍电影，我都可以帮你。"

他顿了顿，喉咙卡住，说不出剩下那句话。

他的过往不允许他卑微，所以连求人也是一副高高在上的态度。

唐璃太懂了，这是她与他的差别。她可以放下姿态去争取自己想要的，即使狼狈不堪。

她脑海中想起许沉吟说的话，想起程家管家的话，想起……

唐璃深深吸了一口气。这段感情再走下去，也不会走到结婚那一步，那就停止在感情最深的时候，就在他最不甘心的时候，戛然而止，最好不过。

"我自己可以的。"她说，"靠别人，我其实挺不屑的。但这段时间确实依靠你得到了很多，所以我挺瞧不起自己的。"

她的声音很凉，和这风一样，无孔不入，听得程绍堂心里不舒服。

"转过来。"他说。

唐璃定了会儿，转了过去，依旧是一张没有任何表情的脸，漂亮中带了点儿决绝。

程绍堂忽然觉得这张脸有些陌生。

他第一次见她时，都没有过这种感觉。他只记得那天送程立秋来学校，想着本该是无聊透顶的一天，却在百无聊赖之际对上一双清莹单纯的眼睛。

漂亮——是他对她的第一印象。

后来，程绍堂发觉自己忘不掉那双眼睛，正如他忘不掉那双眼睛的主人。他犹豫许久，犹豫到程立秋马上要举办生日宴，说想请新室友也来，唐璃的影子霎时间从他心头掠过。

他以和朋友吃饭之名去到她勤工俭学的地方，那里高楼林立，目光所及都是阶梯。程绍堂第一次没见到她，他又去了第二次。再之后，第三次，第四次……他没谈过恋爱，一次一次的主动，她那么聪明，怎么会看不出来呢？

自然是看得出他对她的好感，也看得出他的"自降身价"。

他不知道唐璃是什么时候知道，他并不算完全坦诚。但她没问，他便不说。

直到现在，她也变得不那样坦诚了。

"就这样吧，程绍堂。"唐璃看着他，话音夹杂着秋风的凉薄，"我们不合适。"

回到宿舍，唐璃才发现原本应该还给程绍堂的项链又被他塞到了她衣兜里。那条精致璀璨的钻石项链如今像烫手山芋，她不喜欢欠别人，尤其是那样贵重的东西。

夜已深，她攥着那根细细的链儿，躺在床上。

最后，她拉黑了程绍堂的所有联系方式，心里默念着就到这里吧。

无论如何都走不到结婚的关系，早点结束于她而言是最好的选择。她不想再接收到来自陈管家的信息，也不想再直面温尔雅直白的蔑视，她要凭借实力，一步一步走向她该存在的地方。

可有的时候，语言上能说服自己，感情上不能平衡。

纠结许久，唐璃给许沉吟发了消息。

得不到回复，是她意料之中的事情。

十二月，冬天的气息开始在校园肆虐，唐璃开始裹着羽绒服上课了。月初的第一次专业课，她照例给秦钲带了一瓶水。

秦钲坐到位置上，瞟她一眼："昨晚没睡好？"

唐璃摇了摇头。

秦钲没预料地问她："你那网店怎么样了？"

唐璃说："开着。"

"收益怎么样？"

"尚可。"

秦钲紧挨着唐璃，她神色认真地看着多媒体，阳光明媚，光影错落，落在她身上有种落寞的好看。他看过唐璃的微博，粉丝量有五位数之多，想必网店收益不错，她把所有的兼职都辞掉了。

他说："带我一起做啊。"

唐璃悻悻地看了他一眼："我卖女装。"

"女装就女装。你要是觉得这个不合适，以后你还有什么项目，带我一个。"秦钲挑挑眉，表情说不上好坏，倒是有种无奈的认定，笑呵呵道，"突然觉得你以后能成大事。"

唐璃像是被他刺激到，语气黯淡，不咸不淡地回应："是哦，突然觉得。"

听了半堂课，秦钲突然拿出手机，打开相册拿到唐璃手指旁，拽了拽她的衣袖，没说话。

唐璃垂眸，看见一张明媚笑脸。

她从没那样木讷过，眼神飘忽不定，转而看向秦钲："怎么了？"

秦钲撇嘴："什么怎么了？看手机啊，漂亮不？"

唐璃意识到了什么，心蓦地沉了下去。

"李格尔，我女朋友。"秦钲收回手机，大大咧咧地坐在座位上，没所谓地说，"改天介绍你们认识。"

时间好似停止，唐璃压下心中疑问，心情萧瑟。

然后她不可避免地想起许沉吟，想起程绍堂。

"人总要朝前看，忘掉旧爱最好的办法就是新人。"秦钲笑了笑，又说，"从来都是的。"

他声色很低，好像自己都不信服。

唐璃眼睫慢眨，转过头去，表情隐忍，没再说一句话。

阳光反射在桌板上，盈盈晃动。绿影光斑，人头攒动。

茫茫人海，过客匆匆，谁又能阻止谁奔赴下一场大梦？

06

程绍堂是在十二月初的某天收到唐璃寄来的快递。

那天飘了点儿雪,是帝都几年以来最早飘雪的一年。他坐在产品概念发布会的现场,场内的灯光半明半昧,映在他消瘦的脸颊上,显得他高深莫测。

分手后,他马不停蹄地奔赴工作,像从前一样——没认识唐璃之前那样。

大屏幕上,靛蓝色的星空呈现着一场 VR 视觉盛宴,那光芒由远及近,好似真有一个巨大的旋涡,将万物都吸了进去。

就在那时,程绍堂不着边际地想——她应该会很喜欢。

她年轻果敢,喜欢一切美好充满新奇的事物。

可惜,她暂时看不到了。

那几个小时,程绍堂只是坐着,看着,一言不发。

冯天若时不时与他搭话,沉浸在现场震撼人心的视觉效果中喋喋不休。程绍堂向来话少,所以冯天若也不会将他的沉默往别处深想,更没有注意到对方隐在暗处略显惨白的脸色。

明助理就是在这时候从身后走来,告诉他,唐璃把项链寄回公司的事情。

程绍堂曾交代,有关唐璃的事情,第一时间通知他。这个有关,是有关于她的服软,她的反悔,她的主动,她与他的一切相连。

可等来的,是再一次撇清关系。

冯天若不紧不慢地转过眸,这才察觉程绍堂的不对劲儿。他凑过来,问:"怎么了,程总?脸色不太好?"

"不舒服。"程绍堂双眉紧锁,手指抵在唇边,看起来像是忍耐着,极为严肃。

这段时间,他昼夜颠倒,作息不规律,加之食不知味,犯了几次胃病。但他并未当回事,甚至连药也没吃。

冯天若没听到明助理的话,随口调侃道:"你那个十九岁的小妹妹呢?没带来一起?"

程绍堂不说话。

见程绍堂表情更难看了,冯天若又道:"分了?"他表情笑嘻嘻的,"上次不是说要结婚的吗?"

程绍堂没力气与冯天若争论,紧抿着嘴。他穿着一身得体的黑色西服,淡淡地看着前方,仿佛周遭的一切与他无关。密闭的发布会现场明明开了空调,很暖和,程绍堂却想起去年初雪那天,空气里飘扬的雪,清冷的风和手指间触碰着暧昧的温存。

冯天若"哧"他一声,没料到他开口:"她还年轻,不愿结婚才正常,要是我一说她就答应,我还要思量自己能不能担得起。"他说,"别耽误人家。"

冯天若听得直皱眉头,咂摸出这话的不对味儿。静静地看了程绍堂良久,他拍拍程绍堂的肩膀:"兄弟,别搞深情这一套,瘆得慌。你喜欢就去追,不喜欢就撒手,什么耽误不耽误,那玩意儿不靠谱,要是真想好了,也别暗地里伤感。你们都在帝都呢,说不定以后还能再见,大家还是好朋友。"

程绍堂慢慢扭过头,那目光里是半信半疑,还有几分不甘。

冯天若爱莫能助:"就这样,分就分了吧,地球离了谁都能转。"

"我是真的。"程绍堂双眸微敛,低声开口。

他第一次如此这般,有种战败者的颓丧。

冯天若笑了笑,点点这满堂宾客:"谁不真呢?"他又说,"今儿个下雪了,打个赌,下多久,我输了,请你去南山滑雪。"

"你是不是觉得自己特懂?"

冯天若不置可否。

程绍堂转过头去,屏幕骤然变黑,下一瞬,头顶的光束似洪流般接连亮起,灯光如昼,迷幻的色彩霎时被覆盖过去。

冯天若眼见着这人从落寞到平静,那悲伤似乎从没来过。他忽地"哎哟"一声:"不知道这雪啊,有没有去年那场大哦?"

唐璃向系里申请了转宿舍,申请批准后,她没有立刻告诉室友。

她犹豫了很久,想着用什么样的语气和方式,最后选择请她们一起吃顿好的。程立秋常去的一家自助餐厅,人均八百块,她觉得自己可以负担得起。

这是这学年以来,宿舍群里最热闹的一次,也是唐璃自己买单吃得最贵的一顿饭。

窗外霓虹璀璨,她坐在四人桌前动作娴熟地烤着肉片,裹满酱料,一片一片夹进室友们的碗碟中。她像勤劳又能干的侍应生,照料得宋紫玉和司梦连连摆手,推辞道:"好了,璃璃,我们自己来。"

司梦向周围看看,压低声音道:"就是啊,你都请我们吃这么贵的自助餐了。"

只有程立秋,心安理得地享受这份照顾,时不时还要哼唧几句:"哎呀,以后璃璃不在了,我会很想你的呀。"

唐璃一怔,手里的动作也为之一停,随后淡淡笑道:"我是搬走了,不是不在了。"

宋紫玉问她:"以后有什么打算吗?"

唐璃反问她:"你呢?"

宋紫玉笑起来,自助餐厅暖色的灯光映衬得她格外好看:"我打算和我男朋友一起留学,大概率是欧洲,我们最近在商量这件事,现在开始做攻略,到时候顺便来个环欧之旅。"她说得坦然自若,也有底气。

程立秋问:"你和你男朋友要好那么久吗?万一分手了怎么办?"

宋紫玉"啊"了一声,摇了摇头。她对程立秋的发言深感不满,

279

义正词严道:"不可能分手。"

程立秋拿筷子的手一顿:"这么笃定?"

宋紫玉说:"对,就是这么笃定。"

唐璃听得想笑,但她很羡慕宋紫玉的笃定。

大雪飘飘散散,依稀有下大的趋势。从学校大门到宿舍的这条路,路灯被雪映成凉薄的白,稍一呼吸,白气呵出很远。她们几乎没有这样并排一起走过,脚下踩着松软的雪,外套与外套摩挲,回味着方才那顿自助餐的后味。

宋紫玉低声问唐璃:"璃璃,刚才忘记问你了,你以后有什么打算?还是很忙吗?"

唐璃挽着她的手臂,沉默了会儿,说:"有经纪公司想找我签约。"

那是上个月的事情了,因为顾彰的电影获奖,她有了更多曝光,粉丝数量增多,网店收益成倍增长。但是,她拒绝了经纪公司的邀请。

唐璃对拍摄毫无兴趣,她从始至终坚持的,只有一个目标。

她笑着说:"你们都要留学,我也努力试试看好啦。"

宋紫玉说她一定能行。

宿舍里,唐璃的床被搬空了,原本满满当当的空间只剩下一张床板,灯光照在扶手处反射出璀璨的光点。入学时她只带了一个行李箱,如今行李已是装不下,于是她去商店买了几个编织袋。

窗外的风在呼啸,唐璃朝阳台的方向望去,依稀记得每一次在那里与人通话的画面。

以后都不会再有了。

司梦将一包书本从三楼搬下,挪到另一栋楼,推门进去便是一声吼:"以后我姐们就住这儿了!大家有事多担待!"

程立秋拎着一壶暖瓶走在后面,跟着人附和道:"就是就是,大家多担待,我们璃璃人可好了!"

唐璃站在门外定了好几秒,看见原本水火不容的两个姑娘同仇敌忾地为她打点,抿着的唇角缓慢勾起。

她不会忘记,那天有飘扬的大雪,有被她寄走的钻石,有世上最美味的佳肴和最好的姑娘。

唐璃是有来有往的,室友送她来,她便要送她们回。她站在原宿舍,说以后有时间还会回来的。

程立秋一动不动地坐在椅子上休息,小臂交叠垫在背椅处,下巴搁在上面。她无意间看见对面书桌角落有个孤单的黑色物品,于是她起身过去:"璃璃,你的杯子忘记带了。"

唐璃也看到了,她伸过手去。

程立秋漫不经心地将杯子递给她。

她们默契地张开五指,目光中存在的——是垂直下落的马克杯。

"砰——"的一声响,马克杯径直落下,而后弹起,狼狈地歪倒在地板上。

那一声极其尖锐,像是砸在人心上。

空气死寂。

最先开口的是司梦:"吓死我了。"

宋紫玉捂着胸口,后怕道:"这杯子质量真好。"

唐璃立得笔直,低垂着头,看着地上的黑色马克杯。她试图压制住某些奔涌而来的回忆,却听见程立秋说:"璃璃,我告诉过你没?这杯子和我哥的一样。"

程立秋捡起杯子,递给她,脸上的神色单纯可爱。

那是一切的开始。

唐璃笑了笑,没回答她的问题,只是接过杯子,说了声"谢谢"。

手指碰到冰冷的触感,她转身开门,陌生的凉席卷全身。

再见了,她说。

门关闭的前一瞬间,她走进冷风里。

281

玻璃方糖

玻璃方糖

波璃方糖

柚贝 著

-下册-

江苏凤凰文艺出版社
JIANGSU PHOENIX LITERATURE AND
ART PUBLISHING

有爱的青春陪伴者

有人爱得轰轰烈烈，转眼间也会另觅他人。
这种爱，唐璃不想要。
而程绍堂却认真地告诉她
——如果不是你，别人我不要。

第七章 /

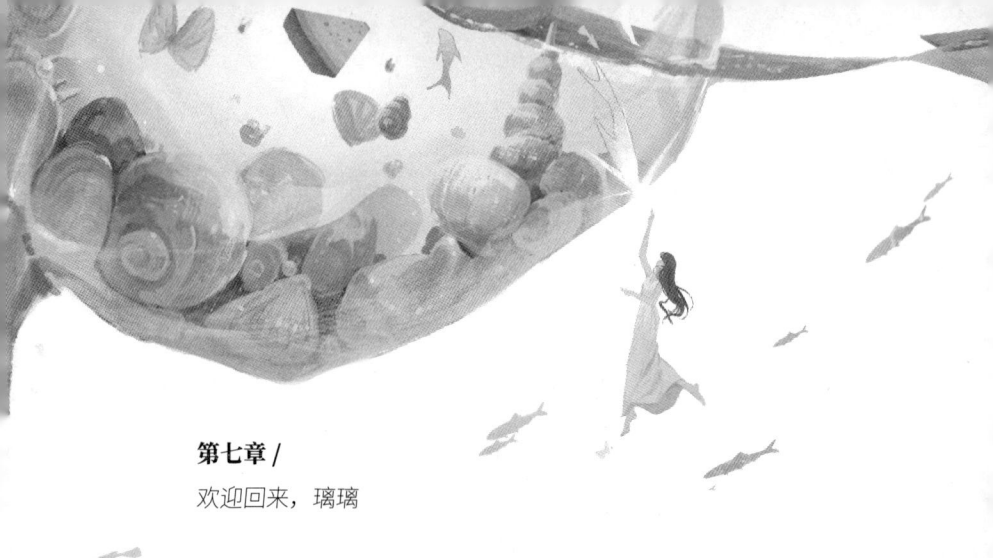

欢迎回来，璃璃

⊙程绍棠，我承认自己还忘不了你，但我们不可能了。

01

秦钲：几点落地，我去接你。

收到这条短信时，唐璃正在东京国际机场候机。她抿了口苦涩的冰美式，另一只手快速敲击屏幕，回复秦钲时间，而后继续看合伙人发来的邮件。

留学的最后一年，她将自己的全部积蓄投入一家成立不久的科技公司。

公司的创始人叫柯瑞，是她在留学期间结识的学长。

他们在联谊会上第一次见面，柯瑞是南方人，说日语时口音很纯正，几乎和本地人没有差别，可当他们用汉语交流时，乡音一览无余，那种微妙的差别让唐璃感觉很亲切。

窗外，飞机来来往往，巨大机翼遮不住眼前的光。唐璃看了眼时间，十四点十四分，帝都时间十三点十四分，距离登机时间尚有半小时。合伙人群里的消息不断更新，柯瑞对公司成立后的第一个项目十分上心，时刻跟进流程，如果唐璃没记错的话，这已经是第十几版策划书。

文件发出去后，群里静了十几分钟，柯瑞试探性地问：那就这版？其他人还有异议吗？

群里只有四个人，没人回复。

唐璃又将策划书从头到尾看了一遍，回复了一句"OK"。

几分钟后，其余二人回复：没有异议。

登机时间没剩多久，唐璃收到柯瑞的单独联系：到帝都了吗？

唐璃：明晚到。

柯瑞：明晚到？明晚我有事情，不能去接你了。

唐璃：不用，朋友来接我。

柯瑞发来一个开心的表情：终于敲定了，我压力好大。

柯瑞这人履历优秀，实力很强。要说他的缺点，唐璃还真能感觉到一个——焦虑。这不是一个好特质，于是，她作为合伙人，既要努力跟进项目，还要做心理疏导的工作。

唐璃唇角带笑，正要回应，机场大厅传来登机消息。她戴上墨镜，即刻起身，手指轻轻按在屏幕处，低语："帝都见。"

十月，帝都国际机场外灯光灿然，四通八达的道路上，汽车尾灯忽明忽暗。秦钲站在接机口，手臂高高举起，欣喜地喊："璃璃！"

唐璃老远就看见了他，他穿了件宽松样式的驼色衬衣，下面是同色系的裤子。几年不见，他的气质变了些，整个人慵懒又不失随意。他身侧站着的女人，紧紧攥着他的手指，小巧玲珑的模样。

唐璃浅淡地招了招手，表情隐在墨镜下，这是她和李格尔的第二次见面。

"终于回来了，想我了没？"

秦钲松开了李格尔的手，给她一个拥抱。唐璃感受到一种淡淡的陌生气息，但很奇怪，这片土壤明明是她熟悉的，她微微蹙眉，唇角还是向上的，机场灯光把她的脸衬得很白，有种令人难以接触的冷漠。

"李格尔。"秦钲把人拉到身边，介绍道，"我女友，你见过的。"

第一次见李格尔时，唐璃简直可以用不知所措来形容。如今没有了那般局促，倒是对方显得不安。

李格尔还有一层身份，她现在是唐璃公司里的员工。

唐璃是在大二下半学年申请前往日本做交换生的。彼时，她的店铺销量成绩斐然，社交账号粉丝暴增，她开始有意营销，顺利成为一名网络博主，并给自己注册了公司，涉及外贸。秦钲就是那时被她邀请入伙的，两人分工明确，公司发展顺利，分红可观。唐璃留学后，秦钲正式接手，成为公司的一把手。

车窗外，璀璨霓虹衬得这夜色生机盎然。几十分钟的路途，唐璃接了几个电话，有柯瑞打来问候的，也有唐诗英打来的。她有三年多没回家了，唐诗英每次打电话都很伤感。唐璃知道，唐诗英太想念她。

"阿姨很想你吧。"秦钲看了眼后视镜，"我过年回家，见到阿姨了，她和你弟在逛超市，你弟长大不少，变腼腆了。"

李格尔"啊"了一声，柔声道："原来那个阿姨就是唐璃的姑姑呀？"

唐璃微怔，眸光流转，看了一眼坐在副驾的李格尔。

她算不上顶漂亮，比起唐璃记忆中的那张脸差远了。但看得出来，李格尔很喜欢秦钲，说话间微微躬身，靠近他的方向，温柔又不失俏皮。

秦钲带她见过家长了。

唐璃只顿了一秒，收回视线。霓虹透过车窗落在她侧脸上，显得她整个人温和又淡然，她低声道："是变了，都过去那么久了。"

秦钲说："和你说过，璃璃是她姑姑带大的。"

李格尔："你说过的，我当然记得。"

唐璃听着前面两人的对话，不知为何，有些无奈。

去日本之前，她去看过许沉吟。那段时间，唐璃极其忙碌，申请出国交换，忙着打点公司，和顾彰约了好多次饭，求人办事。

她怕自己几年不能来看许沉吟，亦怕许沉吟孤单。

那会儿是阳春四月，墓地绿意勃勃。唐璃坐在石阶上，膝边放着一束向日葵，她絮絮叨叨地说自己这一年来的故事，还有未来的计划。她没有提及秦钲一句，就像她不曾在秦钲面前提及许沉吟。唐璃不知道这样做是好是坏，她只知道再也没人能指引她，告诉她这件事的利弊。

她从中午待到动车开车前一小时，安安静静地来，安安静静地走。

从回忆中抽离，唐璃趁着两人沉默的间隙，开口询问："吃什么？"

"铜锅涮肉。"秦钲笑嘻嘻道，"你不是喜欢吃吗？我发现一家特好吃的店，带你去尝尝。"

李格尔转过头来，说："是啊，唐璃，你不在的这几年，钲钲总是想着你，有什么好的都说等你回来一定要带你去。"

唐璃嘴角尴尬地提起来："是吗？"又说，"他想着我，是应该的。"

李格尔不是放得开的人，听见唐璃这句话，心里不免多想。她原本就不曾与唐璃交好，女孩心思细腻，生出某种唐璃并不喜她的感受，又规劝自己这感受是假的。可是，每当与唐璃对视，她心里的想法就千丝万缕。

她扭过头去，轻咳几声。

车子经过复兴门外大街，高耸建筑在黑夜里散发着华丽的光芒，唐璃被吸引住，入了迷。

车厢陷入沉静，各有各的思绪。

吃完那顿饭，秦钲开车送唐璃回他提前给她租好的房子。二居室，几十平方米，在二环边，帝都寸土寸金的位置，交通便利。秦钲帮她把行李箱提到楼上，扫了眼空空如也的房间，笑着说："别看这地儿小，倒也算得上豪宅。"

夜色浓郁，秋风骤起，唐璃脱下单薄的黑色大衣，留给他的背影清瘦高挑。

他靠在客厅与玄关交接的墙面，问："还有什么需要？"

观赏完卧室的唐璃走过来，面无表情地问："你还不走？"

秦钲："不急。"他半边脸拢在阴影里，"什么时候去公司？"

"没时间。"唐璃说，"有别的事情。"

秦钲没问她是什么事情，就像她也不问他为什么带李格尔回家。他们就这样沉默着，完全不像经年不见的老友，倒像是要准备分道扬镳的人。

秦钲走的时候，唐璃到底叫住了他。

她拢住他的手臂,头倚在他肩膀,发现这人比之前更为健硕,于是轻轻笑了声:"钲钲,你这身材很可以啊。"

秦钲也笑,终于松了口气,抬手拍拍她的后背:"欢迎回来,璃璃。"

唐璃没有马上投入工作,连续几日迎着初晨的阳光醒来,时间好似漫长慵懒。

秋日烈焰浓烈绚丽,树木错落有致,黄叶层峦,亭台楼阁。唐璃穿着休闲,素面朝天,一副墨镜加持。她坐在颐和园一处小小的休息椅上,人影和船在湖面上漂荡,她摘掉墨镜,眸里带光,整个人温顺又洒脱。

好好休息几天以后,她和其余几位合伙人相约见面。

他们去的是一家日式料理店,包厢面积不大,有种隐秘而紧凑的感觉。

科技公司名叫Tend(倾向,用作公司名称),柯瑞是最大股东。唐璃除了他并不认识其余两人,今天才知道他们的名字。坐在唐璃对面的女性——虞卿男,一头利落短发,三十岁左右,说话行事十分淡定,做派老成。对面那个年轻男人,叫徐松巍。

虞卿男正一本正经地给他们说几日前的所见所闻。

"还是得找大公司投资。"她夹着电子烟,眉头微蹙,"他们都有一套专门的流程,舍得投钱,公关广告牛,想不火都难。"

虞卿男做过近十年的制片人,去年裸辞创业,眼光毒辣。

"让他们拍板也难。"徐松巍说起那个大火的小游戏,刚开发时像皮球一样被资本推来推去,他说,"结果怎么着,现在谁没玩过这游戏?"

唐璃面前摆着一台笔记本电脑,她滑动鼠标运行代码,屏幕上出现游戏画面。唐璃研究了会儿,发现这款简陋的游戏距离完整还有很大差距,如果他们能拉来可观的投资,或许能推进这些流程,早日发行。

这时徐松巍开口问道:"你是什么专业?"

唐璃还没回答,柯瑞率先开口道:"她是金融。"

"不对啊。"徐松巍纳闷,"你一个学动漫的怎么还有金融专业的朋友?"

柯瑞说是留学聚会时认识的，唐璃笑了笑，继续研究游戏代码。

徐松巍问她："你能看得懂？"

唐璃："以前是计算机专业。"

"可以啊。"徐松巍惊喜挑眉，"技术部招人，你来当面试官。"

虞卿男白了他一眼："还是先干好手头上这事儿吧。"她又说，"我把咱们的商业计划书发给'蓝禾'了，你们猜怎么着？"

唐璃脑海中诧异了一瞬，她似乎在哪里听过这个名字，但只是一闪而过的念头，并未往心里去。

对于资本，唐璃和柯瑞显然有些外行，虞卿男到底是在社会上摸爬滚打过近十年的人，讲起来头头是道："周弥生这人虽然狠，但别小瞧他的眼光，咱们这计划书要是被他看上，就是一炮打响，半只脚迈进暴富路了。"

徐松巍"啧啧"道："说得我今晚都要做大梦了。"

唐璃的手搭在深色桌面上："这游戏内核并不算复杂。"

"所以咱们后续的视觉效果要设计得别具一格。"柯瑞势在必得，"这方面我有信心。"

虞卿男透着灯光看了唐璃一眼。她穿着黑色修身的上衣，脖颈间白皙细腻，脸庞清秀，眸光似琉璃。她冲着唐璃挑挑眉："你这几天有时间没？"

话题扭转，唐璃一怔："有的。"

"等着。"虞卿男说着拿出手机，在群里找到唐璃的联系方式加上，"等我联系你。"

唐璃惊讶道："有事情？"

虞卿男语气轻松道："这次面谈，他们不去没事儿，你得来。"

柯瑞推推眼镜："和'蓝禾'的人面谈吗？"

"对。"虞卿男手指在屏幕上划动，"周弥生亲自约我面对面沟通，唐璃——"她对人抬抬下巴，"你得跟我一起去。"

徐松巍纳闷："为什么一定要她去啊？"

彼时虞卿男已经收回视线，手指依旧忙碌在屏幕中，漫不经心地说：

289

"周弥生喜欢美女。"

包厢安静下来,唐璃一时无语。

徐松巍嘴一撇:"说得谁不喜欢似的。"

柯瑞笑得憨厚,举起面前的瓷杯:"加油干吧,伙计们。"

"加油!加油!"

去"蓝禾"的前一天,唐璃做了许多功课,她了解到蓝禾投资创始人周弥生的发家史,知道他今年三十二岁,大学毕业那年创办"蓝禾",白手起家。

在查看词条时,唐璃看到配偶一栏处熟悉的姓名。

看到媒体对周弥生和温尔雅婚姻生活的描述,唐璃好像一下子跌进了过去。柏纳庄园葱郁的树木,空旷寂寥,行驶过她身边价值不菲的车辆……唐璃恍然大悟。

夜色昏沉,她坐在飘窗前,身后是城市的万家灯火,映在屏幕中,像一道无法触及的虚影。

这是回国后她第一次想起程绍堂,想起他家中的沙发,她曾窝在那处听他漫不经心地讲旁人的故事,背后的夜色如同今日一般深沉。

距离她认识程绍堂,五年了……唐璃恍惚间想。

02

周弥生的那张脸,同记忆中并没有太大差别。

唐璃不得不承认,当初对周弥生那一眼于她而言很是淡薄。她能记起的,只剩当时狼狈落魄的感受。

会议上,虞卿男的讲述被打断,周弥生忽然抬手指了指唐璃:"你怎么说?"

唐璃微微眯了眯眼睛,而后才反应过来。她顺着虞卿男的讲述继续下去,那本不是她的活儿,还好之前研究过演示文稿,才能在这一刻坦然应对。

周弥生的压迫感很强,有身份的原因,也有其他。譬如说现在,满堂的人因为他的沉默而噤声，视线全部聚拢。

然而他说："你怎么总盯着我看？"

唐璃笑得好像没听懂一样，说："难道大家没有和我一样吗？"

周弥生微微蹙眉："是吗？"

尴尬是有的，可没人敢提。唐璃点点头，笑容依旧挂在唇边。

他也笑了笑："不错。"

出来后，虞卿男兴奋不已，她们离开时周弥生的表情和动作，显然表示投资是有戏的。

那天过后，唐璃开始忙碌于名下的两个公司和公寓，三点一线。

秦钲要上一批新款服装，摄影棚内，模特不断变换姿势。他见唐璃始终抱着笔记本在看，免不了好奇问她有什么忙。

唐璃这才告诉他，自己和朋友合伙开了一家游戏科技公司，项目正在开发阶段，目前在寻找投资。

秦钲脸上的表情，诧异、怀疑、愣怔，一秒之后，转为喜悦，他对着唐璃说"恭喜恭喜"。

摄影棚内有一盏大大的灯板，遮挡住唐璃纤瘦的身影。李格尔从外面进来，边走边叫着秦钲的名字。秦钲瞥见欢呼雀跃的她，抬手比了个"嘘"字。

再走近几步，她才看见坐在沙发角落里的唐璃——唐璃盯着笔记本电脑，手指在键盘上敲击，仿佛没看到她。李格尔自觉以为秦钲的那声"嘘"是怕打扰到唐璃，因为这一切都太巧合，也太合理了。

唐璃专注于工作，对周围的事物和人物变化视如无睹，工作群里多了几个人的相互调侃，显得不那样冷冰冰。

虞卿男："蓝禾"那边约我二次面谈，没异议的话，时间定在下周三上午十点半。

柯瑞：没异议。

第一次面谈，徐松巍有事没去，此消息一出，他玩笑道：没我，竟然也能进二番？说吧，这次要带谁？

虞卿男：没你，但是有美女。

群里你一言我一语,消息刷得很快。唐璃唇角带笑着看手机屏幕,下一秒有电话打进来,是一个陌生的帝都号码。

唐璃没犹豫,接起电话。

那边公事公办地说是"蓝禾"总裁特助,邀请唐璃在晚上七点的时间见面。

唐璃挂掉电话,她面如往常,只是心中不免多想。查询"蓝禾"的信息时,她曾看到过一些流言蜚语,那些话将周弥生塑造得真实立体,但左右不是个好人。

被现实推到这份上,唐璃终于动了神色,无奈地瘪嘴,探出一根手指头轻轻挠了挠脸。

夜色降临,他们约见的地点是一家酒吧,从外看平平无奇,进门之后别有洞天。唐璃在日本的那几年,曾因好奇去过酒吧,唯一的收获是发现自己不胜酒力。所以她这次带了秦钲来,有个能信任的人在,总是好的。

十月末,昼夜温差大,凉风扑面,进来这道门,像是走进新世界,热浪翻涌。

唐璃晃晃手机,对秦钲说:"等我电话。"而后转过身,朝酒吧深处走去。

她推开包厢门,人群自觉噤声,只剩玻璃杯壁触碰,响得干脆。周弥生坐在包厢的黑色沙发中间,镭射灯光似乎要穿透地板,空气里弥漫着浓郁的烟草气息。

男人们的眼睛被吸引,带着不怀好意的精明。

唐璃微微颔首,噙着点儿笑意与周弥生对视过后,坐在了距离门口最近的沙发处。

没过一会儿,便有人坐在了她旁边的位置,问:"玩不玩游戏?"

唐璃转过头,面无表情看着面前陌生的男人。她有些诧异,其实她的长相和气质就不像是会出现在这种地方的人,而且她认为自己表现得挺漫不经心的。

不过，因为确实是有求于人，她应声，问那人是什么游戏。

男人拿出一沓卡片，笑道："比谁抽的数字大。"

"这么简单？"唐璃余光中看到周弥生不经意间瞥过的眼色，她不紧不慢地问眼前的男人，"筹码呢？"

"哪有什么筹码？"男人好似很有风度地说，"哥哥输了喝酒，妹妹就没有输这种说法。"

他说着，还煞有介事地看着唐璃。

唐璃只觉无聊透顶，伸出手指在面前的一排卡片中抽出一张红桃K。

男人"哇哦"一声，随手拿出一张7："输了输了，哥哥自罚一杯。"如此套路，他连续自罚三杯。

第四次抽卡，唐璃终于输了。

世上没有免费的午餐，她笑着问："说吧，什么筹码？"

男人笑得前仰后合："哥哥说了，没筹码的嘛。"

"你怎么知道你年龄大？"唐璃不喜欢这自以为是的称呼。

男人明显愣怔了一下，眼睛无意识地眨了眨。也许他并不坏，那一瞬间，唐璃萌生出一个错觉。

而后，他说："这样吧，妹妹，我问你一个问题，你回答我，这问题就当筹码了。"

"你说。"

"你喜欢哪样的男生？"他眉眼灼灼地看着唐璃，"我这样的行不行？你看我——"

"温聿，聊什么呢？"终于，有人按捺不住。

温聿的神情立马顿住，他蹙眉，毫不避讳地翻了个白眼。

周弥生躬身给自己倒酒。温聿在他眼皮子底下和被他叫来的人玩了快半个小时，他浅浅地投去一个眼神。唐璃面色如常，神情自若，一副无所谓的样子。

温聿眼睛亮闪闪的，眸色里带有几分浅淡的不谙世事的意味，这让唐璃想起了曾相识的一位小姑娘。

冰凉液体滑过喉咙，周弥生直勾勾地盯着这方看，脸色深沉。

温聿笑嘻嘻道:"姐夫,你就当我不在。"

唐璃蓦地一愣。这一屋子七八个人,原本是没有温聿的位置的。可不知是谁透露了风声,他赶在唐璃之前抵达了这地方。

唐璃真是无心干涉旁人家事的。她就是单纯想拉拢周弥生投资。

温聿又凑过来问她:"我这样的,你看不看得上?我看你年纪轻轻,长得漂亮,选择应该挺多的吧?"

温聿的眼神变得深沉。他也不在意旁人的视线,只是看着眼前的姑娘,漂亮到扎眼,明明穿得正经,巴掌小脸看起来极单纯,可言语神色透露的姿态如此勾人。

温聿问她:"你知道他结婚了吗?"

唐璃淡漠地看着他,让温聿看不懂她的意思。

"我问,你知道他结婚了吗?"

满室寂静,只有灯光,闪得让人心烦意乱。

"我想你误会了。"她说,"今天是我和他第二次见面。"

温聿质疑:"第二次?"

"上一次是在'蓝禾'。"唐璃不想在此耗费太久时间,她从黑色沙发处起身,言简意赅,"我是乙方。"

温聿人高腿长,唐璃也就是在那一瞬间发现他眉眼与温尔雅的三分相像。

周弥生嗤笑一声:"严格来说,还算不上乙方。"

唐璃看了他一眼,抿了抿唇。

"什么乙方?"温聿眉间的质疑再加几分。

唐璃茫然:"乙方,你都不知道吗?"她到底在跟一个什么样的少爷聊了半天?

有人帮腔道:"温聿,你估计是误会了,这姑娘我们都没见过。"

"对啊,没印象。"

"那就说说哪个是你们见过的?"温聿脸上挂不住,音量骤然升高,又拉长尾音,气愤明显,"说啊——"

周弥生身边人来来往往,有的连名字都没留过。

气氛焦灼,无人敢应,始作俑者始终一副高姿态,冷眼看着眼前的一切。

唐璃想起很多年前温尔雅找程绍堂的一幕,在R大篮球场外,她没有忽略美人脸上的落寞。

那时候,温尔雅在和程绍堂聊的,大概就是周弥生。

温尔雅应该早就知道周弥生的为人,为何选择嫁给他?明明她的家世背景同样不可小觑。

唐璃站在灯光下愣了半响,听温聿不吐不快,都是些家长里短的故事,她没法儿做评价,趁着温聿兴头正高,转身开门。然而,她后脚刚刚踏出包间门,便听到那人的叫嚣:"你给我回来!没有我同意,你别想走!"

唐璃后知后觉地想——温聿八成是疯了。

她亦有些后怕,这场景大概连周弥生都料想不到,她心口吊着一口气,赶紧掏出手机给秦钲打电话。

身后除了温聿,没有人追出来,他们只当是场闹剧,一场大少爷的无名发泄罢了。

突然,耳边传来一道熟悉的声音。

第一声唐璃没有认出,以为是幻音。可到第二声,唐璃想了起来。

冯天若捏着手机,眉间微蹙,站在原地:"真的是你?"

他替她解决了身后的麻烦,直至温聿被人接走。唐璃站在原地,手心处手机振动,秦钲发来消息,问她什么时候走。

她没回复,向冯天若道了谢。

冯天若笑了声:"唐璃?"

唐璃面色平静:"好久不见。"

"什么时候回来的?"冯天若上下打量着她,压不住笑,"怎么没听你说?今儿个碰见了,一起吃个饭?"

唐璃站定,昂首挺胸:"改天吧,改天我请您。"

她穿了双带跟的小皮鞋,长鬈发垂在胸前,微微拢起,比几年前看着更成熟,也更有魅力了。冯天若觉得有趣,没打算放她离去,还特意跟她聊了几句。

酒吧二层充斥着各种乱人心扉的噪声，右手边的围栏下是五光十色、动感十足的舞池，男男女女摩肩接踵。

"我朋友在楼下等我。"唐璃点头，意欲离开，"今天谢谢了。"

"欸——"

冯天若这一声，唐璃以为是在叫她。

"来了啊。"他笑着，手指冲人点了点，"过来啊，看看谁？"

某种强烈的预感促使唐璃定住脚步，她看过去。男人立在走廊尽头，黑衣黑裤，身形颀长，还和以前一样，浑身透着股懒散劲儿，浅色灯光洒在黑色发丝上，他手插在兜里，手腕处换了一只精致的手表。

他神色寡淡地看着她，平静凌厉的眼神中隐约带着些许涌动。

四目相对，记忆的匣子被撬开，似洪水猛兽般涌来。影子不断蔓延，逐渐被灯光拉长，他正在朝她走来。

唐璃转身就走，没往后看一眼。

冯天若拉住程绍堂的小臂，看好戏地问："干吗去？"

程绍堂说："松开。"

简单两个字，冯天若看到了他眼中的波涛暗涌。

冯天若松开他的手臂，知道他想干什么，想说不急这一会儿。但程绍堂没给他开口的机会，目光始终没看过他。

冯天若倚在二楼栏杆处向下望，那抹倩影穿过人流灯光走向门口，他吐了口气，"啧啧"道："孽缘啊。"

车子启动前一秒，唐璃扭过头，程绍堂踏出酒吧门口，暖黄色灯光照在他黑色衬衣的肩上，显得他更加利落干脆，也更成熟。车子渐行渐远，他一动未动，站在原地，直至消失在夜色里。

"今天真是——"唐璃倚靠在车后座，叹了一声，"太倒霉了。"

程绍堂回了包厢，夺过冯天若手中的酒杯："她什么时候回来的？"

冯天若唇角噙着看热闹的笑，稀奇地问："哟，不走了？"

程绍堂看他。

"好了好了。"冯天若求饶道,"刚把温聿送走,没讲几句话。"

"温聿?"

房间里人不多,三三两两凑在一起,偶尔有笑声传过来。冯天若低声说:"来找周弥生的,估计是为他姐,小孩子气性大得很。"说着他又纳闷,"你那个小女友怎么会被温聿追出来?她认识周弥生?"

程绍堂面无表情,回答得干脆:"不知道。"

他很久没听到有人用这个词来形容唐璃和他的关系,也很久没见过她。就算唐璃认识周弥生,也是在和他分手以后。

"分手之后就没联系过?"冯天若好奇地看他。

"没有。"

"搞什么啊?"冯天若笑得前仰后合,他认识程绍堂二十几年,唯一见过的和程绍堂有过特殊关系的异性就是唐璃,想起原本青春单纯的小姑娘,冯天若又问,"她今年有多大?"

"二十三岁。"

"啊,好年纪。"冯天若赞叹,唐璃看着就不像很大,却有种超越年纪的淡然。

程绍堂坐在沙发上,手里拿了一杯啤酒,摇摇晃晃透过玻璃壁折射出浅淡的光,水珠沿着杯壁滑落,光线朦胧,笼罩住他的视线,掩盖不住暗色中他优异的侧脸轮廓。冯天若看他看了好一会儿,想着他久别重逢,心中不犯点儿涟漪,确实是不可能。

程绍堂不像他,他去年经家里介绍认识了现在的妻子,如今还有几个月就要升级当爹,生活幸福。

冯天若放下酒杯,忽然想起一件事儿。

"你说——"他神色认真,"唐璃会不会是周弥生叫来的?"

闻言,程绍堂侧过头,他依旧面无表情,眼底漆黑。

"这有可能啊。"冯天若分析着,想起温聿那架势,他笃定道,"绝对就是。"

程绍堂:"你认真的?"

他的表情算不上烦躁,但总归不太好。他没法形容自己当下的心情,定着神色看了冯天若几秒,细细品味冯天若话里的意思,然后将杯中酒一饮而尽,转身离开。

这次是真的走了。

冯天若看程绍堂的背影看了好一会儿,才反应过来——这人是去打探消息了。

03

唐璃在帝都其实是没什么朋友的,回国近一个月,她忙着添置家具、更新视频,除了秦钲、工作同事和合作伙伴,几乎没人约她。

某天下午,唐璃从公司出来,接到了虞卿男的语音通话,对方兴致勃勃地问她要不要一起做SPA(源于拉丁文"Solus Par Agula",意为水疗美容与养生)。

唐璃说:"好啊。"

虞卿男今年三十岁,性格潇洒自如,脸上看不出岁月的痕迹。可一见唐璃,她却感慨:"年轻就是好啊,看看这脸,看看这身材,啧,让人垂涎三尺。"

唐璃被她夸着,忍俊不禁:"我要是能有你一半会说话就好了。"

帝都的秋天很美,站在几十层楼高的地方俯瞰,道路干净,树叶泛黄,似油画般美妙。

两人一人一张床,按摩师示意平躺,唐璃一大片肩颈肌肤露出来,雪白,散发着香气。

"我前几天刷到一个人。"虞卿男目不转睛地看着唐璃,说了她的社交账号名称,问,"是你吗?"

唐璃说:"怎么了?"

"真是你啊。"虞卿男用不得了的语气问她,"看不出来,你还是个网红!"

唐璃谦虚道:"算不上。"

她申请账号本身就是为了带货,原始粉丝也是最开始通过电影吸引来的观众。说起来,粉丝量真正暴涨的阶段还是被人污蔑,同人打官司那会儿。再之后，便稳定增长了。

"百万粉丝了，这还算不上？"虞卿男说，"唐璃，我发现你这人特谦虚。谦虚好，可过度谦虚了，会让人觉得假惺惺，不容易相处。"

这话，唐璃就不好接了。

"不过，我挺喜欢你。你漂亮又年轻，看起来是能干大事儿的人。我听柯瑞说，你在学校的成绩非常优秀。而且上次你介绍我们的项目，也说得很好。"她沉吟道，"要不然这样，第二次面谈你来谈。"

唐璃是个聪明人，一听就明白虞卿男的意思。

她无所谓道："可以，没问题。"

虞卿男被唐璃这股子飒劲折服，忍不住问道："你有男朋友没？"

"没。"

"也是。"虞卿男看着她，一本正经地评价，"谁能配得上你。"

对话聊到这里，空气便趋于平静了。香薰蜡烛将鼻尖气息染成浅淡的茉莉香，唐璃闭上眼睛，躯体的放松令她昏昏欲睡。

她回忆起那日与周弥生的见面，又不由自主想起那个名叫温聿的男生，唐璃思来想去，认为周弥生和程绍堂应当认识。而冯天若和程绍堂一起长大，他替她打发了温聿，程绍堂不可能不知道此事。

绕来绕去的，逃离不出这个圈子。

唐璃正思忖着，虞卿男忽然惊叫一声："有病啊！'蓝禾'竟然取消了二次会面！"

唐璃倏然睁开眼睛。

"搞什么啊？"虞卿男从床上坐起来，一边拨通电话一边吐槽，电话接通后，又变成另外一副面孔。

"嗯？周总不方便？"她说着"理解理解"，转而问周三不方便，何时方便。

那边回复说是不确定，等通知。

虞卿男挂断电话，紧蹙着眉，表情黯淡，半晌无言。

"男姐？"唐璃轻声唤她，"周弥生是不是故意的？"

虞卿男回答得也很快："不会吧？我们又没得罪他。"

唐璃平静地问："如果得罪了呢？"

"如果得罪了的话——必然会被取消。"虞卿男看着她，认真道，"周弥生这人不仅心狠手辣，而且有仇必报，得罪不得。他仗着自己有实力，老婆家里背景雄厚，没人敢得罪他。"

她愁眉不展地给柯瑞打了个电话，说明情况，连做 SPA 的心情都没了。

唐璃躺在床上，望着头顶金铜色的装潢："他只说取消了周三的二次会面，没说下次？"

"嗯。"虞卿男轻抿了唇，手扶着额，"难道'蓝禾'有更好的项目了？上次面谈的时候说得好好的，他怎么能这么轻易地取消我们的会面——真猖狂。"

唐璃闭着眼睛，面无表情地享受 SPA，心里五味杂陈。

这个项目对她很重要，她把近几年的积蓄悉数投入，如果她真想得罪周弥生，之前就不会"只身一人"赴约。

唐璃躺在床上假装昏睡，直到搁置在一旁的手机振动，她才缓慢地睁开眼睛。

没想到，周弥生这么快就会联系她。

帝都的秋天很短，短到一不留神，气温骤降，尽显萧瑟。赴约那天，唐璃穿了件长而修身的卡其色大衣，配一双裸色皮鞋，整个人端庄优雅。

周弥生坐在她对面，包厢上方的灯光渲染了他的眉眼，瞳色透出淡淡的笑意。

唐璃道："抱歉，下雨了，路上有点儿堵车。"

周弥生示意她坐："该说抱歉的人是我。"

那你怎么不说呢？她在心里吐槽。周弥生这个人，实属狡诈。若不是为了公司和合作伙伴，为了之前的投入不打水漂，唐璃万万不会来赴他的约。

包厢里仅有他们二人，喝的是茶。唐璃对茶艺没研究，周弥生却是一会儿酌，一会儿焖，认真又正经。不过，唐璃一见他就忍不住想起那日温丰歇斯底里的质问,只觉得他太会伪装了。

周弥生太久没说话,包厢里有杯盏相碰的叮当声和茶水潺潺声。

唐璃想着想着便入了神,灯光映在桌面上,衬得她肤色更白。虽然穿着端庄,可还是能叫人一眼看穿她稚嫩的年龄。

他说:"唐小姐是哪儿的人?"

怎么是个人都这么爱打听,唐璃淡淡地回:"江苏。"

周弥生颔首,闲聊道:"前几年有个项目在江苏,可惜没定下来,被一个不知死活的人抢了去。"他摇摇头,垂眸看茶,"可惜啊。"

唐璃:"周总,您手下比那个项目好得多了去了。"

周弥生笑笑:"话不能这么说。"

那要怎么说?唐璃顿觉口干舌燥,跟周弥生学着垂眸看茶,端起茶杯一饮而尽,一抬头却发现对方用见鬼的表情看自己。

"你都喝了?"他的语气多少带了嘲弄,可他不纠正,就那么沉沉地笑。

唐璃抿了抿唇,茶水在口腔中留有余香:"周总,我们那个项目——"

"知道这是什么茶吗?"周弥生假装没听见,还保持着那个姿态从容的模样,"大红袍,味道怎么样?"

唐璃轻轻叹了口气:"不错。"

"当然不错。"周弥生别有意味地说,"只要味道好,再贵也有人买。"

他抬眸:"你说对不对?"

唐璃捏了捏膝盖处的裙摆,唇角提起来,说:"对。"

她似乎完全听不出周弥生的画外音,见缝插针地提及项目投资的事情。他叫人推了二次会面时间,她便不屈不挠地问他何时有空。

她目的明确到,让周弥生忍不住笑。

唐璃也觉得自己过于认真了,但没关系,大不了叫人当成疯子,不敢随便招惹。是谁同她讲过,世上人最害怕两种人,一种是疯子,一种是不怕死的人。

她认认真真地介绍项目内容,谈及项目前景时眼眸放光,那是有梦想的人眼中特有的光辉。可惜周弥生大发慈悲般听她讲完,给予了一句不算评价的评价。他说:"唐璃,你这人真有趣。"

唐璃粲然一笑:"谢谢周总夸奖。"

她抿了口茶水,放下杯子前,一秒调整思绪。放下杯子后,她依然把自己放在"销售"的位置。

周弥生皱着眉头,再次打断她:"听说你——家庭条件挺一般的。"

唐璃噤声。

"全部身家都投进去了?"他挑眉。

唐璃望着周弥生的脸,长吸一口气,整理好的措辞仿佛在一瞬间被打散了。不愧为白手起家的人,眼光如此毒辣。

他应该和程绍堂年龄差不多,却拥有和程绍堂截然相反的性格。

唐璃记起了,曾经是谁告诉她那句话。漫长岁月的蹉跎中,是谁手把手教她成长。

她抿紧唇笑,想知道周弥生到底要说什么。

打破平静的是唐璃突兀的手机铃声,她拿起一看,竟是虞卿男打来的。

唐璃面色淡定,心中不免警铃大响。虞卿男打来电话势必是谈工作相关事宜,她和周弥生说声抱歉,出去接电话。

周弥生勾着唇笑。

唐璃接了电话,虞卿男咋咋呼呼地问她现在在哪儿。

唐璃的手心有些凉,她很想对虞卿男说,能不能不找周弥生投资了,这人实在狡诈,她这顿饭吃得太累,忍下了太多次夺门而出的冲动。

她问虞卿男怎么了。

虞卿男语气里满是骄傲:"我找到更厉害的投资公司了!"

月色暗淡,窗台照影,耳边"嗡"的一下,似乎炸裂。唐璃愣了一瞬:"什么意思?"

"意思就是,他取消老娘的二次会面,老娘另觅佳人,不伺候了!"

跟虞卿男再三确定好,唐璃的心终于定下来。

她回到包厢,拿好自己的小包,周弥生忽地要笑不笑道:"我几次三番约你见面,知道你是个聪明姑娘。"

302

唐璃平静地说："我不敢揣测您的想法。"她耸耸肩，假模假样地冲他招手，"周总，我没这个福气，品不了您这茶，您还是另请他人吧。"

周弥生的表情，唐璃能记很久，那不是震惊，不是错愕，而是一种内敛的深沉和阴森。

唐璃知道，她和周弥生的梁子算是结下了。

坐在暖风阵阵的车里，唐璃打开车窗，清凉的风夹杂着湿意扑向脸颊，唐璃询问虞卿男是哪个公司。

只是，她丝毫没想到，虞卿男回复她的，是程绍堂的公司。

唐璃这才回忆起，他的公司——壹源投资，怎么会不算行业翘楚？

04

程绍堂借机添加唐璃的联系方式，唐璃看见了，却没点击同意。和当年相比，他的套路几乎没变，诱使她一步一步走向距离他更近的地方。但他现在似乎更直白一些，连伪装都懒得做了。

可是，唐璃阅历渐增，不再是当初那个十八九岁的小姑娘了。

秦钲和李格尔带来食材来唐璃家里做饭。

李格尔亲自下厨，做了糖醋鲤鱼、红烧小排、虾仁滑蛋，还有炒青菜。她让秦钲给唐璃夹菜，忙忙碌碌一晚上才坐下："钲钲说你几年没回国，瘦了特别多，他让我一定要做一桌拿手菜给你尝尝，最好能把你喂胖。"

唐璃端着碗，睁着双闪闪亮亮的大眼睛。羞赧让她开不了口，秦钲替她说道："那就谢谢李大厨今晚的辛苦！"

李格尔笑了笑，转头问唐璃："好吃吗？"

唐璃点头："好吃，谢谢。"

李格尔察觉到唐璃的拘谨，没再说话，过了会儿，去了厨房。

唐璃冲秦钲道："你真是个有福气的。"

秦钲："你这话怎么不当着人的面儿说？"

"说不出口。"唐璃喝了口汤，淡声道，"就稍微一感慨。"

感慨他无论怎么找，都能找到好姑娘。不过，她和李格尔暂且算不上朋友，她不知道对方的示好是自愿，还是碍于秦钲对她关怀备至。

李格尔和许沉吟不一样。

　　"唐璃。"秦钲叫她。

　　她一抬头，就看见秦钲目光灼灼的眼睛，看着她："她有没有联系过你？"

　　唐璃瞬间懂了，可是她也真的不会再骗他："没有。"

　　"你知道我说谁呢？"

　　"知道。"

　　唐璃余光中看见李格尔朝这边走来，她没有让话题继续，忽而转口，问道："钲钲，你还记得程绍堂吗？"

　　"你那个前男友？"

　　唐璃点头，在李格尔坐定之前垂下眸，避开她的目光，漫不经心地说："对，可能会有工作往来。"

　　秦钲"哟嗬"一声："这么离谱？"

　　"你也觉得离谱？"唐璃头也不抬，"还和以前一样的离谱。"

　　秦钲放下筷子，双肩耸动倒向李格尔所在的方向，说："格尔，我和你说过没？璃璃有个巨有钱的前男友，本地人，有公司，长得很帅。"秦钲眼睛看向别处，过了会儿又道，"我记得我们大一那年开学，一下大巴车，我就看见一辆保时捷，那车牌号和璃璃的生日还是一样的，'221'，天底下哪有那么巧的事，第二年我才知道，那车的主人是璃璃的男朋友。"

　　原来他对程绍堂印象那样深刻，唐璃幽幽看了秦钲一眼："他也是后来才变成我——"她顿了顿，"男朋友的。"

　　"所以说巧啊。"秦钲蹭蹭李格尔的手臂，"你说是不是？"

　　"是挺巧的。"李格尔笑了一声。

　　听她的声音，似乎对此不感兴趣，但秦钲滔滔不绝。唐璃主动叫停，说是都过去了，没什么好回忆的。

　　"怎么不能回忆了？"秦钲用目光质问她，说她变了太多，没以前那样纯粹单纯。

　　唐璃内心里也有这种感觉，但她现在二十三岁，五年过去了，如果

304

一点儿也没变,是不是有些太可怕了?所以她不动声色地将秦钲的话顶了回去:"身边人都变了,还说别人不纯粹?"

满室寂静。

后来唐璃意识到错误了,人本就应该朝前看,而不是攥住过去不放。这点她自己过得通透,却始终不能容忍旁人如此。

从前的唐璃陷入怪圈,是在程绍堂那里。如今她忘不掉的,是许沉吟。她忘不掉许沉吟的美好,忘不掉她们惺惺相惜般的彻夜长谈。

她尴尬得无所适从,不过李格尔很体面,不仅不言语,还在临走之前将碗筷清理干净。

直到送人离开,唐璃才彻底松了一口气。

她心里不好受,或许李格尔心里更不好受。

"她是真的不喜欢我。"出来电梯,地下停车场入口,还未上车,李格尔便忍不住说出这句话。

秦钲牵着她的手,话语未经大脑,脱口而出:"你想多了,璃璃她就这样。"

李格尔红着眼眸,吸了吸鼻子,道:"我们都在一起那么多年了,你还忘不了她吗?"

秦钲皱着眉头回道:"是唐璃,不是我,你别乱说。"

李格尔没见过许沉吟,但听人说过。那是一个美丽灿烂的姑娘,灿烂到将光环重重压在了她身上。

"她们关系好,但璃璃和我一样,很多年没联系过她了。"秦钲解释说,"我们在一起快五年了,谁也别猜忌谁。我带你见过父母,现在不结婚是觉得太早,还不够稳定,要不然的话,你早就是我老婆了。"

车子开出地下停车场,视线中夜色浓郁,霓虹闪烁。

"你喜欢过她吗?"灯光闪过李格尔的眼睛,委屈的情绪浮浮沉沉,她咕哝着,望着车前方。

秦钲:"谁?"

李格尔说:"唐璃。"

秦钲扭头看了她一眼,眼神十分诧异:"你胡说八道什么呢?我们认识多少年了？"他嗤笑一声，"原来你是吃醋？"

李格尔没否认，依旧十分委屈。

秦钲说："那你可就真冤枉我了。唐璃这个人啊，不光你觉得她不好相处，我也觉得她难伺候。"他顿了顿，把那句"她若是喜欢你，你就会觉得她好相处"掩在心里，继续道，"但她就是能让人感觉靠谱，关键时刻从不掉链子。她很要强，也很强，上学时同时打几份工，到现在，有两家公司，还有百万粉丝。"

李格尔沉默道："我承认……"

秦钲再度将目光移到她身上，冲她笑了笑，颇为贴心道："你要是不舒服，以后我少带你见她。"

"算了吧，都是朋友，而且她是我上司。"李格尔表情肃然。比起那份尴尬，她更害怕秦钲与唐璃单独共处，即便她知道是自己的不安在作祟。

唐璃开了两瓶啤酒，她斜撑着脑袋，将窗户开到最大，灯关了，窗外有光渗入。

良久，铃声响起，毫无预兆。

"唐璃？"对方说出她的名字时，声色喑哑低沉，黑夜里掺杂着性感隐忍。

月色皎洁，晚风吹拂，唐璃捏着手机，哼笑了声，言语里透着微醺的意味："程绍堂？"

"嗯。"他说，"是我。"

"你真烦人。"

程绍堂听得一怔："哪里烦人？"

唐璃就是笑，笑得很轻很柔。他知道她醉了，醉得不多。他也知道，倘若不是她醉了，这电话八成是要被挂掉的。

唐璃猫一样蜷缩在沙发里，恍惚间想起曾经也是这般被人拥进怀里，那怀抱暖得，她一辈子都忘不掉。

他问她："是不是喝酒了？"

唐璃说："是啊，怎么着，你管我吗？"

隔着电话，她肆无忌惮，怼人的话说了一箩筐："程绍堂……你就是个浑蛋。"

程绍堂无言："你住哪儿？我去照顾你成吗？"

唐璃一声笑出来，半醒半醉，十分放肆："你想见我就直说，还照顾我……"

他也笑："对，我想见你。"

唐璃"哼"了一声。夜风吹得她有些冷，她缩得更紧了，朦朦胧胧间觉得自己是在做梦，所以一切都不作数。

"给见吗？"他沉声道。

唐璃透着夜色，手指定在空中，一点一点描绘他的脸："程绍堂，我承认自己还忘不了你，但我们不可能了。"

这是重逢后唐璃第一次对他敞开心扉。她不知道，这句话对于始终憋着一口气的程绍堂来说，意味着什么——她给了他撞南墙的底气。

程绍堂低声说："没有什么不可能。"

听着她渐匀的呼吸声，他挂断了电话。眼前是万家灯火的帝都，霓虹闪烁，迷蒙一片。她的眼睛、脸庞、笑容在城市夜色中凝聚成光，清晰涌现在他脑海中。她瘦了，原本微微肉感的脸颊变得柔和，目光却更犀利。

程绍堂站得笔直，想起在酒吧遇到的那晚，她对他避之不及，可是现在，他什么都知道了。

身后的光强烈炽亮，均匀散落在地板上，不久后，她也会看见这束光。

过去的几年里，程绍堂有时工作累了，就泡一杯热茶放在面前，望一望窗外。远处车水马龙的城市高架，挤得水泄不通，眼前的马克杯是纯黑色的，毫无装饰。

他总会想起唐璃。

家庭原因，他对情感很淡漠。唯独那个小他十岁的表妹，总爱来找他麻烦，要钱买东西是小事儿，占据他的时间才是让他头疼的辛苦事。

程立秋巧舌如簧，善于包装，三言两语把自己比喻成世上最可怜的姑娘,他对此嗤之以鼻。

至少在程绍堂心中,真正的可怜人不会逢人便说自己的可怜。

他不情不愿地送她去了学校。很久之后,程绍堂才后知后觉,其实他该感谢程立秋。

初次见到唐璃,他只是觉得她长得像一个人,他一瞬间难以忆起那人是谁,但唐璃的脸红,引起了他的注意。不管是在学校,还是在程立秋的生日宴上,唐璃的身影总是出现在他的视线中。他不得不承认她的出挑,她单单是站在那儿,就吸引了不少人的目光。

他没有恋爱经历,可他在唐璃面前有在外人那里感觉不到的轻松,或许是她太过拘谨,所以衬得他倒是更为主动的一方。

不过现在想想,他一直占据上风。

他若不主动,唐璃大概不会向他迈出半步。

他大唐璃八岁,所以有些事得考虑好。小姑娘坠入爱河不管不顾,他不能和她一样。只是每每想到她的纯真与一腔热情,想到这场无疾而终的爱情,他都觉得遗憾。

与唐璃断联后,程绍堂曾旁敲侧击地向程立秋打听过她。

柳絮飘飞的新春,程绍堂收到陈管家的消息,他那对女儿"不管不顾"的小姑从法国飞回,将丈夫带给家族里的人认识。

程立秋把他堵在门口抱怨,说咱俩算是同病相怜。

聊着,程绍堂话锋一转,问她:"你那室友还勤工俭学吗?"

他自觉话题转得完美无瑕,可情绪莫名收紧一瞬。

程立秋表现得对此问题很是认真,神态也变了,言语认真地反问:"哥,你是在说唐璃吗?"

程绍堂装模作样:"是叫唐璃来着。"

"她转了专业,还转了宿舍,听说下学期要去国外做交换生,历时两年。"

程绍堂一言不发,心脏如同被人闷声一击。

程立秋又问他:"哥,你是不是也觉得唐璃很漂亮?"

程绍堂黯然看着眼前的小姑娘,不声不响。

后来，程绍堂时常梦见唐璃。说来也奇怪，在一起时，他矜持着，说什么怕她后悔，可每当夜深人静，女孩出现在梦里，他便明了，一段感情中，她不后悔，他便该悔了。

可唐璃删掉了他所有的联系方式。

她那样年轻，她未来可期，她是真的不要他了。

05

许沉吟曾告诉唐璃，酒能壮胆，她深有感触。

唐璃也是在很久之前的一次壮胆中，发现自己醉酒之后记忆清晰，连言语动作和当时的心情都异常清楚。现在，她坐在餐桌前吃着贝果，盯着手机屏幕里的通话记录，心绪乱成一团麻线，有点儿无奈。

但不等她多想，虞卿男打来电话，邀她一起前往"壹源"签合同。

与周弥生拉扯数日，都没能争取到二次会面的机会，此次却轻易地进行到签约合同的流程。唐璃不太想承认这事与她有关，但想起昨晚电话中那人的态度语气，她很难说服自己。

她挂断电话，没什么表情地嚼着贝果，卷翘的长睫轻轻颤动，晶亮的眼睛望着前方，不知道在想什么。

前往"壹源"的那天，四人"倾巢而出"。

大厦处于帝都最繁华的地段，而壹源投资在大厦顶层。楼下喧嚣甚远，楼顶精致尽显。入门处是金属质地的公司 Logo，璀璨灯光折成光点，干净无瑕的地板蔓延至公司内，整个墙面都是落地窗。

徐松巍忍不住赞叹："真气派。"

柯瑞扶了扶眼镜框，眼睛中散发着喜悦的光芒。

经过上次的失败，虞卿男紧张得不行，连舒了几口长气。

唐璃站得笔直，目光落在那金光璀璨的"壹源"之上。她还记得曾经的某个夜晚，程绍堂将壹源投资公司的项目书扔到桌上，直至她拿起，他温柔询问她的想法。他带她去过项目工厂，承诺做她的个人投资者，给她指引公司位置——是光的方向。

兜兜转转，一切竟印证了他的承诺。

合同一签,他便真成了她的投资者。

明助理出来时,唐璃还望着那里发呆,直到熟悉的声音传来:"你们好,请跟我来。"

柯瑞和徐松巍西装笔挺,虞卿男满面春风,唐璃倏然转过眼去,对上明助理的视线。他笑容得体,丝毫不避讳,对唐璃说:"唐小姐,好久不见。"

其他三人愣怔,反应过来唐璃与总裁助理相识,又立刻绽放笑脸——人脉是成功的辅助,多个朋友多条路。

唐璃不懂明助理的热络,印象里他是敬业守岗标兵,不会在公众场合扯私人关系,然而他不紧不慢道:"你这几年在日本怎么样?"

唐璃说还好,客套地回问:"娇娇呢?"

娇娇是明助理的老婆,也是唐璃开创网店时的合作伙伴。只是流年易逝,她们很久没联系过了。

明助理笑道:"她最近在家带孩子。我和她说起你,她要我请你去家里做客,你一定要给我这个面子。"

唐璃没有推辞,明助理一如既往的彬彬有礼、温和面善,让人感到亲切。

快到会议室时,他忽然转过身体,目光扫过与唐璃并肩的众人,询问他们是否准备好了。

原本就有些紧张的柯瑞更加紧张,克制自己压下心中慌乱。徐松巍和虞卿男像是见惯了大风大浪的人,笑意盈盈地回应明助理。

只有唐璃,默不作声。

明助理看着她,真诚地说加油。

唐璃认为他这话别有用心,是重逢旁观者的见证词,而这场重逢现在又成为一场博弈。

白色简约的装修风格,门被打开的瞬间,会议室里坐着的男人倏然抬眸,倒映着光,眼神深邃而缱绻。

身后有人轻轻地咽下一声惊叹。

"坐。"他似有若无地说出一声,听得众人紧绷神经。

除了门开后扫过的一眼,唐璃自始至终没看他。

程绍堂听虞卿男认真讲述完毕,直截了当道:"小明,把合同书给虞小姐,你们看看有什么不满意的。"

虞卿男很满意,将合同书递给唐璃。

唐璃接过合同书反复比对,察觉到条款内容比预期高出得不是一星半点后,淡淡地推给了柯瑞。她脑子迟钝地转,眼睫微颤,缓慢抬眼,那人也在看着她。明媚阳光透过玻璃落地窗涌入,地板墙面人影错动,视线在空中交汇,唐璃轻轻点了点头,算是问好。

从今以后,他高高在上为甲方,她给予他基本礼仪。

只此一眼,唐璃移过视线,直到结束都不再看他。

合同签约完毕,明助理适时询问他们要不要参观一下公司。

"可以啊。"虞卿男十分得体道,"有幸参观,求之不得。"

明助理将他们四人交给同事,准备离开时,他忽然叫了声"唐小姐",道:"请您跟我来。"

唐璃顿住脚步,愣了半秒,跟虞卿男三人道了别,跟随明助理离开。

壹源投资占据大厦最顶三层,可以俯瞰帝都CBD最豪华的地段,唐璃走在走廊间,偶尔透着玻璃窗向下望,建筑清晰,道路盘错。她走得平稳舒缓,甚至在这种舒缓中有意轻嗅空气中浅淡的香气。

明助理走在她左前方。

"明助理。"

"在。"

"他找我什么事情?"

明助理沉默数秒,回道:"我也不知道。"

回国后第一次见面,程绍堂就似乎有话要对她说,上次通话,他却没说出个所以然。唐璃在这种被人压制的情况中倏然想到,也许程绍堂想和她重归于好。

几分钟,唐璃被领到总裁办公室,明助理敲响门后离开。唐璃走进办公室,一转身便看见同样在看她的男人。她视线微顿,转身关门,而后再次将目光转移到那熟悉的身影上。

他坐在办公椅上，手里拿着一支昂贵精致的钢笔，落地窗外透进的光，给他的身型洒出一层金色的轮廓。

他像是在梦里，不过这是一场真实的梦境。

他说："好久不见。"

程绍堂望着她的眼睛，恍惚间觉得他们从没分开过。可看她疏离冷漠的态度，明艳得体又避之不及的模样，这才意识到她将身份转化得有多好。

好似只有他陷在回忆里，没出来过。

他起身为她倒了一杯水，唐璃一直站在距离门口不远的位置。她不过去，他便过来。

程绍堂把手里杯子递给她，问她渴不渴。

唐璃早就看见他手里的杯子和她那个一样。她的眼神定在他指尖半晌，而后不紧不慢地接过那杯子，说了声"谢谢"。

"怎么想起来做游戏？"他声色温和。

唐璃平静道："巧合。"

"嗯。"程绍堂低笑，"我也是凑巧看见你们的项目，好好构思游戏结构，后续合作引流，效果应该还可以。"

没想到他会和她交流项目，唐璃冷漠的态度出现一丝细微的裂缝："那就谢谢程总了。"

"程总，这么见外？"程绍堂挑了挑眉，又道，"说说看，怎么先去找了周弥生？"他转身去往办公桌的方向，伸手点点办公椅对面的位置，示意她坐下。

唐璃想说"周弥生不是我去找的，你该问的不是我"，但看见他一副老友姿态，于是她不卑不亢地坐到人面前，说是公司安排。

程绍堂没接话，人懒懒散散地仰在靠背上。此动作的后果就是令唐璃后悔坐到他的对面，如此近距离观察他好看的侧脸。

"璃璃。"他的声音伴有磁性。

久违的称呼，让人瞬间拉近回忆，再拉远。

"把我加回来。"他说微信。

唐璃看着他,只是"嗯"了声。

她扯回思绪,程绍堂对她而言是新项目投资人,对待甲方万万不能拿乔。唐璃是这样想的,亦是此番作为。

从"壹源"回公司的路上,几人齐声喝彩,吆喝着必须庆祝一下。

徐松巍问唐璃:"你还认识'壹源'总裁助理?"

唐璃还没回答,柯瑞道:"唐璃之前是R大的,帝都应该有不少认识的人吧?"

她没什么表情地回应:"没有很多。"

目前来看,大部分都出国了。

虞卿男挑起眉梢,好像在揣测,却又表情笃定地询问唐璃:"你还认识谁?"

唐璃诧异:"我能认识谁?"

"真不认识?"虞卿男盯着她,做出判断,"你肯定还有认识的人,挺厉害的那种。"

唐璃想了想,说她倒是认识一个导演,还挺有名的。

徐松巍扭头:"谁啊?"

唐璃说:"顾彰,你搜搜。"又道,"不过很久没联系了。"

顾彰研究生毕业那年导了一部爱情电影,一改往常的微电影模式,风格符合市场、票房大卖。唐璃与他不常联系,仅保持着朋友圈点赞、过年过节问好的关系。

徐松巍点击屏幕搜索"顾彰",忍不住道:"《纯真》的导演啊,挺牛的。"

唐璃语调平平:"我也就是认识他了。"

虞卿男看着唐璃,说:"你认识的那个导演,好像……成名电影也是'壹源'总裁投资的。"

"嗯?"唐璃诧异了一下。虞卿男性格很好,不矫揉造作,给她带来了许多她可能永远都注意不到的信息。

徐松巍和柯瑞也认真听着这段关于投资人的故事。

313

"程总确实眼光独到,人红,电影也红。"虞卿男笑呵呵道,"前几年,他和周弥生几乎不分伯仲,你再看看现在。我也不是说周弥生不厉害,但他混到如今,终是乱花迷了眼,绯闻缠身,再看程绍堂,简直就是与周弥生相反的存在。"

唐璃诧异道:"他们很熟?"

"谁?"

"周总和程绍堂。"

虞卿男"啧"一声:"大学一宿舍的,你说熟不熟?"她挑了挑眉,轻轻笑了声,"还有他俩的传说呢。"

那是个什么故事呢?

唐璃认为,被曲解得并不是过分离谱。

不过就是有关周弥生、温尔雅和程绍堂的虐恋情深,程绍堂和温尔雅是青梅竹马,父母认可,身世般配,就等长大成人喜结连理,然而事情有变,周弥生就是那变故。

他与程绍堂水火不容,那时的"蓝禾"已经做强做大,是投资界有名的上市公司,好巧不巧温尔雅国外留学后进了周弥生的公司。

近水楼台先得月,青梅竹马被拆散。

唐璃听完这个传闻,沉默数秒,笑出了声。

手机忽然响了一声,唐璃看一眼,是明助理的老婆娇娇发来的定位。

娇娇:唐璃,听说你今天去我老公公司了?好久不见了,什么时候有时间,来我家做客?

唐璃扫视一眼,不动声色地按下锁屏键。她仔细想了想,程绍堂应该不会出现在明助理的家里,他不像是会做出这种事情的人。

想通之后,唐璃给娇娇回复,说什么时间都可以。

/ 第八章

相亲对象

⊙没打扰过你,不代表我不想你。

01

唐璃给明助理的女儿买了一条公主裙。

明明之前没见过几次面,可看到身着家居服戴着围裙的明助理和满目温柔的娇娇,唐璃还是莫名感到安定。她刚进门,视线里就出现一个横冲直撞的小姑娘,指着她手里的包装礼盒问:"这是给我买的吗?"

唐璃笑意盈盈地说:"当然是呀。"

小姑娘名叫糖糖,和唐璃的名字有一字谐音。唐璃感觉更亲切了,问她要不要试一下。

裙子拿出来时,小姑娘就很给面子地大"哇"一声:"好漂亮啊,我要穿!我要穿!"

小孩子兴奋起来是很闹人的,娇娇怕糖糖收不住,赶忙喝止:"别闹!吓到姐姐,姐姐下次不来找你玩了!"

"没事的,娇娇。"唐璃笑着说,"叫我阿姨就行了。"

明助理"哎"了一声:"那可不行,你还小呢。"他紧接道,"比我们程总小八岁。"

他们不避讳在唐璃面前说程绍堂,唐璃愣怔一瞬,随即勾了勾唇角。

明助理在厨房做饭,他们的房子面积不大,但地理位置不错,小区紧挨地铁,房价并不低,一家三口过得温馨。

"第一次见你,你才十九岁呢。"娇娇冲着唐璃笑笑,"他那会儿告诉我,程总找了个特漂亮特善良的女朋友,他很喜欢你,我还生气嘞,他就跟我解释啊,是当妹妹的那种喜欢,你说搞笑不?"

她三下五除二给糖糖套上唐璃买来的公主裙,小姑娘哼哼唧唧地从妈妈手中逃脱,拖着几根带有纱丝的长带子跑向镜子前。

娇娇在身后喊:"注意安全,不要绊倒!"

她扭过头来,笑意从唇角蔓延到眼角,整个人笼罩着温柔和煦的气质。唐璃明明记得,最开始认识她的时候,她社交账号里满是些性感冷漠的写真照,好看又冷酷。

"你怎么后来不跟程总好了?"

共同话题就那么多,互相都认识的人也就只有他。唐璃低眸,沉沉道:"我都忘了……"

时间太久,都有些忘记了当初为什么要分手。

十九岁和二十三岁,距离很远。

火锅放在餐桌中间,周围摆满了蔬菜果盘。明助理从厨房出来,发现冰箱里的牛肉卷似乎不太够,准备出去买。

娇娇说要一起,她问唐璃:"留你一个人面对糖糖可以吗?"

唐璃看着糖糖:"可以吗?"

糖糖摆弄着公主裙,在镜子面前比过"OK"手势,用力点头:"我可以!"

那唐璃便更没有理由推辞了。

只是两人刚准备动身,门铃响了。

"唐璃,帮忙开一下门。"

唐璃:"好。"

她放下水杯,没有多想,更没透过猫眼观察,打开门之后,看见了程绍堂。

他抬头，唐璃就站在不足一米远之处。隔着一扇门，像是曾经无数个等他回家的日日夜夜，他敲门，家里总有一个她，记忆一闪而过。

"你怎么来了？"唐璃站在原地，不打算放他进门。

程绍堂耸耸肩，也不恼，淡淡看着她，甩甩手中礼盒，说："我来做客。"

意识到接下来要和他共处一室用餐，唐璃没由来地一阵心燥，蹙眉："你故意的？"

程绍堂："什么故意？"

身后传来一道声音："程总来了吗？"

唐璃深吸一口气，转身腾出位置，头撇向一边。程绍堂看她一眼，灰色紧身衣，浅色高腰牛仔裤，腰身纤细，双腿修长，还有她撇过去的脸，上了点儿淡妆，明艳精致。

明助理说家里食材不够，准备再去买点儿。

唐璃有些无所适从，她不想和程绍堂共处一室，说："我去吧，你们留在家里，需要什么食材发给我。"

"这不合适。"娇娇说，"你在家里，我们去买。"

程绍堂："我和她一起，你们在家等着。"

说罢，他不顾唐璃同意与否，伸手扯着她将人拉了出来，然后还顺手将门关上。

帝都街道宽阔，高架桥遮掩住半边视线，顺着人行道向前一百米处有家中型超市。

唐璃对着满目繁华深吸一口气，加快步伐往前走。

身后有人叫她"璃璃"。他的声音有些颤抖，饱含快步流星后的气喘吁吁，掺杂一丝焦急。

程绍堂是不屑于低头认错的人，况且他并不知晓分手的真正缘由，唐璃并不想和他交流过多。

走在后头，程绍堂莫名笑了声。

某些瞬间，他觉得她还和以前一样，倔强倨傲。

"你等等。"他说,"前面有钱吗?这么着急去捡?"

唐璃不语,亦不理。

"真累。"他吐了口气。

唐璃"哼"了声,忍不住了:"谁让你跟了?"

"能不跟吗?"他的眼神没移开过,和以前一样,那双深邃的眼眸,看她时暧昧得像是能拉出丝儿。

行人匆忙,微风骤起,她手插在兜里步伐很快,面色冷淡地走进超市。

"他们说要买什么?"

"牛肉卷。"唐璃冷冷回应,顺手从旁边拉来一辆购物车。

"你想吃什么?"

唐璃不说话,手里的车被人扯了去,她微微一顿,看车溜走。这样一来,她拿了什么东西就要再折返至他身边。

他比以前黏人多了,她意识到这点,感觉十分头痛。

程绍堂在冷柜前驻足很久,拿起一盒巧克力酸奶,问她喝不喝。

唐璃猛然间抬眼,他正望着她。他站得直,宽肩腿长,长相算不得顶级帅,可那种淡然疏离的气质很是超众。唐璃说:"你想拿就拿,问我干什么?"

她多说几个字,都能令他喜悦。

程绍堂把酸奶放进购物车,慢条斯理道:"我记得你爱喝酸奶,以前冰箱里,你买过不少。"

唐璃本来不想和他掰扯,人都走出去了又觉得气不过,于是扭头来质问他:"人就不能变吗?那都是多久之前的事了,没出息的人才紧抓着过去不放。"

十八岁时,觉得人与人差距巨大,名声、光环好似一生难触。二十三岁,觉得人与人都一样,都有七情六欲,都吃五谷杂粮。

论起来,真没什么好仰望的。

程绍堂沉默半响,掀开一点眼皮看她,声色沉沉:"我没出息,我紧抓你不放。你多狠心,说丢就丢,说走就走。"

唐璃顿了顿,说:"对。"

他垂下头，站在冷柜前继续挑选酸奶。周遭空气愈来愈安静，冷风将手指温度降到最低。程绍堂半张脸隐在炽光下，心说犯不着和她争执，这不是他本意。

他唇瓣翕动："买几盒？"

无人回应，他抬眸瞧，身遭是空的，人早走了。

头顶灯光璀璨，面前琳琅满目。

唐璃走到冷柜前挑选了两盒牛肉卷，又看见对面有小朋友爱吃的动物奶黄包，于是拿了几盒堆积在胳膊肘弯处。

程绍堂推着车走近，脸颊往她身体方向侧了侧，语调平平："你就非得这么犟。"

唐璃无话，懒得和他讲。

她将手里的东西一齐放进购物车，视线一扫，看见另一边堆放的十几瓶巧克力酸奶。唐璃蹙眉："酸奶都是有保质期的，二十一天喝不完，就不能要了。"

程绍堂"哦"了一声，看着她。

她拿起一瓶凑到眼前观察，细白手指扫过，有点儿晃眼。

唐璃："保质期还有十二天。"

他默不作声。

唐璃无奈："放回去。"

"放几盒？"

"一半。"

问一句，答一句，但也算是变相回答了他那个无人回应的问题。

他折返路线将搁置在购物车里的巧克力酸奶拿出来，重新在货架上排列整齐。

听话的模样莫名乖巧。

唐璃收回视线，唇角勾起，笑了一声，在程绍堂回来之前很快收回。

也许是僵硬局面被打破，他眉宇间染上喜色，虽然很淡，但是话不由得变多。

唐璃依然保持自己的冷淡，光速购物，排队结账。程绍堂拎着沉甸甸的购物袋慢悠悠地跟在她身后，表情始终带着淡淡笑意。

他一点儿不觉得这样有什么不好，就算不好，比几年不见不好得多？

而唐璃两手空空地走在回明助理家的路上，有一瞬间她想，要不然走了算了，这样有什么意思呢？

这样想着，有些走神。

她又向前走了几步，胳膊突然被人一扯，一股力量带着她向后退去，直至撞上硬挺的胸膛。

有人骑着自行车从唐璃原本的位置经过，带过一阵风。

"看路。"耳边是他低沉的警醒。

唐璃亦如他认识中的倔强倨傲，甩开了他的手。

程绍堂的手顿在空中，五指张了张，缓缓收回。他耸耸肩，不甚在意道："就不能对我好点儿吗，璃璃？"

道路两旁的银杏叶将她的视线染成金色，唐璃的瞳孔微微扩张，而后收缩，程绍堂竟然会说这样的话，他从前从不这样。

她不说话，却放慢了脚步。

程绍堂走到她身侧与她并立："就算你只把我当成甲方，你就不能对我再好点儿吗？"

他喘着粗气，听起来有点儿累。

如果是从前，唐璃一定心疼，可是现在，她难以形容此刻的心情，是他来招惹她的，每次都是，她不能次次入圈套。

那顿饭吃得还算开心，明助理和娇娇会在她面前提及程绍堂，可不敢在程绍堂面前多说。而程绍堂的隐忍哀求像是昙花一现，不可能被更多人看见。

糖糖执意要坐在唐璃身边，隔开了她与程绍堂，还一定要吃唐璃夹给她的牛肉丸。

程绍堂夹给她牛肉丸，说："吃我的。"

糖糖摇头："不，我不要吃叔叔夹的，我要吃姐姐夹给我的！"

空气好似石子扔进湖水里，震出圈圈涟漪。程绍堂低眸，慢条斯理道:"怎么她是姐姐,我是叔叔?"

好些年没见,他们从内到外都改变许多,唯一不变的,就是年龄差。

"解释解释。"他对糖糖说。

糖糖被问住了,不老实地坐在座位上,一条腿跪着,另一条腿搭地,笑得天真烂漫。她看向自己的爸爸、妈妈,又说了一句:"你本来就是叔叔呀。"

明助理赶紧解释:"程总,小孩子不懂事,您别在意。"

"在意什么?"唐璃吸了口巧克力酸奶,笑了声,用不正经的语气说,"糖糖说得对。"

糖糖听到这话,和唐璃靠得更近,笑呵呵道:"姐姐说我说得对。"

唐璃又说:"小孩子又不会撒谎。"

但是下一句,糖糖指了指程绍堂的脸,一字一句道:"帅叔叔!"

程绍堂微微挑眉,目光在糖糖和唐璃脸上扫过,淡声道:"也行。"

02

漫长的一天结束。

唐璃乘人不备转身进了地铁站,顺着阶梯向下,数不清与多少人擦肩而过。人群嘈杂声,列车播报音,随着她踏进车厢后渐行渐远。

唐璃扶着扶手,轻轻呼出一口气,抬眸看向车外,黑暗车窗倒映着她的身影。

还有程绍堂。

唐璃一惊,转过脸,透着些冷漠望着他,只一眼便收回。她不知道他何时跟上来,又有什么企图。

准备靠近的程绍堂瞬间就不再试图靠前了。

那年他去学校找她,在操场等她许久,指尖的烟燃了一支又一支,等来的就是她的这个表情。他当时搞不清楚为什么一个小姑娘能在短时间内对他的态度转变那样大。所以他不知所措,以往工作繁忙对她有所疏忽,但看一眼她的神色,程绍堂便知道是有救的。

爱与被爱,同样能感受得到。

321

他和程博通的关系足够差劲,程博通说他是特立独行的白眼狼,他也在一次冲突中得知,程博通让陈管家找过她。程绍堂心里"咯噔"一下,忽然间明了,他太了解唐璃骨子里的清高孤傲,她怎么会忍受得了这种变相侮辱。

或许世上的事就是这般凑巧,在他和程博通决裂的第三年,她回来了。

这几年工作中接触过不少女性,可人啊,一旦心里住过人,无论看谁都想寻求些她的影子。

程绍堂曾在寒潮汹涌的时候,看见冷风中站立的小姑娘在人群中挎着包装精美的花束叫卖。恍惚间记忆涌来,他几乎按捺不住奔向她的冲动,直到人家转过身来,他才恍然大悟——不是她啊。

唐璃,她已经不在帝都了。

车厢门开门关门,播报音不断,途经某一站,乘客如流水般湍急,奔涌而入。

唐璃被挤到几乎站不住脚,她面前坐着一位双鬓斑白的老太,见她身形晃荡,收收脚给她腾出点儿位置。

唐璃说了"谢谢",老太挥了挥手示意不客气。

车厢拥挤,程绍堂和她的距离比方才近了些,但还隔着一两个人,没人知道他们认识。

唐璃的钱包就是在这个时候被人顺走的。那人手速极快,面不改色,在停靠站台前几秒钟将手伸进唐璃的挎包,然后推搡前人走出门去。

唐璃的手腕被人拉起,程绍堂有些无奈地说:"你钱包被扒了。想什么呢?都没反应吗?"

车厢顶光散落,程绍堂在炽亮的白光中直视她的眼睛,又很快转移,盯着那人的背影不放。

唐璃甚至没来得及翻找挎包,就被程绍堂拉下车厢。

门口处正对向上的电梯,冗长狭窄,行人遵循乘扶梯靠右站准则排成长队,小偷大步流星飞奔向上。

有人被撞到,发出不满的疑问。

程绍堂松开唐璃的手,追随小偷的脚步,踏上向上的电梯,衣摆在身后摇荡,整个人成熟硬朗。

唐璃抓紧了包,从步行阶梯向上,可无论她怎么赶,程绍堂终是消失在她的视线里。她站在阶梯最顶端,左右观望行色匆匆的人群,胸腔起起伏伏,心脏因为运动而剧烈跳动,瞳孔中闪过许多人,她突然心生后怕——见过太多见义勇为者被伤害的案例,现在,消失在她眼前的是程绍堂。

好在这种想法只产生了一秒,她在右手方向看见了程绍堂的身影,他和地铁安保人员制服了小偷。

她在极度慌乱中找到镇定,快步走向前。

程绍堂一脚踏着地面,另一条腿压在偷窃者肩胛骨下面的位置,面色凝重地看着那人,似说教般道:"你说你年纪轻轻做什么不好?偏做小偷。遇到我,你就自认倒霉吧,绝不会放过你。"

唐璃静静地看着他,看着他一本正经,又恨铁不成钢地对小偷不吐不快,恍惚间觉得他好像年龄也没那么大,心里住着个幼稚鬼。

你说,小偷能听这样的话吗?唐璃沉思着,却不阻止他。

程绍堂从小偷兜里掏出唐璃的钱包,那指骨分明的手划过眼前,唐璃才发现他的手背处有几道鲜红色血迹,蜿蜒向下。她走到程绍堂面前,拿起他的手:"你手怎么了?"

程绍堂有一会儿没说话,因为那触感温度过于熟悉,他毫无预料。

唐璃又问:"疼不疼?"

程绍堂的目光盯在她精致的侧脸,察觉到她焦灼的眼神,他忽然放低声音:"疼。"不等唐璃回应,又自觉补充道,"扭了一下,估计得去医院。"

好半晌,唐璃抬眸问他:"那怎么办?你自己去行吗?"

自己这话说得没良心,可前男友实在不容小觑,在与他分开很久之后,唐璃才蓦然发现,她和程绍堂走到一起,对于当年的她来说是必然结果。

因为程绍堂看上了她,所以无论如何她都躲不掉。

若不是他的骄傲,大抵分手也不会成功。

人影憧憧,转瞬即逝。有人投来一个目光,程绍堂几乎一秒都没犹豫,道:"去不了。"

唐璃诧异:"怎么去不了?"

他抿了一下唇,在他似是要吐槽或者说出更严重的话之前,唐璃轻描淡写地堵了回去:"那行吧。"她说,"我陪你去。"

就是去趟医院,耽误不了太久时间,唐璃这样想。

这会儿天已经快黑了,可这城市无疑是忙碌的,无论是地铁站,还是医院,永远人满为患。医生给他开了手部CT,结果显示没有异常。如程绍堂所言,手腕扭伤,敷药即可。

第二次离开会诊室,医生叫住唐璃:"家属去一楼拿药。"

唐璃一怔。

程绍堂拿着一堆单子,早已走出门外。

医生耐心道:"我是说,拿药在一楼。"

唐璃明了:"谢谢医生。"

她从程绍堂手中拿过药单,去一楼领了药。

程绍堂不由自主地往她身上看,看得她眉眼间渐渐没了情绪。她将手里的药递给他,说:"一天三次。"顿了顿,又问,"需要我给明助理打电话来接你吗?"

她想分开了。

可程绍堂不想:"就不许人家休一天假?"

他看出她的态度,于是用另一只没受伤的手隔着衣物扯着她的手臂:"陪我去个地方。"

"去哪里?我明天还有工作。"

原本是想带她去吃顿饭,中午她吃得并不多,折腾一下午,他怕她早就饿了。闻言,他顿住脚步,轻笑一声:"我手真疼。"

"所以让你回家涂药。"

程绍堂还笑着瞧她,伸出手,说:"看好了,我伤的是右手。"

唐璃抿了抿唇，"嗯"了一声。实在是被他搞到头疼，她猛不丁问出心中所想："你到底想干什么？"

唐璃不能揣测明助理和娇娇的邀请是否和程绍堂有关，但他追随她买菜、乘坐地铁，再到见义勇为伤到手腕，导致现在她不得不被人牵着鼻子走。

唐璃原以为，她今后不会再和程绍堂见面，可是算算，今日相处的时间甚至比恋爱时都要多得多。

着实讽刺。

夜幕降临，凉风从门诊大门吹入。

程绍堂有过几秒钟的沉默。在她准备好要道别时，他低声道："你再等一下，我打个电话。"

程绍堂的电话打给了冯天若，唐璃侧对他站着，医院顶层的射光照在她肩上。

她无事可干，慢慢退后几步，视线落在他背影上。男人肩宽腿长，白皙的脖颈，说话时微微上扬的下巴，和以前相比几乎没什么变化，只是头发短了些。

他打着电话，偶尔投来的眼神，永远那样深邃。

冯天若赶到时，稍一吃惊，却还和以前一样热络，第一句话是对唐璃说的："哟，这么快啊？"

唐璃自然而然地回问："什么快？"

冯天若不怀好意地看程绍堂一眼，又扭头来看她："旧情复燃？"

唐璃无奈。程绍堂斥他一声，问他是不是看不见自己手上的伤。

冯天若便屁颠屁颠跑过去，捧起他的手，语气极为浮夸："怎么了？谁那么大胆，敢让我们的程总受伤？"

唐璃低头整理了一下拎包，确定钱包还在，也确认包里没有他的医疗单。

程绍堂的目光锁在她身上，丝毫不加掩饰。冯天若不免"啧啧"两声，冲唐璃道："妹妹啊，你不知道这人这几年飞了多少趟东京，一次都没敢跟你说吧？"

程绍堂蹙眉，用一沓单子抽他，莫名有些烦躁："你倒豆子呢？"

"我说你呢。"冯天若嫌弃地拍拍胳膊，"追也追不上，动不动脑子？"

程绍堂睇了一眼过去："你破事少了？"

"别说我啊。"冯天若挺起胸膛，一本正经道，"我结婚了，马上当爹了，你赶不上。"

程绍堂低声道："怎么赶不上？"

"开你那兰博基尼也赶不上。"

两人不常这般拌嘴，可今儿个不知怎么了，你一言我一语没完没了。唐璃挪开视线，稍微有些冷漠地说："你们聊，我先走了。"

程绍堂默默叹了口气，那股插科打诨的劲儿立马消失不见。

冯天若笑着走近了些，看着她说："去哪儿，一起，我送你。"

唐璃说："算了，不顺路。"

唐璃走后，空气又恢复了寂静。两人一前一后上了车，冯天若坐在驾驶位，看了程绍堂一眼，说："这是怎么了？还不行啊？"

程绍堂点头，说："不行。"

不行。冯天若咂摸出味儿来，嗤笑道："妹妹长大了，不好骗了。"

"我没骗她。"

"是是是，你没骗人家，你只是有所保留。"冯天若启动车子，继续道，"我看人家是真的不想和你再有牵扯，就这样算了呗。"

程绍堂想了想，忽而认真道："天若，我今年三十一岁了。除了她，我没喜欢过别人，这事儿算不了。"

看他那样，冯天若心里真是过瘾。他笑了声，道："那你就正经点儿，现在妹妹二十三岁了，普通人，家里都该催婚了。"说罢又补充道，"追人不是你这样追的，你这样根本成不了，重蹈覆辙罢了。"

车子开出许久，程绍堂才回应："可她总是这样，拒绝我。"

冯天若看了他一眼，印象中程绍堂这般颓败的时刻不多，寥寥几次，都与唐璃有关。

他多多少少知道点儿他们之间的事，真论起来，他觉得并不能怪程绍堂。谁能改变自己的出身呢？程绍堂若早知道程博通私下派人找过唐璃，或许他和她的结果就不会是当下这般。

可冯天若始终是旁观者，不是当事人。

他和程绍堂一样，从小锦衣玉食，能力强于常人，没被现实打击过。所以，在他第一次给唐璃发出程绍堂因为受伤而行动不便的信息时，他根本没想过唐璃会置之不理。

唐璃乘上通往小城的航班，飞机起飞前，她接收到冯天若的消息。

一张红肿着手的照片，下面是他发来的：他真惨。

冯天若是那天晚上在医院加上她微信的，这是他发来的第一条信息。

飞机即将起飞，机组人员认真进行播报。唐璃没回复，开启手机飞行模式，到飞机落地，她也就忘了此事。

03

唐璃回了家，休整好的第一天，就被姑姑介绍了相亲。

唐诗英小心翼翼地提及林显，斟酌好久，说："上的大学没你好，但人长得周正。和你一样大，去年刚毕业，现在在帝都做程序员，和你有共同语言。他家庭条件挺好的，听说他想留在帝都，父母准备给他买房子……"

唐璃磨磨蹭蹭地起床，顶着乱糟糟的头发问唐诗英："姑姑，你今天不去店啊？"

"这会儿店里人少，我回来看看你。"

唐璃去卫生间接了一盆水洗脸，咕哝道："你刚才说什么？"

"那男孩叫林显。"唐诗英站在门口，看她的眼神充满期待。

唐璃拿洗脸巾对着镜子仔仔细细擦脸，问："怎么了？"

唐诗英脸色一垮，但很快又调整好情绪和心态，说："给你介绍男朋友。"

"男朋友？"唐璃微微蹙眉，表情抗拒，像是听到什么避之不及的东西。

唐诗英笑嘻嘻的，倚在门口，放缓了语气："不是非要做男朋友的。

你才从国外回来,一个人在帝都,多认识个朋友互相照顾。"唐璃还未开口,她自顾自说起来,"我就想你未来嫁个好人家,别受累,做你自己喜欢的事情,幸福开心地生活。"

唐璃扔掉洗脸巾,说:"我喜欢的事情就是不结婚,自己一个人。"

唐诗英感叹:"没关系,但林显你要认识认识。"她十分体贴地说,"做朋友还是什么别的就是你自己的事情了。"

唐璃之所以改变心意加了林显的联系方式,是因为姑父。

到小城的第二天,唐璃带李默川去夜市拍摄 Vlog（视频博客）,顺便解决晚餐。

夜色浓郁,人影婆娑,她穿着乳白色毛衫,手持自拍杆走在路上,尽情享受小城独有的热闹与快乐,内心充盈着回到家乡的踏实感受。

她有好几年没回过家,坐在她电动车后座的小胖子弟弟如今同雨后春笋般节节拔高,样貌也更加俊朗。唐璃拍好一段视频,收起自拍杆,李默川斜挎着包,抬头询问:"姐,你过年回来?"

唐璃气定神闲:"回来啊。"

李默川挠了挠脸:"姐姐,我有件事……"

唐璃说:"说吧。"

李默川十五岁,今年夏天初中毕业,目前在小城最好的高中上高一,表现十分不错。中考成绩出来,唐诗英在视频中给唐璃报喜讯,语气里满是骄傲。

可惜那会儿唐璃还没回国,李默川想去帝都旅行,如今她回来了,自然要答应他。

"行吗,姐?"

"怎么不行?"

那一晚,唐璃带着李默川逛遍了小城的大街小巷。

晚十一点,姑姑、姑父关了店,和唐璃、李默川前后脚回到家中。

时隔几年,姑父李银海的变化最大,花白的头发,佝偻的身影,唐璃看见他笑泪纵横的面容,忽然间心酸失落。

李银海一如从前般慈爱："我们璃璃长大了。"

唐璃吸了吸鼻子，瓮声瓮气道："早都大了。"

李银海："你姑姑说，你不想认识新朋友？"

冷不丁听到这句话，唐璃愣了一秒，她笑着说："哪有啊，工作忙，没时间多想。"

李银海笑着说："那就试试吧，做个朋友也好。"

唐璃走进厨房给李银海倒了一杯水，面对窗台，满目夜色灯光，和帝都的万家灯光截然不同，这是一种静谧的令人心安的生活。

她答应了李银海，在那个夜晚收到了林显的好友申请。

林显的朋友圈是开放的，呈现出的状态与常人印象中的格子衫、黑框眼镜程序员形象不同，但无疑是大部分都市年轻人的生活。

其中有一张是他前不久去爬香山的照片，在缆车上自拍，笑容阳光而健康。

她把手机搁在床边的柜面上，向后躺去仰望天花板，忽然间像是想起什么，起身拿出电脑。

半分钟后，电脑屏幕显现出她曾在香山之巅拍到的风景照，枫叶满山，红黄相间。还有程绍堂，在照片中间……那会儿她太过羞报，不敢拍他的正面照，以至于他存在的少数照片中，大多数是背影和侧身。

他变了许多，又好似没变。唐璃无法言说，因为她觉得自己不曾透彻了解过他，只是确实依附过他，而那份依附在他们分手之后也继续维持着。他是个慷慨的情人，虽然这样说很奇怪……他们没有发生过太多故事，却依旧没能忘记彼此。

这几年里，唐璃不是没像今晚这般怀念过往。

但月落日升，她就当是没有过。

再次见到周弥生是在帝都国际机场，唐璃下飞机去拿行李箱，立在空无一物的黑色转盘前，有人叫了她的名字。

唐璃对这道声音有多陌生呢？直到她抬起头，墨镜的暗色遮挡住她的视线，她也没能在第一时间认出周弥生。

329

周弥生亦是在她愣怔的表情中隐隐感到不快,他用不甚在意的语气,试探性的目光询问唐璃:"好巧啊,唐小姐,你这是去哪儿了?"

"回趟家。"唐璃站得笔直,思忖一秒,这才缓缓摘下墨镜,"确实很巧。"

周弥生笑:"听说贵公司的项目由'壹源'接手,我说怎么等不到二次会面了,原来是另寻出路了。"

唐璃淡淡道:"您说笑了。"

她没有多余的情绪送给周弥生,他们在相邻的两处取行李,周弥生的阴阳怪气让她感到很不舒服,但行李没到,唐璃一时半会儿无法离开。怪不得虞卿男总说他这人小肚鸡肠,睚眦必报,唐璃有些庆幸最终的合作对象是"壹源",而不是"蓝禾"。

"那就祝唐小姐——马到成功。"

唐璃:"谢谢。"

唐璃目光浅浅移动,祈祷行李箱早点儿出现,她便能早点儿离周弥生远些。

可惜,事与愿违。

程绍堂出现在余光中时,她还半信半疑地想或许不是他,直到转过眸才确定。

巧合总出现在难以预料的地方。程绍堂和周弥生乘同一架飞机前往深市参加同一场活动,回帝都时座位相邻。他们相隔一米,脚底踏着同一片天空,全程闭口不谈。

候场大厅,播报音随风而起。

灯光照亮地板,凝聚成璀璨的点,倒影中他肩宽腿长,大步流星朝这里走来。

唐璃下意识地看向他的手,距离扭伤手腕那天才过去不久。她审视着那处的异样,而后抽离视线,戴上墨镜,闭口不言。

行李箱在输送机口出现,唐璃向前迈了两步,等到行李箱转至面前时,一只手抢先于她拿下。

唐璃定睛一看,是左手。

"等了多久?"

唐璃沉默数秒,回答道:"没多久。"

程绍堂的目光未曾停留在周弥生身上一霎。

周弥生亦是。

他们的争端要追溯到十几年前。两人共同举办一期校园活动,周弥生很重视那个机会,为了场地的事情,他找了老板数次,却都被驳回了诉求。身为活动管理人的周弥生对活动资金有着严格把控,他想和老板谈合作,把预算降低至接受范围内。然而,对方连门都没让他进去。后来,他说价钱可以商量,他们是真心实意想租赁这个地方,老板却回他,早就有人将地方租下来,钱都收了,合同也已签好,无法应允他。

周弥生想,不太好交代这事儿了。

在知道租下场地的人是程绍堂的时候,那一瞬间,周围人的哄闹与嬉笑令他感到生理不适。

也许不止那一回,程绍堂的每一次风光大显,在他眼里都是隐瞒,是自以为是,是他一步一步厌恶对方的催化剂。

他主观上为程绍堂挂上许多莫须有罪名,然后彻底闹翻,大打出手。

后来,他得知温尔雅与程绍堂是青梅竹马,再隐约打听到唐璃是他前任……

看到唐璃被程绍堂带走的身影,周弥生哂然一笑,不是说前任吗?怎么搞得那么暧昧?

唐璃对周弥生印象不好,索性跟着程绍堂一起离开。走到停车场时,程绍堂问:"你和周弥生挺熟?"

唐璃跟在他身侧,脚踩着干净至反光的地板砖,平声道:"不熟,吃过一顿饭而已。"

"离他远点——"

话音未落,唐璃拿在手里的手机响了,林显问她是否平安降落。她礼貌回应,并未太多交谈,却也没有和程绍堂多说的打算,朝出租车停靠站的方向走去。

见唐璃挂断电话,程绍堂似笑非笑地问方才那通电话是谁打来的。

唐璃勾唇:"相亲对象啊,还能是谁?"

"什么玩意儿?"

"相亲对象。"唐璃推着行李箱,身高虽矮他大半个头,但心情比他舒爽太多,"不然你以为谁都和你一样?三十多了不谈恋爱,谁见了不说一句——你有点儿问题。"

很多年以前,当唐璃还是位亭亭玉立的少女时,会窝在宿舍小床上和好友谈天说地,也曾提及过心仪男生。程立秋毫不掩饰又夸张地笑道,她哥从来没有谈过恋爱。其他人调侃着说他怕是有什么问题,而后被程立秋以"她哥洁身自好"怼了回去。

"这么说话就没意思了。"程绍堂眉眼半耷拉,问她,"我谈没谈过,你不清楚吗?"

唐璃唇瓣翕动:"不清楚。"她一副生人勿近的姿态,微风拂动衣摆,深色的墨镜上倒映着机场大楼。

程绍堂说:"好了。"他终止话题,问她要去哪儿。

唐璃踱步向前,停至出租车后门处,瞧了瞧车窗,司机打开后备厢。

她说:"当然回家啊,又不用你送。"

程绍堂立在一旁,身着昂贵的定制西装,身型挺拔而直,优越的脸庞吸引来不少目光。他与唐璃不过一两米的距离,言语间也充满笑意,可他能感觉到,对方拒他于千里之外。

他极不情愿地为她放好行李箱,还想与她多说几句话。

唐璃睁一只眼闭一只眼的,对他笑了笑:"明天见啊,程总。"

04

对"壹源"的人前来视察这件事,柯瑞准备得很充足。

唐璃从机场打车回家,收拾好行李,洗了个澡后直奔公司。

窗外霓虹闪烁,天色已晚。柯瑞负责项目场景,和另外一位项目主管兢兢业业地商讨游戏事宜。他这人对工作十分认真,认真到唐璃都忍不住敬佩。

唐璃在他身后转悠了大半天,柯瑞才发现,她顺水推舟地问道:"要不要吃饭？我请你啊。"

柯瑞当然没有拒绝，只是让唐璃又等了许久，等到徐松巍从办公室出来，一起去了B1层。

公司名叫Tend，柯瑞起的，没什么特殊含义，位于帝都四环外一栋写字楼大厦的十二层。写字楼里最不缺少的就是公司，人很多，B1层是实惠又种类繁多的美食城。

柯瑞问唐璃："回家感觉怎么样？"

"待的时间太少了。"唐璃摇摇头，吃了口牛肉锅贴，说没什么感觉。

"男姐也一样。"

"男姐回家了吗？"唐璃问。

"明天可能回不来。"柯瑞说，"她说尽量。"

柯瑞对公司事宜比他们三人都要上心，虞卿男主要负责谈业务，徐松巍在公司顶着人事主管的职位。唐璃占股最少，但有重大事情，她必定出席。

三人吃完晚饭，乘坐电梯上楼。至一楼门开，柯瑞抬脚欲出，问二人要不要一起去外面透透气。于是三人一同迈出大厦大门。

大厦前有一片小小的空地，拐过弯儿去有一家大型超市，唐璃从货架上拿了一瓶维他命水，柯瑞在柜台前要了一盒烟，三人就坐在大厦楼下聊天。

柯瑞压力很大，安安静静抽完一支烟，一抬头，身旁两人都看着他。他笑着说："我的心理素质太差了，总是想三想四，夜里也睡不好。"

柯瑞是南方人，他的口音有种浓郁的地方特色，说普通话时很慢，又很认真。

唐璃说："和我们同等级的游戏项目反响都还不错，我们主打消遣，轻松容易好上手，再不济也不会赔本的，不要太紧张了。"

徐松巍明显放松许多，拍了拍柯瑞的肩膀："是啊，兄弟，你已经很棒了。"

柯瑞说："这是我人生中第一次创业。"

唐璃自然而然地道："我第一次创业时，如果像你这样居安思危就

333

好了。"

徐松巍好奇,问她:"你第一次创业是做什么呢?"

"服装。"唐璃眼睛里闪烁着亮亮的光,笑着说,"现在还做着,和我朋友一起。"

"厉害啊。"徐松巍赞叹不已,"你年纪轻轻的,太有远见。"

"有什么远见。"唐璃说,"凑巧罢了。"

她凑巧拍了个微电影积攒了些名气,凑巧遇见程绍堂,得到他的个人投资。唐璃不着边际地想,这男人还真是帮了她许多,多到她如今还在做他的乙方,什么投资回报也没有给他。但唐璃跟过去不同了,不会再有当年那种"低人一等"的感觉,毕竟凭本事吃饭,谁会和前途过不去?

她从来没忘记过自己的梦想。

柯瑞抽完一支烟,站在凉风里散去味道,三人走进大厦,自觉加班。

为了给"壹源"呈现出最好的视觉效果,柯瑞亲自盯着各部门主管。凌晨一点,唐璃被他和徐松巍赶出公司:"明天还要见甲方呢,你是公司门面担当,赶紧回去好好休息。"

"回去吧。"柯瑞说,"徐松巍说得对。"

程绍堂在中午十一点准时抵达 Tend,他一身休闲装扮,身后跟了不少员工。唐璃本该去停车场接待他,可这人来得太快,等她接收到消息,他都已经到门口了。

昨天半夜,带着寒意的风卷来了雨,天明后城市道路潮湿,空气氤氲潮气,保洁阿姨拖了一遍又一遍的走廊,还是被人踩上去了脚印。

唐璃快步走到公司门口,笑意盈盈地赔罪,说自己接待不周,请程总不要介意。

声音又轻又柔,带有乙方一脉相承的客气。

她穿着白色针织上衣,浅蓝色长裙,裙边有流苏点缀,瓷白脚踝纤细而长,长而微卷的头发垂至身后胸前,和昨日在机场的休闲打扮大相径庭。

她抬眸,对上他一双深邃而幽黑的眼睛。

程绍堂微一挑眉,慢条斯理道:"不怪你,带路吧。"

"好的,程总。"唐璃一如既往,待他同别人没什么两样,"这边请。"

唯一的唇角上扬的表情,她是给明助理的。

程绍堂扭头看了明助理一眼,脸色忽沉。

整个过程进行得很顺利,柯瑞原本惴惴不安的心安宁下来,最后讲解到眉飞色舞。

程绍堂话不多,却句句点题,涉及专业问题,也能侃侃而谈。柯瑞夸赞:"程总,您的行业涉及面超出我的预料。"他竖着大拇指,"很厉害。"

程绍堂面无表情地说:"以前认识一人,是计算机专业,所以了解了点儿,也投了不少相关项目。"

柯瑞说:"真巧,唐璃原来也学过计算机,她给我科普过很多专业知识,你们应该很有共同话题。"

唐璃的目光投递过去,恰巧程绍堂也意味不明地看过来。两人的视线交缠数秒,像窗外垂落的雨滴,落在屋檐中,潮湿溅得到处都是。

唐璃抿了抿唇,唇角浅生出淡淡的笑意。

程绍堂也笑了笑,不过他这一笑,笑的是时过境迁,笑的是自己对小姑娘的心意越发琢磨不透了。

虞卿男回来得不巧,会面刚好结束,她从徐松巍那里得知中午要和"壹源"的程总一起吃饭,于是把伞收在门口,先去了卫生间,准备稍微整理下形象。

卫生间门口灯光炽亮,两道身影相对,声色缱绻。

"同质化严重,对比其他游戏,你能保证你们有什么特点突出?"程绍堂垂眸看她。

唐璃深深蹙眉,思考着,好半晌才道:"你既然投资了这个项目,自然有它特别之处……"

"这么相信我?"他看见她耳环勾到了一缕长发,探过身去靠近,慢悠悠道,"别动,勾到头发了。"

唐璃还真没动，她的心思停留在男人刚才说的关于项目的那几句话中。空气静止了很久，气息在颊边吹拂，逐渐靠近的眼眸……一切都清晰可闻。

唐璃愣了一瞬。

忽然，虞卿男在拐角处大叫："吓我一大跳！"

尚未触及那缕长发的手指微动，而后收回，他身体渐渐直立。

两人默契地一同望向虞卿男。

虞卿男拍着胸口，心中想法脱口而出："我以为你俩在亲嘴！"

唐璃缓慢地眨了下眼，抬手捋了捋长发，悉数拢至耳后，面色平静地看着虞卿男，问她是不是要去卫生间。

虞卿男这才反应过来，忙点头，笑说看见程总激动的，差点儿都忘了。

程绍堂对她没什么印象，亦没有开口，只是正正经经地站在那儿。

唐璃和他很是登对，这想法出现在脑海中时，虞卿男惊了，都准备走了，还疑惑地询问唐璃："你和程总——"

唐璃："我和他怎么了？"

程绍堂一脸好整以暇的表情。

虞卿男支支吾吾，后知后觉地想起现在不该问这话，可箭在弦上，势必要说，她便也有了老马失蹄的时候："你俩刚才真的好像在——"

唐璃适时开口："男姐。"

虞卿男噤声。

程绍堂勾了勾嘴角，装模作样地看向别处，语气欠欠地指使道："唐璃，再带我去别处看看。"

唐璃"嗯"了声，望了他一眼。

他唇角还有隐隐笑意，转眸看她时的眼神好似在说——慌什么，又不是没亲过。

和林显见面那天，唐璃叫了秦钲，秦钲带了李格尔。

车子在主干道行驶，两旁的建筑缓慢倒退，阳光掺杂着尘土在空气中弥漫，经过第三个红灯时，秦钲忍不住吐槽道："周末就是堵。"

唐璃坐在后排,问他:"还有多久?"

"二十分钟。"

"那不着急。"唐璃说。

秦钲笑了笑,人靠在驾驶座上,问:"头一次相亲,感觉怎么样?"

唐璃语调平平:"你应该等我相完再问我。"

秦钲说着说着,还有点儿幸灾乐祸的成分在里面:"你相亲这人,我给你打听过了。家庭条件很不错,父母在小城做生意,人长得挺好,上学时学习成绩也挺好。"

很显然,秦钲打听了,没什么劲爆消息,中规中矩的评价,听起来不错。

城市街道拥挤不堪,一个路口红灯不断,车子开出几十米又被迫中断,三人大眼瞪小眼,就好像把"无语"二字挂在脑门儿上。

程绍堂的电话就是在这时候打来的。

唐璃的视线停在上方几秒,慢条斯理地滑动屏幕,清冷的声线在密闭车厢划开沉默:"程总?"

程绍堂微一沉顿:"在哪儿?"

驾驶位和副驾驶的那两位,默契地听她怎么讲下一句——在她喊出程总的那刻,秦钲便敏锐地察觉到对方的身份。

这感觉于唐璃而言,像是没才艺的小学生被文艺老师点名,受全班同学的目光审视。

程绍堂来 Tend 视察当天,曾约过她。

"壹源"的其他人都走了,他坐在会议室边角的一侧,看她整理文件,问她周末有没有时间,想请她吃个饭。

就在半刻钟之前,她拒绝了中午的聚餐。

对这个问题,唐璃仍说没有。

"这么忙?"

"嗯,约会。"

他当真对这话耿耿于怀,现下又打电话来问她:"感觉怎么样?"

"很好。"她说。

337

"好。"他声音低到可怕,"那就祝你成功。"

"谢谢程总。"

挂断电话,唐璃靠在车窗前平复很久,一想到他在电话里的傲慢态度与语气,刚刚稳定的情绪再次被激怒。

"有病!"她狠狠吐槽,胸口闷得像压了块石头。

李格尔问她:"怎么了,璃璃?"

"没事。"她面无表情地回应,唇线抿得紧紧,过了会儿感觉自己的态度似乎不好,于是沉了口气,说有个神经病。

秦钲笑呵呵道:"你那前男友吧?这么久了还联系呢,你怎么不给人家一次机会?"

唐璃不说话,心道:现在说我不给人家机会?当年你那风凉话说得可不少。

秦钲又说:"林显条件是不错,不过比起人家来可就差远了,你得考虑清楚这事儿。"

当年所有的事情,桩桩件件在脑海中盘桓,唐璃目不转睛地看着他,莞尔一笑:"当年和他分手,还多亏了你。"

"关我什么事儿啊?"秦钲手扶着方向盘,眉头骤然蹙紧,表情也凝重了去,半晌没说话,等车拐了弯儿,忽然又道,"不会吧,璃璃,真是——"

李格尔沉默着,不懂他们在聊什么。

"不然呢?"唐璃端坐着,视线转向车窗外,依然拥挤热闹,"我那会儿就是个大学生,没钱没势——"

"璃璃。"秦钲把车开进地下停车场,叹了口气,"我错了错了,你别说了。"

"没什么。"唐璃淡声道,"都过去很久了,说一下又不会掉块肉。"

李格尔听到她语气里有种不为人知的低落。因为工作和秦钲的原因,她难免要和唐璃接触,可她知道唐璃不喜欢她,她也没有特别喜欢唐璃。她承认秦钲说的唐璃很厉害,工作能力强,态度认真,她都很佩服。但也许是经历太多,她除了在唐璃身上看到坚韧,还能感觉到淡淡的惆怅。

338

唐璃拍拍李格尔的肩膀，平声道："我说他，你会生气吗？"

她说秦钲。

李格尔摇头："不会。"

唐璃笑了笑，她就说秦钲这小子——眼光好。

电影是文艺片，和前任有关。唐璃吃着爆米花喝着奶茶，觉得大屏幕里的人特别没意思。可能是她自小缺乏艺术感，无法理解男女主角为何相爱还要分手，为何重逢还能错过。然后，她就在那片荧光中忽然想到程绍堂。

旁观者清，当局者迷。

如果一直见不到他，或许也就忘记了。可是见到了，她就会想起曾经那些若即若离的瞬间，况且他比以往要黏人得多。

电影结束，她问林显："你觉得怎么样？"

林显太年轻了，和她一样年轻。他津津乐道："还行吧。挺遗憾的，总是错过也很戏剧化。"

她又问："你有前任吗？"

"当然。"林显说，"她已经嫁人了。"

唐璃讶异："这么早？她比你年龄大？"

"小一岁。"林显说，"二十三岁，今年五月结婚，给我发来婚礼邀请。"

"你去了？"

"没去。"他说，"太尴尬了，不想去。"

唐璃："确实尴尬。"

电影院外长廊尽头，秦钲和李格尔站在一起。唐璃又说："我不想结婚，至少五年内都不会考虑。"

她的话直白，不留余地，态度坦然。

林显笑了笑："能理解。"

有时候唐璃觉得自己太过冷漠，对生活缺少热情。但恍惚间又觉得，她的状态实则为年轻人的常态。

"我父母催得紧，他们想让我回小城，美其名曰继承家业，实际就

339

是想让我早点结婚生孩子。"林显笑着说,"多俗气啊。"

"也不是每个人都能像你这样,视俗气为粪土。"

林显听得一愣一愣的,问她:"这话怎么说?"

唐璃虔诚道:"多么浅显易懂的道理,你爸妈不缺钱。"

林显嗤笑:"在帝都,最不缺的就是有钱人。"

晚饭结束时,唐璃发了则动态。近日来行程颇满,身体疲乏,电影不能令她感同身受,与林显的聊天却令她心情放松。

她说:今天心情很好。

搭配一张电影配图。

秦钲和李格尔送她回家,她疲惫地倚在车窗边,姿态宛如安静孤傲又时刻防备着的猫儿,脸颊在路灯的映衬下白得好似透明。

抵达小区门口,站在亮如白昼的道路边,闪烁的车灯将她的衣摆染上通透的红。唐璃忽然觉得李格尔人很不错,至少从来没对她表示过不满。

她冲人招招手,诚恳地说"谢谢"。

语气客气,像是乙方对待甲方。

秦钲一语道破天机:"装什么装,赶紧回家。"

05

秋风渐凉,枝丫交错,枯叶飘落,唐璃踩着小高跟,拎着香奈儿手包,一步一步踏响深秋的夜色。在自家楼下看见程绍堂时,唐璃很惊讶,问他什么时候来的,转而改口:"你怎么会知道我住在这里?"

"这不重要。"

程绍堂看着她,目光落在她的脸上。她唇角边还遗落着喜色,看来,她是真的挺开心的。

"怎么不重要?"唐璃被他无所谓的态度激怒了,好心情也被风吹散了。

"你来做什么?"她质问,"有事情不能发信息吗?一定要找到我家来吗?"

他低声道:"我只是想来看看你。"

"用不着。"唐璃冷哧,"我们分手这么久了,这几年没有我,你也一样好过。"

"唐璃。"他叫她名字,黑夜里眸色深沉落寞。

唐璃顿了一下,俨然被他这一声惊了一惊。

"分手是你说的,我从来没同意过。我去学校找你,你把项链还给我,我不收是因为那是我为你精挑细选的,自始至终,我都没敷衍过你。"程绍堂呼出一口气,继续说,"当然,如果我对你有所疏忽,是我工作太忙,我跟你道歉。

"我就是不懂,我能感觉到你的心意,但你怎么能说退就退了?有问题就解决问题,你别让我猜,我猜不到,我从来就猜不到你的心思。"

唐璃:"谁让你猜了?"

"你让我猜了。"

原来,曾经不只有她在揣测。

唐璃心中难过,她想起那个从未见过的他的父亲,想起陈管家,想起秦征、许沉吟,想起那年程立秋的话。她深吸了一口气,不愿再计较,闭口不谈。

程绍堂却不依不饶。

她忍无可忍,冷声询问:"程绍堂,你口口声声说忘不掉我,大半夜跑到我家楼下,我想问你一个问题——"

程绍堂抿嘴不言,静静地看着她。

唐璃说:"我们分手的这几年,你就真的没和别人好过吗?"

大三那年,程立秋和唐璃一样前往国外留学。在东京寂静到肃穆的图书馆中,唐璃接到程立秋的电话,问她最近好不好。

她站在楼梯间,眺望气温虽冷但青春盎然的校园。

程立秋笑得轻松自在,说自己初到美国,室友是一位性格豪放但为人小气的越南姑娘,入学第一天就带人回宿舍睡觉,气得她跟人大吵一架。

唐璃拿着手机凑在耳边,笑着说:"可以申请调宿舍吧?"

"不是那回事儿。"程立秋还是那股子京腔京调,只道是想她了。

挂电话前,小姑娘问她:"你还有什么想问我的吗?"

唐璃微微一怔,觉得程立秋这话意有所指。她笑了笑,嗓音中带着一如既往对小姑娘的温柔,说没有了,让她一个人生活,要好好的。

又过了一年,程立秋在群里说,自己哥哥恋爱了。

宋紫玉在群里回复:是你那个帅哥哥吗?

程立秋:是的,就是他。

宋紫玉:和谁?

程立秋:家里介绍的,父亲是艺术家。

唐璃躺在床上,目光定在手机屏幕上,脸蛋被荧光照成瓷白色,唯独那双眼睛深沉。她安安静静地将手机关机,无声无息地进入梦乡。

谁也没有阻止谁奔向自由幸福的权利,唐璃也一样。但她要这份爱意自始至终,独一无二。

程绍堂说没有过,目光与她相接,谁也不肯避让。

唐璃却冷哼一声。

这份质疑令他感到无法名状的难受:"谁跟你说的?"他问,"或者你告诉我,你从哪里听来的?"

夜已经深了,风凉了,唐璃站得笔直,在他朝向她更近一步时,忽然开口:"我们之间,只有一个联系。"

程绍堂果然蹙了一下眉。

唐璃从前觉得他不喜欢程立秋,是小姑娘骄纵任性,也很自私,但她不认为程立秋会对她有坏心眼儿。

程绍堂当着她的面拨通了程立秋的电话。

电话接通,对面的小姑娘笑起来:"干吗呀?"

"我问你——"程绍堂吸了口凉风,忽然不知该从何问起,他看了眼唐璃,缓慢开口询问程立秋,"你还记得唐璃吗?"

程立秋说:"记得呀,怎么会忘。"

唐璃双手插兜,只有长发被风吹散,她在灯光下对上他的眼睛。程绍堂亦在对视中质问程立秋:"你是不是跟她说,我谈对象了?"

最后几个字如同石头，重重的，又很荒谬。

"我没说。"

"真没说？"

"没说。"

唐璃的手指在兜里摩挲，她嗓子眼儿像含了一把散沙，硌得她生疼又说不出话。

她面无表情，依旧看着程绍堂。后者对着电话，放松了语气，轻声说道："你说实话，我不会生气。"

程立秋思考半响，回复道："我没明说。"

"没明说？"他问，"就是暗说？你是不是有毛病啊，程立秋！"

"大哥，你是在质问我吗？"小姑娘气急，"我都没问你，为什么要在我眼皮底下追唐璃！和唐璃谈恋爱！"

程立秋忽然提高音量，透过听筒都让人觉得那声音尖锐无比。

程绍堂重重呼出一口气，随后默然。

唐璃亦默然。

那个只有表情包符号的备注，莫名其妙被挂断的电话，笔记本电脑屏幕上被暂停的青春电影，还有默契爬上香山的动态，一闪而过的行李箱，一同沉默下去的低落情绪。

程立秋不傻，她很聪明，她说："我都没生你气，你反来质问我？"

程绍堂蹙眉："你生什么气？"

程立秋大吼："那你现在生什么气！都过去那么久了，你们不早就分了吗？"

"分了就能胡说八道了？"程绍堂手掌扶在腹部，他被气得胃疼，胸口闷了一团凉气，不上不下吊得他难受，"分了就不能再好了？还有，分手这事儿我没点头，就不算分！"

"你有本事去唐璃面前说。"

空气静得可怕，电话双方都静，静得好像能听到风声，但谁都没有挂断电话。

很奇怪，唐璃不该在此时讲话的，她明明可以做这场闹剧的旁观者，可还是自作多情地叫了声程立秋的名字。

自作多情，至少她是这样认为。

然后，程立秋惊了一惊："璃璃，你和我哥在一起？"

程绍堂和她站在深夜里，她看着屏幕上"程立秋"三个字，而他看着她。不知过了多久，唐璃说："是的。"

"国内现在几点了？晚上了。"程立秋猜测，"你们现在同居了吗？"

唐璃说："没有。"

"和好了？"

"也没有。"

唐璃感觉有点儿晕，她移开视线，不自在地说："巧合而已。"

程立秋的态度和之前面对程绍堂时完全不同，她笑嘻嘻地说："那就好。"

程绍堂喉结轻滚，双眉蹙起，沉默数秒，忽然挂断电话。

他沉默的时候，她也沉默着。

于是他开口，问唐璃心情有没有好一点儿。

可她依然沉默着。她在思考，或者说是在回忆曾经被程立秋恶作剧后的心情与感受。她完全相信了程立秋，以至于现在觉得自己有点儿傻。

"感觉怎么样？"

"程绍堂。"唐璃深吸一口气，抿了抿唇，低声说，"或者我该叫你程总，我们现在是合作关系，我不希望除此之外我们还有别的关系。等做完这个游戏项目，应该也不会再有交集，从此你走你的阳关道，我过我的独木桥，互不打扰，就像之前那几年，我认为很好。"

程绍堂说："确实没打扰过你。"

那些越过海洋大陆的航班，穿破帝都与东京的长空。程绍堂安安静静地来过，心情宛如幼年时的茫然无措。他听到自己用很低沉的声音告诉她："但不代表我不想你。"

他们的身影在灯光下重叠，又分向两端。冰凉的温度好似能将此刻封存，风一吹便散了，但会再聚起，重新向前推进。

挎包里的手机振动起来，唐璃接通电话，视线未曾在程绍堂脸上停留一秒,她同林显交谈,轻言细语,态度温和。

她立在灯光下,脸庞带有朦胧效果的美好与疏离。

翻涌着的回忆在这一刻戛然而止,就像她口中所言,程绍堂抿唇不言,收回视线,心脏却有种刀割的疼痛感。

你无法揣测自己有多喜欢她,除非看到她和别人在一起。

况且,他还没有看到,就已经忍受不了。

第九章 /

你是在追我吗?

⊙他解释不清,为何一见到唐璃,就莫名其妙地想招惹她,惹到她恼怒了再去哄。乐此不疲。

01

唐璃最近几天都待在公司里,时而去观察项目进度,时而跟着柯瑞开会。她不属于任何一个部门,主要负责谈业务,一般会坐在距离会议室门口不远的四方桌上剪视频,这地儿能看见前台。

公司里认识她的员工不多,所以不会有人来打扰她。

中午,她和虞卿男坐在一起聊天,门口进来一位同城闪送,怀里抱着一束清新脱俗的浅色玫瑰。

虞卿男挑挑眉:"看那儿,咱们公司谁啊,还有这等艳福。"

徐松巍猜测是设计部的小雪,那姑娘招人喜欢,好几个小伙子追求她。

不想,前台工作人员沟通完,对唐璃招了手。

徐松巍扭头:"敢情是你。"

唐璃回过神,起身去前台签收花束。

花束里没有一张卡片,唐璃不知道是谁送的,便同二人一起猜了起来。

徐松巍嗅了嗅:"你还别说,这花闻着挺香的。"

虞卿男评价:"也挺好看的,不是直男审美。"她问,"最近有追求者?"

林显?

唐璃摇头,猜测说:"最近相处了个相亲对象,但应该不是他。"

她和林显年龄相仿,但她同他说过,五年内没有结婚的打算,等于婉拒,而对方也肯定了她做朋友的建议。

唐璃想不出来,便也不再纠结。她和虞卿男一样,认为这浅色玫瑰很有感觉,所以她将花束收了起来,放在桌子上,陪伴了她一下午的工作。

但是第二天,前台又来叫她。

唐璃觉得不可思议,却也在这种不可思议中猜到了送她礼物的人。

她不理解,程绍堂经过那日后,为何还会想出这法子来挽回她。唐璃直接打了电话去,开口便道:"花是你送的?"

"是我送的。"

唐璃微怔:"冯天若?"

"是哥哥我啊,唐璃妹妹。"他笑说,"花是我挑的,怎么样?还不错吧?"

唐璃确认了一遍号码,是程绍堂无疑。她语气虚虚,问冯天若怎么会接电话。

程绍堂不是这样不设防的人。

冯天若道:"你是在关心他吗?"

唐璃有些不懂冯天若话里的意思,斟酌道:"他怎么了吗?"

"还能怎么着——"冯天若叹了声,"住院了呗。老胃病加重感冒,一不小心就倒下了,可怜他孤寡一人,还得我'抛妻弃子'来照顾他。"他蔫蔫道,"唐璃妹妹,你有时间没?有时间来看看他不?"

"严重吗?"唐璃问道。

"都住院了,能不严重吗?"冯天若一本正经道,"他这胃病还是你俩分手那年得的。你走后,他治疗了一段时间,不过,胃病——你也

347

知道，这东西不靠治，得靠养，他又不好好养。"

"不能请个营养师吗？"

"请了啊。"冯天若说，"他吃了几天觉得难吃，把人辞了。"

唐璃咕哝道："那怪不得。"

"来看看他？"冯天若顿了顿，又道，"你们最近不是有项目合作吗？就算是以合作伙伴的身份来看看他，也成。"

"当然。"他补充道，"你要是想以朋友、前任、现任的身份来看他，那样更好。"

冯天若这话堵得唐璃半个字都讲不出口，她抿了抿唇，轻叹一口气，并未给他确切答复："我工作还挺忙的，不确定能不能抽出时间。他在住院，需要好好休息，我不打扰了。"

"那怎么能叫打扰呢？"冯天若说，"你这样想，如果这会儿躺在医院里的人是你，绍堂他会不去看你吗？我没有咒你的意思，我就是说这么一件事儿。"

唐璃语塞。

冯天若继续道："绍堂他已经和他家里不来往了，具体原因跟你也有点儿关系。这么说好像是我在埋怨你，但我就是想，你来看看他，你得来看看他。"

唐璃抿紧了唇，原来他已经和家里断绝关系了。

冯天若叹息道："那年你俩分手，我问他为什么不挽留，既然喜欢就别放手，搞得自己心里难受。他跟我说，你太年轻了，他可以跟你求婚，用一些誓言的东西绑住你，可他怕你未来后悔，怕你困在感情里，失去了其他选择。他说你那么要强，未来肯定能有一番作为。"

唐璃一时怔愣，意思是，程绍堂想过结婚这件事？和她？

唐璃摇摇头："他不是不婚主义者吗？"

"那是跟别人。"冯天若说，"又不是跟你。"

冯天若："看不出来吧？他是这样的人。"

唐璃"嗯"了一声，分开这么多年，她依然在用初次见面时的印象衡量程绍堂的心理。那其实不太公平，他们都已经变了许多。

冯天若察觉到她态度的转变，真心实意道："你不知道这几年他飞了多少趟日本，你也不用怀疑他当初同意分手的原因，至于他家里人，没什么可在意的。我知道你想说什么，说你俩不合适，但这玩意儿不是这么算的。"

冯天若像是忽然想到了什么，沉默许久，而后笃定地说："程绍堂，他想让你来。"

程绍堂第一次因为胃病住院时，陪在他身边的人是冯天若。

冯天若和明助理将人送到医院，强制性地让他做了胃镜，顺便做了个小手术。结束后程绍堂要求回家，他和明助理再一次将人留下住院，并将手术切除的东西送去做病理化验。

程绍堂坐在床上输液，心烦意乱地"哧"他，说这药没什么用，待在医院太憋闷。

冯天若当时就问："那你还疼不疼？"

他瘦了不少，阳光照在脸上映得肤色惨白，但他依然不管不顾，忙工作忙到废寝忘食。

"他还跟我说，万一你有了别人，他就死心了，可你也一直没有，他想追你，又怕你拒绝。"冯天若笑了声，别有意味道，"他还是挺了解你的。"

其实，用对方法，对症下药，有些东西很快就能撬开缝隙。只是程绍堂太在意唐璃的感受，选择尊重她的选择，才会在一次次"对峙"中止步不前。

唐璃料想到分手后程绍堂会不甘心，但她想不到他会记她那么久，久到似乎非她不可的地步。

"有多了解？"她低声询问。

"料想到你会一直拒绝他，这还不够吗？他说，你倔强倨傲、内心坚定，很有自己的主意，好像永远不会被现实打垮，所以他才不理解你为什么会如此轻易地放弃这段感情。"冯天若顿了顿，问道，"难道只是因为程伯父派人找过你吗？"

原来他已经知道了。一种难以形容的无力感席卷了唐璃的身体，心脏莫名收紧一瞬。她的手指覆在额头间，缓声道："也不只是这样。"

冯天若："那是怎么样？"

她却无言以对。

这通电话打了很久，久到对面有人呼喊患者家属。

唐璃默默挂断电话，目光落在娇艳欲滴的玫瑰花瓣上。她想起曾经站在广场中央卖花时，身旁站着的不苟言笑的程绍堂，还有氤氲细雨的海市街头，他牵着她的手越过斑马线。

她终于起身，拉开写字楼间透明的玻璃大门，踩着高跟鞋离开。

程绍堂倚在病床上，看着唐璃推门而入，径直坐到病床对面的沙发上。

这个画面安静到令人匪夷所思，唐璃并未整理好措辞与他交流。程绍堂的病房是单间，干净得一尘不染，空旷到有些寂寥。他们的对视从开始到现在，唐璃的脑袋里仿佛安了个计时器，从他的目光落在她这里开始倒计时，也许下一秒就会惊声尖叫。

终于，她抿了抿唇，与他保持着不远不近的距离，问："你怎么样？"声色出乎意料的柔和。

程绍堂看着她，轻轻点了点头。

唐璃淡淡道："胃病是老毛病了，一直没治好吗？重感冒是那晚受凉了？快冬天了，气温变凉，以后要注意保暖。"

她一连说了好几句，程绍堂愣怔了半秒，忽而勾唇："好。"

他沉默地想，她要他放手，或许是口不对心。若是他真的不在，她应该也会不适应。只是她骨子里的倔强不容她松口，所以，在她解释自己是因为冯天若的电话，得知他身体不适，才以乙方身份来探望他时，程绍堂颔首示意可以。

唐璃松了一口气，姿态仿佛事不关己高高挂起，说："你看，你要是不去找我，就不会受这冷风吹，说不定就不会来住院。"

程绍堂含情脉脉地望着她，说："那哪能呢，是我活该。"

唐璃被这一句活该堵到语塞，总觉得他这话别有意味，可又不知从何论起。从前太远了,她有时不愿意想,尤其是在清醒的白日。

程绍堂看着她瓷白动人的脸庞,他同她闲聊,问她回国这么久,有没有遇到过粉丝。

唐璃说也有,但很少。

她回国之后视频更新量骤减,除了刚回来那会儿逛了逛帝都的名胜古迹,后来便投入创业大军,时间像海绵里几欲干涸的水,挤都很难挤出来。她问他:"你看过我的视频?"

他说:"看过。"

所有能够窥探到她消息的东西,他都没放过。

这个下午很安静,唐璃没有着急离开。他们像曾经同居时的某个闲暇日一样,一人占据房间一角,有一搭没一搭地聊天,互相交流又互不打扰。

直到日落西山,光影透过窗台遗落在房间的地板上,唐璃才缓慢起身,看着他在暮色中消瘦的脸颊,问他还要在医院住多久。

"你还来吗?"他没有回答她的问题。

唐璃笑说:"你想让我来?"

那一瞬间,唐璃有些恍惚,岁月荏苒,她好像在此刻的静默中看到曾经两人对话的场景,有人收放自如,有人瞻前顾后。

但是,位置不一样了。

唐璃缓慢退出房间,独自走在医院长廊间,日光将她的身影拉得老长,她的背影看起来纤瘦挺拔。

02

过了几天,唐璃和柯瑞、徐松巍一起参加科技展览会。徐松巍指着科技新品,点评得头头是道。他是理工大学的高才生,唐璃和柯瑞就在他身侧听着,被他的口才完全折服。

十点,展览会准时进行开幕式,唐璃坐在造型简约流畅的座位上,点开手机摄像录影。

周弥生从画面左侧入场时,她微微一怔,而后收起手机。

台下人流涌动，台上万众瞩目，掌声雷动。

徐松巍低声吐槽："怎么是他啊？"

柯瑞也道："这不是我们之前那个——"

徐松巍拍拍他的手，示意他不要再说，然后扭过头来与唐璃对视一眼。他们想法是一样的，都不怎么待见周弥生。用虞卿男的话说——老娘另觅佳人，不伺候了。可她也说过——真要是再相见，我还不敢不给他面子。

两人叹息一声，人在屋檐下，不得不低头。

开幕式结束后，唐璃三人继续参观，而周弥生被人簇拥着，无暇顾及其他。他的身价不允许他在人多的地方向下示好，他也不会给任何人攀附的机会。

但唐璃实在想不到，她会在这里见到温聿。

唐璃淡然与之对视，并毫无痕迹地扭转过眼神。

展览会人多眼杂，有记者扛着摄像机拍照摄像，每当有新科技展示效果时，大家都一股脑儿往前挤。

温聿就是在这时候走到唐璃面前。

徐松巍看看温聿，再看看唐璃："认识啊？"

唐璃只道："不熟。"

温聿尴尬地笑笑，让助理送上一张名片。

名片是徐松巍接的，短短几秒钟，他的表情由不明所以变成大为震惊，然后主动伸出手去示好。

温聿长驱直入："听说'壹源'投了你们的项目，如果有需要的话，后续做推广时我可以免费帮你们打广告。"

唐璃一怔："真的？"

徐松巍和柯瑞对视，抿了抿唇，压下心里的意外与窃喜。

温聿很年轻，他今天的装扮和那天在酒吧时完全不同，气质也不同。他点头道："就当我给你赔礼道歉。"

唐璃看着他，唇角缓慢勾起，平声道："我没有将那件事放在心上，你不用介意。"

伸手不打笑脸人，唐璃不知道温聿能力如何，但她知道人脉的重要性，温聿背靠温氏，她愿意结交这个朋友。

Tend目前有员工四十多人，占地面积比不上"壹源"和"蓝禾"，但当时租场地时四人一致认为要大，就像他们一心要把公司做强，但几月过去了，公司员工来过走过，很多地方还没有人，显得空旷。

三人回到公司，突如其来的一声炮响令柯瑞一个激灵。

漫天闪片飞舞，折射出璀璨光点。一群人推着硕大的蛋糕走出来，齐声呼喊："祝柯总生日快乐！"

今天是柯瑞的生日，但他似乎是忘记了。

徐松巍抹了一指头奶油糊到他鼻头上，欢呼雀跃道："生日快乐啊，老柯！今天就别当工作狂了！"

柯瑞受宠若惊："天哪，我真的没想到！"

烛光闪烁，欢声笑语，唐璃坐在柯瑞旁边的位置，小口抿着蛋糕，看他略显羞赧地发言。

柯瑞是个极其靠谱的伙伴，他的专业功底深厚，审美在线，工作中有着极尽苛刻的认真。

而他发言的内容也离不开工作——游戏项目需要全速推进，争取在明年二月份试运营。

众人纷纷应和调侃，热闹非凡。

林显发来消息时，唐璃在和同事聊天，等她看到消息，已经是一个小时后。她没回复，而是走到寂静地方直接将电话打了过去，告诉他自己在公司聚餐。

林显开玩笑说："你的公司聚餐，我能去吗？"

唐璃笑了笑。

通话静默几秒钟，林显似乎也读懂了什么，随便说几句，挂断了电话。

那天晚上，唐璃第一次主动联系程绍堂，问他身体恢复得怎么样。

夜静时分，程绍堂发来视频。他坐在酒店沙发上，背后有灯光投射，唐璃仰望着他高挺的鼻梁，微不可察地蹙眉："你怎么看起来这么丑？"

正准备换姿势的男人动作一顿。

唐璃素净着脸，唇如点朱，长发悉数拢起，露出光洁额头，显得年龄更小，更像从前，但又有些不一样。

程绍堂摆好手机，正襟危坐。

聊了几句科技展览会的事情，唐璃漫不经心道："你现在在哪儿？"

程绍堂："南京。"

"你身体好了吗？"唐璃说，"就敢到处飞。"

程绍堂的视线落在屏幕中间的她，笑着说："好了的。"

夜色朦胧，唐璃轻轻"啊"了声，扬起下巴："没想到你……恢复能力还可以。"

程绍堂自然没听出她话外之音，打趣道："你把我说得像耄耋老人。"趁着气氛正好，程绍堂顺势约她见面，他说自己明日回帝都，问她有没有时间，周末吃个饭，聊一下项目进度。

唐璃问道："那是去'壹源'，还是来 Tend？"

程绍堂说都不是。

唐璃警觉，知晓对面男人大抵又要使出追人那一套，可她不上套，直接拒绝了他："我当你是朋友，不接受其他关系。"

"甲乙方都不是吗？"

唐璃抿了抿唇："除此之外，我不接受任何形式的单独会面。"

程绍堂舌尖顶了顶侧脸，嗤笑一声："你还真是……"他就此打住，低声道，"你有别的事儿？"

"当然。"唐璃说，"我约了别人。"

"谁？"

"你不认识。"

"谁？"他不依不饶。

唐璃索性坦白："相亲对象。"

说完这句，她眼见着屏幕中男人的脸色沉了下去。程绍堂半耷拉着眼，问："你知不知道周末是我生日？"

唐璃诧异："最近那么多人过生日吗？"

程绍堂喉结轻滚，眉头轻皱："还有谁？"

唐璃没说是谁，他似乎有些委屈，说："唐璃，你从没为我过过生日。"

窗子开了条缝隙，窗幔迎风而起，天气已经很凉了，唐璃屈起双腿，双手搭在上面，垫着下巴，漫不经心地说："那好吧，什么时候？"

他别过脸："不乐意就算了。"

唐璃心说没有不乐意，可她下意识抿紧了嘴唇，不想去哄他。

十一月初，冷风透过缝隙灌入，漫长夜色始终灯光闪烁。

挂断电话，唐璃走进浴室洗澡护肤，她在关上窗户后看见他的消息：周六。

唐璃回复：好的，我知道了。

周六是个艳阳天，阳光照得人睁不开眼睛。十二点刚过，唐璃便接到了冯天若的电话，问她："在哪儿呢？"

唐璃说："我在公司。"她若无其事地问，"你是要来接我？"

冯天若说："是啊。今儿个不是绍堂生日嘛，我带你嫂子过去接你。"

冯天若的妻子是一名大学老师，现在已经怀孕五个月了。唐璃见到她后，先是颔首叫人，而后询问道："嫂子今天也去吗？"

冯天若说："我送她去上课。"

唐璃对冯天若的印象还停留在不靠谱中，没想到他的太太竟如此温婉，声音柔柔的，戴着一副银色细边框眼镜。

冯天若冲唐璃点头："这就是绍堂那女朋友。"

"前女友。"唐璃淡声。

两人对视一笑。冯天若说："对，前女友。"

光影一闪而过，车窗外高楼林立，唐璃在余光中看见熟悉的、标志性的建筑，她转过眸去，细细地看。

冯天若手搭在方向盘上，车子直直向前开，驶过宽阔大道。

他问她："来过这里吗？"

唐璃有一份连她自己都意想不到的坦然，说："程绍堂带我逛过。"

"他对这片熟。"冯天若知无不言,言无不尽,"他在这片有个房子,最早些年的时候,一直住在这儿,中途忽然搬家了。有一次我去他那个家送东西,发现他那地方真是小得可怜,我当时就说,你这是好日子过惯了,来这儿静修来了?"

唐璃独自静了几秒,眼见车拐了弯儿。她说出之前程绍堂的独身公寓的地址,问冯天若:"是不是这个地方?"

冯天若"啊"了声:"就是那儿。"

唐璃忽然无奈地笑笑,心说原来真是如此。

头顶是广袤无垠的天空,从道路初始到尽头,白云飘浮,背景是难得一见的湛蓝。这里永远人潮涌动,可唐璃再次经过,没有了当初那种震撼与畏惧,她好像融入这座城市了,一切都是那样熟悉。

把人送到学校,冯天若拐进另一条路,良久,车停在一所高档住宅区大门,他说"到了"。

唐璃按下车窗,清亮的眼神落在干净的行车道旁,车子平稳地开进地下停车场。

到了停车位,冯天若惊呼:"他今天还把位置空出来了。"

唐璃问他:"什么位置?"

彼时冯天若已经将车子熄火,解下安全带。他从车里下来,等唐璃站定,他一本正经地指了指身边一排车,说:"这些都是绍堂的。"

空气寂静。

唐璃的表情让冯天若以为自己说错话,他问她:"你不知道?"

唐璃的视线扫过那排她叫不出名字的车,她曾经最熟悉的"211"没在。她在漫长的回忆中摸索真相,她知道程绍堂曾为追她而隐瞒身家,但……

冯天若笑道:"怎么了?"

唐璃摇头,低声道:"资本家的后花园。"

冯天若放声大笑,在地下停车场格外入耳:"你这人太逗。"他说,"怪不得绍堂对你念念不忘。"

唐璃抿唇,心说那是他自己的事情。

到了家里,唐璃才发现温尔雅和一个小孩早到了,他们与程绍堂凑在一起,案板、面粉摆了一整张桌子。

冯天若先出了声:"你们干吗呢?"

三人应声抬眸。

冯天若冲唐璃点点下巴:"喏,看看谁来了。"

唐璃递过手中礼盒,说:"送你的礼物。"她随手将它放在一旁的柜子上,"我放在这里。"

她态度冷淡,向冯天若询问过洗手间的位置后,缓慢走过去。

程绍堂起先给她说,她从没陪他过过一次生日。唐璃想起,多年之前他坐在餐厅的钢琴前,为她弹奏琴曲。她觉得自己是该给他还一次,于是花了大价钱买了一副袖扣送他,她见过他西装革履的模样,挺拔俊秀,这袖扣很配他。

透明的水流顺着手腕蜿蜒向下,唐璃轻柔地洗了洗,起身抽纸时看见了程绍堂。

他凑过来,在她耳边笑了声:"来了?"

他只问了这一句,而后便眼神拉丝似的看着她,不避不让,原本空旷的洗手间竟因他的靠近骤然变得狭仄。

这处的光线并不强烈,镜面倒映着两人并立的身影。

唐璃转过脸静静看他,昏暗中越发硬朗的脸庞,那一瞬间,他的眼神有种难以察觉的涌动。

看了半晌,程绍堂道:"今儿个我生日,别耷拉着脸成不?"

唐璃"嗯"了声:"生日快乐。"

程绍堂被堵了一下,也不气恼。能在这里看见唐璃,他心里其实很开心,于是顺水推舟道:"谢谢你大驾光临,卖我个面儿。"

程绍堂等了许久也等不到她回应,敏锐地察觉到她此刻的高冷来源于哪儿。他看着她,目光在昏暗光线中顺着她的眼睛向下,定在她嘴唇上。他压低了声音,慢条斯理地说:"我从小到大,和家里人关系都不太好。天若和尔雅,待我很好,那小孩是尔雅和周弥生的儿子——周子臣。"

唐璃抬着眸,欲言又止。

程绍堂:"和家人一样。"

他在解释,唐璃知道他的意思。

程绍堂手不老实,却落了个空。唐璃轻轻将手背到身后,说:"他们都结婚了,也有孩子了,还来陪你过生日,当真难得。"她故意把话讲得不留情面,又突然说了句,"你穷得只剩钱了吧?"

程绍堂敛了神色,叹息说:"你这话说的。"

但唐璃不想和他掰扯这些,都过去了。她静静站着,没有开口的意思,却在他出声前张了唇:"你不是和周弥生——有过节吗?"

她欲盖弥彰地看着他,一副提防却又忍不住了解更多的表情。

程绍堂挑了挑眉,也不知对视了多久,忽地挺直身子,向后撤去,自觉与她拉开一段距离,深深看她一眼:"你想知道什么?"

唐璃看着他,低声道:"我听别人说,周弥生作风不正。"

"你听谁说的?"

唐璃抿了抿唇,让他别管。

程绍堂下巴微抬,语气中略显痞气:"他这人原先不这样,现在不知怎么,兴许是飘了?"

"有钱就飘?"唐璃认真道,"那你不得翻了天了?"

他漫不经心道:"我什么样儿你不知道?"

唐璃回道:"我怎么知道?"

"当年你喝醉了酒诱惑我,我都无动于衷。"程绍堂看着她,目光从嫣红嘴唇继续下移。

唐璃骤然打断:"程绍堂!"

他收回视线,微一挑眉:"嗯?"

程绍堂的唇角始终吊着,下不去。他也解释不清,明明自己不是这种人,为何一见到唐璃,就莫名……其妙想招惹她,惹到她恼怒了再去哄。

乐此不疲。

"闭嘴吧你。"唐璃一字一句道。

03

厨房里，冯天若和温尔雅一起做饭，周子臣坐在一边玩面团，无人管教也乐得自在。

冯天若冲唐璃笑道："你就请等着吃吧，要不让绍堂带你转转，他这房子除了大就是大，一个人住也不嫌空得慌。"说罢又道，"缺个当家的，女的。"

温尔雅睇了他一眼，冲他摇摇头。

她对唐璃印象不深，但能依稀回忆起那个在雨天卖花的姑娘。想起程绍堂对她的在意，温尔雅担心冯天若的话整出什么幺蛾子，只得在一旁制止他的玩笑话。

唐璃到底有点儿不自在，尤其是感受到他们三人一同长大无比熟悉的氛围，她却好像没有身份。她讪讪道："我自己去转。"

程绍堂从卧室出来，换了件白色衬衣，衬得他整个人挺拔俊秀，肩宽腿长。

唐璃不由得多看几眼。

他姿态随意地从她身旁走过，给唐璃倒了一杯水，冲人挑眉，示意她喝，又问她："还生我气？"

冯天若笑嘻嘻地学他，用肩膀蹭了蹭温尔雅："还生我气？"

温尔雅哭笑不得："要给我赔礼道歉吗？"

唐璃低垂下眸，顿感脸色发烫，抬脚迈向另一方向。

程绍堂跟她跟得很紧，边走边说刚看了她送的礼物，很是喜欢，又说想穿件西装戴上那袖扣给她看看。

唐璃顺着长廊走进书房，满墙书柜，书本琳琅满目，她沉浸在震惊中，忽然声色淡漠地开口："你是在追我吗？"

程绍堂微微一怔："怎么？"

唐璃："我的意思是——你要重新追我一次？"

程绍堂静静地看着她。

唐璃转过眸去，她其实很受不了他用这种眼神看她，要不然她曾经也不会轻易沦陷。

359

程绍堂说:"你这样想,也没毛病。"

算了,唐璃摇头,不想继续这个话题。

她随着程绍堂的脚步参观起他的房子,规规矩矩地走,静默地看,不说一句话。程绍堂也不打扰她,有一瞬间,他觉得她认真的模样和曾经坐在公寓小沙发前发呆的她重合了。

这房子设计得简约大气,唐璃很喜欢这个风格,客厅和厨房占据了大部分面积。走到卧室的时候,周子臣忽然跑进来:"程叔叔,我爸爸来接我和妈妈了。"

正看向窗外的唐璃一怔,转头看向程绍堂。

程绍堂问周子臣:"已经来了?"

周子臣点头:"爸爸说,让我和妈妈下楼。"

唐璃疑问:"这么早就要走?"

周子臣看了一眼唐璃,因为不熟悉所以没有主动同她说话。

程绍堂牵着周子臣的手,说:"走吧,我送你们。"

室外阳光明媚,微风徐徐。程绍堂把温尔雅母子送到小区大门,周弥生靠在车头位置,面无表情地看着。

程绍堂在距离他几米的位置顿下脚步,忽然拉住温尔雅,侧头在她耳边低语几句。

在周弥生看来,两人动作亲昵自然。

程绍堂转身离去之前,向周弥生睇了一个眼神,在后者的眼里,他眸里迸发出的那种无所畏惧又随性自然的东西就是挑衅。

周弥生一言不发地坐进车里,助理将周子臣接到前面停靠的车。如此一来,温尔雅只能上了后面周弥生所在的车。她本想坐到后排,无奈车门无法打开,只能不情不愿地坐上副驾驶,动作娴熟地扣紧安全带。

车内气氛低沉,载着周子臣的车开出去很久,周弥生都没有启动。

温尔雅对他一贯没有好脸色,在她眼里,周弥生就是只老狐狸。

周弥生侧身,手臂抵在车窗旁,嘴唇紧抿成一条线,透着挡风玻璃,目光沉沉地看向前方。

"他和你说什么了?"

温尔雅平静道:"没说什么。"

程绍堂只说了四个字——记得吃饭。可这话过于无聊,温尔雅认为周弥生并不想听,或者说他听完之后会发出轻蔑的嘲笑,所以她不说。

可不料,她这番举动激怒了周弥生。

他把车开得飞快,温尔雅死死攥住把手,问他是不是疯了。

周弥生面色沉沉,眸里似有散不掉的戾气,一言不发地向前开,十几分钟后,又骤然平静下来,将车停靠在路边。

温尔雅大声质问道:"你是想死吗?"

周弥生阴森地笑:"你要殉情吗?"

温尔雅被他的眼神吓到,虽咬牙切齿,却抿唇不语。窗外车水马龙,一切喧嚣被隔绝在外,气氛压抑而难挨。

周弥生见她不出声,深知她害怕了。随即,他松了松脸色,再开口时语气有所缓和:"放心。"他说,"我死也不能让你死,你死了,我儿子没妈。"

一开口便是你死我死,温尔雅打心眼里觉得晦气,但无疑的是,周弥生放松,她紧揪着的心也放松下来。

他又问一遍:"程绍堂跟你说什么了?"

温尔雅便又回一遍:"没说什么。"

周弥生蹙眉,表情冷峻:"我就问你,和他断绝关系,做得到吗?"

"做不到。"她和程绍堂是发小,不是旁人一句两句就能说散的关系,即使这人是她丈夫,也不可以。

周弥生自嘲般笑了笑,嗓音里却像是含了冰片:"你上赶着有用?他瞧得上你?"

温尔雅无奈:"不是每个人都和你一样,和异性没有纯洁关系。"

周弥生闭了闭眼睛,低声道:"你每天都在看些什么?"

温尔雅气得脸颊涨红。受家庭影响,她是最为传统单纯的女性,上学时是学校里最听话的乖乖女,遵循父母意愿出国,工作中兢兢业业,希望能够有一生一世一双人,白头偕老的婚姻。

周弥生不是完全没有优点——他足够爱孩子，不会在孩子面前争吵。即便事务繁忙，也会抽时间陪周子臣，有时忙得抽不开身，也会用独此一份的温柔语气告诉他："在家听妈妈的话，爸爸去工作。"

可她现在只想离婚。

周弥生随意道："我懒得跟你解释。"

"那就不要解释好了。"她说，"直接离婚，除了孩子，我什么都不要。"

周弥生启动车子："你去做梦吧。"

程绍堂只穿了件衬衣出门，在帝都十一月的天气里，略显单薄。

阳光明媚，微风拂面，回家的路上，他边走边想，应该套上一件西装，再换上小姑娘送他的袖扣，再合适不过。

他还在想，温尔雅和周弥生这对夫妇，至今没离婚，关系应当是有转圜余地的。有些事情当事人不明了，旁人却是看得清的。周弥生对外人心狠手辣，但对自己人很好。而程绍堂认为，周弥生是把温尔雅当自己人的。

另一边，唐璃将时间点拿捏得刚刚好，她前脚挎包走进电梯，程绍堂后脚脚步轻快地走出电梯。等他进门换鞋，再同冯天若交流几句，反应半晌——她已经快步流星，上了路边停靠的出租车。

程绍堂冷着脸，怪冯天若就这么放唐璃走了。

冯天若吊儿郎当地说："人家相亲对象打来电话，我怎么好拦着人家？"

程绍堂气不过，盯着那一桌面粉和水饺："还包什么包。"

冯天若说："别啊。你这三十二大寿，可不得好好过？"他拿着擀面杖点点，纵声道，"我得给你许个愿，许你明年上位成功，别一个劲儿净在背地里喝陈醋。"

04

林显最近联系唐璃越来越频繁，他总是在深夜加班，以至于唐璃每天醒来都能看到他的消息。

以及程绍堂的电话。

唐璃会在看到程绍堂的电话后在 Tend 工作群里询问项目进度,得到一切稳定推进的消息后,她请了几天假,继续外贸公司和拍摄视频的工作。

唐璃没有驾照,出行大多靠打车或地铁,她和林显相约积水潭,一同坐地铁前往故宫博物院。倒车到一号线,感受隧道深处刮来的凉风。唐璃举着自拍杆,认认真真地看向前方地铁站点,想确认一遍路线。

隧道尽头透着光,男人的身影从朦胧到清晰,依旧黑衣黑裤,黑色鸭舌帽,身材挺拔,让人看不出年龄。

唐璃蓦地一怔。

林显感觉到她的错愕,手指划过背包的边带,侧着头问她:"怎么了?"

她却没和他讲话:"你怎么在这里?"

凉风拂过面上,在这个拥挤的地铁站口,顿时让人感觉清透。程绍堂缓慢地侧过眸去,眸光划过与唐璃站在一起的男人,不动声色地收回,随后唇瓣翕动:"不能?"

唐璃诧异地盯着他。地铁由远及近,行人默契地向后退一步,车停之后,程绍堂率先进去,走到对面,站立,手高高抬起,搭在扶手上。

那天,他和冯天若吃完饭,赴了几个朋友的约,在朋友的酒吧,音乐婉转,灯光璀璨,酒到微醺,他给她打了个电话,问她来不来。

不出意料地被她拒绝了。

可他之所以会打这通电话,是因为他忽然想起,他曾在南方的某个小镇上许诺过她,要带她来——他朋友新开的酒吧。

程绍堂一眨不眨地看着她,隔着几道人影,就算拥挤不堪,眼神也没被挤散。

唐璃收回余光中那抹关注,侧过头对林显低语,大概这趟旅途会多一个人,她问他是否介意。

林显看了看程绍堂,问唐璃:"是他吗?"

唐璃"嗯"了声。

"不介意。"林显问道,"他是你朋友?"

"是……同事。"唐璃为程绍堂解释,"之前答应过拍视频会约他。"

林显说:"可以的。"

唐璃颔首,抿了抿唇。她站在包厢中央,手指扶住纤细栏杆,目光定定地看着别处,却在下车前一站骤然转身,缓慢地靠近程绍堂。

程绍堂看了她一眼,漫不经心道:"来找我?"

他这身打扮说是大学生都不违和,唐璃稍顿了下,低声问他:"你怎么来了?"

"我不能来?"简短四个字,带了火药般的味儿。

他抬眸定了一秒钟,再看向她,不情不愿地"嗯"了声。

别扭。

唐璃对他说:"有人和你一起吗?"

程绍堂舌尖轻抵后槽牙,冷哼一声:"没。"

他怀疑小姑娘存心气他,但他也有股子上赶着让人气的意味。这么想着,他忽然想笑。

唐璃见他表情阴晴不定,想着他是看林显不顺眼。她站直了些,看着他:"林显是我朋友,也是我老乡,你别故意找碴儿。"

程绍堂欲盖弥彰地"哦"了一声,目光扫过不远处等待下车的林显,清爽的穿着,脸庞白白净净,年纪不大。

他收回视线:"我和他说一句话了?"

唐璃沉默数秒,点点头:"这样也好。"

地铁即将到站,唐璃不打算向前,她静静站在原地,准备一会儿眼疾手快,动作麻利些,快速下车。

头顶后方传来一声气音,音量不大,意味不明,似嘲讽,似吐槽。

当然,这是在她的眼中。

"还敢坐地铁?"

唐璃想要回击又憋住,在公共场所与之争论,做法不妥。

"在地铁上被人扒过就不能再坐地铁了吗?"唐璃轻言细语,"没

364

有这个道理。"

"照你这样说——"男人低垂下头,气息拂在她白皙娇嫩的后脖颈,"和我分手也能再和我谈。"

唐璃轻抿嘴唇,皮肤的酥麻令她将话压下喉咙。车停靠站,她头也不回地涌入人流。

程绍堂心情再不好,看她这样,神色又恢复成痞里痞气的样子。林显在下车前转头看他,友好地提醒,却没得到他任何一个眼色。

关系好似成为三角尺,唐璃与林显交谈甚欢,林显想拉拢程绍堂一起。可他不理林显,唐璃也不搭理他◆

半小时后,几人领取门票,一同进入故宫博物院。

程绍堂小时候来过这里一次,和他的母亲及母亲的好友。他记忆稍稍模糊,只记得那是个夏日炎炎的中午,母亲和好友聊天,拿着老式相机拍照,他则坐在推车上吃冰棍。现在隐隐约约的,他脑海中像是在播放老电影。

唐璃安装好自拍杆,摆好拍摄视频的架势。她扭头看了一眼程绍堂,见他安安静静地站着,注视着前方巍峨建筑。

她账号正更新帝都名胜古迹系列。林显主动邀约,说自己没来过故宫。

唐璃默默地想,程绍堂来过吗?

一段视频拍摄结束,唐璃收起设备。林显走在她身旁,说:"你的朋友很不爱说话。"

唐璃"嗯"了声,她不想和对程绍堂不熟悉的人讨论他,哪怕他就站在几米远的地方。

人是很复杂奇怪的生物,对于过去的恋人,有人将其贬低,有人却不愿听旁人对其议论,唐璃属于后者。

她笑着解开手机屏幕,点开视频递给林显:"帮我看看。"

林显凑过去,认真看完:"要不要再补拍一个视频,你会把它们都剪在一起?"

"对。"唐璃说,"取一部分,然后剪到一起。"

一旁，程绍堂将视线定定地落在金碧辉煌的墙体之前，纤瘦而年轻的女孩子身上。他是个外形优越、犹如人形标杆的存在，无时无刻不在吸引着周遭游客的目光。但他对这些目光熟视无睹，唐璃和林显的"自然亲近"刺痛了他的眼睛。

在他长长提起一口气之后，他忽然想起冯天若先前同他说的那话——你要是真想把人追回来，就不能再端着了。

程绍堂当时说自己没端着。

冯天若"哧"他："我说了得七八遍了，不听拉倒。你和唐璃目前这种关系，你再像以前那样，她就真要和相亲对象好了，我刚给你问了，二十四岁程序员，年轻、有共同语言，老家还是一地方的，方便着呢。"

程绍堂舒出那口气，径直走向唐璃，从她手中拿过手机，轻描淡写地说："我看看。"

唐璃被他这种反常姿态弄得不知所措，手指还搭在空中，沉默数秒，有丝不耐烦地道："你看你看。"

程绍堂眉梢吊起："什么语气？"

唐璃："就这个语气。"

林显倒是不以为意，凑到程绍堂身边，拍拍他的肩膀："你是帝都人啊？"

程绍堂看了林显一眼，小伙子笑得真诚，他问："怎么着？"

林显说一直没听见他说话，这么一听，京腔太足了。

程绍堂侧过头，冲着唐璃："是吗？"

唐璃敷衍道："是是是。"

"你这又是什么态度？"程绍堂蹙眉。

唐璃从他手中抽出手机，轻轻压下帽檐，一字一句道："我就这个态度。"

临近十二月的帝都，气温逐渐降低。三人继续向前走，来到休息处，林显转头，看向唐璃，问她要不要喝水。

长时间的运动令水分流失，她冲林显点了点头。

林显又问程绍堂要不要水，唐璃替他回道："他自己去。"

景区里面有饮水机，可以免费接水，旁边的休息室也有矿泉水售卖。他们正午进入园区，已经步行了两个多小时。眼下随处可见原地小憩的游客。

　　唐璃捋了捋长发，整理帽檐，漫不经心地对上男人的视线。

　　程绍堂似乎是生了她的气，转头看见她，语气不善："有话就说。"

　　"好吧。"唐璃说，"是你自己跟来的，不是我要求的，别一天天板着脸，搞得好像大家都欠你的，影响心情。"

　　"我——"

　　"你自己去拿杯子接热水。"唐璃指了指身后林显的位置，平静地说，"这个天气，喝凉水会胃痛。"

　　程绍堂将刚才的话憋了回去，双眉上扬。

　　他身上有好闻的味道，经过唐璃身侧时，掺杂着阳光溜进她的鼻腔，像清凉又纯洁无瑕的雪。

　　唐璃抬起头，望向他的背影。她曾无数次望向他，但没有一次像今天，深切感受到来自他内心——对她的占有欲，对情敌的抵触，以及犹犹豫豫、充满心思的动作和语气。

　　光线明媚，唐璃眯着眼睛收回视线，手指在清晰明亮的屏幕中间轻点数下，笑了笑。

　　他心意太过明显了，她竟然没有反感。

　　也许程绍堂就是和别人不一样，他曾拥有她最单纯热烈的喜欢。

　　现在想想，她好像也是。

　　唐璃和林显在积水潭分开，两人互相招手，约定下一次见面。

　　程绍堂除了中午和林显短暂地说过话，一直不吭声，他一有机会就往唐璃身边站，跟她说话，也不管对方搭理不搭理。

　　地铁站内人流似水，唐璃走在向上的阶梯，步行至中转口时，程绍堂扯起她的手腕："你还要坐多久？"

　　唐璃抬眸看他："坐不了太久。"又问他，"你还不走？"

　　"我车在上面。"他低声问，"一起？"

唐璃当然不会答应他,语气放缓着说不用了,又将视线落在两人肌肤相触碰的位置:"我要走了,不然赶不上地铁。"

"赶不上就赶不上吧。"程绍堂说,"我说了送你。"

少爷脾气。唐璃摇头,她偏不依他。

这种针锋相对劳力伤神,尤其是在人潮拥挤的地铁站。唐璃想甩开他的手,发现他丝毫不避让。地铁已经走过一班,程绍堂攥着她的手等她松口,唐璃静静地站在他面前,帽檐遮挡住来自顶部的光,露出下半张脸,眼眸隐在昏暗中,透露着浅浅犀利。

不知过了多久,唐璃败下阵来。

程绍堂问她:"是不是累了?"

唐璃:"对,累了,放开。"

她能感知到程绍堂与从前的不同,那份执拗简直无懈可击。

程绍堂放缓声音:"我送你,最后一次。"

这算是承诺吗?可这承诺未免太过不正式。唐璃试探性地朝他确认,在得到肯定回答后,终于上了他的车。她笑着说:"知道路吗?"

他说:"知道,又不是没去过。"

车辆启动,行驶在宽阔的马路上。唐璃不受控制地想起上次程绍堂来找她时的场景。那时她问他,这几年真的没和别人好过吗?后来想想,她这话破绽百出。已经分手几年的人,若真是忘得干净,又怎么会在乎他是否和别人好过?

他们并立而坐,视线落在两个方向。车厢内气氛安静,时间在流淌,谁也不说话。

终于,在经过一个又一个红灯后,唐璃耐心告竭:"还没到吗?"

"快了。"他说,"别急。"

双闪一瞬一瞬地亮,唐璃面朝霓虹璀璨,心绪不知飞往何处,却在不知不觉中,听到自己淡淡的声音:"如果我真的和别人好了呢?"

唐璃回过神来,甚至不知道自己刚才那句是真实还是幻影。

那天,在楼下分道扬镳,她曾想过,如果真的都另寻他人了呢?

"这不是没和别人好吗?"他的声音如凉风般在耳边化开,坦白地说,"我知道你这四年过的是什么生活,如果你想知道我的,尽管问。"

唐璃说:"你说。"

程绍堂:"你问。"

气氛焦灼了一下,但仅一下,唐璃便沉下心道:"听说,你和你家里人关系不好?"

程绍堂手搭在方向盘上,凌厉目光平视帝都秋夜。他似乎笑了声:"就一个程博通,关系没好过。"数秒过后,他又补充道,"不管天若跟你说过什么,这事儿跟你没关系。"

"我知道。"

"嗯。"他说,"你知道就好。"

他声音透着虔诚,他在怕自己多说一个字便会影响到她的情绪。

唐璃意识到了,没什么表情地侧过头,看着车窗外的高楼。她没等程绍堂反应,率先出声:"林显年纪不大,工作、性格都很稳定,我姑姑介绍他给我的时候,我还有些不情愿,不过相处下来感觉还不错,可以继续发展。"

她在骗程绍堂。第一次见面,唐璃和林显就达成共识,做朋友不做男女朋友。

红灯高高挂起,刹车灯亮了一排,如同排列整齐的点,凝集成线。程绍堂侧眸盯着她看了会儿,扭头嗤笑了声:"那你俩现在还不是情侣。"

唐璃蹙眉:"你什么意思?现在没关系,不代表以后没关系。"

"这话我也送给你。"程绍堂气不过,他最烦唐璃拿别的男人当幌子,别管真假,他接受不了。

他语气低沉道:"你我现在没关系,不代表以后没关系。"

唐璃沉默着凝眉看他,并未反驳。

程绍堂启动车子,打过方向盘,灯光就在他消瘦的侧脸中浮沉:"你这几年过的什么日子,我都知道,你跟没跟人好过,我也知道。你以为我是傻的?还是你真不知道我到底是有多在乎你?"

唐璃不清楚,自己为什么沉默了,为什么不像之前那般嘴尖牙利地怼回去,让他无言以对。

车灯闪烁,照亮他的瞳孔。唐璃平静了好一会儿才遏制住心跳的狂热,她靠在副驾驶椅背,脑海中反复涌现程绍堂的话,品味他话中的意思,倏然间眉目舒展,竟把自己逗乐了。

程绍堂稍一停顿,正色道:"你笑什么?"

唐璃摇摇头,平声道:"我就当你在说笑。"

"别。"程绍堂声色又黯淡下去,"我还没兴趣跟你开这种玩笑。"

唐璃喟叹一声,仿佛事不关己地说:"程总,虽然我总拿你的年龄开玩笑,可说实在的,你还很年轻,家境、事业、样貌无一不出众,没必要把时间浪费在我这里的。"她又说,"再者说,我工作真的很忙。"

程绍堂看她一眼,低声下气道:"我没别的意思,你不烦我就成。"

车速再慢,也有抵达终点的那一刻。唐璃长指划过安全带,按下锁扣,正要推门而下,他忽然叫她名字。

"嗯?"

"你们的项目,需要加快速度。"

唐璃转过头,看着他。

"网络游戏主打一个时效性,你们那种容易操作、不断更新的项目,若是研发需要一年半载,趁早也不用上了。"他看她一眼,"边发行边更新,催促一下你那个叫柯瑞的合伙人。"

程绍堂说完这话就离开了,车身驶往夜色中。唐璃转身,衬着万家灯火小步走向单元楼。

05

第二天一早,唐璃前往 Tend,将程绍堂的话转达给柯瑞。

程绍堂说得没错,何止是游戏主打时效性,去年流行的东西,今年翻出来,也是炒冷饭。而他在短暂的接触中就精准判断出了柯瑞的弱点。

柯瑞被这话弄得焦虑到吃不下饭,马不停蹄地聚集公司各部门主管开会。

中午,唐璃在一家养生餐厅订了餐,午餐送到时,她托徐松巍暂停会议,解散员工去吃午餐。

370

柯瑞坐在公司休息间，满面愁容。

徐松巍却扒拉着盒饭，眉飞色舞地说："程总这话就是鞭策我们、催促我们，甲方不就这样吗？你不用着急，就在你原来的流程上稍微推进一下，就可以了。"

他话说得中肯，唐璃和虞卿男接触公司事宜没有他们二人多，自然也没他们二人相处的时间多。徐松巍在负责公司人事运营的大小事外，同时兼顾柯瑞心理导师身份。

这行业的翘楚大多都是年轻人，他们理解柯瑞的雄心壮志，也期盼着项目能走进千家万户。柯瑞是真正喜欢游戏的人，不然在当下，他完全可以创办其他更容易获得流量及收益的公司，压力不会如此之大。

徐松巍又道："你不要给自己太大压力，成功它就不是个一蹴而就的事儿，退一万步讲，就算咱这项目扑了——啊呸呸呸，我是说如果，那又能怎么样呢？"

唐璃随后也道："程总说过的，这项目未来收益可观。"

徐松巍眼睛里迸发出笑意，问唐璃："真的假的？"

"真的。"唐璃说。

柯瑞深吸一口气，打开面前的饭盒，拿出筷子。不料，下一秒他停下动作，扭头看唐璃，问："程总什么时候和你说的？"

在接收到柯瑞真挚又迷茫的眼神之前，唐璃都没有如此清晰地认识到，她和从前是一样的——惧怕旁人知晓她和程绍堂的关系。

从前是怕程立秋介意，如今则是不想让别人知道自己和他之间有着除工作之外的往来。

"你忘了？"徐松巍提醒道，"她不是认识程总的助理吗？"

柯瑞"啊"一声："想起来了。"

唐璃笑道："对的。"

临下班前，唐诗英打来电话，询问唐璃与林显发展的进度。

唐璃怕说得过于绝对会令唐诗英感到难过，于是推辞着，只说自己工作太忙，与林显以朋友身份相处得不错。

唐诗英问了一句与林显相关的话,便开始叹息,说李默川近来情绪不对,与她和李银海交流越来越少,和唐璃小时候差得太多。

如今他们换了间门面房,生意越来越忙,更没有时间去注意青春期男生的想法。

唐璃点点头,说这很正常啊。她想起李默川之前想要她带他来帝都,于是同唐诗英道:"你告诉他,一放寒假,我就给他买机票。"

挂断电话,唐璃看了眼忙碌的会议室,拿出手机给员工们点了下午茶。

那天,她走得不算早,可比起 Tend 其他员工,她幸福太多了。唐璃和柯瑞、徐松巍的工作内容天差地别,但她能理解柯瑞的焦虑,因为她也经历过他此刻破釜沉舟的阶段,所以无比敬畏。

入夜,生冷的风刮响枝丫,唐璃裹紧了大衣快步行走。

往年的十二月份,帝都也许会下雪。这里的冬日干燥粗糙,偏偏室内暖和得厉害,进进出出,长发飞舞起来,耳郭被吹到生痛。

唐璃没料想到会在公寓门口看见程绍堂,原先还以为他只是知道她所住小区,当下才明白,他连她门牌号都很清楚。

于是她语气自觉警惕起来,态度并不算得好:"你怎么来了?"

程绍堂下意识地点头,他站得笔直,过道里晦暗不明的光,在他脸上投下静谧侧影。

她看着他,淡声道:"等了多久?"

他说没多久。

唐璃"嗯"了声,又问:"什么事情?"

她没有请人进家门的意思,程绍堂也察觉到了。

静默半秒,他说:"有笔账,我想跟你算一下。"

唐璃:"……什么账?"

程绍堂深吸口气,声色清朗:"你可能不太记得了,你从前在我那儿住过多少夜晚,我大致算了下,就当是两个月。"

也许是他这话太过出乎意料,和他从前那副高高在上,却总对她施予援手的样子大相径庭。唐璃心绪微微失落一瞬，随即平静地回他："然后呢？"

"你没反驳。"

事实而已，她还犯不上赖账。唐璃点头。

他张嘴便是一句："我现在要你还回来。"

唐璃表情复杂，越过程绍堂打开房门，问他是想要她怎么还。

程绍堂按着她的手将门推得更开。唐璃身子一僵向后靠，触碰到他的胸膛。他保持着一个将人几乎全部包裹的动作进了房门，脚一抬一勾，门被关上。

他凑在唐璃耳后说："明助理待会儿来。"

那气息又轻又烫，吹在皮肤上，令唐璃紧绷着，声色喑哑："来做什么？"

"送行李。"他低声说。

程绍堂推着她的手没有松开，唐璃在缝隙中快速按下开关，灯光骤亮，他的目光在房间中扫视。房子面积不大，格局和他曾经居住过的小房子有异曲同工之妙，打理得很干净，布置简单。她有一个书柜，放在正对门口的位置，隔着一段距离，能看到有一部分没有开封，灯光下透明包装泛出倒影。

程绍堂还想继续观察，被他按在怀里的唐璃忽然下了狠手，在他腰上掐了一把，喝令他松手。

她转过身看他，浅色瞳孔透出的意味，有成熟女人的审视，也有单纯女孩的警惕。

她也不说话，就静静地看着他、揣测他。

程绍堂大手穿过她手臂与细腰之间的缝隙，按着人朝自己方向一送："这儿可没别人。"

唐璃手掌抵着他，眸光流转："所以呢？"

"你别勾我。"

唐璃敛了玩笑神色，一本正经地望着他，好半响才问道："你真要在我这儿住？"

他点点头,面容在此刻尽显温柔。窗户开了缝隙,寒夜的凉和地暖的热交替来过。他搁置在她背后的手微微用劲,迫使她靠得再近一些。他没回答,但那眼神分明就已经告诉她答案。

唐璃诚恳说:"你的房子比我这里大多了,何必委屈自己呢?"

"那你去我那儿?"

唐璃说:"我不去。"

"那就只好我来了。"程绍堂笑了笑,目光认真,动作维持在一个暧昧的姿势。

这男人惯会放长线钓大鱼,定力可怕。唐璃从他怀中缓慢挣脱,佯装无意,实则骗道:"我家里没有多余的床,你睡在这儿……不方便,趁明助理还没到,赶紧给他打电话吧。"

"打电话做什么?"他覆在她耳边,低声问,"我进去看看成吗?"

说是问她,可他并不在意她的回答。唐璃条件反射就要拉他:"你觉得这样好吗?"唐璃看着他,"我是年轻女人,又是你乙方,你堂而皇之地搬到我这里来住,你让别人知道了怎么看我?"

这些话,她说得足够真挚。

可程绍堂掰开了她虚浮着放在他身上的手,扶她站定,道:"你对我就这么避之不及?和我在一起很丢人吗,唐璃?"

程绍堂:"我昨天回去想了一晚上,决心搬到你这里。你撵我打我,我也不走。"他顿了顿,面色忽暗,声音里有种显而易见的深情意味,"你和林显发展到哪一步,我不管,从现在开始,你住在哪儿,我搬到哪儿。"

唐璃听着他的话,在心里反复整理,才勉强压下情绪,假装不情不愿地说:"我哪有那么多地方搬?"

程绍堂说:"那你让我进去看看。"

唐璃凝视着他,最终妥协。

程绍堂径直而入,主卧有一张不算太大的床,唐璃一个人睡。房间收拾得整洁,空气中飘浮着淡淡的栀子花香。

"你睡这里?"

"不然呢?"唐璃倚在玄关口看他,"你想睡,我不让给你。"

"那再说吧,说不定以后咱俩睡一张床呢。"

唐璃无奈,不计较他的话:"说得像真的一样。"

"怎么不能是真的?"他迈进主卧,唐璃听到他的声音,"这些事都不一定。"

唐璃嗤笑一声:"你就想吧,反正什么都不可能。"

"哦。"程绍堂从主卧出来,走向书房,幽幽看她一眼,"我睡这儿?"

唐璃说:"可以。"

她忽然想起来,李默川下个月要来帝都找她的事情——后来她仔细想想,有些奇怪,她当时没有第一时间拒绝程绍堂,而是在想,如果之后他不能待在这儿,怎么办?

唐璃揉了揉脑袋,抛开这些思绪,不愿再深入思考。

06

明助理来的时候,唐璃刚洗完澡,在洗手间慢吞吞地吹着长发,护发精油从发根涂抹到发尾,她整个人散发出清透的香味儿。

她披上一件宽大睡袍,笑着同明助理打招呼,问他:"这么晚了还要你来,累不累呀?"

程绍堂凌厉眼神投射过来之前,明助理便自觉绷紧神经,笑着说:"不累不累。"

唐璃说:"那就好。"

程绍堂让他把东西放在门口,明助理摆好行李,告别之后匆匆离去。

静谧的帝都深夜,能听到遥远的呼啸风声。唐璃拿起手机瞥了眼工作群里的消息,柯瑞正在自我鞭策似的汇报工作进度。

整理好工作事宜,她放下手机,姿态随意地望向坐在沙发处的男人,皮肤白得好似玻璃橱窗中的珍贵瓷器,长发柔软,泛着迷离的光泽。

程绍堂的长腿大剌剌地敞开,手臂也打开,搭在沙发靠背处,明明没有碰酒,目光却像是微醺之后。

他让她过来坐会儿,可唐璃让他先去洗澡。

一来一往,等唐璃反应过来两人的对话有多么自然熟悉,对方已经笑得前仰后合,在那张小小的沙发上,姿态放纵到没边了。

他的眼神好似在给她释放某种信号,可等到他开口,那信号便散了:"璃璃,我还没吃饭。"

行李箱立在脚边,她伸手便能推出很远,就像男人这句话,她也可以推辞,但——她抚了抚柔软卷曲的长发,说:"想吃什么?太晚了,吃简单些。"

程绍堂眸间划过讶异的悦色,很快隐藏下去,声音也伪装到平静无澜:"就,你随意吧,我不挑。"

热水冲刷掉疲倦,程绍堂随意套了件宽松衣服,从进卫生间到出来统共不到十分钟,发间萦绕的是和唐璃一样的香气。

唐璃站在灶台前,一手扶着纤细的腰,一手搅拌锅里的肉酱。她眼皮虚虚抬起,打了个呵欠:"能不能帮我一下?"

厨房窗户开了缝,有点儿冷。唐璃困顿的思绪有所清醒,不等他回答,便又继续说:"把柜子里的锅拿出来下面,吃多少下多少,面在冰箱里。"

程绍堂挠了把尚未干透的短发,语调懒懒散散:"哦。"

厨房空间不大,两人背立而站,更显逼仄。冷风浸透身体,程绍堂微微蹙眉,抬手拉窗。

唐璃说:"我在散味道。"

"不觉得冷?"

"还好。"

"我冷。"

平静地对话,平静地结束。

炸酱做好的时候,程绍堂刚好捞出面,面条在冷水中浸泡几下,快速捞出。唐璃视线一瞥,下一秒,一勺香喷喷的炸酱淋到上面。

程绍堂心满意足地"嗯"了声。

唐璃却觉得他面下得有些多。

"要不你也吃点儿?"程绍堂说,"我给你拌好,盛出一小碗。"

"嗯——算了。"唐璃是有纠结过的,事实上她也并没有吃晚饭。

"减肥?"

唐璃不说话。

不知是试探还是好笑，程绍堂端着一大碗炸酱面，直勾勾地看着她，唇角勾起："你又不胖。"

唐璃抿了抿唇。程绍堂姿态松散，黑发落于额前，眼眸深邃而黑，低垂着头，声音也低："真的，你身材很好，比起之前——"

他的视线划过她身前，目光炽热。

凭唐璃现在的性子，是要唇枪舌剑地与他争论一番的。果不其然，她牢牢护住衣服，目光警惕："吃你的吧。"

唐璃说完这句，便转身去主卧，还不忘嘱咐他："记得洗碗。"

程绍堂坐在小小的长桌前，望着眼前空空如也的饭碗放空。就在不久前，他风卷残云般吃完了炸酱面。

说不清是哪一瞬，让他觉得很熟悉。

口腔泛起的味道和几年前唐璃做给他的那碗"分手面"一样。

那天，她提出分手，那话熟练得好似被她排练过无数遍。好像在她那里，他就不会伤心一样。

不过论起来，那时陈管家早就找过唐璃，所以她才会落寞无助，同时坚决。

程绍堂倚靠在椅子上，五味杂陈地想，时间过得可真快啊。他仰起头，望着乳白色的天花板，帝都的夜色将时间包围起来。他以前觉得她太年轻，以爱情之名将人囚禁，是对她的不公平，可这么多年，他发觉他才是被囚禁的那个人。

而能为他解开枷锁的，唯有唐璃。

和程绍堂住在一起也不是全然没有好处，他总会准时准点回家，在唐璃迈进家门后不久，求她做饭，又或者带着精美餐盒，一遍又一遍地询问她是否要吃，直到她慢吞吞地坐到他对面。

唐璃与他一起吃晚饭，饭桌气氛根本不落寞。

她会询问他很多工作相关的事宜，项目改进、同行情况，可以说唐璃在程绍堂这里得到了行业前沿的最新情报，随后她会把知道的信息整理好，确定对项目发展有效的措施，与柯瑞、徐松巍进行商讨。

如此一来，一月中旬，公司内部定下了项目发行的时间。

在这个时间点，李默川独自一人登上了飞往帝都的航班，在落地之后第一时间通知唐璃。

唐璃本来想约秦钲一起吃饭，但他最近带李格尔请假，似乎去旅游了。

唐璃接到李默川的时候，对方正慌张得不知所措。直到看见她，慌张才转化为喜悦。

在唐璃眼中，李默川是很懂事的孩子，即使青春期的他与父母共同语言不多，但他能理解唐诗英对他念叨的心意。

"父母之爱子，为之深远嘛。"他快十六岁，比唐璃高半头，"姐姐，我来找你，你不会还要管我吧？"

唐璃笑了笑，问他："我什么时候管过你了？"

"也是。"李默川笑嘻嘻的，"姐，我妈说，我这次来帝都的机票是你买给我的。"

"嗯。"唐璃问，"怎么了？"

李默川边走边摇头："妈说你自己在帝都太辛苦了，我以后挣了钱还给你。"

唐璃故意问道："你想怎么还？"

李默川认真道："考大学，找工作。"他说，"我不想像爸妈那样辛苦，我想做我喜欢的事情。"

唐璃拍拍李默川肩膀："加油。"

吃饭的时候，唐璃收到程绍堂的消息，问她接到李默川了没有。

唐璃回复接到了。因为李默川的到来，她勒令程绍堂搬走几日，可以将日期续到后面。

程绍堂不情不愿，说李默川也认识他，不介意和弟弟一起住。

唐璃说她介意。

程绍堂磨磨蹭蹭半天，才把东西打包放进衣柜里，又说自己刚好要去海市出差，过几天回来，那会儿李默川应该已经走了。

李默川确实并未打算在帝都游玩太久。

"早点回家给爸妈帮忙。"他吸了口冰可乐，不紧不慢地说，"放寒假了，家里生意忙，姐姐，你跟我一起回去吗？"

唐璃想了一下："应该回不去。"

李默川点点头，又摇头，语气颇为无奈："那你早点呗，妈还让我打听你和林显相处得怎么样？"

唐璃："你怎么说的？"

"我能怎么说啊？"李默川侃侃而谈，"我说你想知道自己去问，干吗总让我打探消息，我还是个孩子！"

唐璃笑得前仰后合，整个人放松到随意。然后她故作无心地问："你有没有喜欢的人？"

李默川愣了愣，说："我当然没有啊，姐，你可真八卦。"

青春期的孩子心思悸动，唐璃也没想从李默川这里打探到什么。作为姐姐，她只想关心他，与他做朋友。

"姐，你现在还和秦钲关系好吗？"

李默川忽然问起他，唐璃眨了眨眼睛，有些意外，说："好着呢。"

"他订婚了。"李默川说，"就在荣登酒店，锣鼓喧天，阵仗好大。我那天去书店买资料，刚好路过，名字写的是秦钲和李格尔——"他抬起头看唐璃，"是不是？"

唐璃张着嘴巴，李默川看着她，神色认真地等她回应。

唐璃缓缓地蹙起眉头，悄然道："我不清楚。"

"你不是和他关系好吗？"

"嗯。"

那晚，她把李默川安排在程绍堂睡了几周的床上。他奔波一天，没几分钟，唐璃再次推开门意欲询问他要不要喝牛奶时，已然听到浅淡的鼾音。

黑暗笼罩一切。

唐璃窝在沙发角落，双手环抱膝盖，盯着手机屏幕。她想了很久，也想不通秦钲瞒着她的理由。

她缓缓抬手,捋了把长发,深吸一口气,给他发去了消息。

唐璃尽量让自己的心情保持平稳。

几分钟后,手机屏幕亮了,唐璃轻点几下。

秦钲:你知道了?

唐璃佯装淡定:不告诉我,少了一份份子钱。

秦钲回她:我还不缺你这一份。

你看,其实也不能全怪她生气,他的态度是任谁都不会舒坦的敷衍了事。

过去秦钲心情不好,每次唐璃撞到枪口上,都会和他吵架。她有时在想,他是不是也会这样对待李格尔,对方总是迁就他、照顾他,所以他才离不开。

而这些包容都是许沉吟做不到的,她的骄傲不允许自己卑微。

所以,唐璃劝服了自己,人总要朝前看的,她无权阻挡别人奔向幸福。她心情不好,不想再搭理。

直到几分钟后,秦钲又发来消息:其实我早就知道了。

唐璃看着这几个字,心想,他知道什么了,足以让他发脾气?和李格尔有关?还是和许沉吟有关?

夜半时分,秦钲给唐璃发来一条消息,那条消息很长、很长,长到屏幕根本装不下。

璃璃,我们认识二十几年,从幼儿园开始就是同学,我很庆幸人生路上有你这位挚友,一直帮助我、陪伴我。

格尔曾经问我有没有喜欢过你,我说咱俩是革命友谊,是拜过把子的兄弟,是你一个电话我就必须到场的关系,我当然喜欢你,喜欢你身上的干劲,永远勇敢,永远向前。

格尔跟了我五年,每年都能听到她说想和我结婚,她是很单纯善良的女孩。其实我现在也才二十五岁,说结婚真的太早,按我的意愿,我想过几年再说。我带她见过家里人,她对我父母很尊重,我妈挺喜欢她，两人聊得来，她们聊天的时候，连未来小孩的名字都想好了。

我已经辜负了一个女孩，不能再辜负另外一个。

我是毕业那年才知道吟吟不在了。那天晚上，我坐在宿舍楼下抽了一晚的烟，我就是想不明白，更没办法接受。

你早就知道了吧？你帮着她瞒我，对吗？

你和她的关系，比你和我的关系都要好。

如果是以前，我肯定会非常生气你瞒我，但现在不会。时间过去太久，我不能也不会沉浸在悲伤里，我要振奋起来过得更好。我曾真真切切地爱过她，这份爱意，我无须向别人证明。

璃璃，我们是一辈子的好朋友。我希望得到你的肯定，告诉我，我不是不配得到幸福。

夜风荡起窗幔。唐璃说不清是哪一句话让她感到无力，所以她多看一眼，就难受一分。越是难受，越是会想起许沉吟。

她没有见到许沉吟最后一面，尽管她隔三岔五就会发消息给许沉吟，可许沉吟并不爱回复她。

唐璃收到许父的消息时，第一反应是茫然，随后心里好像被掏去一部分。她用了十几分钟来接受这个事实，然后告诉自己不要哭，不要在人多的地方哭。

许沉吟是唐璃心目中最美丽的姑娘，病痛令她美貌不再。那时候她连镜子都不敢照，许父半夜惊醒，时常看到她靠在窗边惆怅。

许父用女儿的账号同唐璃诉说，字里行间充满悲伤。

唐璃捂着心口长长吐出一口气，仍旧闷到心态要爆裂。

她一夜没睡。

第十章 /
因为我爱你

⊙如果不是你，别人我不要。

01

帝都旅游胜地繁多，冬季气候干燥寒冷，其实不太适合户外旅游。

但李默川对长城有种年少气盛的执拗，唐璃穿了身宽松衣服，披上羽绒服，带他报了个团，两人一大早便出门了。

他们乘坐地铁至集合点。小城没有地铁，地铁上，李默川拿着手机对着车窗自拍，唐璃看着他笑，只是笑容看着特没精神。

她在旅游大巴车上倚着李默川睡了一觉，下车时精神回温，阳光夹风扑面而来，终于将那抹愁绪吹散了不少。

这一天过得很累，他们并没有登到长城顶端。

李默川说不到长城非好汉，他来了，就是好汉。他在巍峨城墙边大声许愿——保佑他顺顺利利，学业有成。保佑父母身体健康，长命百岁。保佑姐姐早日成家、早日暴富。

唐璃坐在石阶上休息，抚着额头无奈，问李默川："怎么到我这里，这愿望就那么接地气？"

李默川大方一笑："你还不知足？"

日头渐高,唐璃被风吹得很舒服,也有些懒散。

李默川没预料地问:"姐,我记得那年我爸得脑瘤,你带我见过你男朋友的。"

唐璃愣了一下:"你还记得?"

"真是你男朋友啊?"李默川像是知道了什么不得了的事情,风中凌乱,满脸难以置信,"我就说就说!"

这是套她话呢。唐璃托着腮,用眼瞥他:"你就说什么?"

"我就说他怎么会这么好,给我发红包,还给我送那么贵的游戏机。"

"什么游戏机?"唐璃抬起头,表情木讷,"我怎么不知道?"

"当然不能让你知道了。"李默川说,"我和那个哥哥约定好了的,他送我一个大红包,我可不敢告诉你们。"

看样子,谁都不晓得这份红包的存在。

但唐璃有些好奇:"有多大?"

李默川攥着拳头转了转手腕——十万。

唐璃一口气差点儿憋过去:"钱呢?"

李默川抬手摆了摆:"我存着呢。"他赶忙解释,"一分没动,你别上火了!"

"把钱转我,我还给人家。"

"你不是跟他分手了吗?"

唐璃瞪着李默川,问:"你怎么之前不说?"

李默川挠了挠头:"我说我忘记了你信吗?那是一张银行卡,在红包里装着,密码是你生日,我就查过一次,之后就把卡放在游戏盒里。今年暑假过完,我才看见,又想起来。要是早点儿看见——说不定我就花了。"

"你真大胆。"唐璃愤愤道,"千万不能动那笔钱。"

李默川:"我知道了。"

从长城下来,李默川挑选了几样纪念品。姐弟两人一前一后,赶在旅游大巴车启动前上车。

程绍堂发消息问她:弟弟走了没?

昭然若揭的心思，唐璃沉默了十分钟，才回复他：没有，这才第一天。

又过了一会儿，那边回复她：带弟弟好好玩。

他没说回来的时间，但想必会提前联系唐璃。

唐璃慢条斯理地收起手机，戴上护目眼罩准备再休息，转眼看见李默川坐得随意，正在看动漫。

她跟着李默川看了几分钟，问他："你们班同学玩游戏吗？"

李默川："玩啊。"

"手游呢？"

"当然。"李默川说了几个男生常玩的手游，又说，"我想起来了，你做游戏是吧？"

"嗯。"唐璃又问，"像跳消消这种游戏，玩不玩？"

"也玩。"李默川看着唐璃，认真地说，"女生几乎都玩，男生有一部分在玩，大家都在比通关数，我玩过一段时间，后面就不玩了。"

唐璃大约了解一番，轻点了点头。

那一天奔波劳累，唐璃晚上睡得还可以，一觉至天明。

李默川只在帝都待了三天，便心满意足地打道回府。唐璃送他到机场，他开开心心地给她一个熊抱，笑嘻嘻地说："姐姐，我在家等你。"

送走他，唐璃从机场打车，去了趟和秦钲合开的外贸公司。

公司有一个非常特别的名字——lilyanne（莉莉·安妮），是唐璃去注册的商标。

比起公司，用工作室来称呼它更为合适，一共不到十位员工，承载着每年成交额高达八位数的工作量。

唐璃的股份最高，因为她出了最初的创业费用。

那时，程绍堂帮过她许多。

可现在她来到这里，才发觉员工们对她竟如此陌生。

唐璃随便叫了一人，问道："秦钲和李格尔还没回来？"

"没呢。"

唐璃又问："你知道他们干什么去了？"

那人有些不确定，声音越来越小："订婚去了吗不是——"

唐璃淡笑:"你知道啊?"
"对啊,我们都知道。"

唐璃打了一辆车回家,车子堵在高架桥上。她坐在车后排,目光定在窗外的风景中。

她和秦钲认识十几年,怎么也不会想到,原来他们是订婚不用通知对方的关系,她不想去怀疑此事和李格尔有联系,因为一切都没有意义。

唐璃性格坚韧,上学的时候就很能忍,如今忍耐力越来越强。帝都出租车司机依旧有逮谁跟谁唠的脾性,可唐璃安安静静的,让人根本看不透。

唐璃没有直接回家,而是径直走向公寓旁的二十四小时便利店。

人来人往,天色已有黯淡光景。

程绍堂打来电话,问她在哪儿。

唐璃的手指越过冷柜前的透明玻璃,从里面拿出几罐啤酒放进购物篮:"你回来了?"

程绍堂:"你不在。"

"我在便利店。"她看了眼冷柜里的饮品,又拿了几罐,"一会儿回去。"

挂断电话,唐璃走到门口结账。东西不多,但有点儿沉,勒得她手指发胀,她踏着黄昏中的地板砖,每一步都走得略显沉重。

程绍堂由远及近走到她面前。他望了眼她手里拎着的袋子,自然而然地从她那里接过,双眉微挑,有些意外:"还挺沉。"

年关将至,冷风呼啸。华灯初上的城市,更为璀璨耀眼。

铝制瓶身摩擦,程绍堂眼眸微垂,声线清朗:"啤酒?"

唐璃"嗯"了声。

程绍堂慢悠悠地迈着步伐跟着她,看向她被卷曲长发衬托着,只有巴掌大小的脸颊,他唇角吊起:"给你自己买的?"

唐璃问:"怎么了吗?"

"你什么情况不知道?"程绍堂一字一句,"三两啤酒下肚,猖狂得不知道自己叫什么。"

唐璃也没气,红唇抿紧着,定定地看着他。

不搭理,也没移开视线。

程绍堂看着她的眼睛:"你是不是有什么事儿?"

"什么事情?"她的表情淡淡的,要笑不笑,要哭不哭。

程绍堂一手拎着啤酒,另一只手抬起,蹭了蹭她的脸颊。

冷的。

他的手是热的,热到——唐璃真的想哭。

她深吸一口气,低声说:"程绍堂,你能不能——抱抱我?"

程绍堂微微一怔,他没预料到唐璃这话,更想不到在她话音刚落的瞬间,她便缓慢地将脑袋依靠到他的肩膀,鼻尖萦绕着熟悉的香气。

他用蹭她脸颊的那只手,拢住她。

唐璃在他看不见的地方,轻轻扯起唇角,比起他的手指,他的怀抱更加温暖。

02

帝都的夜晚很亮,唐璃把脸埋在他蕴有淡淡香气的怀里,只要稍一抬头,就能看清楚他的脸。

四目相对的时候,回忆仿佛在脑海中都过了一遍。

这种感觉令她无所适从,甚至有一瞬间忘记了自己难过的理由。

但程绍堂此刻的心情,却是抑制不住的紧张。

唐璃在灯光璀璨的夜色里深深吸了一口气,问程绍堂:"你觉得我有什么变化吗?"

在她眼里,程绍堂是敏锐但沉默的商人,同时是体贴又沉默的恋人。左右逃不出沉默二字,但今晚她想听他多说些话。

他的声音没有之前那样清朗,略略带有一种试探:"丰满了?"

唐璃蹙眉:"我说性格!"

他似乎有些木讷,迟钝地点点头,说有变化。

唐璃歪着脑袋看他:"什么变化?"

程绍堂被这个突如其来的拥抱搞得猝不及防，他说不清有多久没有感知过她主动的温柔，亦在这种沉闷的孤寂中越来越不敢揣测唐璃的心意。

他想了挺久，说："你越来越坚韧了，但骨子里的良善没变。"

唐璃笑着靠近他："为什么这么说？"

程绍堂说因为他不是傻子，他能感觉到。

唐璃从他怀里挣脱出来，程绍堂有一瞬失落，可下一瞬，他的手便触碰到她指尖的温凉。唐璃像是好奇般拉起他的手，凑到眼前看看，说："程绍堂你的手可真暖和，让我牵牵好不好？"

他说："好。"

到此刻为止，程绍堂才终于确认，她肯定是遇到了什么事情。

但唐璃一本正经的，在冬夜中用那双亮晶晶的眼睛望着他，说："你这人真奇怪。我不想理你，你穷追不舍，我现在想和你好了，你却疑神疑鬼。"

程绍堂看着她，笑了一声。

她不想说，他便什么也不问。

唐璃的手被他握着，脚步踏在隆冬的道路上，她若无其事地向他汇报项目进度，柯瑞说下个月就能发行了。

程绍堂说进度没问题，又问她和温聿的关系是不是很好。

唐璃有点儿诧异他会这样问，被他牵进电梯，忽然反应过来："他找你了？"

"嗯。"程绍堂揉了揉她手心，就一下，没敢多试探，"他来找我，说要跟'壹源'合作，投资你的项目。"

"你怎么说？"

"我拒绝了。"他解释道，"这个项目的投资金额并不大，'壹源'支付得起。"

和温氏合作并不是那么简单的事情，程绍堂说："不过我也说了，他如果真那么想参与，发行之后可以在旗下电影中买广告权，但他说他可以免费给你。"

程绍堂看着唐璃，挑了挑眉。

唐璃："他是说过这话，因为之前闹了些不愉快。"她迟疑一秒，补充道，"我们不熟。"

"看着挺熟的。"

语气不对劲。

唐璃耸耸肩，眨巴眨巴眼睛，说："真的不熟。"

她今晚乖得不像话。

电梯门划开，程绍堂迈出门去，手里沉甸甸一袋酒，问她："你买这酒，今晚喝？"

唐璃从他手中挣脱，掏出钥匙开锁。

门被打开的瞬间，她抬起头，说："一起吗？"

程绍堂想起很多年以前，只有他们两个人的夜晚。小姑娘喝了点啤酒，跟只小狐狸似的，脸颊红扑扑的，眸光似水……他看着唐璃："你不怕出事吗？"

"能出什么事情呢？"她看着他。

程绍堂轻笑："那不好说。"

"也没关系吧。"她说。

如果是跟程绍堂，其实是没关系的。

重逢以来，唐璃的排斥、逃避、内心隐秘的欢喜，其实通通昭示着她心里有他。

她已经不想再矜持了，她很累。

她认认真真地说："我突然发现，也许你是真的很喜欢我。"

但是，唐璃实际上没有预料过接下来会发生的事情。她忽略了人的本能，也忽略了人在悲伤时会想要通过转移注意力来遗忘悲伤，最好是能够令她彻底转移注意力的行为。

程绍堂笑得躬起身，扯起她的手臂，向前一拉，那只手扑空了唐璃身后的衣服，后腰处深深塌陷一片。

程绍堂勾起唇，语气算不得开心："我刚才说错了。"

"说错什么了？"

他沉声道："丰满是丰满了点儿，腰细了。"

她把手贴在他胸口上，无奈地笑："程绍堂……你不招惹我是会死啊？"

他错愕："我这是招惹吗？"

"不是吗？"唐璃的眼神落在他温柔的眼中。

程绍堂把她推进门，隔绝掉冷风。他覆在她耳旁，轻声呢喃："我这是关心。"

唐璃还没来得及反应，他又将她松开，问她："吃了没？"

昏暗中，他的嗓音更显温柔。

唐璃愣怔："没。"

"没？"程绍堂换好鞋，从鞋柜上拿下她的，先她一步走进去，姿态熟练得好像是在自己家中，"没吃饭就敢跟我约酒？空腹喝酒对胃不好。"

哦对，他胃不好。

他问她："你想吃什么？"

"你给我做？"

"我给你叫外卖吧。"他轻描淡写道，"看你心情不好，等饭的时间开导开导你。"

唐璃慢吞吞地走近沙发，将自己深陷其中。家里特别安静，本来她都不想吃饭了，因为多了一个人的存在，气氛变得有些温馨。

窗外是一望无际的深蓝色，掺杂着霓虹。

玻璃中倒映着程绍堂挺拔的身姿，越来越近……她蜷缩起身体，移动到沙发另一端，给他留出足够多的位置。

她盯着他的脸发了会儿呆。唐璃抿起嘴唇，又张开，开开合合好久，终是叹了一声。

"想亲吗？"他忽然问她。

她愣了一下，心脏"扑通扑通"跳得极快，眼睛像是被蒙了层纱，风一吹，视线就清晰了。她突然发现他这话很有蛊惑性，加之男人此刻温和得好似蜜糖，化开的黏稠发烫。

程绍堂把她拥进怀里,他压在上面,手臂虚虚撑着,呼吸拂在她面上。

味道是温热的、熟悉的。但唐璃的身体有种异样的感觉,她说不清,总之只要程绍堂再主动一些,她绝对不会拒绝。

一股极轻的温热覆在她唇边,轻轻柔柔。

试探性的濡湿,气氛暧昧。

程绍堂撑起瘦而有力量的身体,关掉了客厅的灯。

窗帘没拉,窗外的光渗透进来。然后,是啤酒被打开的声音,伴着气泡迸发而出。

程绍堂重新坐回她身边,一只手搭在沙发边缘,另一只手向她递去易拉罐,慢条斯理地说:"今天不管胃了,少喝点儿,气氛够了就行。"

唐璃听见他别有意味的话,似是而非地问他什么意思。

"意思就是——"他忽然一改之前那调戏态度,语气定定道,"聊聊你今天都做了些什么。"

唐璃知道,他想说的肯定不止这些,但她不拆穿。想起在工作室的经历,她避开了目光。

唇边还带有他温热的味道,她接过那瓶冰凉的啤酒,抵在唇边轻抿一口,眼梢轻吊:"你为什么这么在意我?"

"废话。"程绍堂诚实地回答,"因为我爱你。"

已经不单单是"看上你了"。唐璃想不到他会用"爱"来形容两人之间的感情。

冰凉啤酒顺着口腔滑溜入身体,直至感受到微醺。她态度蛮横地将手中啤酒塞进他手里,顺势搂住了他的脖颈,身体探过来,靠近。

程绍堂被这突如其来的进攻吓到,手臂张开,将啤酒放得很远。

他瞪大了眼睛想问她怎么了,她却忽然开口,空气是清新的麦香:"你只爱我一个人吗?"

有人爱得轰轰烈烈,转眼间也会另觅他人。

这种爱,唐璃不想要。

而程绍堂认真地告诉她——如果不是你,别人我不要。

唐璃俯下身,贴近他的嘴唇。

下一秒,程绍堂便扭转局面,将人覆在身下。

唐璃已经不是几年前的小姑娘,她知道自己在做什么。她躺在沙发上,酒红色长发如瀑般铺开,从程绍堂的角度,她笑得勾人,下巴昂起,锁骨凹陷,黑夜里雪白得若隐若现。

她想起曾经的自己,在人影憧憧中望向这个男人,期待着见到他失控的模样。

她想不到,会是此刻。

他把她的手臂高高举起,门外有人敲门,无人在乎,那敲门声最终幻化为一条静静躺在手机里的短信。

程绍堂眼眸深邃似海,透着一种肆意。

"程绍堂——"唐璃累到无法呼吸,柔顺的长发掺杂着汗液黏腻在潮湿的脖颈,"你不是身体不好吗?"

他无奈:"我只是胃病。"

窗台照影,程绍堂将床头灯打开了,墙面上如水波纹一般晃动的光影,沁透人心。

唐璃在灯光朦胧中看清他的脸颊,消瘦的下颌,长长的眼睫投落在眼底的阴影,以及上下浮动的碎发。

唐璃絮絮叨叨的,即使累极,也不消停。她给他说这几年在国外的故事,说她辛苦备考时想的都是他,因为他是她见过的最优秀、最好的人。

她说她在联谊会上遇见一人,对她穷追不舍。

程绍堂摁着她的手,唐璃轻声细语地埋怨:"我如果和别人好了呢?你到哪里去找我?"

只能说唐璃一沾了酒,行为语气便有些放肆。他眸色沉沉地盯着她的眼睛,时不时俯身亲吻,留给她一句:"这不是没有吗?"

没有的事,就不要多想了。

唐璃微蹙着眉,她其实还有很多话想问,但最后仅仅是用一种半信半疑的语气问他:"我们这样,算和好了吗?"

"你觉得呢?"他反问。

"我觉得算。"

朦朦胧胧中,唐璃耳旁出现一声极轻的笑声,像气音,并不明显。

夜色中,程绍堂躺在她身旁,忽然扭头看她,他的嗓音低沉沙哑:"你和你那个相亲对象?"

"本来就是朋友啊。"她也看着他。唐璃感觉到,程绍堂躺在身边时的不一样。那是不同于一人的孤寂落寞,是一种真实的温暖。同时,她能从他的问话中快速察觉到他的情绪。

"不是别的关系?"

"能有什么关系?"唐璃侧过身,枕着他的手臂,靠得他更近些,"你是想寻求刺激,还是怎么,希望我和他有关系?"

"嗯。"

他就仅仅"嗯"了这一声。

她扶着他肩膀,支起身体看着他。她眼眸勾人,脸颊如同红透了的水蜜桃,嘴巴有些红肿。

程绍堂下意识便想又凑过去。

被她拒绝了。

唐璃轻轻吐出一声低音:"你和你家里关系不好,冯天若告诉我的。"她微微颔首,一眨不眨地看着他,问,"和我有关系是吗?"

他和程博通关系不好,并不是什么秘密。程绍堂认真想了下应该怎样回答。

唐璃静静的,等着他开口。

程绍堂却说:"以后再讲给你听吧。"他翻了个身,拢住她,"别多想了。"

月明星稀,霓虹闪烁,一室温热。

03

第二天一早,程绍堂从门外拿进那袋搁置在地上的外卖,一份已经凉透了的蒸饺,幸好不带汤水,所以刚拿进门,便被唐璃接过去放进微波炉加热。

他们两个坐在餐桌前,凑在一起,吃一份隔夜蒸饺。

头发微微凌乱,睡衣也不甚整齐地挂在肩上。两人闷头吃了半天,忽然间四目相对,看着对方傻笑。

"按时吃饭,怎么会把自己搞到胃病……"唐璃絮絮叨叨着,小口小口吃着蒸饺。

程绍堂端着杯水,沉着地回道:"我也不知道。"

可能,世间大多疾病,都和心情有关。

吃完早餐,程绍堂问唐璃,要不要他送。

唐璃招招手,说不要了,她自己打车去。

程绍堂下意识想答应她,尊重她的想法,可在开口前的刹那忽然想到过往,想到冯天若苦口婆心说的话。

他一本正经道:"不行,我必须送你。"

唐璃没有驾照,她通常打车或者乘坐地铁出门。

程绍堂揉捏着她的手,声音温和:"都和好了,你还避讳什么?"

她反过去,用同样的力气捏他。很奇怪,他们才刚刚和好,但气氛却像是好了很久。

"不是避讳。"她说,"至少得等到项目结束吧,不然被公司里的人看到了怎么办?你是不知道,他们一个个的,嘴巴不饶人。"

程绍堂眯着眼睛,暧昧低笑:"怎么不饶人?"

唐璃回他:"你猜啊。"

收拾完毕,拉开窗帘,唐璃才发现窗外下了雪。今年的雪好像比往年来得晚了些,也大了些。

李默川给她发语音消息,说幸好是昨天的航班,如果是今天,大概就得延误。

对啊,幸好是昨天的航班。

一切都是刚刚好,一切都是必然。

她靠在窗台前轻唤:"程绍堂,快来看,外面下雪了。"

程绍堂稍一观望,自上而下地飘扬,白雪皑皑,而她就站在窗台中间位置,认真地扬起头。

唐璃开口:"你还记得吗——"

"记得。"

"我还没说是什么。"唐璃转过脸来,正待说些什么,程绍堂长臂一伸,接着她便感觉到脖子上一抹晶凉。

她低下眸,是那条方格钻石项链。

唐璃满是诧异,瞪着一双如同钻石般闪耀的眼睛,望向他,再垂下,再望向他。

他看似平淡地挑着眉,沉声说:"一直给你留着,今天终于等到了。"

唐璃拨弄着那一粒小小的、坚硬的项链吊坠。

拥抱袭来,暧昧交缠的声音从唇齿之间溢出。

大雪铺满道路,枝丫缓慢移动。程绍堂把唐璃送到距离 Tend 一个路口的地方,她透着车窗向外看,说:"好了,就到这里吧。"

程绍堂手扶着方向盘,目光落在车前方,不紧不慢道:"一脚油门的事儿。"

"不必了。"唐璃想起曾经,不紧不慢地说,"我暂时不想让旁人知道。"

她下了车,冷风扑面,走出几步后转身同他招手。程绍堂满心满眼都是这个纤瘦的背影,看得他的唇角翘起,眉梢上扬。

室内室外是两种完全不同的温度。

公司内温度适宜,员工勤勤恳恳工作,冰雪天气,不乏因为堵车而迟到的人,打过卡后一路吐槽至工位。

唐璃从开发部转到场景组,难得没有发现柯瑞,问过徐松巍才知道,此人连加一周班,昨日降温,不幸中招,到社区医院输液治疗去了。

唐璃问:"严不严重?要不要去看他?"

"得了吧。"徐松巍说,"别把你传染了。"

硕大的写字楼间,咳嗽声此起彼伏。唐璃警觉,转向徐松巍:"感冒的人似乎很多。"

徐松巍说:"是啊。"

那天下午，窗外飘雪飞扬。唐璃和徐松巍撸起袖子，和人事部门所有员工给 Tend 上上下下来了次全面消毒。

感觉到劳累，唐璃望着员工们来来回回的身影，准备在今年帝都初雪的日子里来点儿员工福利，可还没下单，快递员就敲响了 Tend 大门。

一推车食物被推进来，快递员叫着唐璃的名字，请她签收。

她看见咖啡杯上面的 Logo，几乎没有怀疑，就知道了订餐者是谁。

她笑着说，甲方来给大家送福利了。

同事们一拥而上，一杯接一杯地拿走"福利"，笑着夸赞程总豪气，同时也不忘感谢唐璃和徐松巍的关怀。

一派和谐。

一尘不染的地板，倒映着迷蒙光影，和众人行走后再次留下的痕迹。

唐璃坐在离前台不远处的沙发上，问："虞卿男呢？"

徐松巍道："出差去了。刚还和我说呢，从前一年到头都遇不见周弥生，自打投资合作不成功后，接二连三地见他，怎么还觉得有些尴尬？"

唐璃说："是吗？"

"是啊。"徐松巍一提起周弥生，就想起程绍堂，"对了，'壹源'那边说了，App 最好定在下个月二十一号上线，我和柯瑞商量了一下，应该不成问题。结果，柯瑞就紧张焦虑，连轴加班病倒了，你看看他——"他摇摇头，"心态怎么这么容易崩啊。"

唐璃明了，原来是这样。

随即她又像是反应过来什么，抬起头问："下个月二十一号？"

"对。"徐松巍说，"还有个把月，怎么样？期待不？"

爱你的人总愿意暗戳戳地送心意。唐璃说期待。她给程绍堂发消息，感谢他给 Tend 员工在大雪时分送来的温暖，又单独说了句"谢谢"。

程绍堂估计没弄明白她这句感谢是什么意思，回她：怎么突然又这么客气？

唐璃回他：我愿意。

然后程绍堂鬼使神差地回她，说自己一直不晓得怎么形容和她在一起时的感受，开心是必然的，他在持续开心着。

唐璃说："那还不好吗？"

程绍堂说："也还行吧。"

而他在和冯天若的谈话中知晓，这种持续的快乐，被人们称作幸福，他说：天若孩子出生时，陪我一起去。

唐璃说好。

她和程绍堂的和好，如同长途跋涉中再次找到栖息地点，被拥护被托举，被安全感包围着。

唐璃也短暂地忘记了令她难过的点。

直到下午下班前，她收到了秦钲的短信：我和格尔明天回帝都，有时间没？去你家吃饭。

唐璃看了一眼，恰好程绍堂的电话打来，说自己已经到楼下。

她说好，连带着给秦钲也发去一条：算了吧。

随后，唐璃拎起挎包，唇稍勾起，快速出门，将其他事情抛诸脑后。

04

程绍堂带唐璃去了朋友的酒吧。

唐璃倚在副驾驶座位上看他，背后是城市的烟火。她忙碌一天，面露倦容，声音有种不自觉的低沉沙哑："是那个你曾经和我说过的酒吧吗？"

程绍堂说是，不过换了场地。

酒吧生意越做越好，那位朋友给酒吧做了升级。

他说："是你回国后，我第一次见你的那个酒吧。"

闻言，她又不禁想起那日发生的事情。于是，她问他："你知道那天是谁让我去那里的吗？"

程绍堂说知道。

而且是，当时就知道了的。

唐璃又沉默下去。

车子停在红灯前，程绍堂侧眸看向她。她的侧脸十分好看，鼻梁高挺秀气，眼睫浓密而卷翘，有光影落在她身上，使她浑身上下透着一股随意慵懒劲儿。

程绍堂转过眸,低声询问:"要不就不去了?"

唐璃:"怎么了?"

"看你有点儿累。"他说。

"那才要放松一下啊。"唐璃确实累,但不是身体累,工作的喜悦盖过了忙碌。

令她烦躁不安的,是另一件事情。

再次来到这家酒吧,她的心境和想法变得完全不同。舞池里人影晃动,灯光不停闪烁,气氛热闹非凡。背景嘈杂,但跟在程绍堂身边,她心态是平稳的。

程绍堂坐在那儿,一只手抵着皮质沙发,另一只手拿着啤酒,一言不发地望着台上,很是放松。

唐璃凑过去,倚在他肩上,问他:"一会儿不是要开车吗?"

程绍堂扭过头,在她耳边低语:"别担心,有代驾。"

唐璃索性也拿了一瓶啤酒来,还没碰到嘴,手腕便被人握住。程绍堂用一种难以置信的眼神看她,笑了笑:"你就别喝了吧。"

唐璃说:"可是我想喝。"

程绍堂看着她,只用一秒就妥协了,说:"少喝点儿,醉了还得我来拖。"

唐璃抿了口酒。这酒的味道和她昨日买的罐装啤酒不同,味道更陈旧些,她不知道自己为什么会用"陈旧"来形容酒的味道,但是她觉得合适。

她问程绍堂,酒吧是他哪位朋友开的。

程绍堂竟给了她一个意想不到的答复。

唐璃眼眸微微闪烁,手指搭上他小臂:"冯天若的老婆?"唐璃想起什么,"她不是老师吗?"

好像还是大学老师。

程绍堂略一挑眉:"是啊,她的副业,想不到?"

唐璃说:"想不到。"

"他们是家里介绍,门当户对。"程绍堂说,"天若虽然以前风流,但婚后很是顾家,他媳妇儿也能治他,挺好,挺般配。"

唐璃说:"我见过她。"

"你何时见过?"

"你过生日那天。"唐璃说,"冯天若开车接我,他老婆在车上。"

程绍堂问她:"怎么样?"

唐璃说:"很好。"

那天的景象飞速地在脑海中过了一遍,从来没交谈过的话题在她唇边呼之欲出。灯光闪过她的眼睛,声响骤然升高、降低。唐璃不得不趴在他耳边,一字一句地说:"程绍堂,敢不敢跟我来场坦白局?"

最后三个字顺着耳蜗擦进程绍堂心间,他偏了一下脸,舌尖顶着侧脸,撞上唐璃的眼睛,感受她此刻虎视眈眈的目光。

程绍堂愣怔了一下。

"好啊。"他低声说,"你想知道什么?"

唐璃刚想开口,就被突如其来的炸裂音响刺到,她微蹙着眉:"去个别的地方。"

程绍堂:"可以。"

二楼包厢将噪声隔绝在门外。唐璃把啤酒从一楼拿到二楼,坐进沙发时,手臂亦跟着抬起,将冰凉液体送进口中。

程绍堂坐在她一旁,手指拨弄着她柔软的长发,调笑道:"知道你厉害,也不能这么喝。"

唐璃却像是换了一张脸,冷着眼看他:"程绍堂,说说吧。"

"说什么?"男人倚向沙发靠背。

唐璃将玻璃酒瓶搁置在桌面上,发出"砰"的一声响:"说说你是怎么骗我的。"

程绍堂是在和唐璃分手后第二年搬回去的,在她去留学之后。

房子是他过生日时唐璃去过的那套房子,俯瞰电视台与帝都繁华街景,价值不菲。

唐璃能猜到他最开始对她有所隐瞒，这并不难预料。看她表情却并不能探出她是生气还是别的什么，于是程绍堂开口道："我们心平气和的，你问什么，我都回答。"

唐璃嗤然："你有多少身家？"

程绍堂笑得痞气："咱们这种关系，你是该打听一下——"他话音一转，乐得其所，"可你这也太直白了些。"

唐璃望着他，轻声说："我并不稀罕。"

"哦。"程绍堂表示同意，"我知道你不稀罕。"

四目相对时，空气安静恬淡。程绍堂想了想，说道："我第一次见你时，你一个人忙前忙后，又是采购床品，又是找人帮忙，所以猜到你或许家境一般。后来听立秋说你勤工俭学，我便知我猜得没错。"

"所以你故意搬到小房子来追我？"唐璃笑，"你也太有心机了。"

程绍堂说："也不全是。"

他那会儿，也想换种心情。

唐璃又问："你是什么时候看上我的？"

她其实不太想用"看上"这种词来形容程绍堂对她的印象，可他曾说过这话，唐璃想知道对方第一次注意她的时刻，所以便问了。

程绍堂笑："就第一次见面的时候。"

"这么早？"唐璃诧异，"所以后来你故意制造机会见我？"

"可以……这么说。"

"还说没心机……"唐璃咕哝着，一眨不眨地盯着他。

程绍堂被她这眼神盯得有些不自在，灯光本就暗，他别过眼睛去，幽幽开口道："你光问我了，我问你几个问题？"

"你问。"

他抿了口酒："你为什么会提出分手？"

唐璃斜靠在沙发靠背上，悠闲回道："你不是已经知道了吗？"

程绍堂却不以为意，抬手弹了一下她脑门："不止吧。"

唐璃人精似的往后缩，又是撒娇又是埋怨："你都把我打疼了。"

他撇撇嘴，好整以暇地看着她，看她还能玩什么花样。

399

"好吧。"唐璃换了个姿势,微笑着说,"除了你家管家找过我,让我觉得倍儿没面子之外,确实还有一个原因。"

那时候她涉世太浅,旁人短短的一句话就能将她轻易击垮。

但现在想想,如果重新来过,一切也是必然,那时的唐璃并不成熟,她只会选择这一条路。

唐璃淡淡地说:"我有一个朋友,说我和你不是一个世界的人,还说,如果我们分手了,你一定不会亏待我。"

程绍堂糟心道:"你这都是什么朋友?"

唐璃咯咯笑,眸光潋滟:"你别管了。"她说,"你就当我太年轻稚嫩,自尊心太强,好胜心也太强。"

程绍堂盯着她看,别有意味地说:"是挺嫩的。"

唐璃微微一顿,反应过来,抬起手臂去打他。那力道一点儿都不重,绍堂温柔地捉住她的手腕,凑到嘴边亲一下。

"好,不闹了,继续。"

他理解唐璃当时的心情,但不能接受他们的感情如此脆弱,于是手指从她纤细的腕子转移到手心中,一下一下地揉捏,舍不得用力。

唐璃被捏很舒服,指导他说:"虎口那处——"

程绍堂气笑了,拇指食指对准她的白皙虎口,用力一摁。

唐璃痛得整张脸都皱起来:"你怎么一点儿也不怜香惜玉呀?"

程绍堂看她一眼,轻轻"嗯"了一声,心道:我就是想欺负你。可他不敢轻易说这话,把人惹恼了还得去哄,得不偿失。

唐璃靠得更近了些,纤细手指轻捏着他的脸。

程绍堂坐得安稳,看着眼前人,忽地呼吸一沉,毫不遮掩地说道:"你应该认识李淑晴?她认识你的母亲,我是说——你的亲生母亲。"

唐璃瞪着眼睛,缓慢地收回手。

程绍堂问她:"你怎么了?"

昏暗中,他们四目相对,看得出对方眼眸中的茫然。程绍堂揉了揉她头顶柔软的头发:"璃璃,对不起……"

"没事。"她的嗓音低沉下去,深深吸了口气,沉默许久,才缓缓道,

"我只是，很久没有听到她的消息了。"

她睫毛颤动，低声道："她还在帝都？"

"嗯。"程绍堂给予她肯定答复，"李淑晴认识她，她们当年是一起来的帝都。"

"跟她有什么关系呢？"唐璃蹙眉。

程绍堂坦诚道："我以为你会介意。"

唐璃的母亲名叫白洁，是那个年代少有的高中生，明眸皓齿，窈窕淑女。当年在小城，有很多人追求。可惜唐璃外公性格死板，重男轻女，将人从学校里拖回来让其嫁给唐璃父亲的那一年，白洁即将高考。

唐璃有个小舅舅，自小调皮捣蛋，性格顽劣。自从唐璃父亲去世，白洁抛弃她去往帝都后，两家人再没有过来往。

唐家家境算不得好，为了迎娶白洁，东拼西凑了六千元钱，这钱到唐父去世都没还清。

唐璃对父亲、母亲的记忆约等于无，唯一有印象的便是姑姑、姑父私下谈论时对白洁的鄙夷和不屑。

所以，她对白洁的印象并不好，此刻，连带着对李淑晴的印象也不好。

程绍堂告诉唐璃，白洁现在的老公，是李淑晴介绍的。

她们前几年关系很好，李淑晴把白洁带回过大院，程绍堂见过一面。他该怎么形容她呢？大约就是唐璃二十年后的模样，但她们俩给人的感觉完全不同。

所以，他第一次见唐璃，就莫名地感到熟悉。后来经过调查，他才彻底明白事情的来龙去脉。

程绍堂以为唐璃早就知道此事，或者略知一二，但从此刻她的表现来看，她一无所知。

这段插曲仿佛是一场迟到多年的梦。

回家路上，唐璃倚在后排靠背上，望着车窗外。程绍堂就坐在她身边，合眼休憩。

母亲与女儿的关系，大抵称得上世间最为复杂的关系。很小的时候，唐诗英摆摊卖小零食，唐璃四五岁，无论酷暑严冬，都跟在她身边。

有顾客一边挑选一边笑着逗唐璃，问唐诗英："这是你女儿啊？好可爱啊。"

唐诗英顾不得解释，笑着点头："是啊是啊。"

如此过了一年，唐诗英和李银海相遇。她总爱带着唐璃去约会，还跟李银海说她一辈子要养着唐璃，唐璃就是她的孩子。

唐璃的眼眶有些湿润，这份湿润不是给白洁，而是给唐诗英。

车子顺利抵达地下停车场，唐璃裹了裹大衣外套，又被程绍堂拥进怀里。

她看着他，轻声问："难道就只有这个原因吗？"

地下停车场干净空旷，程绍堂静静平视前方。他揉了揉太阳穴，说："你刚提分手那会儿，我想过直接带你去结婚算了，可我想了好久，才反应过来，你还没到年龄。"

"确实是。"唐璃顺着他的视线往前望，"但是你可以了。"

依偎在一起，空气没那么凉了。她忍不住再靠近点儿，再温暖一点。

"你那时那么小，有些事，我舍不得你去做。"

夜晚，酒精令人微醺，他们终于坦诚。

05

距离春节不远了，唐璃趴在床上，忍不住抬手去摸身旁人的脸。他已经合上眼睛，若不是这突如其来的抚摸，可能很快会进入梦乡。

他睁开眼，余光中，他能看见小姑娘的眼神，昏夜闪烁着令人心动的光芒。

唐璃用手指轻轻捏住他的高挺鼻梁，又用她洁白的牙齿不管不顾地压上去碾磨那两瓣唇。

他吃痛，把人锢在身前，下巴颏往后撤，声音沙哑低沉，问她想干吗。

唐璃不紧不慢地笑，说不想干吗，又问他："快过年了，要不要压岁钱？"

程绍堂嗤笑："我要什么压岁钱？"他看着她的眼睛，"你说你要还差不多。"

唐璃对上他的眼睛很久，慢慢滑下去，侧着脑袋躺上他胸膛，耳边是强有力的心跳声。她猜测程绍堂或许还不清楚，她已经知道他曾给过李默川压岁钱的事情。

但这几年来，他从未在她面前提及，连相关的信息都不曾透露。

他对李默川未免太过信任了些，李默川当年不过就是个十岁的小学生。

唐璃咕哝道："程绍堂，你还有什么事情瞒我吗？"

程绍堂蹙眉，静了一会儿，他说："可能吧。"

唐璃猛地坐起，双眸微瞪："还有什么？"

程绍堂被她一惊一乍的情绪吓到，两手按着她，要她小心。

唐璃不在意，继续逼问："还有什么事？"

程绍堂说："我忘了。"

他是真的忘了。

唐璃居高临下着，静默了许久，轻轻叹了一口气，收回目光。她重新躺回他的怀里，长发铺开散落在背后，显得凌乱。但她柔软细腻，年轻坚韧，有自己独特的美好。

两人躺在床上聊天，不知怎的，话题渐渐偏离。

唐璃和他聊起温尔雅来。而一旦提及她，就不得不牵引到周弥生。

"你说，他们为什么没离婚？"唐璃问。

"你盼着呢？"

"不是——"唐璃想说她干吗要盼着人离婚？但转念一想，自己心里好像还真有过这个想法，支支吾吾道，"我没有……"

程绍堂挑眉，不戳破她："是吗？"

"我就是好奇。"唐璃平静道，"你说说看，周弥生明明就是个花心大萝卜，绯闻不断，他为什么要绑着温尔雅，就因为她给他生了孩子？"

程绍堂一本正经地看着她，原先没感觉到她的情绪，如今听来简直是愤愤不平。

其实说起来，他们都算是这段感情的旁观者，只不过程绍堂比唐璃多了一些了解。程绍堂问她:"那你说说看?周弥生就该跟尔雅离婚?"

冷不防被问,唐璃只是沉默了一瞬,而后竟侃侃而谈:"我记得你对我说过,在温尔雅和周弥生开始的时候,两人不是因为爱情走在一起的。"她问他,"你忘了吗?我在学校拍摄,你被她叫走了。"

他翘起嘴角,说:"记那么清?"

怎么说呢……唐璃大约一辈子难忘这事儿。可她权衡利弊,将此事敷衍过去,她怕程绍堂知道自己过于在意他,骄傲自满。

"这话不尽然。"

"有什么不尽然?"唐璃问他。

程绍堂换了个姿势,将手臂垫在脑袋下面,问她:"你了解过周弥生吗?"

唐璃说:"我听别人说过。"

"我可是真正和他同住过一年宿舍的。"

程绍堂这话,竟有些比较之意。唐璃哂笑一声:"那有什么?你现在跟他关系也不好吧?"

程绍堂眉眼带笑,轻轻"哦"了声:"这倒是。"

唐璃推搡着他:"说呀。"

"说什么?"

"说周弥生和温尔雅。"唐璃并不掩饰自己对两人的好奇,她直觉里一段婚姻在外人眼中摇摇欲坠,却能维持现状,定存在着不为人知的秘密。她不是八卦的人,可要是对上这二人,她是愿意承认自己浅薄了。

程绍堂淡淡说了声:"别好奇了。你困吗?不困,我们做点别的。"

夜色寂寥,休温滚烫。

唐璃睡着后,程绍堂的手机振动了一下,是新闻平台推送的行业前沿动态。

他看了眼,不禁想起"壹源"和"蓝禾"这些年的发展,思考起唐璃先前好奇的问题。离开学校后,他和周弥生只在背地里争斗,从未明里交锋。程绍堂给自己的忠告是与之共事,需得提防。但大学四年同窗,周弥生没交过女友,私生活很干净。这几年,他在外虽花边新闻不断,但程绍堂是知道的,他甚至目睹过周弥生的"绯闻"前后,网络世界真真假假,不能信以为真。

周弥生想方设法把温尔雅娶进门,除了能够背靠温氏,或许不是不喜欢。毕竟以他的能力,他并不是只有一条路可走。

过年前夕,是唐璃最忙的时候。唐诗英电话不断,嘴上说着不打扰她工作,另一方面又以李银海身体不好、想念她为由要求她回家。

无奈之下,唐璃只得订了比预定时间更早的航班。

前一天晚上,她在家收拾东西,程绍堂坐在沙发上看邮件。

唐璃拿着一件毛衣蹲在地上,忽然抬起头,问:"你过年不回家?"

"怎么?"程绍堂吊儿郎当地笑了一声,"你还知道关心我?"

这话说的,她怎么就不关心他了呢?他表情明明如此不经意,可唐璃听来,又觉得有几分无奈。

唐璃微微笑:"要不然你跟我回家吧,就两天,我们早些回来。"

"真的?"他说,"你想清楚。"

隔着几米距离,唐璃与他对望,虽觉得他话里有话,却也还是坦荡地说:"这有什么?你又不是没见过我家里人。"

她轻飘飘地说完,自顾自低垂下眸继续收拾着,似乎并不在意。

程绍堂笑道:"这不是,身份不同了吗?"

唐璃收拾完行李,又问他一遍:"你是不是过年要回家?"

他沉默许久,身侧是墨色的夜和忽明忽暗的光,最后他将笔记本电脑合在桌面上,伸直长臂,慵懒地说了声:"可能吧。"

回小城那天,程绍堂送唐璃去机场。

唐璃的瞳孔中映着他的脸,余光中满是人头攒动,明明只是分别几日,她竟然有一丝不知所措。

"我早日回来,你也是。"她睁着双水灵灵的大眼睛,干净素颜,整个人清瘦高挑。

程绍堂的吻落在她的脸颊上:"会想我吗?"

唐璃环顾了一下四周,人们摩肩接踵,又行色匆匆,她不必感到羞赧。

405

会想他吗?她何止在这一次分别中想起过程绍堂。

那年她独自飞往日本,在香港转机,她在机场待了一夜。天色由墨转明,隔着厚厚的玻璃,光线如同幕布般缓缓拉开,照亮她的视野,她就曾想过他。

无论如何,唐璃都会感谢他。

飞机落地,唐璃打了一辆车回家。临近过年,道路车水马龙,水泄不通。等她见到唐诗英,饭菜已经凉透了。

唐诗英选择在唐璃回家的这天停止营业,想的就是能在一起多吃一顿团圆饭,唐璃没到之前她有些焦躁,等人到了,心终于安定下来。

"怎么才回来啊?"唐诗英招呼李默川,"去,把你姐的行李接来。"见到人了,就是无休止的叨念,"工作到底有多忙?过年了都不回家。"

唐璃反驳:"我这不是回来了?"

"是回来了。"唐诗英看着她,小声嘀咕,"所以我才敢说。"

唐璃还没说话,放好行李箱的李默川从卧室走来,一本正经地说:"姐,你如果不回家过年,这个年谁都别想好过。"

"去去去。"唐诗英作势要打他,"大过年的,说什么胡话!"

李默川看着唐璃,倒豆子似的说:"姐,你的姑妈说了,过完年你就二十四岁了,能在家过的年越来越少,她意思是你马上要嫁人了。"

说完,他冲唐璃挑挑眉,小小年纪好像真的懂什么似的。

"去去去!"

李默川冲唐诗英做了个鬼脸,大大咧咧地坐在餐桌前,捏起一块肉就放嘴里,不过下一瞬,便被亲妈骂去洗手了。

姑父站在姑姑身后,满脸慈爱地望着唐璃。

晚饭过后,唐诗英去刷碗。唐璃和姑父坐在沙发上看电视,李默川则飞快溜进卧室打游戏。

唐璃先开口:"姑父,您怎么不劝劝姑姑,别老催婚,我还年轻,工作很忙的。"

"好好好。"李银海点着头,伸出手去拿了一颗砂糖橘递给唐璃,嘴里念叨着,"我劝劝她。"

406

唐璃"嗯"一声,掰开橘子皮,低声细语:"我有男朋友了,你见过的,那年你在海市住院,他去看望过你。"

李银海一愣,随即笑呵呵道:"我记得他,长得一表人才的,蛮好。"

唐璃"嗯"一声:"所以你就更加不要让姑姑再为我忙忙碌碌了,我自己都会安排的。"

电视机里发出热闹声音,李银海点点头,欲言又止地望着唐璃。良久,他平静道:"其实你姑姑她,就是瞎忙活。你前几年一直没回来过,她就好像是没安全感,怕你越走越远,把她丢了、忘了。"

唐璃木讷道:"这怎么会呢?"

他说:"我也是这样劝她的,可她就是不自信。"

唐璃连连摇头,嘴里念叨着不会,又作势起身要去同唐诗英解释。

李银海制止了她。

"顺其自然就好。"李银海不是圆滑的人,他真心实意对待唐璃,摆手道,"千万不要故意提起,要不然啊,她这个年就难过。"

唐璃想了想,觉得他说得有道理。

李银海絮絮叨叨地,说出这几年来,唐诗英同他讲过的惦念。

唐诗英才四十岁出头,近来已有更年期的征兆,这对于她的年龄来说,来得有些早,但对于她身体的操劳程度来讲,又那样真实。

李银海的身体更是经不起折腾。

厨房里,唐诗英刷完碗筷后,又在准备除夕夜的食材。

"她从一星期前就在盼,你可不要扫了她的兴。"李银海说,"上次默川去帝都找你,她还很羡慕,在店里坐着,张口就是让我顶替她的班,她也一起去。"

"可真要是让她去,她又放心不下我。"李银海无奈道,"你就多哄哄她,惦着她以前带你多辛苦,多体谅她。你看我这身体,还有几年可活……"

李银海的话没说完。

他的身体每况愈下,最担心不过的就是李默川和唐诗英。他这会儿仅说了唐诗英一人,再说李默川,他觉得不太好。毕竟唐璃也是个孩子,只不过她自小坚韧，从不给他们添乱，关键时候还能给他们帮一把手。

唐璃看着李银海，眸里的意味讲不清道不明。

她打断了李银海的话："我其实已经知道白洁的现状了。"唐璃轻声细语，"白洁，你知道吗？"

李银海笑道："我能不知道吗？"

唐璃慢慢地点点头："我不会和她联系的。"她放松道，"完全没有必要。"

她要做的，就是安抚好姑姑、姑父的情绪，给他们吃下定心丸。

她说："你们就是我的父母，我一直是这样想的。"

李银海点头："好孩子。"

"只要你们认我。"唐璃轻声道，"我就是。"

06

除夕夜，电视机里锣鼓喧天，主持人齐声高呼。

李默川乖巧地坐在茶几前嗑瓜子，唐诗英和李银海坐在沙发上讨论今年的火热话题，唐璃时不时地插话。

手机振动，引来所有人的目光。

唐璃的眼睫有一瞬间轻颤，她预料到这通视频电话的另一端会是谁，但也有可能是她想错。

她拿起手机，走进卧室，顺手关上门。

门外三人警觉，唐诗英问："是谁呢？"

李银海："别管了。"

李默川附和："就是呢，你别管了。"

门内安静祥和，唐璃没有猜错，她陷入柔软棉被中，手掌托腮："怎么了？"

"新年好。"他说。

屏幕中，程绍堂穿着一身单薄的长衣长裤，端坐在沙发处。背景是唐璃陌生的环境，她猜测是他的家里，是他父亲的家。

唐璃则穿得很厚，下巴被白色高领毛衣触碰。

"新年好。"她眉眼弯弯,"你也是。"

程绍堂问:"回家感觉怎么样?"

"很好。"

"立秋回来了。"他揉揉眉头,"她说想见见你——"

话音未落,手机屏幕晃动,画面模糊。一张明媚无比的笑脸映入眼帘:"哈喽,璃璃!好久不见!"

唐璃沉默了一瞬,下意识地睁大眼睛。

有人在偷放烟花,烟丝被吹散,火星散漫天。

程立秋二十二岁了,她变了很多,看起来善解人意了些,眉梢上扬,一双眼眸闪闪发光。

"立秋!"

"璃璃!"程立秋扑进一张床里,"你什么时候回来?我已经迫不及待想见你了!"

程绍堂坐在一旁的沙发上,轻揉着眉头,她们两个人交谈了很久,其中不乏对他的抱怨。

直到视频那头传来一阵猛烈的爆竹声响,程绍堂浅浅抬眉,径直走向程立秋,从她手中夺过手机。

唐璃正笑着在听程立秋讲她在美国的事情,被窗外轰鸣的烟花声打断,她知道此刻是零点。左右不过一瞬间的事情,画面翻转,夹杂着女孩的喊叫,稳定之后,视线里是男人俯视摄像头的脸,下巴消瘦,鼻梁高挺。

"新年快乐。"他说,"我是第一个。"

爆竹声连绵不断,唐璃的眼神落在他饱满的嘴唇上,从他的口型,她准确无误地分辨出他刚才所言。

然后,才是程立秋不满的抱怨:"神经病啊!不秀恩爱会死啊?老牛吃嫩草!救命啊!"

唐璃失笑。

后来,手机被扔到一边,程立秋被程绍堂毫不留情地用枕头砸到了脸。

那力度一定是，夹杂着私仇在。

他们相差十岁，代沟超了三个还多。程绍堂不知道当年程立秋是如何窥探到他和唐璃的事情的，她明明有很多机会问他，但她选择在他和唐璃分手后去试探后者。

或许，对程立秋而言，他确实值得畏惧。

而他们后来也确实有过很多次三人同在的时刻，但彼此默契地将过往隐瞒，缄口不言。唐璃觉得尴尬，程立秋则是怕人"报复"，而程绍堂认为没有必要。

岁岁年年，过往不咎。

/ 第十一章

明媚灿烂的春天

⊙我一定要在我尚且年轻的时光里，去做我想做的事情。

01

唐璃和程绍堂最大的差别就是，对于往日之事，他看得很淡，也看得很清。但唐璃不是，她偶尔会深陷其中。

她在第二天跟随李银海前往奶奶家时，又一次听闻秦铤与李格尔订婚的消息。

空旷的街道上零星几人，唐璃坐在阳台边的板凳上与李默川八岁的表妹玩耍，身后的亲戚谈及秦铤，说他的未婚妻今年在小城过年。

唐璃瘪了瘪嘴，继续和小表妹玩游戏。

过年是典型的催婚大队"工作日"，唐璃作为李家多年未见的客人，恰逢年龄适宜，即使身在远离他们的阳台，也避免不了成为话题中心。

唐璃尴尬地笑笑，不接话茬。

可李默川的小叔叔三两酒下肚，便说着要把老婆娘家的侄子介绍给唐璃。

唐璃和程绍堂的事情，目前只有李银海知道，还未来得及告知唐诗英。而唐诗英听闻小叔子要给介绍的对象比唐璃大了八岁，直截了当地拒绝了。

两人一言一语几乎要争吵起来，李银海才终止二人对话，说唐璃谈了男朋友，并且已经很多年了，那人在他生病时来看望过他，去海市的医院也是托了对方的福气，对方人长得好、家庭好、能力强，小城里介绍的这些人跟对方根本不是一个咖位。

唐璃因李银海那句"咖位"笑出了声。她不爱与长辈们谈天说地，于是长辈们自讨无趣，很快也转移话题。

顾及着人多嘴杂，唐诗英回了家才询问唐璃，语气有些难以置信："真是他呀？"

唐璃一本正经地点了点头。

唐诗英兴奋得连鞋都不换了，自言自语似的："我就说嘛。我璃璃要样貌有样貌，要学历有学历，找的男朋友也是不凡之辈。"

唐诗英和李银海，对程绍堂印象极好。

唐璃却提醒她说："他可比我大八岁。"

"大八岁怎么了？"唐诗英却道，"大八岁，会疼人的。"

唐璃失笑，唐诗英又问："那……那个林显呢？"

"做朋友啦。"

"对，做朋友。"唐诗英乐呵呵的，"做朋友好啊。"

唐璃给李默川包了压岁钱，顺便将很久之前程绍堂给他的"红包"要了回来。

一张银行卡，李默川没有动过。

唐璃夸赞他："你还挺正直的。"

"我是真忘了。"李默川猴精猴精的，"要不你再给我一张？"

唐璃："你想得美。"

这一天，唐璃收到很多祝福，有同学同事的，有长辈好友的，唯独没有秦钲和李格尔。

她和秦钲的聊天记录，还停留在那条将屏幕占满的长消息上。唐璃没有删除它，尽管她看一次，就会觉得扎心一次。

Tend合伙人相约会面，年初三当天，唐璃拖着行李箱，重回帝都。

那天阳光明媚，从小城飞往帝都，一路被日光照耀。

柯瑞也是落地不久，打车回公司。两人的行李箱堆在会议室一角，徐松巍最早到，虞卿男姗姗来迟。

"我亲爱的伙伴们，新年好！"

"哟！男姐大忙人！"徐松巍姿态随意地坐在会议桌前，手中转着一支笔，"年前都见不到。"

"开玩笑。"虞卿男头发长了许多，做了新发型，整个人神采飞扬，"我可太想你们了！"

柯瑞也笑道："我想你们想的，年都没过完就飞回来了。"

柯瑞的家乡，年俗文化深厚，年节要过到元宵才算完。

虞卿男回他："你是想你的项目了吧！"

众人笑作一团。

距离App上线，没有太久时间。而这个会议的目的，唐璃认为是互相打气。他们全程没有讨论工作，只是在结束的时候询问了一下开工时间。徐松巍本想攒个饭局，可虞卿男还有事情要忙，于是众人在嬉笑中分别。

唐璃回了家，程绍堂不在。

日光斜落在地板上，她打开行李箱收拾东西，顺便打扫卫生。等程绍堂回来，她准备还给他那张银行卡，一份迟到数年未归还的压岁钱。

唐璃甚至能猜到程绍堂看到银行卡的表情，疑惑、不解，可能还会觉得荒唐。

她会怎么说呢？说她希望他们之间是平等而互相尊重的，她可不是会惦记别人钱财的人，而且她现在很有钱。

然而他会说，他一直很尊重她。

事实证明，她猜得一点儿没错。

唐璃去浴室洗澡，没想到刚一踏出房门，就看到坐在沙发上看电视的程绍堂。房间里没开灯，只有荧屏光影闪动，唐璃扯着浴巾一角，问他是什么时候回来的。

程绍堂紧盯着她,说早就回了。

唐璃纳闷着:"怎么没听到一点动静?"

"我可是听到了。"程绍堂望着她,唇角一挑,"淅淅沥沥,水淌了一小时。"

唐璃径直走到他身边,身上只围了一件浴巾,长发湿漉漉的,水珠一滴一滴地落在男人手背和裤面上,他长臂一伸,将人揽进怀里。

衣服瞬间被水浸湿,洇开一片。

程绍堂偎在她脖颈间,低低地笑:"大晚上的。"

心意之明显,唐璃都懒得猜。她用一根纤纤指头抵着他脑门,轻声唤他名字:"我问你一件事情。"

"什么事儿?"

唐璃挑唇笑,从桌子上拿来那张银行卡。

程绍堂唇角翘了翘,问道:"这是什么?"

"你说是什么?"

程绍堂浓眉轻皱,一言不发,想了许久都想不起来。

"好吧。"唐璃将胳膊搭在他肩头,另一只手夹着银行卡,看着他,"你还记得吗?那年你去小城找我,我姑父得了脑瘤。"

只这一句,程绍堂便想到了。他从唐璃手中接过那东西,看了几眼,确定了,开口却是:"想不起来。"

唐璃长舒一口气,心道这"老人家"记性真是不行。她说:"这是你给李默川的压岁钱。"

程绍堂:"哦?"

"给一个十岁小孩十万块钱。"唐璃皮笑肉不笑,"真有你的。"

程绍堂淡然:"我家里就是这样给的。"

唐璃一时无言,轻轻揉了下他的脸,炫耀你有钱是吗?

程绍堂从侧面环抱她,压低声音,声色缱绻地说:"见面礼,总不能给太少了,显得我多抠?"他垂眸看了会她的手指,疑问,"你把卡从你弟那儿要回来了?"

唐璃撒了个谎:"他自己给我的,说是当年没敢花,放在游戏盒子里忘记了，等他想起来，就更不敢动了。"

程绍堂嗤笑："你弟还挺可爱。"

唐璃抬起他的下巴，与他四目相对："我现在很有钱。"

"我知道。"

"所以你不用为了跟我在一起而隐瞒什么。"唐璃说出这话，竟然没有一丝怒意，"我们是平等且互相尊重的。"

程绍堂连一秒钟的时间都没有犹豫，便回复她道："我一直很尊重你，而且这份尊重里还有一份年长于你的疼爱。"

程绍堂自己也说不明白，为什么对于唐璃，那种想要呵护她的感觉一直存在。所以，他不愿意唐璃因为身家背景而感到胆怯，他想让她知道，他们是一样的人。

唐璃眉眼嫣然地看着他，笑而不语。

她瞳孔里倒映着男人的神色，越发沉着，又似乎令人难以琢磨。直到她的皮肤触到凉意，唐璃诧异地呼出声，鼻息紧促，紧接着溢出一声："程绍堂——"

程绍堂抬起头，唇瓣亮晶晶的，眼眸深邃漆黑，低低笑着："在呢，宝贝儿。"

唐璃被他这一声唤得紧绷起来，瞪着眼睛问他："这才什么时候？"

程绍堂再出声，已经变了音："听话。"

时间一晃来到二月底。

温氏集团投资的影视剧大火，剧集播出后全民搜索"乐蹦蹦"小游戏，"壹源"趁热打铁推广应用，一时之间，广告铺天盖地，可以说游戏未上线就先火了。

二月二十一日下午三点整，Tend 联合"壹源"举行游戏发布会，在帝都 CBD 中央大厦顶楼。

活动开始的时候，媒体记者就位，闪光灯骤亮。柯瑞站在发布会舞台中央，克制着紧张侃侃而谈。

唐璃端坐着，眸光闪动，给予热烈的掌声。

415

程绍堂坐在她的前端，神色自若地注视着台上的人，一身高定西装衬得他身材修长，有几束闪光灯闪烁在他眉睫。

舞台中间的 Led 大屏，播放着项目宣传片。

灯光暗下去，唐璃看过宣传片不下几十遍，渐渐地，她的目光落在了程绍堂身上。曾经他指着太阳告诉她，那是他的方向。唐璃以此为目标，坚定不移地靠拢着。她不善言辞，不惧流言。在她成长初期，他曾手把手带她反击。

细细想来，唐璃竟觉得当年那场分手，其实谁都没有错。

还好，那并不是结束。

而且现在她还年轻，绝对不会止步于此。

她终于摒弃掉幼稚的思想，撬开坚硬的外壳，真真正正地去思索这段感情的意义，她愿称之为"爱"。

灯光再次亮起时，台下掌声轰鸣，程绍堂手指拂过衣领，稍稍整理，起身走向舞台。

发言结束之前，他冲着她笑了笑，他确定她能看得到。

发布会历时数小时，圆满结束。游戏上线的那一刻，用户下载数量便超出预计，在场所有人都定下心来。

唐璃听见徐松巍和虞卿男压低声音的喜悦交谈，看见柯瑞面对媒体报道时的从容淡定。

她还收到了一条短信，来自程绍堂：在家等我。

二月二十一日，是唐璃的生日。唐璃在程绍堂这简短的四个字中揣测出许多信号，她莫名地期待，以至于徐松巍提出聚餐庆祝时，她一口回绝了。

但有人不愿意了。

"搞什么啊。"虞卿男叫嚣道，"发布日啊，你怎么还要跑，忙着会情郎呀？"

唐璃脸红耳热："不是。"

"不是就来嘛！还有什么比我们的成功更重要？"

唐璃有些木讷，说起来，她现在算是成功了吗？她短暂地思索了一下，没再拒绝同伴的邀请，跟随二人一同上了车子。

也是在这一天，他们给唐璃举办了一个盛大派对。

唐璃完全没想到，她有几年没过过生日了，对此很平常心，往年在日本，唐诗英会给她打来电话，祝她生日快乐。

徐松巍推着蛋糕走进包厢，柯瑞为唐璃献上生日大礼——一只奢侈品包包。

唐璃想起柯瑞这半年来的辛苦，很是真诚道："谢谢你，柯瑞。"

虞卿男指着那包，眉眼一挑："唐璃，这是我们仨集资送你的，可不是柯瑞一个人的啊，不能光记他一个人的好哇！"

唐璃粲然一笑："知道啦。"

这场生日宴会除了他们几个合伙人，还有 Tend 各部门主管。唐璃坐在沙发上听徐松巍和虞卿男情歌对唱，对准蛋糕拍了张照片。

恋人之间乐于分享，唐璃亦不免于俗。她把照片发给程绍堂，连带着语气都有一丝撒娇意味，她说：怎么办呀？走不掉的。

程绍堂话语坦然地回她：玩你的就是。

唐璃：你什么时候忙完？

程绍堂：还得等等。

发完了他又问她，需不需要他来接。

唐璃说了得吧，这是明摆着要让人知道他俩住在一起。

程绍堂：事实而已。

回家的路上，唐璃萌生了自己应该去考个驾照的想法。好像身边的人都会开车，就只有她没学过。

游戏发布后，工作或许会更忙碌，所以唐璃做了个决定——停止账号更新。

到家的时候，程绍堂还没回来，她给他打了个电话，电话那头，他依旧温和，只说是快到了。

于是，门铃声响起，唐璃姿态放松地走去。

门打开，却看见几张许久不见却异常熟悉的脸庞。

林显拎着一个蛋糕,满脸笑容地招招手:"唐璃,生日快乐。"

紧接着,秦钲,还有他身旁妆容精致的李格尔,也笑着说:"璃璃,生日快乐。"

唐璃的眸色倏地暗下去,三人自觉进门换鞋,像是进自己家一样随意自在。只有唐璃,站在门口,慢吞吞地关好门。

这是秦钲和李格尔订婚之后,她第一次见到他们俩,她还没有整理好思绪。

"这么惊喜吗?"林显将蛋糕放在餐桌上,以为唐璃还沉浸在惊讶中,"我们还买了食材,今晚吃火锅好不好?"

无人应话。

林显又说:"冬天吃火锅,心里暖洋洋。"

唐璃面色浅浅,语气低沉:"怎么不提前告诉我?"

秦钲道:"这不是想给你个惊喜吗?"

"我不是说这个。"

唐璃知道,秦钲一定知道她问的是什么。李格尔转身掏出手机,忽然间变得很忙碌。秦钲叹了口气,转向她,像是要解释一般开口,而这时,他正面对着的门有开锁的响动。

程绍堂单手插兜,慢条斯理地推开门。

满房间的人骤然将目光聚集到门口,唐璃扭过头,程绍堂正略显错愕地看着她,不过那抹错愕只在他脸上维持了几秒钟。

他站在她身后,问:"需要我回避?"

唐璃摇头:"不需要。"她扯起一个难看的微笑,"进来吧。"

她正好也想逃离这种尴尬的局面,好让自己和秦钲的关系看起来没那么紧张。

程绍堂的目光扫过,他不记得秦钲,更不认识李格尔。轮到与林显对视时,对方很是热情地同他说"嗨"。

他下意识地颔首,扯了扯嘴角。

率先打破平静的是秦钲,他一眼就认出眼前这位气宇轩昂的男人——是唐璃大学时的前男友。

人是很奇怪的生物,会对自己在意的事物记很久。

就像秦钲对程绍堂的初印象来源于开学那天见到的一辆他梦寐以求的车。那几年里,秦钲总是在想自己驾驶这辆车的画面。后来他曾见过程绍堂一次,对方压根儿没怎么和他说话,他跟着唐璃去吃了当时人生中最贵的一顿西餐,回校途中和许沉吟吵了一架。

如今,唐璃与他比肩而立,气场不相上下,他们的关系也显而易见。

秦钲面无表情地看着唐璃,问程绍堂是不是她的朋友,留下来一起吃饭吧。

唐璃的表情算不得好,她没回答,抬眸看了眼程绍堂,只一秒便垂下去,轻轻叹了口气。

林显除了拎着一个蛋糕,另一只手还拎着一包蔬菜,他笑得开怀,招呼程绍堂:"一起吃吧,兄弟。"

02

唐璃到底没能下定决心将人撵出去,她和秦钲也几乎没再交流。

那顿饭准备得很快,吃得也很快。

简直尴尬至极。

临走之前,唐璃要秦钲将餐桌收拾干净。后者愣了一瞬,而后李格尔和林显帮他把碗筷洗干净。

饶是林显再不了解状况,也意识到了几人之间的暗流涌动。

秦钲开车把林显送回家后,和李格尔两人打道回府。李格尔收起手机,语气明显不悦:"唐璃今天确实很过分。"

"嗯?"秦钲正视着前方的道路,声色低沉,"今天是她生日。"

挡风玻璃前,车灯一闪而过,他面容透着疲惫,似乎懒得多说。

"过生日就能这样吗?"李格尔扭头盯着他,"你看她那态度,是故意的吧?"

秦钲冷笑一声:"你不也是吗?"

李格尔:"我怎么了?"

你不也是故意端起架子，从头到尾没多说一句话吗？秦钲这样想着，却没开口。

李格尔白了他一眼："你记得你爸妈交代你什么了？好好对我，别辜负我。"

"我有吗？"秦钲踩下刹车等红灯，一字一句道，"我没有吧。"

"我是在提醒你。"

"我不需要你提醒。"

订婚之后，李格尔的态度变了许多。秦钲是不在意，可她的反差实在明显。

"看见那男的了吗？她男朋友，帝都人，身家背景了得。"秦钲目视前方，灯光映在他的脸上，更显疲惫，"你根本就不用提防璃璃，她看不上我这样的。我和她就是朋友，从小到大都是。我现在真后悔听了你的。"

"你说订婚的事情？"李格尔想起唐璃看她的眼神，忍不住恼怒，心里别扭了一会儿，再开口便带了哭腔，"她就没喜欢过我。每次见我，都不拿正眼瞧我的，我订婚，为什么要请她来啊？为什么要她在我的订婚宴上做宾客？我就不想见她！"

秦钲蹙眉："结婚也不请她？"

"不请！"

"人家也未必想来！"秦钲长舒一口气，启动车子，"我发现你就是事儿多，平白无故怀疑我和唐璃有关系，非得闹到我和她绝交是吗？"

灯光忽明忽暗，李格尔抿了抿唇。

她收起委屈，渐渐没了哭音，看着车窗外，长发飘起。

她依然认为自己没有错。

一条薄毯覆在唐璃身上，室内气氛暧昧、温热。程绍堂的手指拨弄着她贴在脸颊上的长发，他低声询问："好点儿没？"

唐璃抬手，垫在脸颊下，侧头望着他："本来就挺好的。"

她的眼眸有种琉璃灯盏般的纯净，长睫映在眼下，未施粉黛的脸如同熟透的水蜜桃。

程绍堂偶尔会觉得,她其实还没长大。明明是敢独自一人前往异国他乡留学,又回到帝都创业的唐总,明明深知世间的生存法则,可在现实面前,她依旧执拗。

他们已经走了几个小时,唐璃的愁绪还挂在脸上。

深夜,春寒料峭时节,窗户严丝合缝,风声鼓动。不甚光亮的屋子里,程绍堂轻抚她的手,说:"今天是个开心的日子。"

游戏成功发行,仅几小时,用户下载量便达到之前一周预计总量。

况且,今日还是她的生日。

她却只道:"有你投资,我相信自己不会输。"

"输了有我垫底。"他笑着看她。

"别。"

无论如何,她不想输。

唐璃静静道:"我想去考个驾照。"

"我找人带你?"

"不用。"她想在附近的驾校报名,然后按时按点练车,早日把驾照拿到手。

她絮絮叨叨地说着自己接下来的计划……

"我想暂停视频更新。"

"不拍点儿你绝美男朋友了?"

唐璃"咯"的一声笑起来,眸光灿灿地看他:"你在说你自己吗?"

"不然呢?"他挑眉。

"自恋啊!"唐璃抱着他,温声道,"我想把我之前那个公司的股份卖了。"

程绍堂定了一定,反应过来,问她:"哪个?"

"大学办的那个。"她说。

程绍堂点了点头。他的表情很平常,好像卖股份在他眼里跟卖萝卜白菜没两样。

唐璃确实也不想让程绍堂过于共情她。她不想感情用事,那样不够酷,所以,她会干脆利落地做自己想做的事情。

程绍堂说:"我就支持你,就够了。"

夜色多迷人啊,唐璃轻抿唇瓣,眼神直勾勾地看着他,嘴角扬起一抹笑意。

三月,小游戏火爆网络,数次登上热搜榜单,甚至还掀起了一阵全民打卡的潮流。

徐松巍招贤纳士,不乏有业界能力出众者。短短一个月,虞卿男将 Tend 楼上一层谈下,扩大公司规模。

唐璃练了一个月的车,在阳光尚好的一天去车管所领了驾照,下午去提了车。

成年人做事杀伐果断,她开车给徐松巍送上一杯咖啡,不紧不慢地说自己想卖掉之前公司的股份,问徐松巍有没有合适的人。

徐松巍沉思片刻:"那直接走呗,带我去你那公司看看。"

唐璃:"得嘞。"

一个月后,在徐松巍的见证下,唐璃顺利签订 lilyanne 的股份转让合同书。白色纸张空白处落下飞舞的"唐璃"二字,她笑意盈盈地同买家握手示意。

那个夏天,唐璃付了一笔巨款首付,在帝都买下一套二居室。位置算不得顶好,但离 Tend 不远,开车只需要十几分钟。

她和程绍堂说,你可能不懂,我那颗摇摇欲坠的心终于有了落脚点的感觉。

程绍堂笑着说:"原来我不是你的依靠?"

唐璃语塞,正想着用什么话去回应他时,他却又道:"没关系,你是我的依靠。"

其实后来,唐璃和秦钲单独吃过饭。

他们为了吃一顿铜锅涮肉,驱车前往学校旁的胡同巷。天气已经有点儿热了,店里人不多。唐璃跟在秦钲身后,找了个靠里的位置。这味道和火锅不同，多的是麻酱的醇香和厚重，独一份滋味。

饭吃到一半，秦钲接了个电话，唐璃听不见声音，却能从他语言动作中猜到是谁打来的。

电话挂断，唐璃抬眸看着他："管得挺严的。"

秦钲放下手机，调至静音，像是解释般同她说道："她没安全感，比较依赖我。"锅底清汤沸腾，绿叶翻滚着，他很平静道，"那天从你家出来，我和格尔吵了一架。"

唐璃停下动作，看着他，她知道他说的是哪天——她生日那天。

"她说你不喜欢她，从来没拿正眼瞧过她。"秦钲一根一根地夹起菠菜，再一根一根地放进小碗，从头到尾没抬眼，"订婚的事，我向你道歉，你如果愿意，结婚，我让你坐头桌。"

唐璃没给他明确答复："以后再说吧。"

听到这种"解释"，她心绪渐渐安静。身后走了一桌，店里的顾客越发少了。

她问秦钲："你是什么时候知道的？"问完，她突然想起什么，又道，"是毕业之后，别人告诉你的是吧？"

秦钲问她："你是什么时候知道的？"

唐璃坦然地告诉他时间点。她陷入回忆里："我送了她最喜欢的向日葵，和她聊了很久的天。她身体不好了，气色也很差，让我不要告诉你，她生病的事情。"

秦钲听来很是唏嘘，他问唐璃为什么。

唐璃说："也许是太累了。"

许沉吟发病前一晚，还在和秦钲吵架。

唐璃反问他："其实你那时候，挺幼稚的？"

"幼稚？"秦钲的脸上写满了挫败，他苦笑一声，深深叹了口气，"二十岁，谁不幼稚？璃璃，你是不是对我要求太高了啊？"

唐璃忍下心里的酸涩，说没有，就是挺幼稚的。

许沉吟比他们都要成熟。现在唐璃回想，发现许沉吟在和秦钲的这段恋爱中，用尽了最后一丝力气，去包容他。

唐璃知道，秦钲和李格尔订婚后，未来也许会在某一瞬间想到许沉吟，但他绝对不会因为这一丝念想而放弃当下所拥有的一切。

这是许沉吟选择隐瞒的原因，也是她给秦钲的最后的爱意。

可这也正是唐璃无法释怀的原因。

唐璃深吸一口气，告诉秦钲该说抱歉的人是她。

"不是。"秦钲沉默了好久，才道，"你和她关系比我和她好，我怎么敢怪你。"

唐璃木讷着，面前的菠菜在麻酱小碗中放凉，缩成一团翠绿色。

静默许久，秦钲说："都过去了不是吗？"

他是真的，释怀了。

唐璃压低声音，双眸渐红："你要我怎么能忘记学姐呢？"

另一方面，秦钲又怎么能保证，她和李格尔能够和平相处呢？

"这几年里，无论我做什么，她都陪着我、跟着我。她给我做饭洗衣服，我生病发高烧，她在医院陪我一整晚，你知道吗？璃璃，有时候我想——不是她离不开我，而是我离不开她。"

"我知道。"

唐璃有错，她的错在于一开始没向秦钲说清楚，她不想与李格尔交好。以至于秦钲的每一次撮合，她都像是打碎了牙往肚子里咽。

订婚一事不通知她，无须多说，谁都能猜到是谁的主意。

可秦钲应下了。让唐璃难过的是，秦钲竟然应下了。

感情一事，根本说不清，此刻，唐璃笑了笑，释怀道："祝你们幸福。"

"你别这样……"秦钲反应了好长一段时间，表情不甚自然，"如果不是真心的，不说这话也没关系。"

唐璃干脆敛起了神色，声音平淡："我是真的。"

但是，也就到这里了。

这天过后很久，两人都没再联系，下一次听到对方消息，便是唐璃lilyanne股份全部转让一事。

秦钲给唐璃打了电话，唐璃没接。他又发了微信消息给她，唐璃没回。

不知又过了多久，唐璃搬了家。秦钲接到房东的电话时，对方告诉他，唐璃把他垫付的四个月房租转了回来，托自己转交。

秦钲淡淡"嗯"了一声："那她搬到哪里了？"

房东很干脆："这我哪能知道？"

03

七月，太阳直射柏油马路，树叶绿得亮眼，热浪滚过，光影透过缝隙，盈盈晃动。

唐璃坐在加长林肯车厢内，手里摇晃着杯冷饮，不经意间瞥向车窗外，而后诧异询问程绍堂："柏纳庄园？"

程绍堂跷着二郎腿，眉眼微吊："怎么着？来过？"

唐璃轻声说："来过一次。"

程绍堂没再多问。

唐璃又道："温尔雅和周弥生结婚，不是也在这儿吗？"

"嗯。"程绍堂说，"这是温家的地盘。"

唐璃面上露出一个"果不其然"的表情。

柏纳庄园占地三千亩，正门前一条长而宽阔的街道，双排梧桐茂密粗壮。唐璃静静坐着，感受车辆缓慢行驶。她和程绍堂来参加冯天若儿子的百日宴。宴会厅在后院，中途还要经过几座假山，水流潺潺地淌，太阳照射，浮光掠影。

十几分钟后，身着黑色小礼服的唐璃将手搭在程绍堂手上，稳稳踏在琉璃色地板上。

侍应生恭恭敬敬地将人引到厅内。

冯天若春光满面，正端着酒杯言笑晏晏地同人交际，看上去十分喜悦。

他看到程绍堂和唐璃的亲昵姿态，眼睛放光："哎哟，你俩大驾光临！"

唐璃清浅地笑了笑，姿态从容不迫："恭喜冯总。"

他饶有意味地看向程绍堂："我这不会是儿子都打酱油了，你那儿还没着落吧？"

程绍堂说:"那不至于。"

冯天若大笑,转头向旁人介绍起唐璃:"我们唐总——Tend 创始人。Tend 知道吧?国内手游新贵!"他冲唐璃挑眉,继续扭头夸赞,"厉害着呢。"

转眼到程绍堂,他便又开始不着调了,压低声音道:"这位,唐总准男友,哈哈哈……"

程绍堂气笑。

他们来的时间刚刚好,落座不久,典礼便开始了。冯天若与爱人怀抱小小婴儿,热情地感谢来宾。灯光被调成暖色,气氛温和绵软。

用餐之际,唐璃诧异地发现,温尔雅和周子臣竟然不在。

她问程绍堂。

程绍堂很淡然:"嗯,估计有事儿。"

他有点儿心不在焉,手指拨弄着透明高脚杯。

柏纳庄园除了宴会厅还有休闲区,唐璃餐后被一位同行大佬搭讪,聊到兴处,相约去后园区打高尔夫。

程绍堂不爽她擅自决定和别人打高尔夫,又怕自己多说,引起她的不满,于是申请旁观。

"想看就看嘛。"唐璃无所谓道。

"不过先说好。"她一本正经道,"只准远观。"

阳光明媚,绿草如茵。程绍堂坐在遮阳伞下,眯着眼睛观赏不远处妙曼身姿的唐璃和旁人打高尔夫球。他也看出来了,打球事小,重在行业交流。

他不会干涉。

冯天若来找他的时候,他都快睡着了。

程绍堂略显烦躁地挑挑眉,问冯天若怎么了。

冯天若被打高尔夫球的二人吸引去目光,"啧啧"道:"我记得唐璃这高尔夫还是你教的?"

一句话,牵扯回忆,暖风扑面而来,扑得他心里舒服。

冯天若却又拍拍他的肩膀，话拐了个弯儿："尔雅没来，我心里还不是滋味儿。"

他们自小一起长大，生命中的重要环节，彼此从未缺席。

程绍堂像是想起什么，抬眼问道："真没来？"

"来不了。"冯天若回他，"她家里那摊都乱成什么样儿了？"

程绍堂沉吟片刻，认同他的话："也是。"

温尔雅和周弥生离婚了。

不是像以前那样说说闹闹，而是真的领了离婚证的那种。

冯天若离开后，程绍堂眯着眼睛看向远处，唐璃正和同行大佬探讨着什么。蓝天白云绿草之间，画面犹如从前。

百无聊赖之际，他想了想，给温尔雅去了个电话。

也不是平白无故的电话，他其实早就想慰问一下她，毕竟离婚不算小事儿，一切又发生得那样突然。

温尔雅问他："什么事儿？"

程绍堂蹙眉："哪有事儿？"

"没事儿我就挂了。"她说，"忙呢。"

"几分钟都抽不出？"他问她，"最近心情怎么样？"

"你是问，我离婚的感觉怎么样吧？"

"你这样说也行。"程绍堂挑挑眉，又问一句，"还好吧？"

"有什么不好的？"温尔雅的声音听来很是无所谓，但似乎也和从前有些不同，她清浅道，"这不就是我一直想要的吗？"

闻言，程绍堂便也无话了。

温家大宅里，温尔雅在清点将要搬去西雅图的行李，无暇顾及其他。

程绍堂的这通电话，令她短暂地想起周弥生。

她永远都忘不了那一天，她哄睡周子臣，径直走进主卧。

周弥生出现在她面前时，吓了她一跳。他一步步逼近，把她抵在墙角，扼紧她腰肢。他甚至没等她开口，便撕开了她身上薄如蝉翼的睡裙。

她正欲说话，他却咬上她的唇，力度堪称撕咬。她陷入床帏间，如同搁浅的鱼。

后来,周弥生穿戴整齐地坐到床尾的沙发上,眸色沉沉地望着地板,在他手边搁置的,是一份已经签好名字的离婚协议书。

温尔雅有种恍然如梦的感觉。

而周弥生始终没看她的眼睛。

除了那份离婚协议,还有一份周子臣的姓名更正,周弥生将赋予唯一的儿子崭新的名字——温子沐。

温尔雅神色茫然,用诧异的语气问他:"你是不是吃错药了?"

儿子刚生下来时,她取名为"周子沐",他说那"沐"字与他一位长辈谐音,不得取,于是改为"周子臣"。

温尔雅静默着,手指间夹着那两份协议。

周弥生说:"这不正是你想要的吗?"

"是。"温尔雅起身,从梳妆台前拿起一支眼线笔,干净利落地签上名字。

整个过程不超过三分钟,迅速得不容任何人反悔。协议书的内容,她连看都没看。为了能摆脱周弥生,她愿意放弃除孩子之外的一切。她将协议书扔回他身上,一言不发地望着他。她感到了眼前男人的异常,但主观上并不想询问。

几张纸滑落在周弥生眼前,他伸出手捞起,皱着眉头轻笑。窗外夜色极深,周弥生低声询问:"什么时候回温家?"

"才刚离婚,就撵我了?"温尔雅一本正经地说,"你放心,我不会在你的地方多待。给我几天时间吧,我慢慢搬走。"

周弥生忽而抬眸看她:"协议书,你看都不看?"

嘴角生疼,温尔雅触到了血,她转身坐到梳妆台前仔细用棉签清理伤口,身上穿着一件崭新的睡裙。她说:"只要能和你离婚,除了孩子,我什么都不要。"

"你以为我在乎这些?"

她背对着他,镜面里看到他疲惫的脸。不知为何,她从那张昔日盛气凌人的脸庞中看到一丝沧桑,犹如丧家之犬的挫败。

"你难道不在乎吗?"她将唇瓣的一丝嫣红抿下,清透的光照着她的曼妙身姿。

周弥生低垂着头,眼睛却是向上的。这种姿势让温尔雅生出一股高高在上的错觉,明明不久前……

"恭喜你,"他一字一句,从唇齿间生硬地挤出她熟悉的称呼,"温秘书。"

温尔雅问:"你是想让我对你说一声谢谢吗?"

她确实有一股难以言状的情绪,不真实,难以置信。

"不然呢?"他说,"我也可以不放手。"

她说:"我们已经离婚了。"

"是啊,已经没关系了。"他走了,甚至贴心地为她关好了门。

温尔雅抬起手,手腕处有一圈青紫。她忽然想,自己居然已经抗压到这般地步,明明她自小是一群人里最为柔弱矫情的胆小鬼,就像是住在城堡里的公主,从小都在等待白马王子的出现。

从那天起,周弥生再没回来过。

温尔雅一连睡了几个好觉。她简单打包了温子沐的东西,带他回温家。当她还在整理措辞怎么向父母解释时,他们却像是早就准备好了一般,迎接她回家。

温聿是茫然不知的,父母并不让他多问。

温家的后院种满了桃树。她沉默下来,向后望,粉色桃花团团锦簇,园丁在阳光下喷水,有一道浅淡的彩虹。

她待了许久,直至感觉到凉风。

后来,她拿出那份离婚协议,从头至尾地看,才发现,周弥生是净身出户的一方。

04

程绍堂看了一会儿兴致勃勃打球的唐璃,起身向后走,却在接待厅撞见程博通和友人交谈。他本想着视而不见,不料有人叫了他名字。

他的眼眸里,是显而易见的不耐烦。

429

那友人笑着寒暄，问程绍堂今年多大、有没有女朋友。

程绍堂抢先在程博通开口之前说道："有了，不劳费心。"

程博通蹙眉："小孩子不懂事，闹着玩。"

"不是闹着玩。"程绍堂的眼神似冬夜寒风，冰冷得不近人情。

程博通尴尬地笑笑，装样子一般笑道："好好好，不是闹着玩。"

友人走后，程博通才敢撕开伪装，一本正经地训斥："今天坐在你身边的女人是谁？"

他在说唐璃。

空气里萦绕着凉薄的香气，两人对立而坐，一张桌子横在中间。

"你管不着。"程绍堂懒得和程博通多说。

程博通不甚在意地挑挑眉，表示无所谓，还假模假式地说："是那个姓唐的吧？"

程绍堂嗤笑："你这不是知道？"

程博通坐姿豪迈，身体倚着靠背，哼笑一声："你还真是长情。"

"那是。"程绍堂笑道，"比你强。"

对现在自己与程绍堂的关系，程博通是又气又无奈。他干脆不绕弯子，直截了当道："听说她搞了个什么公司？"

程绍堂抬眼，看着程博通，用一种看透了的语气说道："你都知道，还问什么？"

程博通："我是在提醒你，这种小门小户出来的，你要提防——"

"管好你自己吧。"程绍堂一秒没犹豫，回怼过去，"李淑晴是什么高门大户？虚假的艺术家罢了，你还不是和她蜜里调油？"

程博通眼皮子一抖，脸色瞬间塌下来。

程绍堂平静地道："我和唐璃的关系，与你无关，唐璃更用不着你做评价，她是什么样的姑娘，我比你清楚。"他说完，不忘添一句，"有我这样的儿子，都算是你烧高香求来的了。"

"你！"程博通眉头紧锁，彻底噎住。

半晌后，他却又忽然笑出声。

程绍堂盯着他。

程博通端起面前的茶水虚虚抿了小口,垂眸道:"说起来,一个小姑娘年纪轻轻的,在帝都开公司,心思和能力肯定高于常人。你若真想和她谈几年,我也不会说什么。"他压低声音道,"温家那出,坏名声都甩在姑爷身上,婚离了,温氏半分影响不到,所以找个没背景的,也不是一点儿好处都没有。"

"好赖话都让你说了。"程绍堂无趣地挑唇,"你也别光盯着别人家看了,操心操心你自己。"

唐璃生日的时候,程绍堂以她的名义向偏远山区捐款捐物,这件事儿,直到唐璃收到公益机构寄来的荣誉证书才知晓。更令唐璃感到意外的是,程绍堂捐款的对象是妇女、儿童,她问他用意如何,他却反问她难道不满意吗?

唐璃很满意。

那是她卖掉 lilyanne 股份的第二个月,她正在筹备发展新的副业。

帝都是繁华向前的,她想停下来休息,却发现自己已然习惯忙碌,游戏的小爆让她几年内都衣食无忧,合伙人兢兢业业拓展业务,新的项目正准备提案。

凑巧的是,在某个燥热难耐的夏日街头,唐璃看见了正在进行拍摄的顾彰。

他还是老样子,坐在监视器前指点江山。唐璃回想起大学拍摄微电影时,剧组零星几人,设备寥寥几台,哪里比得上如今这阵仗。

唐璃和工作人员一样,在烈日炎炎下等待了很久,直到导演喊"卡",她才缓慢从人群中走近。

顾彰看了她一眼,第一眼并没有认出眼前这个女人是他曾经校园微电影中的清纯女主角。

然后他又看了一眼。

唐璃粲然一笑:"顾导,好巧啊。"

顾彰没料到会在这里遇见唐璃,也想不到她会主动上前搭话。而且,在她出声之前,他都没能认出她。

431

那份记忆已经远到模糊了。

唐璃开玩笑:"你把我忘了?我是你在咖啡店里寻到的女主角呀。"

两人互有微信,但真的太久没有联系过。唐璃倒是爱发动态,顾彰知道她转行做了游戏,混得很好。

如此,工作结束之后,两人约了饭。

顾彰年长唐璃几岁,但创作处于瓶颈期很久,成绩说上不上,说下不下。他对唐璃说,世间大爱还有父母对儿女的爱、朋友之间的爱,不仅局限于恋人之间。他这一次,想拍出点儿不一样的东西。

唐璃笑着问他:"难道这几年都在敷衍了事?"

他揉了把黑发,说:"多少有点儿被困住了。过段时间,准备去偏远地区看看,带一台摄像机和几个朋友,走走拍拍,寻找些不一样的感觉。"

唐璃赞同,说:"蛮好的。"

顾彰问她:"那你呢?"

唐璃道:"在做游戏,但我以前也和你有同样的状态。"

每一个成年人,都会在某一时刻渴望找到安定的感觉。但唐璃想。她似乎从小就有着非常清晰的目标,并一直坚持不懈地为之奋斗。

顾彰微微诧异:"怎么会考虑转行?"

他以为唐璃是员工,不料唐璃却道:"有一个很好的朋友,他的愿望是开一家游戏公司,刚好我手里有一笔资金,就入股了。"

顾彰打开手机页面,划拉几下,将手指对准小游戏,指给唐璃看,问她:"是不是这个?"

唐璃说:"是。"

顾彰收回手机,惊喜地挑眉,赞叹道:"不错。"又很直白道,"你比我想象中混得还要好。"

那天,他们聊到很晚。唐璃离开时,顾彰出门送她,还和以前一样,手里夹着一支烟,问她是怎么来的。

唐璃说开车。

顾彰便没有继续帮她打车。

这顿饭过后,顾彰联系过唐璃,他诚挚邀请她前往云贵川,来一场心灵洗涤之旅。

唐璃没同意,也没拒绝,只道:"你先帮我探探路。"

她还真想过去某个"世外桃源"来场旅行,可和顾彰结伴,有些不妥。

于是,在结束与顾彰的聊天之后,她点开了与程绍堂的对话框,询问对方忙不忙,是否有时间闲聊。

程绍堂回道:怎么了?

唐璃将偶遇顾彰和前往云贵川的计划告知于他。

程绍堂劝她换个地方。

唐璃:什么地方?

程绍堂:巴厘岛。

唐璃纳闷:我又不度蜜月,去巴厘岛干什么?

程绍堂:你如果想度,也不是不行。

阳光斜斜照耀在地板上,唐璃斜靠在办公室沙发中,地板折射来的光在她纤细白皙的小腿肌肤上晃动。她唇角微微勾起,眸里闪烁着清浅的光,道:程绍堂,你这是在变相求婚吗?

他问:行不行?

唐璃:当然不行。

程绍堂直接给她打来电话。

唐璃欲盖弥彰地左右观望,看周围没有其他人,她才轻轻出声,语气里带了丝儿埋怨意味:"不是说了不要打电话给我。"

她突然发现自己假装生气时也足够震慑,至少对面那位,被她短暂地怼到失语。而后他才慢条斯理地问她:"为什么不行?"

唐璃明知故问:"什么行不行的?"

程绍堂笑了声:"别装傻,认真点儿。"

唐璃偏东扯西扯地说,自己只是问他想不想去旅游而已,祖国大好河山,自己尚未用脚丈量,不是非要去那个巴厘岛。

程绍堂却又直接问她:"为什么不和我结婚?"

唐璃喉间溢出一声笑,说:"我不是不和你结婚,我和任何人都不结婚。"

程绍堂愣了一瞬，沉吟半晌，又小声嘀咕："没别人，就我，就我一个。"

唐璃的笑意更浓了，她的瞳孔在日光下被照耀成琥珀色，眼睫弯弯。可惜隔着电话，有人并不能看见。她慢悠悠道："你不是不婚吗？"

程绍堂回她："怎么着，跟我学？"

他的语气里带了一股淡淡的不满。唐璃虽然看不到他，但能想象到他此刻吃瘪的模样，她笑得更放肆，用他曾经说给她听的话来回敬他："我才二十四岁，太年轻了，未来有一万种可能性，催我结婚是不是想害我？"她笑道，"五年之内，我都不会考虑结婚的。"

程绍堂抿紧了唇，被她气笑了。

五年后，他都……快四十了，这姑娘是成心气他。可他又找不到话来反驳，唐璃来了兴致，想再与他多聊几句，虞卿男突如其来的一声喊叫，让她中止了这通电话。

05

唐璃轻拢了拢长发，目光自然而然地落在来人身上。

"唐璃，你知道吗！"虞卿男一副不得了的表情，火急火燎道，"'蓝禾'出事儿了！周弥生被带走了。"

"真的假的？"

虞卿男喘了口气，一屁股坐在唐璃手边的沙发扶手处，小声说："真的，我有线人……"

不说如此要命的消息从何而来，单凭虞卿男的人脉，唐璃不敢不信。她的脸色沉了下去，闻此消息，她第一个想到的是温尔雅和周子臣。

"怎么回事儿？"

虞卿男压低声音，用不确定的语气告诉唐璃，周弥生扰乱金融市场。

行业里发生天翻地覆的变化，"壹源"不可能不受牵扯，各种交接让公司上下忙得应接不暇。

程绍堂搬进了唐璃的二居室,等到人回家时,他已经将明助理送来的餐食加热完毕。

唐璃长枪直入,坐在他对面说着今日所闻,一本正经地问他信息真假,还担心起温尔雅和周子臣。

程绍堂抬眸,语气不甚在意:"你听谁说的?"

"怎么,你早就知道了?"唐璃正襟危坐。

程绍堂摆弄着一双筷子,眼梢吊着,眼神却落在餐食之中。唐璃默不作声地将他面前的餐食拉向自己这边:"程绍堂?"

程绍堂挑挑眉:"嗯?"

唐璃低声:"你告诉我嘛。"

"叫我什么?"

"程总——"

"不对。"

唐璃抿了抿唇:"老公?"

"没听见。"他一愣,欠欠地说。

唐璃干脆靠近他,坐在他身边的位置,声色好似春日细雨,连带着好闻的栀子花香味一齐涌向男人耳边:"老公。"

程绍堂毫无预兆地伸出手臂,将人揽进怀里。唐璃小声惊呼,强有力的禁锢令她动弹不得。

灯光盈盈灼灼,程绍堂笑道:"你干吗总好奇别人家的事?"

唐璃如实回答:"这个问题,我说不上来。"

程绍堂目光炙热地瞟她,俯身亲吻她柔软的耳垂,趁机告诉她:"早离了。"

唐璃瞪大了眼睛。

"别惋惜了。"程绍堂淡淡道,"事情发展到现在这地步,周弥生也没你想的那样能耐,你以为他是怎么得到温伯父的青睐?"

唐璃懂了,可依旧好奇。

"那他以前那些花边新闻?"

"这个——"程绍堂说,"可能只有当事人知道。"

程绍堂告诉唐璃,温尔雅的父亲是一个重男轻女的人,在家里有着说一不二的地位。

温聿脾气不像他,能力也不像,保持着孩童脾性活到二十五岁,迟迟没有接手温氏集团。

当年,周弥生在业内名声大噪,他与温尔雅父亲偶然相识。温尔雅留学结束后,是温父安排她去到蓝禾投资工作。

程绍堂搂着她的腰身,要笑不笑道:"后来的事情,你也知道了。"

唐璃攀着他,将所有线索在脑海中整理完毕,最终竟有种五味杂陈的感受。她也说不清是哪一瞬间,让她顿感遗憾。

她和温尔雅,勉强算得上是朋友。初次见温尔雅时,唐璃像是见到许沉吟一般惊艳。但那是两种不同的惊艳,盛装出席、明艳动人的温尔雅令她感到前所未有的视觉震撼。

她问程绍堂:"你家里人不是一直撮合你们吗?"

程绍堂幽幽调笑:"吃醋?"

"不。"唐璃摇头,"我好奇。"

"好奇什么?"

唐璃轻声道:"好奇你们为什么没有在一起。"

"我俩在一起,还有你什么事儿?"他声线极低,语气里带有不满,眸色沉沉地望着怀里小姑娘的侧脸。

唐璃若有所思道:"这不是假设吗?"她咕哝着,"再说了,周弥生和温尔雅已经离婚了。"

她想起当初周弥生为了硌硬程绍堂而约她吃饭一事,始终无法理解。她沉吟道:"周弥生到底爱不爱温尔雅?"

程绍堂敛起思绪。他发现,小姑娘很是在意这对离异夫妇的故事,但这段故事已经收场了。他再次强调:"他们已经离婚了。"

窗外夜色涌动,唐璃纤细的手臂环抱住他的脖颈,眼眸里迸发出闪闪的光:"所以我才更加好奇啊。"

程绍堂看着她的眼睛,深吸一口气:"别说别人了,说说你自己吧。"

"我怎么了?"

"为什么不想结婚?"

这好像,不是他第一次谈及这个话题了。唐璃微怔了一秒,忽然蹙起眉,郑重庄严道:"你是真的想——结婚吗?"

程绍堂回她:"你说呢?"他亦郑重其事地叫了她的名字,"唐璃小姐。"

她想了想,说:"人都是会变的啊。"

说这话的时候,她坦荡到脸上没有任何不悦的表情。香山拥挤的阶梯上,她曾因为他一句不婚恍惚很久,如今她已经理解他当时的心情与想法。唐璃说:"以前我觉得凡事顺其自然,结婚生子也是,可现在我觉得年轻真好,我一定要在我尚且年轻的时光里,去做我想做的事情。"

她现在,正在寻求下一个发展方向。

"你不是说,"她眼睫慢眨,轻轻抚摸他下巴上细小的胡须,"你会一直尊重我的吗?"

是那样的没错。但是,怎么说呢,她这样游刃有余的抚触让他有种被人当作宠物对待的感觉。

他轻轻侧头,看她一眼:"那我等着你求婚。"

唐璃在他怀里笑得前仰后合,程绍堂惩罚性地将人朝心口处按,束缚住她的腰身,令她惊呼出声:"不要闹了!程绍堂!"

"叫我什么?"夜色中,他的瞳孔深邃有神,喉结轻滚,唇边的笑意若有似无。

"程绍堂?"唐璃歪了歪脑袋,用眼神询问他。

可他偏不满意,把人抱进沙发。热情逐渐高涨,如同海浪翻涌。唐璃被罩了个完全,她喜欢如此被包裹的感觉,会让她变得感性温柔。

她问程绍堂,爱意要达到什么程度,才会提出结婚?

程绍堂告诉她,就是他爱她的程度。

唐璃双手捧着他的脸颊,模样乖巧又温婉,轻言细语地问他:"那每一对夫妻在结婚的时候,都会是相爱的吧?"

她那样认真,程绍堂不由得思索,她始终没从旁人的故事中脱离出来。

他好笑地说:"应该吧。"

周弥生被带走调查时,尽人皆知。等热度过去一段时间,唐璃又听闻,周弥生早已回来了。

眼下他正在交接"蓝禾"投资事宜。

自此之后,周弥生与蓝禾投资再无瓜葛,蓝禾投资归温氏旗下。

虞卿男说,她曾在一次超高级别的活动中瞻仰过周弥生老丈人的尊容。她说大家最初很难想象周弥生是怎样和温家结亲的,如今却都明了。

唐璃诧异,问她:"怎么知道的?"

虞卿男拿出手机,对唐璃说:"你还不知道吧?"她不知晓唐璃是认识温尔雅的,说,"有人替周弥生发声了,说他这几年都是在替温家打工。这事儿没爆出来之前,温家就赶紧安排女儿和周弥生离婚,还说周弥生是净身出户。"

唐璃低声说:"这种事情听来半真半假。"

徐松巍加入谈话,对唐璃的观点表示认同。

虞卿男一本正经地说:"那你们知道,为周弥生发声的人是谁吗?"

徐松巍吊起眉梢:"谁啊?"

"是被周弥生资助过的贫困大学生!"虞卿男澄清。

空气静了几秒。

这消息来得快去得也快,被资助者发声几小时后,账号便显示已注销。但就在那短短几个小时里,有人将画面保存。发布者称,自己是被周弥生资助的学生。那篇声明里,她说自己家境贫苦,偶然间与周弥生相识,运气好得到资助。她字里行间体现的感激,真诚到看不出一丝虚情假意。

唐璃默默将内容看完,并未发表任何想法。

徐松巍问道:"这么说来,周弥生其实并没有那么放荡?"

"不确定真假。"虞卿男说,"你俩刚才不也说了吗?网络上的信息虚虚实实,不当真不当真啊。"

"那离婚是真的吧?"

虞卿男:"真的啊。"

徐松巍跷着二郎腿,道:"说起来,周弥生草根出身,打拼到如今,也算是牛了。"

"可不。"虞卿男道,"虽然他只是傀儡,但,他给人感觉就是很牛、很牛。"

"蓝禾"易主,对 Tend 来说是好事儿。

因为曾经的误会,也或许是温尔雅在飞往西雅图之前不经意同他讲过几句。温聿对 Tend 所有项目投资都持有热情积极的态度。

Tend 几个开发项目,最近都赚得盆满钵满。满到不出什么意外的话,唐璃近几十年都可以舒服躺平。

隔着千山万水,唐璃再次想起那位温文尔雅的好姑娘。

虽然程绍堂曾说,故事已经结束了。

可是故事真的结束了吗?

不知道。

曾经她走在飘满大雪的冬夜,决心从头开始的时候,她告诉自己,一切都结束了。但是你看,故事现在不是又开始了吗?

二十五岁的时候,唐璃终于又确定下另一个人生目标。

得益于前去云贵川旅行的顾彰发来的照片。

唐璃从笔记本电脑中调出照片——一群漂亮天真,却衣衫褴褛的小姑娘,手里拿着糖果,在日光下捂起嘴巴笑。

程绍堂递来一盘绿蒂全部除去的草莓,问她:"你确定好了?专做女性品牌?"

唐璃张开樱桃小嘴,示意他直接投喂,又说:"是啊,很有意义不是吗?"

他笑着反问:"你做的哪件事儿没意义?"

程绍堂认认真真地看了照片,然后手指点在其中一位:"这个姑娘好看。"他顺手往她嘴里塞进一颗草莓,"但你更好看。"

唐璃咽下那颗甜滋滋的草莓,抽了张纸巾慢条斯理地擦拭唇角,盯

439

着程绍堂的眼睛。

程绍堂不说话。

她眯了眯眼,问:"你帮不帮我?"

程绍堂松了口气,他还以为她生气了。

他轻声说:"帮,你说怎么帮,我就怎么帮。"

她不好意思地挠了挠脸,温温柔柔地说:"那你……先去帮我放一下洗澡水吧。"

06

某天夜里,唐璃做了一个梦。

梦里出现了熟悉的面孔。醒来,她决定去往许沉吟的家乡。程绍堂最近不忙,于是让明助理订了票,和她一同前往。

那是个春暖花开的季节,车窗外是一望无际的麦田,程绍堂在她旁边的座位上看杂志。

唐诗英打来电话,问她最近在忙什么。

李银海抵抗力太弱,前几天竟然感冒了。唐诗英絮絮叨叨地说:"要他穿多些,他说天变暖了,他热。结果晚上就发烧了,吃了一天药,今天去输液了。他说想你,问你什么时候回家?"

唐璃索性道:"明天。"

程绍堂合起手中的杂志,转过眸,眼神中带有一丝诧异。唐璃和唐诗英聊了多久,他便看了多久。直至挂断电话,唐璃不紧不慢地问:"看我干吗?"

背后是一闪而过的景色,满目桃花梨花相间,日光也明媚,照得他肩颈线被金线勾勒。

程绍堂看了她一会儿,笑道:"你要回家?"

唐璃:"嗯。"

程绍堂欲言又止,见她一副坦荡模样,于是抿唇不言,只笑了笑。唐璃眨了眨眼睛,问他:"不想和我一起?"

程绍堂唇角笑意更浓,"哦"了一声:"原来是要我和你一起啊。"

唐璃就着明媚阳光，意味深长道："好好表现。"

高速列车在平原大地疾驰，正午阳光最盛之时，唐璃闭上眼睛，睡到抵达目的地。

唐璃这趟来，没告诉任何人。一切收拾妥当后，她去楼下花店购买向日葵，程绍堂则站在门口等她。老板娘贴心地询问她的购买需求，她说她想要亲手包扎一束，像曾经那样亲手为学姐包扎一束向日葵。

她甚至还叫来程绍堂一起。

程绍堂说："是你那个最好的朋友吗？"

唐璃说是啊，还问他记不记得，其实他们是见过的。

程绍堂想了想，说："没什么印象。"

那年生日，许沉吟抱着花束倒了三趟车，和刚下火车的秦钲在咖啡店与她会合。三个人刚一出门，便与姗姗来迟的程绍堂撞了个照面。

就这一次，没印象也正常。

但唐璃还是说了句："时间过得好快啊。"

下午时分，唐璃一手抱花，一手牵着程绍堂的手，有一搭没一搭地同他聊，问他来没来过这种地方。

程绍堂说来过的。

唐璃明了，没再继续往下问。

她踏着脚下土地，嫩草从中生起。

程绍堂问："你经常来看吗？"

"也没有。"唐璃算了算，"来过三四次。"

他们走了挺长的路，才到达目的地。唐璃捧着向日葵，却意外地看见一束玫瑰静静地卧在石碑前。鲜红欲滴的玫瑰花，像曾经的许沉吟一般明艳。

唐璃看了眼程绍堂，再看一眼那玫瑰。答案呼之欲出，却令她难掩郁结。

因为唐璃不知道，送玫瑰的人，是独身前往，还是有人作陪。

她将向日葵与玫瑰并立而放，默默坐了许久，并没有说太多的话。

回酒店途中，程绍堂安慰她，不要想没有答案的事情，朝前看吧。

一个人一种活法，总把心思放在别人身上，亏欠的是自己。

抵达小城后，程绍堂派人开了一辆车来，礼物将整个后备厢塞得满满当当。唐璃安排程绍堂在酒店住下，后者厚着脸皮问她："原来不是去你家里住？"

唐璃搪塞道："家里地方不够。"

直到第二天，程绍堂登门拜访。唐诗英交代李默川摆好水果和零食招待客人，厨房里炖着鸡汤，飘香四溢。程绍堂趁机扫过房子，俯身低声："这地方还不够？"

唐璃瞪了他一眼，叫他不要说话。

等她转过眼，李银海正望着这边笑。

程绍堂相貌出众，气质极好，加之多年前帮助过他们，所以唐璃家人似乎没把他当客人，态度热络又亲切，一个劲儿地让他吃东西。唐璃姿态随意地坐他旁边，认真地看着电视。

李银海没有询问任何有关程绍堂家庭或此次前来的目的，仿佛在他看来这就是简简单单的一次朋友做客。

李默川却凑过来问他："哥哥，你什么时候和我姐结婚啊？"

唐璃被他这话吓了一跳，赶忙喝止："做你的作业去。"

"我都做完了啊。"

"不可能。"唐璃拆穿他，"高中作业永远都写不完，你骗谁呢？"

李默川尴尬地笑笑："姐，你怎么一点儿面子都不给留的？"

过了一会儿，唐璃去厨房给唐诗英帮忙。

相较于李银海，唐诗英就很直白了，她问："好多久了？"

唐璃眨巴眨巴眼睛。

唐诗英唇角挂着笑意，重复一遍："我问你好多久了啊，该不是大一的时候就好过吧？"

"没。"唐璃哪敢承认，只道曾经只是相识，回国后重逢，自然而然地走到一起。

唐诗英说："蛮好的。"又问她，"你最近没和铤铤联系？他要结婚了,给我发了请柬。"

唐璃的表情僵在脸上,但只一瞬。

"那你就和姑父去吃一顿大餐。"她低垂着头,"我就不去了,我工作好忙的,暂时就不回来了。"

"应该是想让你去吧?"姑姑问道,"你不是和他关系很好吗?他没联系你呀?"

"联系了。"唐璃说,"工作太忙,抽不出身。"

"那还挺可惜。"姑姑又问,"一直在一个学校,大学也在一个学校,结婚这事儿挺大的,能去就去。"

唐璃理了理菜叶,没回话。

唐诗英没感觉到她异样的情绪,自顾自感慨:"时间过得真快啊。"又道,"你姑父天天念叨着,等你出嫁那一天,能不能牵着你的手交给新郎,你呀,就给了他这个机会吧。"

唐璃没回话。

好半晌,唐诗英扭过头来看她,问:"怎么了?"

"我能怎么了?"唐璃淡淡道,"我正在思考这件事情啊。"

小城最好的住宿酒店里,浴室水流声淅淅沥沥。窗帘被拉得很严,唐璃躺在床上,手机页面消息不断,她捋了捋长发,叹了口气,继续处理工作事宜。

等到助理不再发来消息,她短暂地抽离,将手机扣在床面。

不过几分钟,程绍堂从浴室出来,将她从柔软的被子里捞起。她唇齿间是清新而好闻的薄荷香,男人声色缱绻温柔:"去洗洗?嗯?"

唐璃伸了个懒腰,慵懒劲十足:"累。"

"那我帮你。"

下午,唐璃带程绍堂在小城的街道散步,有种恍如隔世的感受。

她第一次在小城见到他,他就像是从天而降的恩赐。但唐璃不会轻易把这话告诉他。

小城街道,烟火气十足。唐璃买了一杯奶茶,又给程绍堂买了一瓶水。灯光映衬着两人高挑而般配的身形，影子在灰色地面重合。

唐璃带他远远地观望唐诗英的店，她说："原先的店位置不好，装修也不如这里。搬过来之后，姑姑多招了几个人，生意更好了，她也比之前要清闲自在些。"

程绍堂望着那团霓虹色，说："挺好的。"

唐璃握了握他的手，毫无征兆地说："我们结婚吧。"

这话让程绍堂出乎意料到，根本没法儿接。

唐璃双眸泛着光亮，唇瓣翕动："你不是也说了好几次了？"

"可你不是拒绝了吗？"他嗤然。

唐璃看着他的眼睛，那是一双时刻都在对她笑的眼睛。程绍堂挑了挑眉，问："想好了？"

阳春四月，夜风拂面。唐璃微微一顿，玩兴大发："没。"她说，"能反悔吗？"

"不能。"他拉着她的手腕，将人带进怀里。

唐璃推搡着他，耳边传来的是他惊喜、像他心跳一样"怦怦"响动的声音："终于等到你服软了。"

程绍堂来来回回跑了好几趟，才把所有聘礼备齐。

帝都的春天，仍是明媚灿烂，两人前往民政局登记，唐璃知道，领过证了，意义就不一样了。

所以，在那个看似平平无奇的日子里，她在社交媒体公开自己已婚状态，以及结婚对象。

众人的评论如潮汐般涌入，她掩盖不住喜色，一一道谢。聊天对话框里，虞卿男、徐松巍、柯瑞齐齐号叫。

他们问她，到底是什么时候的事儿！

唐璃想，可能早在很久很久之前，想和他共度余生的想法便已存在。可那时只是一枚小小的种子，种子能否长成参天大树，需要很多条件。

最重要的，是彼此相爱。

车窗外风景划过，光影浮动，她沉默地思索片刻，转眸看向程绍堂。

他瞳孔深邃，眼眸温柔，早已看了她许久。

- 正文完 -

番外一 /
以男女朋友身份交往

⊙后来，周弥生终于在一次次争吵中品出滋味，温尔雅在意他那些花边新闻，在意的本质——是他。

01

温尔雅第一次见到周弥生，是入职到蓝禾投资的第三天。尽管在此之前，她已经了解过此人，并且对其产生了不算太好的印象。

但她要在此人手下任职，只能将所有情绪收敛，若无其事地端坐在办公室。

窗外天色晴朗，日光正盛。公司地板干净无瑕，清凉气息充斥鼻息之间，门外进来一人，温尔雅正襟危坐，整理措辞准备开口。

周弥生身穿黑色衬衣和剪裁合体的西装裤，大步流星停至办公桌前，手指屈起，在桌面敲击发出清脆响动："我说什么了？"

他站在光线照不到的地方，声线是冷的，像是含了冰。

温尔雅坐在原位置一动未动，目光直直地落在他身上。他忽然转身，凌厉冷漠的目光自然而然地对准她。单眼皮，高鼻梁，黑发掀起露出额头，很优秀的一张脸。

温尔雅思绪都快飘到天上去了，周弥生像是没看见她，神色严峻地说:"明天把这事儿给我处理好。"

温尔雅显然被他震慑住了,她定定心绪,却发现自己无论如何都不敢开口。

"你是谁?"周弥生挂断电话,手机一角磕在桌面上,那声音明明不大,却令人为之一振。

温尔雅立刻从座位上站起,乖乖巧巧:"温尔雅。"

周弥生眯了眯眼睛,自上而下地扫视过,挺认真地看着她的脸,说:"温尔雅?我知道你。"

闻言,温尔雅不自觉地松了口气,好看的眉眼在日光明媚中弯成月牙儿。她颔首道:"周总,您好,以后叫我'温秘书'就可以了。"

这份工作是父亲为她安排的,目的是让她在一个旁观者的位置多学习东西,包括投资者独到的眼光,与人相处之道。

但其实,秘书的工作,温尔雅做得不称职,只是周弥生从未开口指责过她。

有时,王助理不敢交代的工作还会拜托她去传达。为了表现自己良好的工作素养,她都是佯装无事般一一报备。

其余时间,她都是安安静静的。

温尔雅意识到周弥生会护着她时,是在某一次饭局。对方是个年过半百的制片人,思想行为着实不上台面。她性格温婉,自小接触的人也不会对她做出过分举动,所以在被人言语调戏之后,她下意识的反应便是蒙。

是周弥生帮了她。

直至上了车,他才问话:"你是不是都没骂过人?"

温尔雅立刻说:"没有。"

周弥生知她心情郁闷,便不再多说。可沉寂一会儿,他还是忍不住劝诫:"下次遇到这种情况,你直接拿酒泼他,一般人不敢得罪你。"

他这话说得坦诚。可温尔雅还是不悦,转头看向他,认真地道:"我做不到。"

数日相处，周弥生想，她大概连撒谎都不会。温尔雅颠覆了他对于富家千金的看法，除了行为举止有些慢吞吞，她几乎没有缺点。

在温尔雅回绝他后，他勾起唇角，眉梢稍一上扬，没再出声。

在周弥生手下工作了一段时间以后，两人的关系总有种说不清道不明的感觉，不像是上司与下属的关系，温尔雅说不清楚，但她懒得在他面前装样，如果对方不喜她爱搭不理的态度，干脆直接开掉她，省得她自己去求一趟。

周弥生和她父亲关系很好，温尔雅知道这件事时，是周弥生出现在她家餐桌上那天。

饭桌上温父开了一瓶酒，两人聊到兴头上，皆有些微醺。酒足饭饱后，温父交代温尔雅去送客，周弥生正低头整理胸前衬衣的纽扣，院里橙色的灯光映在他脸上。偶尔，温尔雅会短暂地觉得他很好相处。

比如这一刻。

后来，她和冯天若讨论程绍堂与周弥生的旧事，知道他曾经造谣生事，还和程绍堂扭打成团……她其实有一丁点儿怀疑此事的真实性。直到某天她听闻周弥生与人通话，真心觉得周弥生的报复心实在太强。

那通电话结束，周弥生目光投过来，喟叹一声："你说这人是不是有病？"

温尔雅暗吸一口气，下意识眨巴眨巴眼睛。

"真晦气。"他道，"摊上这么一癞货。"

温尔雅依旧不敢吭声，她对这事儿略知一二。合同签订后，对方项目失败，拿不出违约金，需要打官司。

他懒洋洋地倚向靠背，姿态随意放松，皱着眉头问她："你怎么不说话？"

温尔雅沉默数秒，才坦诚地回答："我不知道说什么。"

周弥生眉头皱得更紧，又忽然明了，冷哼一声："你可真是大小姐。"

连温尔雅自己都讲不出理由，为什么周弥生嘴巴张张合合的，竟点燃了她的导火索。她肃着脸色，义正词严道："我是你的下属，不是什么大小姐。"

这下轮到周弥生愣怔。

温尔雅接着道:"你已经不止一次说这话了,我总是忍着没反驳你,你自己没感觉到吗?"

周弥生看着她:"我说什么了?"

"说我是温氏大小姐。"

"不对吗?"他十分不解。

温尔雅抿了抿唇,说:"我不喜欢。"

"不喜欢就不是了?"他语气平常,似乎并没有将温尔雅这软绵绵的发火放在心上,漫不经心地评价她,"你这人真有意思。"

温尔雅瞪了瞪眼睛,心里翻江倒海,换作别人,她也许就此打住,可是在周弥生面前,她一鼓作气地回怼出声:"你才有意思!"

周弥生颔首:"谢谢夸奖,温大小姐。"

她愤怒地询问:"这是夸人的话吗?"

"不是吗?"

"还有——"她的声音不自觉就恢复了平静,难得吼了几声,一点儿震慑力都没有,"我不喜欢你这么叫我,你得向我道歉。"

"叫你什么?"

"大小姐。"

"哦。"他好整以暇地看着她,面无表情,"我不道。"

两人一坐一站,温尔雅居高临下地看着周弥生,但她知道,自己才是处于下风的那一方。

气氛僵持不下,是王助理的到来缓解了温尔雅的尴尬,她回到工位,整理一份需要修改的文件。

下班时,周弥生向她传达指令——陪他去一个饭局应酬。

温尔雅第一次拒绝他,理由是家中有事。

没过一会儿,工作电话又响动。温尔雅有种不好的预感,拿起,听到对面说:"我问过温总了,他说你家今晚没事儿。"

温尔雅攥紧拳头。

"收拾收拾。"他打鼻腔里哼出一声,"别让我等太久。"

02

温尔雅磨磨蹭蹭,走到地下停车场时,已是半小时后。

周弥生坐在车里看着她,车窗落下一半,昏暗的光线落在他脸上,有种浑然天成的深沉与冷漠。

温尔雅躬着身子,语气虔诚:"周总,我能请一次假吗?"

周弥生没理会她的请求,唇瓣翕动:"上车。这是工作,不是单纯的应酬。"

温尔雅好看的眉头微微蹙起:"我知道。"

"那你还不上车?"周弥生忍下了想要喊她"大小姐"的冲动,冷眼看她,"哪个秘书敢让上司等这么久?"

温尔雅心想"我让你等了?等不及,走了便是,大不了开了我",但开口却是:"抱歉,周总。"

她拉开车门踏入车厢,两手交握身前,正襟危坐,面无表情地看着前方。

周弥生侧头瞧着她,语调平平道:"我看你不像是去工作,像是去奔丧。"

温尔雅微微一动,视线落在周弥生要笑不笑的脸上,小声嘀咕:"这不都差不多吗?"

周弥生气消了大半,懒得与她翻旧账,乐此不疲地同她调笑:"什么差不多?工作和奔丧差不多?"

温尔雅抿了抿唇,按兵不动。

车厢静了半晌,灯光一闪而过,周弥生还是那副高深莫测的模样,他懒洋洋道:"怎么了?最近有什么烦心事儿?"他话音一转,"难不成还是因为下午那事儿?真需要我给你道个歉?"

温尔雅猛地吸气,开口又是软绵绵:"没有啊。"

周弥生嗤笑一声,没做评价,只是摇了摇头。

人与人之间的磁场是无法解释清楚的。温尔雅越不想和他说话,就必须得与他交流,因为他们上下级的关系。见他一脸轻蔑,她温柔体贴道:"真不用了。"

话音刚落,她便抬眸对上他的眼睛,周弥生果然是在逗她。她屏住呼吸,轻声道:"又是在开玩笑是吗?"

"没。"

温尔雅的神色逐渐变得严肃起来,她说:"你就是在开我玩笑。"

"不是。"他语气随意。周弥生就是觉得,这世上哪有不会生气的人,哪有人永远淡定?

无所谓了,温尔雅不说话了,表情也不再温和。

临下车前,饭馆门前灯火通明,周弥生交代她不要喝酒,维持她刚才在车上那高冷样。

温尔雅说:"我知道了。"又强调,"我没有高冷。"

"那是怎样?"

"我本来就是如此。"

周弥生听得有些乐了,虽说她在他手下办事,可他从来没把人当下属。他觉得温尔雅是真有意思。反正是他没见过的类型。

"行。"他笑道,"记住我说的。"

温尔雅"哦"了声,看起来挺不情愿的。

她到底是喝多了些。回想起来,周弥生那天许是真没别的意思,但温尔雅就是看他不顺眼,心里烦闷,导致她酣畅痛饮。

当时她想,明天就辞职,父亲要怪罪就怪罪吧。

周弥生送走谈生意的伙伴,扭头看了眼脸色绯红的女人,眼睛快睁不开似的。他皱着眉头,冷哼一声:"不是说了让你别碰酒?"

温尔雅面色凶凶地看着地面,脚底虚浮,摇头:"我不能听你的。"

周弥生没听清,又问了遍:"你说什么?"

他伸手扯她一把,温尔雅想甩开,却重心不稳直接将自己甩进人怀里。周弥生明显愣了愣,道:"喝醉了酒,投怀送抱?"

温尔雅抬起头,脸色嫣红,眼神潋滟,呼吸急促,胸口上下起伏。

周弥生忽然有些脸热,他问她:"你想干吗?温尔雅。"

大庭广众之下，温尔雅踮起脚尖，隔着一层单薄的黑色衬衣，狠狠咬在他肩上。周弥生扶着她腰的五指骤然用力收紧。温尔雅将手抵在他肩上，缓慢抬起头。

"咬够了？"他面色铁青。

温尔雅有点儿醒了，眼神没有方才那样涣散。周弥生问："你还能自己回家吗？"

温尔雅茫然道："应该能吧，我明天不来了。"

周弥生的肩膀火辣辣地疼，他面无表情地看着她，忍下疼痛，声音从牙缝中溢出："你做什么梦？"

温尔雅瞪了他一眼，眸里醺意浓重，她说："我会和我爸说清楚的。"

她脚底踏不上地面似的，依靠在周弥生身上的力更重。

周弥生拉扯着她上车，命司机上路，车子开了很久，直达终点。温尔雅被他带进一家酒店，她在车上睡了一路，咕哝着要他把她送回家，还很客气地说了声谢谢周总。

人还迷糊着，冷水铺天盖地地从头顶浇下来，又很快速地转换为热水。温尔雅"哇哇"乱叫，醉意被这突如其来的巨变席卷，她霍然起身，发现周弥生正拿着莲蓬头对准自己。

他面无表情，瞧着她一身得体连衣裙被浇得湿透，头发也紧贴在脸上，眼神里满是倔强。

没办法，打蛇打七寸。周弥生低头看着她，专敲她致命点："你今天发什么疯？"

温尔雅捋了把头发，清醒了不少："我没有，我只是不想再做这份工作了。"

"你学到什么了？"他说，"退堂鼓倒是打得好。"

"我反正就不想做了。"

"你觉得你爸能同意？还是我能同意？"他盯着她，"你自以为这段时间你做得挺好还是怎么？一句重话听不得。"

温尔雅别开脸，不想与他多说。

周弥生点点肩膀处，嫌弃地瘪瘪嘴："你刚才不是挺横的。"他说，

"我现在给你爸打个电话,就说你不仅不想干了,还搞砸了我一场合作,你觉得你爸对你什么看法?"

一时间,温尔雅心生后怕。她想也没想便反驳他说:"我什么时候搞砸你的合作了?我虽然没有那么优秀,但我工作态度一直是好的。"

"你是工作态度可以,但是你笨。"周弥生低声道,"你爸让你跟我手下,除了让你学习,别说你不懂什么意思。"

浴室里水流声淅淅沥沥,两人对立而站,身上衣服全数湿透。周弥生能闻到她身上的酒味、香味。被水淋过,更加浓重。

温尔雅眸光闪闪地看着他,白皙的脸颊,眼角微微晕开的妆,落魄狼狈的模样。

他心痒难耐,顿生同情,可一想到这姑娘今晚的所作所为,想到她对他避之不及,就恨不得掐她。

他走出门外,留她一人沉思。

温尔雅始终想不通,周弥生话里话外想要告诉她什么内情。但是她知道自己确实冲动了。

她衣服湿透了,裹着浴巾出门时,房间里的空调温度很高,周弥生没穿上衣,背对着她,侧脸观察肩上的伤口,红了一片。

门外有人敲门,周弥生示意她去开门。

温尔雅说:"我衣服是湿的。"

周弥生斜她一眼,二话不说便起身径直走向门口,从门外拿进药水。随后,"咣"的一声将门关闭。

温尔雅微微低下头,视线跟着周弥生走。

周弥生重新坐下,将药放在一旁,仍是斜眼看她,问:"还醉不醉?"

温尔雅小声回应:"好些了。"

"过来。"他说,"给我上药。"

不是帮他,而是给他。温尔雅受够他理所应当的指派,一本正经道:"我不会。"

周弥生以为是自己听错了,难以置信:"你多大了?上个药都不会?

453

用不用我手把手教你,温大小姐?"

温尔雅有些理亏,缓缓抬眼看向男人。那伤口确实是她弄出来的,她走到他跟前:"我确实没有给人上过药,所以,疼了别怪我。"

周弥生微微蹙眉,手掌撑在床上,语气无奈:"快。"

温尔雅拿起药,搁在眼前反复观看,没看一会儿又惹得人叫嚣:"我说,你快些!"

"我在看用药说明呢。"她脸颊微红,浴巾搭在肩上要掉不掉,表情却十分认真,"用在身上的,总得看一看吧。"

周弥生忍下翻白眼的冲动:"你看、你看。"

温尔雅看了几分钟,直到周弥生忍无可忍地从她手中夺过药,三下五除二便涂抹到伤口处,平日里总是眉头紧缩的一张脸,这一会儿竟然什么表情都没有。

周弥生从衣柜里拿出一件T恤套在身上,长臂伸直放松,肌肉轮廓随着动作而明显。

温尔雅情绪散得差不多了,忽然觉得口渴,又问他:"能不能给我找件衣服啊?这衣服湿哒哒的,穿在身上好难受。"

他从衣柜里扔出另外一件T恤,温尔雅犹豫了一下,又问:"只有这一件吗?我下面——"

"就这一件。"他冷声回复,"爱穿不穿。"

"那好吧。"炽亮的灯光照在她略显狼狈的面孔上,她走去洗手间,将衣物尽数褪去,再套上那件白色T恤。

出来时,她看见周弥生手指间青烟袅袅,面色凝重又放松。

过了会儿,他开口道:"你先别着急辞职,有什么工作上的事情,尽管向王助理请教。你父亲那边,我会替你解释。今晚你就住在这儿,我给你放三天假,你好好休息。"

温尔雅仍不回应。

周弥生摇摇头,笑了声:"你这人,遇软则硬,遇硬又软,简称欺软怕硬。"他叹道,"以后还是不能对你太好。"

温尔雅脑袋晕晕乎乎的,心里却清明:你何时对我好过?

03

后来,不仅离职不成功,温尔雅跟着周弥生出差,还把自己赔进去了。

她也不知道,自己怎么半推半就同意了。回想起,只记得那晚的房间开了一盏灯,一切都是朦胧不清的。

周弥生看着她的眼睛,说:"其实我挺喜欢你的。"男人的脸隐在昏暗中,表情亦是晦暗不明的,"你父亲应该能看得上我。"

周弥生的动作是超出她预料的温柔,这是他第一次,也是此生唯一一次如此。

温尔雅闻到两人唇齿间的酒味,他摒弃往日的一张冷脸,好看的眉眼微微上扬,嘴里嘟囔着呢喃:"我真的喜欢你。"

那全是温尔雅没听过的情话,而他的嘴唇是柔软带有温度的。

事后,温尔雅的态度很明确——什么都没有发生,她虽懊悔昨晚发生的一切。可重来一遍,她大约还是推不开周弥生。

可周弥生给人的感觉越发危险,缠她缠得更紧了。

回到公司上班,温尔雅反应平静,照常工作。

面前有同事经过,小心翼翼地敲响周弥生的门。过了不久,办公室里传来一阵"暴乱"的声音。员工们正襟危坐,王助理站在门口急到攥紧拳头。

男同事从办公室出来时,垂头丧气地拿着一沓文件,重重叹息几声,腿都软了。温尔雅看着他可怜的模样,面无表情地想:周弥生发这么大火,应该不会和我有关系吧?

她自觉没招惹到周弥生,可下意识就是这想法。

谁知王助理安抚完同事之后,忽然让她进去看一下周弥生的情况。

温尔雅想了想,回问:"你怎么不自己去呢?"

王助理很是坦率,惧怕的表情一览无余:"我不敢啊!周总对你比对旁人,态度要好些,你就替我去吧!"

温尔雅听他说了一大堆,心生怀疑:"你说,周总对我态度好?"

"是啊。"

"何以见得?"她问道。

"还不明显吗?"王助理急得要命,又说,"你先进去看看,没事儿,你出来,我再和你解释。"

可温尔雅这一去,今日就没了再与王助理交流的机会。

她手指搭在门把手处数秒,心一横,推开了门。室内满地狼藉,周弥生倚在办公桌上抽烟,长腿交替,一手插兜。突如其来的响动令他很意外,扭头看了一眼,又很快瞥开。

温尔雅姿态从容地关紧门,小心翼翼地凑近了些,问道:"周总,您还好吗?"

周弥生声调冷漠,反问:"你觉得呢?"

温尔雅说:"我不知道。"

周弥生瞪了她一眼,见她端正姿态模样乖巧,脸颊红润如沐春风,冷哧一声:"你能知道什么?"

温尔雅抿了抿唇,默默在心里做出不好评价。

周弥生抽完那支烟,也没再和她说话。办公室窗户只开了条缝,空气里全是弥漫的烟味。

他没说话,她也不敢离开。温尔雅站在距离他两米远的位置,脸上的表情和动作越来越平淡无澜。当周弥生再次出声时,她才抬了抬脸。

"你那手表——"周弥生看着她,仍倚靠在办公桌上,"我找到了。"

那晚,意外留在他那里的手表?温尔雅低声说:"谢谢周总。"

周弥生却说:"但是我忘记带了。"

温尔雅说:"没关系,您下次记起的时候,再帮我带来就好了。"

"只能麻烦你跟我走一趟了。"周弥生鼻腔里溢出一声冷嘲,随后拿起桌上的电话,随手按下一个"1",交代王助理带人来清扫房间。

挂断电话,温尔雅问他:"现在吗?"

"只有现在有时间。"他起身,左右扫视几眼,从办公室某个角落捡起车钥匙,蹙眉看她,"走啊,别磨蹭。"

"周总,现在是上班时间。"温尔雅下意识接住周弥生扔来的钥匙。

"我让你别磨蹭。"他顿下脚步,挑眉问她,"懂?"

温尔雅颔首:"可我不知道您住哪儿?"

周弥生说:"酒店。"

温尔雅发出一声疑问:"嗯?"

"你待过三天的酒店。"周弥生说,"不记得了?"

"不是。"温尔雅说,"我没反应过来。"

温尔雅在地图导航中输入酒店名称,又在驾驶位置调整位置,拉近距离,手指在屏幕间点点,熟悉操作……周弥生眉头越皱越深,手指抵在太阳穴间,问她到底有完没完。

"我第一次开你的车啊。"温尔雅温和解释,"当然要熟悉一下了,万一上路之后操作不当,后果就很严重。周总如果不满意的话,您来开也是一样的。"

周弥生看不惯她这副事不关己的态度,面色冷峻:"你看,你开。没关系,无所谓。"

经过和周弥生多日相处,温尔雅已经对他的阴晴不定了解透彻。他突如其来的暴躁并未让她害怕,反而她还能语气淡淡地评价说:"您脾气太大了。"

周弥生没再说话,他忍得很难受。

温尔雅不仅做事细致,开车也是慢吞吞的,二十分钟的路程,硬生生被她开了四十分钟。

周弥生说:"你知道你什么毛病吗?"

温尔雅扭头看他一眼:"怎么了?"

"太过磨蹭。"周弥生调整姿势,一本正经地教育道,"时间全被你浪费在无用的地方,不上进,不积极。"

温尔雅慢悠悠道:"我觉得,没有必要啊。"

周弥生意识到,两人无论是习性,还是脾性,都相差甚远。他胸口蓄积着一团火焰,呼之欲出,可又没法对她发脾气。他冷着脸解开安全带,打开车门下车。

电梯门开门关门了不知多少次,温尔雅才姗姗来迟。

这次去的不是上一次待过的楼层,温尔雅生疑,问:"你一直住在这里吗？"

"嗯。"

如果是普通朋友，温尔雅一定会诧异，怎么会有人一直住在酒店里？但这人是周弥生，她便不做过多评价了——此人甚怪。

连着好几天，周弥生忙完工作就来找她。

又一次出现这种情况，温尔雅穿着一身小香风套装，站得端端正正，面上已经没什么表情。

周弥生的视线扫过她的脸，她似乎本来话就不多，每次和他交流，都像是被他逼着。他放缓了姿态，说："晚上一起吃饭。"

温尔雅想了想，回答："不必了。"她沉默许久，才鼓足勇气，"周总，我想我们——还是只维持上下级关系，只在工作中有联系，其他时间最好不要见面了。"

她知道，这话一旦说出口便覆水难收，但现下他黏得太紧了，她想把那些事忘记都难，与周弥生的关系实在尴尬。

周弥生倚在办公椅上，抬眸看她，女人看似平静的脸颊已然有些羞赧，或许是想到了什么此刻不该想起的。他翻了翻面前几本文件，沉声回答："不行。加班算在你的工作时间中吗？万一哪天我给你打电话要你紧急飞一趟外地，你用非工作时间搪塞我，我岂不是没话可说？"

温尔雅说："我不会这样。"

周弥生起身，走近了些，眼底带有外人窥探不到的笑意："除此之外，还有什么话要说？"

他这会儿看起来和气多了，温尔雅摇头，说没什么。

周弥生："别总想着辞职，或是躲我。"

温尔雅忍不住道："我想躲也是躲不了的，你不用担心，你能力比我强，该害怕的是我。"

"听着怪委屈的。"他又说。

她深吸一口气，窗外阳光明媚，她的心情却进入雨季："我和你。"她忽然又改了口径，"你不要再主动了，周总，这让我很难受。"

"那我道歉。"他问她,"你哪方面难受?"

她被人牵起手指,心脏"怦怦怦"地跳。在办公室,一墙之隔外是公司同事,窗外车水马龙、高楼林立。周弥生站在她面前:"把你想说的全部说出来,不要有所保留。或者你不说,听我说。"

他贴向她,气息吹拂在她额间,有股淡淡的烟草味道,不难闻。

"你不排斥我的。"他盯着她,语气肯定,"我看得出来。虽然你嘴上说着讨厌我、不喜欢,可是你不排斥我。"他越靠越近,那味道越来越浓郁,"你在——生我的气?"

温尔雅低垂下眸,避开他的目光,摇头,低声道:"我没有。"

周弥生却猜不到她为何生气。

实际上,若不是王助理提醒,他也根本不会知道温尔雅的情绪。那天在车里,他忽然开口询问:"温秘书几日没来了?"还欲盖弥彰地多说了句,"怎么感觉很久没见她了?"

王助理说:"是啊,请假有几天了呢。"

"什么事儿?"

"不知道。"王助理笑道,"温秘书没告诉我。"

过了会儿,车子即将抵达目的地,周弥生一改往日高冷,聊家常般问王助理:"有没有女朋友?"

王助理有些不好意思地说:"我都结婚好几年了。"

周弥生"哦"了声,说:"你看起来不大。"

周弥生二十七岁,王助理小他两岁,年龄是不大。结婚近三年,可谓早婚。

王助理叹道:"是啊,大学同学。"他不好意思地说,"我女儿,快三岁了。没有孩子的时候,我老婆动不动就发脾气,几天不理我都是常有的事儿。后来,孩子半岁,她出去工作,她年轻又漂亮,根本没人看得出她结婚,男同事总给她发微信,轮到我吃醋,生闷气了。"

周弥生轻笑了声:"风水轮流转。"他扭头看向窗外,静默了会儿,难得说,"她娇生惯养,喜欢你,因为你闹脾气也正常。但一旦结婚生子,就身不由己了,说起来也是唏嘘。"

等到温尔雅继续来公司上班,一切又恢复成无事发生过的模样,只是那态度冷若冰霜。

周弥生哄她:"乖了,不闹脾气了。"

温尔雅听他这语气,心里更不舒坦,他想哄就哄,想冷脸就冷脸,把她当作他的"所有物"一般。她如今最在意的,就是她和周弥生的关系,她内心里认为自己不喜欢他,但她小瞧了她对周弥生的吸引力。

程绍堂说过,凡是周弥生想要得到的,那必是想方设法也要得到。

她摇头道:"我不能就这样不清不楚。"

周弥生挑眉,似乎有些诧异。

"要么从今以后断了。"她看着他,心里却还在组织语言。

"还有呢?"他漫不经心地问。

温尔雅有过一秒打退堂鼓的打算,但想起他曾经的批评与挖苦,心一横,冷冷道:"要么我们以男女朋友身份交往,这样不清不楚的,你把我当什么人了?"她很生气,气到说话微微颤抖,最后几个字几乎是吼出来的。

周弥生语气好了许多,笑道:"那好啊,我没有意见。"

她坦诚地道:"周弥生,我承认我惧怕我父亲,但不代表我会因为他,和你在一起,也不代表未来我们就会结婚。我只是不能忍受自己成为含糊不清的人,而你的存在已经严重影响到我的生活,所以我想索性就试试吧,换种方式相处,或许能改变我们当下的状态。"

说完这话,温尔雅便离开了。

周弥生在身后叫了她一声,她也不想理。

此后的几天,温尔雅将自己装扮得得体漂亮。她本就生得秀气,稍一装扮就明艳动人,举手投足间都是温婉优雅。

其实她也不知道自己这般做法是好是坏,但和周弥生讲开后,她心情通畅。

确定关系后,周弥生更加等不到她的问候和关心,甚至在工作期间,她都对他爱搭不理,对他投递来的目光熟视无睹,对他传达的命令敷衍了事。

有次他生气，说了她一句："你这种工作态度怎么能行？"

她却不甚在意道："那你开了我，去找别人啊。"

04

一月中旬，"蓝禾"打败"壹源"取得项目投资，一时之间，大街小巷贴满广告牌，商场电梯里都是蓝禾投资的项目视频。

周弥生故意找碴儿，温尔雅和他吵了一架。在他再次说起此项目时，她毫不留情地回怼他："没想到男人的报复心更强。"

周弥生盯着她的脸，道："你懂什么？"

他自小在土堆里攀爬，踩着母亲与亲姐的肩膀走进繁华帝都，一路受过太多冷眼与咒骂。

他说温尔雅不懂，她是真的不懂。

温尔雅拿起挎包，站在门口俯视他："我不懂，我也不需要懂。"

周弥生讨厌程绍堂的高高在上，但不讨厌温尔雅。在他心里，她和别人是不一样的，哪怕她偶尔对他有鄙视目光，都只是令他感觉她生气了而已。

周弥生心机重、城府深，而温尔雅虽然对他气性大，可也是真的心软好哄。

那日共赴酒局，周弥生正要喝酒，温尔雅凑过来，小声提醒道："周总，酒大伤肝。"

周弥生手指拱起，抵在桌面，另一只手放在酒杯之上，别过脸瞧她："不碍事儿。"

温尔雅于是不再多讲。

果不其然，他喝多了些，眸里带着微微醺意。

温尔雅紧紧搀着他，任他将半身力量压制放她身上。王助理赶紧过来，和她一起将人扶进车后座。

两人并排而坐，周弥生将头靠在她肩上，车开起来不久，他迷迷糊糊间滑落下去，用她的双腿当枕头。初春，夜晚的风带着丝丝凉意，温尔雅极不自然地调整坐姿和位置，手指下意识轻抚他蹙紧的双眉。

周弥生唇角动了动，抬手摁在她指尖。

外人离开后，温尔雅把周弥生推到床上，自己也泄气般躺至一边。扶他上楼时，他故意拿着劲靠在她身上，她大口呼吸，看向面前的天花板，累得说不出一句话。

周弥生拿着她手指揉捏了会儿，忽然道："你怎么生得这样好看？"

温尔雅稍一愣怔，没想到他会说这话。

周弥生说："我第一见你，就觉得你好看得不一般。"

温尔雅摁住他的手，瞪着一双晶晶亮的眼睛看他："你第一次见我就觉得我好看，那时候就想着要怎么算计我了吗？"

"什么叫算计？"周弥生低低笑了一声，将脸埋进她臂弯里，又抬眸瞧她，"倒是你，知道我算计你，还朝我这里扑？"

温尔雅低声回："我倒想走。"

"什么意思？"周弥生还笑着，视线始终定在她身上，语气轻松的对话令他难得表情舒展，他说，"我把你绑住了？"

温尔雅眯了眯眼，轻声道："也差不多吧，你明明知道我最怕什么，还总对我发脾气。"

周弥生道："我可没工夫发脾气到你身上。"他顿一顿，又说，"你想想看，我哪次发火是无缘无故？"

"你哪次不是无缘无故？"

他笑起来，说："工作上，性格太温和，镇不住人，你知道吧？如果都是你这样的性子，当不了领导。"

"我也不想当领导。"温尔雅气道。

他凑过来，趴在她肩上。温尔雅莫名紧张，推着他："累了。"

他越发不讲道理，在她耳边笑道："我不累。"

这不是错觉，周弥生的主动和温柔让她招架不住。

后来，温尔雅意外怀孕。不知是激素水平变化，还是对孩子的取舍纠结，她总闷闷不乐，沉闷到连吵架的力气都没有，她甚至看见周弥生就眼眶发酸。

周弥生一眨不眨地看着她，凑近她说："你看。"

温尔雅微微侧眸，问他："看什么？"

他抬抬手指，指了个方向。

阳光明媚，道路两旁满是树木。生机盎然的季节里，枝丫冒出新芽，黄绿色树叶在阳光下越发清新。她的眼睛随着他动作去看，在看到一群小朋友时立马明白了他的意思。

这是幼儿园门前马路对面，路旁停靠了不少车辆。斑马线清晰明了，车辆速度很是缓慢。一群小萝卜头被老师带队从大门走来，冲门外等待的人群招手呼喊。

温尔雅微微一怔，瞬间懂得他的意思，急忙要走。

"别走，再看会儿。"他说，"这地方我也不常来，今天忽然感觉，看着这群鲜活的生命茁壮成长，也是挺好的。"

周弥生指着一个耍赖皮坐在地上哭喊的三岁小男孩，笑道："你看他淘气不淘气？他奶奶在旁边站着呢，都拉不动。"随后，又指向另外一穿公主裙的漂亮小女孩，低声询问，"你肚子里要是个女儿，也不比这小姑娘差。"

温尔雅一听这话，即刻破防。

婚礼之前，周弥生带她回了一趟老家，探望周母和周弥生的大姐。

周弥生自幼丧父，由周母和辍学的姐姐抚养长大。在帝都创下一片天地后，他在老家市区买下一套两百多平方米的大平层，给周母和大姐一家人居住。

温尔雅去到家里时，家中只有周母和周姐在。两人的气质与容貌超出她的想象，周弥生与她们站在一起，像三辈人。

温尔雅双手交错，捂住小腹，整个人站得端正从容，实则有种手足无措的窘态。

周弥生也能察觉到母亲与姐姐对温尔雅的态度，她们不喜欢温尔雅。

周家的餐食相当实在，饭菜都是大分量，口味不错，但缺少了些精致感。而餐桌上坐着的两位不熟悉的人，她们的目光带着审视和莫名的轻视，让温尔雅心里不舒服。

于是她拿着碗筷，目光哀哀地落在周弥生脸上。

周弥生不着痕迹地瞥见温尔雅的表情，当即做了决定，叫她别吃了。

温尔雅放下碗筷，一言不发。

周母看儿子这样，小心翼翼地询问温尔雅说："不合你胃口啊？还是反应太大了？"

温尔雅早就过了吐得最凶的时候，但当下撒了个谎，说是早孕反应，胃口不佳。

而后周弥生将她带去了外面，一间不大不小的包厢，装修精美，气氛安静，服务员陆陆续续上了几道餐食。

"你妈妈和姐姐是不是不太喜欢我？"

周弥生诧异地看了她一眼，淡淡道："没有的事，吃吧。"

温尔雅饭量不大，喜好甜食。这饭菜对了她口味，她恍若无人地吃了一口又一口，一言不发。

吃完这顿，她以为还有别的安排，谁知周弥生看着她的脸庞，问了句："吃好了吗？"

她说："吃好了。"

"那好。"他笑了笑，"回帝都。"

这是温尔雅第一次被他带回家，也是最后一次。正如这是她第一次见到他母亲和大姐，也是最后一次。

婚礼在温氏旗下的柏纳庄园举行。

当天，程绍堂和冯天若前来祝贺。冯天若一人说了一箩筐祝贺词，还不忘调侃一句，周总好福气。

在这种场合中，周弥生与程绍堂互相仍没有好脸色。

临走之前，程绍堂慢条斯理地开口，吊儿郎当地说："还记得我说过的话？"

温尔雅记不清程绍堂说的是哪句，是说周弥生此人有能力，还是他看上的东西，定会不遗余力得到？她对此并不感兴趣，没问程绍堂。

反倒是周弥生，看起来比她在意。

　　碍于怀孕，温尔雅需要提前退场。周弥生本该同温父一起接待贵宾，但看见温尔雅坐在化妆室里落寞难掩的表情，他与众宾客告别，同她乘车共赴新房。

　　车窗外树木茂密，庄园的大道宽阔且长。

　　周弥生靠在车座椅背小憩，被温尔雅一声不轻不重的"停车"叫醒。然后，车子渐停在一位拉着行李箱的女孩子面前。

　　周弥生蹙眉，朝车窗外瞥过一眼，只一眼，便收回。

　　"认识？"

　　温尔雅自然是认识唐璃的，也猜测到小姑娘多半是来找程绍堂的，但周弥生不久前还因为程绍堂与她搭话而记恨他。她按下车窗，最后又望了望略显狼狈的小姑娘，说："不认识。"

　　车子渐行渐远，她从后视镜中看到，唐璃在原地站了很久。

05

　　温尔雅辞去了"蓝禾"的职位，每日待在家里养胎，生活变得枯燥乏味又舒坦自在。

　　如此一来，她能见到周弥生的时间便少了。尽管每日他都尽量往回赶，可等他赶到家，温尔雅已经睡下了。

　　她本来就没什么事业心，躺在家里养花养草，和小姐妹出门购物，生活恢复成滋润模样，偶尔她也会期待孩子以后的模样。

　　一晃几个月，秋日已过。温尔雅与周弥生见面的次数更少，每次产检也是母亲相伴。

　　孕晚期的某天，她收到一条短信，那短信内容是要她添加对方联系方式，对方称手中有周弥生出轨的证据。

　　温尔雅心里"咯噔"一下，思索再三，添加了那人的联系方式。

　　不等她先质问，对方一连发来数条周弥生与年轻女孩在夜间交谈甚至拥抱的图片。对方以此要挟，要求温尔雅用钱买断照片。

　　温尔雅气急，果断地将人拉黑。

那晚她又失眠，给周弥生发消息问他何时回家。周弥生许是在忙，或者已经睡下，并未回复她。

温尔雅心知肚明，男人婚前婚后就是两种模样，她有些后悔结婚，但已然没有回头道路。

温尔雅又给王助理打电话。

王助理说："周总最近出差，这边出了点乱子。"他停顿一下，似乎不好多说，又道："您好好休息，不要担心周总这边了，什么都没有您的身体和您肚子里的孩子重要。"

温尔雅以为周弥生那边出现了棘手问题，于是穷追不舍地问了几遍。

王助理没法儿，只实话实说道："周总被人勒索了……"

温尔雅想，那人该不会是从她这里勒索无果，所以去找正主了？

电话挂断，王助理小心翼翼跑到周弥生面前，支支吾吾道："周总，刚才夫人给我打电话，问我，您最近在忙什么……"

周弥生抬头，看着他："你说什么？"

王助理吓得不敢抬头："我实话实说了。"

周弥生原本是来考察投资项目的进度的，不料乙方公司一工作人员不慎从高处坠落，送到医院抢救无效死亡。他本不该多管，也交代项目负责人赔偿到位，负责到底。但负责人在抚恤家属时说错了话，令家属大怒，找了人来闹事，将乙方公司一部分员工打伤。

目前的状况就是项目无法推进，而周弥生作为甲方，被家属日夜咒骂威胁。

周弥生一开始还觉得同情，交代过项目负责人增加赔偿，谁知对方家属狮子大开口，不仅父母妻儿要赔偿，就连八竿子打不着的亲戚也来索要赔偿。

周弥生气急，叫来对方亲属，厉声喝道："再敲诈勒索，官司，我陪你打到底！这件事情，公司该担的责任一定会承担，但是你们再闹下去，到最后一场空，就得掂量掂量自己能不能担得起了。"

后来，事情解决。他回到帝都，也收到了那些照片，对方要他用一千万来买断。

他嗤之以鼻，命人去处理此事，王助理看见那照片，吃惊地道："这不是之前您资助的大学生吗？"

周弥生不作声，事实上他也想不通。

他风评颇差，本人自然是知晓的。周弥生本就不想做一个好人，他要睚眦必报，更要斤斤计较。

不过，对于弱势者，他的同情心偶尔会泛起涟漪。

周弥生吃过贫穷的苦，了解在一个虚荣的年纪，被人用金钱和特权打脸的滋味。他资助了几个大学生，知道这件事的人并不多。没料想这还能成为他的把柄，简直可笑至极。

产检当天，周弥生和温母一起陪同温尔雅前往医院。

温尔雅看见他，心中有众多疑问，却问不出口。

温母虽性格温婉，但在小辈中格外有威信，她见女婿眉宇间透着些许不近人情的冷淡，略一沉思，嘱咐周弥生："她现在正是要紧的时候，工作再忙，也没有家人重要，你要多上心些。我了解我女儿，她既然愿意这么年轻给你生孩子，说明她很需要你的陪伴。"

他沉吟数秒，才说了声"好"。

女儿近日心情不佳，许是怀孕辛苦，温母猜不透周弥生的心思。她原是想让女儿嫁给一位脾气温和的男人，家世背景不重要，反正她不会让女儿吃苦，但事到如今，她也没什么法子。

孕期足月后，温尔雅某次产检，查出羊水量不足，被紧急要求住院，安排手术。

温尔雅躺在床上，耳边是胎心监测仪的响动，不断有医生和护士前来沟通询问。周弥生站在床前，表情异于往常的凝重。

十五点十四分，是周子臣的出生时间，温尔雅看见医生将那团小小的婴儿放到她面前。

随后的几天，是温尔雅有生之年度过的最痛苦的时候。即使医生医术高超，护理得当，这些痛苦也无人承担。

产后三天，她才可以下床少量走动。

午后，她躺在床上，给儿子盖了盖眼睛，看他在窗台前晒太阳。周弥生推门而入。

周弥生逗弄完儿子，见儿子除了睡觉也没别的动作，他走到床边，视线落在她苍白的脸上，静静看了许久。

温尔雅扭过脸去，不说话。他可以看见她虚弱无力的手指，白皙的皮肤如今有些黯淡。只是目光柔和着，看向那处——她悉心孕育了近十月的新生命。

他以为她是太累了，道："你好好休息。"

温尔雅不理，阳光照得她眼眸泛酸。她唇瓣翕动，低声道："我们离婚吧。"

周弥生双眉轻挑，又嘱咐一遍："你好好休息。"

温尔雅心中烦闷，再开口时，声音里满是情绪："我说离婚。"

周弥生说："你刚生完，身体尚虚，不该想的别想。"他瞟了眼月子餐，又道，"饭送来了，自己能吃吗？不行的话，我叫人来喂你。"

温尔雅攥紧拳头。

他看见了，果然冷下脸色："听不懂？"他沉声道，"就非得听我说不离才满意吗？"

温尔雅一言不发，拳头攥得更紧，指节发白发红，刀口也隐隐作痛。

周弥生低头瞧着她，静默半响，开口道："疼不疼？"

温尔雅直接回他："你又不疼。"

看来是疼的。

他低声说道："你体内激素水平乍降，容易产后抑郁。别净想些不好的，什么离婚不离婚，你看看你儿子，他还那么小，你舍得让他没妈吗？"

温尔雅睁开眼，唇瓣翕动："怎么是没妈呢。"

"难不成没我？"周弥生笑，"你不是一开始不想要他？"

"你也说了是一开始。"温尔雅扭过头来看他，眼睛中满是埋怨，"我费尽力气生下来的孩子，怎么能说不要就不要。"

周弥生蹙眉："怎么用这种眼神看你儿子的爹？"

温尔雅说："马上就不是了。"

周弥生嗤笑："做梦。"

两人的对话陷入僵持，周弥生叫了护理人员来照顾温尔雅进食。自己则跑到窗边观察周子臣，半响，又道："这孩子长得真帅，像我。"

温尔雅闻言，不留情面地道："好的就是像你，不好的又是像谁？"

周弥生道："我可什么都没说。"他竟还让护理人员评理，两手一摊，"你说对吧？"

护理人员年纪不大，只当他们夫妻俩相处模式如此，羞赧地笑了笑："孩子长得确实好看。"

碍于旁人在，两人不再在言语上针锋相对。

护理人员走之前，将之前交代的话重新交代了一遍。门开门关，温尔雅望向儿子那里，阳光洒满整个房间，男人的脸庞是难得一见的温和，甚至令人产生一种他本就如此的错觉。

温尔雅见他扯开儿子眼睛周围的口水巾，道："婴儿的眼睛不能被光照，你连这点儿常识都没有吗？"

"我给他挪挪位置。"男人随意道，"这还用得着你教？"

温尔雅看着他，缓缓道："我真怀疑你能不能当好一位父亲。"

"笑话。"周弥生瞥了她一眼，"你都能当好母亲，凭什么我不行？"

温尔雅脸颊通红："周弥生，你也就是会欺负我。"

周弥生自然不认："你知道什么叫欺负吗？你也不是没见过我怎样对别人的，我要是用那种态度对你，你早就受不了了。"

温尔雅轻声："你现在站在这里，我也受不了。"

他沉默地看她一眼，而后将目光落在那团小小软软的身体上。良久，他起身，一声不吭地出了门。

周弥生了解过女性生产的痛苦与产后身体及情绪的变化，虽嘴上不饶人，他心里想着的还是要温尔雅好好恢复，别落下病根，可他又恼怒自己到底哪里惹到她，她明明对待旁人都是好脸色，到他这里就只有冷嘲热讽。

一连数日,他只在周子臣由护理人员推出房门体检时才去探望,直至儿子洗完澡。

周弥生离开前,同医生询问温尔雅的情况,又找了人小心照顾温尔雅。坐在办公室里,处理好工作事宜,他便拿出手机来观看周子臣的照片视频。

这段时间,医院像是他第二个家。

他工作忙完下意识就往那处跑,从满心期待到被人泼凉水,去的时候有多喜悦,回来路上就有多糟心,但他上赶着似的乐此不疲。

时间差不多,他正准备动身。王助理急火火跑来,一副负荆请罪的表情:"周总,我失职!您之前要我负责的那个记者的事儿,我没办好,他把照片卖给媒体了。"

"我当多大点儿事。"周弥生不以为意,"免费给'蓝禾'增加曝光率,让他传去。"

过了几天,那被拍的姑娘看见照片后,心有担忧,竟跑来"蓝禾"找周弥生。

"我们周总事务繁忙,最近喜得麟儿,实在没空见你。"王助理苦口婆心道,"姑娘啊,你可能不太清楚,我们周总有多爱老婆,没工作时天天跑医院,白天空闲下来就是看儿子照片……周总老婆你见过没?温氏千金,长相、性格那是没得说,以前来'蓝禾'待过一段时间,动不动就请我们吃饭,大方温婉,搞得我们都不好意思。"

那姑娘悻悻道:"那,祝周总和夫人幸福美满啊。"

王助理笑道:"我会帮你转达的,你请回。"

送周总去医院的路上,王助理不着痕迹地将此事说给他听,周弥生道:"她来做什么?"

王助理:"应该是道谢。"

"有什么可道谢的?"周弥生不解,又道,"大学生就是课少。"

王助理心道,周总在生意场上杀伐果断,怎的在儿女情长上如此迟钝。

而后座那人,仍是眼巴巴望着屏幕里那小小人儿,满腔父爱满得都快要溢出来。

06

周子臣一岁多时,温尔雅抱着他在后花园小路中行走,两人绊了一下。

按说小孩子磕磕绊绊很正常,可那日雨下得大,温尔雅是位小心谨慎的母亲,前几日周弥生同周子臣洗澡玩水,水花溅到小孩眼睛里,哭闹不止,她还借机臭骂了周弥生一顿。

周弥生气得跳脚,两人从二楼卫生间对峙到一楼。

那晚,周弥生没回家,温尔雅也不留人。

一连数日不联系,雨也下个不停。

周子臣特别爱玩水,小小的人儿趴在窗口看了好久的天,指着外头和温尔雅说:"水。"

温尔雅耐心教他:"那是雨,天空下雨了。"

周子臣歪歪脑袋,又跟她学:"雨。"

温尔雅陪着他在窗台看雨,没一会儿小家伙就闹着要出去,才一岁多的孩子,话都说不清,不满足就哭闹不止。

温尔雅深知,这世界在小家伙眼里处处充满玄机。她想着雨后空气好,草木也新鲜,便将孩子包裹严实,在春寒料峭的早晨带着他走出别墅。

小家伙穿着小鳄鱼版雨衣、雨靴,遇到水坑就要踩。人还站不稳,扑扑腾腾歪倒了好几次,自己摔倒后还能站起来冲温尔雅笑笑,那模样别提多可爱。

温尔雅举着把伞,低头看他玩耍。

身旁两个人护着,气氛其乐融融。

她没让小家伙玩太久,主动抱着孩子,让保姆给她撑伞。

不料,她没注意到脚下水坑,脚崴了一下,小家伙的额角磕到石子,磕出一片血印。

温尔雅的心都要跳出嗓子眼儿,周子臣哭到张开嘴巴,脸色通红。她急忙将他抱在怀里,边哭边道:"对不起儿子,对不起儿子,妈妈对不起你。"

　　一时之间，自责涌上温尔雅心间。保姆抱起孩子，安抚道："是皮外伤，敷药就好了，您不要太担心了。"

　　温尔雅听不进去，难受得说不出话。

　　温母来看望外孙，恰巧撞见外孙脑门冒血这一幕，她急忙询问："这是怎么了？"

　　保姆道："刚才在后院，摔倒了。"

　　一向好脾气的温母训斥道："怎么工作做得这样失职！两个人看一个孩子都看不好！"

　　保姆垂头，不再言语，拿来医药箱为周子臣上药。温尔雅站在后面，悻悻道："是我摔倒了。"

　　温母这才看见温尔雅狼狈的一身，她实在是心疼，连带着给不出好脸色。

　　"你真是的，下雨天带他去什么后花园？"温母看了眼周子臣，又道，"还好是皮外伤，不然你一定会后悔的！"

　　温尔雅双眸蓄满泪水，却只能忍住不哭。保姆给周子臣上好药，便抱着哄睡了。

　　母女俩看了好一会儿孩子，门外传来车轮碾轧地面的声音。

　　温母看了眼，低声说："周弥生回来了。"

　　周弥生一回来就发现温尔雅情绪不好，看见人也不愿抬头。他的视线扫过她清秀的脸，发觉她眼眸间的红色，心生疑惑。

　　温母表情好了些，对周弥生道："你爸说，你们有日子没回家了，我就过来看看。近来怎么没回家？"

　　"工作太忙，闲了一定去。"他说完这句，才盯着温尔雅，问出心中所想，"你怎么了？"

　　温尔雅抬头看了他一眼，语气不自然地说："孩子摔了。"

　　温母接着道："不小心摔了下，不碍事，皮外伤。雅雅也摔了一下，在腿上。"

　　周弥生沉默数秒，视线转移，果然见她膝盖红肿。

他问她:"怎么样?"

温尔雅道:"我没什么,只是孩子……"

"孩子在哪儿?"

"已经睡下了。"温母答。

周弥生"嗯"了声,视线仍定在温尔雅身上。后者自然能察觉到他的眼神,只是心虚得不敢抬头对视。

周弥生去了二楼卧室,小家伙正躺在床上呼呼大睡,额角盖了层纱布,看不出伤口如何。

他给小家伙盖了盖肚子,便转身出去,细心关好了门。

温母交代几句便也走了。空气陷入沉静,温尔雅率先开口:"我有些累,我先去休息。"

"上药了没?"

"啊?"温尔雅说,"上了,伤口不深,但撞到了石头,划破了皮肤,有淤青……"

"我没说儿子。"他看着她,"我说你。"

温尔雅愣了愣:"没有。"

"疼不疼?"

"还好。"

"去书房坐着。"他说,"等我上楼。"

温尔雅不知他什么意思,但心里后怕。她认为自己做错了事,可周弥生这般沉着冷静,她实在不适应。

她坐在书房的沙发上,低眸观察膝盖处的伤,摔倒时刚好跪在地上,青红了一片。

周弥生进门时,她抬起头看他,眼神和之前吵架时不同,充满哀怨与内疚,还有一股子小女人的娇羞。

他又问她:"疼不疼?"

不等她回答,人已躬下身去,打开药瓶。

温尔雅沉默道:"你不生我气吗?"

周弥生瞧她一眼:"你是说哪件?"

温尔雅便有些懊恼,给人递了话柄,好让人蹬鼻子上脸了。

周弥生见她不答,便继续手里的动作。前几下都是力道轻轻的,忽然间用了点儿力气,让她不禁叫出声来:"周弥生……疼……"

他蹙眉:"别动,哪儿疼?"

她想收回腿,可脚腕被人一把扼住,彻底动弹不得。

"忍着点儿。"他说,"很快就好了,乖。"

温尔雅有点儿不适应这突如其来的好意,战战兢兢地斟酌许久,才说:"你是不是吃错药了?"

周弥生摇头:"你就当我吃错药。"

温尔雅心说:果然。

温尔雅别过脸去,原本内疚的情绪逐渐散了去,却不料那人看着她:"孩子磕磕碰碰是常事儿,以后注意,我不生你的气。"

见温尔雅不作声,他又道:"你也别觉得难受。"

"我心疼。"她声音里又带了些哭腔。

周弥生贱贱地开口:"心疼我啊?"

她气急,一巴掌拍在他肩上:"才不是。"

他却捏住她那只纤纤玉手,向前一扯。人迎上去,轻易封住她的唇。

原本淅淅沥沥的小雨顷刻间大了些,雨水打响窗台屋檐,白日里天空蒙了层黯淡的纱云,她的心跳骤然加速。

狂风将窗幔掀到狂舞,门外忽地响起一阵啼哭,温尔雅有些听不清,但下意识感觉是周子臣醒了。她正要起身,却被人摁下。

她蹙眉道:"孩子醒了。"

"有人会去。"他说。

"你放开。"她拍他的肩膀。

周弥生闭着眼睛沉默了会儿,才不紧不慢地放开她。

雨越下越大了。那晚,周弥生回到主卧时,温尔雅正在周子臣房间忙碌。她似乎已经忘记不久前的温存,只拿他当空气。

他站在门口看了许久,沉默地离去。

一连数日没回家,再回来时,周子臣额间的伤只留有一丝浅淡的青色。周弥生抱着孩子盯了许久,双眉微蹙:"还没好?"

温尔雅抱过孩子,正眼也不愿给他一个,道:"这都好了才问,别搞马后炮那一套。"

周弥生听出她语气里的搪塞。周子臣趴在他妈的肩膀上冲他招手,小奶音甜甜地叫"爸爸"。

周弥生笑了声,跟上去。

周弥生是何时感觉到温尔雅对他的爱意的呢?大概是那年资助的女大学生毕业,不死心又来找了他一次,却又被狗仔拍到。

王助理提醒他:"周总,要不要我去调查一下,是谁带来的狗仔?"

周弥生说不用,他得罪的人多了。

王助理欲言又止,旁敲侧击地提醒他往别处想想,也许不是仇家呢?

周弥生眯着眼睛,靠回椅背:"你什么意思?"

王助理却觉得自己不太好说,于是转移话题,问他:"周总,温秘书应该很在意您这些绯闻吧?"

谁料周弥生冷哼一声,迟疑数秒,道:"她啊,当然。"

"那我还是想办法给您处理掉这些乱七八糟的爆料。"王助理诚恳地道。

周弥生却觉得无所谓:"你看着办。"

结果当晚回家,温尔雅又和他吵了一架,无论如何不让他上床。

周弥生表情很淡,声音冷漠:"累一天了,别挡我休息。"

温尔雅却是一脸厌恶地看着他:"别上我的床,别脏了我的地方。"

周弥生伸手摁住她的肩膀,表情严肃:"话给我讲清楚,什么叫脏了你的床?"

她盯着他说:"房子、车子都是我爸给我的,所以是我的。"

周弥生闻言,语气已然不悦,却不反驳她,竟附和道:"公司也是你的,给你,你能玩得转吗?十个你和你弟也搞不明白。"

温尔雅回击他:"你给我便是。别把自己想得多么厉害,有人离了你就不能活。"

周弥生愣了会儿，忽然道："嘴硬得跟鸭子一样。"

温尔雅气急败坏："你才是鸭子！"

周弥生说："你就这点儿嘴上功夫，全使在我这儿，有本事去你爸面前吼。老的不敢欺负，小的不敢欺负，逮着我就骂。"

温尔雅抿紧了唇，冷不丁拿出手机，质问他："那你告诉我，你那些花边新闻怎么来的？我们结婚几年了，一次又一次地翻出来，这难道不是真的吗？"

"什么花边新闻？"周弥生定定地看着她，"我不知道你还这么在意我？结婚几年，第一次听你问起，所以你到底是什么意思？"

温尔雅闭上眼睛："离婚，我要离婚。"

他顿一顿，又道："你是生气还是吃醋？你说清楚。"

温尔雅摇头，说："我是恶心。我从一开始就被你骗，生孩子也被你骗，到现在还一直被你骗。我不甘心就这样和你过一辈子，你去，你去我爸面前说离婚，你主动说！"

周弥生道："这不可能，温尔雅，你最清楚，这根本不可能。"

后来，周弥生终于在一次次争吵中品出滋味，温尔雅在意他那些花边新闻，无论她产生的是何种情绪，左右逃不过"在意"两个字，而她在意的本质——是他。

相处时间久了，两人暴露的缺点也就多了。

温尔雅情绪化严重，偶尔喜怒无常。可认真想想，他也有不尽职的地方，工作太忙，脾气暴躁……

无所谓了，生活不就是这样，比起从前，现在已经足够好了。反正他是这样想的。

某天夜里，周弥生同温尔雅说："你对我态度不好，说白了也受到外人影响。你扪心自问，我们结婚这几年，我做过对不起你的事情了吗？那些谣言绯闻，你如果在乎，怎么不早些来问我？这都是没有的事儿，黑锅别朝我这里扣。"

温尔雅不说话，转过身去，肩膀缩成一团。

他要靠近，她便要他离远些。

476

流言蜚语传得久了，观众会信以为真。

07

周弥生得知程绍堂曾交往过一个女朋友。知道是唐璃时，"蓝禾"和 Tend 正在谈合作。他调查过这姑娘，知晓她背景一般，但见过一面后，总感觉她自恃清高，尤其是那不卑不亢的几眼对视，莫名令他感觉心里不舒服。

那种不舒服的感觉和程绍堂给予的，是一样的。

他确实想为难她，只是这事被温聿撞到，搞砸了。

酒局结束，周弥生知道温尔雅来接温聿，没接到人，于是拦住了她的车。

温尔雅看着站在车窗外的他，转过脑袋，沉默数秒，抬手将那张脸一巴掌推出车窗外。关窗点火启动车子，缓慢开出停车位。

周弥生拍着车窗："老婆！"

温尔雅沉重呼出一口气，顿感气恼，她一开始是不想理的。

"专门来接我的？"

"不是。"她说，"我是来接我弟的。"

"你弟早走了。"周弥生看着她，不紧不慢道，"你是不是跟他告我状了？"

"我有必要吗？"她冷冷道，"把安全带系上。"

周弥生抬手摸索出安全带，"啪嗒"一声扣在身侧，又道："我想也是，你犯得着跟他告状，告也得向你爸那儿告。"

温尔雅沉沉地叹息："我谁都不说，这是我们俩之间的事情，犯不着搅和得大家都不好过。"

周弥生倚在靠背上，觉得空气味道十分好闻。是温尔雅的味道，淡淡地弥漫开来，他一时之间昏昏沉沉，不知不觉便睡了过去。

温尔雅侧眸，看见男人的侧脸，没叫醒他。直到家门口，她才不情不愿地唤了声："周弥生。"

"嗯？"

"到了。"她轻声说。

周弥生睁开眼。

温尔雅停好车,正准备解开安全带,被人一把摁住。

温尔雅没说话,抬起眸看他。

他呼吸沉沉,在车厢内异常明显:"你真不在乎?"

温尔雅不太懂他的意思,沉默少许,反应过来,又觉得自己想法有误:"你说什么?"

他看着她:"你知道我说什么。"他笃定说,"你爱我。"

别墅外灯光通明,传到这边的光线被挡风玻璃遮掩一二,不甚明显。温尔雅想反驳,一时之间竟没想好对话。骂他吗?他态度尚可。翻旧账?她现在不想。

于是她回道:"你喝醉了。"

他淡淡开口:"我喝醉了吗?"

温尔雅点头:"嗯,你喝醉了。"

周弥生扯起唇角,手仍摁在她手上,意味不明地摩挲着。

空气寂静。他说:"你爱我,所以同意和我结婚。我爱你,所以套路你和我结婚。本质都是一样的,别跟我闹了,乖。"

毫无征兆的一段话,听到温尔雅耳里如遭雷劈。

她垂眸,低声说:"松手。"

周弥生不放。

温尔雅无奈,说:"你是真的醉了。"醉到连话都毫无遮拦地说,这不像他。

周弥生捏了捏她的手,继续道:"你知道今晚我和谁在一起?"

温尔雅说不知道。

"程绍堂以前那个小女友。"他知道,接下来的话一定会引起她的注意,"有个项目投到'蓝禾',今天晚上我让她来酒吧找我,她还没到,温聿就先到了⋯⋯"

他没继续往下说,但语气明显意犹未尽。

温尔雅稳了稳心绪,回道:"你要继续如此,绍堂会生气的。"

"我管他生气不生气,你管他生气不生气。"他微微皱眉,冷哼一声,"我才是你应该在意的人。"

温尔雅想了想,继续道:"绍堂知道这件事吗?"

周弥生不回话。

温尔雅猜测,应该用不了多久,程绍堂就会知道,这么多年,他没再找过别人……

"你在想什么?"周弥生说,"有什么情绪都挂在脸上,你没那唐璃有心计。"

又在贬低她。

温尔雅甩开他的手:"我要那么多心机做什么?有你不就够了,老狐狸精。"

他登时笑了,伸着手又要逮她腕子。她安全带还没解开,他毫不费力地将人抵在靠背,与她深吻起来。

温尔雅心中郁结,她想呼吸,却被男人火热的唇瓣堵了个完全,越发憋闷难受,发烫发虚。

她只能用力拧他手背间的肌肤,好让男人吃痛退让。

"你怎么这么狠?"周弥生松开她,皱着眉头质问。

温尔雅双颊红透,眼眸带水,胸口上下起伏着,吼道:"你想闷死我吗?"

周弥生又深沉地笑,不正经道:"我哪敢呢?"

"你有什么不敢呢?"温尔雅大口大口呼吸,态度严肃,"谁敢惹你呢?快放开我,我要下车。"

周弥生伸出胳膊,放下车窗,眸底带了笑意,窗外的风丝丝缕缕透进来,吹散了车厢中的酒气。

"我和那个唐璃什么事儿都没有。"他警告说,"反而是你和程绍堂,这么多年了,不避嫌。"

温尔雅推他,说:"我们避什么嫌?我们从小一起长大,我当他是哥哥。"

周弥生不讲理道:"他可比我小一岁,别让他占我便宜。"

479

"你太老了。"温尔雅说。

"我哪里老?"

"你哪里都老。"温尔雅小声咕哝,"老狐狸精。"

他闻言一怔,而后笑得不行。

她和周弥生,习惯了剑拔弩张的生活方式,从一开始便是互相看不顺眼,但温尔雅仔细想想,他其实从未表现过对她的极度讨厌。

这一瞬间,温尔雅并不确定自己是否真正了解他。

一想到母亲几年里都不满意她的婚姻,却忍耐着从未向她透露。温尔雅心中便有种说不清道不明的意味。这种情绪令她难以自拔,连带着几年来对婚姻生活的不满,如同麻花绳一般在心中绞紧。

她再次萌发了那种想法,不如趁此机会去询问父亲。她到底为何不能离婚。

可当她推开书房的门,发现父亲和周弥生相谈甚欢时……她那颗心脏,顿时失落。

真到了两人离婚那日,温尔雅有种不真实的感受。周弥生的汹涌情感,她自认识他那日起便知晓。爱也热烈,恨也深刻。情绪放纵,从来不爱压迫自己。在面对他时,温尔雅不那样惧怕,还能够畅所欲言,就算他生气,也没关系……反正她已经惹过他太多次,大不了打一架。隔日见面恍若无事发生。

温尔雅想:他一定是吃错药了,他总是阴晴不定,他那日还说爱我,今日就甩了离婚协议,这是要我搬出这个家吗?凭他的本事,离婚肯定是要扒我一层皮,算了,这房子我不要也罢,只要儿子给我……

可她又有些恍惚。盼了许久的事情终于有了着落,她心里竟感到一丝空落落,她与这个人从此之后再无瓜葛,也没有任何立场指责质问他的不好。

翌日,她搬回温家。父母像是早已知晓此事,对她无半分怨言,还精心为她策划了出国后的生活计划。

温尔雅拿着那份离婚协议,斟酌半响才询问出口,说:"我才发现,竟然是他净身出户。"

温母没什么反应。

温尔雅说:"我以为,他得让我净身出户的,他不是吃亏的性子。"

"不是又能怎么样?"温母口气冷淡,"这些年,他借着温氏集团,风光大显,温家既然能给了他这些东西,也能毁了他。我活到现在,处处忍耐,我不允许我的女儿和我一样。"

温尔雅有些难受,她不知道发生了什么,脑海中闪过周弥生的脸。在那一瞬间,她的心脏好似被电流扫过,很快很迅速,却仍能让她惊慌失措。

周弥生曾在她耳边低吼:温尔雅,欺骗自己不是什么好事情,承认吧,其实你也离不开我……

她忽然问:"妈妈,周弥生怎么样了?"

温母说:"温氏送给他一个棘手的麻烦,不过没关系,他只是需要接受调查。"

温母说完,亦沉默下去。她没想到周弥生会如此轻易地同意离婚,就在温秉海同他说起其中的利害,对温尔雅和周子臣的影响时,他便毫不犹豫签下离婚协议,将蓝禾投资拱手相让,甚至为了不影响周子臣,让周子臣改名换姓。

温母问温尔雅:"你不是一直都想和他离婚吗?"

温尔雅点头。

"那就好。"她摸摸女儿的长发,"好好生活,为自己而活。"

番外二 /
很重要的秘密

⊙此一时彼一时，无论是过去，还是将来。

01

初到西雅图的一段时间里，温尔雅安定好生活，并未着急让儿子入学，而是和朋友带着温子沐来了趟短途旅行。

温子沐经常问她："妈妈，爸爸怎么没有来？"

温尔雅说："他不来。"

温子沐沉默，过了一会儿，又说："爸爸工作太忙了，是吗？"

她不言语。

她说："我们以后就在这里生活了。"

温子沐问："那爸爸呢？"

温尔雅抿了抿唇，将人抱到身上，认认真真地问："你很想爸爸吗？"

温子沐用力地点点头。

可他也许不会来了。这话过于残忍，温尔雅不忍心打破一个几岁孩子对家庭、对父母的美好愿望，于是说快了。

冯天若打来电话报喜，说自己儿子出生了，过些日子要办百日宴。

温尔雅身处异国不能回，保证一定会给干儿子包个大红包。

冯天若问:"怎么会想到去西雅图呢?"

"家人安排的。"温尔雅说,"还不错,来了有一段时间了,没意外的话,以后一直会在。"

冯天若似乎一时间没能反应过来,又道:"那你老公呢?他最近好像……"

"我不知道。"温尔雅知道他想说什么,但她已然不在乎,也不知晓周弥生的现状。

有朋友的帮助,温尔雅很快安顿好温子沐的学业问题。温母安排的几个家政人员,其中有两个是从国内一同跟来的,精通英语,她平日里有什么诉求都会告诉她们。

这日,她列了一份清单让她们去超市购买,自己则驱车前往学校送温子沐。

温子沐贴在她脸颊一侧,低声询问她:"妈妈,爸爸怎么还没来?"
温尔雅问他:"你很想他吗?"
温子沐说:"这个问题我已经回答过一遍了,我当然想爸爸。"
温尔雅不知道自己为什么要一遍遍地询问温子沐对周弥生的想念,小家伙站在学校门口和她招手,她心里百感交集。

她其实算是一个敏感内向的人,心中纵有千般滋味,也可独自消化。
可她来到西雅图之后,也不开心。

她想,或许一个人开不开心,与环境无关,与外人无关,而是与自己有关。

无论离不离婚,无论周弥生在或是不在,她都不开心。

这里的道路不同于国内的车水马龙,她启动车子回家,开得快,不足半小时就能回家。

她一路处于沉沉闷闷的状态,例行公事般倒车,停车入库。

拎包下车,她一抬头就看见一道熟悉的身影。

时隔多日,在异国他乡,一切好像在做梦一样。温尔雅深呼吸,又抬手捋了把头发,低头假装一下。再抬眸,那人仍站在那里,身旁是一棵高大的树,天色黯淡,树叶好似被染上一层昏色,映衬得那道身影有种前所未有的落魄感觉。

温尔雅不惊讶他会来找她，好像等了这么久，她终于等到答案。但是，周弥生的沉默令她感到诧异，他是周弥生，周弥生不该如此。

周弥生会暴躁，会发怒，会质问她，为什么要躲？为什么拐了他的儿子跑这么远？

他不动，温尔雅也不再动了。

对方用一种十分颓丧的眼神看她许久，久到温尔雅都快忍不住主动开口询问，不过她忍住了，因为她看见那人气势汹汹而来。

绿地花园，空无一人。温尔雅看着眼前越来越近的身影，心里莫名发怵。

"周——"

"我就是个傻子！"周弥生伸出手，在就要触及她的位置猛然停下，攥起拳头，直直盯着她，"温尔雅，我就是个被你和你家里人耍得团团转的傻子！"

温尔雅抿紧嘴唇，用一种看傻子的眼神看他。她扭头离开，却被他一把抓住手腕。

"你以为离婚就能摆脱我了吗？"周弥生说，"我看不出来你心这么狠，你那么惧怕你爸，竟也那么像他。"

温尔雅甩开他的手，抬眼看他："离婚不是你提的吗？现在来找我，这么快就反悔了吗？"

周弥生气急败坏："若不是为了你和周子臣，我死都不会签那份协议。看不出来你那么恨我，和你爸一起玩我！"

温尔雅说："我不知道你在说什么。"

周弥生："你怎么能不知道？我为温氏做了那么多，每天累死累活全是为了你家奔波，你爸一句温氏有危险就毫不留情地让我去担责，还要我和你们母子俩断绝关系，我全部做了！你是怎么对我的？你们全家是怎么对我的！"

温尔雅一时之间反应不过来，蹙着眉问他："你在说什么？离婚协议书不是你给我的吗？儿子的名字也是你让我改的。我们现在没有关系了——还有，不要污蔑我的家人。"

周弥生冷笑："污蔑？你真不了解你的家人？"

"我当然了解他们。"温尔雅气得失音，"我肯定比你了解他们。"

周弥生盯着她的眼睛："我曾经以为，只要我爬得够高、能力够强，就没人能将我的尊严踩在脚下，我真是低估你了。"

温尔雅实在不懂他话里的意思，但直觉告诉她，事实没有那么简单。

她摇着头撤退，眼神始终与周弥生对视。

周弥生站在原地一动未动，微风吹拂着他略微凌乱的头发，漆黑的瞳孔随着她撤退的身影转动。

温尔雅走进房子，关紧房门。她从窗户里看见周弥生一直站在那处，像是无处可去，但他没来敲响门窗。

她给远在帝都的母亲打了电话，旁敲侧击地问母亲，周弥生的近况。

温母防备道："他去找你了？"

温尔雅望了望窗外的身影，低声说："没有。"

温母坦诚地道："我的确求过你爸，要他帮你离婚。周弥生为温氏做了不少，稍微敲打一下他，让他不要连累你们母子，他就签下离婚协议了。现在温氏所有由周弥生经手的产业已经全部归还到温聿名下，'蓝禾'也是温聿在管理。你在那里好好的，不要操心家里。"

温尔雅欲言又止，斟酌半晌，最终却也只道了声"好"。

保姆从超市采购完毕，看见门外站着的周弥生，很是吃惊，可又不敢上前询问。她们从前在帝都也是一样，除了公事问好，其余时候从不主动搭腔。

她们一前一后地走进房间，看到温尔雅时，询问意味明显。温尔雅颔首："没关系，先去忙吧。"

温尔雅站在二楼窗台向下观望。

他转身，朝她所在的方向望了一眼。

温尔雅心脏忽地"扑通扑通"跳动，怕被他看见。

两小时后，她下楼开车，准备前往温子沐所在的学校。她问周弥生："你要去吗？"

周弥生不答,直勾勾地盯着她。温尔雅等了半晌等不出答案,于是拿钥匙去开车,车子尚未启动,副驾驶的门被人一把拉开,他上车关门系安全带,动作行云流水,从头至尾没再和她讲一句话。

温尔雅认真地开车,却忍不住思索。他这段时间是怎么度过的,又是如何决定要来找她的……

温子沐看见周弥生,惊讶得瞪大眼睛,一把抱住他的脖颈,忍不住撒娇:"爸爸,我好想你啊!"

周弥生那双疲惫不堪的眼里终于有了一丝悦色,他还未扫除一身的疲惫与尘土,忍住想要去亲吻儿子脸颊的冲动,只笑了笑,说:"爸爸也想你。"

"妈妈果然没骗我!"温子沐喊叫。

周弥生沙哑道:"妈妈和你说什么了?"

"妈妈说你就快来了!"温子沐被男人一把抱起,手环在他脖间,开心地说,"没想到你今天就来了!我真的好想你啊,爸爸。"

不知怎的,温尔雅忽然眼热。她转过脸去,绝对不让自己的眼睛对上那人的视线。

吃完晚餐,温子沐要求周弥生和他一起洗澡。父子俩坐在浴池里玩小鸭子,那画面对于温尔雅来说多少有些违和。

她推门而入,差点儿忘记周弥生的存在。后者低气压地望她一眼,很快别过脸去。

温尔雅从未见过周弥生这样,有些不知所措。但转念一想,他们已经离婚了,她为何还要顾及他的感受呢,他毫无征兆地跑到她新家门口发疯,怎么没顾及她呢?

洗完澡,周弥生负责哄睡温子沐,从前小家伙缠着他要他讲故事,等他等到天黑都不见人影。如今他无所事事,却能闲下来进行亲子互动。

小家伙兴奋得睡不着觉,被温尔雅喝止。周弥生不声不响地退出儿子的卧室。

温尔雅再找到他时,他正坐在大门外的石阶上,黯淡的灯光落在他肩上,那背影看上去依然不近人情,却有种不可言说的落寞。

温尔雅从身后向他慢慢靠近,他看见她的影子,面无表情道:"我现在一无所有了。"

温尔雅顿住脚步。

周弥生自嘲般笑了笑:"我什么都没了。"

温尔雅收留了周弥生。

他不爱出门,在楼上书房一待就是一天。偶尔下楼,温尔雅问他要不要一起去接温子沐,他同意了,到点又不下来,温尔雅就自己开车去接。

家里几个保姆照顾他们的衣食住行,唯独温子沐上下学一事,温尔雅坚持自己来。

到了学校,温子沐见她一人前来,便左右瞧瞧,然后问她:"妈妈,爸爸怎么没有来?"

她说:"爸爸在忙。"

温子沐惊慌失措:"爸爸他走了吗?"

温尔雅心酸,说:"没走,他在家等你。"

回到家后,温子沐第一时间喊爸爸,等到那人姗姗来迟,小家伙喜笑颜开。

这种父子情深几乎每天都会在温尔雅眼前上映,令她百感交集的不是羡慕,而是周弥生到底能不能多匀些时间和精力给孩子。

很奇怪,从前没离婚,温尔雅对他避之不及。如今她竟然主动端着削好皮的水果敲响房门,与他去商量此事。

周弥生让她进门。

此时已经夜深,温子沐睡下了。他坐在书桌前摆弄电脑里的数据,屏幕页面繁杂琐碎,温尔雅只看了一眼,没有过问。

周弥生扔给她一张卡。

温尔雅手里还端着果盘,心里犯着嘀咕:他给我卡做什么?难道穷得吃不起饭,要我给他转些钱,吃我的用我的还要花我的……

两人一坐一立静了半天,终于有人打破平静,他说了一串密码:"五十万美金,不算多,先给你花。"

温尔雅诧异，忙将果盘放到他面前，反应过来："你最近就在忙这个？"

周弥生"嗯"了声。

温尔雅心说厉害，但面上肯定不能夸他，酝酿了很久，周弥生却道："尾款打过来，我再给你。"

温尔雅说："不用，我不缺钱。"

周弥生盯着屏幕的眼睛终于转移视线，看她的眼神实在算不得好："嫌少？"

温尔雅回答："不是——"

"那就收着。"他甚至没工夫听她讲下一句，态度、姿势无一不在赶客。

温尔雅稍一停顿，用力拍响书桌，定了定神，才道："我这辈子就没缺过钱，我用得着你这五十万美金吗？"

周弥生面无表情地看着她。那眼神令温尔雅无法描述，又自觉自己是否说错了话。

但眼前男人的行为与之前大相径庭，像是换了个人。他收回那张卡，放在电脑旁边。

温尔雅见状，道："我是想说，你能不能多陪陪温子沐，他每天放学都在期待你的到来，你每次说要去接他，到点却不下楼，我不知道你在忙什么，只能自己去接了……"

周弥生冷哼一声，神色讥诮："你要离婚的时候没想过这些吗？周子臣可能连我的面都见不到。"

温尔雅微微睁大眼睛，纠正他："他现在叫温子沐。"

周弥生抿紧唇，喉结滚动，眸色沉沉。

第二天一早，周弥生穿戴整齐，早早下楼等待。小家伙扑进他怀里，被他一把捞起，整个上学途中，他都在后面和温子沐聊天。

小家伙磨蹭许久才进校门，还和周弥生好说好商量的，要爸爸再来接他。

周弥生同意了。

回去时,走到车旁,他忽然走向驾驶位,温尔雅看着他:"你开?"他已经打开车门。

温尔雅不紧不慢地坐上副驾驶,可车开到一半,他忽然靠边停车。男人下了车,从兜里摸出一盒烟,极其自然地点燃一支,夹在指尖吸了口。

他透过挡风玻璃看她,对她点点头,示意她下车。

温尔雅虽然不知道他什么意思,但仍解开安全带,下车走了过去。

烟草味道弥漫开来,男人一手夹着烟,一手插兜,看着她,说:"我快回去了。"

"回哪儿?"

"帝都。"

"嗯。"她能猜到,他不会一直在这里。

"我得回去,把属于我的东西拿回来。"周弥生瞧了她一眼,见她没什么反应,于是也默不作声。

好半晌,她才道:"我了解你的为人,你忍到现在,已经让我很诧异了。"

他低声道:"那你说说,我是什么样的人?"

周弥生见她不说话,一脸深思熟虑的表情,不知道心里又在犯什么嘀咕。这次他主动开口,替她说:"心狠手辣、睚眦必报、刚愎自用、小肚鸡肠,反正不是什么好人。"

他说完,吸了口烟。

温尔雅说:"也没那么夸张。"

周弥生嗤笑一声:"难为你这么想我,还能跟我这几年。"

温尔雅看着他,霎时耳热。他不似从前霸道,追来西雅图将近一月,都不曾强迫她做什么,两人各居一室,互不打扰。

"我从小没爸,邻里间的流言蜚语恶毒到几乎能把我妈压垮,我大姐十六岁就辍学打工供我上学,后来我考上大学,她们才算扬眉吐气。"他"哼"了一声,道,"你知道我为什么让你见过她们一次就不再见了吗?"

温尔雅低声:"不知道。"

"因为她们压根儿就不喜欢你。"

温尔雅却不服气,她自认没做过什么对不起周弥生及他家人的事,平白无故遭嫌弃,她无论如何也想不通。她问他:"为什么?"

"因为你漂亮,有钱,你们家和我们家——"周弥生用手指指向上面,平静地说,"一个天一个地,你懂吗?"

温尔雅很是认真地摇头:"不懂。"

周弥生闭了闭眼睛,沉默好半响。

"我从小就是她们的骄傲,她们想找一个处处照顾我,以我为中心的女人。"周弥生说完,叹了口气,"她们的想法不难理解。但我越来越难和她们有话聊。"

母亲和大姐被他留在老家,他给够她们几辈子都花不完的钱,只是,自从结婚到如今,他很少回去。他出了什么事情,她们也不知晓。

不知晓是好的,免得担心。

他看着温尔雅,一字一句道:"我一定会东山再起。属于我的东西,我一定会一个一个地全拿回来,我绝不能给你爸白当上门女婿,最终落得个一无所有的后果。"他转过身体,"好好教育我儿子,别让他和你弟一样。"

温尔雅被噎了一下,缓慢地道:"不会。"

她站在原地站定了会儿,见他没有再理会她的意思,斗胆道:"其实你说错了一点。"

周弥生头也没抬:"什么?"

"你连上门女婿都算不上了。"她向后退步,"你现在只是我前夫。"

周弥生不为所动地看着她,而后无奈地摇了摇头:"你跟我复婚得了。"

"那不可能——"温尔雅想都没想,"我绝对不会和你复婚的。"

"话别说得那么绝对。谁也不知道以后会发生什么,知道吗?你难道会知道你爸为了给你弟铺路,要你和我结婚,再一脚把咱们俩都踹开吗?"

温尔雅说:"我本来也没什么生意头脑。"

490

那些公司，温父给温聿，还是给周弥生，对她而言没有区别，他们都是不会让她没钱的人。

周弥生盯着她的眼睛："你不在乎，不代表谁都不在乎。"他压低声音，"但凡你的心在我这里！"

温尔雅也气。她知道，周弥生沦落至此，有她很大的责任，但她很无辜，她自始至终都像是一块石头，被人搬来搬去，没有人真正在乎她的感受。

温尔雅也没刺激他继续向下说，只询问道："你什么时候回去？"

"下个月。"

烟在手中燃尽，被他碾灭扔进路边的垃圾桶，他正欲开车门，身后传来一句："绍堂和唐璃要来西雅图。"

周弥生沉默，扭头问："谁？"

温尔雅能预料到他的反应，所以并未惊讶，重复道："程绍堂和他女朋友唐璃。"

"他来做什么？"

"来玩的。"

"这里有什么好玩的？"

"不知道，你问我，我问谁？"温尔雅故意呛他，"这里又不是私人空间，别人想来就来，想走便走。"

周弥生反应过来，问道："来找你的？"

温尔雅心虚地盯着他看。

周弥生沉声："你们出去，别在家里，我嫌烦。"

温尔雅心说：家也是我的，和你有什么关系？你现在说话不算什么。

02

程绍堂和唐璃二人抵达西雅图那日，温尔雅特地叫人去迎接，直接将人带来家里。在后院铺开烧烤架，众人进行户外烧烤。

今天，温子沐是被保姆接回来的，尚未下车便闻到一股浓厚的烧烤味道。小家伙跑到后院，看见久违的程绍堂，高呼："程叔叔！"

程绍堂放下手里的东西,蹲下身拍拍手,小家伙立马扑进他怀里,被程绍堂高举起来转圈圈。

温子沐长大了不少,第二次见唐璃也没那么认生,说话有来有往,中英语切换,令人感觉十分可爱。

程绍堂问他:"你爸来多久了?"

温子沐想了想,说:"有很多个周末了。"

看来挺久了。程绍堂笑笑,又问:"他每天都在家里?"

"有时去学校接我。"说完,温子沐补充一句,"我喜欢爸爸来接我。"

唐璃拿来一串蔬菜递给小家伙,他不要:"我喜欢吃肉,不喜欢吃蔬菜。"

唐璃失笑,与程绍堂四目相对:"给你吧,你吃。"

楼上,温尔雅未敲门,推门而入。

或许是为了迎接亲友,她化了精致的妆容,衣服得体又舒适,比平日里更加明艳。走得近了,一抹香气扑鼻。周弥生胸口处像压了块石头,看她的眼神越发沉闷。

"你在这儿给我拿什么乔?"她气呼呼的,"都多大的人了,还害羞吗?下楼去打个招呼。"

"以前也不打招呼。"周弥生说,"现在更不用。"

"你就是嫉妒人家。"

"对。"周弥生坦诚相待,"我就是嫉妒程绍堂,从上学那会儿我就嫉妒他,嫉妒他家境好、能力强,轻轻松松就能做到我做不到的事儿,轻轻松松得到我前妻的心。"他哀怨地看她一眼,"是吧,前妻?"

温尔雅的思路在脑海中打了结,差一点儿就没法回怼他。

"他和唐璃都快结婚了!"

"结婚了,你还惦记着呢。"周弥生没好气道,"做梦吧,你没结婚时,人家都看不上你,现在离婚带一孩子更甭想了。"

温尔雅气得要打他,却被他一把拽住手腕,扯进怀里。一时之间,两双眼睛距离极近,气息缠绕,肌肤渐渐滚烫。

温尔雅扭捏几下:"快放开我!"

"别动——"他脸色越来越沉,声色沙哑。

温尔雅盯着他深邃的眼眸,不言语了。

周弥生越看越觉得,这女人似乎有哪里变了,在他面前,姿态游刃有余,如今还跑上楼来呵斥他去待客。他越想越气,俯身在她唇瓣上狠咬一口,又在她尚未反应之时,将她推开,道:"别来烦我!否则后果自负!"

周弥生到底没有下楼。

温尔雅和好友们庆祝,来来回回走动都不觉得累。她已经很久没有那样放松愉悦过。

吃了七八成饱,温子沐被保姆带去洗漱。众人坐在一片凌乱的烧烤桌前聊天畅饮。冯天若儿子百日宴时,温尔雅并未回国,她问程绍堂:"天若最近怎么样?"

"过得不错。"程绍堂道,"挺滋润,这次来,他让我帮他带个好。"

温尔雅低声:"好什么好。"

她说完这话,视线不自觉地转移,不经意间与坐在程绍堂身侧的唐璃对视。

两人相视一笑。

温尔雅第一次见唐璃,就觉得这小姑娘是和她完全不同的人。事实确实如此,唐璃小她几岁,却早早创业投资,听说前不久刚卖掉手下一家公司。

她问唐璃:"以后还有什么打算吗?"

温尔雅本意是想问她感情方面的事情,没想到唐璃出口便是:"想先休息一段时间,再寻找下一个目标。"

温尔雅诧异:"什么目标?"

程绍堂替唐璃回答:"创业方向。"他朝自家女友的方向点点下巴,对温尔雅道,"正迷茫呢。"

唐璃不置可否,说:"感觉这几年太累了,所以先停下来,修正一下步伐，再慢慢寻找。"她笑笑，挑眉道，"尔雅姐有什么好的建议，可以告诉我。"

温尔雅不吝啬夸奖："你简直比我想象中还要厉害。"

唐璃淡淡地道："这有什么厉害的。"

"不结婚吗？"温尔雅说，"你不想结婚，我觉得很正常的。他呢？他都三十好几了。"

对面的男人转动着手中玻璃杯，唇瓣翕动："一边儿待去。"

温尔雅冲唐璃撇撇嘴："他还不让说呢。"

唐璃笑着没答话。程绍堂不着痕迹地看她一眼，又转向温尔雅，嗤笑道："你前夫呢？躲在楼上不下来。"

温尔雅登时变了脸色："谁管他。"

"也行啊。"程绍堂评价说，"离婚不离家，复婚得了。"

温尔雅用食指指着他的脸，一本正经地道："我警告你啊，不要再说了。"

程绍堂不以为意："要想人不说，除非己莫为。"

唐璃用手臂触碰他手臂，他漫不经心道："没事儿，她不气。"

"谁说我不气？"温尔雅沉默半晌，终是没忍住，"别再说复婚不复婚这话了，我们不可能了。"

程绍堂挑挑眉，与唐璃对视一眼，笑道："好，我不说。"没过一秒，他又欠欠道，"我这也没说错啊。"

温尔雅瞪着他。

程绍堂："我听周子臣那意思，他好像并不知道你俩离婚？"

"温子沐。"温尔雅纠正他，"我儿子现在叫温子沐。"

程绍堂微一挑眉："好名字。"

温尔雅得意扬扬，而后又哀愁："告诉他干什么，他还那么小。"

程绍堂吓唬她："是呢，亲身经历过，父母感情不合对孩子的伤害有多大。"

温尔雅惊恐地望着他，程绍堂不忘火上添把油："更可怕的是男人以后再找个老婆，生个新儿子，啧啧……"

494

唐璃眯了眯眼睛，拍打他的胳膊："别这样。"

程绍堂无所谓道："实话啊。"

几人从后院挪到室内，阳光铺满地板，窗幔随风浮动，温尔雅尚未抬头，只察觉到身边两人停下脚步，她稍微一顿，跟随两人将视线投过去。

男人正倚在厨房案台上吃刚从冰箱里拿出来的三明治，他的形象与温尔雅在西雅图第一次遇见他时并没什么差别，狼吞虎咽的模样更是徒增几分狼狈。

温尔雅惊得瞪大眼睛，和其余两人一同不说话。

周弥生转过脸，刚好与三人视线相撞。

程绍堂慢条斯理地勾起唇角。

周弥生回神，将三明治放置在案台上，转过身体，挑衅道："看什么看？"

温尔雅和唐璃都没反应过来，程绍堂便不假思索回复他："看你这落魄样，三明治比烧烤好吃是吧？"

温尔雅和唐璃一齐看看程绍堂，再一齐看向周弥生，自觉地一个走向前者，一个靠近后者。

温尔雅小声询问周弥生："饿了吗？"

周弥生面色沉沉道："不饿。"

"不饿。"程绍堂笑了笑，"就是胃里头空得难受。"

唐璃提醒他："少说几句。"

"少说几句？"程绍堂道，"确实该少说几句，就像某人那样，今天躲在楼上当缩头乌龟，可是一句话不敢说。"

唐璃表示尴尬，摇摇头又摆手，实在听不得。她虽然记恨周弥生，但不是落井下石的人。

周弥生被呛得猛咳几声。

温尔雅面色不佳，拍拍周弥生："你喝点儿水。"

周弥生看见她几乎要耷拉到地板上的脸，不禁微怔。他不想让她继续难堪，于是准备上楼。

495

程绍堂瞧了他一眼，不打算放过他："还要继续当呢？"

周弥生定下脚步，拳头握紧，忍了半天怒气，准备扭头给他一下，却被迎面飞来的拳头打得他脑瓜"嗡嗡"作响，脚步踉跄。

温尔雅赶忙来扶住他："周弥生！"她焦急道，"你没事吧？"

唐璃亦将程绍堂拉开，满脸震惊："你干什么啊？"

她声音极小，不敢大声。到底不是自己人吃亏，小姑娘现在只想拉着人赶紧撤退。

程绍堂活动手腕，痞笑道："不好意思啊，我要揍的是蓝禾投资的总裁，好像是揍错了。"

唐璃扯着他的衣摆摇一摇，抿紧唇瓣没说话。

也许是方才的三明治太凉，吃得太噎，周弥生闻言，气得连胃都在疼。他下巴平白挨了一拳，口腔里充斥着一股浓烈的铁锈味道。温尔雅见他眉头紧缩就知道他此刻心里蓄着力，她双手攀住他的手腕。

周弥生微眯着眼睛看向温尔雅，此刻他并不在乎对面两人的状态，而是因身旁人的阻拦感到不快，很大的不快。

温尔雅被他盯得有些心虚，心脏都快提到嗓子眼，她轻言细语地说："他是我朋友。"

周弥生盯着她："那我是你什么？"

一开口，一道血丝从唇角流出。

温尔雅惊呼："天啊，你受伤了！"

他忍着怒意和疼痛不出声，就是为了掩盖自己满嘴是血的事实。周弥生低头看了眼温尔雅覆在自己胳膊处的手，那手指柔嫩细长，指甲饱满圆润，被涂成好看的粉色，其中不乏闪闪亮亮的东西。

可惜这手指出现的意义是阻止，不是关心。

周弥生甩开她的手，大步流星朝楼上去，这次没人再阻止他。

温尔雅本想立刻跟着他去，却定了定神，等人消失不见，才对程绍堂和唐璃说："他现在已经和以前不一样了，真的不一样了。"

程绍堂："我和他有仇。"

"那都是以前了。"温尔雅抿了抿唇。

程绍堂定定地看着她，笃定道："你同情他。"

温尔雅不说话，唐璃静默地看着这一切。

"照这样子——"程绍堂冷静道，"保不齐你们还会复婚。"

"不会的。"温尔雅说，"别说了，他毕竟是我孩子的爸爸，我不想我孩子不幸福。"

唐璃眨巴眨巴眼，见温尔雅眉目间存在的纠结、犹豫，便懂了程绍堂话里的意思，两个人能走到结婚，不可能没有感情。

温尔雅摇头："这不是一两句话能说清的。"

程绍堂说："不就是温伯父吗？"

"还有我妈妈、温聿……"温尔雅被周弥生唇角滑落的血丝弄得心惊胆战，她抬眸看了眼唐璃，再看向程绍堂，"我跟你说这些做什么？我不该和你们说这些。"

程绍堂提醒她："就算是要复婚，也别那么轻易原谅他。"他一字一句道，"他现在老实，是因为他现在一无所有，等他把那些都拿回来，他就不是现在这样了。"

温尔雅始终不再回应更多，一路将人送至门外，又询问他们何时再来。

唐璃说看时间，也可能直接去纽约找立秋。

温尔雅诧异："代我向立秋问好。"

唐璃跟着程绍堂向外走去，上车后，碍于前面有司机开车，他们没有交谈。

直至抵达酒店，唐璃才捧起他的手指放在眼睛下仔细看看，问他手痛不痛。

他说："不痛。"反手攥住人的手，揽进怀里，问她，"吓到没？"

唐璃闻到专属于程绍堂身上的好闻味道，说："那倒没有，又不是他打你。"

程绍堂放声大笑。

唐璃听见他笑，自己也忍不住笑，但还是问出心中疑惑："但是我想不到，周弥生怎么变成这样了？"

印象中的周弥生，总是西装革履、意气风发。他虽不招人待见，可毋庸置疑气场强大、手段高明，与今日所见的这个疲惫不堪的男人简直大相径庭。

唐璃蹙眉说："变化太大了。"

程绍堂却道："此一时彼一时，无论是过去，还是将来。"

温尔雅待人一走便上楼敲门，里面的人不应，门被反锁了。

她没出声，找保姆要来钥匙，不声不响地打开书房的门。那人窝在沙发处休息，一本敞开的书遮盖在脸上。

温尔雅关上门，悄悄走过去，将书从男人脸上拿下，猛不丁对上一双眼睛。她一顿，而后拿书的手指继续向下移，那张脸完完全全暴露在视线里，他下巴处一片淤青红肿。

她问："你没事儿吧？"

周弥生盯着她，不说话。

"是不是下巴和嘴巴疼？"她抬手去碰，被他别过脸，躲开。

他闷声道："你有意思吗？明知道我和他有仇，就非得让我俩打一架才甘心？打一架就打一架，你干吗拦我？"

温尔雅自觉向后退了两步，心说：原来是因为这个。

她解释说："绍堂毕竟是客人。"

"绍堂绍堂，叫那么亲。"他的脾气，好像只有在她面前才能释放。

他的沉闷、愤怒都被她看在眼里，她却始终不好劝他。温尔雅难得理解周弥生，知道他不愿意在死对头面前如此颓丧。她说："谁让你以前戏弄过他女朋友？"

"我只是戏弄。"他冷哼，"他都快把我老婆魂勾走了。"

"谁是你老婆？"温尔雅纠正道，"是前妻。而且我就没喜欢过他，之前是因为我爸想让我和程家联姻，最后我不也嫁给你了吗？"

"你爸让你嫁谁你就嫁谁。"周弥生忍着怒意，吐槽她，"你到底有没有点儿主见？"

温尔雅被他怼得说不出话，她心说：这男人真是该打的，一拳不够，我还想再给他两拳。

书房里陷入安静,又被突如其来的一阵响动打破。

温尔雅看了眼周弥生,他捂着胃部,临近下午,他只吃了半个三明治,早就饿得受不了。

温尔雅说:"你可以使唤保姆的。"

自从住进来,他便很少出这间书房,更不和保姆提任何要求,好似不是他出钱,一切都变得没底气。

周弥生低声道:"我死了最好。"

"别这样说。"温尔雅说,"我虽然不喜欢你,但还是希望你活着。"

周弥生一听这话,下巴更痛了,痛得他心里一起难受。他说:"我明天就走。"

"不是下个月吗?"温尔雅说,"如果是因为绍堂和唐璃的话,你不用在意的,他们马上要去纽约,不会再来这里了。"

"计划有变。"

温尔雅没说话,斟酌半响:"你准备怎么做?"

周弥生盯着她冷笑:"这个你得问你爸。"

温尔雅明了,只道:"我爸这个人,几乎没有害怕的东西。小时候,我经常见他和我爷爷吵架,我奶奶和我妈在旁边不敢多说一句,他对他某些兄弟朋友还蛮好的……但也打过……"

周弥生说:"你的意思是我打不过他,必输无疑,要我识相,别去找他?"

"我没有这个意思。"温尔雅道,"我是想让你不要做得太绝了,我爸他……毕竟老了,温聿能力又不行。"

周弥生气道:"那怕什么?不是还有你吗?你爸能用你来拿捏我给温氏卖命这么多年,他就有别的方法对付我。"他一眨不眨地看着她,"你姓温,即使我是你儿子的父亲,你的心也还在温家。这一点,不用你一遍一遍地提醒我。"

"不是。"温尔雅解释说,"我是在担心你。"

"担心我什么?"周弥生道,"担心我打你爸,还是你爸打我?"

"担心你陷得太深。"温尔雅停顿一下，说，"我建议你先礼后兵。你是有能力的人，我爸既然让你娶我，肯定是看好你的，我们离婚也不全是我爸的原因，其中有些复杂。你如果真的愤怒，就将矛头指向我，是我不想和你过了。"

"别说这话。"周弥生盯着她笑，"我现在不想过不过这事，谁离了谁也死不了。"

温尔雅被他说得耳热，心想是自己自作多情了，于是抿唇不言。

周弥生直接赶客："还不快出去？"

他不再说一个字，因为他知道，温尔雅此时的紧张，不过是因为他是她孩子的父亲。

可是，到了第二天，周弥生并没有下楼。

温尔雅等了一天想要给人送别，结果连人都没见到。她从二楼来到后院，父子俩拿着小铁锹在花园地旁边的一小块泥土中敲敲打打。

温尔雅清清嗓子，询问道："你们在干什么？"

温子沐说："我们在埋——"周弥生碰碰小家伙的腿，小家伙立刻噤声，歪倒在爸爸肩上，昂着头得意扬扬地告诉温尔雅，"这是我和爸爸的秘密！"

说完，他转过头去，凑在周弥生脖颈间笑。周弥生一言不发地看着他，眸里、脸上全是笑意。

周弥生是个很好的父亲，把所有的温和和耐心全部给了温子沐。

过了会儿，他对温子沐说："爸爸下个月要回国。"

"啊？"温子沐瞪着眼睛看向前方，表情似神游道，"那你要去多久啊？"

周弥生："不知道。"

"那你还会回来吗？"温子沐扭头，看着他，认真地问。

周弥生没有立刻回答他的问题，而是瞧了眼温尔雅。温尔雅被他一瞧，抿了抿唇。她知道他是在看她眼色，可这实在是没有必要。

周弥生转过脸去，问温子沐："你想爸爸回来看你吗？"

500

"我当然想啦！"温子沐双手环抱着他的脖子，"你早点来看我好吗，爸爸？"

"嗯。"

阳光铺满地板，温尔雅在原地站了很久，她料想到未来或许会发生的事情，无论如何都笑不出来了。

果不其然，周弥生回国后，没过几天，温母的电话便打到西雅图。

温母先是问了一些有关温子沐的问题，得知一切都好之后，才切入主题："他回来了，你知道吗？"

温尔雅只纠结了一秒，决定不撒谎："知道。"

"他去找过你？"

"嗯。"

"在你那里待了多久？"

温尔雅沉默了。

温母品味这沉默的意味，再次询问："他到底在你那里待了多久？"

温尔雅说："妈妈，我二十九岁了。"她鼓起勇气，认真地说，"我想有我自己的空间，不受任何人控制，我可以决定我自己的生活，不必向谁汇报。"

"可是你知道吗？雅雅，"温母说，"你已经和周弥生离婚了，如果依然纠缠不清的话，这婚就算白离了。"

"不算白离。"温尔雅此前从未戳破真相，就像她甘愿做温家的乖乖女几十年，从未反抗，她做了极大心理斗争，才开口，一字一句道，"这婚现在不离，以后也还是会离的，反正周弥生他……他对我爸、对温氏而言，就是一颗棋子，我爸看中的是他的能力，等到时机成熟，温聿能力变强，周弥生迟早会被踹开的。"

到那时，她也还是会和周弥生离婚，这是必然发生的事情。

温母惊恐："雅雅，你怎么能这么想你爸呢？"

"不是我这样想，而是本就如此。"温尔雅皱着眉头，低声说，"温氏若落到周弥生手里，对我并没有弊端啊！"

"可是——"温母气道，"可是，是你坚持要离婚的，你说周弥生

501

在外风流，你忍受不了，我才会顺水推舟成全你！"

温尔雅一顿，揉了揉额间："对不起，妈妈。"

是我误会他了，他并没有那样做。

"说对不起有什么用？"温母咄咄逼人，"他去找你了，你不劝他放弃，还要他来和你弟争温氏？倘若温氏真的改姓易主，你爸的颜面、你弟的未来，要怎么办？"

温尔雅反问："妈妈，您都不能说服爸爸，您又为何要求我说服周弥生？"她接着道，"我已经告诉过您了，我儿子现在姓温，叫温子沐，难道我和温子沐不是温家人吗？你们为什么要这样排斥我？"

"你自己说说。"温母一字一句道，"你现在做的，都是为谁？"

"为我儿子。"温尔雅说，"我生为人母，为儿女打算，我没有错。"

温尔雅不知自己是如何一步一步走到现在的，但她不认为自己做错了什么。她从未染指温氏，而旁人要用她作为纽带，欲加之罪，何患无辞？

这通电话后，温尔雅很久没有联系过家里，家里也不再联系她。就连温聿也不再过问她和温子沐的状况，她好像被边缘化。

大洋彼岸正在发生一场无声的争斗，她能做的只有等待，等尘埃落定时，结果公之于众。

她接到的第一个熟悉的人的电话是程立秋，对方邀请她和温子沐一起前往纽约。

温尔雅恍然，低声："你哥在旁边吗？"

"在啊。"

"把电话给他一下。"

"好。"

程立秋朝另外的方向叫了声，半响过后，对面姗姗来迟："怎么？"

温尔雅寒暄道："这么快就准备求婚了？"

程绍堂笑了声，直白道："叫我来，应该不是说这个。"

温尔雅沉默数秒，低声道："好了，你知不知道，'蓝禾'那边的情况？"

"不清楚。"程绍堂说，"我近期都待在纽约，而且周弥生，他应该回去也没多久？"

"两周。"温尔雅很快回答，又长久地沉默下去，她顿了顿，说，"我只是想知道温聿最近怎么样。"

程绍堂并不点破："温聿最近确实很忙，如果你想知道的话，我也不是不能帮你打听。"

"那谢谢了。"

"纽约来不来？"

"来。"温尔雅满心欢喜，"帮我订票吧，记得回电话。"

03

后来，她并未接到程绍堂的来电，而是在当天晚上看见周弥生发来的消息。

他问她，打听他做什么。

温尔雅一不做二不休，干脆回拨过去。对面过了很久才接电话，接了也不说话。

温尔雅试探性叫他名字，周弥生的声色叫人听不出情绪："嗯，是我，有事？"

"没什么事儿，我就是想——"

"没事就挂了。"

"有事！"温尔雅还真怕他挂了。

温母和温聿如今不搭理她，她更不敢联系温父，只能寄希望于他，她问："最近发生什么了吗？"

"什么都没发生。"他沉下一口气，"不用到处找人打听我。"

温尔雅自觉理亏，隔着屏幕和千山万水，任何情绪都会被放大。她尚未调整好状态，便听对面那人道："想我就直接打电话。"

温尔雅语塞，急忙解释："我没想你。"

沉闷沙哑的声音从听筒传来，像是克制着："可是我想你。"

"你不要开玩笑。"温尔雅忙阻止他诉说。

他没有生气，或者说全无心意生气，只说道："你怎么知道我是开玩笑？"

温尔雅低眸看了眼地板，她也不知道自己在看什么，总之，她需要一些事情拉走自己的注意力，好让自己不要想歪。

"温聿怎么样？"

"怎么，你没问？"他仿佛想要极力调整状态，笑了笑，"吵架了？为了我？"

"不是……"温尔雅说，"我是因为和我妈在教育方面闹了些不愉快，和你没关系。"

周弥生看透了她，平静道："那你给我打电话？"

温尔雅顿了顿："对。"

"不是想我，是什么？"他语气变了，"温尔雅，我和你在一起这么多年，你身上的肉几斤几两，我都一清二楚，何况是你那脑子在想什么。"

"你……"温尔雅被他说得语塞，稍一停顿，脸颊已然红透滚烫。

她又不说了，气氛陷入沉默。

周弥生却转移话题，问温子沐近况。

温尔雅絮絮叨叨的，说小家伙的近况……

"一切都好，过段时间带他去纽约。"

"想我没？"他问。

"想了。"温尔雅以为他说的是温子沐，小家伙自然是想他的，"他经常问你，我怕会打扰你，就没——"

"我问你。"他低声道，"我问你想我没。"

温尔雅略略一顿，说："没有，我没有想你，你不要再问了。"

"好。"他说。

几番闹腾，温尔雅也不想拐弯抹角了，她直截了当地问："'蓝禾'最近情况如何？"

他却又笑："你得分谁。"

温尔雅说："你呢？"

"不错。"他言简意赅，似乎有意不让她多知晓。

温尔雅心里着急，对他而言不错，那就是对温聿不好。具体是怎么个不错法？又是怎样不好呢？

她整理措辞，意欲对方多说些，周弥生却道："说些我想听的。"

"什么是你想听的？"温尔雅问。

"'蓝禾'的事情，你大可不必问我。"他道，"或者你干脆别打听。"

"我是好奇。"温尔雅诚实道，"'蓝禾'最终落到谁手里？无论谁失败，对我而言都是伤害。"

周弥生稍一停顿，细细品味这话，最后竟笑道："怎么离婚之后，你倒比离婚之前更关心我？"

"你是我孩子的父亲。"

"我就知道你要说这话。"他道，"罢了，无论如何，你都不要管。尽管等着吧，我会去找你们的。"

他最后说一句："你该这样想，'蓝禾'只有到我手中，对你才不是伤害。"

"为什么？"温尔雅诧异。一方是她的家人，另一方是她孩子的父亲，无论如何她都会受益。

他冷哼道："你以为你爸妈为什么将你打发到西雅图，你如果现在还觉得你和温聿在你父母眼中是一样的，你可就太天真了。"

温尔雅没说话，过一会儿才道："这事儿我早都知道。"

"那你知道吗？"周弥生一字一句道，"你儿子——温子沐，这个温是你温尔雅的温，和温氏的温并无半分关系。你该向着谁，你自己心里有数，别一而再再而三地伤我。"

温尔雅也搞不清楚，他们怎么没说两句话就要吵，但不吵出来，她心里不痛快。

"你和我，到底谁伤谁？"她气道，"没离婚前，你就故意闹出花边新闻来气我，气得我产后抑郁，我想离婚很多年了，你知道吗？"

"那你呢？你和那程绍堂又是怎么回事？"周弥生本不想翻旧账，可好像对上温尔雅，两人的对话就会向着争风吃醋的话题方向狂奔。

"我们是朋友。"温尔雅再一次解释。

"你明知道我俩是死对头，还一个劲儿和他见面，你不是成心是怎样？"周弥生想起那日平白无故受的一拳，气便不打一处来。

对面立马开口回怼："我就是故意的。"她说，"我知道你生气，不管是出于什么原因，我就是想让你生气。"

他没反应，过了会儿才道："生我气？"

"嗯。"

"那些花边新闻？"

她没吭声。

"是假的。"他说。

"我知道了。"温尔雅顿了顿，补充道，"我现在知道了。"

周弥生若有所思道："还有什么吗？"

温尔雅不知道他是什么意思，是说婚姻里的不满，还是当下还有什么话想说。

她安静着，周弥生也安静。

周弥生又道："以前的时候，还为什么生气。"

她一本正经地细数："你总爱发脾气，对人态度一点儿都不好，让人不敢接近。还有，我怀孕这件事，你说你是不是故意的？"

对面越发沉默，沉默到让温尔雅误以为他又要发脾气。

然而半晌过后，他道："是。"

温尔雅似乎被点燃："为什么？"

"因为我想。"

"你果然算计我。"温尔雅埋怨道，"你这样，我怎么会不生气。"

"那你说。"他问，"以我们俩当时的关系，你会和我结婚吗？"

温尔雅冷着脸："当然不会。"

"那你就生气吧。我想和你结婚。"

"为什么？"温尔雅想，一个男人和一个女人结婚，是因为爱吧……可她不敢保证，是不是她背后温氏的原因，所以她不敢多想，只能求证。

可答案并不会那样轻易地从周弥生的嘴里说出。

他不说话，她也不说话，空气陷入沉默，谁也没说要挂电话。

后来他说："你去问儿子吧。"

温尔雅说："我不问，就这样吧。"

"嗯。"

"'蓝禾'那边——"她话还没说完。

"不用你操心。"周弥生说，"照顾好自己。"

"好。"不知为何，这通电话让温尔雅的心安定下来，她本来是一个枢纽，现在两方人马将她剔除，就是为了不再继续伤害她。

她轻声道："你也保重。"

他"嗯"了声。

没过多久，温尔雅带温子沐和两名保姆一同前往纽约。

程绍堂派人来接，一行人坐在车里。车外人潮汹涌，车水马龙，霓虹闪烁，如同帝都最拥挤的路段。车子顺利抵达酒店，程立秋在楼下等候。姐妹二人经久不见，一见面就激动得抱起来。

程立秋从未见过温子沐，提前给小家伙准备好了礼物。

小家伙有些认生，程立秋蹲在地上和他聊了很久，才勉强让他接下礼物，这无疑让她感觉到小小挫败。但她转眸看见温尔雅的笑容，一切又烟消云散。

晚餐在一家高档西餐厅进行，几人围坐一团，程立秋作为话题中心喋喋不休地诉说她在学校发生的事情，听得程绍堂眉头直皱，忍不住打断："你这都是些什么同学？"

程立秋瞧他一脸不耐，眸色沉沉，好似看到大一入学那晚，程绍堂不情不愿前来接她的场景。

她摆弄着一杯水，和唐璃相视一笑，不甚在意道："都是年轻人啊，和璃璃差不多大。"

温尔雅往唐璃的方向瞭了眼，那姑娘正在漫不经心地品尝一盘沙拉。

她对程绍堂道："承认吧，你已经老了。"

程绍堂看向她："咱俩没代沟。"

温尔雅说："我儿子都四岁了。"

趁着小家伙被人带去洗手间的工夫，程绍堂回击道："去父留子，哪有你快乐。"

这话倘若从周弥生口中说出，她必定气急败坏，可程绍堂说，温尔雅一点儿也不气，她道："总比你这不确定的强。"

程立秋虚虚望了唐璃一眼。她一直在小口小口吃东西，很少插嘴，还像以前一样恬静乖巧，至少外表看来是如此。

程绍堂斜看了温尔雅一眼。

温尔雅低低一笑，不言语。

晚餐用完，温尔雅把温子沐交给唐璃和程立秋。小家伙年龄大了些，与旁人熟悉起来的速度也快，没一会儿三人就打作一团，气氛其乐融融。

温尔雅找到程绍堂，问他："你有没有听说'蓝禾'的事情？"

程绍堂洗完手，扯出一张纸巾擦拭手指，直接道："你没打听到？"

温尔雅低眸，沉默数秒。

程绍堂说："周弥生没联系你？"

"联系了。"温尔雅说，"是你要他联系我的，对吗？"

程绍堂笑一笑，平静道："只是看不惯你俩这德行罢了，简单事情复杂化，这是不是你一贯作风？"

温尔雅无奈，不做反驳，又道："别转移话题了。"

"挺好的。"程绍堂告诉她，"周弥生和温伯父和解了，现在他们是合作关系。"

温尔雅稍一停顿，又问道："绍堂，你这话是什么意思？是我想的那个意思吗？"

"应该吧。"程绍堂道，"所以我说你直接去问他多好，这件事经由我口，意思或许就变了味道。"

说实在的，冯天若告知他此事时，他亦震惊。

他们都不信周弥生是甘拜下风的人，何况经过此前一遭，他在业内有种令人避之不及的落魄，说是沦为笑柄也不为过。

在温尔雅持之以恒的询问中，程绍堂浅显地咂摸出一件事情——她或许对周弥生还有感情，就算对方不是她儿子的父亲，这感情依旧存在，只是她不愿承认。

"他也不告诉我。"温尔雅淡淡道。

程绍堂想了想,说:"或许有别的方法。撒个娇什么的,你去试探试探。"

"我可做不到。"温尔雅脸色骤变,"你怎么净给人出馊主意,都快结婚的人了,还和小时候一样。"

"所以啊。"他吊儿郎当,"你还愿意问我?"

温尔雅象征性沉默。

然而程绍堂说道:"周弥生变了不少。"

温尔雅靠在栏杆处,俯瞰城市夜景,不紧不慢道:"我也觉得。我以为他会和温聿斗个你死我活,虽然他背后没什么支持,可他还有实力,温聿到底是不如他,他不一定会输。"

"但他没有赌,这也是我纳闷的一点。"他看向温尔雅温和的侧脸,意味深长道,"这是,为什么呢?"

温尔雅想起先前周弥生说的话,心跳漏了一拍,侧眸:"为什么?"

"不知道。"程绍堂说,"你可以问问他,问完了告诉我,让我知道我猜得对不对。"

温尔雅转移话题,问他自己的事情准备得怎么样了。

她在说求婚的事情,程绍堂已然过了而立之年,但她依稀记得,这人曾经是不婚主义者。

程绍堂说还好,请了团队在打造现场。

温尔雅问:"紧张吗?"

"哪能不紧张?"程绍堂搓了搓手,轻呵一口气,看向远方的夜空,"尽力而为。"

那是春节来临前夕,整个二月,华人街沉浸在喜悦的气氛中,即使在纽约街道,也随处可见张灯结彩的华丽。

温尔雅站在人声鼎沸里,看见那位叫唐璃的小姑娘被人引导着从远处缓慢走来。

她仍记得初次见到唐璃的场景。在她记忆中,是那年雨下,小姑娘

509

茕茕孑立，站在广场中央卖花，程绍堂刻意引她去见，可能是有令她打消联姻念头的想法在。

那时的程绍堂就对唐璃起了想法。温尔雅作为局外人，看得再明显不过。

这是最幸福、最美满的结局。

手机振动，温尔雅没顾得上看。温子沐喜欢这热闹场景，和地上掉落的纯白色气球玩得不亦乐乎。

掌声雷动，吓得小家伙一激灵，他飞速跑到温尔雅身边，抱紧妈妈的腿。

温尔雅想用手机记录，这才发现周弥生给她发来的消息：你去纽约，是因为程绍堂求婚。

温尔雅快速回复：你怎么知道的？

他没回答，而是问她：感觉怎么样？

温尔雅其实有些失落，因为她没有过这些，未来也不会有，她回他：很好。

然后她想，不再搭理周弥生了。

事实是她想多了，周弥生并未再发来消息。

求婚典礼完美落幕，温尔雅次日返回西雅图，这一场旅途美得不真实，像一场梦境。但温尔雅很难受地回味过来，如今她满心满眼想的都是那个人，春节将至，她不知他在帝都状况如何，也不知他在"蓝禾"处境如何。她觉得这样不好，非常不好。

有一天下了雨，温子沐放学回家便直奔后院。

温尔雅询问他怎么这样着急。

温子沐说："我和爸爸的秘密，雨水会淋湿的！"

温尔雅又问："是什么秘密？"

温子沐说："很重要的秘密！"

温尔雅只好撑着伞陪伴温子沐，小家伙搬开一块石头，拿着铁锹铲铲挖挖，终于从土地里挖出一个方方正正的黑色盒子。

盒子表面沾满泥土,小家伙却不管不顾地将其揽入怀中。

温尔雅说:"衣服脏了。"

温子沐:"衣服脏了可以洗,我和爸爸的秘密不能脏。"

温尔雅被引起了好奇心,她实在想不出周弥生和温子沐会有什么秘密,尽管他们的关系偶尔会好到令她羡慕。她说:"我能看看吗?"

温子沐说:"当然可以!"

温尔雅诧异于他的大方,笑着问:"怎么这么大方呀?"

"是爸爸说的。"小家伙眨巴眨巴眼睛,"爸爸说,如果妈妈想看,就立刻、马上,让你看。"

她说:"先进房间吧。"

天色渐黑,温尔雅并没有立刻去了解那个盒子里的秘密,她交代保姆仔仔细细给温子沐洗了澡,又吃了饭,将小家伙哄睡。

小家伙忘性大,没一会儿就忘了秘密,只知道盒子的东西没有被淋湿,睡前还絮絮叨叨地同她讲述今日在学校里发生的事情。

温尔雅洗完澡,坐在梳妆台前整理长发。

镜子里的她和二十出头时几乎没什么区别。她是心态很好的人,即使这几年有难受流泪的时刻,那些烦恼也不会令她难受很久,翻篇了就过去了。

最后一次去温子沐房间观察他睡眠情况时,温尔雅将那个黑色盒子从他桌子上拿了出来。

盒子上面沾满泥土,只有一个互相交叉的阻挡,她用纸巾悉心擦拭干净,用手稍微一挡,那盒子便轻易打开。

温尔雅沉默许久,才决心打开盒子。

她总感觉,有种偷窥别人秘密的内疚。更何况那个人还是周弥生。

盒子里只有一张纸,被折成四方形状,并没有外形看起来那样高深莫测。

温尔雅从盒子里拿出那张纸,展平——小家伙用歪歪扭扭的笔画,一横一竖认真地写:爸爸爱妈妈。

温尔雅表情一滞,动作顿住,一时之间许多疑问涌上心头。

温子沐何时学会写这样复杂的文字?周弥生教他写的吗?周弥生为什么会教儿子写这句?

"周弥生……"温尔雅的嗓音忽地颤抖,心脏猛然间狂跳,轻声细语道,"他说他爱我……"

很多天之前,在温子沐房间里,小家伙缠着爸爸做游戏,使出浑身解数,不让周弥生走。

其实周弥生很忙,真的很忙。他不想寄人篱下,但需要时间过渡。他甚至没有更好的去处。只有这里,好似成为他的一片净土。

得到的五十万美金,他递给温尔雅,她不稀罕。

他早该料到,她何时缺过钱,五十万美金,在她眼中不足为奇。

周弥生拿出纸和笔,对温子沐道:"来,儿子,爸爸教你写字,你好好写,以后爸爸多多陪你。"

小家伙还想聊天,好奇地询问:"爸爸,你最近没有出去工作啊?"

"嗯。"他说,"就快了,所以走之前,教给你一句很重要的话。"

"什么话呢?"温子沐充满期待地看着他。

周弥生笑着说:"是我们的秘密。"

"不可以告诉妈妈吗?"

"如果她想知道。"周弥生在纸上快速写下五个字,顿了顿,说,"那你就立刻、马上告诉她。"

不直接说,或许她一辈子也想不透。

他补充道:"不过,得等爸爸走了以后。"

不然他会很尴尬。

04

春节前夕,温尔雅带温子沐回国。

温母虽与温尔雅争吵过,但也还是派人来接。温尔雅牵着温子沐的手,询问司机:"就你自己吗?"

司机答:"就我自己。"

温尔雅顿觉心中五味杂陈,但始终不言语。结果到了温宅之后她才知晓,温母身体抱恙,做了个小手术,如今在私人医院里休养。

温尔雅便开始懊恼,因为几句争吵失掉儿女本分,连最起码的关心都没有做到。

于是她将温子沐安排在家里,打算独自一人前往医院,可小家伙闹着不愿意,非要和她一起。

温子沐已经四岁,会把很多话听到心里去,也会注意到很多大人注意不到的细节。他问妈妈:"妈妈,我们怎么不回自己的家?而是来外公的家呢?"

温尔雅只好道:"外婆生病了,妈妈要先去医院看外婆。"

小家伙眨巴眨巴眼睛:"那我也去。"

温尔雅说:"你不去。"

她势必会和母亲说一些小孩子听不得的话,不能让温子沐一同前往。

温子沐又问:"那我去哪儿啊?"

温尔雅沉思半晌,转过身去,给周弥生打了个电话。电话响了好久,不见人接,等到她快要放弃时,却被接通了。

对面的人不说话。

她问道:"你在哪儿?"

周弥生还是不回话,似乎需要时间来消化她话里的意思,揣摩她的意图。

温尔雅接着道:"我和儿子回国了,儿子……想见你,你说个地址,我把孩子送过去。"

周弥生冷哼一声:"想给谁打探我住哪儿呢?"

温尔雅没料到他这句,又想到之前从程绍堂那里打探的消息,闷声询问:"你不是……和他们和平相处吗?难道还隐藏着什么见不得人的目的?"

"神经。"周弥生低声,"你给我打电话,就为了说这些倒人胃口的话?"

温尔雅气道:"儿子就在我身后,我不介意他能听到我们的谈话。"

周弥生顿了顿,深吸一口气,问道:"回来了?"

温尔雅:"嗯。"

"刚回来?"

"对。"

"刚回来就急着找我。"周弥生评价,"你还是不够淡定。"

温尔雅恼怒:"给我个地址,我把儿子送过去,他……他想你了。"

"他想我还是你想我?"

温尔雅不理会他的话,平声道:"快说。"

周弥生说了个商场名字,又嘱咐道:"自己开车送来,别叫别人。"

温尔雅故意气他:"我把温家人全叫过去,怎么样?"

说完,她便挂断电话,给温子沐收拾了满满当当一背包的东西,开车驶出温家。

周弥生站在商场外面的广场,一袭黑衣衬得人修长。那身衣服不似他平时总穿的西装,而是宽宽大大的帽衫,人像是年轻了十岁。

温尔雅的目光没从这人身上移开过。

周弥生冲人挑眉,手下接过小家伙的背包,冲她道:"什么眼神?"

温尔雅这才回神,直白道:"你带他,等我忙完来找你。"

周弥生挑起唇角,眼神冷飕飕:"敢情还真不是想我了才找我。"

温子沐笑嘻嘻地说:"爸爸爱妈妈。"

周弥生表情微顿。

温尔雅眉尾飞扬:"好了,再见。"

周弥生头也没抬,等人走了,他才缓慢地朝车离开的方向抬眸望了望,然后勾手在温子沐的鼻尖上蹭了蹭。小孩皮肤娇嫩,就这一下,被搞得通红一片。温子沐捂着鼻子,仍好脾气地说:"爸爸,你干吗呀?"

周弥生看着他,慢慢开口:"累不累?"

温子沐说:"什么累不累?"

周弥生:"坐那么久的飞机,累不累?"

"不累。"温子沐说,"我在飞机上睡觉了,妈妈很累,但要去医院看外婆。"

周弥生略一蹙眉:"你外婆住院了?"

514

温子沐用力点点头:"对。"

周弥生沉默半晌,问道:"什么病?"

温子沐摇了摇头:"我不知道。"

周弥生摸摸温子沐头顶细软的发丝。父子二人站在商场外面,帝都冬季的风寒冷似刀,小家伙裹得严严实实,只露一双眼睛,眼神清澈如同黑曜石,他怀抱着周弥生的脖颈撒娇道:"爸爸,爸爸,你先带我进去吧,我们找个地方慢慢聊天,我可想你了。"

一段时间不见,小家伙唬人的本事见长。周弥生的第一反应则是,长久以往,他那位单纯至极的妈迟早降不住他。

进了商场,周弥生给小家伙买了零食饮料,第一句话便交代他:"以后要听你妈的话。"

小家伙愣一愣:"听我妈话,就吃不成这零食了。"

周弥生略略一撇嘴,没搭腔。

温尔雅在饮食生活方面,确实比他要注意得多。他从小没吃过这些五花八门的零食,孩子想吃,他绝不吝啬,可温尔雅注重健康,注重能量平衡。

他能理解,但无法苟同。

就像是两人的性格,他常常能理解温尔雅温顺乖巧的原因,却总是看不惯。

温子沐表情认真地看着他:"那我吃啦?"

"吃。"周弥生道,"这也是咱爷俩的秘密。"

温子沐开心地吃了一口蛋卷,十分满足地长吁一声,伸过手去:"爸爸,你也吃。"

周弥生摆手拒绝,小家伙把吃食几乎递到他唇边,他犹豫半秒,终究浅浅咬下一口。软糯香甜,是他不常吃的味道。

这天,周弥生与温子沐玩了一小时,小家伙难得来人多的公共设施玩耍,开心得要命,连周弥生都让他悠着点。

一小时后,温尔雅打来电话,说自己正在来找他的路上。周弥生看了眼时间,道了句:"还早,帝都这个堵车劲儿,你到了,再给我打电话吧。"

温尔雅无法,道了声"好",又想着等见了面再聊温母交代她的那些事情。

周弥生同小家伙讲:"以后听你妈的话。"

小家伙说:"听妈妈的话,就不能吃零食了,她会让我丢掉的。"

"那倒也不用。"他笑笑,"爸不在的时候,听你妈的,爸在就听爸的,爸让你吃,你不用扔。"

温子沐开心极了。

他说:"吃吧,你妈快到了。"

温尔雅到医院时,温聿也在。

他对温尔雅的态度大不如从前,连"姐"都不叫。两人错身之际,还是温尔雅率先叫他的名字,气道:"我是哪里得罪到你?让你对我这态度?"

温聿脸上露出一丝不悦,道:"你与周弥生结婚这么多年,连他是什么样的人都不知道。"

温尔雅苦笑:"我做你姐近三十年,连你是什么人都不知道。"

温聿想赶快弄清周弥生的目的,道:"你能不能去问问他到底是何居心?赖在'蓝禾'不走,连酬金都不要,他是不是想借此机会东山再起,他根本不把温氏放在眼里,这里是他想来就来,想走便走的吗?"

"你想多了。"温尔雅道,"是温氏叫他来,他才能来,温氏叫他走,他才能走。周弥生没那么大本事,你大可不必将他视作眼中钉,他现在已经一无所有。"

"你!"温聿指着她,怒不可遏道,"你竟然到现在还向着他,胳膊肘往外拐得太厉害了!"

温尔雅苦闷,周弥生说她的心一直在温家,不曾考虑过他,如今温聿又说她胳膊肘向外拐。她明明什么都没干,却里外不是人。

她苦笑:"温聿,我是你姐姐。"

这场吵架以沉默结束。温聿走后,温母动之以情,晓之以理,令温尔雅心生疼痛。温母道:"温聿是你从小看到大的亲人,什么脾性,你最清楚,他只是气不过周弥生在'蓝禾'一手遮天罢了。"

温母此言一出,温尔雅便知晓,周弥生即使短暂地离开过"蓝禾"一段时间,他手下仍有不少力量。他现在表面与温聿和平相处,但实则他能力更强,更令人信服。

温母叫她去打探一下周弥生心中所想。

温尔雅诧异:"我们已经离婚了。"

"你来找我,怎么不带温子沐来?"温母的眼神,显然已经洞察一切。

温尔雅不言。

温母又道:"以旁观者的角度,做了周弥生这么多年岳母,他对你是什么情感,我能看得透。若不是喜欢你,他怎能答应净身出户,又怎能替温氏卖命这么多年?"

温尔雅表情震惊:"您以前不是这样说的。"

"此一时彼一时。"温母道,"你态度好些,温和些,探探他的口风,让温聿放心。"

温尔雅走出医院,仍觉得不可思议。

她开车经过医院大门外的红绿灯路口,忽然想起很久之前,周弥生评价她的话语。她已经记不起具体的话,只记得他说她瞻前顾后,顾此失彼,行事风格不够干脆。她那时并无想法,如今想来,他竟然将人看得如此之透彻。

同时,她又诧异他一个绝对理性的人在面对她时偶尔掺杂的感性思维。

比如说喜欢她。

很奇怪,从前和周弥生是夫妻,他们关系很差,她从不会静下心来反思彼此,只是一味争吵与抱怨。当下她与周弥生解除夫妻关系,她不仅不计前嫌收留他,还能为他着想了。

温尔雅是真的认为,周弥生要和温氏和解,归于温氏麾下,成就互赢互利局面。

然而,到达两人约定地点后,周弥生连靠近都不曾,他黑衣黑裤站

517

在远处,昂起下巴望着这处。

寒风凛冽,温子沐被他包得像一个小红薯,一步一步蹦蹦跶跶地走来,临近车门,转身与他挥手。

温尔雅没有下车,而是给周弥生打去电话。

天色渐渐暗了,霓虹零星闪烁。周弥生站在巨大的单面镜玻璃前,优越身型倒映其中。周围走过的年轻人,皆是笑着,活力满满,独独他面无表情,整个人像是隐在阴霾中。

他从口袋中掏出手机看了眼,下一秒挂断电话,毫不犹豫地转身离去。

没有半分与之纠缠的心意。

温尔雅生气地按响车喇叭,那里已空无一人。

她启动车子,快速驶离,一路平坦却拥堵。春节前夕,人们结伴外出,密密麻麻的人群穿越人行横道,嬉笑热闹被挡风玻璃隔绝在外。温尔雅沉默半晌,忽地在车厢内嗅了嗅,转头问身后的温子沐:"吃什么了?"

温子沐瞪着一双亮晶晶的大眼睛,一时半会儿没想好怎么回答。

温尔雅又问:"爸爸给买的?"

"是爸爸给我买的。"温子沐想了想,还是决定不告诉妈妈自己吃了什么,并且嘴甜地告诉她,"爸爸还交代我,要我听妈妈的话。"

"真的假的?"温尔雅笑了声,沉思下来又不信这话,于是漫不经心道,"今天和爸爸在一起,开不开心?"

"开心,就是时间有点儿短。"温子沐呼出一口气,他想了想,又问道,"妈妈,过年的时候,我能和爸爸、妈妈在一起吗?"

温尔雅想,那大概是不能的。

事情发展到如今,已经完全偏离了她预计的轨道。更惆怅的是,在开车回去的路上,温尔雅脑海里浮现涌动着的,是男人那干脆利落离开的背影,消失在人群里,冷漠又落寞。

她对温子沐说:"你给爸爸打电话,问他愿不愿意和我们一起过年。"

小家伙误解了她的意思，忙为周弥生说话："爸爸当然愿意啊，爸爸还说妈妈不愿意呢。"

说完这话，他便打了一呵欠。

温尔雅笑笑："原来你问过他了。"

小家伙蔫蔫地躺在车后排，安安稳稳地睡起觉来。

周弥生与他们会合的地方距离温宅不近，想必是故意为之。温尔雅边想边开车，抵达温宅后，叫人将小家伙抱下车，自己则去浴室洗澡。

洗漱完毕，困意消了大半。

温尔雅在梳妆镜前坐了许久，直至楼下传来车轮动静，听得她人一激灵。

估摸着时间，她重新整理一番出门。

温尔雅径直走向书房。温秉海的习惯是回家后先回书房整理工作，日复一日，年复一年的雷打不动。

温尔雅在门口等待稍许，等人汇报完工作，门内的人已然知晓她的到来。

温秉海好整以暇地坐在书桌前，稍一点头，平声询问："到多久了？"

温尔雅自小乖巧懂事，每次离家时间太久，便会先与他禀告，道："挺长时间了，我去医院看过妈妈，她现在还不错。"

温秉海没作声，良久才道："不服老不行，你妈觉得不舒服，去医院体检才发现胰腺上有个肿瘤，给我打电话要我赶紧给她安排手术。"

温尔雅心中苦闷："是我做女儿的没尽到责任，早该提醒妈妈去体检，爸爸您也是。"

"安排上了。"温秉海道，"你妈一住院，就给我安排上了，什么事儿都没有，你也不必太自责了。"

温尔雅点点头，心里却叹一口气。

她打探过母亲的情况，手术十分成功，休养一段时日就好。但父亲开口便与她打感情牌，深知如何拿捏她。她一边沉默一边思索，竟能在对话中如此清醒，不知是进步还是愚蠢。这种清醒令她更难以释怀。

温秉海静静地看着她。

"爸爸——"

温尔雅正要说出心中所想,却被温秉海抢先一步说道:"温聿还小,有些事情处理不得当,你一个做姐姐的,不要和他计较。"

温尔雅顿了顿,酝酿好的话语堵在喉间。

温秉海又道:"外人始终是外人,只有咱们才是一家人。你一个当姐姐的要做好榜样,包容大方。"

"这些我都懂。"温尔雅蹙眉,抿了抿嘴唇,这不是她想要说的话。

温秉海摇头,说:"我和你妈终究是前浪,只有你弟强大,温家才能强大。所以,女儿,你懂自己应该怎么做吗?"

温尔雅沉默地看着温秉海。她知道,自己在他眼中不过是一个弱小无力的孩子,翻不起浪。

温秉海见她不作声,于是捏捏额角,说自己累了,需要休息。

温尔雅贴心嘱咐:"爸爸,您好好休息,待会儿下楼吃饭,我交代厨房做些爸爸爱吃的饭菜。"

温秉海不说话,只冲着人招招手。

温尔雅离开,却在开门前一瞬间骤然鼓足勇气,转身道:"爸爸,我认为您应该把'蓝禾'还给周弥生,不应该拿'蓝禾'给温聿练手!您比任何人都要清楚温聿和周弥生的差距,您这样做,只会毁了'蓝禾',毁了周弥生多年的心血!"

温秉海发怒:"胡说八道!"

温尔雅被这一声惊得心跳加速,但她仍认为自己所言不错。身处高位者,就可以随意践踏别人辛苦努力的成果吗?还有感情……感情不是可以随意玩弄的东西。

她道:"'蓝禾'就算不是周弥生的资产,那也应该是我的资产,我想收回我的东西,我有错吗?"

"你说你有没有错?"温秉海指着她委屈的脸,"你赶紧给我滚,你这个吃里爬外的混账东西!滚!"

温尔雅不禁红了眼眶,她从未料到过和家人撕破脸面的时刻,惊醒自己活了近三十年都不知天高地厚,没有自知之明地挑衅在家人心中的地位。

她转身拉开门把手,安排保姆将行李箱拿下楼,自己则走向温子沐睡觉的房间,将睡着的小家伙用毛毯包起,然后离去。

05

温尔雅驾车离开不久,才惊觉自己没了力气,于是换了保姆开车,自己去车后排,将小家伙的脑袋温柔地搁置在腿上,温子沐睡得酣甜。

前几日还在满心欢喜,如今……温尔雅越想越难过,叫人将车往她和周弥生婚房的方向驶去。她垂下眸来观察小家伙的长相,越来越能从他的脸庞中窥探到某人的基因。

她原本觉得这孩子的长相随她多些,时间越久,那人的基因就越发明显。

她不觉得这样不好,虽然是个意外,但是惊喜的存在。

温尔雅从包里掏出手机,调至静音给那人发消息,问他在哪里。

周弥生回得很快,却言简意赅:嗯?

温尔雅说:见一面。

周弥生:不是才见过?

温尔雅叹出一口气,认真地回复:我想和你聊聊。

对面却毫不留情道:没必要。

温尔雅沉默许久,决心和他打感情牌。她道:我刚被家人赶出来,正在去家里的路上,你如果愿意,可以来找我,或者告诉我你现在的地址,儿子总说想你,我把他送过去也不是不可以。

周弥生过了很久才回复:过几天再说吧。

温尔雅只能收起手机,和温子沐回到原来的家里,这一晚几乎没停歇。

醒来之后,周弥生发来的地址静静地躺在未读消息中,她稍一错愕,而后起床洗漱整理,独自一人踏上路途。

跟着导航,驾车来到一处烟火气十足的城中村,尽管温尔雅很是诧异,也只能硬着头皮开下去,开到实在开不动时,她又寻了好久的车位才将车停下。

停车熄火,她扭头一瞧,远处那黑衣黑裤、指尖夹烟的男人,不是周弥生又能是谁?

她不觉松了口气,拎着包下车,走向他的方向,开口便道:"你怎么会住在这地方?"

周弥生吸了口烟,道:"有话快说。"

温尔雅跺跺脚,提议说:"要不我们去你住的地方聊吧,好冷啊。"

她呵出一口长长的白气,指尖骨节冻得发红。周弥生蹙眉看着她。

温尔雅看见他的表情,顿时想起昨晚因他而与温秉海产生的争吵,就红了眼眶,低声说道:"我来找你,不过就是想和你聊聊。"

她的委屈无人诉说,她想不通自己为何要来找周弥生,也许是笃定他乐意听她絮叨,也许是认为他就该做她的倾听者。

半晌后,周弥生扔掉手中还剩半截的烟头,用鞋底碾灭,说了声:"走吧。"

他走在前面,只留给她一个背影。

那背影几乎可以掩盖住她所有的身影,温尔雅不自觉仰视他。

不得不说,这一秒钟里,她的心情忽而变好。这是一种,说不清道不明的情绪。

她跟随他七拐八拐进入胡同,若要她再走一遍,她可能都走不出这地方。大约几分钟后,周弥生停在一扇深蓝色防盗门前,掏出钥匙拧开锁,推门而入。

他又朝里走,经过几扇门,才真正到了他居住的地方。

温尔雅忍不住问:"你怎么会住在这地方?"

周弥生道:"大学刚毕业那会儿,在这里住过一段时间。那时候刚毕业,年轻,空有一腔热血无处施展,就连住的地方都暗无天日,但我告诉自己,此一时彼一时,这里暗无天日,不代表我会暗无天日。"

他侧身放她进门,而后轻巧地关闭房门。

人站在距离她很近的地方,她只好昂头看他,盯着他的眼睛。

周弥生将视线移向一侧,轻呼出口气,低声道:"说吧,找我到底什么事儿。"

"没什么——"

"别说没什么事儿,我还不了解你吗?"周弥生笑了笑,漫不经心道,"你的性子,有事儿也不愿意主动找我,如今主动找我,肯定是急不可耐了。"

温尔雅顿一顿:"我哪有你说的那样子。"

周弥生没说话,和她拉出一段距离,呼出的热息拂在她头顶。

这房间小得离奇,狭仄阴暗,空气也不怎么流通。除了一张床和一面柜子,还有床尾一张宽度不超过五十厘米的桌子,就没有别的家具了。

周弥生的东西很少,她想起他只身一人前往西雅图找她时身无一物,走时也只是背走她一只宽大的背包。她又问:"你回来之后,一直住在这里吗?"

"嗯。"

温尔雅忍不住道:"怎么不回家里住?"

周弥生不说话,只看她。

温尔雅才忙解释:"我意思是,我没换密码。"

"换了。"他这次答得很快,"你走后不久就被温家人换了,指纹也删了。"

温尔雅定住,沉默好半响才说:"这个我不知道……"

"我知道。"周弥生道,"找我什么事儿?"

温尔雅忽然不知该从何说起,室内暖气令她渐渐回温,只是好像也没有那么暖。她略局促地搓了搓手,一抬头,发现这人不知何时开始盯着她看,早发现了她的紧张和无措。她无奈道:"你、你最近还好吧?"

"你觉得呢?"他侧过身,走到床边坐下,微微仰视着她,手指从兜里掏出半包廉价香烟,抽出一支叼在唇间,并未点燃。

温尔雅心中轻轻叹息,他面无表情,态度一如既往的冷漠。

温尔雅垂眸,又道:"要不我还是走吧。"

她说完这话,又看向周弥生,见他仍是漫不经心地叼着烟,于是便转身。

手指搭在门锁之上，身后之人终于动了动，莫名其妙地将手里烟头扔过来，笑了声："还真走啊。"

温尔雅气得想哭。

他走来，伸手拉过她面向自己。

他低头看着她，要笑不笑地问："怎么了？跟你家里人发生矛盾了？大过年的被人赶出门，跑到我这里跟我比惨？"

"不是。"

他笑，瞧一眼她委屈的表情、白皙干净的脸颊、微红的双眼，勾着手指将她脸抬起，说："那你说说，咱俩到底谁惨呢？"

温尔雅说："我惨。"

周弥生撇嘴："你惨了还能跟我说道，我跟谁说？"他拉着她的手，让她抬头看，"你看看这地方，比起你们温家，是不是天差地别？"

温尔雅微愣，惊觉自己来找他的目的，该说的话都没说，也不太好意思说出口。他们明明是耳鬓厮磨的人，却为何从来都走不进彼此心里。

周弥生说："你不要因为和家里人吵架才想起我这个备用品，我不是你的垃圾桶。"

"我没把你当成——"

"那是什么？"周弥生凑近她。

晦暗不明的光令她看起来略显紧张，但依旧干净无瑕，明艳动人。

两人都沉默着，沉默里似乎带了些许涌动的情绪。周弥生心下一动，忽地靠近她，问："你今天到底为什么来找我？"

温尔雅道："我就是想来看看你。"

"想我？"他目光灼灼。

温尔雅半是犹豫半是认真地点了点头。

天几乎黑透了。

周弥生点了一支烟，随意套了件衣服，倚到小床上，目光里是温尔雅优雅的背影。他忽然想起她肚皮间的那道疤，现在已经快要看不清了。

时间会冲淡一切，即使当时痛彻心扉。

他问她:"儿子呢?"

"在家里。"她没有留宿打算,回头轻声问他,"要一起回去吗?"

他嗤笑一声:"不了。"

温尔雅道:"怎么了?"

周弥生对她说:"以后别来了。"

温尔雅挽着长发的手指一顿:"你什么意思?"

"没什么意思。"他声音很淡。

她忽然眼热,质问:"你是什么意思?翻脸不认人,急于和我撇清关系,你知不知道,你知不知道……"她一字一句地说,"我为了你——"

周弥生却打断她:"别说为了我和你家人吵架。"他态度冷淡,"我没让你这样做,而且归根结底,你还是姓温。"

温尔雅心中酸涩,沉默道:"我不说,我什么都不说,我就是活该。"

周弥生指尖的烟灰陡然一落。她盯着他看,她看到了,那烟灰落在他皮肤上,不可能不痛,可他一声不吭,连表情都不曾变。

温尔雅盯着他:"你是木头吗?要你说句真话就那么难吗?"

两人一个坐着,一个站着。温尔雅居高临下,以为他不会再说话,谁料他忽然站起,道:"我让你和温家决裂了吗?你的一切都是温家给的,你有多大的力量可以和你爸斗,你就是个笨蛋!被你爸妈利用完,还来找我诉苦,我又算个什么东西?温尔雅——"他的食指抵着胸口处,一字一句地问她,"你说,我又算个什么东西?"

话语戛然而止,气氛忽而沉寂。

温尔雅一眨不眨地盯着周弥生,后者一字一句道:"倘若我要利用你呢?"

温尔雅问:"那你利用吗?"

"你走。"他并不回答她问题,"别让我再看见你。"

温尔雅说:"这就是你的回答吗?"

"滚。快滚。"周弥生忽然歇斯底里道,"都离婚多久了,别来烦我!"

温尔雅眼眶湿润,她不明白事情为何会发展至此,她觉得自己白活三十年,看不清这人心。

"我知道我不够聪明,是一个被你们随便利用的笨蛋。但我自小就是这样被要求的,要乖巧,要贤淑,等我发觉不好时,已经晚了,我已经成了一个笨蛋。但是我再笨也该清醒了,也该懂得你对我应该不只是利用的关系,我想你是喜欢我的,如果我没猜错,这份喜欢也许比我想象中要多。"

"你——"周弥生现在才知道,听她骂自己比骂他要难受一万倍。

他知道她想说什么,她想帮他。

"我周弥生靠天靠地,不会再靠你温尔雅。"他切断她的念想,直白地告诉她,"我不会和你再有半分瓜葛。"

温尔雅气急:"你儿子还姓温!"

他狠狠看她一眼,低低地说:"这是我最后悔的事。"

温尔雅再说不出一句话,双眸微红地看着他,泪糊了满脸。她拉开门把手不管不顾地离去,跟跟跄跄地从那扇蓝色防盗门出来。寒风刺骨的天气,脸颊几乎要被冻僵,温尔雅走了很久才找到车停的地方。

和周弥生相识至今,她从未这样难受过。不管他心里想什么,不管他落魄到什么境界,嘴永远都是硬的,说出的话像刀子一样,刺在别人身上,疼入骨髓,他却像是块木头。

她沉思许久,也想不出所以然。

没过几天,温母打电话叫她回家。她说自己是被父亲赶出来的,温母却道:"是你爸要我叫你回家的。"

温尔雅下意识有些惊喜,但随即感到不对:"爸找我,是有什么事吗?还是又怀疑我什么?"

温母略一停顿:"你之前,有没有告诉过姓周的什么?"

温尔雅想破脑袋,也想不通母亲这话的意思。但她懂了这通电话的意图。

鸿门宴不好赴,自家人不可信。她气道:"您不能直接问周弥生吗?别来问我,我什么都不知道!"

没想到温母态度温婉:"你没联系过他?"

"没有。"温尔雅一字一句道,"我和他彻底没关系了。妈妈,您真的不要再来问我了。"

温母道:"妈妈不是那个意思,妈妈是想你来看看我。"

温尔雅心一横:"我前几天才去看过您,我问过医生,您身体很好。我最近很忙,就先不去了,您也不要打扰我。"

她挂断电话,突然感到心神安宁。

原来,拒绝父母无理的请求是一件这么爽快的事情。她沉吟半晌,给周弥生发去消息,问他最近在搞什么。

周弥生回她:和你没关系。

温尔雅暗自叹息,想了想,瞬间被打通任督二脉,顿悟,周弥生和温氏的"战争"局面似乎有些转变,但是她……彻底从这场"战争"中抽离出来了。

也许,从一开始就有人比她更了解她。

06

再次见到周弥生是在半年后,西雅图家里前院,她在楼上看到他的身影。时针好似拨回几年前,他任职"蓝禾"总裁,西装革履,总是一身精英打扮。

这半年里,温尔雅从未打听过关于周弥生的事情,她的生活很平静,平静到几乎忘却了那个人的存在。只有在小家伙时不时的问题中恍惚,平静地回答不知晓。

温父温母很少联系她,就算联系,她也会将手机丢给温子沐,祖孙间的话题并不多,没多久便挂断。

楼下传来门铃声,她快步走向门口,保姆抢先一步打开房门。她穿一身宽松居家装,长发柔柔顺顺垂至脑后,维持着上前的姿势,却忽然顿住脚步,猝不及防与那人对视。

他看着她:"怎么?"

温尔雅抚了抚裙摆,面色防备地看他:"你怎么来了?"

"我来看儿子。"他动作自然地将西装外套褪下,长瘦手指整理了衣领、双袖,扭过头去,"也来看你。"

温尔雅有些茫然地看着他，表情算不得好，问他："你要待多久？"

周弥生并不理会："儿子呢？上学去了？"

她不回答。

周弥生说："你好像瘦了。"

"和你没关系。"温尔雅说，"你想见儿子就去学校接他吧。"

"一起？"他仍看着她，"我有话想对你说。"

"……好。"

温尔雅去楼上换了身衣服，心中惴惴不安。看见周弥生的那一瞬间，她的心跳速度就变得异常。她从楼上走下，周弥生已经在副驾驶位等她。她沉默不语地走去，上车后也并未说话。她没什么想问的，她对他的事情不感兴趣了，也不要一次又一次热脸贴他的……冷眼旁观。

周弥生看她一眼，说："时间还早，我们找个地方坐会儿？"

他收回"蓝禾"后，送去温秉海面前的东西被悉数扣下，对方派人来询问他用什么作为交换条件。周弥生想要的无非两样：一个是"蓝禾"，一个是温尔雅。

温尔雅："可以。"

"你找地儿。"他说，"我不熟悉。"

温尔雅却说："你难道没调查过吗？"

周弥生笑："那也没你熟悉，你别呛我，我来是想好好找你聊。"

"我呛你了？"

他扭头看她："你还生气。"

"没有。"她说，"我才不会和狗生气。"

周弥生紧皱眉头，沉默半晌，只是叹了口气，低声说："走吧，先走吧，你不痛快骂两句也应当。"

温尔雅诧异他今天怎么脾气这么好，结果车一开，他便睡了去，直至车停才醒来。

温尔雅看见他的惺忪睡眼，心下恍惚，不等他完全醒来便径直下车。周弥生磨磨蹭蹭起身，脚踏上地面后，又开始整理着装。

温尔雅白了他一眼，咕哝道："浪费时间。"

"别急。"他整理完毕,才缓慢踱步,越过温尔雅身侧,又转身询问,"不走?"

她说:"不急。"

周弥生懂了,自觉噤声。

两人一前一后走进咖啡店,温尔雅为温子沐点了一块黑森林蛋糕装入打包盒,自己则百无聊赖地搅和一杯苦咖啡。

周弥生了解她,知道她此刻焦虑不安,心情并没有她表现出来的那种平静。

他正要开口,温尔雅看着他,一字一句问道:"你收回'蓝禾'了?"

他给予她肯定的眼神。

温尔雅颔首,又抬头:"那你还来找我做什么?别说是为了挽回。"

周弥生:"不行?你上次还说想我了。"

温尔雅心脏猛烈跳动,脸颊通红,直截了当道:"你能别犯病了吗?"

周弥生连她一分一毫的变化都不放过,更别提她面色反差如此大。他不着痕迹地勾起唇角,又很快假装淡定:"所以我这不算犯病。"

温尔雅知晓周弥生的意图,之前他不想她多管闲事,于是让她恼羞成怒,如今他不再一无所有,又转过头来追她。什么事情都是他说了算,别人的意见全部被他当作耳旁风。

他抓紧她的手,说:"我知道你是什么样的女人,你温柔敦厚、善良大方,你是世上最好的女人,我们这么多年,儿子想我们好好的——"

温尔雅越想越气,低声打断:"你犯病了是吗?"

"那你就当我是犯病。"

"神经。"她说。

他似乎被她骂到免疫,能自然地屏蔽掉她的骂声。

温尔雅沉吟半响,摁了摁他的手,低声说:"我能求你一件事吗?"

周弥生说:"好。"

"闭嘴吧。"温尔雅恳求道,"真的很烦。"

大半年不见,小家伙看见周弥生,先是尖叫出声,而后冲上去一把搂住他,号啕大哭起来。温尔雅知道他们关系好,却没想到父子俩的关

529

系好到这种程度。她不觉尴尬,只是有些动容,温柔地向老师解释,小家伙和父亲有大约半年没见面了。

回家的路上,小家伙逮着周弥生的手不放。

周弥生说:"你怎么变黑了?"

温尔雅一边开车,一边抬眼通过后视镜观察父子两人。

温子沐"嘿嘿"笑:"可能是晒的。我是男子汉,男子汉就是要和爸爸一样黑。"

周弥生说:"确实,黑点儿倒是更像我了。"

温尔雅沉下口气,到底没忍住:"我儿子比你好看多了。"

"啧。"周弥生蹙眉,"要是没有我的基因,咱儿子能这么优秀吗?"

温子沐有些看好戏地抬头看看,笑得更灿烂。

这场沉寂良久的"战争"此刻在车内又以某种诙谐方式爆发,温尔雅当下并未感觉到不妥,只是下意识就要回怼:"什么你儿子?"温尔雅道,"是我儿子。"

周弥生扭头问小家伙:"你是谁儿子?"

温子沐说:"是爸爸、妈妈的儿子。"

周弥生闻言,挑眉看向温尔雅,眼里全是神气。

温尔雅不好说什么,她不顾及周弥生,也要顾及温子沐,小家伙四岁半,心思敏锐。

晚上,温尔雅哄好小家伙睡觉,自己则去楼下倒了一杯水,缓慢踱步上楼,途经书房时稍一停顿,以为那人会在书房安顿,于是思索片刻,走进主卧。

结果她一进门便看见坐在床尾的高大身影,目光沉静地看着她。

温尔雅不想理他,径直走向梳妆台,将手中水杯搁下。

周弥生在身后问她:"你没什么想说的吗?"

温尔雅说:"没有。"既然这人主动来找她,肯定是自己有什么话憋不住想说,却欲盖弥彰地问她有什么问题?真是虚伪又做作。

周弥生又道:"你问什么都行。"

温尔雅又说:"我什么都不想问。"

周弥生稍一闭眼,自我消化几秒钟,抬眸又道:"那我能问问你——是怎么想的?我已经收回'蓝禾'了,现在就差你了。"他蹙眉,似乎不太满意自己所说的话,但又不得不继续,"我不想折腾,也看不上其他人,咱们在一起这么多年,有儿有家,找个时间重新结婚。你可以继续留在西雅图,我隔一段时间来看你,还有儿子。"

温尔雅透过镜面看他,好看的眉眼逐渐变得疑惑,低声道:"神经。"

他继续道:"你要说人这一辈子肯定有后悔的事情,我也有,就是轻易信了你爸你妈,然后和你离婚。但倘若再来一遍,我肯定也会选择离婚,男子汉大丈夫,有事儿自己扛,不连累妻儿——"

温尔雅打断他:"你在说什么?"

"嗯?"他抬头看她。

温尔雅看着他:"你有意思吗?说再无瓜葛的是你,说离婚的也是你,现在坐在这里一本正经地胡说八道,你是要做什么?"

周弥生唇瓣翕动,却没出声。

温尔雅缓慢道:"'蓝禾'到手了,又开始打我的主意……但我现在不需要懂你的意思了。该说的该做的,你早就说完做完了,你现在可以去找别人,反正你以前绯闻也很多,随便找一个应该很容易吧。我现在看见你就觉得,烦得慌,你能不能从我房间里出去啊?"

他难以置信:"你真烦我?"

"嗯。"温尔雅知道周弥生喜欢她,这份喜欢远比她想象中的要深。在她第一次意识到这件事情时,她承认心中有种飘飘然的感觉,但现在,她认为自己若是沉溺于这份喜欢,才算是个傻子。

周弥生气得胸口上下起伏,好半晌说不出一个字,手指在床单处紧紧攥住。

良久,他才轻轻松开五指,一言不发地起身走了。

连关门声都是静悄悄的,温尔雅诧异于男人的变化,可她确定,她不能和周弥生重归于好,否则她的心意、她的尊严,都是在被他狠狠践踏。

若是半年多以前他对她敞开心扉说这些,他让她做什么,她都会同意。

可时间过了，大脑清醒了，一切便是不逢时。

温尔雅思及此，察觉到自己竟有一丝悔意，便立刻切断思索。

温尔雅决心不理他，周弥生何尝看不出。

第二天，他站在主卧门口敲了许久的门，不见其人，又搬来温子沐这个小救兵隔着道门与她沟通。

温子沐可怜兮兮地说："妈妈，你把门打开吧，爸爸说他知道错了。"

周弥生听这话耳热，但细细想来似乎没错，于是蹲在门前，扶着小家伙的肩膀，要他继续说。

温尔雅说："你让你爸回国，我就出去。"

小家伙着急道："不要啊，妈妈！我想爸爸，我也想妈妈！"

温尔雅不说话，周弥生又没什么眼力见，碰碰小家伙要他继续发力，结果这一发力，把小家伙彻底急哭了。对于四岁半的小家伙来说，爸爸、妈妈是他人生中最重要的人，周弥生大概没意识到这点，直到小家伙越哭越上头，他才反应过来。

话还没说，门便被打开。

温尔雅蹲下身来，将温子沐抱在怀里，一本正经地说道："别哭了，妈妈已经开门了，下次不要这么容易就哭了，妈妈永远爱你，爸爸也是。"

周弥生紧接着道："对，爸爸也是。"

温尔雅白了他一眼，对他无话可说。

因为不小心让温子沐这么伤心，温尔雅心有内疚。

周弥生私下怂恿小家伙拿着游玩门票去求妈妈，说想来一次亲子活动。温尔雅看了看时间尚早，便询问温子沐是不是真的想去亲子乐园玩耍。

温子沐说："想。"

温尔雅："妈妈现在带你去，晚两个小时回家，可以吗？"

温子沐的时间观念很强，他知道两个小时是多久，自己算了算时间，认为可以，便朝着温尔雅点了点头。

温尔雅准备收拾东西，周弥生却恬不知耻地跟来，下定决心般要与前妻和儿子黏在一起。

温尔雅说:"你干什么?"

周弥生道:"我也去。"

温尔雅淡淡道:"你不用去。"

"我得去。你问儿子要不要我去。"说完,他又凑近她,低声说,"情绪,注意情绪。"

温尔雅顾及小家伙的心情,可她自己实在憋闷,又不知为何憋闷。她犹豫半晌,对小家伙说:"你去收拾一下,我和爸爸有话要说。"

温子沐询问道:"那爸爸、妈妈一起陪我去吗?"

温尔雅说"是"。

小家伙一离开,她的眼神表情骤变,看着周弥生:"你进来。"

两人一前一后进了主卧,温尔雅一边找衣服一边同他说:"你什么时候走?"

周弥生:"怎么?"

"尽快可以吗?"温尔雅从衣柜中拿出一身干练舒适的套装,又道,"你不是接手'蓝禾'了吗?你工作不是很多吗?难道不需要你去做?"

周弥生却沉吟数秒,才道:"想换一种生活方式,虽然听起来不切实际,但想试试。"

温尔雅拿着衣服的手一顿,没说话,心道:这人是想和我聊天还是谈心?我可没工夫搭理。

他又道:"复婚,你愿不愿意?"

温尔雅听他又提这个,不耐烦道:"不愿意。别说了,你出去吧。"

周弥生心知,自己动作太快,目的性太强,以至于令她有些接受不了。他习惯慢条斯理,可今天从儿子那里得知温尔雅身边有一个林叔叔,他着实有些毛糙。

他安分下楼,再看见温尔雅,她已是换了一身装扮。

他稍稍挑眉,顿觉眼前一亮。

温尔雅说:"走吧。"

"去哪儿?"

533

"亲子乐园。"温尔雅想，算了，就这一次，为了儿子开心。

可她也知道，有这一次，便还有下一次。

温尔雅收起手机，抬眸间发现周弥生正以一种带有揣摩意味的眼神看她，她不着痕迹地别过眼，假装视而不见。

周弥生却道："你生气了。"

她不讲话。

他又问她："能告诉我为什么吗？"

温尔雅的视线紧随着小家伙的身影，见他无忧无虑地在游乐场中穿梭，和其余小朋友玩耍，大方可爱。她面无表情道："不为什么。"

他说："我向你道歉。"

周弥生看着她，不紧不慢道："不是因为不想折腾，我没有过别人，除了你，没别人。"

温尔雅避开他的目光看向远方，眼眸闪烁。

这一次，周弥生从西雅图离开，温尔雅和温子沐并未前去送行，偶尔他打来电话，温尔雅接过便将手机递给温子沐。

他离开时，温尔雅做了个决定。

也许，她不适合再寻求新的伴侣。

从前和周弥生没离婚时，她一直盼着离婚。如今离婚了，时间蹉跎，一晃她已然到了而立之年。年轻时拥有最多的便是时间，现下竟也觉得时光飞逝，但她想得通，无论是谁，百年之后，都是要尘归尘，土归土的。

那年八月，温尔雅经人介绍，开始参与朋友创办的品牌活动。

好友邀请她一起参与项目，她表示很有兴趣，但没立即加入。

好友穷追不舍，想拉她入股投资，她几乎要松口时，留了个心眼将电话打给冯天若。

可是，她与冯天若寒暄数句，到底没能拉下脸多说，后来她把电话打给了周弥生。

温尔雅自己都想不明白，为什么她觉得周弥生在此刻是值得信任的人。也许是他们见过彼此最落魄的时候，所以不会有任何包袱。也许是作为他孩子的母亲,她相信对方会对她的事情比较上心。

电话打过去不久,周弥生的调查结果便发了过来。

温尔雅的担心没有错。

周弥生没有解释,主动回复电话,只说:"你暂时不能投这个项目。"他有所收敛,态度不似之前决断,说话留有余地。

温尔雅看好友品牌近月来的业绩,其实看不太懂其中奥妙,但周弥生给她做了详细的图形分析,她很轻易便看懂了。

温尔雅恍然大悟,想通好友近日来的电话轰炸,她询问周弥生,倘若她想帮这朋友一把,可行不可行。

周弥生那样自私自利的人,却笑了声:"也不是不行。"

所谓隔行如隔山,温尔雅听了周弥生的话,投入小部分资金,以利于品牌发展的目的,要求朋友与别家品牌合作。自此,一连数月,温尔雅奔波于西雅图周边城市,结结实实忙碌了好一阵。她学着自己曾经没有接触过的专业,虚心请教,尽职尽责。

小家伙支持她的事业,常常对她多有赞赏和鼓励。温尔雅诧异于他的贴心,心想他是不是又和某人偷偷通过电话。

某天夜里,她还未忙完,忽然接到程绍堂的电话,对方邀请她来参加婚礼。

她想也没想便答应,电话里出现静音,一时之间无人说话。温尔雅坐在桌子前,慢条斯理地揉着额角。

程绍堂低声询问她:"最近很忙?"

"很忙。"温尔雅轻声道,"很久没有这样忙过。"

"没想过再回帝都吗?"

温尔雅说:"以后再说吧。"

十月以后,她带着温子沐回国参加程绍堂与唐璃的婚礼。

帝都的秋天金色满眼,落地之后,她手牵着小家伙走在干净整洁的停车场。周弥生助理的身影映入眼帘。

风声呼啸而过,温尔雅只犹豫了一秒钟,便带小家伙上了车。

车子行驶在高速公路上,天气算不得好,风滚过沙,气温微凉。

行驶到半路,温尔雅接到周弥生的电话。她望着窗外风景,说:"你怎么还有空安排这些事情?"

她没告诉周弥生要回国的事情,但他知道,这不让人意外。

周弥生只道:"到哪儿了?"

温尔雅说:"快了。"

"回家好好休息。"他说,"我晚点到。"

温尔雅说:"好。"

小家伙没什么精神地问:"是爸爸吗?"

温尔雅点点头。

温子沐又问:"妈妈,我们现在是要回家吗?"

温尔雅不知道,于是和小家伙开玩笑:"你猜猜?"

时隔许久再回到这栋房子,温尔雅心中感慨万千,一切都是她未离开时的模样。

她有种熟悉的感觉,但这感觉中带有一丝异样。

温子沐远比她表现得落落大方,母子二人倒时差,从一楼走入二楼卧室,轻车熟路地推门换衣,各自睡去。夜晚来临,窗外风声阵阵,毫无察觉。

醒来之后,没见到周弥生,温尔雅猜测他是在书房。

温尔雅下楼让家政准备饭菜给温子沐送去,自己也简单吃了点。她坐在一楼阳台前看电脑里本季度的门店销量,忽然身后出现一道虚虚的身影,她别过眼去,看见周弥生的脸。

他站在她身后,看着她屏幕里的数据,略略挑眉:"还可以。"

温尔雅将电脑稍稍移远了些,低声询问他:"过来多久了?"

"你问什么?"周弥生看着她,"下楼,还是住进这里。"

温尔雅本意想问他下楼,但听闻这话,对后面那个问题产生了兴趣。她没说话,对着他点了点头。

周弥生拉开椅子在她身旁坐下,说:"刚下楼,上次从美国回来,就搬回来了。"

536

温尔雅沉默不语。

周弥生侧目瞧她:"回来参加婚礼?"

"嗯。"她说,"绍堂要结婚了。"

他说:"我知道。"

"你怎么知道?"

周弥生看向别处,修长的手指托住下颌,漫不经心地答:"程绍堂给我发请柬了。"

温尔雅诧异,她没想到程绍堂会给周弥生发请柬。

周弥生笑:"是不是想不到?"

温尔雅说:"是……但也还好。"

他不言语了。

夜已深,窗外风声呼啸,温尔雅无心工作,在周弥生面前,她不够坦荡,不想被他评头论足,她在等他离开。

过了会儿,她却听他道:"有没有想过回国内发展?"

温尔雅应声:"什么?"

"把你的品牌发展到国内,在帝都、海市创办线下活动,网站旗舰等。"

温尔雅微微眯了眯眼睛:"我朋友是有过这个想法……"但当时对方只说了一下未来打算,并未深入探讨。

周弥生说:"那还是有可能回国内发展的。"

气氛安静得不像话,两人很少有这样祥和的气氛,温尔雅没想那么远,只道:"也许吧。"

周弥生忽然问道:"其实我也不是一点儿好都没吧?"

温尔雅差一点就要反问:你有什么好?

但下一秒,他便又道:"不然你也不会遇到事情想着先给我打电话。"

温尔雅又想:还不是因为你宁教我负天下人,不教天下人负我的性格。问你,总归害不了我。但……也有一点儿别的意思吧。如果那通电话打给程绍堂,程绍堂或许不会像周弥生这般坦诚。旁人都说周弥生城府深,程绍堂又何尝不是吊儿郎当,不以真心待人,令人摸不清真假。

而且,她是周弥生真心对待的人。

不知不觉,周弥生也已经成为她眼中最为真实的人。想来还有些肉麻,这种关系想多,令人羞赧。

她沉默着,周弥生侧眸寻求她答案,问她:"是吗?"

温尔雅低声:"你说是便是吧。"

她轻轻打了呵欠:"我上楼去,你请便。"临走前又交代道,"别打扰我。"

周弥生确实老实了些,连续几晚都没主动敲响过主卧的门。温尔雅给小家伙在帝都报了个短期幼儿班,他主动请缨去接送,省了温尔雅不少时间。

说来也巧,程绍堂和唐璃的婚礼也在柏纳庄园举办,温尔雅问他:"你们也定在这里?"

程绍堂闲闲道:"唐璃说想来这儿。"

有句话他没说,唐璃选择柏纳庄园是因为温尔雅和周弥生,她说,提分手那天,她来找他,拖着行李箱看见他们的车渐行渐远,心里有一种说不出的滋味儿。

人很难对自己没有经历过的事情产生共情,但程绍堂知道,唐璃心中那股说不出的滋味,不会是什么好滋味。他说:"既然她想,就一切随她。"

温尔雅道:"从小到大没见你心甘情愿听谁的话,原来都是为了等她。"

程绍堂却是瘪笑道:"怎么,我听说你又和你前夫住到一起了?"

"是他搬到我这里的。"她纠正说,"不要胡说八道。"

程绍堂笑:"得。"

婚礼当天,温尔雅与周弥生分开出席,却因温子沐的撮合不得不凑在一起。环顾四周,温家亲戚都在场,温尔雅只能无惧数道目光,和周弥生并排而站。

周弥生问她:"熟悉吗?"

温尔雅看都不看他:"有意思吗?"

周弥生低眸一笑，在她手心塞了个东西。

温尔雅疑惑，但手心里的形状越发明显，再摸几下，她都不用低头去看了，甚至还想再问他一遍刚才的问题。

周弥生道："有意思。"

他自觉撤退，并未和她坐到一桌。

周弥生在进入婚礼现场的门时，恍然大悟程绍堂给他下请帖的原因，大部分是想显摆，小部分也许有另收他份子钱的意思。

若不离婚，他们一家三口在一起，他哪里需要单独行动。

周弥生越想越觉得此人鸡贼，又想自己数年来与他不和也不是没有原因的。

程绍堂会装，比他更甚。

他回忆起与唐璃的交锋，小姑娘心眼儿多得小身板都快装不下……他连连摇头，这两人简直绝配。

另一边，温尔雅摩挲手中的戒指，最终将其戴上手指。

他怎么会把这东西找来再送给她？结婚戒指，她从结婚之后就没戴过了。

他是想干什么？求婚吗？一点儿诚意都没有。温尔雅侧眸看了眼那人，周弥生恰好也将视线转移。人影憧憧中，两人四目相对，说不清哪里变了，又或许没变。

他们之间的感情复杂得叫人看不清，也可能，很明显了。

温尔雅垂眸瞧着灯光下的那颗璀璨戒指。

周弥生的意思，她认为自己并未猜错。她已经不会再将此人妖魔化，在人生旅途中浮浮沉沉数年，她明白，有的人外壳再坚硬难撬，左右也不过是人，是人，就有七情六欲。

她想起很多不堪回首的往事，说它不堪回首，倒不是有多痛苦难堪，只是想来格外幼稚。

不知道周弥生，会不会也和她一样，如此想过。

番外三 /
这辈子有你真好

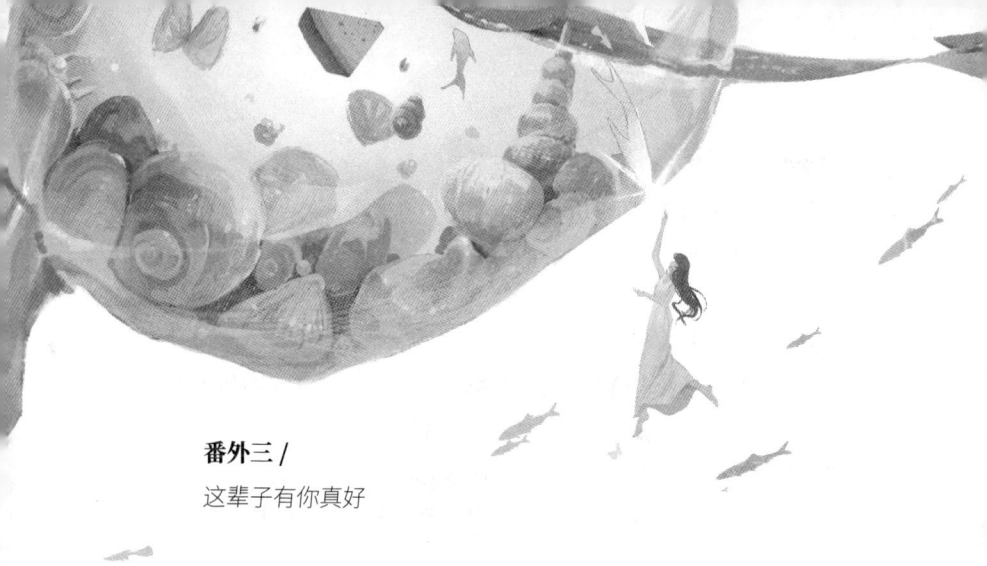

⊙这是他们人生中最平凡的一天,她终于实现梦想,也拥有最好的程绍堂。

01

唐璃的事业处于上升期,开发的游戏项目席卷各个年龄层,专为女性服务的品牌公司也发展得很好。

程绍堂经常见不到她,那天他发去一条消息,询问唐璃下次见面是否需要提前预约。

唐璃回他:算了吧,给你开个后门。

程绍堂开车去接她,途中聊起唐璃喜欢的话题。

唐璃这段时间对周弥生和温尔雅这对前任夫妻的故事兴趣大于其他,他将温尔雅今后要回国发展的事情告诉唐璃。唐璃问:"她没交男朋友吗?"

程绍堂说:"这不是有周弥生吗?"

唐璃差点儿没懂他这话的意思,她坐在车里看着窗外,缓慢转过脸,说:"他们两个?"

程绍堂笑而不语。

唐璃一本正经评价:"或许孩子就是两人之间的纽带,为了小家伙,两人也不得不联系。"

其实程绍堂觉得不尽然,但他没有反驳,只是欠欠地问她:"那你呢,想不想生孩子?"

唐璃说:"我不想,我太忙了。"

因为生孩子的问题,唐璃带程绍堂去了趟医院,预约了男性分娩体验。

那天,唐璃站在一边观察他。

护士侃侃而谈:"这个项目到目前为止还没有男性体验成功过,虽然是模拟分娩,但其实和产妇真实的生产过程不同,女性怀孕期间,会出现早孕反应,怀孩子的那十个月身体变重,内脏器官被挤压,会出现各种情况,体力并没有男性好,而且每个产妇体质不同,产程长短不同,所以这个项目只能是模拟,可调节,也可以停止。"

到三级时,程绍堂明显感觉到腹部、腰部一阵疼痛,像是皮肉用力收缩,又像是车轮碾过肚皮。他一声不吭地忍着,忍到后来几乎听不到护士与唐璃的交谈。

后来,他出声询问时,护士"哎呀"一声:"五指了,还早着,忍不了就终止哦。"

唐璃也说:"不要强撑,可能会有后遗症。"

程绍堂一言不发,浑身肌肉都在绷紧,唐璃看见他的表现有些心疼,让护士按下终止。

那一瞬间,程绍堂像是活了过来,猛地松了口气。

他一言不发,唐璃和护士聊的都是些生育相关的话题,他也不发表任何意见。

离开之后,程绍堂坐在车里,才低沉地说了声:"你不想生就算了。"

唐璃眨巴眨巴眼睛,问他:"怎么了?"

程绍堂连连摇头:"真疼。"他一个男人都觉得疼,唐璃那瘦瘦小小的身子更挨不住这痛苦。

唐璃笑着同他开玩笑:"如果达不到顺产标准,也能剖宫产的。"

541

程绍堂更是摆摆手："算了，别要了。"

唐璃打了把方向盘，将车开出医院。程绍堂忽然说："不行，我得给我干儿子打个电话，联络联络感情。"

有关温子沐要给程绍堂做干儿子的事，多年以前温尔雅提过一次，程绍堂拒绝了。当时他年轻，还没和唐璃复合，而温尔雅是周弥生的老婆，小家伙还叫周子臣，关系十分复杂。

一晃这么久过去了，他才后知后觉，真得和他干儿子联络联络感情了。

温尔雅和温子沐回国前几日，程绍堂主动请缨前去迎接。前者支支吾吾地说有人会接。

程绍堂一下便想到周弥生，不客气道："你把他推了，我和唐璃去接你，连带着天若和他媳妇，一起给你和我干儿子接风洗尘。"

温尔雅说："算了，我们不倒时差吗？"说完又道，"我儿子何时变成你干儿子了？"

程绍堂说："一直都是。"

温尔雅失笑，不与他争辩。结果回国当日，他与唐璃真的来接他们，和周弥生在接机口相遇。

温尔雅到的时候，两人已经吹胡子瞪眼睛许久，唐璃一看见她便一副救命的表情："来了，快别闹了。"

程绍堂面无表情地问温尔雅："你跟他走，还是要我和唐璃送？"

温尔雅不好驳他面子，便道："你把我送回家吧。"

温子沐六岁半了，说要跟爸爸一起。程绍堂拉他到一边："你跟干爸一起，干爸给你买礼物了。"

温子沐想了想，笑着说："那好吧！"

上车之后，程绍堂便与温尔雅商量下次见面吃饭事宜。

温尔雅以为只是简单吃个饭，谁料，吃饭当日来了不少人，唐璃将备好的礼物送与小家伙。

那是一个富丽堂皇的锦盒，温尔雅微微诧异，问唐璃："能打开看看吗？"

唐璃笑着说："可以。"

温尔雅打开盒子一看，竟是一套京郊别墅。

她问程绍堂这是什么意思。

程绍堂道："送我干儿子呢。"

温尔雅又看唐璃，唐璃问温子沐："以后就叫我干妈了，好不好？"

温子沐"啊"了一声，问温尔雅："妈妈，真的假的？"

温尔雅也道："你们来真的？"

程绍堂说："不然呢。"

于是乎，这场聚餐就成了程绍堂和唐璃的认子大会。

小家伙还不知道这个仪式对于他而言意味着什么，只是他记事，将这件事永远保存回忆。

温尔雅认了这门亲戚。作为母亲，她当然希望自己的孩子能拥有更多的爱，何况程绍堂和唐璃二人都是不俗之辈。

就是这过程有些稀里糊涂了些。

周弥生知晓温子沐成为程绍堂干儿子的事，已经是数日之后。

温尔雅刚刚洗完澡，卧室门猛然被打开，周弥生将手机甩在她面前，质问她是怎么回事。

温尔雅这才看清手机屏幕里的照片，原来是程绍堂和唐璃认干儿子那天的场景。她轻声细语："什么怎么回事？"

周弥生双手撑在桌面上，面色凝重，显然气得不轻。他目光直直地盯着她的脸，无可奈何道："我儿子怎么就成了程绍堂的干儿子？"

温尔雅抿了抿嘴唇，低声说："本来就说好的。"

他拳头紧紧攥着，沉沉呼出一口气。

"好了。"温尔雅说，"认都认了，仪式也办了，他们夫妻俩还给你儿子买了一套京郊别墅，你到底有什么不满呢？"

周弥生道："我缺他一套别墅？"

温尔雅眯了眯眼睛，心道：你是不缺，为什么还住在我这里？

周弥生松开五指拍拍桌面，道："想认我儿子当干儿子也可以，至少得敬我这个老子一杯。"

温尔雅察觉到他的意思,问道:"你想和绍堂吃饭?"

"不是我想。"他说,"必须得他来请我,这是礼节,懂吗?"

"不懂。"温尔雅不留情面道,"要说,你自己说去,别来找我。"

她擦擦长发,准备去衣帽间换身衣服,于是撵他出去。

周弥生一动未动。

温尔雅便拿抚养权说事儿:"婚都离了,温子沐的抚养权在我这里,你现在寄居在我家,你是怎么有自信说出那些话的?"

周弥生半晌没作声,一出声便有语出惊人:"复婚不就得了。"

温尔雅停下动作看他。

他又说一遍:"复婚不就得了。"

他似乎有些诚意,但又吊儿郎当。

温尔雅继续挑选衣服,回绝他:"做梦。"

过去,她与他纠缠在婚姻中,她一遍遍向他提及离婚,他都是用这两个字回绝。如今用同样的话回绝他,当真是痛快。

悔不当初。若说周弥生此刻心中最大的感受,就是这四个字。如同当头棒喝一般,一棒一棒敲打着他。

他一声不吭地出门,温尔雅以为他心情不好,今日不会再回来。没想到夜半三更,他又不声不响地进了主卧。

察觉到身旁有人,温尔雅仍迷迷糊糊。她眼睛尚未睁开之时,唇角就已经被人用力咬了几口。她推搡着他,问他怎么进来的。

周弥生:"有钥匙,进来不费劲。"又道,"同一屋檐下,你就没想过我半夜会钻你被窝?"

这话说得着实难听,气得温尔雅睡意全散了。

周弥生见她不悦,低声询问:"你就不能对我好点儿?"

温尔雅心道:我还要怎么对你好,你这种蹬鼻子上脸的性格,对你纵容就是让自己吃亏。她转过脸去,再次闭上眼睛:"我困了,你出去。"

周弥生又说:"我就躺在这里,什么也不做。"

温尔雅说:"我不信。"

男人便真就没有乱动,持续几分钟,空气趋于安静。他伸过手来,沉声道:"睡了?没睡?"

"嗯。"

他絮絮叨叨,说她父母心机似海,当初设计让他离婚净身出户,否则他不能连儿子认别人当爹都没有话语权。听前半段,温尔雅以为他仍没放下心中的仇恨。再听后半段,她便明了,这人气的是程绍堂认小家伙做干儿子的事儿。

她敷衍道:"放心吧,谁都没你这个亲爹亲。"

温尔雅没说假话,温子沐是那样喜欢周弥生,胜过世间任何人。

周弥生却道:"我儿子以后要给别人养老,我能放心?"

温尔雅说:"他长大后结婚,也要给岳父、岳母养老的,他们也算是别人吗?"

周弥生冷哼:"一码归一码,你别顶嘴。"

好吧,那她不说了。

她不言语,周弥生还是不满意。

"你既然醒着,就陪我聊会儿。"周弥生这样说。

温尔雅无奈:"你刚才要我不要说话。"

周弥生笑出声:"可以说了,别说我不爱听的。"

她心道:他怎么变得这样幼稚,果然开了窍的男人格外……吓人。

空气安安静静的,温尔雅不再推搡,她心知推他无用。回国后,她常常有种周弥生也许很是深情的错觉,在朦胧不清的夜里,两人视线不可避免地交错,他低下头亲吻她的额角。

他低声说:"你约他出来,我和他见一面。"

温尔雅没再推辞,只道:"你保证收敛着脾气。"

"我保证。"

02

李默川复读一年考上帝都的大学,唐璃亲自接送。

这次与以往不同,李家条件好了些,家里的餐馆歇业一周,唐诗英和李银海一起来送李默川，顺便来找唐璃，在帝都游玩几天。

来的途中，唐诗英给唐璃打电话。李默川坐在一旁发言："此乃一人得道，鸡犬升天。"

唐诗英气得直打他："这臭小子。"

唐璃在电话那头笑道："好了，川川，不要闹了，休息会儿吧，很快就到了。"

李默川叫嚣："去到学校，就别再叫我川川了！太幼稚。"

唐璃："好的，川川。"

李默川无奈。

程绍堂最近出差，唐璃没告诉他，姑父一家已经在来帝都的路上了，唐璃想，等过几天他回来，再一起吃饭也可以。

一见面，姑姑便盯着她的肚子瞧。唐璃直截了当地说："别想了，没有的。"

唐诗英欲言又止。

唐璃说："我们不准备生孩子。"

这或许是两代人思想方式的对立和碰撞，纠结又无解。唐诗英小声询问："他家里不说你？"

"不说。"唐璃基本见不到程绍堂的家人，所以无须顾虑，"我独立又清醒，不需要孩子傍身或是加持，而且我现在工作挺忙的，从小见您带我如此辛苦劳累，对生孩子没有太大想法。"

唐诗英道："话不能这样讲，辛苦劳累都是有回报的，我一点儿都不后悔。"

唐璃挽起唐诗英的胳膊，头抵在她肩上蹭蹭："我知道。"

只此一会儿，唐诗英再也没说过生孩子一事。她不想成为唐璃的负担，又实在心疼侄女工作太累，问她："工作怎么样？"

唐璃势在必得道："挺好的。"

从小到大，她都是这句。

唐诗英不言语，面容中满是笑，只是每当唐璃这样说，她就觉得亏欠了她。

李默川入的是理工系，安顿好他的住宿之后，唐璃开车载一家人去吃饭。

这顿饭吃的是烤鸭，鸭皮红润有光泽，咬在唇齿间油香四溢，鸭肉柔软细腻，包裹着蘸料和米皮，口感丰富多彩。

其间，他们聊到程绍堂。李默川问唐璃："姐，我姐夫呢？"

"出差了。"唐璃笑道，"怎么，你想他？"

李默川说："想啊，我真有点儿想姐夫！"

李默川挺聪明，在第一次高考失败后，他痛改前非。高四那年，他奋笔疾书，努力考上大学，为的就是来帝都追随唐璃。

他对程绍堂莫名崇拜，这是唐璃在与唐诗英交谈时感知到的。

李默川说，第一次见程绍堂的印象过于深刻，觉得程绍堂太帅太有魄力，至今为止他都没有改变过想法。

唐璃将此话告诉程绍堂，程绍堂很是得意，并在李默川生日的时候送给他一辆崭新的跑车。

唐璃很是诧异，由于程绍堂事前没告诉过她，在李默川面前，她忙推辞道："你给他这个做什么？他连油费都付不起。"

李默川顿时噤声，蔫了一般："姐，你可真没劲儿。"

程绍堂拍拍他的肩膀："怕什么，有我不是？"

程绍堂给了李默川一张卡，未来他可以免费加油。

但唐璃总觉不妥。

程绍堂打趣道："怎么？你是觉得你弟的二十岁和你的二十岁差别太大，心理不平衡？"

唐璃回他："那倒不至于，就是他太年轻，太容易得到这一切，我怕他会骄傲。"

可程绍堂不以为意："生不带来，死不带走的东西，有什么好骄傲的？"又道，"那姓周的和温聿水火不容，我和小川这样挺好，反正我觉得挺好。"

唐璃想来，也是。

温聿和周弥生两人水火不容，这事儿不算秘密。周弥生二进"蓝禾"

547

的事情在业内广受关注，风吹草动都叫人看得一清二楚。

唐璃笑着说程绍堂："你怎么总爱和他比呢？"

程绍堂道："是他总和我比。"

李家人喜欢程绍堂，他自己比任何人都清楚，且比任何人都享受这件事。

这虽然并不会给他带来福利，却让他心情愉快。若叫周弥生见过此事，说不定他会嫉妒得咬牙切齿。

学校掀起一阵流感，一个班里大半学生中招，温尔雅千防万防，温子沐还是中招。她陪着小家伙去医院输液，小家伙问她，爸爸会不会来。

温尔雅说不知道，转头给周弥生发信息问他会不会来医院。

输到最后一瓶液时，周弥生姗姗来迟。

他这人相当高调，无论做何事，无论在何时。

温尔雅只看他一眼，便收回目光。虽说人是她叫来的，但不想和他说话的也是她。

周弥生环顾四周，说："这医院人少。"

温尔雅起身："你坐下陪着，我出去待会儿。"

周弥生的目光随着她的身影飘远，直至温子沐叫他，他才回神。周弥生问："你妈怎么了？"

温子沐摇了摇头，咳嗽两声。

周弥生在小家伙旁边坐下来，用手背触碰他的额头，问："难受不？"

温子沐昏昏沉沉地说："还行，就是没精神。"

"没精神就睡会儿。"周弥生说，"等有精神了再说话。"

输完液，被护士拔了针管，去掉固定器，温子沐这才倚在温尔雅怀里睡着了。路上周弥生想和她说话，都被她回了去。

到家之后，温尔雅把小家伙抱回卧室。周弥生就在身后看着，看她那瘦弱的身体抱起四五十斤重的孩子，有点儿惊讶，但没帮忙。

温尔雅转身出门，一扭头便看见他。他开口询问她怎么回事，她感觉自己快累死了，半分想搭理的心都没有，一句话也不想和他讲。于是，她与他错身而过，头也不回地离开了。

周弥生一脸不可思议地看着温尔雅的背影，心道自己是哪里又得罪她了？

等到和程绍堂见面的那天，已经是几个月后了。

这段时间，两家人因为繁忙，不断将见面时间向后推，主要是这顿饭的重要性不算太大，所以并未有人重视。可真到了见面当日，周弥生在衣帽间磨蹭许久，出来时容光焕发，将温尔雅母子二人看了个愣怔。

温子沐"哇"了一声："爸爸，你今天好帅啊。"

温尔雅沉默数秒，才道："你这是——干吗去啊？"

"吃饭。"周弥生指尖划过衣领，漫不经心地说，"不是跟那谁吃饭吗？"

结果到了地方，温尔雅发现周弥生口中的"那谁"也貌似有些夸张。

唐璃见到她，便询问起温子沐的身体状况，温尔雅简言之："已经好多了，但还没让他去学校。"

唐璃拍拍小家伙的脑袋，又道："小可怜，让干妈看看。"

只是，没一会儿的工夫，后面的两人就吵起来了，一人一句，话题围绕着"儿子"，唇枪舌剑的，谁也不让谁。

温尔雅和唐璃听得一愣一愣的，一时之间都不知道怎么去劝开二人。

周弥生："我就是看不惯你这要风得风，要雨得雨的样儿。"

"哼。"程绍堂道，"你是羡慕吧，'温弥生'。"

打人专打痛处，程绍堂是懂得如何让周弥生跳脚的。

周弥生气急："你有病吧？"

程绍堂道："豪门第一赘婿非你莫属，还是被踢出来的那种。前无古人，后无来者。"

周弥生气得胸膛上下起伏，扯扯领口，又道："你生不出来。"

程绍堂却说："干儿子也可以，反正我有。"

温尔雅怕这两人胡言乱语，说出什么孩子不能听的话，联合唐璃，一人劝一个，好让人闭嘴。

唐璃小声对程绍堂说:"毕竟是干儿子的亲爸爸。"

程绍堂嗤笑:"他要不是,更给他好看。"

温尔雅皱着眉头斥骂周弥生:"你要闹成什么样子?不觉得很幼稚吗?"

"不觉得。"他低声道,"这顿饭,谁请?"

温尔雅说:"不知道,总有人请。"

"让他请。"周弥生面无表情,"吃穷他。"

03

唐璃曾和好友顾彰一起采风。那是顾彰停止拍摄商业电影的第三年,也是他前往云贵川的第三年,却是他约唐璃同行的第一年。

顾导近几年成绩原地踏步,于是打算回归质朴。

程绍堂得知此事,当机立断:"我也去。"

正在看手机消息的唐璃大为震惊:"你也去?"

程绍堂漫不经心道:"不行?"

不是不行,只是唐璃感觉程绍堂此行——醉翁之意不在酒。

两人去商场逛街,准备前往云贵川的衣服,唐璃身型纤瘦,像是衣服架子,穿什么都好看。售货员舌灿莲花,轮到一身红色吊带裙装时,程绍堂问道:"你要穿这身?"

唐璃说:"还不错。"

她手里的红色裙装是抹胸设计,内衬紧紧修饰着身体曲线,十分有型。

程绍堂压低声音:"你穿这件去云贵川,会晒伤。"

唐璃想了想,也是。她眼光很相似,衣柜里多是些香风套装和西服套装,干练中不失精致,行动起来也算方便。

她放下这条红裙,却被程绍堂抓住手腕:"穿给我看。"

他们的机票订的是明天下午,三小时飞行时间,大约晚上到地方。顾彰打算坐火车前去,被程绍堂拒绝了。

他对唐璃说:"他自己坐火车,我们先去看看。"

唐璃问程绍堂:"你不忙吗?"

程绍堂回她:"你问哪方面?"

"工作方面。"唐璃坦诚道,"怎么有空陪我去云南?"

程绍堂轻轻地笑一笑,没回答这个问题,只是摸摸她的脑袋。唐璃撇了撇嘴,抬头看他一眼,正巧对上这人的目光。

两人相视一笑。

陪唐璃的这次旅行,程绍堂唯一的想法便是——男人的心思,男人最懂。

他原本就不满意顾彰此人每年发给唐璃的消息。

有时候在工作日的夜晚,有时在睁开眼睛的清晨。唐璃总会收到来自顾彰的消息,来自他对祖国大好河山的赞叹及照片、视频。

唐璃的表情看起来很是震惊,有时她会兴奋地给人回上一大段话,打字或发语音消息,程绍堂不可能听不见这些。

就这么过了一段时间,他才假装无事地问起唐璃,顾彰的近况。

唐璃絮絮叨叨说了许久,将自己知道的全盘托出,不免加上她心中对顾彰的评价。

程绍堂端起杯子抿了一口水:"你俩关系不错。"

"还行。"

程绍堂说:"注意点儿。"

唐璃反应过来:"你吃醋啊?"

"嗯。"他说,"没有。"

"没有吗?"唐璃眨巴眨巴眼睛,"听着怪像。"

程绍堂说:"那就一点儿吧。"

两人先到了花城,两天后才等到顾彰。顾彰对接下来的路线无比熟悉,特地带着唐璃和程绍堂包了辆车,一路从花城直达目的地。

一路颠簸,颠得程绍堂极为不爽。

夜里睡觉前,程绍堂出门抽烟。他几乎不抽烟,从前和唐璃在一起时,也只是夹着一支烟把玩,可今日无论如何睡不着。

他不理解顾彰为什么会安排他们住在老乡的家里,他站在房间里浑身难受。

顾彰恰好出门,两人就这么碰上了,他伸手问程绍堂要烟,程绍堂说没有。

顾彰笑呵呵的,也不生气:"真没有,假没有啊?这么抠门。"

程绍堂面无表情道:"没。"

言简意赅,顾彰看出了他的不爽,也深知两人不是一路人。

可他偏偏想与程绍堂说道。

顾彰讲了个故事,虽然程绍堂不是那么想听,但他还是讲完了。

他说此户人家家里只有三个人,爷爷、父亲、女儿。女儿今年九岁,正在上学,所以不在家,父亲外出打工,不幸出意外变成了残疾人,卧床不起,爷爷如今七十五岁,几乎丧失劳动力。

顾彰描述了一个困难家庭负重前行的生活。他说他第一次拍到小姑娘时,小姑娘很是害怕,后来拍得久了,小姑娘来找他聊天,说了许多自己的家事,再后来,他们成为朋友,他被邀请到家里做客。

程绍堂道:"你是个好人。"

唐璃和程绍堂在村里待了三天,加上之前在花城等待顾彰的两天,一共历时五天。分别时,程绍堂没看住唐璃,她和顾彰来了个拥抱。

等他反应过来,两人都已经抱完了。

于是程绍堂在飞机上提及此事。

唐璃笑:"你……不会吧?只是拥抱一下,友情的名义。"

程绍堂说:"男人最会以友情的名义耍流氓。"

唐璃蹙眉:"有吗?"

"你是男人吗?"程绍堂面无表情地转过眼神,看着她。

唐璃一怔:"我不是,你是。"

"那不就得了。"程绍堂低声,"下次别这样了。"

话虽然如此,程绍堂回帝都之后,以唐璃的名义捐助了一大笔钱,供他们去过的村庄里的一些贫苦孩子上学。

04

某年春节,程绍堂跟唐璃回小城过年。

唐璃准备带程绍堂去当地最大的超市置办年货,敲响李默川的房门:"川川,跟我们一起去吗?"

"不去!"房门内传出一句。

唐璃变脸:"窝在房间里不出门?谈恋爱了吗?"

房门内没动静。

程绍堂拉着唐璃往外走,直至下楼,唐璃才问:"他是不是真的谈恋爱了?"

"你管呢。"程绍堂牵着她的手,手指一下一下地揉搓,说,"你在他这年纪的时候,在干吗?"

唐璃想了想:"我和他这样大的时候——已经分手了。"

程绍堂蹙眉:"这么早?"

"嗯。"唐璃一字一句道,"我十九岁就跟你了。"

程绍堂吆喝一声,怪骄傲的:"好年纪。"

"十九岁分手。"唐璃瞥他一眼,"你骄傲什么?"

程绍堂笑笑:"不是有句话,不在乎天长地久,只在乎曾经拥有。"

唐璃开玩笑:"你想和我离婚啊?"

"怎么会。"程绍堂说,"我既要天长地久,也要曾经拥有。"

两人手牵手走在小道上,唐璃小声咕哝:"那你还挺厉害的。"

两人到超市闲逛,唐璃买了些李默川爱吃的零食和唐诗英爱吃的甜点。

她走到水果区域时却看见两道熟悉的身影。唐璃明显一怔,程绍堂的视线扫了一圈,才落在秦钲和他身旁身怀六甲的女人身上,好半晌他才想起这人是谁。

回忆瞬间向几年前几人一起吃饭的画面涌去。程绍堂按兵不动,他着实和人家不熟,万一他搭话,对方不予回应或是唐璃介意,麻烦就大了。

短短数秒，他心思转得如此多，对视的二人肯定也思绪万千。

秦钲先开口，道："好巧。"

唐璃有点儿不自在，但很快调整好状态："是啊，新年快乐。"

秦钲："你也是。"

三句过后，两人各自带着各自的伴侣离开。付款时，程绍堂隔着不远不近的距离看见他们的身影，女士的肚子已经很大了，走路不便，面色不算太好，有种劳累后的憔悴。

出门后，程绍堂才问唐璃什么感想。

唐璃摇头："没什么感想，都挺好的。"

程绍堂盯着她瞧："人和人讲究缘分，咱俩就是有缘分。"

唐璃听到这话，"扑哧"一声笑了："可不是嘛。"

程绍堂道："怎么听你语气不太认可？"

唐璃哼道："这世上就数你最有心机。"

说完，她就看着他。程绍堂牵着她的手，越想越觉得她什么都知道，他对她的情感比初次见她时还要浓烈欢喜。

无人再提及令人不愉快的人或物，灯笼高高挂起，行人络绎不绝，两人坐在车里，缓慢行驶在街道中。

一回到家，唐璃再次敲响李默川的门，这次他打开了，态度不耐烦道："干吗啊！"说完，他又认怂般叫了声"姐"。

唐璃："你在房间里做什么？"

"忙。"

"来吃些零食。"唐璃说，"叫你也不去，就不该给你买这些。"

李默川抱着手机吃零食，唐璃欲言又止地看了眼程绍堂。程绍堂轻咳一声，开口道："女朋友？"

李默川很快地"嗯"了声，"嗯"完，笑容瞬间僵在脸上，表情尴尬。

程绍堂如实向唐璃禀告："你弟恋爱了。"

唐璃面无表情："我听到了。"

李默川几乎每个周末都会来家里找唐璃和程绍堂，一路过来十分坎圸,搭地铁换公交车要几个小时。程绍堂虽然送了他一辆跑车,但跑车张扬,他不常开。

程绍堂询问他开没开车。

李默川说:"没有,太招摇了。"

程绍堂拍拍他肩膀:"下次带女朋友去兜风。"

李默川没向唐璃提过他女朋友,但在程绍堂面前,他侃侃而谈。虽然他交代过程绍堂不要告诉唐璃,但程绍堂如果真的要告诉,他也没法子。

李默川的女朋友叫罗凝,外国语学院院花。

程绍堂闻言挑眉:"不错,有照片没?"

于是李默川拿出手机递给程绍堂,屏幕中一张女孩抹着浓妆的照片,美得很张扬。

程绍堂点评:"你喜欢这种类型的。"

李默川一本正经道:"本人比照片好看,她不上相。"

程绍堂又道:"没你姐好看。"

"哎呀。"李默川笑嘻嘻,"姐夫眼里,我姐最好看。"

罗凝是李默川死缠烂打追来的,据他本人叙述,追得十分艰难,几乎要放弃之时,对方才松口答应。从他的话中,程绍堂隐约感知到他对罗凝的喜欢程度不是一般的深。在透露给唐璃此信息后,唐璃主动要求见一面罗凝。

李默川很是诧异,问唐璃要做什么。

唐璃说:"你问问她,愿意和我见面吗?不愿意就不见。"

罗凝同意了,这让李默川更为诧异。

见面那天,罗凝睁着一双星星眼,夸赞唐璃:"姐姐,你好漂亮,你的皮肤好好。"又询问,"听李默川讲,你是自己创业,在帝都开了两家公司,姐姐,你好厉害。"

唐璃笑着说:"你也漂亮。"

李默川一句话都接不上。

吃完这顿饭,回学校的路上,罗凝第一次主动和他讲那么多话,无一不是关于唐璃的。

李默川悉数回答完,恍然间开口:"你是不是爱上我姐了?"

罗凝竟然脸红了:"如果我是男人就好了。"

李默川一时呆了,他给唐璃发消息:完了姐,我女朋友说她爱上你了。

唐璃回他:确实漂亮。

第二次见面,李默川带罗凝到唐璃公司找她。

李默川依稀记得,唐璃原本是做游戏的,后来创办品牌,专为女性服务。罗凝得知后,赞叹不已。

李默川知道唐璃能力强,但觉得罗凝多少有些夸张了。罗凝稍稍一怔,反问他:"你知不知道一句话?"

李默川:"什么?"

"Girls help girls(女孩帮助女孩)!"

李默川说:"你是不是觉得我姐很酷?"

罗凝点头,在听过唐璃的经历之后,她更加懂得唐璃创办女性品牌的意义。

到了吃饭的时间,程绍堂开车来接他们三人。见到程绍堂,罗凝又不淡定了。

李默川说:"这是我姐夫。"

罗凝情绪莫名激动:"你姐夫好帅。"

"咋了?"李默川不满道,"再帅也是我姐夫。"

"很般配。"罗凝压制住激动的声音,"很好嗑。"

李默川问:"那我们呢?"

罗凝当时没答出来。

李默川有些伤心,他觉得自己好像永远达不到罗凝的标准,有点儿怀疑两人是否合适。但唐璃和程绍堂告诉他,罗凝这女孩人不错,有能力有想法,开朗又出色。

后来,罗凝在一次闹过别扭后告诉他:"其实我有点儿难理解你的想法,你不应该把精力全部放在我身上,我们是两条共同延伸的路,相辅相成,而不是互相拖累。"

或许,男生总是晚熟,但也许只是李默川如此。

总之,人生道阻且长,唐璃和程绍堂还是很看好他和罗凝。

05

唐璃和程绍堂偶尔会带温子沐去度假,这次温尔雅工作繁忙,打电话将小家伙托付给夫妻俩。

几个月没见面,唐璃摸摸温子沐的头顶,笑着说:"又长高了,想去哪里玩?"

温子沐也是长大了,说话一套一套的:"我下学期想加入学校橄榄球队,今天拜托干爸、干妈带我去看比赛。"

唐璃点点头:"你们学校还有橄榄球队,厉害啊!"

"除了橄榄球,还有棒球、冰球、篮球、足球、高尔夫……"温子沐认认真真地说,"但我对那些没兴趣,我最近对橄榄球感兴趣。"

唐璃说:"可以,给你安排上观赛。"

程绍堂问他:"你爸妈呢?"

温子沐侃侃而谈:"我爸去海市,下午才回来,我妈也要出差,他们都没空,且忙着。"

"我看你也挺忙的。"程绍堂说。

"可不是。"温子沐说,"我外婆打电话让我去她家,我都没空,我就想看今天的比赛,我哪儿都不想去。"

周弥生和温尔雅没有复婚,温尔雅也没有和温家彻底决裂,一切看似平静,但实际都在较劲儿。唯独对小家伙,温父和温母留了些温情在,常常以邀请温子沐回家的名义顺便让温尔雅回家。

唐璃认为她能理解温尔雅的做法,也能理解温父温母的执拗。

温子沐知道父母离婚了,倒是看得开。他比小时候话多了太多,喋喋不休地说:"他们一见面就不说话,所以我让我爸去外婆家接我,他们才不冷战。"

唐璃问他:"你感觉烦不烦呢?"

"我都习惯了。"温子沐瘫倒在车后排上,摇了摇头,"我也管不了的,反正他们都对我挺好的。"说完他又说,"干爸、干妈对我也好。"

程绍堂嗤笑一声:"你这小子,从哪里学来的油腔滑调呢?"

"从我爸那里呗。"温子沐说,"我妈就老说我爸油腔滑调、老谋深算,他俩总是吵架,我那天还看见我爸跪搓衣板了。"

唐璃惊道:"搓衣板?"

程绍堂定了定神:"假的吧?"

"不是。"温子沐说,"真的,我爸一点儿地位都没有,我妈不搭理他,他追着我妈跑,太丢人了,没眼看。"

唐璃笑:"真是想不到。"

程绍堂也笑:"夫妻相处之道。"

这一天,太阳很晒,但小学生们热情高涨。唐璃戴着大大的遮阳帽坐在观众席中,感觉很好。

她问程绍堂:"要不我们也生一个孩子?"

"你想要?"他攥紧她的手。

唐璃摇头:"没想好。"

"那就算了。"他说,"这样挺好。"

唐璃知道他想起了什么,说:"我也觉得好。"

程绍堂将她的手指放在唇边,啄了口,问她:"哪里好?"

"有你好。"

程绍堂表情得意:"是不是,这辈子有我真好?"

唐璃笑:"少来。"

春风和煦,暖阳扑面,这是他们人生中最平凡的一天。

后来,唐璃奔波各地,将品牌做得闻名于世,她差点儿忘记了自己曾经的愿望。在她十八九岁的某一天,她的身旁坐着好友,面前的铜锅热气腾腾,她轻描淡写地说出心中豪志。

她终于实现梦想,也拥有最好的程绍堂。

/ 番外四

以后有的是时间

⊙她像是看到了初见时的唐瑞，稚嫩真诚，善良美好。

01

收到宋紫玉的消息，程立秋确实有些诧异。

对方说和男友正在全美旅行中，她竟然下意识地想宋紫玉的男友是否仍是那位 B 大学霸。

在程立秋的认识里，恋人的情感维系是有时限的。比如说她的母亲，前些年为爱远赴大洋彼岸，与一位浪漫多金的法国男人结婚，今年正在准备离婚事宜。

但程立秋说话有分寸，没有明着询问宋紫玉。

直到三人见面那刻，她觉得眼前站着的这位高大威猛的男人是不是曾经那位 B 大学霸……都不太重要了。

宋紫玉曾说过，男友其貌不扬。如今看来，确实粗犷。

宋紫玉的男友姓杨，单名易。他是那种很典型的学霸，出身寒门，个人实力超强。程立秋和人说上几句，便能窥探到此人不卑不亢、能力非凡的特质。

程立秋自来熟地大笑道："你都不知道，我们有多羡慕宋紫玉有个学霸男友，竟然还自学编程辅导她，真的是好厉害哦。"

杨易笑笑："小事一桩。"他又说，"经常听她提起你们这些室友，有一个叫唐璃的，我印象深刻。"

连杨易都印象深刻，不知道宋紫玉私底下同他讲过多少遍。

宋紫玉向程立秋求证："她是我们宿舍最漂亮的女生，十分上进。"

程立秋顿了顿，说"是"。

而杨易显然被"上进"两个字惊到："她一定很优秀。"

宋紫玉说："她现在在日本，我们下次去，可以联系她。"

其实程立秋近些年来去过日本，但她没有联系唐璃。

唐璃在东京大学，成绩斐然。

而她知道唐璃和她哥在一起的时候，他们还没有分手。

程立秋对程绍堂有种特殊依赖，这种依赖不明显，因为从小到大，他们的关系并不算亲密。程绍堂对待家中所有人，都不热情，但她拜托过的事情，他都会帮她做。

所以她觉得，哥哥对她不一样。

程立秋考上 R 大，远在大洋彼岸的母亲打来电话，言语里似乎带点小骄傲。毕竟她才十五岁。

母亲和舅舅通话，说她可能是随了生父。

听说，她的生父毕业于某知名大学，才华横溢，能力很强。当初她的父母在一起，正是因为母亲的主动追求。

程立秋的升学宴定在八月，最终却因为她意外得知母亲与法国男人的婚礼时间而泡汤了。她年龄小，就算聪明，也还不够成熟，在得知此消息时没绷住，当即崩溃大哭起来。

她跑到楼上，将自己锁在房里。

程博通站在门口敲门，态度严肃地说："立秋，开门。"

程立秋不敢忤逆他，哭得不尽兴，便将门打开。门外站着程博通、李淑晴二人，她只能低垂着头，眼眸带泪地点头应好。

寄人篱下的感觉有多难，年龄尚小的她总算体会过。

她觉得程绍堂比她还要难一点，因为程博通对他的态度不及对她的十分之一。

她像是在这个家里找到了语言共通者，只不过程绍堂不爱搭理她。程立秋以为，可能是两人的年龄差距太大了。

直到认识唐璃。

程立秋刚到学校，程绍堂把她的行李箱拉到宿舍，便沉声嘱咐："你在学校别耍大小姐脾气，宿舍里个个都是小女生，不会让着你。"

程立秋听得出这话好赖，但面子上挂不住，瞬间垮下脸："你赶紧走吧。"

程绍堂欲言又止地抿了抿唇，慢悠悠地退出宿舍。

宿舍条件算不得太好，程绍堂刚一出门，她就后悔了。初来乍到，需要的东西很多，她拒绝了李淑晴派来的人，找程绍堂送她，却不想程绍堂只身一人，连个能搬上搬下的助理都没有。她站在阳台，眼神落在手机上，没一会儿眼睛里就蓄满泪水，哭哭啼啼地打电话，叫程绍堂再回来。

就在那时候，唐璃推门而入。程立秋淡淡地看了她一眼，她身上有种风风火火的安稳，长相端正，很有礼貌。

程立秋本来不想搭理她的，但她先说了"你好"。

程绍堂让她和室友聊聊，程立秋却很尴尬。唐璃刚才肯定看到她在哭，初次见面，她怎么好意思再主动聊天。

她让程绍堂回来，程绍堂无奈地说，让他走的是她，让他回来的也是她。

不等他说完，程立秋就挂断电话。当着唐璃的面儿，怎么能让程绍堂如此数落她？

她在宿舍等了一会儿，唐璃走后不久，程绍堂回来了。

程立秋知道，他根本就没走远。

她满腹牢骚，忍不住哭哭啼啼地说自己这些年来的委屈。程绍堂也不反驳，安安静静地站在距离她几米远的地方，把玩着一个陌生的黑色马克杯。

程立秋知道，程绍堂的脾气算不得好，他的安静就是对她的纵容。

后来，唐璃又回来了。他才不咸不淡地出声提醒。

这是程绍堂第一次见唐璃，如果程立秋有"时光回溯"的本领，她一定要停止这一刻的哭泣，认认真真地看一眼。

程绍堂望向唐璃的眼神，唐璃望向程绍堂的眼神，到底是怎样的。

其实程立秋应该感谢唐璃，因为她实在是个善良的好姑娘。大半夜听她吐槽家事并悉心安慰，陪她等待许久直到程绍堂抵达宿舍楼下，月黑风高的夜里亲自送她下楼……每一件事都能让她对唐璃产生依赖。

十六岁的生日宴，许多亲戚、朋友来了，程立秋收礼物收到手软，到最后满不在乎地将礼物往角落里一堆。

她几乎是飞奔到温尔雅身边："尔雅姐，好久没见你！"

温尔雅性格温柔，"扑哧"一声："我倒是没少听说你。"

程立秋说："是我大哥告状呢？"

温尔雅说："不是。"

"肯定就是喽。"她不生气，反而调侃，"尔雅姐，我那天还听我舅舅说，听说你和我哥会结婚？"

"你确定不是……听错了？"

程立秋是开玩笑的，但还是装作若无其事地回道："我没听错啊，难道不是吗？"

温尔雅笑得花枝乱颤。

冯天若招手把人叫过来："程绍堂，你怎么回事儿？不是说不乐意，怎么还背后惦记人？"

炽亮的灯光下，程绍堂冷冷地看着程立秋："别胡说八道。"

程立秋吐吐舌头，搪塞了事。

程立秋是他们看着长大的小妹妹，开玩笑也不会令他们感到生气。她本人深知这一点，所以才敢肆无忌惮。

一直以来，程立秋都好奇程绍堂的另一半，她猜测他眼光极高，不然不会连尔雅姐都看不上。四下无人之时，她还敢和他开玩笑："大哥，你和尔雅姐很般配的。"

程绍堂的脸色沉了下去:"找打?"

她也不惧怕,装疯卖傻地说:"那你赶紧给人家找个好嫂嫂呀。"

程绍堂半眯着眼,看她的眼神仍是不悦:"那是说找就能找的?"

这人城府极深,程立秋觉得,不是他喜欢的,他是绝对不会主动出手的。后来的时间,她也就把这事儿忘记了。

308宿舍四个人,人设十分鲜明。

宋紫玉是双职工家庭的独生女,性格开朗,很有规矩,有个学霸男朋友。她学习成绩优异,每天生活都很自在。司梦像是拥有一身反骨的男孩,家庭背景不详,但应该还可以,据说暑假时她骑着摔断胳膊的那辆摩托车,价值六位数。程立秋自诩可怜人,实际是宿舍里最有钱的一个。

只有唐璃,除了学习,不是在兼职,就是在去寻找兼职的路上,所以宿舍里几人反倒不敢询问她的家庭背景。但是,她人很好,吃饭送礼方面完全不小气。

帝都的秋天金黄且"貌美",空气里残留着落叶的味道。

程立秋吃着硕大香甜的车厘子,坐在安静的宿舍里,心无旁骛地刷着朋友圈动态。

程绍堂和唐璃发了同样的照片。

细细看来还是有些不一样,但在同一角度,同样的天气。

那天的朋友圈里,去爬香山的人很多,程立秋没多想。

她小时候,跟着程绍堂和冯天若去爬山,下山时因为三个人没法坐一个车厢,只能让冯天若自己一趟。这是程立秋脑海中,为数不多的和程绍堂在一起的儿时记忆。

后来,唐璃被电影学院导演系的学生邀请去拍微电影,程立秋在程绍堂电脑里看到那学生以前的作品,正确来说,是暂停着的播放画面。

某天晚上,程立秋望着皎皎月光,忽然惊醒——这会不会有点儿太巧了?

等她确定两人的关系,这中间过去了很久。

她在程绍堂的房子里看见了唐璃的行李箱。

程绍堂从程家搬出去的时候，程立秋很羡慕。他年长她十岁，能力强，有骨气，不住程博通的房子。但是，她连搬出去自己住的勇气都没有，李淑晴看她不喜，也从未说把家里的哪套房子给她住。

程博通那么大方的性格，被李淑晴管教得老老实实。

但她没想到，连唐璃也欺瞒她。

可后来想想，唐璃若是真告诉她，自己和程绍堂在一起了，她也未必会真心祝福。就像她顿悟的时候，满心满眼都是不可思议，还有生气。

这两个人，是八竿子打不着的关系。

又……不般配。

何况，程绍堂还带唐璃去爬香山？他都不带她去！

人生奇遇，程立秋早有体会，眼皮子底下的奇遇，这绝对是头一份儿。

好在没多久他们就分手了，分手后程绍堂还萎靡不振了一段时间。

那段时间，程绍堂经常回程家，专挑她在的时候。吃完饭主动送她回学校，霓虹闪烁的路途中旁敲侧击地询问她有关唐璃的事情。

她倒是有问必答，但思绪也在回答中渐渐反应过来。

很久之前，他就已经如此了。

所以，早在很久之前，程绍堂就喜欢唐璃了。

唐璃很好，但他们不合适。程立秋觉得自己没错，不然他们不会分手。

02

一别经年，程立秋感觉自己已经很久没有听到过这个名字，和宋紫玉的对望中，她也不得不感慨时光飞逝。

宋紫玉笑着说："你是年龄最小的，有什么好感慨的？那时候在宿舍里，唐璃几乎把你当孩子待的。"

程立秋木讷，略带迟疑地问："为什么？"

宋紫玉说："什么为什么？她就是喜欢你，把你当作小妹妹呀。"

不是。程立秋想，她可能没有那么喜欢我，但确实把我当妹妹了。

和宋紫玉在纽约街区玩了几天，分别当晚，程立秋拨通了万里之外唐璃的电话。她喋喋不休地向唐璃诉说留学后的生活，无论她怎样眉飞色舞、情绪激动，对方都是安安静静地安慰她。

后来她问唐璃："你有什么想问我的吗？"

唐璃说没有。

程立秋很失望。她觉得唐璃仍在骗她。

又过了一年，她听闻程绍堂被程博通逼着相亲，相亲对象还是李淑晴的朋友，那位曹姓艺术家的女儿。

她赶紧在宿舍群里说，自己的哥哥要恋爱了。

其实，宿舍群里已经很久没有人说话了。

宋紫玉回复她：是你那个帅哥哥吗？

她说是的，就是他。

四人群，只有她和宋紫玉发言。司梦和她关系不好，从来不在群里回复她。

可是唐璃呢？有关程绍堂的事情，她都不愿发声。

程立秋很希望，有一天唐璃能够主动提及程绍堂，或者能向她诉说和程绍堂的故事。

那一晚风平浪静，星空璀璨。

后来程立秋得知程绍堂并未和曹心月修成正果，她也未出声解释。在她心里，程绍堂和唐璃就是不可能的两个人。

她以为程绍堂真的会不婚，但没想到他们两个人分手时悄无声息，复合也如此迅速。

程立秋觉得不可思议，打电话向温尔雅求证。

"是的，他要求婚。"温尔雅声色温柔，"就在纽约。"

程立秋窝在沙发里，无奈地回道："怎么这么突然啊？"

"也不是很突然了。"温尔雅说，"从唐璃回国，绍堂就一直在追求她，有一段时间了。"

程立秋扶额，叹气："我哥竟是这样的人。"

温尔雅说:"他人很不错。"

"不是。"程立秋说,"我以为他挺高冷的,没想到他竟然是——为爱低头那一类。"

程立秋不是没谈过恋爱,留学这几年,她曾和一位桀骜不驯的男生短暂地在一起过。但两人皆有种傲慢之姿,时常因为几句玩笑话闹不愉快。

他说她玩不起,她说他没见识。

某次吵架后,两人几天没联系,因为程立秋挺喜欢他的,便想着主动给对方一个台阶,哪料人家早已不在意。

她虽喜欢他,但这喜欢万万不到低头的程度。

暗戳戳骂了几句,这段恋情就算结束。

温尔雅笑笑,声音显得格外低落:"只要愿意,肯定会低头。"

挂断电话,程立秋才后知后觉地想起温尔雅离婚的事情,又想起对方的声音如此沉闷,她拍拍额头,懊恼道:"又说错话了!"

这天过后,程立秋等了很久才等到程绍堂的消息。她化着成熟热情的妆容,拎起昂贵包包,驱车前往机场。

她远远看见两道熟悉的身影。

唐璃肩上披着一件素白色的披肩,戴着墨镜,整个人俊秀空灵。程绍堂站在她身旁,扶着行李推车把手,眼神一直在她身上。

程立秋说不出来,看到这一幕是什么感受。

明明对她而言,是那么熟悉的两个人。

难以置信。

人头攒动的机场,阳光透过玻璃,几乎成为纯白色。

唐璃隔着数道人影,原本环抱着双臂,忽然看到她,定下神来与她招手。

程立秋有点儿紧张,紧张不知该作何称呼,亦不知该用何种态度去面对眼前二人。但这好像并不是一个需要思索的问题,因为唐璃待她——与曾经一模一样。

笑容自然到，好像她一直都是知道的。

一切都翻篇了。

程立秋见证了程绍堂的求婚和结婚。

说实话，有点儿打破她对程绍堂的刻板印象。她以为的高冷，只是程绍堂对待外人的态度。

她还以为自己会生气呢，结果并没有，人声鼎沸中，她是欢呼声最高的人。以前的她，恼怒于程绍堂和唐璃的共同隐瞒。如今却懂了，她在他们眼中，不过就是一个孩子。她享受过两人的关爱与照顾，因为感受到了他们的情比金坚，程立秋想，就算她当初真的知晓，也并不会对当下的结局有半分影响。

程立秋唯一的诧异，就是程博通的态度转换。

听说当初两人的分开，舅舅功不可没。可在数年后，程绍堂与唐璃的婚礼中，他也是笑得最开怀的人。

满堂宾客，同声贺喜。程博通端着杯酒，笑容满面。

婚礼结束后，唐璃给她包了个大红包。

程立秋问："这是什么？"

唐璃笑靥如花："改口费。"

程立秋又说："这怎么好意思……"说着，她的手已经伸出去，接过红包，下意识地掂量掂量。

很有分量。

唐璃身着白色鱼尾裙，身形婀娜多姿。她低眸一笑，拍拍程立秋的脸颊，正欲抬脚离去。程立秋看了她一眼，又张口："嫂嫂……"

"嗯？"

"我有话想和你说。"她自觉抿唇，又斟酌半响，"有几个问题……"

有人在叫唐璃，程绍堂冲唐璃招招手，示意她到他身边来。

程立秋心想：得了，这问题又该问不出口了。

唐璃将手覆在她手背上，温温热热的肌肤相贴。程立秋下意识地抬眸，正巧对上唐璃那晶亮且好看的眼睛。

顿时，她像是看到了初见时的唐璃，稚嫩真诚，善良美好。

"我知道你想问什么。"唐璃轻声,"以后有的是时间说。"
她走了,留程立秋一个人在原地。
程立秋想,她说得没错。

- 番外完 -